KB068115

거울 속 외딴 성

かがみの孤城

거울 속 외딴 성

かがみの孤城

츠지무라 미즈키 장편소설 | 서혜영 옮김

RHK
알에이치코리아

외딴 성·고성(孤城)

① 단 하나만 외따로 서있는 성.
② 적군에 둘러싸였지만 원군(援軍)이 올 희망이 없는 성.

—《다이지린(大辞林, 일본의 중형 국어사전 중 하나)》

이 책이 누구나 '쉴 공간'이나 '모험의 시작'이 될 수 있다면

무척 기쁠 것입니다.

이야기가 펼쳐지는 내내 고코로와

외딴 성의 모든 멤버와 친구가 되어 함께해주셨으면 합니다.

그날을 기다리고 있겠습니다. 부디 오래 읽어주세요.

辻村深月

이런 꿈을 꿀 때가 있다.

전학생이 다가온다.

그 아이는 뭐든 못하는 게 없는 멋진 아이.

반에서 가장 명랑하고 인정 많고 운동도 잘하고 게다가 공부도 잘한다. 다들 그 아이와 친구가 되고 싶어 한다.

하지만 그 아이는 많은 아이들 중에 내가 있는 것을 알아차리고 그 얼굴에 해님같이 눈부시고 따사로운 웃음을 두둥실 떠올리며 나에게 다가와 "고코로, 오랜만이야!" 하고 인사한다. 주위에 있던 아이들이 모두 숨을 삼키는 가운데 "이렇게 다시 만나네. 그치?" 하고 나를 마주 보고서 눈을 깜빡인다.

모두가 모르는 곳에서 우리는 벌써 친구.

나는 운동도 잘 못하고, 공부도 잘 못하고, 특별한 구석이 하나도 없는데도, 남들이 부러워할 만한 장점이 하나도 없는데도, 어쩌다가 다른 아이들보다 먼저 그 아이와 알고 지냈다는 인연 하나만으로 반에서 그 아이의 가장 친한 친구로 선택받는다.

그래서 화장실에 갈 때도, 교실에서 교실로 이동할 때도, 쉬는 시간에도, 이제 나는 혼자가 아니다.

미오리네 그룹이 그 아이와 아무리 사이좋게 지내고 싶어 해도 그 아이는 "나는 고코로랑 있을 거야."라고 나를 선택해준다.

그런 기적이 일어나면 좋겠다고 고코로는 생각한다.

그런 기적이 일어날 리 없다는 것은 알고 있다.

목차

제1부

상황 파악의
1학기

5월

커튼을 친 창문 너머로 이동판매차의 선전방송이 들린다.

고코로가 좋아하는 디즈니랜드 '잇츠 어 스몰 월드It's A Small World'의 어트랙션(손님을 끌기 위해 주요 행사 외에 상연하는 공연물) 곡 〈작은 세상〉이 이동판매차의 큰 스피커에서 울려 퍼진다. 이 이동판매차는 고코로가 어렸을 때부터 늘 같은 곡을 들려주었다.

곡이 끊기고 목소리가 들린다.

"매번 시끄럽게 해서 죄송합니다. 미카와청과에서 온 이동판매차량입니다. 신선식품, 유제품, 빵도 있고 쌀도 있습니다."

국도 근방에 있는 슈퍼까지는 거리가 조금 멀어서 물건을 사러 가기가 쉽지 않다. 그래서 고코로가 어렸을 때부터 일주일에 한 번씩 집 뒤에 있는 공원으로 미카와청과에서 이동판매차가 온다. 근처에 사는 노인이나 어린아이를 키우는 어머니들은 이 곡이 울려 퍼지면 차 앞으로 장을 보러 나간다.

고코로는 한 번도 사러 나간 적이 없지만 어머니가 자주 이 이동판매차를 이용했는지 "미카와 아저씨도 이제 나이를 드셔서 앞으로 몇 년이나 더 와줄지 모르겠구나."라고 말하는 걸 들었다.

옛날, 이 주변에 아직 큰 슈퍼가 없었을 때에는 이동판매차가 굉장히 편리해서 많은 사람들이 이용했지만 지금은 그렇지 않다. 음악을 크게 틀어대는 게 시끄럽다고 싫어하는 사람들도 생겼다. 고코로는 이 소리를 시끄럽다고까지는 생각하지 않지만 이 소리를 들으면 좋든 싫든 지금이 평일 낮이라는 것을 의식할 수밖에 없다.

아이가 웃는 소리가 들렸다.

평일 오전 열한 시라는 것이 이런 시간이라는 걸, 고코로는 학교를 쉬게 되고서 처음으로 알았다. 미카와청과 이동판매차에서 내보내는 선전방송은 고코로가 초등학교를 다닐 때에는 여름방학과 겨울방학에나 들을 수 있었다. 이런 식으로 커튼을 치고 방에서 꼼짝 않고 있는 평일에 들을 수 있는 것은 아니었다. 작년까지는 그랬다.

고코로는 숨을 죽이고 텔레비전 소리를 최대한 작게 틀어놓고서, 텔레비전의 빛이 밖으로 새어나가지 않으면 좋겠다고 생각하며 텔레비전을 본다.

미카와청과가 아니더라도 고코로의 방에서 바라보이는 건너편 공원에는 늘 근처에 사는 젊은 엄마들이 아이를 데리고 나온다. 손잡이에 색색의 가방이 걸린 유모차가 벤치 옆에 줄지어있는 것을 보면 '아아, 오전도 이제 곧 끝나네.' 하고 생각한다. 열 시부터 열한 시 정도에 모이기 시작한 엄마와 아기들은 열두 시가 되면 점심을 먹으러 가기 때문에 오전이 끝남과 함께 그들의 모습도 사라진다.

그러면 커튼을 조금 열 수 있다. 옅은 오렌지색 커튼을 쳐놓은 방은 낮에도 침침하다. 그 안에서 계속 지내고 있자면 죄악감 같은 것에 서서히 침식당하는 느낌이 든다. 한심하다고 꾸지람을 듣고 있는 기분이다.

처음에는 커튼을 치고 있으면 마음이 편했다. 하지만 누가 뭐라고 한 것도 아닌데 점점 이래서는 안 된다고 생각하게 됐다.

세상에서 통용되는 모든 규칙에는 그걸 따르는 게 좋은 이유가 어김없이 존재한다.

'아침에는 커튼을 젖혀라.' 라든가. '아이들은 모두 학교에 가야 한다.' 라든가.

그제는 어머니와 함께 '스쿨'을 견학하고 왔다. 오늘부터는 정말로 그 스쿨에 갈 생각이었다.

하지만 아침에 일어났더니 못 갈 것 같았다.

늘 그렇듯 배가 아팠다. 꾀병이 아니다. 왜 그런지 알 수 없었다. 아침에 학교에 갈 시간이 되면 꾀병이 아니라 정말로 배가 아프거나 때로는 머리도 아파왔다. 그럴 때마다 어머니는 "무리하지 않아도 돼."라고 말했다.

그래서 이번에도 고코로는 별다른 생각 없이 2층 자기 방에서 아래층 식당으로 내려가면서 말했다.

"엄마, 배가 아파."

뜨거운 우유와 토스트를 준비하던 어머니가 고코로의 말을 듣고는 눈에 보일 정도로 표정을 지우고 침묵했다.

고코로를 보지 않는다. 고코로의 목소리를 못 들었다는 듯이 고개를 숙이고 김이 오르는 머그컵을 식탁으로 날랐다. 그러고 나서는 넌더리 난다는 듯한 목소리로 "아프다니, 어떤 식으로?"라고 물었다. 출근용 정장 바지 위에 두르고 있던 빨간 앞치마를 거칠게 벗어서 의자에 걸었다.

"평소랑 같아."

작은 소리로 대답했다. 말이 끝나기도 전에 어머니가 말을 받았다.

"평소랑 같다니, 어제까지는 아무렇지도 않았잖아? 스쿨은 학교가 아니야. 매일 가는 것도 아니고, 인원수도 학교보다 적고, 선생님도 좋은 사람 같지 않던? 네가 간다고 했잖니. 어떡할 거니. 안 갈 거니?"

연달아 책망하듯이 쏟아내는 말에 '어머니는 내가 갔으면 하는구나.' 하고 깨닫는다. 그래도 못 간다. 가고 싶지 않은 게 아니다. 꾀병이 아니다. 정말로 배가 아프다.

고코로가 대답을 하지 않자 어머니가 갑자기 시계를 보더니 "아아, 벌써 시간이 이렇게 됐네." 하고는 혀를 찼다.

"어떡할래?"

다리가 굳어버린 것처럼 움직일 수가 없었다.

"못 가요."

안 가는 게 아니라 못 간다.

힘껏 마음을 담아 중얼거리듯이 말하자 어머니가 크게 한숨을 내쉬었다. 어머니까지 어딘가가 아픈 것처럼 얼굴을 찌푸렸다.

"……오늘만 못 가는 거니? 아니면 쭉 안 갈 거니?"

대답할 수 없다. 오늘은 못 가지만, 다음에 스쿨이 있는 날 또 배가 아플지 어떨지는 알 수 없다. 꾀병이 아니라 정말로 아프기 때문에 못 간다는 건데 이런 부당한 질문을 받아야 하다니 슬퍼진다.

대답을 못 한 채 어머니를 바라보고 있자니 어머니가 "됐다." 하고 일어섰다. 아침식사를 위해 접시에 올려놓은 토스트를 싱크대 구석에 있는 음식물쓰레기통에 던져 넣었다. "우유도 안 마실 거지? 모처럼 데웠는데." 하고는 대답도 듣지 않고 싱크대에 부어버렸다. 부엌에 우유의 김이 두둥실 크게 올랐다가 물소리와 함께 사라졌다. 나중에 먹으려고 생각했지만 대답할 틈도 주지 않았다.

문 앞에서 잠옷 차림인 채로 잠자코 서있는 고코로를 무시하듯이 어머니는 "좀 비켜라." 하고 고코로를 지나서 안쪽 거실로 사라졌다. 어디론가 전화하는 목소리가 들려왔다. "아, 죄송해요. 안자이인데요." 하고 언짢아진 기분을 깨끗이 지운 것 같은 목소리로 점잖게 전화를 했다.

"네, 그래요. 갑자기 배가 아프다고 하네요. 죄송합니다. 견학 갔을 때는 아이가 좋다고, 다니고 싶다고 했는데요. 네, 네, 정말로 폐를 끼쳐서……."

어머니가 고코로를 데리고 간 '스쿨'은 '마음의 교실(고코로의 교실, '마음'을 일본어로 하면 '고코로')'이라는 곳이었다. 입구에 걸린 간판 위에 '어린이 육성지원(일본의 민간에서 운영하는 공익재단법인의 명칭)'이라는 글자가 보였다. 학교 같기도, 병원 같기도 한 분위기의 오래된 건물 2층에서 아이들의 목소리가 들렸다. 초등학생 정도일까.

"자, 고코로, 들어가자. 긴장되지?"

그렇게 말하며 웃는 어머니는 고코로보다 더 긴장한 것처럼 보였다. 고코로의 등을 탁 하고 밀었다.

이곳 이름이 '마음의 교실'인 것이 왠지 미안했다.

고코로와 같은 이름.

어머니도 이름이 같은 것을 알아차렸을 것이다. '엄마는 여기에 데려오기 위해서 내 이름을 이렇게 지어준 게 아닌데…….'라고 생각하니 가슴이 꽉 조여드는 것 같았다.

고코로는 '등교거부아'라고 불리는 아이들이 학교 외에 다니는 곳이 있다는 것을 자신이 그렇게 되고서야 알았다. 초등학교 때에는 고코로네 반에서 학교에 오지 않는 아이는 한 명도 없었다. 모두 조금은 꾀를 부려 하루 이틀 학교를 빠지기는 했을지 모르지만, 여기 올 만한 아이는 한 명도 없었다.

스쿨에서 맞이해준 선생님들은 '마음의 교실'을 '스쿨'이라고 불렀다.

방으로 안내받은 고코로는 낯선 슬리퍼 속의 발가락 끝이 차갑게 느껴져서 의자에 앉은 채 발가락을 꼭 구부렸다.

"안자이 고코로는 유키시나 제5중학교 학생이지요?"

고코로에게 확인하듯이 묻고 선생님이 다정하게 웃었다. 어린이 프로그램에 나와서 노래하는 언니 같은 분위기의 젊은 사람이었다. 가슴에 단 해바라기 형태의 이름표에 아이가 그린 것 같은 그녀의 얼굴 그림과 '기타지마'라는 이름이 쓰여있었다.

"네." 하고 대답하는 소리는 고코로가 생각하기에도 작고 불명료했다. 스스로도 '왜 이런 소리밖에 못 낼까.' 하고 생각하지만 늘 그렇게 되어버린다.

기타지마 선생님이 생긋 웃었다.

"나도 거기 나왔어."

"네."

그러고 나서 대화가 끊겼다.

기타지마 선생님은 얼굴이 예쁘고 짧은 머리에 활발한 인상을 주는 사람이었다. 게다가 눈빛이 무척 다정했다. 고코로는 그 사람에게 호감을 느끼면서도 지금은 이미 유키시나 제5중학교를 졸업했다는 사실을 부러워했다.

고코로는 자신이 유키시나 제5중학교에 다닌다고는 도저히 말할 수 없다. 입학한 첫 달인 4월만 학교를 가고 그 뒤로는 안 갔으니까.

"전화했다."

원래의 언짢은 목소리로 돌아온 어머니가 부엌으로 돌아왔다. 계속 선 채로 있는 고코로를 보고 다시 얼굴을 찌푸리고서 "배가 아프면 눕지 그러니." 하고 말했다.

"스쿨에서 먹으라고 만든 도시락은 집에서 먹을 거지? 거기 둘 테니까 먹을 수 있겠다 싶으면 먹어라."

어머니는 고코로와 눈을 마주치지 않고 출근 준비를 시작했다. '아버지가 집에 있었다면 조금은 편을 들어줬을지도 모르는데…….' 하고 고코로는 생각했다. 맞벌이지만 아버지의 회사가 집에서 더 멀리 있기 때문에 아버지는 그만큼 출근이 이르다. 고코로가 일어날 때에는 이미 출근하고 없을 때가 대부분이었다.

그 자리에 계속 있으면 어머니가 화를 낼지도 모른다고 생각한 고코로는 입을 다문 채로 계단을 올랐다. 한숨 소리가 등 뒤를 쫓듯이 따라왔다.

정신을 차리니 세 시였다.

켜둔 채로 놓아둔 텔레비전은 오후에 방영하는 와이드 쇼로 바뀌어있다. 예능인의 스캔들 소식 등 뉴스는 이미 끝나고 통신판매 코너로 넘어가 있었다. 고코로는 '벌써 이렇게 됐나.' 하고 침대에서 일어났다.

왜 이렇게 졸린 건지 알 수 없지만 학교에 있을 때보다도 집에 있을 때 더 심하게 졸음이 덮쳐온다.

눈을 비비고 침을 닦고 텔레비전을 끄고 1층으로 내려갔다. 세면대 앞에 서서 얼굴을 씻었더니 배가 고팠다.

부엌으로 가서 어머니가 놔두고 간 도시락을 열었다. 체크무늬 천에 싸인 도시락의 리본을 풀면서 '어머니는 아마도 스쿨에 가서 먹으라고 이 도시락을 쌌겠지.' 하고 생각했다. 그렇게 생각하니 가슴이 꽉 조이며 아파져서 어머니에게 사과하고 싶어졌다.

도시락 통 말고도 작은 밀폐용기가 놓여있어서 열어봤더니 고코로가 좋아하는 키위가 들어있었다. 도시락도 고코로가 좋아하는 삼색소보로(밥 위에 간 고기, 볶은 계란, 시금치나물 등 색깔이 다른 세 가지 재료를 얹은 밥) 밥이었다.

그것을 한 입 먹고 머리를 떨궜다.

스쿨에 견학하러 갔을 때에는 다니면 좋겠다는 생각이 들었었는데 막상 가야 할 날이 오자 왜 이러는지 알 수 없었다. 아침에는 그저 오늘만 배가 아파서 못 가는 거라고 생각했다. 그러나 지금은 아니다. 모든 게 엉망이 되어버렸다. 다음번에도 갈 마음은 생기지 않을 것이다.

견학하러 갔던 스쿨에는 초등학생도 있었고 중학생도 있었다. 모두 멀쩡한 아이들이었다. 어느 한구석도 '학교에 못 가는 아이'로 보이지 않았다. 특별히 표정이 어둡거나 용모가 나쁘거나 한 아이들이 아니었다. 주위로부터 따돌림 당하는 아이들 같지도 않았다.

다만 그곳에 온 중학생들이 모두 교복을 입고 있지 않다는 게 다르다면 다른 점이었다.

자신보다 조금 나이가 위인 것으로 보이는 여자아이 두 명이 책상을 붙여놓고, "아아, 싫어." "하지만 그건 말이야." 하고 이야기를 나누는 모습은 고코로가 다녔던 중학교와 전혀 다르지 않았고 그것을 보니 또 배 아래쪽이 콕 하고 아파오는 것 같았다. 하지만 그들도 자신처럼 학교를 안 간다는 게 무척 신기했다.

기타지마 선생님의 안내를 받아 견학을 하는 동안, 한 아이가 "선생님, 마사야가 때렸어요."라며 다가왔다. 귀여운 모습이었다. '여기 다니면 이 아이들과 함께 게임을 하며 놀게 되는 걸까.' 하고 상상해봤다. 정말로 그렇게 될 수 있을 것 같았다.

어머니는 고코로가 견학을 하는 동안 이곳의 책임자 선생님과 방에서 기다리고 있겠다고 했었다. 어머니는 아무 말하지 않았지만 고코로를 스쿨에 데려오기 전에 몇 번쯤 혼자서 찾아왔던 것 같다. 다른 선생님들이 어머니에게 "아, 안녕하세요."라고 인사하는 것을 보고 알 수 있었다. 어머니가 스쿨에 다닐 것을 권하기 위해 "고코로, 잠깐 할 얘기가 있는데……."라고 어색하게 말을 걸었던 게 기억난다. 어머니는 어머니 나름으로 최대한 마음을 썼다고 고코로는 생각했다.

견학을 마치고 어머니가 기다리고 있는 방으로 들어가려고 하는데, 안에서 아마도 책임자인 듯한 선생님의 목소리가 들렸다.

"초등학교까지는 가족적인 분위기에서 학교를 다니다가 중학교에 들어가면서 갑자기 환경이 바뀌어 적응하지 못하는 경우가 종종 있습니다. 특히 제5중학교는 학교 재편성 과정에서 합병으로 규모가 커진 학교니까요. 이 주변 학교 중에서도 특히 학생 수가 많고요."

심호흡한다.

'나를 두고 뭐라고 하는 이야기가 아니야.' 하고 자신에게 일렀다.

물론 한 학년에 두 학급이었다가 중학교에 들어가면서 별안간 일곱 학급으로 늘어나게 되어 처음에는 당황했다. 교실에는 전부터 알고 지내던 아이가 거의 없었다.

그래도 나는 아니다. 나는 바뀐 환경에 '적응하지 못한' 아이가 아니다. 그런 뜨뜻미지근한 이유 때문에 학교를 못 가게 된 게 아니다. 저 사람은 내가 무슨 일을 당했는지 모른다.

고코로와 함께 스쿨을 돌아본 기타지마 선생님이 멈칫하는 고코로의 옆을 지나 "실례하겠습니다." 하고 의연하게 문을 열었다. 서로 마주 보고 앉아있던 책임자 선생님과 어머니는 고코로가 들어오자 돌아봤다. 어머니의 손에 손수건이 들려있는 것을 보고 '울고 있던 게 아니면 좋겠는데⋯⋯.' 하고 고코로는 생각했다.

텔레비전이 켜져있으면 보게 된다. 그걸 보고 있으면 뭘한 것도 아닌데 그래도 뭔가를 하며 지낸 것 같다.

하지만 줄거리가 있는 드라마조차도 보고 나서는 뭘 봤는지 내용이 기억나지 않는 때가 대부분이어서 '결국 무엇을 했지?' 하고 생각하는 사이에 하루가 끝나고 만다.

주부가 길거리에서 기자와 인터뷰를 하면서 "아이가 학교에 간 동안에⋯⋯."라고 무심코 한마디 하는 장면이 화면에 나왔다. 그 말이 마치 학교에 못 가는 자신은 쓸모없는 녀석이라고 비난하는 것처럼 들렸다.

고코로 반의 담임인 이다 선생님은 젊은 남자 선생님인데 지금도 이따금 집에 찾아와준다. 그럴 때 고코로는 이다 선생님과 만날 때도 있지만 안 만날 때도 있다.

안 만나던 날은 이랬다. 선생님이 오자 어머니가 "선생님 오셨는데 만날래?"라고 물었다.

'꼭 만나야 하는 거겠지.'라고 생각하면서도 "별로 만나고 싶지 않아."라고 말해버렸다. 어머니는 화내지 않고 "좋아. 그럼 오늘은 엄마만 만날게."라며 선생님을 거실로 안내했다.

"죄송합니다. 오늘은 좀……."이라고 어머니가 말하자 선생님도 "됐습니다. 괜찮습니다." 하고 말했다.

선생님이 와도 얼굴을 내비치지 않는, 이런 제멋대로 구는 태도가 통하리라고 생각하지 않던 고코로는 당황했다. 선생님의 말이든 부모의 말이든 어른이 하는 말은 들어야 하는 것이라고 생각해왔는데, 이렇게 간단히 자신의 희망대로 되는 것을 보며 지금이 비상사태라는 것을 알았다.

모두가 나를 조심한다. 나를 신경 쓴다.

가끔 초등학교 때 같은 반이었던 사쓰키나 스미다가 찾아오기도 한다. 지금은 반이 다르지만 아마 선생님이 시켜서 찾아오는 것일 수도 있다. 학교를 쉬고 있다는 사실이 창피하게 느껴져서 고코로는 그 친구들을 만나는 것도 거절하고 만다. 정말은 만나서 하고 싶은 얘기가 많지만 그 애들까지 신경 쓰게 하고 있다는 사실이 민망하여 그렇게 반응하고 만다.

도시락을 먹고 있는데 전화가 울렸다. 안 받는 게 좋을까 싶어서 무시하고 있자니, 음성사서함으로 바뀌었다. "여보세요? 고코로? 엄마야. 집에 있으면 전화 받아라." 하는 소리가 들려왔다.

어머니의 목소리다. 다정하고 침착하다. 고코로는 허둥지둥 수화기를 집었다.

"여보세요?"

"아, 고코로니? 미안, 엄만데."

아침과는 다른 온화한 목소리다. 전화 너머에서 어머니가 웃었다. 어디 있는 걸까. 일하다가 빠져나왔는지 주변이 조용했다.

"안 받아서 걱정했어. 괜찮니? 도시락 먹고 있니? 배는 이제 안 아파?"

"괜찮아."

"정말? 혹시 아직 아프면 병원에 가는 게 좋을까 해서."

"괜찮아."

"엄마가 오늘 일찍 집에 갈 거니까. ……괜찮아. 고코로, 이제 막 시작했을 뿐이잖니. 앞으로가 중요해. 힘내자!"

어머니가 밝은 목소리로 그렇게 말했다. 고코로는 그 목소리를 들으면서 그저 "응." 하고 끄덕였다.

오늘 아침에 그렇게 화를 내더니, 그 사이 누군가에게 무슨 말을 들은 걸까. 아니면 회사에서 누군가와 상담을 해 본 걸까. 아니, 어머니는 자기 혼자서 반성하고 전화를 건 것일지도 모른다. '힘내자.'라는 어머니의 기대에 부응할 수 있을지 어떨지 자신이 없었지만 고코로는 끄덕이고 만다.

네 시가 지나면 이제 1층에 있으면 안 된다.

2층 커튼도 아침에 그랬던 것처럼 다시 닫는다.

그 소리를 기다리는 동안은 늘 몸이 굳는다. 몇 번을 들어도 익숙해지지 않는다. 그 소리에 신경 쓰지 않도록 소리를 작게 틀어놓은 텔레비전에 의식을 집중한다. '텔레비전에 집중하면 못 듣고 지나칠 수 있을지도 몰라.' 하고 생각하면서 자신도 모르게 무의식적으로 그 소리를 기다리게 된다.

'이제 슬슬 시간이 됐나.' 하고 생각한 순간, 집 앞에 달린 우편함에 달가당하고 편지를 넣는 소리가 들린다.

그 소리를 들으면 모에가 왔다는 것을 알 수 있다.

같은 반의 도조 모에.

전학생인데 아버지의 일 때문에 입학 서류를 늦게 냈다는 사정으로 4월 신학기가 시작되고 조금 지난 후에야 반에 합류했다.

무척 예쁜 아이였다. 자리는 고코로의 옆이었다. 모에는 같은 여자인 고코로가 봐도 가슴이 두근두근할 정도로 예쁘고, 가는 팔다리에 긴 속눈썹을 가진 아이였다. 프랑스 인형 같았다. 혼혈은 아닌 것 같은데 마치 혼혈인 듯한, 일본인 같지 않은 또렷한 이목구비였다.

선생님이 모에를 고코로의 옆자리에 앉힌 데에는 이유가 있었다. 모에가 이사 온 집이 고코로의 집에서 두 집 건넛집이니 이웃끼리 사이좋게 지내라는 뜻이었을 것이다. 고코로도 그럴 수 있으면 좋겠다고 생각했다. 실제로 모에가 전학오고 나서 첫 이주일 동안은 모에도 "우리 친하게 지내자."라고 했고, 등·하교도 함께했다.

놀러오라고 해서 집에도 가봤다.

모에네 집은 고코로의 집과 거의 같은 구조로 지어진 집이어서 방 배치도 같았고 벽이나 기둥의 소재나 천장 높이까지 같았다. 하지만 현관 선반에 놓여있는 것들이나 벽에 걸려있는 그림이나 전등의 종류나 카펫의 색깔까지 고코로의 집과는 완전히 달랐다. 집의 구조가 같아서 그 차이가 오히려 더욱 두드러지게 느껴졌다.

한마디로 모에네 집은 세련됐다. 현관에 들어서자마자 모에의 아버지가 취미로 모은다는 그림들이 보였다.

모에네 아버지는 대학교수이며 아동문학을 연구하는 사람이라고 했다. 현관에 걸린 것은 모에의 아버지가 유럽에서 사왔다고 하는 옛날 그림책의 오래된 원화들이었다. 《빨간 모자》나 《잠자는 숲속의 미녀》《인어공주》나 《늑대와 일곱 마리 어린양》《헨젤과 그레텔》 등 고코로도 아는 그림책의 한 장면이었다.

"이상한 장면뿐이지." 하고 모에는 말했다.

"우리 아빠, 이 화가의 콜렉터야. 그림 형제라든가 안데르센의 그림책 삽화 같은 걸 열심히 모으고 있어."

모에는 '이상한 장면뿐'이라고 했지만 그렇지 않다. 《늑대와 일곱 마리 어린양》의 원화는 늑대가 집에 쳐들어와서 어린양들이 갈팡질팡하며 도망치는 유명한 장면이었고, 《헨젤과 그레텔》의 원화도 헨젤이 빵 부스러기를 버리면서 걷는 장면이다. 마녀는 없지만 그것만으로도 이 그림이 어느 동화책의 삽화인지 분명히 알 수 있었다.

같은 넓이의 집일 텐데 모에의 세련된 집은 고코로네 집보다 왠지 훨씬 넓게 느껴졌다.

거실에 서가가 있고 영어와 독일어를 비롯해서 여러 언어의 책이 많이 꽂혀있었다. "이건 덴마크어 책이야." 하고 말하며 모에가 책 한 권을 보여주자 고코로는 놀란 얼굴을 하고 "너, 멋있다!" 하고 진심으로 말했다. 영어라면 조금은 알지만 덴마크어라니 완전히 미지의 언어다. 모에는 멋쩍은 듯이 살짝 웃으면서 "안데르센이 덴마크 작가잖아. 나도 못 읽지만 분위기나 그런 게 마음에 들면 빌려줄게."라고 말해서 무척 기뻤다. 고코로는 덴마크어로 된 표지 제목을 읽을 수는 없었지만 그 책이 《미운 오리새끼》라는 것을 표지의 그림을 보고 알 수 있었다.

"그리고 독일어 책도 많아. 그림 형제가 독일 사람이라서 그런 거겠지만."

모에의 말을 듣고 가슴이 더 뛴다. 그림 형제의 동화 중에는 아는 것도 많았기 때문이다. 외국어 그림책은 어느 것이나 전부 화려하고 멋져 보였다.

"다음에 우리 집에도 놀러와. 아무것도 없지만."

고코로가 그렇게 말했고 가까운 시일에 정말로 그렇게 될 거라고 믿었다. 분명히 그렇게 생각하고 있었다.

그런데 왜 그렇게 되어버린 걸까.

모에는 고코로에게서 멀어졌다.

모에가 미오리에게서 무슨 말을 들었으리라는 것은 쉽게 알 수 있었다.

고코로가 "모에."라고 말을 걸었을 때 모에가 난처한 듯이 "뭐?"라고 대답할 때의 얼굴 표정을 보고 알았다. 거기에는 분명하게 '불편해.'라는 색깔이 번져있었다. '반 아이들 앞에서, 특히 미오리네 그룹 앞에서 나한테 말 걸지 않았으면 좋겠어.'라고 분명하게 쓰여있었다.

평소였다면 어느 동아리에 들어갈지 알아보기 위해 함

께 다녔을 것이었다. 하지만 약속한 시간에 모에는 미오리
네 그룹과 함께 잽싸게 교실을 나갔다. 미오리가 "아아, '톨
이'는 불쌍해."라며 복도로 나가면서 이쪽을 보지 않고 내
뱉은 목소리가 고코로의 귀에까지 들려왔다.

고코로는 주위에서 술렁이는 시선을 받아내면서 느릿느
릿 집에 갈 준비를 하다가 '톨이'는 외톨이라는 말이라는
것을 깨달았다.

'그렇구나, 외톨이를 톨이라고 하는구나.' 하는 말을 몇
번이고 머릿속으로 되뇌면서 아무하고도 눈을 마주치지
않고 밖으로 나왔다. 어느 동아리를 가본다 한들 그들이
있을지도 모른다고 생각하니 알아보고 다닐 기분이 들지
않았다.

'어쩌다가 내가 저 애들한테 찍히게 된 걸까.'

무시당한다.

험담을 듣는다.

다른 아이에게 "고코로랑은 사이좋게 지내지 않는 편이
좋아."라고 귀에 들리게 이야기하는 소리를 듣는다.

웃는다.

웃는다웃는다웃는다.

고코로를 비웃는다.

배가 아파서 화장실 안에 틀어박혀 있자니 미오리가 밖
에서 웃는 소리가 들린다. 이제 곧 쉬는 시간이 끝나지만

저 아이들 때문에 나갈 수가 없다. 울 것 같은 심정으로 마음먹고 밖으로 나오니, 바로 옆 칸에서 "아." 하는 짧은 소리와 함께 미오리가 나왔다. 고코로의 얼굴을 보고 히죽히죽 웃었다.

'고코로가 빨리 안 나오니까, 뭘 하는지 봐주자고.' 하면서 옆 칸에서 그 아이가 몸을 굽히고 자신을 엿보려고 했다는 것을 나중에 알았다. 우연히 그 상황을 보고 있던 다른 반 아이가 알려줬다. 그 이야기를 듣고 창피해서 얼굴이 새빨개졌다. 웅크리고 있는 것도, 속옷을 내리고 있는 것도 다 봤을지 모른다고 생각하니 마음속에서 뭔가가 깨지는 소리가 들렸다.

고코로에게 그 사실을 알려준 아이도 입으로는 "너무해." 하면서도 "내가 얘기해줬다고 절대로 말하지 마."라며 고코로에게 다짐을 받고 떠났다.

분한 마음에 내내 그 자리에 아무 말 없이 서있었다.

어디에도 편히 있을 곳이 없다. 그런 일들이 반복되었다. 그리고…….

결정적으로 '그 일'이 일어났다.

그 뒤로 고코로는 학교를 안 가기로 했다.

고코로와 집이 가까운 모에는 고코로가 학교에 안 가게 된 뒤로 매일같이 학교에서 나눠준 프린트나 편지를 가져다주러 온다. 무척 사무적으로.

친해지면 좋겠다고 생각했고, 친한 친구가 될 뻔한 아이였다. 그러나 모에는 프린트를 우편함에 넣을 뿐 거기서 한 걸음 더 들어와서 고코로의 집 초인종을 울리는 일은 없다. 모에는 그저 의무를 수행한다는 듯이 프린트만 넣고 돌아서서 걸어갔다. 고코로는 그 뒷모습을 남몰래 자신의 방 창문을 통해 바라보며 몇 번이나 배웅했다.

청록색 세일러복 칼라. 짙은 빨간색 스카프. 4월에는 자신도 입었던 교복. 그것을 멍하니 바라본다.

다들 집이 멀어서인지 모에가 다른 친구와 함께 오는 게 아니라 혼자 오는 것이 그나마 다행이라는 생각이다.

모에는 선생님에게 고코로를 만나서 소식을 묻고 오면 좋겠다는 말을 들었을지도 모른다. 그러나 그런 말을 들었음에도 모에가 그렇게 하지 않고 있을 가능성에 대해서는 생각하지 않도록 한다.

달가당하는 소리가 나고 모에가 돌아간다.

고코로의 방에는 큰 전신거울이 있다.

처음 그 방이 자신의 방으로 정해졌을 때 놔달라고 했던 타원형 거울이다. 틀은 분홍색 돌로 만들어졌다. 거기에 비친 자신의 얼굴색이 창백해 보이는 것 같아서 울고 싶어진다. 거울 속의 얼굴을 계속해서 보고 있을 수가 없다.

고코로는 살짝 커튼을 들어올려 모에가 돌아간 것을 확인하고 나서 천천히 침대에 쓰러진다. 소리가 거의 들리지 않게 해놓은 텔레비전 화면이 오늘은 몹시 눈부시다.

고코로가 학교를 안 가게 되자 얼마 지나지 않아 아버지가 그때까지 갖고 놀던 게임기를 치워버렸다. "학교도 안 가는데 게임기까지 있으면 더 이상 공부를 안 하게 돼."라며 텔레비전도 치워버리려고 하자 어머니가 "조금 더 상태를 보는 게 어때요?" 하고 아버지를 말렸다.

그때는 아버지가 너무하다고 원망했지만 지금은 아버지를 원망할 주제가 되는지 자신이 없다. 아버지가 말한 대로 게임기가 있었다면 하루 종일 게임에 빠져 지냈을지도 모른다는 생각이 든다.

지금도 공부는 하지 않는다. 중학교라는 새로운 곳은 공부도 어려울 것이다. 이미 따라가기 어려울 거다. 앞으로 어떻게 하면 좋을지 모르겠다.

얼굴에 닿는 빛이 정말로 눈부시다.

'안 되겠다, 텔레비전을 꺼버리자.' 하고 무심히 얼굴을 든 그때, 고코로는 "어?" 하고 숨을 삼켰다.

텔레비전은 켜져있지 않았다. 자신도 모르는 사이에 전원을 끈 모양이다.

방에서 빛나고 있는 것, 그것은 텔레비전이 아니라 방문 가까이에 서있는 거울이었다.

"뭐야? 눈이 부시네."

의아해하면서 거울을 향해 다가갔다. 찬란하게 빛나고 있는 거울은 안쪽에서 빛이 나오는 것 같았고 제대로 바라볼 수 없을 정도로 눈이 부셨다. 거울인데도 아무것도 비치지 않는 것처럼 보였다.

손을 뻗었다.

'혹시 뜨거우면 어떡하지?' 하고 문득 생각했지만 거울 표면은 예전과 마찬가지로 싸늘한 감촉이었다. 그런데 문제는 온도가 아니었다. 그 손에 조금 힘을 준 순간이었다.

"까악!"

고코로는 비명을 질렀다.

손바닥이 안으로 빨려 들어가는 것이었다. 거울이 딱딱하지 않다. 마치 물에 손을 넣은 것 같은 느낌이었다. 그대로 몸이 쓰러지면서 고코로는 거울 속으로 끌려 들어갔다. '싫어, 무서워!'라고 생각하는 사이 빛이 몸을 삼켰다. 본격적으로 눈이 부셔서 눈을 감았더니 몸이 어딘가 차가운 장소를 빠져나가는 것 같았다.

엄마를 부르려 했지만 목소리가 나오지 않았다. 몸이 어딘가 멀리, 위인지 아래인지 아니면 앞으로인지는 알 수 없지만 뭔가에 끌어당겨지는 느낌이었다.

"이봐, 일어나."

쓰러진 바닥의 차가운 감촉이 오른뺨에 느껴졌다. 머릿
속이 콕콕 찌르듯 아프다. 입안이 말라있다. 얼굴을 못 들
고 있는 고코로의 옆에서 다시 재촉하는 소리가 났다.

"있지, 일어나라니까."

여자아이의 목소리였다. 아직 초등학교 저학년밖에 안
된 것 같은 앳된 목소리다. 고코로가 가까이에 알고 지내
는 아이 중에는 그런 어린아이가 없다. 고개를 흔들고 천
천히 눈을 깜빡이다가 몸을 일으킨다. 목소리가 들린 방향
을 보고 고코로는 숨을 삼켰다.

이상한 아이가 그곳에 서있었다.

"일어났구나? 안자이 고코로."

늑대의 얼굴.

엔니치(신불神佛을 공양하고 재를 올리는 날이며, 이때는 신
사나 절 앞에 노점이 장사진을 이루어 떠들썩하다) 때 파는 것
같은 늑대가면을 쓴 여자아이가 서있다.

이상한 건 그것만이 아니었다. 그 아이는 가면 아래로는
마치 피아노 발표회나 누군가의 결혼식에서나 입을 법한
레이스가 많이 달린 분홍색 드레스 차림을 하고 있었다.
마치 리카인형(일본의 국민 인형으로 바비인형처럼 옷을 바꿔
입힐 수 있는 인형)의 옷을 입고 있는 것 같았다.

게다가 지금 고코로의 이름을 불렀다. 고코로는 '도대체

어떻게 된 거지.' 하며 주위를 둘러봤다.

에메랄드색으로 빛나는 바닥이 마치 그림책에서 보던 《오즈의 마법사》 같은 분위기를 풍긴다. 애니메이션이나 연극 무대 위의 세계에 들어온 것 같다. 그런 생각을 하다가 문득 머리 위로 그림자가 드리워있음을 깨닫고 고개를 들었다. 그리고 또 "흡!" 하고 공기 덩어리를 성대하게 들이마셨다. 벌어진 입이 닫히지 않았다. 손으로 입을 막았다.

성이 서있다.

마치 서양 동화에서나 볼 법한 웅장한 성문이 달려있는 성이다.

"축하합니다!"

눈을 동그랗게 뜨고 있는 고코로 앞에서 목소리가 들렸다. 가면 탓에 표정도, 입의 움직임도 알 수 없지만 아무래도 그 목소리는 늑대가면 소녀의 입에서 나온 것 같다.

가면의 소녀가 말했다.

"안자이 고코로 씨, 당신은 이 성의 게스트로 초대받았습니다!"

어안이 벙벙해있는 고코로의 눈앞에서 느릿느릿 쇠로 된 격자 문양의 성문이 열리는 소리가 들렸다.

머릿속이 새하얘진 다음에 생각한 것은 '도망쳐야지!' 하는 것이었다.

무서웠다.

늑대가면 소녀가 표정을 알 수 없는 얼굴로 이쪽을 올려다본다. 꿈이거나 환상이라면 시선을 돌렸다가 다시 돌아봤을 때 사라지고 없지 않을까 해서 그렇게 해봤지만 사라지지 않는다. 계속해서 고코로를 올려다본 채 서있다.

천천히 뒤를 돌아보니 거울이 빛나고 있었다. 고코로의 방에 있는 전신거울과 똑같지는 않지만 비슷한 정도의 크기다. 가장자리를 색색의 알사탕 같은 돌로 꾸민 그 거울을 향해서 고코로는 달리기 시작했다. 아마도 그 거울과 고코로의 방이 연결되어 있을 것이다. 저기를 통과하면 원래대로 돌아갈 수 있다.

성을 뒤로하고 쏜살같이 달리기 시작한 고코로의 허리에 늑대가면 소녀의 팔이 확 감겨왔다.

"도망치지 마!"

붙잡힌 순간 에메랄드색 바닥에 얼굴부터 넘어지고 말았다. 소녀가 말했다.

"도망치지 마! 나는 아침부터 계속 이 일을 하고 있어. 여섯 명을 계속 맞이했고 네가 마지막이야. 이제 네 시니까 시간이 없다고."

"난 몰라!"

처음으로 목에서 목소리가 나왔다. 정신이 없었고 상대
가 자신보다 어린 여자아이라는 생각에 그만 난폭한 말투
로 외쳤다. 머리가 어찔어찔하고 혼란스러웠다.

허리에 매달린 소녀를 온 힘을 다해 떨치려고 하면서
뒤를 돌아보니 여전히 웅장한 성이 압도하듯이 서있었다.
디즈니랜드의 신데렐라 성같이 판타지 세계에서 튀어나온
것 같았다.

꿈이 아닐까 생각도 해봤지만 꿈하고는 분명히 다르다.
허리를 꽉 붙잡은 소녀의 무게감이 느껴진다. 새삼 오싹했
다. 소녀로부터 멀어지기 위해 거의 기어가듯이 빛을 내는
거울을 향해 갔다.

늑대소녀가 외친다.

"뭐야, 호기심이 전혀 안 생겨? 눈앞에 성이 있잖아. 지
금부터 모험이 시작될지도 모른다거나, 별세계에서 환상적
인 이야기가 펼쳐질지도 모른다는 호기심 안 생겨? 아이
다운 상상력을 하나라도 작동시켜 보란 말이야!"

"모른다고!"

울 것 같은 목소리로 대답했다.

잘은 모르겠지만 지금이라면 아직 늦지 않았다는 생각
이 들었다. 되돌아갈 수 있다. 없던 일로 할 수 있다.

처음엔 혼란스럽기만 했던 머리가 서서히 냉정해지면서 더 무서워졌다.

이것은 꿈이 아니다. 이 아이가 하는 말은 분명히 내 머리로는 꾸며낼 수 없는 말이다.

소녀가 고코로의 허리를 더 꽉 붙잡았다. 숨 쉴 수 없을 정도로 배를 조여서 고코로는 "꺅!" 하고 소리를 질렀다.

"소원이 이뤄진다고! 네 소원을 뭐든 하나 이루게 해준다잖아! 말 들어!"

'해준다잖아, 라니 지금 처음 들은 얘긴데?' 하고 생각을 했지만 고통스러워서 대답할 수가 없었다. 작은 아이라서 대충대충 상대하려 했는데 이러다가는 정말로 큰일 나겠다고 생각한 고코로는 있는 힘껏 몸을 흔들면서 늑대소녀의 머리를 밀었다. 가면 위로 보이는 머리카락이 부드럽고 꽉 잡은 머리가 작다. '정말로 아이의 머리로구나.' 하고 놀라면서도 마음을 다잡았다. 소녀를 강하게 밀쳐내고 팔에서 벗어났다.

소녀를 뿌리치고 일어서서 빛나는 거울에 손을 댔다. 왔을 때와 마찬가지로 손이 물속에 잠기듯이 거울 맞은편으로 빨려 들어갔다.

"기다려!" 하는 소녀의 목소리에 고코로는 잠시 숨을 멈췄다. 그러나 이내 눈을 감고 온몸으로 거울을 밀다시피 하면서 빛 속으로 뛰어들었다.

"이런……. 내일 꼭 다시 와!"

그 목소리를 마지막으로 귓속이 부웅 크게 떨리면서 소리가 점차 멀어졌다.

눈을 깜박이자 눈앞에 눈에 익은 자신의 방이 있었다. 텔레비전에 침대, 어렸을 때부터 창가에 늘어놓았던 봉제 인형들, 책꽂이, 책상, 의자, 화장대.

고개를 돌리니 그곳에는 전신거울이 있었다.

빛나지 않았다. 어리둥절한 표정으로 눈을 크게 뜬 자신의 얼굴이 비치고 있을 뿐이다. 심장이 벌떡벌떡 격렬히 뛰었다. '도대체 뭐였을까.' 하는 생각과 동시에 반사적으로 거울을 향해 뻗으려던 손을 황급히 거둔다.

지금은 그냥 자신과 낯익은 방을 비출 뿐인 거울이다. 그래도 그 저편에서 누군가가 자신을 보고 있는 건 아닌지, 늑대소녀의 팔이 지금이라도 뻗어나와 자신을 잡아당기는 건 아닌지 무서웠다.

하지만 거울은 조용했다. 그저 이쪽을 비출 뿐 아무 일도 일어나지 않았다.

텔레비전 위의 시계를 보고 흠칫 놀랐다. 요즘 재미있게 보는 드라마의 재방송이 시작됐을 시간이다. '어느새 이렇게 됐지.' 하고 생각했다. 시간이 흘러갔다. 시계가 잘못 돌아간 것이 아닌가 싶어 텔레비전을 켜니 드라마는 이미 시작됐다. 시계가 고장 난 게 아니다. 실제로 시간이 지났다.

'도대체 뭐지?'

말없이 입술을 깨문다. 전신거울에서 멀찍이 떨어져서 거울을 바라봤다.

조금 전의 일은 정말로 있었던 일이었을까. 허리에는 아직 누군가가 힘껏 매달렸던 감각이 남아있다.

조심스럽게 거울로 다가가 최대한 거리를 두고 팔을 뻗어서 거울을 잡고는 거울의 비치는 면을 벽 쪽으로 홱 돌려놓고 재빨리 떨어졌다. 손가락이 희미하게 떨렸다.

"좀 전의 그거, 뭐였지?"

이번에는 소리 내어 말해봤다. 그러다가 자신이 조금 전에 누군가에게 여러 차례 고함을 쳤다는 사실이 떠올랐다. 평소에 다른 사람과 말을 하지 않다보니 어쩌다 내는 혼잣소리조차 갈라져 나오는데 지금 내뱉은 혼잣말은 목소리가 갈라지지 않고 제대로 나온다. 가족 이외의 누군가를 향해서 목소리를 내보는 건 오랜만이었다.

그건 꿈이었을까. 그러고 보니 낮에 꾸는 꿈, 백일몽이란 말을 어디선가 본 적이 있는데 그런 일이 나에게도 일어난 걸까. 나, 이상해진 거 아니야?

조금 안정되어 생각할 여유가 생기자 정말 자신이 이상해졌을 수도 있겠다는 생각이 들었다. 그러자 이번에는 다른 불안감 때문에 가슴속이 아파온다.

어쩌지, 어쩌지, 어쩌지. 만약 종일 집에 있던 탓에 환상을 보게 된 거라면…….

'소원이 이루어진다.'

혼란해하면서도 왠지 그 말이 갑자기 생각났다.

'네 소원을 뭐든 하나 이루게 해준다잖아!'

환상이라고 하기에는 너무나도 선명하게 귓가에 그 소리가 맴돈다. 뒤집어놓은 전신거울이 자꾸만 신경 쓰여 눈길이 간다.

그때였다.

"엄마 왔다."

현관에서 어머니의 목소리가 들렸다.

텔레비전을 보는 것을 들키면 야단맞는다. 고코로는 황급히 리모컨으로 손을 뻗어 텔레비전을 끄며 외쳤다.

"다녀오셨어요!"

어머니가 아까 전화로 "일찍 들어갈게."라고는 했지만 오늘은 정말로 이르다.

1층으로 내려가기 전, 걱정돼서 전신거울을 한 번 더 봤지만 뒤집어놓은 거울에서는 더 이상 빛이 나오지 않았다.

돌아온 어머니는 기분이 좋아 보였다.

"고코로, 오늘 네가 좋아하는 만두를 만들 건데 만두피

만드는 것 좀 도와줄래?" 하면서 양손에 든 슈퍼마켓 봉지를 현관에 내려놓는다. 커피우유에 요구르트에 어육소시지. 고코로가 낮에 집에 있게 되고 나서 냉장고를 확인하던 어머니가 "전보다 냉장고 내용물이 금방금방 없어지네." 하고 흘리듯이 말했던 바로 그것들이다.

"엄마……."

"응?"

정장 모습의 어머니가 머리를 곱게 뒤로 넘겨 고정시켰던 은색 머리핀을 빼면서 구두를 벗고 부엌으로 향했다.

아까 본 것을 말하고 싶었지만 어머니의 뒷모습을 보고는 입을 다문다. 어머니의 좋은 기분을 망치고 싶지 않다. 게다가 말해도 믿어주지 않을 것이다. 실제로 직접 본 고코로조차도 믿을 수 없으니까.

"……아무것도 아니야."

어머니는 말을 꺼내려다 마는 고코로를 돌아봤다. 고코로가 슈퍼마켓 봉지를 손에 들고 부엌의 냉장고 쪽으로 향하자 어머니가 "괜찮아."라고 했다. 고코로의 등을 가볍게 밀었다. "스쿨 일이라면 엄마, 화나지 않았으니까." 하는 말을 듣고 고코로는 기억해냈다. 어머니는 고코로가 그 일을 걱정하여 사과하려 한다고 생각했나보다.

"처음이잖니. 다만 거기 좋은 곳 같으니까 네가 가고 싶어지면 언제든지 말해줄래? 네가 견학할 때 안내해준 기타지마 선생님, 이라고 했었나? 오늘 전화했더니 그 선생님도 '언제든지 오세요.'라고 했어. 좋은 선생님이지?"

"……응."

아까 본 것의 충격이 너무 커서 아침에 스쿨에 가냐 안 가냐 하는 문제를 놓고 엄마와 있었던 일을 완전히 잊고 있었다. 어머니는 고코로가 원하는 대로 하라고 말하지만 그 목소리에서는 고코로가 거기에 갔으면 하는 바람이 날카롭게 전해져왔다. 책망을 듣고 있다는 기분이 들어서 기분이 다시 우울해진다.

"다음번은 금요일이래." 하는 어머니의 말에 고코로는 작은 목소리로 "응." 하고 끄덕인다.

어머니한테서 연락을 받았는지 아버지도 평소보다 일찍 저녁식사 시간에 맞춰 돌아왔다. 아버지는 스쿨에 대해서는 아무 말하지 않고, "오, 오늘은 만두구나!" 하며 기쁜 표정을 지으면서 식탁에 앉는다.

"여보, 기억나? 고코로가 어렸을 때 만두피만 먹던 거."

"기억나, 기억나. 만두소를 다 꺼내놓는 바람에 그걸 내가 몽땅 먹었었지."

"그래, 맞아. 그래서 만두피를 내가 직접 만들게 됐잖아. 속을 안 먹으니까 만두피라도 손수 만들자 하고."

부모님이 하는 이야기를 들으면서 고코로가 흰밥만 깨

작거리고 있는데 아버지가 "고코로, 너도 기억나니?" 하고 물었다.

기억날 리 없다. 그 이야기는 만두를 먹을 때마다 몇십 번이나 들었지만 기억 속에는 없다.

"기억 안 나."

퉁명스럽게 대답했다. 밥을 이렇게 못 먹는데도 어머니는 늘 고코로의 밥그릇에 밥을 지나치게 많이 퍼준다.

이 사람들은 내가 언제까지나 만두피밖에 안 먹는 아이로 남아있어 줬으면 하는 걸까. 지금처럼 학교에 안 가는 아이가 되기 전인 채로.

밤에 잠들기 전, 거울이 또 빛날까 봐 걱정했지만 뒤집어놓은 거울에서 빛이 새어나올 기미는 보이지 않았다. '괜찮겠지.' 하고 생각하면서도 한쪽 구석에 서있는 거울에 시선이 닿을 때마다 역시 걱정이 된다. 침대에 들어가 누워서 눈을 감고 나서도 몇 번쯤 전신거울이 있는 쪽으로 얼굴을 돌렸다.

'나, 뭔가를 기대하고 있는 거 같아.' 하고 잠에 빠지기 전의 몽롱한 머리로 생각한다. 늑대소녀가 '모험이 시작될지도 모른다고. 궁금하지도 않아?'라고 말했지만 솔직히 말해서 조금은 궁금한 마음이 있었을지도 모른다. 아니, 정말로 특별한 일이 시작될지도 모른다는 생각이 들었다.

옷장이 별세계로 들어가는 입구가 되는 그 유명한 판타지 《나니아 연대기》가 생각났다. 동경하지 않을 리 없다.

도망치지 말았어야 했나. 어쩌면 아까운 짓을 한 걸지도 모른다. 하지만 이왕 신기한 세계로 안내하는 거라면 늑대보다 《이상한 나라의 앨리스》에 나오는 토끼가 더 좋은데……

무섭다며 도망쳐놓고는 뒤늦게 아쉬워했다. 자신이 정말은 어느 쪽을 원하는지 알 수 없었다. 거울이 빛나지 않자 갑자기 아까운 짓을 한 것 같은 기분이 든다.

혹시나, 혹시나 다시 거울이 빛나는 일이 일어난다면 그때는 한 발자국 더 안으로 들어가봐도 좋을 것 같았다.

그런 생각을 하면서 흐리멍덩 녹아들듯이 잠에 빠졌다.

⚜

다음 날 아침이 되어도 거울은 빛나지 않았다.

고코로는 아침에 일어나서 '그러고 보니 어제 뭔가 굉장한 일이 있었지.' 하고 멍하니 생각하다가 흠칫하며 벽 쪽으로 돌려놓은 전신거울을 바라봤다.

어제보다는 조금 대담해져서 주뼛거리며 원래대로 이쪽을 향하게 돌려놓았다. 그 안에는 자고 일어나 머리가 헝클어진 잠옷 차림의 고코로가 비치고 있을 뿐이었다.

평소대로 아침밥을 먹고 어머니가 일하러 가는 것을 배웅하고 설거지를 한 후, 방으로 돌아왔다. 마음이 온통 거울로 가득 차서 들썽거렸다. 학교에 안 가게 되고 나서부터는 잠옷을 갈아입기도 하고 안 갈아입기도 하는데 오늘은 잠옷을 벗어놓고 평상복으로 갈아입고 머리도 깔끔하게 빗었다.

거울이 다시 빛난 것은 그렇게 몸치장을 모두 끝낸 아홉 시경이었다.

어제와 완전히 같은 모습으로 거울이 햇살을 받은 물웅덩이같이 반짝반짝 빛났다. 고코로는 꿀꺽하고 숨을 삼키고 천천히 심호흡했다. 거짓말 같지만 정말이었다. 손을 뻗어 거울 속으로 쓱 넣었다. 거울을 밀자 민 만큼 몸이 안으로 빨려 들어갔다.

무섭다는 생각은 여전히 있었지만, 가슴이 두근두근하는 것은 무섭기 때문만은 아니다. 앞이 노랗게 하얗게 보이면서 빨려 들어간다.

어제와 마찬가지로 에메랄드색 바닥과 성문이 나타날 줄 알았는데 아니었다. 눈부심이 가라앉고 희미하게 앞이 보이기 시작하자 계단과 큰 시계가 시야에 들어왔다.

눈을 깜박여봤다.

해외 드라마나 영화에서 나오는 저택에 들어온 것 같다.

현관을 지나가자마자 바로 넓은 홀이 보였다. 정면에 큰 창문이 있고 거기서부터 좌우 대칭으로 계단이 뻗어 내려 왔다. 애니메이션 〈신데렐라〉에서 신데렐라가 달려 내려올 것 같은 멋진 카펫이 깔린 계단이다. 계단 위에는 방이 아니라 큰 시계가 놓인 돌출된 복도가 있었다. 보통의 2층 건물과는 달리 이 큰 계단은 시계가 있는 곳에 가기 위해서만 있는 것 같았다. 정면에 놓인 큰 시계 안에서는 해와 달이 그려진 추가 흔들리고 있었다.

직감한다. 여기는 어제 본 그 '성'의 안이다.

계단이 있는 곳에 고코로 말고도 몇 명쯤 사람 그림자가 있는 것을 보고 깜짝 놀라서 눈을 크게 떴다. 그들도 역시 지금 나타난 고코로를 놀란 눈으로 바라봤다. 고코로와 같은 중학생 정도로 보이는 아이들이다.

하나, 둘, 셋, 넷, 다섯, 여섯…… 고코로까지 해서 전부 일곱 명.

"왔군." 하고 소리가 났다. 눈앞에 늑대소녀가 깡충깡충 뛰듯이 걸으면서 다가왔다. 어제와 같은 가면과 드레스를 입고 있다. 여전히 표정을 알 수 없는 가면을 쓰고 고코로의 앞에 섰다.

"어제는 도망친 주제에 왔군."

"저……."

자신 말고도 비슷한 다른 아이들이 있는 것을 보니 오

늘은 어제만큼 소녀가 무섭지 않았다. 남자아이도 있고 여자아이도 있다. 개중에는 고개 숙인 채 게임기 같은 것을 손에 들고 있는 남자아이도 있다. 안경을 낀 아이도 있고 볕에 탄 아이도 있다. 그 아이의 얼굴을 보고 고코로의 손에 꽉 힘이 들어갔다. 시계 바로 아래 벽에 기대듯이 서있는 그 남자아이의 얼굴이 굉장히 잘생겼기 때문이다. 입은 건 잠옷 같은 추리닝인데, 그런 옷차림을 하고 있는데도 연예인같이 멋지다.

자신이 그런 생각을 하고 있다는 사실만으로도 고코로는 당황스러웠다. 봐서는 안 되는 것을 본 것 같은 기분이 들어서 얼굴을 숙였다.

"안녕." 하고 다른 방향에서 소리가 나서 그쪽을 보니 여자아이 하나가 웃음을 머금고 자신을 바라보고 있었다. 밝고 쾌활해 보이고 키가 컸다. 머리를 포니테일로 높게 묶었다. 어쩔 줄 몰라 하는 고코로에게 "우리도 모두 지금 막 왔어."라고 말해줬다.

"네가 어제 도망쳐버렸다며 오늘은 도망치지 않게 여기서 다 같이 기다리자고 얘가 말해서……."

"얘?"

시선 끝에 늑대가면 소녀가 있었다. "늑대님이라고 불러."라고 늑대가면 소녀가 가슴을 펴고 말했다. "네에, 네." 하고 웃음을 머금은 채로 그 아이가 "늑대님이 말해서."라고 고쳐 말했다.

"함께 기다렸어. 일곱 명이 다 모이지 않으면 안 된대."

"도망친 건 너뿐이야."

소녀, ……늑대님이 말했다.

"한 번에 집합시키면 혼란스러울지 몰라서 수고로움에
도 불구하고 어제 아침부터 한 명씩 불러내서 내가 설명해
줬는데 마지막의 마지막에 온 네가 도망을 치다니. 두 번
일을 하게 만드는구나."

"저, 여기…… 어딘가요?"

자신이 주목을 받고 있다는 사실에 허둥거리면서 고코
로가 늑대님에게 묻자 늑대님이 "흥!" 하고 코웃음 쳤다.

"그걸 설명하려고 했더니 네가 어리석게도 도망친 거야.
반성해."

"우리도 어제 막 들었기 때문에 잘 몰라. 상황은 너랑
마찬가지야."

포니테일을 한 여자아이가 친절하게 설명해줬다. 같은
나이일 거라고 생각했는데 그 말투에서 '아, 이 사람 아마
도 나보다 나이가 많을 거야.'라고 직감한다. 굉장히 침착
하고 어른스럽다.

"소원이 이뤄지는 성이래."

톤이 높아서 귀에 쨍하고 울리는 목소리가 났다. 성우
같은 목소리다. 평소에 들으면 거부감이 느껴질 정도다.

그쪽으로 얼굴을 돌리니 안경을 낀 여자아이가 왼쪽 구석 계단 첫 번째 단에 앉아있었다. 단발머리에 남자아이처럼 베이지색 파카와 청바지를 입고 있었다.

"맞아!"

한결 큰 목소리로 늑대님이 외쳤다. 놀랍게도 그 순간 짐승이 "우워엉!" 하고 길게 우는 것 같은 소리가 이명처럼 이중으로 들렸다.

그 소리를 들은 순간 발이 움츠러들었다. 움찔거리며 몸을 빼는 고코로의 옆에서 다른 아이들도 모두 얼어붙어서 눈을 크게 떴다. 아무래도 고코로만이 아니라 다른 아이들도 모두 그 소리를 들은 모양이었다. 놀라는 아이들 반응에 개의치 않고 늑대님이 계속해서 말했다.

"이 성 깊은 곳에는 아무도 들어간 적 없는 '소원의 방'이 있어. 들어갈 수 있는 사람은 단 한 명. 소원을 이루는 자는 한 명뿐이야. 빨간 모자(그림형제의 동화)들."

"빨간 모자?"

'뭐지 그게.' 하고 생각한다. 조금 전에 위협적인 울음소리를 들어선지 어린 여자아이가 자신들을 '빨간 모자'라고 부르는데도 묘하게 기가 죽었다. "너희들은 길을 잃고 헤매는 빨간 모자들이지." 하고 소녀가 말했다.

"너희들은 오늘부터 내년 3월까지 이 성 안에서 소원의 방을 열 수 있는 열쇠를 찾아내야 해. 찾아낸 한 사람만이 그 문을 열고 소원을 이룰 수가 있어. 즉, '소원 열쇠 찾기'야. 이해했나?"

고코로는 가만히 있었다.

다른 아이들도 서로 슬슬 얼굴을 마주 보기만 할 뿐 아무 말이 없었다. 알아들은 얼굴이 아니라 압도된 얼굴이다. 뭐가 뭔지 도통 모르겠다는, 그래서 무엇을 어떻게 물어야 좋을지도 모르겠다는 얼굴이다.

그러자 늑대님이 다시 "다른 사람 얼굴을 흘끔거리지 마!"라고 외쳤다.

"내가 안 물어봐도 누군가가 뭔가 물어봐주지 않을까 하고 기대하는 것은 좋지 않아. 뭐든 하고 싶은 말이 있으면 직접 말해."

"그럼, 묻겠는데……."

아니나 다를까, 그 지점에서 입을 연 것은 조금 전에 고코로에게 말을 걸어준 포니테일의 아이였다.

"왜 그런 기회를 준다는 거지? 소원이 이뤄진다니, 어떻게? 어제도 들었지만, 어째서 하필이면 우리를, 왜 하필이면 나나 여기 있는 아이들을 불러온 거지? 그리고 여기는 어디야? 현실? 당신은 누구지?"

"우와."

하고 싶은 말이 있으면 직접 말하라고 본인 입으로 말한 걸 잊었는지 포니테일을 한 아이의 잇따른 질문에 늑대님이 귀를 막았다. 가면에 붙어있는 늑대의 귀가 아니라 인간의, 자신의 귀를.

"꿈이 없네. 자신이 이야기의 주인공으로 선택되었으면 일단 기뻐해야 하는 거 아니야?"

"아니, 기뻐하고 아니고의 문제가 아니라……."

이번에는 포니테일 아이를 대신해서 다른 남자아이가 말했다. 고코로가 여기 왔을 때부터 쭉 왼쪽 계단 한가운데쯤에 앉아서 게임기를 만지작거리고 있던 아이다. 목소리가 컸고 두터운 렌즈 너머의 눈매가 사나웠다.

"단순히 뜻을 모르겠다는 거라고. 어제부터 갑자기 집에 있는 거울이 빛난 것도 그렇고, 거울을 통해 이곳으로 오게 된 것도 그렇고, 그리고 이곳 자체도 그렇고. 하나하나 왜 그런 건지 분명하게 알고 싶어."

"흐흥! 드디어 입을 열었군. 소년."

늑대님이 웃었다.

"남자는 여자에 비해서 함께 어울리는 데에 시간이 걸리지. 여자들은 서로 말을 걸기 시작한 지 오랜데 꽤 늦게 입이 열렸군. 앞으로 분발해봐."

늑대님이 얕보듯이 말하자 남자아이는 눈에 힘을 주고 늑대님을 노려봤다. 늑대님은 아무렇지도 않게 그 시선을 받아넘기고는 "정기적으로 후보를 선택하고 있지." 하고 노인 같은 말투로 말하고 일부러 그러는 것처럼 헛기침도 덧붙였다.

"너희들만이 아니야. 지금까지도 몇 번쯤 길을 잃고 헤매는 빨간 모자들을 정기적으로 이 성에 초대해왔어. 소원을 이룬 빨간 모자가 과거에도 많이 있어. 어쨌든 선택된 너희들은 럭키한 거야."

"난 돌아갈 거야."

계단 상단에 앉아서 아까부터 잠자코 있던 다른 남자아이가 일어섰다. 가녀리고 키 큰, 조용해 보이는 남자아이였다. 하얀 얼굴의 콧마루 주위에 주근깨가 퍼져있는 것이 《해리포터》에 나오는 론 같다고 고코로는 생각한다.

"안 돼!"

늑대님이 말하는 것과 동시에 또 "우워웡!" 하고 길게 우는 짐승소리가 들리면서 공기가 찢어지기라도 할 듯이 격렬하게 흔들린다. 일어선 남자아이도 눈앞의 공기 덩어리를 버티기라도 하는 듯이 가슴을 젖히고 그대로 멈췄다.

"끝까지 설명을 들어!" 하고 늑대님이 가면 탓에 표정을 알 수 없는 얼굴로 아이들을 노려봤다.

"여기 올지 안 올지는 설명을 다 듣고 나서 생각해. 알겠어? 우선 성은 너희가 올 때 사용한 거울을 통해서 출입할 수 있어. 그동안은 성문 밖으로 들어오게 했지만 이번부터는 이 홀로 들어오게 했어. 도망치는 녀석이 있으니 말이야."

늑대님이 고코로 쪽을 보았고 고코로는 또 도망치고 싶어졌다. 모두가 늑대님을 따라서 자신에게 시선을 모으는 것이 견딜 수 없이 싫었다.

"성이 열리는 것은 오늘부터 내년 3월 30일까지. 그때까지 열쇠를 찾아내지 못하면 그날로 열쇠는 소멸하고 너희는 더 이상 이곳으로 들어올 수 없다."

"차, 찾으면?"

처음 듣는 목소리가 나서 늑대님이 소리가 난 방향을 봤다. 고코로도 그쪽을 바라보니 다른 사람들이 자신을 보는 것을 못 견디겠다는 듯이 과장되게 "히익!" 하고 비명을 지르며 한 남자아이가 계단 난간 그늘에 숨었다. 약간 뚱뚱한 남자아이다. 그 아이의 주뼛거리는 둥근 손이 계단 난간 끝으로 살짝 보였다. 그 아이가 주저주저하면서 물었다.

"누군가가 열쇠를 찾아 소원을 이루면 거울과 이곳은 더 이상 연결이 안 돼?"

"소원의 방이 열린 시점에서 너희의 이 게임은 끝나. 그렇게 되면 3월 30일 전이라도 이 성은 닫혀."

늑대님이 끄덕이며 말했다.

"덧붙여서 매일 성이 열리는 것은 일본 시간으로 아침 아홉 시부터 오후 다섯 시까지야. 그러니까 다섯 시까지는 거울을 통해서 반드시 집으로 돌아갈 것. 이건 꼭 지켜야 하는 규칙이야. 그 후까지 성에 남아있으면 너희에게는 무서운 벌칙이 주어질 거야."

"벌칙?"

"심플한 벌이야. 늑대에게 잡아먹혀."

"……어?"

모두가 거의 똑같이 입을 벌렸다. 시선이 늑대님에게로 모였다. 고코로도 그랬다. '정말이야?' 하고 묻고 싶었지만 아까부터 몇 번쯤 들려온 짐승 울음소리에 발이 움츠러들었던 것을 떠올리니 못 물어보겠다.

잡아먹힌다니 즉 그건 네가 우리를 먹는다는 말?

아무도 입을 열지 않는, 서늘한 침묵이 주위를 덮었다. 그 틈을 타서 머리를 굴리던 고코로가 어떤 사실에 생각이 미쳤다. 어제 늑대님은 고코로에게 '이제 네 시고, 시간이 없다.'고 했었다. 돌아왔을 때에는 텔레비전에서 늘 보던 드라마가 시작하고 있었다. 방에 걸린 시계도 돌아가고 있었다. 즉 여기서 지내는 시간은 거울 저편에서도 실제로 가고 있다는 거다.

성이 열리는 것은 아홉 시부터 다섯 시. 그리고 기한은 3월 30일까지. 왠지 학교 같다고 생각하다가 깨달았다. 고코로는 새삼 이 자리에 모인 늑대님을 제외한 아이들의 얼굴을 차례로 봤다.

고코로.

추리닝 차림의 얼짱 남자아이.

포니테일의 똑 부러진 여자아이.

안경을 낀, 성우 목소리의 여자아이.

게임기를 만지작대며 건방져 보이는 남자아이.

'론'같이 생긴 주근깨투성이의 차분한 남자아이.

조금 살찌고 마음 약해 보이는 계단에 숨은 남자아이.

전부 일곱 명.

서로 분위기는 완전히 다르지만 여기서의 시간이 거울
저편에서도 가고 있다면…….

포니테일 여자아이의 질문을 떠올린다.

'왜 우리가 불려온 거지?'

그건 고코로도 알 수 없지만 적어도 딱 하나, 자신들에
게는 공통점이 있다.

이 아이들은 모두 자신과 마찬가지로 학교에 가지 않는
아이들이다.

—☙☙—

"저, 그 벌칙이라는 것에 대해서 말이야."

다음으로 목소리를 낸 것은 이번에도 포니테일의 그 아
이였다.

'늑대에게 잡아먹힌다.'

포니테일 아이의 목소리를 신호로, 충격적인 벌칙에 대해 아무렇지도 않다는 듯이 말한 늑대님을 다 같이 바라봤다. 포니테일 여자아이도 놀란 얼굴을 하고 있는 건 고코로와 다르지 않았지만, 그래도 고코로보다는 훨씬 침착한 느낌이었다.

　"잡아먹힌다는 건 문자 그대로의 뜻인 건가?" 하고 포니테일 아이가 계속했다.

　늑대님이 끄덕였다.

　"그야 뭐, 머리부터 통째로 삼키는 거지. 단, 동화에서처럼 어머니를 불러와서 배를 가르고 대신 돌을 채운다든가 하는 짓은 하지 마. 충분히 주의하도록."

　"네가 먹을 거니?"

　"상상에 맡기겠는데, 거대한 늑대가 나오기로 돼있어. 큰 힘이 너희들에게 벌을 내릴 거야. '그것'이 한 번 시작되면 누구도 막을 수 없어. 나도."

　늑대님이 아이들의 얼굴을 하나하나 둘러봤다.

　"그리고 또, 누군가 한 명이 벌칙을 받았을 때는 다른 사람도 연대 책임을 져야 해. 한 사람이 안 돌아갔을 경우에는 그날 성에 왔던 다른 녀석들도 모두 못 돌아가게 될 거니까 주의하도록."

　"다른 아이들도 모두 잡아먹힌다는 거야?"

　"뭐, 그런 얘기지."

늑대님이 천연덕스러운 얼굴로 대답했다.

"어찌 됐건 시간은 반드시 지켜. 성이 열리는 시간 외에 살금살금 혼자서 소원 열쇠를 찾는 짓은 아무도 해선 안 돼. 잘 알아두도록."

늑대님의 모습이 익숙해져서인지 늑대가면의 입이 움직여서 말하고 있는 것 같은 느낌이 들기 시작했다.

"이제 막 만났는데 연대 책임이라니?"

높은 목소리가 들렸다. 안경에 단발머리를 한 그 여자아이의 목소리였다.

"아직 서로에 대해서 잘 알지도 못하는데 어떻게 연대해서 책임을 져?"

"그래. 그러니까 최대한 사이좋게 지내. 잘해봐."

잘해보라고 해봤자 별다른 수가 없다. 방 안은 다시 침묵에 잠겼다.

"늑대님도 성이 열린 동안은 우리랑 있을 거지?"

용기를 내서 고코로가 처음으로 직접 질문을 했다. 늑대님이 빙글 방향을 바꿔서 자신을 보자 고코로는 또 반사적으로 몸을 움츠렸다.

"항상 있는 건 아니고 있다가 없다가 할 거야. 부르면 나와줄 수도 있어. 도우미 겸 감시자 같은 거라고 생각하면 돼."

도우미라면 꽤나 무례한 도우미다.

다른 질문이 나왔다.

"3월 30일이란 건 잘못 말한 거 아닌가? 3월은 31일까지일 텐데……"

그때까지 혼자 아무 말도 하지 않고 있던 추리닝 차림의 남자아이 목소리였다. 고코로가 내심 '얼짱'이라고 생각한 그 아이다. 서늘한 눈매는 고코로가 좋아하는 소녀만화 속 남자 주인공과 닮았다.

늑대님이 고개를 흔들었다.

"정정은 없어. 성이 열리는 기간은 3월 30일까지야."

"그건 왜 그런 건데? 무슨 뜻이라도 있는 거야?"

그가 물었다.

"특별히 없어. 3월 31일은 굳이 말하자면 이곳 세계의 유지, 보수 기간이라고 하면 되지 않을까? 흔히 있잖아. 내부 수리를 위해 쉽니다, 같은 거."

늑대님은 자신이 사는 성에 대해서 이야기하는 건데도 왠지 남의 이야기를 하는 듯한 말투다. 잘생긴 남자아이는 아직 납득이 안 가서 뭔가 더 말을 하고 싶은 것 같았지만 결국 얼굴을 돌리고 "알았어."라고 짧게 대꾸하고 만다.

"소원이 이뤄진다는 건 진짜고?"

이번에는 게임기를 만지작거리던 남자아이가 나른하게 고개를 돌리면서 늑대님에게 물었다. 못 보던 게임기 같아서 저절로 눈이 가는데, 고코로가 있는 곳에서는 자세히 볼 수 없었다. 그의 말투는 어딘가 도발적이고 심술궂게 들렸다.

"열쇠만 찾으면 어떤 소원이라도 이룰 수 있나? 거울이 빛나면서 이곳과 연결되는 것 같은 그런 기괴하고 초현실적인 힘으로 소원을 이뤄준다고 이해하면 되는 건가? 마법을 쓰고 싶다든가 게임의 세계에 들어가고 싶다든가 그런 것도 가능해?"

"가능하지만 힘들 텐데……. 그런 계통의 소원을 빌어서 행복해진 예를 거의 못 봤어. 게임의 세계에 들어갔다가 바로 적의 습격을 받고 죽는다든가 할 수도 있는데 그래도 좋다면."

"꿈이 없군. 하지만 뭐 괜찮아. 최소한 포켓몬(가상의 생명체 몬스터가 사는 게임 '포켓몬스터'. 줄여서 '포켓몬'이라고 한다. 플레이어는 포켓몬들을 포획하고 성장시키며 다른 포켓몬과 대결시킨다)을 선택하면 싸우다가 죽는 건 내가 아니라 수중의 몬스터일 테니."

게임기를 들고 있는 남자아이는 어디까지가 진심인지 알 수 없는 말을 담담하게 말하고 혼자서 끄덕였다.

"그리고 성 안에서 주의할 점으로……."

늑대님이 모든 아이들의 얼굴을 둘러본다.

"여기 들어올 수 있는 것은 너희들 일곱 명뿐이야. 다른 누군가를 데려오려고 해도 안에는 들어올 수 없어. 그러니까 조력자를 동원해서 열쇠를 찾으려 한다든가 그런 것은 생각하지 마."

"누군가에게 이곳에 대해서 이야기하는 것은?"

이것도 또한 얼짱 남자아이의 발언이었다. 늑대님이 그에게로 돌아섰다. 그때까지 막힘없이 다양한 질문에 대답하던 그녀가 이때만큼은 잠시 침묵했다.

"얘기할 수 있으면 해봐."

잠시 후에 그녀가 대답했다.

"상대가 그 얘기를 믿어줄 거라고 생각한다면 말이야. 아마 말하는 사람의 머리가 이상해졌다고 생각할 거야. 아무튼 당사자 이외에는 여기 들어올 수 없으니까 존재를 증명하는 건 어려워."

"그래도 말이야, 눈앞에서 거울 속으로 들어오는 것은 할 수 있잖아? 빛나는 거울 속으로 아들이 사라지면 아마도 깜짝 놀라면서 믿을 거라고 생각하는데……."

게임기 남자아이가 말하자 늑대님이 "호오." 하고 숨을 내쉬었다.

"아들이라고 했지? 그건 즉 부모에게 도움을 청한다는 얘긴가? 친구가 아니라 어른에게."

"그거야, 뭐."

게임기 소년의 얼굴색이 변했다. 늑대님은 즉각 "그럴 경우 어른은 너희들이 돌아온 뒤에 다시는 거울 속으로 들어가지 못하도록 거울을 부숴버리겠지."라고 대답했다.

"부수기까지 하지는 않더라도 멀리 치워놓겠지. 그러면 열쇠 찾기는 끝. 그래도 좋다면 마음대로 해봐. 그러나 그럴 경우에 대비해 이쪽으로서도 대책을 강구해놨지. 제삼자가 보는 앞에서 입구를 여는 것은 이쪽에서도 방범정책상 바람직하지 않으니까."

"누군가 있을 경우에는 거울의 입구가 안 열린다는 말이야?"

"명답이십니다."

얼짱의 목소리에 늑대님이 크게 고개를 움직이며 끄덕였다. 큰 귀가 함께 흔들렸다.

"지금까지 말한 규칙을 지키는 한 여기서 어떻게 지내든 그건 자유야."

늑대님이 설명을 계속했다.

"성이 열려있는 동안은 열쇠를 찾는 것 이외에 이 안에서 무엇을 해도 상관없어. 놀아도 되고 공부를 해도 되고. 책이나 게임 같은 거, 그리고 도시락에 과자 정도라면 가져오는 것도 허락해줄게."

"여, 여기에 뭐 먹을 건 없어?"

계단 뒤에 숨어있는 통통한 남자아이의 질문을 들으며 고코로는 적잖이 놀랐다. 겉모습만 봐도 '먹보'란 느낌이지만 그런 겉모습을 배반하지 않는 말을 저렇게 대놓고 할

수 있다니 굉장하다. '창피하지 않은 걸까.' 하고 감동조차
할 뻔했다. 우리 반에서 그런 식으로 말했다간 더할 나위
없는 '먹이'가 되어버릴 것이다.

"없어."

늑대님이 선선히 대답한다.

"오히려 너희가 늑대의 밥이야. 그 점 잘 알아둬. 그러니
평소 잘 먹어서 살쪄두는 건 환영이야."

그러고 나서 늑대님이 모두를 향해 천천히 턱을 추켜올
리고 말했다.

"서로 인사해. 앞으로 일 년 가까이 매일은 아닐지 몰라
도 자주 얼굴을 마주하게 될 멤버야. 서로 인사 나누라고."

모두 머뭇거리면서도 결국 서로 얼굴을 마주 보고 만다.
이러다가 늑대님에게 '서로 눈치 보지 마!'라는 소리를 들
을지도 모른다고 생각하며, 혹시 멀리서 무서운 짐승 울음
소리가 다시 들려오는 것은 아닐까 하며 목을 움츠리려는
그때, "아, 그럼 잠깐 동안 늑대님은 어디 다른 데 좀 가있
지 않을래?" 하고 포니테일 여자아이가 말했다.

"서로 인사는 할게. 이런 영문 모를 곳에 왔으니 당연히
우리도 서로 사이좋게 지냈으면 해. 하지만 잠깐 상황을
정리할 시간을 줘. 우리끼리만 있게 해달라고."

"흐음. 뭐 괜찮겠지."

늑대님은 특별히 불쾌하진 않다는 듯이 가면의 얼굴을

갸웃하고 기울였다.

"그럼 편하게 있어. 조금 있다가 돌아올게."

그렇게 말하고 사라졌다.

아무것도 없는 공중으로 사뿐히 손을 올리고는 공기를 쓰다듬듯이 그 손을 움직였나 싶더니 그대로 눈 깜짝할 사이에 모습이 완전히 사라졌다.

남겨진 일곱 명 모두 열린 입을 다물지 못하고 서로의 얼굴을 쳐다보다가 "지금, 봤어?" "봤어. 사라졌어……." "어? 어?" "굉장해……!" 하며 탄성을 터뜨렸다. 어쨌든 늑대님이 사라지자 고코로도 그들에게 말을 걸 수가 있었다.

"우선 나는 아키야."

좌우로 뻗어 내려온 계단 위의 큰 시계를 등지고 선 포니테일 여자아이가 홀에 둥글게 둘러앉은 나머지 아이들 앞에서 자신을 소개했다. 그 말투가 조금 거슬린다고 느껴져서 고코로는 얼굴을 들었다. 이름만 말하고 성은 말하지 않았다. 하지만 그 아이는 마치 다른 사람들이 더는 묻지 못하게라도 하려는 듯이 재빨리 말을 이었다.

"중3. 잘 지내보자."

"아, 잘……."

"네, 잘 지내요."

상대가 연상이다보니 고코로는 경어를 쓰게 된다.

고코로는 아이들끼리만 모여서 이렇게 딱딱하게 자기소

개를 해본 경험이 없다. 이런 때에는 언제나 담임 선생님 아니면 다른 누군가 어른이 있었다. 올해 4월 갓 입학한 교실에서 자기소개를 했을 때에도 출석번호가 빠른 남자아이가 이름만 말하고 황급히 인사를 끝내자 이다 선생님이 "그건 좀 섭섭한걸." 하고 멈춰세웠다. "이름이랑 졸업한 초등학교. 그리고 취미든 뭐든 좋아하는 것에 대해서 한마디 정도는 해야지." 하고 주의를 줬다. 그 말에 따라 다들 '야구'라든가 '농구'라든가 자신이 좋아하는 것을 이야기했다. 고코로는 그때 취미를 '노래방'이라고 대답했다. 독서를 취미라고 하면 어두운 아이로 보일 것 같았고, 고코로 앞 순서에서 인사한 여자아이 몇 명이 '노래방'이라고 한 것에는 아무도 뭐라고 하지 않는 걸 봤기 때문이다. 그래서 여기서도 취미를 말해야 하는 상황에서 노래방이라고 하면 별 문제가 없을 거라고 내심 생각한다.

하지만 이 자리를 이끌던 늑대님이 없어진 지금, 자기소개를 좀 더 자세하게 하라고 요구하는 목소리는 그 누구에게서도 나오지 않았다. 굳이 말하자면 지금 막 인사한 아키가 그런 걸 잘할 것 같아 보였지만 정작 짧게 이름만 말했기 때문에 그게 자연스럽게 패턴이 되어서 다른 사람들도 그녀가 한 대로 따라하면 된다고 생각할 것 같았다.

"난 고코로."

그렇게 생각한 고코로가 과감하게 이어 말했다. 처음부

터 성과 이름을 같이 기억하는 건 어려울지도 모른다고
생각해서 짧게 말했다. 이렇게 적은 인원 앞에서 인사하
는데도 속이 조금 울렁거리고 찬바람이 와닿는 느낌이 들
었다.

"중1. 잘 부탁합니다."

"난 리온."

다음으로 잘생긴 아이가 말한다.

"외국인 같은 이름이라는 말을 자주 듣는데 일본인이야.
이과理科의 리理(일본어 발음은 리)에 소리 음音(일본어 발음은
온) 자를 써서 리온. 취미랑 특기는 축구. 중1. 잘 부탁해."

중1. 고코로와 같다.

그의 말에 대해 "잘 부탁해."라고 대꾸하는 목소리가 여
기저기서 나왔다. 다들 조금 어색한 듯이 숨을 죽이는 것
을 알 수 있었다. 자기 이름을 한자로 어떻게 쓰는지, 취미
는 뭔지, 이제부터는 말해야 하는구나.

하지만 아키는 덧붙여서 발언할 기색이 없었고 고코로
도 고쳐서 말할 수 없었다. 여기서는 취미를 노래방이라고
성의 없이 말하면 오히려 안 될 것 같은 생각도 들었다.

"나는 후카. 중2."

안경을 낀 여자아이가 말했다. 높은 성우 목소리가 익숙
해지자 그건 그것대로 한 음 한 음이 반들반들한 좋은 목
소리로 들렸다. 잠시 무언가를 생각하는 듯 침묵이 2초쯤

계속되다가 곧 침묵을 끊듯이 단호한 말투로 말했다.

"잘 부탁합니다."

다시 정보를 추가하지 않는 방향으로 돌아왔다.

"마사무네. 중2."

게임기 남자아이가 말했다. 아무하고도 눈을 마주치지 않고 빠른 말투로 이어서 말했다.

"무장武将의 이름 같다, 칼 이름이 아니냐, 일본 술 이름이기도 하다는 말은 지겹게 들어서 귀에 딱지가 앉을 지경이니까 듣고 싶지 않아. 본명이거든."

그는 '잘 부탁해.'라고 말하지 않았다. 그래서 모두 대응할 타이밍을 잃고 있는데 그 옆에 앉은 키 큰 남자아이가 작게 숨을 들이마셨다. 아까 '돌아가도 돼?'라며 자리에서 일어나려 했던《해리포터》의 론을 닮은 남자아이.

"이름은 스바루. 스바루란다. 잘 부탁해. 중학교 3학년이야."

짤막하게 그렇게만 말했다.

좀 특이하다. 어딘가 세속과 동떨어진 것 같은 인상이다. '~란다.'라는 말투는 고코로가 아는 남자아이들은 아무도 쓰지 않는다. 그런 말투를 쓰는데도 이상하게 들리지 않는, 지금까지 본 적 없는 분위기가 있는 남자아이다.

"우레시노."

이어서 작은 목소리가 들렸다. 이곳에 먹을 것이 있나

없나를 걱정하던 통통한 남자아이다. "어?" 하고 모두가 되묻자 같은 말을 반복했다.

"우레시노. 이름이 아니라 성이야. 보기 드문 성이지만 우레시노라고 해. 잘 부탁해."

주저주저하는 그의 모습이 자신과 닮은 것 같아서 고코로는 그에게 호감이 갔다. 무심코 '어떤 한자를 써?'라고 물으려다가 괜한 질문인가 싶어 망설였다. 여기서 그런 질문을 하면 분위기가 어색해지지 않을까 하는 생각이 들었다.

그런데 "어라, 어떤 한자?"라는 가벼운 목소리가 들려서 고코로는 내심 숨을 삼켰다. 리온이었다. 우레시노는 누군가 말을 걸어주기를 기다렸다는 듯 한숨 돌린 듯한 표정을 짓는다.

"기쁘다를 뜻하는 한자(일본어로 '기쁘다嬉しい'는 우레시이)에 들판 야野(일본어 발음은 노)를 합해서 우레시노嬉野야."

"으악. 획수가 엄청 많잖아. 난 그 한자 못 써. 그거 몇 학년 때 배우지? 시험 칠 때 힘들지 않아? 이름 쓰는 거."

"응. 좀 시간이 걸려. 그래서 시험 칠 때마다 문제 푸는 시간을 손해 본다고 생각했어."

우레시노가 기쁜 듯이 씽긋 웃었다. 그것을 신호로 분위기가 가벼워졌다. "중1이야."라고 우레시노가 정보를 보충했다.

"잘 부탁해."

"우리는 모두 중학생이구나."

아키가 말했다. 모여있는 아이들의 조정자라도 되는 것처럼 모두를 둘러보며 끄덕였다.

"있지, 지금 늑대님이 듣고 있을지 모르지만 다들 뭔가 짐작 가는 거 있니? 여기 불려온 이유가 뭔지?"

그렇게 질문을 던지는 아키의 목소리에서 희미하게 파도치는 것 같은 긴장을 느낀 것은 고코로의 기분 탓만이 아닐 것이다.

"전혀. 짐작 가는 거 아무것도 없어."

즉각 마사무네가 대답했다.

"……그렇지?"

왠지 안심한 것처럼 아키가 끄덕였다. 그것을 보고 고코로도 함께 가슴을 쓸어내렸다.

왜 하필이면 우리가 이곳에 불려왔을까.

소개하는 시간이 끝나자 서로 눈을 마주치는 것을 피하는 분위기로 넘어갔다. 다들 입을 다물어버린다. 말투가 퉁명스럽거나 더듬거리거나 여러 가지지만 그래도 한 가지는 서로 똑같다는 것을 다들 알아차린 것이다.

모두 다 학교에 안 간다.

하지만 아무도 그 사실을 파고들지 않는다. 묻지 않는다. 말하지 않는다. 아무도 말하지 않지만 여기서 그런 것을 확인하고 싶지 않다는 마음이 서로 공유되고 있다는 것

70

이 모두에게 느껴진다.

숨이 막힐 것 같은 침묵이 이어지던 그때였다.

"끝났나?"

어느샌가 계단 위에 늑대님이 와있었다. 기척 없이 갑자기 나타난 늑대님을 보고 다들 깜짝 놀라서 "우와악!" 소리를 질렀다.

"그런 귀신 보는 것 같은 얼굴 하지 마."

늑대님이 말했다. 다들 늑대님이 충분히 귀신같다고 생각했지만 그걸 소리 내어 말하는 아이는 아무도 없었다.

"그럼, 각오는 됐나?"

늑대님이 물었다. 이번에는 아무도 얼굴을 마주 보지 않았다.

각오.

즉, 열쇠를 찾아 소원을 이루겠다는 각오일까. 서로에 대한 소개가 끝나고 각각의 이름과 개성을 조금 알게 된 상황에서, 또다시 이 성과 열쇠에 대해 생각한다.

열쇠는 하나. 소원을 이룰 수 있는 건 한 사람뿐. 모두 같은 생각을 하고 있다는 것을 알 수 있었다. 그 마음을 꿰뚫어본 것처럼 늑대님이 말했다.

"그럼 오늘은 해산. 여기 남아서 열쇠를 찾든 산책하든 집에 가서 생각을 정리하든 좋을 대로 해. 아, 그리고."

늑대님이 마지막으로 덧붙이듯이 말했다. 그 말이 고코

로의 가슴을 달콤하고 부드럽게 흔들었다.

"성 안에는 각자의 방이 준비되어 있으니까 사용해도 좋아. 방 앞에 각자의 이름표가 걸려있으니까 나중에 확인해둬."

6월

5월이 끝나고 찾아온 6월.

그날은 아침부터 부슬부슬 비가 내리고 있었다. 고코로는 창을 톡톡 두드리는 빗소리를 들으며 눈을 뜨게 되는 날씨가 싫지 않다.

중학교는 자전거로 통학하기 때문에 비 오는 날이면 지정 비옷을 입고 등교하게 되어있다. 아침에 흠뻑 젖은 비옷을 날이 갠 저녁에 펼칠 때, 비옷 표면에 스며있다가 풍겨나오는 냄새가 좋았다. 그 냄새는 물과 먼지가 뒤섞여서 생기는 것이라고 어딘가에서 읽었다. 그 냄새를 싫어하는 사람도 있을지 모르지만 고코로는 좋아했다.

아직 학교에 다니고 있었던 4월 어느 날, 자전거 두는 곳에서 그 냄새를 킁킁 맡던 고코로가 같이 통학하던 아이들에게 무심코 "비 냄새가 나." 하고 중얼거렸다.

그 후 미오리 일행이 비옷을 얼굴 가까이로 끌어당기는 흉내를 내면서 "비 냄새가 나." 하고 말하며 히죽거리는 것을 보고 고코로는 몸이 굳었다. 어딘가에서 자신을 지켜보고 있었나보다. 비를 좋아하는 건 자유지만, 학교라는 곳은 그런 마음을 솔직하게 드러내서는 안 되는 곳이라고 고코로는 절망적으로 깨달았다.

2층 방 침대에서 몸을 일으키고 1층으로 내려간다.

고코로는 오늘도 스쿨에 가고 싶지 않다고 말했다. 어머니의 목소리는 거칠어지지 않았다. 그저 "또 배가 아픈 거로구나?" 하며 차가운 목소리로 말할 뿐이었다. 고코로는 '정말로 아픈데 왜 꾀병을 부린다는 것처럼 말하는 걸까.' 하는 생각에 마음이 상한다. "응." 하고 가늘게 대답하자 어머니는 "그럼 누워있어라."라고 말했다. 더 이상 고코로의 얼굴을 보고 싶지 않다는 것처럼.

지난달부터 스쿨에는 결국 한 번도 가지 못했다.

어머니와 뭔가 더 이야기해야 할 것 같다는 생각이 들었다. 꾀병이 아니라는 것, 스쿨이 싫어서 이러는 것도 아니라는 것 등. 하지만 1층에 더 머물다가는 어머니가 본격적으로 화를 낼까 두려웠다. 슬펐고 복통을 믿어주지 않는 것이 억울했지만 어머니가 오늘도 쉴 거라고 스쿨에 전화하는 목소리를 다시 듣는 것도 싫어서 계단을 오른다.

침대 안에 들어가있는데 어머니가 현관문을 열고 밖으로 나가는 소리가 들렸다.

어머니는 외출할 때면 언제나 고코로에게 "다녀올게." 하고 말하고 나갔다. 이렇게 아무 말도 없이 나갔을 리는 없다. 잠깐 밖에 나간 것뿐일지도 모른다고 기도하는 심정으로 살그머니 현관으로 내려가보니 어머니의 가방도, 구두도 없었다. 고코로는 어두운 현관의 빈자리를 바라보며 스쿨에 못 가서 힘든 것은 자신인데 왜 어머니가 이렇게 화를 내는지 서운하고 안타까워 숨조차 쉴 수 없을 것 같았다. 어머니는 오늘 아침에 인사조차 하지 않았다.

부엌을 살짝 들여다보니 식탁 위에는 오늘도 역시 도시락과 물통이 남아있었다.

비 내리는 소리와 비 냄새로 싸인 방으로 돌아오니 전신거울이 빛나고 있었다.

5월의 마지막 날이었던 그날부터 아침은 매일 같은 풍경이다. 거울이 빛난다. 성으로 가는 입구가 열린다. 고코로를 부른다.

고코로는 5월의 마지막 날에 있었던 일을 떠올렸다.

그날 성에 모인 아이들은 그렇게 하기로 말을 맞추기라도 한 듯이 각자 자신의 방을 확인하러 갔다.

고코로도 자신에게 배정된 방을 찾아가보고는 놀라서 숨을 삼켰다.

고코로네 집의 방보다 훨씬 넓은 방 안에는 폭신폭신한 카펫에 꽃 모양이 조각된 나무책상과 큰 침대가 있었다. "와아!" 하고 자신도 모르게 탄성을 지르며 조심조심 침대 위에 앉아보니 부드럽고 푹신한 매트리스가 깊숙이 가라앉았다. 빨간 벨벳 커튼에 하얀 격자무늬가 있는 돌출 창이 있었고, 창가에는 텅 빈 새장이 놓여있다. 마치 서양 동화의 한 장면을 보는 것 같다.

그리고 커다란, 무척 커다란 책꽂이가 있다.

고코로는 자신도 모르게 숨을 들이마셨다. 오래된 종이 냄새. 큰 서점에 가면 사람이 적은 전문서 코너에서 맡을 수 있는, 조금 먼지 섞인 그 냄새. 고코로가 좋아하는 냄새.

벽 한 면을 가득 뒤덮은, 천장에 닿을 듯 말 듯한 높은 책꽂이 앞에 서서 고코로는 압도되었다.

책꽂이는 자신의 방에만 있는 걸까.

그때 어디선가 띠딩! 하고 피아노 소리가 들렸다.

귀를 기울였다. 끊길 듯 끊길 듯 누군가가 건반을 두드렸다. 제목을 알 수 없지만 광고 방송에서 자주 들어서 귀에 익은 클래식 선율이 한 음 한 음 선명하게 들린다. '누군지 모르지만 그 방에는 피아노가 있구나.' 하고 생각하는데 순간 쾅! 하는 소리가 들려 고코로는 움찔한다. 난폭하게 건반을 내리친 모양이었다. 그리고 그것으로 연주는 끝이었다.

고코로의 방에는 아무리 둘러봐도 피아노가 없다. 큰 침대 머리맡에 테디 베어가 기대어 세워져있었고, 책꽂이가 벽면을 다 차지하고 있을 뿐이었다. 읽을 수 있을까 싶어서 몇 권 꺼내보고는 "아." 하며 멈칫했다. 전부 외국어 책이었다. 영어 정도는 어떻게든 알겠지만 그중에는 영어가 아닌 독일어라든가 프랑스어로 된 것 같은 책도 있었다. 그 대부분이 동화다. 표지의 그림을 보니 《신데렐라》와 《잠자는 숲속의 미녀》와 《눈의 여왕》 《늑대와 일곱 마리 어린양》 책이라고 추측할 수 있었다. 할머니와 할아버지가 앞장서서 무를 잡아당기는 표지의 책은 《커다란 무》일까. 늑대님이 고코로와 다른 아이들을 빨간 모자라고 불렀는데 그 《빨간 모자》의 독일어판 같은 책도 있는 것을 보니 좀 오싹해졌다.

여기서 한 권 빌려가서 집에서 읽어볼까. 영어 책이면 사전을 찾으면서 읽을 수 있을지도 모른다.

책꽂이를 쳐다봤다. 몇몇 세련된 표지의 책은 본 적이 있는 것도 같았다. 같은 것이 아닐지도 모르지만 모에의 아버지가 가지고 있던 원화와 분위기가 비슷했다. 생각이 거기에 미치자 콕 하고 가슴이 아팠다. 모에가 빌려준다고 말했었는데 그 약속이 이뤄질 일은 이제 두 번 다시 없을 것이다.

자신의 방에 피아노가 없는 것은 조금 아쉬웠다. 하지만 자신의 방에 피아노가 있어봤자 고코로는 제대로 칠 수 없을 것이다. 피아노는 피아노를 칠 줄 아는 아이의 방에만 있는 건지도 모른다. 그렇다면 여자아이인 포니테일을 한 아키의 방이거나 안경 쓴 후카의 방일까.

이번에는 방 침대 위에 대담하게 누워서 한동안 천장을 올려다봤다. 천장에도 아름다운 꽃무늬가 펼쳐져있었다. 이 방을 자유롭게 써도 좋다니 멋진 일이라고 생각하며 깊이 숨을 들이마시고 황홀해져서 눈을 감았다.

모처럼 주어진 기회니까 다른 장소도 돌아보자는 생각에 방을 나와서 성 안을 조금 돌아다녔다.

긴 복도에는 지금껏 본 적 없는 큰 풍경화가 걸려있었다. 복도에는 불을 밝히는 데 쓰는 촛대도 걸려있다. 한동안 걷다보니 난로가 있는 응접실 같은 장소가 나왔다. 성 안에는 아직 더 많은 방이 남아있는 것 같았지만 주위에 아무도 보이지 않았기에 다시 계단까지 돌아오기로 한다. 그러자 거기에 늑대님이 홀로 서있었다.

"어……? 다른 애들은?"

"돌아갔어."

늑대님이 쌀쌀하게 대답했다. 고코로는 당황했다.

시간이 많이 지난 것도 아닌데 그 누구도 자신에게 간

다는 말을 하지 않고 돌아갔구나.

"다, 같이?"

"아니, 제각각. 각자 멋대로 돌아갔어. 오늘 중으로 다시 올 녀석도 있을 테지만."

성에는 아홉 시부터 다섯 시 사이라면 몇 번이라도 출입할 수 있다고 했다.

고코로는 자신이 따돌림 당한 게 아니란 걸 알고 안심했다. 하지만 다 같이 모여서 얼굴을 보고 흩어져도 좋았을 텐데 각자 가버리다니 꽤 자유로운 아이들이다. 그 모두의 자유로움을 따라 해야 할 것 같아서 고코로도 집에 돌아가기로 했다. 어차피 집에 가봤자 할 일도 없기 때문에 당장 열쇠를 찾기 시작해도 되겠지만 소원 열쇠를 찾겠다고 게걸스럽게 구는 것처럼 보이는 것은 싫었다. 다들 얼마나 열쇠 찾기에 진심인지도 모르겠고.

빛나는 거울 속으로 손을 넣고 빛의 막을 다시 빠져나가면서 돌아보니 거기에는 계단과 넓은 홀만 있을 뿐 늑대 님은 이미 사라진 뒤였다.

그날 이후, 고코로는 한 번도 거울 너머로 가지 않았다. 빛나는 거울을 앞에 두고 계속해서 주저하기만 할 뿐이었다. '갈까.' 하고 몇 번이나 생각했지만 그때마다 발이 움츠러들었다. 겁이 나는 건지도 몰랐다. 성으로 가는 입구가 닫히는 다섯 시가 지나 거울의 빛이 사라지면 비로소 마음이 놓였다. 그러면서도 늑대님이든 다른 누구든 자신을 억지로라도 데리러 와주지 않을까 하고 기대하게 되는 건 자신이 비겁하기 때문일까. 그때 왔던 아이들은 그 뒤로도 그곳에서 만나고 있을까. 성 안에서 이미 서로 친해졌다면 그곳에 고코로가 끼어들 자리는 없을 것이다. 그때 돌아가며 인사한 아이들 몇 명하고는 친구가 될 수 있을 것 같기도 했지만 하루 안 가면 안 간 만큼 그곳에 갈 용기가 자꾸 옅어지고 마음도 꺾여갔다. 이래서는 학교에 못 가는 거랑 다를 바 없다. 어머니가 권하는 스쿨에 한 번 빠지고 났더니 결국은 내내 못 가게 된 것과 비슷하다.

하지만 외국 동화 속에 나오는 것 같았던 편안한 방이 자꾸 생각났다. 아이들 중 아무도 자신들이 학교에 안 가는 아이라고 말하지 않는 것도 편안했다. 그곳에는 모두가 자신에 대해 깊게 이야기하지 않았다. 참가해본 적은 없지만 인터넷의 오프 모임에 참가한 것 같았다고나 할까. 거기서는 서로를 이름만으로 부를 뿐, 어디 사는 누구란 것은 말하지 않는다.

그 점은 편하긴 하지만 다른 한편 조금은 괴롭고 가슴을 조이는 것 같은 기분이 드는 것 역시 사실이었다. 입장이 같은 그 아이들하고는 자신이 당한 일, 지금 하고 있는 생각 등 뭐든 이야기할 수 있을 것 같은 마음이 들기도 하는데 그렇게 할 기회를 스스로 닫고 있는 것 아닌가 하는 생각이 들어서 답답했다. 신기하게도 고코로는 처음 만난 그 아이들에게서 묘한 친근함을 느꼈다. 답답한 마음이 드는 것도 그 때문이 아닐까.

자신의 생각을 돌아보던 고코로는 갑자기 성으로 가봐야겠다는 마음이 들었다.

어머니가 만들어준 도시락과 물통을 토트백에 넣고 어깨에 걸쳤다. 옷을 갈아입고 얼굴을 씻고 빛나는 거울 앞에 섰다. 다시 성으로 갈 생각을 하니, 누군가가 열쇠를 벌써 찾아버린 건 아닌지 걱정된다.

부디 아직 아무도 찾지 않았기를.

고코로에게는 이루고 싶은 소원이 있었다.

'사나다 미오리가 이 세상에서 사라지게 해주세요.'

비 냄새를 비웃은 그 애가 고코로 앞에 처음부터 존재하지 않았던 게 된다면 얼마나 좋을까.

그 소원이 고코로의 등을 밀기라도 하는 양, 고코로는 양손을 거울 표면에 대고 마치 성문을 밀어젖히듯이 힘껏 밀었다.

거울 속으로 들어간 순간 몸이 빛의 물에서 끌어올려지는 것 같다. 숨을 멈추었다가 다시 들이마신다.

용기를 내서 눈을 떴다. 그러자 요전번처럼 벽에 걸린 큰 시계, 그 아래의 돌출 난간, 그리고 거기서 좌우로 뻗어 내려온 계단이 눈에 들어왔다. 정면에는 스테인드글라스로 장식된 밝은 창이 있다.

토트백을 든 손을 꽉 쥐고 인기척을 살폈다. 요전번에는 일곱 명이 모였는데 지금은 아무도 보이지 않았다. 그 뒤로 한동안 안 왔으니 만나면 뭐라고 인사를 할지 몰라서 미리 경계하고 있었던 고코로는 일단 안심했다.

다들 안 온 걸까.

돌아보니 자신이 빠져나온 거울이 무지개색으로 반짝이고 있었다. 마치 물웅덩이에 떠있는 기름에 햇빛이 반사되어 여러 가지 빛깔로 반짝반짝 빛나는 것 같다. 나란히 놓인 일곱 개 거울 중에서 고코로가 통과한 거울처럼 무지개색으로 빛나는 거울이 두 개다. 맨 오른쪽과 왼쪽에서 두 번째 거울이 그렇게 빛나고 있다. 나머지 네 개는 빛나지 않는다. 보통의 거울과 마찬가지로 그저 계단이 비치고 있을 뿐이다. 그 안에 자신의 모습이 비쳐 보여서 조금 놀란다. 어쩌면 이곳에 온 아이가 성에 있는 동안만 거울이 빛나는 걸지도 모르겠다.

늑대님이 설명하러 나타날 것만 같아서 뒤를 돌아봤지만 늑대님의 모습은 보이지 않았다. 왠지 모르게 맥 빠진 기분이 되어서 고코로는 정신 차려야겠다고 생각했다. 자신이 통과한 거울은 나란히 놓인 일곱 개 거울 중 한가운데에 있다. 위에는 이름표 같은 것도 없으니 잘못 돌아가

지 않게 잘 기억해둬야겠다고 생각했다. 전에 왔을 때는
거기까지 생각하지 못했다.

그때 어디선가 소리가 들려왔다.

역시 누군가 와있다.

천천히 걷기 시작했다. 아무래도 소리는 1층 안쪽에서
나는 것 같았다. 이 성의 분위기와 어울리지 않는 소리다.
요전번에 들었던 피아노 소리나 이야기 소리가 아닌, 조금
은 귀에 거슬리는 소리다.

잘못 들은 게 아니면 그것은 게임기에서 나는 전자음이
었다.

─◦◦◦◦◦─

난로와 소파, 테이블이 있고 보통 집으로 말하자면 '거
실' 같은 공간. 그런 방을 성에서는 뭐라고 부르는지 잘 모
르겠지만 어쨌든 손님을 접대할 때 안내하는 방, 혹은 사
람들이 모이는 방이라는 느낌을 주는 그런 공간이었다.

그곳에는 남자아이 둘이 있었다.

지난번에 자기소개를 한 안경 낀 마사무네와 신기한 분
위기의 스바루였다. 두 사람 앞에는 다른 데에서 가져다놓
은 것 같은 엄청 크고 무거워 보이며 오래된 텔레비전이
놓여있었다. 그 텔레비전의 화면에 보이는 것은 고코로도

아는 게임이었다. 삼국지를 모티브로 한 액션 게임. 적을 베며 나아가는 것이 시원스러운 그 게임.

"아⋯⋯." 하고 작게 숨이 새어나갔다.

요전번에 아버지가 '게임기까지 있으면 이 아인 더 이상 공부를 안 하게 돼.'라며 고코로가 갖고 있던 게임기를 치워버렸다. 그 뒤 하루 온종일 집에 있으면서 아버지의 서재나 침실 등 구석구석 뒤져봤지만 어디에 꽁꽁 잘 숨겨뒀는지 찾을 수가 없었다.

고코로는 '토트백은 방에 놔두고 올걸.' 하고 생각하면서 토트백을 오른손에 쥔 채 문 앞에 서서 응접실 같은 공간을 살펴보았다. 그러자 응접실 안의 두 사람도 고코로를 발견한 모양이었다. 얼굴을 이쪽으로 돌리나 싶었는데 마사무네가 못 본 척 다시 텔레비전 화면을 향해 앉았다. "아, 큰일이네. 게이지 깎였어. 죽을 거야." 하고 혼잣소리처럼 말하는 것이 귀에 들렸다. 고코로는 '봐놓고도 못 본 척한 건가.'라는 생각이 들자 어떻게 해야 좋을지 몰라서 목소리도 나오지 않았다.

그런 고코로를 살려준 것은 스바루였다.

변함없이 현실감 옅은 모습으로 "죽을 거야." 하고 대꾸하더니 손에 들고 있던 게임 컨트롤러를 발밑에 내려놓고는 고코로 쪽을 보고 "아, 왔니?" 하고 물어봐줬다.

"여기가 우리 집도 아닌데 어서 오라고 말하기는 좀 그렇네. 누구에게나 평등하게 열려있는 곳이니까 말이야."

"아, 안녕."

고코로의 입에서 목소리가 조금 들떠서 나온다. 그런 스바루와 고코로의 대화에 전혀 개의치 않고 마사무네가 "어이, 스바루 형." 하고 고코로를 무시한 채 스바루를 불렀다. '스바루 형'이라고 부르는 것을 듣고 고코로는 어렴풋이 긴장한다. 얘들은 벌써 호형호제할 정도로 사이가 좋은 거다.

마사무네가 계속해서 고코로를 무시한 채 스바루에게 말했다.

"도중에 그만두면 어떻게 해. 형 때문에 죽으면 어떡하라고."

"미안, 미안."

스바루는 투덜투덜하면서 게임을 다시 시작하려는 마사무네를 달래며 고코로에게 "앉을래?"라고 묻더니 말했다.

"같이 할래?"

"저 텔레비전 게임기는 집에서 가져온 건가요?"

"응. 마사무네가."

자신의 이름이 거론되었는데도 마사무네는 얼굴을 여전히 화면으로 향한 채 컨트롤러를 움직이며 "엄청 무거웠어." 하고 말했다.

"아버지가 창고에 넣어둔 낡은 텔레비전이야. 존재도 잊었을 테니까 없어도 모를 거라고 생각해서 가져왔는데, 이

거 진짜 죽고 싶을 만큼 무거워. 엄청나게 고생해서 가져왔어. 게임 컨트롤러도 우리 집에서 사용 안 하는 걸 가져온 거야."

누구를 향해 설명하는지도 알 수 없을 정도로 단조로운 목소리였다. 고코로는 당황하면서 "아, 응." 하고 대꾸하고 스바루를 쳐다봤다.

"오늘은 둘밖에 없어요?"

"응. 나중에 올지도 모르지만 지금은 그래. 우리는 개근인데 다른 애들은 모두 오다 말다 그러더라."

스바루가 우아하다고밖에 달리 표현할 수 없는 웃음을 지었다.

"고코로, 넌 쭉 안 왔지? 이곳에 흥미가 없나 했어."

"난……."

어디서부터 이야기를 시작해야 좋을지 몰랐다. 쭉 안 오더니 왜 갑자기 온 거냐며 에둘러 비난하는 건가 싶어서 입이 쉽게 떨어지지 않았다. 그러자 스바루가 먼저 "아, 미안." 하고 사과했다.

"처음 본 거나 마찬가진데 고코로라고 너무 친한 것처럼 이름을 불러서. 미안."

"아니, 뭐 괜찮아요."

소개할 때 성은 말하지 않고 이름만 밝혔으니까 어쩔 수 없지 않은가. 하지만 그럴 때 "어이."라든가 "있지." 같은 말로 은근슬쩍 넘길 수도 있었는데 그러지 않는 게 신기했다. 기분 좋은 반응은 아니지만 마사무네처럼 행동하는 편이 보통의 남자아이다운 방식이라고 생각했다.

고코로는 처음 들어간 방을 둘러봤다. 훌륭했다. 벽에는 호수와 숲을 그린 큰 그림과 누구라도 보면 깜짝 놀랄 만큼 멋진 기사 갑옷과 투구가 걸려있었다. 큰 뿔을 가진 사슴 머리 박제도 걸려있는데 그것을 보고는 순간적으로 늑대님의 가면이 떠올라서 흠칫 놀랐다.

애니메이션이나 동화 속에서는 자주 등장하는 물건들이지만 실제로 보는 것은 처음이다. 둘은 무늬가 들어간 폭신폭신한 카펫 위에 털썩 앉아서 게임을 하고 있었다.

여기 와서 게임이라니.

납득이 잘 되지 않는다는 고코로의 마음이 전달됐는지 스바루가 "뭐 문제 있어?" 하고 말을 걸어왔다. 게임을 다시 시작한 마사무네는 텔레비전 화면에 얼굴을 묻고는 혼자서 "우웃!" 하고 힘을 주기도 하고 "이거 실화야?"라고 화면을 상대로 이야기하기도 한다.

"열쇠, 안 찾아요?"

고코로가 그렇게 물었더니 이번에도 스바루만 "어? 아아……." 하고 대꾸했다. 마사무네가 계속 자신을 무시하자 고코로는 과감히 이름을 꺼냈다.

"마사무네 오빠는 소원 방 열쇠를 찾는다고 했었잖아요.

내가 안 오는 동안에 다들 그걸 찾아서 벌써 발견됐나 했거든요."

"찾았다면 이곳에는 더 이상 못 오지. 그러면 성이 닫힌다고 했으니까."

계속해서 고코로를 무시하던 마사무네가 짧게 반응했다. 그래도 눈은 아직 이쪽을 보지 않았다.

"아무도 못 찾은 거 아닐까? 나도 꽤 열심히 찾아봤지만 아직 못 찾았어."

"그렇구나."

퉁명스러운 말투였지만 질문에 정확히 대답해줬다. 열쇠가 아직 발견되지 않았다고 하는 사실도 마음이 놓였다.

"꽤 진지하게 찾았었어, 마사무네는."

스바루가 쿡쿡 웃었다. 마사무네는 "시끄러워."라고 중얼거리며 시선을 떨궜다.

"나도 도왔는데 오늘까지 별다른 성과가 없어. 그래서 게임이라도 하자고 얘기가 나온 거야. 처음엔 마사무네의 방에서 했는데 방에 틀어박혀 있는 것보다 다 같이 할 수 있는 곳에서 하는 게 어떻겠냐고 아키가 그러더라."

"아, 그랬군요."

"오늘은 아직 안 왔지만 아키도, 다른 아이들도 그 뒤로 가끔씩 와."

"스바루 오빠는 흥미 없어요? 소원 방."

"나?"

마사무네를 '도왔다.'라는 말을 듣고 그렇게 물으니 스바루가 "응. 별로."라고 끄덕였다. 고코로는 깜짝 놀랐다.

"소원을 이루어준다는 것에는 솔직히 별로 흥미 없어. 열쇠 찾기 자체는 수수께끼풀기 게임 같아서 재미있어 보이긴 하지만 내가 흥미 있는 것은 오히려 마사무네가 갖고 온 게임기 쪽이야."

스바루가 텔레비전 화면과 격투하고 있는 마사무네를 가리켰다.

"우리 집에는 게임기가 없어서 게임을 해본 적이 거의 없는데 해보니까 정말 재미있는 거야. 게다가 이 성 좋지 않아? 우리끼리만 자유롭게 쓸 수 있고 게임을 해도 뭐라는 사람 없고."

"그러니까 일단 열쇠만 찾고 내년 3월, 일 년을 꽉 채울 때까지 소원 방을 열지만 않으면 된다니까."

마사무네가 드디어 얼굴을 돌려서 스바루 쪽을 봤다.

"그러면 성이 닫히지 않으니까 여기도 정해진 기간 끝까지 사용할 수 있잖아. 물론 나는 그랬으면 하지만 열쇠만 찾는다면 바로 소원을 이루고 싶은 녀석도 있을 테니까. 그런 녀석이 먼저 열쇠를 손에 넣으면 그것으로 끝이야. 그렇다면 다른 사람보다는 내가 먼저 찾는 편이 좋겠다면서 스바루 형이 나를 도와주기로 한 거야. 그러면 3월까지 여기서 게임도 할 수 있고."

"다른 사람들도 열쇠를 찾고 있나요?"

고코로는 속으로 감탄하면서 그렇게 물었다. 열쇠를 찾
아도 내년 3월까지 성을 열린 채로 해놓겠다니 생각도 못
해본 일이다. 마사무네가 힐끗 고코로를 봤다. 대답한 것은
스바루였다.

"그런가봐. 다들 분명하게는 말하지 않지만 열쇠를 찾고
있는 건 확실한 것 같아. 하지만 발견은 못했어. 우리도 성
안의 서랍이라든가 카펫 밑이라든가 여기저기 다 찾아봤
지만 열쇠 같은 건 없었어. 남은 건 우리가 각자 받은 방
정돈데……."

"늑대님한테 확인했잖아. 누군가 한 사람에게 유리한 일
은 하지 않는다고. 각자의 방은 완전한 개인의 공간이라고
했어. 하지만 힌트 정도는 장치되어 있을지 모르니까 그
점에 대해서는 서로 이야기를 해보라고 했어."

"힌트?"

"의미심장한 말이지. '이 성 안에 힌트가 있으니까 열심
히 찾아봐.' 하더라고."

마사무네가 늑대님의 말투를 그대로 따라 하는 걸 보면
아무래도 늑대님이 그 뒤로도 이곳에 오는 아이들과 접촉
하고 있는 모양이었다.

"너도 찾고 싶니? 소원이 이뤄지는 열쇠."

"나는⋯⋯."

그렇게 묻는 스바루가 '별로 흥미 없어.'라고 어른스럽게 말한 터라 대답하기가 난처하다. 마사무네에 대해서도 마찬가지다. 열쇠 찾기의 라이벌로 여겨지고 싶지는 않다. 그래서 그만 모호하게 대답하고 만다.

"그냥 어떤 것일까 하는 정도?"

그때 마사무네가 끼어들었다.

"그런 거였나. 첫날 얼굴 비춘 뒤로 오늘까지 오지 않기에 앤 학교 다니는 쪽인가 했더니 오늘은 무슨 일? 감기? 학교 쉬는 날?"

"⋯⋯어?"

고코로가 놀라서 눈을 크게 떴다. 이번엔 분명히 고코로에게 말하는 거였다. '애'란 건 아마도 고코로를 가리키는 것이리라. 마사무네가 처음으로 고코로와 눈을 마주쳤다. 텔레비전 화면의 게임은 일시 중단되어 '스타트 대기 중'이라는 글씨가 보였다. "학교."라고 마사무네가 반복했다. 담담한 어조였다.

"다니나 했어. 안 다녀?"

복사뼈에서 머리까지 열 덩어리 같은 것이 솟아올라서 말이 안 나왔다. 어떻게 말하면 좋을지 모르겠다.

'왜.' 라는 마음이 우선 강하게 올라왔다. 배신당한 기분이다. '그런 거에 대해서는 말 안 하기로 한 거 아니었나?'

하는 마음.

다들 그 사실을 서로 지적하지 않는 것이 이곳의 규칙이라고 생각했다. 그런 섬세한 배려가 있는 것 같아서 마음이 편했는데……. 어떻게 대답해야 내 처지가 구질구질하게 보이지 않을까. 응, 난 학교 다녀. 단지 몸이 약해서 갈 수 있는 날과 못 가는 날이 있어. 병원에 가거나 검사를 받거나. 이런 식으로 말할까? 그런 말을 한다고 상상하니 무척 감미로운 느낌이 들었다. 정말로 그렇다면 얼마나 좋을까. 몸이 약한 거라면 다들 어쩔 수 없다고 생각해준다. 마음이 약한 게 아닌 거다. 고코로의 아버지와 어머니도 그런 편이 좋다고 생각할 게 분명하다.

"나, 는……."

더듬더듬 말을 한다. 마사무네가 10초만 더 기다려줬다면 고코로는 거짓말을 해버렸을 것이다. 그러나 그때 다시 마사무네가 가벼운 목소리로 말을 이어갔다.

"아니, 만약 학교에 다닌다면 그런 녀석이랑은 얘기하지 말아야지 하고 물어본 것뿐이야. 그렇게 깊이 생각하지 않아도 돼."

"어?"

고코로는 깜짝 놀라서 저도 모르게 큰 소리를 내며 마사무네의 얼굴을 봤다. 마사무네는 눈을 맞추지 않은 채 "글쎄, 보통 그렇잖아."라고 했다.

"의무교육이라면서 시키는 대로 학교에 다녀야 하고, 교사가 으스대는 걸 아무 의문도 없이 받아들여야 한다니 말이야. 최악을 넘어서 호러야."

"마사무네, 말이 지나쳐."

스바루가 쓴웃음을 지으며 배려하듯이 고코로를 봤다.

"고코로가 놀랐잖아."

"내가 틀린 말 했나."

마사무네가 불만스럽다는 듯이 입술을 쑥 내밀었다.

"우리 집은 엄마, 아빠가 1학년 때 담임이랑 크게 다퉜어. 그러고는 그런 저질 학교 다닐 거 없다고 해서 일찌감치 그만뒀어."

"아버지랑 어머니가 안 다녀도 된다고 하셨어?"

고코로는 믿지 못하겠다는 듯이 묻는다. 그 목소리에 이쪽을 힐끗 본 마사무네는 망설임이 눈곱만큼도 느껴지지 않는 목소리로 말하며 고개를 끄덕였다.

"오히려 내가 간다고 해도 엄마, 아빠가 말릴 거야. 엄마, 아빠는 그런 데는 다닐수록 손해라고 했어."

고코로는 눈을 크게 떴다.

"나도 그렇게 생각해." 하고 마사무네가 계속한다.

"선생님들도 교사라면서 잘난 듯한 얼굴을 하고 있지만 어차피 인간이잖아. 교사 자격증은 갖고 있겠지만 실제로는 우리들보다 머리가 나쁜 사람도 많이 있을 거야. 그런

데도 아이들을 모아놓고 교실이라는 자신의 왕국을 갖고 있다며 잘난 척 굴어도 용납된다는 거, 난 싫어."

"마사무네네 집은 그런 주의인가 보구나."

여전히 얼굴에 쓴웃음을 띠며 스바루가 말했다.

"학교에서 배울 수 있는 건 어차피 대단한 게 아니니까 집에서 공부해도 좋다고 하는 주의인가보네. 학교 환경에 익숙해지지 못해도 그건 마사무네 탓이 아니라는 사고방식인 거지? 누구에게나 맞고 안 맞고는 있으니까, 라면서."

"특별히 익숙해지지 못한 건 아닌데……."

마사무네네가 불만스럽다는 듯이 흘낏 스바루를 노려봤다. "난 성적은 나쁘지 않다고." 하고 한숨을 쉬었다.

"초등학교 때는 학교에 다녔는데 그때도 공부는 학원이랑 집에서 하는 통신교육으로만 했고 수업 같은 건 제대로 듣지 않았어. 하지만 그래도 전국 모의고사 같은 걸 보면 점수도 등수도 좋았어."

"지금도 학원이랑 통신교육만 하나요?"

"학원만. 엄마, 아빠가 좋은 강사가 있는 학원을 찾아줘서 거기 다녀."

학원 수업은 밤에 있어서 낮 시간이 자유로운 거라고 했다.

"대체로 말이야, 학교란 그런 주의랄까. 모두가 다닌다는 이유로 아무 의문도 갖지 않고 따라 가는 녀석들이 다니는 곳이야. 나, 이 게임기 개발한 사람 아는데 그 사람도 고등학교까지는 학교에 제대로 다니지 않았대. 교사도, 아이들도 바보에 촌스러운 놈들뿐이었다고 했어."

"어? 게임기를 개발했다고……?"

고코로는 앞에 놓인 게임기를 유심히 살펴봤다. 유명한 메이커에서 만들어낸 인기기종이다. 세계적으로 인기를 끌고 있는 제품이다.

"정말로? 우리 집에도 이거 있어. 이걸 마사무네 오빠가 아는 사람이 만들었어요?"

"뭐 그렇지."

"굉장해!"

말하고 나서 처음 만난 날 마사무네가 갖고 있던 휴대용 게임기가 낯설었던 게 생각났다.

"혹시나 해선데…… 요전번에 아직 발매 전인 게임기 갖고 있지 않았나요?"

"어? 어어……."

마사무네가 의외라는 표정으로 고코로를 본다.

"아마도. 그거였나? 베타테스트해달라고 그 사람한테 부탁받은 거."

"어엇! 베타테스트라니 그게 뭔데요?"

"발매하기 전에 테스트해보는 거야. 어른도 하지만 아이가 해보고 어떻게 생각하나 하는 의견도 필요하니까. 해보고 뭔가 문제가 있으면 알려달라고 나한테 줬어."

"와아, 좋겠다!"

고코로의 입에서 저절로 소리가 새어나왔다. 자신과 같은 중학생인데 그런 식으로 어른과 아는 사이라니 마사무네가 갑자기 어른스럽게 보이기 시작했다.

"굉장하지?"

스바루도 말했다.

"나도 마사무네한테서 그 얘기 듣고 놀랐어."

"그러니까 학교에 가는 건 나한테는 별로 의미가 없어. 학교 같은 거 안 통해도 조만간 그쪽에 관계된 일을 하게 될 거야. 지금도 내가 해주는 얘기가 참고가 된다며 나중에 그쪽 회사에 오는 게 어떻겠냐고 제의할 정도니까."

"제의가 있다고……."

벌써 그런 제의를 받다니. 고코로는 점점 더 말문이 막혔다. 마사무네가 중얼거리듯이 보충한다.

"아, 오늘 갖고 온 건 투(2)인데 집에 물론 쓰리(3)도 있어. 정말은 개발 중인 포(4)의 베타테스트를 부탁받았는데, 이 낡은 텔레비전으론 할 수가 없어. 단자가 다르니까."

"쓰리!"

고코로는 전문적인 건 알 수 없었지만 그래도 입에서 큰 감탄의 소리가 나왔다. 반응의 크기에 만족한 듯이 마사무네가 "포도 아니고 쓰리에 그렇게 놀라냐?" 하고 웃었다. 그러고 나서 고개를 끄덕이며 고코로에게 물었다.

"여잔데 게임을 해?"

"응. 많을걸요. 게임하는 여자애들."

고코로의 초등학교 시절 친구 중에도 몇 명쯤 바로 얼굴이 떠오르는 아이가 있다.

"그래?" 하고 코에서 숨을 내쉬며 끄덕이는 마사무네를 앞에 두고, 고코로는 새삼 한숨이 나올 것 같았다. 너무 놀라서 말을 계속할 수 없었다. 부모가 학교에 갈 필요가 없다고 하다니. 오히려 안 가도 된다고, 학교나 선생님 쪽이 잘못한 거라고 말하다니, 우리 집에서는 절대로 있을 수 없는 사고방식이다. 마사무네의 말이 다시 생각나면서 고코로의 마음을 흔든다.

'만약 학교에 다닌다면 그런 녀석이랑은 얘기하지 말아야지 하고 물어본 것뿐이야.'

학교에 안 다니는 것을 좋다고 한 거다. 돌려서 한 말이고 무례한 말투였지만 누군가로부터 그런 식으로 긍정의 말을 들은 것은 처음이었다.

"스바루 오빠네 집도 그런 분위긴가요? 마사무네 오빠네 집처럼?"

저도 모르게 묻고 만다. 스바루는 "뭐, 그런 셈이지." 하고 끄덕였다. 자세히 말하지 않았지만 난처한 듯이 웃는 얼굴은 그 이상 묻지 말라는 표시인 것 같았다.

고코로는 마사무네와 스바루의 이야기를 좀 더 듣고 싶었다. 오늘 아직 이곳에 오지 않은 다른 아이들의 이야기와 각자가 안고 있는 사정에 대해서도. 아무래도 자신이 생각했던 것과는 다를 것 같았다. 지금까지는 학교에 다니지 않는 것이 마음에 켕겨서 서로 화제 삼지 않기로 하고 있다고 생각했다. 그런데 아무래도 그것만은 아닌 것 같다. 적어도 마사무네와 스바루가 자기소개를 할 때 그런 이야기를 하지 않은 것은 '학교를 다니고 안 다니고가 무슨 대단한 일이냐.' 하는 생각을 했기 때문인 것 같다.

"같이 할래?"

스바루가 게임기를 손에 들고 고코로 쪽으로 내밀었다. 마사무네도 이쪽을 보고 있었다.

"할게요."

짧게 대답하고 스바루의 손에서 게임기를 받아들었다.

결국 그날은 고코로와 스바루, 마사무네 이렇게 셋 말고는 성을 방문한 사람이 없었다.

솔직히 조금 마음이 놓였다. 다른 여자아이 없이 남자아이 둘에 둘러싸여서 함께 노는 것은 고코로로서는 처음 해 본 경험이었다. 그러고 있는 것을 아키나 후카가 와서 보면 어떻게 생각할까 싶어서 내심 조마조마했다.

"내일도 와라."라고 스바루가 말했다.

시간이 가는 것은 순식간이었다. 성이 닫히는 다섯 시가 임박할 때까지 고코로와 아이들은 도중에 밥이나 반찬을 가지러, 혹은 화장실에 가러 집에 돌아갔다 오거나—성 안에는 욕실까지는 갖춰져있는데 화장실은 없는 것 같았다— 하는 것 말고는 계속 성에 머물면서 게임을 하고 놀았다. 아버지가 게임기를 숨기기 전까지 매일 했던 솜씨가 그럭저럭 남아있어서인지 말을 밉살스럽게 하는 마사무네도 일단은 고코로를 동료로서 인정해주는 것 같았다.

"우리는 아마 내일도 올 거야. 한가하면 너도 오지 그래?" 하고 마사무네가 말하자 고코로는 "고마워."라고 대답했다.

정말은 어떻게 반응해야 좋을지 모를 정도로 기뻤다. 부모 이외의 사람과 오랜만에 이야기를 해본 것이다. 이제 이곳에 오는 것은 무섭지 않다.

그때 "아우우!" 하고 높은 음의 울음소리가 멀리서 들려왔다. 늑대님의 소리일 것이다. 고코로는 놀라서 주위를 두리번거렸다. 하지만 늑대님의 모습은 보이지 않는다.

"아, 다섯 시 십오 분 전이 되면 매번 멀리서 늑대님의 울음소리가 들려와."

스바루가 설명해줬다.

"이제 돌아가라는 소리야."

"늑대님도 매일 여기 있는 게 아닌가요?"

"으음, 있다 없다 해. 첫날 그 여자애가 말했듯이 부르면 나오고 부르지 않았는데도 폴짝하고 나타나서 놀라게 하는 일도 있고. 부를까?"

"아. 아니, 됐어요. 괜찮아요."

급히 고개를 저었다. 처음에 도망치려다 허리를 붙잡혔던 때의 일을 떠올리면 그 소녀는 아직 좀 무서웠다. 그러면서 '스바루는 어른스러운 남자아이구나.' 하고 깊이 생각한다. 늑대님을 '그 여자애'라고 부르다니.

집에 가기 위해서 거울이 늘어선 넓은 홀로 돌아가다가, 문득 생각나는 게 있어서 "아, 참." 하고 고코로가 물었다.

"소원 방은 어디에 있나요? 벌써 봤어요?"

뭔든 한 가지 소원만 이루어진다는 방은 이 성 어딘가에 있을 것이다. 당연히 이미 위치를 확인했겠지.

물어보니 마사무네와 스바루가 서로 얼굴을 마주봤다. 마사무네 쪽이 안경 속에서 눈을 찌푸리며 말한다.

"아직 못 찾았어."

"어, 그럼……."

"열쇠만이 아니라 방이 있는 장소도 찾아내야 하나 봐."

스바루도 말한다. 고코로는 작게 숨을 들이켰다.

"그렇구나."

"정말로 그렇다면 그렇다고 미리 그 사실도 설명해줬어야지. 늑대님 녀석."

마사무네가 말하는 게 우스워서 그만 "풋!" 하고 웃어버렸다. "왜?" 하고 마사무네가 고코로를 노려봤다. 고코로는 얼른 "아무것도 아니에요."라고 대답했다. 하지만 우스웠다. 말이 험한 마사무네가 늑대님한테 고지식하게 '님'을 붙이는 것이 왠지 귀여웠다. 본인에게 귀엽다고 말하면 화를 낼 테니 절대로 말 못하지만 '흠, 잘난 상급생도 별것 아니네.' 하고 생각했다.

마사무네의 늑대님에 대한 호칭은 스바루의 '그 여자애'를 따라잡으려면 멀었지만, 그래도 스바루와 마사무네, 이 둘은 충분히 신사다.

"그럼 잘 가."

류색에 게임기를 챙겨넣고 등에 걸머진 마사무네가 맨 오른쪽 끝의 빛나는 거울 앞에 서서 짧게 손을 흔들었다. "응." 하고 끄덕인 스바루도 역시 왼쪽에서 두 번째 거울 앞에 서서 손을 댔다. 거울 표면은 그가 손을 댄 위치만 융해되어 그의 손을 삼킨 것처럼 보였다. 달리 보면 마치 흘러 떨어지는 폭포 안에 손을 넣고 물의 흐름을 멈추고 있는 것 같기도 했다. 고코로는 아직 조금 무서워했지만 둘은 완전히 익숙한 모습이었다.

자신 이외의 누군가가 거울 너머로 들어가는 것을 처음으로 본다. 문득 신기한 기분이 들었다. 지금 빛나고 있는 이 거울들, 빛나지 않는 다른 거울들도 손을 뻗으면 그것이 고코로의 방으로 연결되어 있듯이 그 아이들의 방으로도 연결되어 있는 거다. 혹시 다른 아이의 방에도 갈 수 있을까? 그 아이들이 모르게.

특별히 가고 싶은 건 아니다. 그건 다른 아이들의, 타인의 일기장을 훔쳐보는 것과 같은 일이다. 아니, 그보다도 더 나쁜 일이다. 고코로도 다른 아이들이 자신의 방에 들어오는 것은 결코 바라지 않는다.

조금 걱정이 됐지만 그런 걱정 안 해도 될 거라는 생각이 들었다. 지금 한쪽 손을 거울에 넣고 이쪽을 보고 있는 마사무네와 스바루는 믿을 수 있다. 다른 아이들도 마찬가지일 것이다.

"그럼 안녕."

"그럼 이만."

"응, 또 봐요."

둘과 인사를 하고 고코로는 다시 거울 너머로 쑥 손을 뻗어 빛의 베일을 통과했다.

─∘℃℘∘─

고코로는 다음 날도 또 성에 갔다.

한 번 갔더니 무엇 때문에 그렇게 기를 쓰며 사람을 피했을까 싶을 정도로 다른 아이들과 쉽게 어울릴 수 있었다. 마사무네와 스바루랑 게임을 하다보니 열 시가 지났다. 그때 완전히 게임방으로 변해버린 응접실에 "안녕." 하고 아키가 나타났다. 오래간만에 다시 만나는 건데도 아키는 그 공백을 느낄 수 없는 태도로 "아, 고코로. 오랜만이야." 하고 인사를 건넸다.

중3이라고 듣긴 했지만 정면으로 보니 이 사람은 확실히 선배라는 생각이 든다. 자신의 이름을 친근한 목소리로 불러준 건 기쁘지만 고코로 쪽에서는 뭐라고 불러야 좋을지 몰라서 "아, 아키 선배."라고 순간적으로 말했다.

그러자 마사무네가 폭소했다.

"뭐야. 동아리도 아닌데 선배라고 부르니까 엄청 웃겨."

"어, 어, 그럼, 어떻게 불러야 하나요?"

웃길 만한 일이 아니라고 생각하고 있던 고코로가 어찌할 줄을 몰라 하자 당사자인 아키가 "괜찮아. 기뻐. 선배라고 불러줘서."라고 말했다.

"그냥 아키라고 불러도 좋은데, 그렇게 예의 바르게 불러줘서 예뻐."

한달음에 자신을 예쁘다고까지 말해주는 것을 듣고 고코로는 조금 놀란다. 아키는 낯선 사람과의 어색한 분위기를 단번에 뛰어넘는다. 마사무네하고 스바루와도 마음을 열고 친해진 것 같은 아키를 보며, 아키의 한 차원 높은 커뮤니케이션 능력에 경탄한다.

이런 사람이 왜 학교에 못 가고 여기로 오는 걸까. 학교 안에서도 중심인물이 될 수 있었을 텐데.

"착하고 귀여우니까 선배들이 귀여워하겠구나, 고코로."

"아. ……아뇨, 난 입학하자마자 쭉 안 갔기 때문에 아는 선배가 없어요. 동아리도 들어가지 않았고."

마사무네와 스바루가 그건 부끄러운 일이 아니라고 역설했지만 학교에 안 다니는 것을 그저 '안 간다'고 둘러대며 '학교' 부분을 빼고 말한다. 어느 동아리든 견학조차 한 번도 못 했다는 사실을 떠올리면 한심한 기분이 든다.

고코로에게 친근하게 대하던 아키의 표정이 이 한마디에 희미하게 온도가 내려갔다. 옆에 있던 마사무네와 스바루의 입이 '아…….' 하는 모양이 되었고, 고코로가 그걸 알아차렸을 때 아키는 재미가 없어졌다는 듯이 응접실에 등을 돌리고 있었다.

"그래. 동아리에 들어가지 않았구나. 그럼 나랑 같네."

"네?"

"나 오늘은 내 방에 있을게. 후카도 와있는 것 같으니까 같이 놀자고 해봐."

아키는 그렇게 말하고는 개인 방이 있는 쪽을 향해 복도를 걷기 시작했다. 벽 양쪽으로 촛대가 늘어서있고 빨간 카펫이 깔린 복도로 키가 큰 아키의 뒷모습이 멀어져갔다.

그 등이 보이지 않게 되자 스바루가 살그머니 고코로에

게 다가와 속삭이듯이 말했다.

"저기 있지."

"네."

자신이 한 말 중 무엇이 아키를 화나게 한 건지 당황스러워하는 고코로에게 스바루가 "미묘하긴 한데……."라며 가르쳐준다.

"아키는 학교에 관련된 얘기는 별로 하고 싶어 하지 않는 것 같아."

"아……."

그 마음은 잘 알 것 같았다. 오히려 고코로도 그쪽 파派다. 다만 마사무네와 스바루가 아무렇지 않게 얘기를 하니까 그것에 맞춰버린 것뿐이다. 마사무네가 "난 별로 걱정할 일이 아니라고 생각하는데……." 하고 말했다. 그의 시선은 게임 화면을 향한 채였고 아키의 기분에 그다지 공감이 가지 않는다고 말하고 싶은 투였다.

새삼 깨닫는다. 처음에 서로 소개할 때 자신을 포함하여 모든 아이들이 이름과 학년밖에 말하지 않은 것은 맨 처음 소개를 시작한 아키가 그렇게 했기 때문이었다.

아키가 사라져간 복도를 바라보면서 고코로는 반성했다. 서로 그 일을 언급하지 않는 것이 편했다. 하지만 그것을 '대단한 일 아니야.'라고 생각하는 사람이 있다는 것을 알았을 때에는 후련한 기분이 들기도 했다. 그건 분명 자신만이 아니라 다른 아이들도 그랬을 것이다. 스바루가 말하는 대로 이건 미묘한 문제였다.

"후카 언니도 여기 와있구나."

후카도 중2니까 고코로의 한 학년 선배다.

얼굴을 떠올리며 한마디 중얼거리자 마사무네가 심술궂게 "그쪽에는 선배라고 안 붙여?"라고 파고든다. 놀림을 당하는 데 별로 익숙하지 않은 고코로는 당황해서 "글쎄……." 하고 고개를 저었다.

"뭐랄까, 아키 언니는 딱 보기에도 선배라는 느낌이라서 붙인 것뿐이고……."

"음, 그렇다면 나와 스바루 형도 일단은 너보다 선밴데."

장난스러운 투로 마사무네가 더 놀렸다. 어떻게 대꾸할까 고민하면서 입을 열려고 하는데 고코로의 말을 빼앗듯이 마사무네가 "후카는 자주 와. 우리랑은 거의 안 마주치지만." 하고 말했다.

"혼자 자기 방에 들어가있다는 거예요?"

"그래. 한번 같이 게임 안 하겠냐고 물어본 적이 있는데 안 한다고 하더라고. 딱 봐도 오타쿠(한 분야에 깊게 심취한 사람을 뜻하는 일본어)인데 게임을 안 한대. '거짓말이지?' 하는 느낌이었어."

"마사무네."

스바루가 강한 어조로 나무라듯이 이름을 부르자 마사

무네가 "뭘?" 하고 불만스럽게 입을 삐죽 내밀었다. 그래도 스바루의 눈빛이 차가워졌다는 걸 깨닫고 과장되게 숨을 쉬고 "자기 방에 박혀있는 스타일." 하고 말을 바꿨다.

"안에서 뭘 하는지 모르지만 기본은 개인행동이야."

"오후 한 시쯤 지나면 우레시노가 와. 어제는 안 왔지만."

"아아……."

그 말에 왠지 납득이 갔다. 아마 집에서 점심을 먹고 오는 모양이라고 생각하니 고코로는 우레시노가 어떤 아이인지 잘 알 것 같았다. 우레시노는 같은 중1이니까 아직 입학한 지 얼마 안 됐을 거라는 생각을 하다가 또 한 명의 중1을 떠올렸다. "그 남자아이는?" 하고 묻자 마사무네가 귀찮다는 듯이 눈동자만 이쪽으로 돌리고 "누구?"라고 무뚝뚝한 말투로 묻는다.

"리온."

"아아, 그 얼짱?"

말투에서 가시가 느껴졌다. 특별히 잘생겼기 때문에 물어본 게 아니라고 고코로는 변명하고 싶었지만 어떻게 말해야 좋을지 몰라 망설이고 있는데, 스바루가 "뭐야, 그거. 욕이야?" 하고 묻는다. 마사무네가 대답을 안 하자 스바루가 고코로를 향해 과장되게 어깨를 으쓱인다. "언제나 저녁."이라고 마사무네 대신 스바루가 대답을 해줬다.

"리온은 저녁에 오는 때가 많아. 늘 추리닝 차림인데 아마도 낮에는 공부하러 학원에 다니거나 뭘 배우러 교습소에 다니지 않나 싶어. 성이 닫힐 시간이 다 돼서야 올 때도 자주 있어."

"걘 우리랑 게임도 해."

마사무네도 말했다.

성의 큰 시계가 열두 시를 가리키며 종을 울렸다.

고코로는 일단 집에 돌아가서 어머니가 준비해놓은 카레를 먹고 이를 닦고서 다시 성으로 왔다. 다른 아이들도 점심은 집에 가서 먹거나 도시락을 가져와서 먹거나 하는데, 방식은 제각각이다.

점심을 먹고 나서 다시 성으로 돌아가려는데 왠지 학교 점심시간에 잠시 흩어졌다가 오후에 교실의 자기 자리로 돌아가는 기분이 들었다. 그렇게 생각했더니 거울을 통과할 때의 느낌이 조금은 더 좋아졌다. 물론 중학교에서 겪었던 점심시간은 마음에 불편한 기억으로 남아있다. 점심시간의 좋은 기억은 초등학교 시절까지 거슬러 가야 한다.

다른 아이들과 나눠먹을 수 있으면 좋겠다는 생각에 어머니가 '네가 깎아서 먹어라.' 했던 사과를 챙기고 과도도 위험하지 않게 은박지로 말아서 토트백에 넣었다.

거울을 통과하여 막 성에 도착했는데 옆에서 빛이 나는 거울 앞에 후카가 서있었다. 후카는 고코로와 반대로 집에 돌아가는 참인 모양이었다.

"아." 하고 소리를 내자 거울에 막 손바닥을 집어넣으려던 후카가 이쪽을 돌아봤다. 무표정하게 이쪽을 볼 뿐 웃지도 않았다. 생각해보면 아직 후카와는 둘이서 뭔가 얘기를 나눠본 적이 없다.

"아, 안, 녕."

"……안녕."

퉁명스러운 말투였지만 이런 짧은 말인데도 변함없이 목소리가 반들반들 빛났다. 고코로를 바로 옆에 놔두고 거울 너머로 미끄러져 들어가듯이 사라졌다.

응접실에 돌아오니 스바루의 말대로 우레시노가 와있었다. 오전까지 고코로가 앉아있던 위치에 턱 하니 자리 잡고 앉아 게임을 하고 있다. 그 모습을 보니 무척 크게 느껴졌던 텔레비전이 조금 작아진 것 같다. 우레시노의 몸집이 크기 때문일 것이다.

어제 왔을 때에는 마사무네가 쳐다보지도 않아서 무시당하는 모양새였는데 우레시노는 고코로가 들어온 것을 알고는 홱 고개 돌려 이쪽을 본다.

"아……, 분명 고코로……."

"응, 고코로 짱."

우레시노가 짱(사람을 나타내는 명사에 붙여, 친밀함을 나타내는 호칭)이라고도 상(격식을 차리는 호칭)이라고도 말하지 않고 말끝을 흐리자 스바루가 도와줬다. 우레시노가 "고코로, 짱."이라고 조심스럽게 고쳐 말하며 이쪽을 봤다.

"안 오나 했어."

"어제부터 왔어. 게임도 제법 실력이 있어."

마사무네가 말했다. 고코로도 "우레시노, 잘 부탁해."라고 말했다.

인원이 적은 만큼 학교에서 새로 편성된 반에 들어갔을 때보다는 더 쉽게 말을 틀 수 있을 것 같았다. 하지만 "흐응, ……잘 부탁해. 라이벌이 늘었네."라며 우레시노가 멀거니 한 말에 몸이 굳는다. 방해꾼이 왔다는 말을 돌려서 하는 것처럼 들렸다. '역시 처음에 안 왔던 게 문제구나.' 하고 또다시 생각이 부정적인 방향으로 흘러갔다.

첫날부터 먹을 것을 걱정하는 모습이 조금 귀엽게 보여서 온화한 성격의 아이라고 생각했는데.

고코로가 다가가서 텔레비전 앞에 앉자, 우레시노가 컨트롤러를 손에 든 채 입구 쪽에 신경을 쓰면서 왠지 들썽들썽하는 것 같았다. 그것을 보고 스바루가 "아키는 아마 안 올걸." 하고 말한다. 그 말을 들은 우레시노가 과하다 할 정도로 흠칫하며 자세를 바로잡았다. 스바루가 계속한다.

"오전에 왔는데 지금은 자기 방에 있는 것 같아."

"그렇구나."

우레시노가 실망한 듯이 어깨를 늘어뜨리자 마사무네가 "아이고, 가지가지 한다." 하고 중얼거렸다. 그러더니 어쩐

일인지 컨트롤러를 손에서 놓고 고코로를 바라보며 히죽히죽 웃으면서 물었다.

"알아? 우레시노의 소원이 뭔지?"

"몰라."

'소원이란 건 소원 방에서 이루고 싶은 내용을 말하는 거겠지. 이제 막 왔는데 어떻게 알 수가 있겠어.' 하고 생각하는데 마사무네가 짓궂은 눈빛을 하고 우레시노를 봤다.

"아키랑 사귀고 싶대."

"어?"

고코로의 짤막한 반응은 우레시노가 "아니, 무슨 그런 말을 해!" 하는 고함 소리에 바로 묻혀버렸다. 얼굴이 새빨개진 우레시노가 "하지 마!" 했지만 진심으로 싫어서 하는 소리 같지는 않았다. 스바루는 어쩔 수 없다는 듯이 잠자코 있었지만 그도 적극적으로 말리지는 않았다.

"우레시노, 아키 언니를 좋아해?"

우레시노는 대답하지 않았다. 더 이상 물어보면 안 좋겠다는 생각을 했는데 조금 있다가 "응, 그러면 안 돼?" 하는 작은 목소리가 돌아왔다.

"안 된다는 게 아니라……."

'아직 만난 지 얼마 안 됐잖아?' 하는 말이 입 밖으로 나오려는 것을 멈췄다.

"첫눈에 반했어." 하고 우레시노가 말했다.

고코로는 속으로 놀랐다. 첫눈에 반한다는 말, 만화나 소설 속에서는 봤지만 실제로 사용하는 사람이 있다니. 더구나 남자아이가 그러는 건 처음 봤다.

"아키 누나한테 고백했다가 차였어. 이곳에 오게 된 지 일주일 정도 됐을 때의 얘기야. 너무 빨라."

"아키도 당황스러워했지."

스바루가 씩 웃더니 고코로에게 작은 목소리로 말했다.

"그 후 아키는 우레시노가 자기를 볼 때마다 어색해하는 거 같아서 좀 거북하대."

"아아……."

왠지 상상이 됐다. 하지만 아까 들썽들썽하면서 고코로 어깨 너머로 방의 입구를 흘끔거리던 우레시노의 모습을 보면 아키와 만나는 것이 어색하다기보다는 만났으면 하고 기대하는 것 같았다. 그러면서도 실제로 마주치면 어쩔 줄 몰라서 어색해지는 거겠지. 좋아하니까.

고코로의 주위에도 비슷한 연애를 하는 아이는 있었지만 그런 아이는 보통 여자아이다. 남자아이가 그러는 경우는 드물다. 아니, 처음 본다.

"왜 사정을 잘 모르는 고코로 짱한테까지 그런 말을 하는 거냐고, 마사무네 형."

우레시노는 말은 그렇게 하면서도 역시 기분이 나빠 보이지 않았다. 고코로는 뭔가 말해야 할 것 같아서 "그래도 멋있잖아. 아키 언니."라고 했다.

우레시노의 얼굴에 한순간 놀라움이 번지더니 바로 기쁜 표정으로 바뀐다.

"예쁘고 당당한 점이라든가, 난 왜 반하는지 알겠어."

"그렇지."

우레시노가 끄덕였다.

그렇다고는 해도 자신이 오지 않았던 2주 사이에 벌써 이 안에서 연애사건 같은 일이 일어날 줄은 몰랐다. 아키가 당황스러워한다지만 그럼 만약 우레시노가 소원 방의 열쇠를 발견하여 아키가 자기를 좋아하게 해달라고 하면 아키는 그와 사귈까? 그럴 경우 아키의 마음은 도대체 어떻게 되는 걸까? 머릿속이 빙글빙글 돌기 시작한다.

만약 신기한 힘이 작용하여 우레시노의 소원대로 아키가 우레시노를 좋아하게 됐다고 해도 그때의 아키는 우레시노를 좋아하는 거라고 말할 수 있을까. 누군가에 의해서 마음과 생각을 조종당한 사람이 정말로 원래의 그 사람이라고 할 수 있을까.

갖고 온 사과를 꺼내서 테이블 위에 놓았다.

게임 컨트롤러가 흐트러져있는 텔레비전 앞의 자리를 피해 다른 소파에 앉아서 "사과 가져왔는데 먹을래?" 하고 묻자 우레시노가 바로 "그래도 돼?" 하고 얼굴을 빛냈다. 당황스러울 정도로 솔직하고 큰 반응에 고코로는 이 아이도 나쁜 아이는 아닌 거라고 쓴웃음 지었다.

마사무네와 스바루가 좀 놀란 것 같은 얼굴을 하고 이쪽을 바라봤다. "벗길 줄 알아?" 하고 물어서 어리둥절했다. 그것이 사과 껍질을 벗길 줄 아느냐는 말이라는 데에 생각이 미치기까지는 조금 시간이 걸렸다.

"응."

마사무네는 "흐응." 했을 뿐 아무런 말이 없었다. 고코로는 특별히 진기한 일도 아닌 걸 가지고 왜 저러나 하고 생각하면서 사과 껍질을 벗겼다. 도마도, 접시도 안 가져왔다는 걸 알아차렸지만 사과를 넣어온 비닐봉지를 접시 삼아 그 위에 잘라 놓았다. 우레시노가 "굉장하구나. 고코로 짱. 사과 잘 깎네. 우리 엄마 같아." 하고 계속 고코로의 손가락을 쳐다봤다. 마사무네는 아무 말도 하지 않았지만 게임을 하는 도중에 잠깐씩 잘라놓은 사과를 먹었다. 그 모습을 보고 고코로는 마음이 놓였다.

오후가 깊어지자 고코로는 성 안을 돌아보기로 했다.

사과를 깎았을 때 사용할 접시가 없었던 것을 떠올리며 부엌 같은 장소도 찾아보고 싶었다. 늑대님은 이곳에 먹을 것은 없다고 했지만 그릇 정도는 있을지도 모른다.

성은 크고 넓었지만 게임에서 보는 던전(주로 온라인 게임에서 몬스터들이 모여있는 소굴)처럼 엄청나게 크지는 않은 것 같았다. 아이들이 자신의 집에서 거울을 통해 성으로 들어올 때 바로 도착하게 되어있는 곳이 홀이다. 홀에는 아이들이 성으로 들어올 수 있는 거울이 놓여있다. 그 홀은 성의 가장 끝에 있고 거기서부터 이어지는 긴 복도에 아이들에게 할당된 방이 있다. 그 복도를 벗어난 끝 지점에 지금 게임을 하고 있는 응접실 같은 공용공간이 있다.

식당도 있었다. 식당 안에 들어간 순간 "와." 하는 소리가 나온 것은 식당에 면한 창문 밖으로 풍경이 보였기 때문이다. 성에 있는 다른 창문은 모두 반투명유리같이 되어있어서 밖이 보이지 않는다. 그러나 식당의 창문 너머로는 초록색 식물들이 보였다. 가까이 가서 보니 안뜰 같았다. 반대쪽에 거울들이 놓인 큰 홀이 보이는 것을 보니, 성 건물이 정원을 디귿 자 모양으로 둘러싸고 있다는 것을 알 수 있었다. 밖에 나가보고 싶었지만 창문에는 문을 열 수 있는 손잡이가 아무데도 없었다. 아무래도 저 정원은 볼 수만 있는 정원인 모양이었다. 키가 큰 나무 아래에는 메리골드가 화려하게 피어있었고, 샐비어 같은 것도 보였다.

식당에는 애니메이션이나 영화 속의 부잣집에서나 볼 수 있을 것 같은 긴 테이블이 놓여있었다. 흔히 식탁의 끝과 끝에 앉아 가족이 식사하는 장면에서 볼 수 있는 그런 긴 테이블이다. 식당에도 벽난로가 있었고 그 위에는 꽃이 가득 담긴 꽃병 그림이 걸려있었지만, 아무도 없는 실내는 조용하기 이를 데 없어 차가운 인상만을 주었다. 아무도 사용하지 않는 식당인 것 같은데도 하얀 식탁보가 주름 하나 없이 펼쳐져있고 그 위에는 먼지 하나 없었다.

식당에서 이어지는 문을 열자 고코로가 찾던 부엌보다 훨씬 큰 주방이 나왔다. 레버를 올리고 내려서 물을 틀고 잠그는 수도를 발견해 레버를 움직여봤지만 물은 나오지 않았다. 커다란 은색 냉장고도 있었지만 안은 텅 비어있었다. 손을 넣어보니 애당초 사용하지 않았던 것인지 차갑지 않다. 벽을 따라 늘어선 식기장에는 하얀 도자기 접시와 스프 볼, 다기세트 같은 것이 많이 들어있었지만 그 어느 것 하나 사람의 손이 닿은 것 같지 않았다.

이 성은 도대체 무엇을 위해 만들어진 건지 궁금해진다.

자질구레한 것들까지 완벽하게 갖춰져있는데 가스도, 수도도 안 나온다. 욕실에는 세련된 욕조가 달려있지만 화장실은 없다. 그래서 아이들은 용무를 보려면 그때마다 거울을 통해 집까지 갔다 와야 한다. 그러고 보니 게임을 할 때는 어디서 전기를 끌어오는 걸까.

산책을 너무 오래 하면 누군가와 마주쳐서 어색해질 수 있겠다는 생각이 들었다. 마사무네나 다른 몇 명쯤하고는 이제 이야기를 나누는 것이 꽤 자연스러워졌지만 단둘이라면 문제가 다르다. 아까도 거울이 모여있는 홀에서 후카와 마주쳤을 때 어색했다. 그런 생각을 하면서 식당의 벽

난로로 시선을 옮기다가 퍼뜩 소원 열쇠가 생각났다.

난로 안은 누군가가 이미 봤을까. 이 끝은 굴뚝과 연결되어있을까. 아니면 욕실이나 부엌에 물이 안 나오는 것처럼 이 벽난로도 사용할 수 없는 걸까.

그런 생각을 하면서 난로 안쪽을 들여다보다가 고코로는 "앗!" 하고 소리를 질렀다.

열쇠가 있었던 건 아니다. 다만 거기에는 손바닥만 한 크기로 '엑스(X)' 마크가 엷게 그려져있었다. 얼마나 된 건지 엷게 먼지가 덮여있다. 우연히 생긴 자국 같은 것인가 싶었지만 분명히 '엑스' 마크다.

그때 등 뒤에서 "왓!" 하고 큰 소리가 났다. 어깨가 탁하고 밀리는 감촉. 저도 모르게 "히익!" 하고 비명을 지르며 돌아보고는 흠칫했다.

늑대가면의 얼굴. 오랜만에 보는 늑대님이다.

"늑대님……."

"혼자서 열쇠 찾기 하는 거야? 감동, 감동."

"깜짝 놀랐잖아."

정말로 깜짝 놀랐기 때문에 아직도 심장이 두근두근했다. 늑대님은 처음 봤을 때와 달리 옷자락에 자수를 놓은 초록색 원피스를 입고 있었다.

"찾았어?" 하고 묻기에 "아니."라고 대답하면서 고코로는 늑대님과 함께 아이들이 모여있는 게임방—고코로는 공용

공간을 이렇게 부르기로 했다—으로 발길을 돌렸다. 그때, 복도에서 맞은편에 걸어오는 누군가의 모습을 본 고코로는 다시 가슴이 두근거려서 조용히 숨을 들이켰다.

마사무네가 '얼짱'이라고 부른 리온이었다. 리온은 고코로와 늑대님을 발견하고 "오." 하고 큰 소리를 냈다.

오늘은 위아래 모두 추리닝이 아니라 아래는 추리닝이고 위에는 티셔츠 차림이다. 추리닝은 추리닝인데 세련된 추리닝이다. 학교에서 지정한 것이 아닌 검은색 아디다스. 티셔츠에는 〈스타워즈〉의 악역 캐릭터가 그려져있다. 고코로는 〈스타워즈〉를 본 적은 없지만 거기에 그런 캐릭터가 나온다는 건 알고 있었다.

오랫동안 안 왔던 것에 대해 어떻게 설명해야 하나 하고 고코로가 허둥거리는 사이에 리온이 무뚝뚝하게 "오랜만이야."라고 먼저 말을 건네왔다. 고코로도 "아, 나, 고코로."라고 자기 이름을 말했다.

그러자 리온이 웃었다. "뭐야. 알고 있어."라고 답한다. 이름을 기억하고 있었다는 생각에 고코로는 기뻐했다. 리온은 처음 봤을 때에는 없었던 손목시계를 차고 있었다. 나이키 마크가 들어간, 운동하는 아이가 찰 만한 디자인이다.

"왜?"

리온이 무슨 일이냐는 듯한 표정을 짓자 고코로는 흠칫 놀란다. 손목시계를 보고 있다는 걸 알았구나, 하고 고코로는 "아니, 지금 몇 신가 해서."라고 살짝 둘러댔다. 리온이 그런 거였어? 하는 표정을 지으며 "저쪽에 시계 있어."라고 말했다. 리온이 한 손으로 거울이 늘어선 홀 중앙의 큰 시계를 가리키면서 눈을 가늘게 뜨고 고코로를 바라보자, 고코로는 "아, 응." 하고 말끝을 흐리며 시계 쪽으로 시선을 돌렸다. 가늘게 뜬 눈 위까지 살짝 내려온 리온의 앞머리는 검은색이 조금 흐려진 갈색이었다.

스바루는 리온이 낮에는 학원이나 교습소에 가는 게 아닌가 추측했었다. 아키든 리온이든 이렇게 밝은 표정으로 말을 걸어오는 걸 보면 학원이나 교습소에도 잘 다닐 것 같은데, 학교에는 왜 안 다니는 걸까. 두 사람이라면 학교에서도 인기 있을 것 같은데. 남자에게든 여자에게든.

함께 게임방으로 돌아오니 사람이 늘어나있었다.

고코로가 가져온 사과 봉지가 그대로 놓여있는 테이블 앞 소파에 후카가 앉아서 책을 읽고 있었다.

"오늘은 모두 다 모였구나."

늑대님이 입구에 서서 말하자 책을 읽고 있던 후카도, 게임을 하던 남자들도 일제히 얼굴을 들었다. 남자들은 리온과 눈이 마주치자 "오."라든가 "안녕!" 같은 짧고 작은 소리로 인사한다. 후카는 아무 말하지 않고 늑대님과 고코로와 리온을 힐끗 봤을 뿐, 바로 책으로 시선을 돌렸다.

"있지, 고코로." 하고 우레시노가 말을 걸어왔다.

"왜?"

"넌 지금 남자친구나 좋아하는 사람이 있니?"

"어?"

갑작스러운 질문에 눈을 크게 떴다. 우레시노의 진지한 얼굴을 보고 '아키 때문에 아무나 잡고 연애 상담을 하고 싶은 건가.'하고 주위를 돌아보는데 왠지 주위의 공기가 심상치 않다. 마사무네가 게임을 멈추고 히죽거리고 스바루가 난감한 표정으로 웃고 있다. 우레시노의 질문에 대답을 못하고 있는 고코로에게 마사무네가 놀리듯이 말했다.

"상심이 크겠습니다."

그게 어떤 뜻인지는 둔한 고코로도 대충 알 것 같았다. 왜 이렇게 된 건지 모르겠지만 대충 짐작이 갔다.

"있지, 고코로. 내일도 올 거니? 몇 시쯤?"

대답을 못하는 고코로에게 우레시노가 또 물었다. 고코로는 "잘 모르겠는데."라고 대답하는 것이 고작이었다.

늑대님이 이쪽을 올려다보는 기색이다. 그러더니 곤란할 정도로 노골적인 말투로 마사무네에게 물었다.

"어이, 뭐야. 우레시노는 아키에서 고코로로 갈아타는 거야?"

그 소리에 우레시노가 "와아, 어떻게 그런 말을!" 하고 큰 소리를 지르며 늑대님을 돌아봤다. 그러더니 굳은 얼굴을 하고 고코로를 향해서 "저 소리, 못 들었지?"라고 울기라도 할 것 같은 목소리를 냈다. 어떻게 대답하면 좋을지 알 수가 없었다. 고코로는 할 수 없이 "못 들었어……." 하고 간신히 대답한다. 차라리 정말로 아무것도 알아차리지 못할 정도로 둔감해지고 싶었다. 리온은 고코로와 우레시노를 흥미가 있다는 건지 없다는 건지 알 수 없는 표정으로―아니, 물론 흥미가 없을 테지만― 힐끗 보고는 이내 마사무네를 향해 "오늘 게임 프로그램은 뭐가 있어?"라고 물었다. 그 소리에 고코로는 어깨가 뜨거워졌다.

그때 또 하나의 목소리가 들렸다.

"바보 같아."

후카의 목소리였다. 또랑또랑 윤기 있는 목소리가 무척 차가웠다.

그 목소리를 듣자, 두 번 다시 기억해내고 싶지 않은, 마찬가지로 차가웠던 목소리가 귓속에서 울리는 것 같았다.

바보 아냐? 나가 죽어라.

입술을 깨문다.

천진난만하게 "정말로 안 들렸지?" 하고 다시 확인하는 우레시노에게 애매모호한 태도를 취하며 얼굴만은 웃고 있는 자신이 싫었다. 이럴 때 화낼 수 있으면 좋겠다. 맞대 놓고 화를 내고 싶은데 할 수가 없다. 속으로 이런 생각을 하고 있는 자신이 싫었다.

아키와 리온은 아무런 문제없어 보이는데 왜 학교에 다

니지 않는 건가 싶었지만, 우레시노의 경우는 알 것 같았다.

연애지상주의에 빠져있는 이런 남자애. 다른 모든 사람들이 싫어할 테니 학교에 못 가는 것도 당연하다.

7월

고코로의 상태는 점점 나빠졌다. 우레시노 탓이다.

"고코로, 쿠키 가져왔는데 먹을래?"

"고코로, 넌 첫사랑 언제였어? 나는 유치원 때……."

그동안 즐거웠던 게임방에도 오후가 되면 우레시노가 나타나 질문을 퍼부어댔다. 그때마다 마사무네가 히죽히죽 웃으며 쳐다보는 것이 싫어서 고코로는 점점 더 자신의 방에 틀어박히게 되었다.

'오늘은 성에 가지 말까.' 하고 생각하다가도 자꾸만 빠지면 다음에 가는 것이 더 힘들어질까 봐 걱정된다. 학교에서도 겪었고 어머니가 데리고 갔던 스쿨에서도 이미 겪었다. 그런 일을 반복하고 싶지 않았다.

자신의 방에 틀어박혀 있는데도 노크 소리와 함께 "고코로, 있니?" 하고 우레시노가 부르러 오면 '어디에도 도망칠

123

곳이 없구나.' 하고 느낀다. 소원 열쇠를 찾으러 다닐 때조
차도 우레시노가 뒤에 따라붙는다.

"고코로, 같이 가도 돼?"

고코로는 '우린 라이벌이라고 한 건 너일 텐데. 그걸 내
가 좋아할 리 없잖아.' 하고 생각하지만, 우레시노는 언제
그랬느냐는 듯이 행동한다. 우레시노가 다른 아이들 앞에
서는 "고코로는 원래 내가 좋아하는 타입하고는 조금 달라.
하지만, 가정적이기도 하고……."라는 식으로 이야기하고
다닌다는 것도 분위기로 대충 알 수 있었다.

못된 아이라고 생각했다. 그렇게 말한다는 것은 고코로
를 좋아하는 게 아니라 연애하고 있는 자신이 즐겁다고 어
필하는 것으로밖에 보이지 않는다.

그래도 고코로는 우레시노에게 싫다고 분명하게 말하지
못한다. 그런 부분이 자신의 나쁜 점일 것이다. 하지만 우
레시노에게 차갑게 대하는 순간 그가 호의를 거두고 다른
아이들에게 자신의 흉을 보고 다닐까 봐 두려웠다.

"너는 어떤 소원을 이루고 싶니?"

들뜬 목소리로 우레시노가 묻자 고코로는 "아직 정하지
않았어."라고 즉각 대답했다. 미오리를 없애고 싶다고 솔직
하게 말하면 아마 깜짝 놀라 도망칠 거라고 생각한다.

"흐응, 그래."

복도를 걸으며 우레시노가 아직 할 말이 더 있다는 듯

이 이따금 고코로의 얼굴을 들여다보려고 한다.

우레시노는 최근까지 "아키와 사귀고 싶어."라는 소원을 갖고 있었지만 지금은 어쩌면 그 소원의 상대를 고코로로 바꿨을지도 모른다. 그렇게 생각했더니 오싹해진다. 우레시노가 싫어서가 아니라 우레시노가 열쇠를 찾아서 자신이 우레시노를 좋아하게 만들면 어떻게 하나 싶어서다.

그런 상상을 하다가 진절머리 치며 복도 앞쪽의 천장을 올려다본다. 만화나 소설을 보면 신기한 도구를 사용하여 상대의 마음을 조종한다는 이야기가 종종 나오는데 그게 얼마나 부당한 일인지 고코로는 새삼 통감한다. 우레시노의 '좋아하는' 상대가 자신에게서 고코로로 옮겨간 것을 알고 아키는 "이크." 하고 얼굴을 찌푸리면서 "힘들겠구나." 하고 고코로를 동정해줬다. 그 후 아키는 자신의 방에 처박혀있는 일을 그만두고 밖으로 나오게 됐고 얼굴에도 웃음기가 돌아왔다. 놀리는 마사무네와 달리 리온과 스바루는 고코로에게 연애 관련 얘기를 대놓고 하지 않았다. 그것이 그나마 구원처럼 느껴졌다. 우레시노가 리온에게 "넌 여자친구 있니? 이 안에서 여자친구 만들 생각은 없지?"라고 견제라도 하듯이 물었을 때 리온은 "뭐, 별로."라고 흥미 없다는 투로 대답했다. 다른 남자들도 당연히 같은 질문을 받았을 것이다.

아키나 리온은 괜찮다. 마사무네의 놀림도 견딜 수 없을 정도는 아니다.

괴로운 건 후카의 반응이었다.

여자는 세 명밖에 없기도 해서 처음에 자기소개를 했을 때 후카하고도 금세 사이가 좋아질 수 있으리라 생각했었다. 그러나 충분히 이야기를 나누거나 서로 어울릴 기회를 갖지 못한 상태에서 그녀가 내뱉듯이 한 말이 계속 고코로의 가슴을 찌른다.

'바보 같아.'

그것은 우레시노가 연애 상대를 쉽게 바꾸는 것에 대해 한 말이지 고코로를 놓고 한 말이 아니다.

성으로 이어지는 거울을 통과할 때, 밤에 잠들 때, 고코로는 반복해서 자신을 타이르듯이 그렇게 생각했지만 개운해지지 않았다. 후카는 성에 와서도 대부분 자기 방에 있거나 다 같이 있는 곳에 와서도 책만 읽고 있을 뿐이라서 마주 보고 이야기를 할 기회가 아직 없었다.

한번은 우레시노가 없을 때 게임방에서 마사무네를 포함한 아이들이 또 히죽히죽 웃으며 "재난이네."라고 말했다. 그 자리에는 후카도 있었다. 고코로는 어떻게 대답해야 좋을지 모른 채 "응……." 하고 후카 쪽을 신경 쓰며 모호하게 끄덕였다. 그때에도 후카는 책에서 시선을 들지 않은 채 다시 같은 말을 했다. "바보 같아."라고.

심장이 철렁했다. 후카는 고코로 쪽을 보지 않은 채 계속 말했다.

"그런 후진 애들일수록 자기 분수를 모르고 반에서 제일 예쁜 아이를 좋아하거든. 그런 거 보고 있으면 짜증나."

"오, 무서워!"

마사무네가 장난스럽게 몸을 움츠리는 시늉을 했다. 고코로는 아무 말도 할 수 없었다. 후카가 이쪽을 봐주지 않는 것이 괴로워서 입술을 꽉 문다. 예쁜 아이라는 말이 자신을 지칭한 말인지는 모르겠다. 그런 게 아니라고 말하고 싶지만 그런 말을 하는 게 무슨 의미가 있을까 싶었다.

스바루와 마사무네와 함께 게임을 하는 동안에도 자신이 남자아이 둘과 함께 있는 것을 혹시라도 다른 여자아이들이 보고 이상한 생각을 갖지 않도록 무척 신경을 써왔다.

그랬는데 왜 이렇게 되어버린 걸까.

후카와의 사이에 틈새가 메워지지 않은 것에 낙심하여 성에 가는 것을 하루 쉬었다.

학교도 아닌데 쉬었다고 하는 건 좀 이상하지만 7월에 들어서 고코로의 마음에서 성은 스쿨이나 학교처럼 '안 가면 안 되는 우울한 장소'가 되어있었다.

쉬고 난 다음 날, 평소와 같이 우선 게임방으로 걸어간 고코로는 그 안의 광경에 숨을 삼켰다.

"아키 언니는 그렇게 말하지만 나는 그 영화는 2편이 좋았는데."

"어라, 그 영화에 2편도 있었니?"

"몰랐어? 2편이 굉장한데."

후카와 아키가 소파에 나란히 앉아있었다.

둘은 고코로가 입구에 서있는 걸 미처 못 봤다. 무슨 이 야기를 하고 있는지까지는 모르겠지만 두 사람 앞에는 꽃 모양 쿠키가 티슈 위에 놓여있었다. 메리골드 꽃 같은 모 양을 한 쿠키 한가운데에 초콜릿 크림이 들어간, 고코로도 무척 좋아하는 쿠키다. 본 순간 달콤했던 기억이 떠올라 자신도 하나 먹고 싶어졌다.

하지만 말을 못했다.

둘이 알아채지 못하게 얼른 등을 돌리고 자신의 방으로 걸어갔다. '내 뒷모습을 부디 두 사람이 못 보게 해주세요.' 라고 빌면서.

둘은 어느새 저렇게 사이가 좋아진 걸까. 고코로가 모르 는 이야기를 하며 신이 나있었다. 가슴이 쓸려나가듯이 아 팠다.

그저 발을 쭉쭉 앞으로 내미는 데 집중하며 걷다가 계 단이 있는 홀을 가로지르는데 거울이 빛나고 있었다. 도망 칠 장소를 찾은 듯이 현실의 방으로 이어지는 무지개색 빛 에 손을 댔다. 집으로 돌아간다.

이런 식으로 성에서 집으로 도망치듯 돌아가는 건 처음 이었다. 소원이 있기에 지금까지 열심히 노력했지만, 이제 한계에 부딪친 걸지도 모르겠다. 나는 여기에서도 잘 못해 내는 걸까.

━━━◦◦◦◦◦━━━

고코로의 소원은 사나다 미오리를 없애는 것.

고코로는 그 아이, 미오리와는 그때까지 한 번도 말을 나눈 적이 없었다. 활발해 보이고 기가 세 보이는 아이라고 생각했는데 첫 학급회의 때 회장에 입후보하는 걸 보고 '아, 역시 그런 타입의 애구나.'라고 생각했다. 미오리는 배구부에 들어가기로 결정한 모양이었는지 친구들과 그런 얘기를 하는 게 들렸다. 체육계통 동아리 활동을 망설임 없이 고르다니 운동신경도 좋은가보다고 생각했다. 초등학교 때부터 보면, 학급회장을 하는 아이는 공부를 잘하는 아이라기보다 운동신경이 좋고 친구들이 따르는 타입인 경우가 많았다.

같은 반 아이들의 자기소개가 끝났다. 고코로는 아직 아이들의 이름과 얼굴을 외우지는 못했지만 시간이 흐르면 반 친구들 한 명 한 명을 알게 될 거라 기대했다. 4월의 고코로는 그렇게 생각했다.

유키시나 제5중학교에는 통학 구역 내에 있는 여섯 개 초등학교에서 학생들이 온다. 게다가 옆 통학 구역에서도 희망하면 특별히 올 수 있다. 큰 중학교이기 때문이다. 학년 초에는 반에 아는 얼굴이 별로 없었다. 여러 곳에서 온 아이들이 얼룩무늬처럼 알록달록 섞여있는 것 같았다.

반에서 고코로와 같은 초등학교에서 온 아이들은 남자 셋과 여자 둘.

비교적 큰 초등학교에서 온 미오리는 처음부터 아는 친구들이 많은 것 같았다. 학원에도 다녔던 모양으로, 거기서 알게 됐다는 다른 초등학교 아이들하고도 사이가 좋아 보였다. 새 교실 안에서도 주눅 들지 않고, 그 누구도 신경 쓰지 않고 큰 소리로 이야기하는 미오리와 달리, 고코로나 고코로와 같은 초등학교에서 온 아이들은 어딘지 모르게 조심스러운 태도였다. 마치 교실은 미오리와 그 친구들의 것이고 자신들은 거기에 세 들어있는 것 같다고 느꼈다. 어째서 그렇게 돼버렸는지 모르겠지만 신학기 초부터 그랬다. 같은 나이인데도 미오리 그룹이 학교나 반의 모든 권리를 갖고 있다는 생각이 들었다.

어느 동아리에 들어가고 싶다고 맨 먼저 말할 수 있는 권리, 나중에 같은 동아리를 희망한 아이를 "안 어울리는데 그만두지." 하고 뒤에서 말할 수 있는 권리, 자신들과 친해질 아이를 선택할 권리, 담임 선생님에게 별명을 붙일 권리, 좋아하는 남자아이를 맨 먼저 정해서 연애할 권리.

미오리가 '좋아하는 사람'으로 선택하고 고백하고 사귀

기로 한 이케다 추타는 고코로의 초등학교 시절 같은 반 친구였다. 6학년 때 같은 반이었던 이케다 추타와는 친구였다. 보통의 친구였고 졸업 전, 사은회 준비를 할 때 "졸려. 귀찮아." 하면서도 해야 할 일은 똑바로 하는 것을 보고 고코로가 괜찮다고 생각한 남자아이였다. 남자아이로서 좋다든가 멋있다고 생각한 게 아니라, 단순히 평소에는 불성실해 보였는데 다시 봤다는 정도였다.

"남자애들은 모두 맡은 일을 깔끔하게 하지 않는다고 생각했어."

별 생각 없이 한 고코로의 말에 이케다 추타는 "하지만 졸업하는 마당에 문제를 일으키고 싶지는 않잖아. 어떤 남자애라도 바보가 아닌 이상 할 건 해."라는 생뚱맞은 반응을 보여서 그 이상은 대화가 이어지지 않았었다.

그러니까 그 아이에게서 그런 말을 들을 이유는 없는 거였다.

"저기 있지."

4월 중순, 자전거 두는 곳에서 있었던 일이었다.

고코로가 돌아보니 이케다가 서있었다.

"난 너 같이 못생긴 애, 아주아주 싫어해."

고코로는 목에서 소리가 나오다 말고 목이 메었다. 저절로 눈이 크게 떠지면서, 이케다가 서있는 눈앞의 장면이

크게 흔들렸다. 눈은 그저 앞을 보고 있을 뿐인데 기우뚱
하고 눈앞의 광경이 도는 것 같았다.

이케다의 얼굴에는 표정이 없었다. 그의 뒤편, 다른 반
아이들이 자전거를 두는 곳에 누군가가 웅크리고 있는 기
색이 있었다. 숨을 죽이고 이쪽을 보고 있는 몇 명의 숨결
이 거기서 느껴졌다.

"그럼, 그렇게 알아둬."

'그럼.'이라는 말을 들었어도 고코로는 그 자리에서 움직
일 수 없었다. 주머니에 손을 찔러 넣은 이케다의 등이 점
차 멀어져간다. 그가 다른 반 자전거 두는 곳으로 가자 거
기서 "푸웃! 하하하하!" 하고 웃음소리가 났다.

진짜 최고. 있지, 있지. 저 애, 이케다가 처음 불렀을 때
좋아한다는 고백을 하려는 건가 하는 표정 짓지 않았어?
착각은 자유라니까.

여자아이 목소리였다. 일어선 그림자는 미오리였다. "이
제 됐지?" 하고 이케다가 퉁명스러운 목소리로 그 애에게
묻는다. 미오리가 이쪽을 보는 것 같아서 고코로는 얼른
눈을 내리뜬다. 미오리가 크게 소리 질렀다.

"이케다는 너 같은 거 좋아하지 않아!"

그것이 자신을 향한 소리란 걸 알기까지 시간이 걸렸다.
그 틈을 파고들 듯이 잇달아 목소리가 날아왔다.

"무시하는 척하지 마. 못생긴 주제에!"

지금까지 친구든 누구든 서로 싸움을 했을 때도 이런 식으로 난폭한 말을 하는 아이는 없었다.

하물며 미오리는 친구가 아니었다. 아는 사이라고 하기에도 부족했다. 그 아이에 대해서는 아무것도 모르고 그 아이 또한 고코로에 대해 아무것도 아는 것이 없을 텐데도 그 아이의 말에 주저하는 기색은 전혀 없었다.

"바보 아냐? 나가 죽어라."

이케다는 초등학교 때 혼자서 고코로를 좋아했다.

초등학교 때의 친구가 나중에 이 사실을 고코로에게 알려줬다. 고백은커녕 본인에게서 그런 기색조차 느끼지 못했던 고코로는 무척 놀랐다. 하지만 남자들끼리는 다 알고 있었던 모양이었다. 미오리와 사귀기 시작한 이케다가 그 '과거'를 미오리에게 이야기한 거다.

3일간 성을 쉬었다. 그대로 토요일이 되어버렸기 때문에 딱 5일간 성에 안 간 셈이다.

마음 편히 갈 수 있었던 성에 못 가게 되니 학교나 스쿨에 못 가게 되었을 때보다 후유증이 더 컸다. 그동안 잘 봤던 평일 재방송 드라마도, 정보방송도 시시했다.

재미없어.

거울은 뒤로 돌려놓았지만 거기서 나오는 빛 때문에 눈이 아팠다. 거울은 고코로를 유혹하듯이, 부르듯이 빛났다.

하지만 성의 아이들이 고코로를 부르고 있는지 어떤지는 알 수 없다. 안 가도 아무도 신경 쓰지 않을 거라 생각하고 만다. 다들 어떻게 지내고 있을지 궁금하지만 이쪽에 있으면 성에서 만나는 아이들에게 연락을 취할 수단이 없다. 설령 그 아이들이 고코로가 다시 왔으면 하고 바란다 해도 그것을 알 방법은 전혀 없다.

토요일, "쇼핑하러 갈까?" 하고 말하는 어머니, 아버지에게 "난 됐어. 두 분이 다녀오세요." 하자, 아버지도 어머니도 말문이 막힌다는 표정을 지었다.

슬픔이라고 할 수도 분노라고 할 수도 없는, 혹은 그 양쪽을 모두 포함한 것 같은 표정으로 두 사람이 얼굴을 마주 보자 이번엔 아버지가 "어떻게 할 거니?" 하고 물었다.

"쉬는 날에도 집에서 안 나가다니, 그래가지고 앞으로 어떻게 하려고 그러니?"

모르겠다. 고코로도 알고 싶었다. 그냥 집 밖에 나갔다가 반 아이들을 마주칠지 모른다고 생각하면 기분이 가라앉는다. 상상하는 것만으로도 다리가 움츠러든다. 앞으로 어떻게 될지, 아버지도 어머니도 불안해한다는 걸 안다. 불안한 마음이 부풀어서 책망하는 말과 함께 강요가 되어 다가오면 고코로는 질식해버릴 것 같다.

무서웠다. 자신이 무엇을 하고 싶은지 도대체 모르겠다.

어떻게 하지, 어떻게 하지.

한참을 망설이던 고코로는 학교에 가지 않는 다른 아이들은 이런 문제를 어떻게 생각하고 있는지 성에 가서 물어보자고 마음먹었다.

성에 가는 김에 우레시노에게도 싫다는 의사를 분명하게 전하자. 아직 제대로 고백 받은 것도 아닌데 지레 잘난 척한다고 여겨질 수도 있지만 그래도 정확하게 내 입장을 말하자. 그러고 나서 후카에게도 말하자. '바보 같아.'란 말에 겁먹고 아무 말 못했지만 이런 일에는 자신이 정말로 서툴다고 말하자. 고백한다든가 사귀자든가 그런 것에 휘말려 상처 입어야 했던 그 끔찍했던 이야기도 말하자. 지금까지 부모님을 포함한 누구한테도 말한 적 없지만 아키와 후카, 성에 있는 아이들에게라면 이야기할 수 있을지 모른다. 마사무네는 자신의 이야기를 듣고 또다시 놀릴지도 모르지만 어른스러운 시선으로 뭐든지 다 안다는 듯이 말하는 그가 사나다 미오리나 이케다 추타에 대해서는 어떻게 말할지 들어보고 싶었다.

누군가가 '넌 잘못한 거 없어.'라는 말을 해줄지 모른다.

월요일, 거울을 통과하여 엿새 만에 성으로 갔다.

거울을 통과하는데 자신이 나온 거울 위에 봉투가 붙어 있는 것이 보였다. 물색의 편지봉투. 고코로가 거울에서 나온 것과 동시에 위에서 카펫으로 팔랑하고 떨어졌다.

봉투에는 받는 사람의 이름도, 보내는 사람의 이름도 없었다. '뭘까?' 하고 고개를 갸웃거리며 바닥에서 주워올렸다. 봉해놓지 않았다. 봉투와 같은 색깔의 편지지가 한 장 들어있을 뿐이었다.

고코로에게
만약 오면 우리와 게임하는 그 방으로 와. 재미있는 걸 볼 수 있을지 몰라.

스바루

가슴이 두근두근거렸다.

기뻤다. 나를 잊지 않고 있었구나.

거울 너머의 고코로에게 연락할 방법이 없으니까 적어도 고코로가 왔을 때 도망쳐버리지 않도록 이렇게 편지를 붙여놔준 걸지도 모른다. 요전번에 아키와 후카가 사이좋게 이야기하는 모습을 보고 도망치듯이 이곳을 떠났던 자신을 떠올리고 고코로는 가슴이 뜨거워진다.

서둘러서 게임방으로 가니 리온을 빼고 모두가 모여있었다. 우레시노의 모습도 있어서 조금 망설여졌다.

136

"고코로." 하고 불러준 건 아키였다. 그 목소리에 모두가 이쪽을 돌아봤다. 우레시노도, 후카도 이쪽을 봤다.

"아."

우레시노가 작은 소리를 냈다. 평소 그대로의 붙임성 있는 표정을 하고 "고코로." 하고 부를 줄 알았는데 아니었다. 왠지 얼굴을 숙이고 만다.

고코로는 5일간 모습을 비추지 않은 것에 대해 어떻게 설명해야 좋을지 몰랐다. 애초에 설명하겠다고 마음먹은 게 이상한 걸지도 모른다는 생각도 들었다. 고코로는 어떻게 해야 좋을지 몰라서 스바루에게 도움을 청하는 눈길을 보냈다. 하지만 스바루는 그저 싱글벙글 웃으며 태연한 말투로 "고코로, 오랜만이다."라고 말하고는 끝이었다. 마사무네는 게임기를 쥔 채 늘 그랬듯이 히죽히죽 웃는 얼굴로 상황을 관찰하고 있었다.

어쩐지 분위기가 이상하다고 알아차린 그때 우레시노가 "있지." 하고 입을 열었다. 고코로는 방어적으로 조심스러운 표정을 짓고 그쪽으로 얼굴을 돌렸다. 그러다가 입을 벌리고는 조용히 숨을 삼켰다.

우레시노가 보고 있던 것은 고코로가 아니었기 때문이다. 그의 눈은 후카를 보고 있었다.

"후카 짱은 사이 좋은 친구들이 뭐라고 불러? 후카 짱이라고 불러?"

후카는 오늘도 책을 읽고 있었다. 펼친 페이지에 시선을 떨어뜨린 채 대답한다.

"그렇게 안 불러. 엄마도 보통 후카라고 불러."

지겹다는 듯이 말하고 책에서 얼굴을 들었다. 그리고 우레시노를 날카로운 눈으로 노려봤다.

"그러니까 그게 뭐? 그런 질문은 왜 하는데?"

"아니, 그냥 달리 어떻게 부르는지 마음이 쓰여서."

후카가 다시 책을 펼치려다 고코로와 눈이 마주쳤다. 뭔가 말을 걸 것처럼 보였지만 결국 그대로 입을 꽉 다물고 눈을 내리떴다.

후카 쨩?

눈을 깜박거렸다. 우레시노는 냉대를 당했는데도 이따금 후카 쪽을 봤다. 고코로는 힐끗하고 딱 한 번 쳐다봤지만 '아아, 왔니?' 하는 느낌이었을 뿐 말도 걸지 않았다.

도대체 무슨 일일까? 고코로는 어리둥절해졌다. 그때 후카가 우레시노의 시선에 질렸다는 듯이 "내 말은 말이지." 하고 짜증난다는 듯한 목소리로 말했다.

"내버려두라고. 넌 예쁜 여자아이만 상대하면 되잖아. 왜 갑자기 나한테 말을 거는 거야."

"어엇. 나, 후카 쨩도 예쁜 여자아이 중 하나라고 생각하는데, 아냐?"

우레시노의 한마디에 후카가 눈을 크게 떴다. 표정이 굳어진 후카를 향해 우레시노가 "왜 그런 말을 해?" 하고 신기한 듯이 묻는다.

후카가 작게 숨을 쉬었다. 그리고 "……맘대로 하셔."라고 중얼거리듯이 말했다. 평소 내뱉는 말투보다는 조금 부드러웠다.

고코로는 반사적으로 재미있는 것을 볼 수 있을지 모른다는 편지를 준 스바루를 봤다. 스바루는 싱글벙글 웃으며 두 사람 쪽을 보고 있을 뿐이었다. '기가 막혀.'라고 생각했다. 무엇이 계기가 됐는지 모르지만 우레시노는 이번엔 후카를 좋아하게 됐다. 셋밖에 없는 여자아이를 차례로 좋아하게 된 거다.

———❧———

"여자들끼리 차 안 마실래?" 하고 아키가 부르러 왔다.

그날 우레시노가 보여준 모습을 보고 기가 막혀하던 고코로가 방에 있을 때의 일이었다. 노크 소리에 우레시노가 찾아왔던 기억이 떠올라 고코로는 한순간 움찔했다.

다행히 문을 여니 문 앞에 서있는 건 아키였다. 뒤에 후카의 모습도 있다.

"어, 음……."

고코로는 아직 후카와 친하게 말을 나눈 적이 없었다.

그리고 후카도 자신과 함께 차를 마시는 것을 별로 원하지 않을지 모른다고 생각했다. 고코로가 없을 때 둘이서 이야기꽃을 피웠던 것을 떠올리면 아직도 가슴이 좀 괴롭다.

하지만 후카는 별다른 말이 없었다. 고코로와 눈을 맞추지도 않았지만 특별히 언짢아하는 것 같지도 않았다. 자신을 부르러 와준 건 솔직히 말해서 고코로도 무척 기뻤다. "잠깐만." 하고 가져온 과자를 손에 들고 복도로 나섰다.

아키가 고코로와 후카를 데리고 간 곳은 지난번에 고코로가 혼자서 들어가보았던 식당이었다.

"홍차야."

아키가 말했다.

주방에서 물을 끓인 것 같지는 않았는데 어떻게 했나 싶어 올려다보니 아키가 데님 가방에서 보온병을 꺼냈다. 아키의 가방에는 금실은실이 들어간 하트 모양의 세련된 배지가 많이 달려있었다.

보온병을 여니 어렴풋이 김이 올라왔다. 아키가 주방에서 찻잔 세 개를 가져와서 각자 앞에 놓고 차를 따랐다.

"고마워요. 아, 그리고 이것도 괜찮으면."

고코로도 가져온 쿠키 상자를 테이블 위에 놓았다. 아키가 "고마워." 하고 웃었다.

"여기는 부엌은 있는데 쓸 수가 없어. 물도 안 나오고 가스도 못 써. 성 안은 불이 켜져있지도 않은데 밝고, 에어컨이 돌아가지도 않는데 덥지는 않아. 어떻게 된 걸까?"

아키가 그렇게 말하자 고코로는 처음으로 '그러고 보니 그렇네.' 하고 깨닫는다. 그걸 이제야 깨닫다니 스스로가 생각해도 한심하다. 천장을 올려다보니 위에는 유리가 알사탕 모양으로 수없이 늘어진 큰 샹들리에가 달려있었지만 거기에 전기가 통하는 것 같지는 않다. 켜져있어야 할 노랑색이나 오렌지빛이 느껴지지 않는다. 덥다든가 춥다든가 생각한 적은 없었지만 에어컨이 작동되고 있는 것 같은 기미는 없다. 켜져있다면 작은 기계음이 반드시 날 텐데.

"그래도 전기는 들어오겠지. 남자애들은 게임도 하고 있고."

"아, 그러고 보니 그렇네. 그건 또 어째서일까?"

후카의 지적에 고코로가 고개를 갸우뚱했다. 그러자 후카가 말을 이었다.

"전기는 어디서 빼서 쓰니 하고 물었더니 그냥 콘센트에 꽂아서 쓴다고 했어."

"그래요? 게임방에는 콘센트가 있구나."

고코로는 감탄했다. 물도, 가스도 없는데 전기만은 들어온다.

저도 모르게 중얼거린 고코로의 귀에 "쿡!" 하고 아키가 웃는 소리가 들렸다. 우스운 소리를 한 기억이 없다고 생각한 고코로가 어리둥절하자 아키가 말했다.

"좋네, 그 명칭. 게임방."

"아……."

"걔네들, 정말 게임만 하는걸. 나도 그렇게 불러야지."

마음속에서 남몰래 부르던 명칭이 저도 모르게 입 밖으로 나오고 말았다. 좀 창피했지만 아키가 밝게 웃어줘서 마음이 놓였다.

"전기가 들어오는 거 게임방만이 아닌 것 같아. 이 샹들리에도 마찬가지야. 불 켜진 샹들리에가 없어도 방은 충분히 밝지만 켜려고 하면 이렇게 켜지잖아. 봐."

아키가 당장 게임방이라는 명칭을 입에 올리면서 벽의 스위치를 눌렀다. 그러자 오렌지색 불빛이 마치 빛의 막을 치는 것처럼 확 하고 방을 비춘다. 시험 삼아 해보고 아키가 바로 다시 스위치를 껐다.

전기만 들어오는 건 왜일까? 나중에 늑대님을 만나면 이것도 물어볼까?

그런 생각을 하고 있는데 후카가 컵 앞에서 손을 모으고 "잘 먹겠습니다." 하며 꾸벅 머리를 숙였다.

무척 예의 바른 아이라고 고코로는 생각했다. 고코로라면 어른이 없는 아이들만의 장소에서 이런 식으로 스스로 손을 모으거나 하지 않는다.

"자, 어서 마셔." 하고 차를 권하는 아키 앞에서 고코로도 "잘 마시겠습니다." 하고 머리를 숙였다. 컵을 들어올려

냄새를 맡으니 따뜻한 홍차에서 과일 향기가 났다. "이거 굉장히 좋은 냄새가 나요." 하고 식는 것을 기다리며 말하자, 아키가 "사과. 애플 티야." 하고 가르쳐줬다.

"그리고 여기 전기나 수도도 신기하지만 사용한 식기가 어느샌가 깨끗이 닦여있는 것도 신기하지?"

"네?"

고코로가 놀라자, 아키가 향기로운 김이 나는 자신의 컵을 내려다보며 말했다.

"요전번에 여기서 이런 식으로 식기를 사용했는데 여긴 물이 안 나오니까 컵도 그렇고 씻을 수가 없잖아? 할 수 없이 그대로 놔두고 돌아갔는데, 다음에 왔을 때는 원래의 깨끗한 상태로 선반에 되돌아가 있었어. 누군가가 씻어준 것같이."

"신기해라!"

"응. 다른 애들한테 물어봤는데 아무도 씻지 않았대. 혹시 우리가 돌아간 뒤에 늑대님이 혼자서 씻거나 하는 게 아닐까?"

"그렇게 생각하면 왠지 좀 귀엽네요."

"그렇지?"

늑대님이 그 가면과 드레스 차림으로 설거지를 하고 있는 모습을 상상하니 재미있었다. 고코로가 웃으며 컵을 입에 대고 한 모금 마셨을 때였다. 아키가 별안간 "우레시노도 참 문제야." 하고 최근 한동안 고코로를 괴롭혀온 문제의 핵심을 정통으로 찔렀다.

고코로는 당황해서 입에 문 홍차를 삼켰다. 새콤달콤한 향의 홍차가 위 속을 짜릿짜릿 데운다. 맛있었다.

아키가 후카와 고코로를 번갈아 보며 난처한 듯 웃는다.

"있잖아, 그런 남자애. 여자아이에 대한 면역이 별로 없는 건지 조금만 다정하게 대하거나 사이좋게 되면 바로 고백하거나 사귀고 싶어 하는 타입. 친구라면 사이좋게 지낼 수 있는데 꼭 한 걸음 더 나가잖아. 드라마나 만화에 나오는 '연인'이란 것에 꽂혔나 봐."

"민폐예요."

이렇게 말한 것은 후카였다. 아까 남자아이들과 함께 있을 때와 마찬가지로 언짢은 표정이 된다.

"여자라면 누구라도 좋다고 하는, 그런 거는 사람을 우습게 봐서 그런 거야."

"저……."

고코로가 끼어들었다. 후카가 처음으로 이쪽을 봤다.

화난 건 아닌 것 같은데 안경 속의 눈이 사나워 보여서 조금 멈칫했다. '바보 같아.'라는 단호한 말을 자주 입에 올리기 때문일지도 모른다. 고코로가 조심스럽게 물었다.

"우레시노가 어떻게 후카 언니를 좋아하게 된 거예요? 아, 내가 우레시노를 빼앗겼다든가 그런 식으로 생각하는 게 아니라 그냥 갑자기 어떻게 된 건가 해서."

"고코로. 걱정하지 않아도 돼. 아무도 그런 식으로 생각 안 한다니까."

고코로가 말하면서 스스로도 혼란스러워하는데, 아키가 웃으며 말한다. 후카는 잠자코 있었지만 고코로가 참을성 있게 답을 기다리자 "상담을 해줬어."라고 퉁명스러운 어조로 말했다.

"고코로, 너 지난주에 성에 안 왔잖아. 그때 걔가 혹시나 무슨 일이 있었나, 병문안 가는 게 좋을까, 하면서 나한테 상담을 해왔어. 홀의 거울을 통과하면 고코로 집에 갈 수 있지 않을까 하기에 상대방의 처지도 모르면서 그렇게 불쑥 찾아가면 안 된다고, 규칙 위반이기도 하다고 화를 냈어. 그랬더니 뭔지 잘 모르는 사이에 그렇게 되고 말았어."

"후카가 엄청 화를 냈어."

"내 입장이라도 그런 일 당하는 건 싫으니까."

후카가 얼굴을 돌리고 말했다.

그 말을 들으면서 고코로는 감격했다. 거울을 통과해서 자신의 집까지 우레시노가 오려고 했다는 이야기를 듣고는 오싹했지만, 설마 후카가 나를 감싸주다니.

"고마워요."

가능한 한 마음을 담아서 말하자 후카가 조금 어색해하며 "뭘, 그런 걸 가지고."라고 대꾸했다.

"게다가 어찌 됐건 자신의 것이 아닌 거울 너머에는 갈 수 없게 되어있는 것 같아. 내가 말렸지만 우레시노가 시험 삼아 손을 갖다대서……."

"엇!"

"하지만 들어갈 수 없었어. 보통 거울같이 딱딱한 유리 감촉이었대. 본인 이외에는 아무도 거울 너머로는 갈 수 없게 돼있는 것 같아."

"그렇구나……."

실수로라도 다른 사람의 거울로 들어가버리면 큰일이라고 생각했었는데 그 걱정은 안 해도 된다. 마음속으로 안심하고 고코로가 숨을 뱉자 아키가 웃었다.

"우레시노한테는 그때 후카가 아주 호되게 말을 했어. 연애가 전부라고 생각하다니 어떻게 된 거 아니냐고. 그런 거 없어도 살 수 있으니 어리광 부리지 말라고 화냈는데 그 말이 그 애의 이상한 안테나를 자극한 모양이야."

"안테나?"

"연애 없이도 살 수 있다고 생각한다는 건 후카 짱, 혹시 아직 첫사랑도 못해본 거야? 귀여워!"

"그만해요."

아키가 깜짝 놀랄 만큼 닮은 말투로 우레시노가 한 말을 흉내 내어 말했고, 그에 대해 후카가 생각하기도 싫다는 듯이 얼굴을 찌푸렸다. 고코로는 놀라움을 뛰어넘어 어이없어하며 두 사람이 주고받는 말을 들었다. 우레시노가 누군가를 좋아하게 되는 포인트가 뭔지 전혀 알 수 없었다.

"아키 언니도 안 되고, 고코로도 무리일 것 같고 그렇다면 나 정도는 자기한테 넘어올 거라고 생각한 거겠지. 우레시노 걔, 사람을 바보로 아나 봐."

후카가 혼잣소리같이 말하고 깊이 한숨을 쉬었다.

그 말을 듣고 고코로는 은근히 기뻤다. 후카가 '고코로'라고 불러줬다. 날 싫어하는 게 아니었다는 안도감에 다리가 발끝에서부터 저려오는 것 같다.

"저…… 새삼스럽지만 정말로 고마워요."

"어?"

고코로가 조심조심 말하자 둘이 나란히 이쪽을 봤다. 고코로는 지금이 이야기를 꺼낼 때라고 생각했다. 고코로에게는 중요한 이야기라서 어떻게 받아들여질지 걱정이었고 어떻게 말해야 좋을지 망설였지만 들어주길 바랐다. 오늘은 그 이야기를 하려고 각오하고 왔다.

"나, 실은 정말로 연애랑 관련된 이야기는 젬병이야. 굉장히 안 좋은 경험이 있어서."

아무에게도 이야기한 적이 없는 말이었다. 하지만 자신이 정말은 이야기하고 싶어 했다는 것을 말하는 도중에 깨달았다.

사나다 미오리라는 아이의 연애에 휩쓸려서 당하게 된

안 좋은 경험.

이케다 추타가 자신에게 한 말.

거기서부터 시작된 반 아이들의 괴롭힘.

이야기하면서 고코로의 겨드랑이에 땀이 배어나왔다. 귀가 뜨거워졌다.

"그러고 나서 얼마 있다가……."

여기서부터는 아무에게도, 학교에서 친하게 지내던 친구들에게도 말하고 싶지 않은 일이었다. 친한 친구니까 더욱 알게 하고 싶지 않았다. 그런데도 어디에 사는지도 모르는 이 아이들에게라면 이야기할 수 있겠다고 생각하는 것에 대해 고코로는 스스로 놀랐다.

"그 아이들이 우리 집에 몰려왔어. 학교에서 돌아와 집에서 엄마를 기다리면서 숙제를 하고 있는데……."

───◦◦◦───

딩동! 하고 벨이 울렸다.

'이런 시간에 누굴까? 택배가 왔나?' 그런 생각으로 "네에."라고 답하고 일어나서 현관으로 향하려는 때였다.

"안자이 고코로!" 하고 화난 목소리가 들렸다.

미오리의 목소리는 아니었다. 고코로가 모르는 여자아이의 목소리였다. 얼굴만 아는 다른 반의 학급회장. 미오리의 친구.

집 안에 있으면서 어떻게 그걸 알았는지 지금은 신기하다고 생각하지만, 복숭아뼈부터 치밀어 올라오는 오싹한 감각이 고코로의 귀와 눈을 예민하게 만들었다. 어머니가 주의를 줘서 혼자 있을 때는 잠가놓는 현관문 너머에서 하나나 둘이 아닌 많은 사람의 인기척이 느껴졌다.

쿵! 쿵! 쿵! 하고 잇달아 문을 두드린다.

"나와. 안에 있지?"

"뒤로 돌아가보자. 창문으로 모습이 보일지도 몰라."

소름이 돋았다.

"잡아버려야 해." 하는 소리가 들렸다. 잡아버린다는 게 어떤 것인지 고코로는 알 수 없었다. 하지만 중학교에 입학할 때 같은 학교 친구와 걱정하면서 자주 얘기했었다. 중학교에 가서 선배들한테 잡히지 않으려면 어떻게 하면 좋을지에 대한 이야기. 그때에도 잡는다는 말 속에 배어있는 어떤 느낌이 고코로를 조여왔었다. 그런데 지금 상대는 선배도 아닌 같은 또래의 여자아이들이다. 고코로와 다를 거 없는, 그냥 같은 나이의 여자아이들이다.

'어째서?'라고 생각한다. 관자놀이까지 길게 돋은 소름이 전혀 가라앉을 기미를 보이지 않는다.

고코로는 전속력으로 거실에 되돌아왔다. 서둘러서 거실, 부엌, 모든 방의 커튼을 닫았다. 본 건 아니겠지. 어슴

푸레한, 아직 희미하게 밝은 밖의 세계에 몇몇 실루엣이 비쳤다. 그들이 타고 온 것 같은 자전거 그림자가 보였다.

'모에다.' 하고 고코로는 절망적으로 생각했다.

나쁜 상상이 꼬리에 꼬리를 물고 떠올랐다. '아마도 이렇게 된 건 아닐까.' 하고 마치 직접 눈으로 본 것처럼 그 광경이 떠올라서 멈추지 않는다.

걔, 짜증나고 건방지니까 확실히 버릇을 고쳐주자.

모에, 걔네 집 가깝지? 걔네 집 어딘지 가르쳐줘.

좋아, 안내할게.

밖에 모에가 있는지 고코로는 확인할 수 없었다. 꼭 알고 싶기도 하고 절대로 알고 싶지 않기도 했다. 인형같이 예뻐서 사이좋게 지내고 싶었던 그 아이가, 지금 밖에서 어떤 얼굴을 하고 있는지 생각만 해도 숨이 막혔다.

"나와! 비겁해!"

이번에 들려온 소리는 미오리였다.

닫은 커튼 너머로 자신의 모습이 비치지 않게 고코로는 숨까지 멈추고 거실 소파 옆에서 바닥에 몸을 붙이듯이 주저앉았다.

거실 너머에는 잔디를 깐 마당이 있고 마당은 낮은 나무 울타리로 둘러싸여 있다. 고코로는 숨을 죽이고 덜덜 떨면서 아이들이 가버리기를 기다렸다. 어떻게 해야 좋을지 몰랐다. 가슴속에서는 애타게 엄마를 찾고 있었다.

집은 고코로가 안심하고 있을 수 있는 곳이다. 학교에서 안 좋은 일을 겪어도 집에 돌아오면 자신이 그런 식의 취급을 당할 존재가 아니라고 생각할 수 있는, 그런 곳이다. 고코로에게는 어머니, 아버지와 함께 지낼 수 있는 곳, 아버지나 어머니에게도 가족이 함께 지내는 곳이다. 그런데 왜 지금 부모님이 전혀 모르는, 내 친구도 아닌 아이들이 찾아와서 이러는 걸까. 고코로는 이해할 수 없었다.

쿵쿵쿵쿵, 쿵쿵쿵쿵. 문 두드리는 소리가 멈추지 않는다.

밖의 여자아이들은 모두 흥분해있었고, "야, 나와."라든가 "비겁해!"라는 단어를 반복했다. 목소리가 많은 것으로 보아 다 해서 열 명은 되는 것 같은데 그들이 사용하는 단어는 결코 많지 않다. 누군가가 한마디 하면 다른 아이들은 그 말을 반복할 뿐이었다. "마당으로 들어가보자." 하는 소리가 나고 이어서 마당에 누군가가 들어오는 기척을 느꼈을 때는 정말로 숨이 멎는 느낌이었다. 커튼을 친 창문 쪽이 잘 잠겨있는지 다시 한 번 확인해야겠다는 생각이 들었다. 만약 문이 잠겨있지 않다면 흥분한 미오리와 그 친구들이 아무렇지도 않게 집 안까지 쳐들어올 것 같았다. 과장이 아니라 안에 있는 고코로를 발견하면 여기서 끌어내서 죽여버릴지도 모른다는 생각이 정말로 들었다. 너무나 무서워서 목소리도 나오지 않았다.

어슴푸레한 방 안에서 바라보는 커튼 너머 그들의 그림

자가 짙어졌다. 그 그림자 중 하나가 창으로 손을 뻗었다.

눈을 감는다. 입을 막자 귀까지 막은 것 같은 기분이 된다. 덜컹하고 창을 흔드는 소리가 났다.

눈을 떴을 때, 다행히 창문은 그대로 있었다.

문이 잘 잠겨있었다. "안 열려." 하는 소리가 밖에서 들렸다. 교실 안에서 평소 대화하는 거랑 별 차이 없는 아무렇지도 않은 목소리였다.

고코로는 기척을 죽이고, 숨을 죽이고, '내가 왜 이러고 있어야 하는 걸까.' 하고, 입술을 깨물면서 몸을 웅크리고 있다가 부엌과 자시키(다타미를 깐 전통 형식의 방으로 보통 손님이 왔을 때 이 방에서 접대한다)의 창문이 잠겼는지 확인하기 위해 몸을 움직였다. '이렇게 무서운데도 왜 눈물이 안 나오지?' 하고 생각했는데 얼어붙는 것 같은 숨결을 가늘게 내뿜는 입술에 눈물의 짭짤한 맛이 느껴졌다. 자신도 모르는 사이에 눈물은 계속 나오고 있었나보다.

어떻게 몸을 움직였는지 기억이 안 날 정도로 떨며 마지막 장소의 문이 잠긴 것을 확인한 순간, 더 이상 몸을 움직일 수 없게 됐다. 마치 눈으로 만든 눈토끼가 다리가 없어서 땅바닥에 딱 붙은 것 같은 모양새가 됐다. 몸을 둥글게 움츠리고 얼굴도 안으로 말아넣었다. 이번에는 거북이 같은 모양새가 되어 방구석에서 가만히 떨기만 하고 있을 뿐이었다.

조금 밝았던 저녁 빛이 어두운 방에서 점점 사라져갔다. 그러면서 고코로는 계속해서 '미안해요, 미안해요.'라고 생각했다. 미오리에게 미안한 게 아니다. 밖에 있는 여자아이들에게 고코로는 사과해야 할 게 아무것도 없다.

아버지와 어머니의 집이기도 한 이곳에 저런 모르는 아이들을 들여버렸다. 어머니가 소중히 여기는 마당에 저런 아이들을 들이고 말았다.

미안해요, 미안해요, 미안해요.

"왜 안 나오는 거야, 독하네." 하고 밖에서 들려오는 미오리의 목소리가 약해지더니 차차 울음소리가 되어간다.

"비겁해, 이런 거."

가늘게 우는 소리에 다른 아이가 "미오리. 울지 마." 하고 달랬다. 그 아이들의 세계는 어디까지나 자신들의 형편에만 맞게 돌아갔다.

"이케다가 불쌍해."

다시 미오리가 말했다.

"개, 남의 남자친구한테 추파를 던지고 손이 닿거나 하면 좋아했지?"

다른 아이가 말했다.

손이 닿거나 그러지 않았어.

하지만 혀가 목구멍에 달라붙은 것 같아 혼잣말조차 나오지 않았다. 그냥 내내 무섭기만 했다. 밝음이 사라진 방 안에서 바닥의 냉기가 아직 교복 차림인 고코로의 다리를 차갑게 식혔다. 체온이 낮아져갔다.

"용서할 수 없어." 하고 누군가가 말했다. 미오리의 목소린지 아닌지 고코로는 더 이상 구별할 수 없었다.

'용서하지 않아도 돼.' 하고 고코로는 생각했다.

나도 너희들을 절대로 용서하지 않을 테니까.

어느 정도 시간이 흘렀는지 알 수 없었다. 굉장히 긴 시간이었다. 그것은 고코로의 안에서 어제까지 조금은 가지고 있던 명랑함이나 따뜻함이라 불릴 만한 긍정적인 것들을 뿌리째 뽑아놓는 데에 충분한 시간이었다.

미오리 일행이 놀다 지쳐서 고코로의 집 앞에서 "잘 가." "내일 또 보자." 하고 서로 인사를 하고 흩어지는 소리가 들렸다. 함정일지도 몰랐기 때문에 고코로는 움직일 수 없었다. 움직여서 고코로가 불을 켜고 존재를 알린 순간 미오리가 획 하고 나타나지 않을까, 당장이라도 죽이려 하지 않을까, 하는 두려움에서 벗어날 수 없었다.

집에 돌아온 어머니가 "고코로?" 하고 집 안에 대고 이름을 부르는 소리가 들린 순간, 이齒와 이 사이가 불쑥 아프면서 눈물이 나왔다.

엄마, 엄마, 엄마.

울며 가슴에 뛰어들어 그대로 엉엉 울고 싶었지만 꽉 죄어드는 것 같은 눈물이 눈가에 고인 채 고코로는 움직일

154

수가 없었다. 어머니가 거실로 들어와서 불을 켰다. 그제야 비로소 고코로는 얼굴을 들었다. 지금까지 잔 것처럼 졸린 듯이 눈꺼풀을 비빈다.

"고코로."

어머니가 서있었다. 일하러 갈 때 입는 회색 정장을 입은 채 안심한 듯이 숨을 내뱉었다. 그 얼굴을 보자 눈앞에서 오늘 있었던 일을 모조리 다 얘기해버리고 싶은 충동이 몰려왔지만 참았다.

"엄마." 하고 부르는 목소리가 갈라졌다.

"무슨 일이니? 불도 안 켜고. 깜짝 놀랐잖니. 네가 아직 안 왔나 하고 걱정했어."

"응."

걱정했다는 목소리가 가슴 밑바닥에 울렸다. 왜 그런지 알수 없었다. 고코로는 "깜박 잠들었어."라고 말했다.

이날 자신은 집에 없었던 거라고 믿기로 했다.

처음부터 고코로는 집에 없었다. 미오리와 그 친구들은 아무도 없는 집을 찾아와서 멋대로 문을 두드리고 마당에 들어오고 집 주위를 빙글빙글 돌았을 뿐 아무 일도 일어나지 않았다. 고코로의 집에서는 아무 일도 일어나지 않았다. 고코로를 당장이라도 죽일 것 같은 일도 없었다.

다만, 다음 날 고코로는 말했다.

"배가 아파."

정말로 아팠다. 거짓말이 아니었다. 어머니도 "얼굴색이 굉장히 안 좋구나. 괜찮니?"라며 걱정했다.

그러고 나서 고코로는 학교를 쉬기 시작했다.

'어쩌면.'

고코로는 시간이 꽤 지나고 나서 자신이 엷은 기대를 갖고 있었다는 것을 자각했다.

어쩌면 마당의 잔디가 어지럽혀진 것을 보고 어머니나 아버지가 알아차리지 않을까. 어쩌면 고코로가 말하지 않아도, 누군가 이웃 사람이 보고 안자이 씨 집을 그 아이들이 둘러싸고 있었다고 어머니나 아버지에게 말해주지 않을까. 어쩌면 경찰에 이야기가 들어간 건 아닐까.

하지만 그런 일은 일어나지 않았다.

그날 그들이 잔디를 어지럽힐 만큼 격렬하게 행동하지 않았다는 사실을 믿을 수 없었다. 모든 게 원망스러웠다. 그런 일을 당한 직후에 사실이 밝혀졌다면 뭔가 지원을 받을 수 있었을지도 모른다. 고코로의 중학교 생활을 바꿔버린 이 사건을 이제 와서 이야기해봤자 어머니나 아버지는 아마도 진지하게 들어주지 않을 것이다. 그날 그 일을 당한 직후 왜 울면서 어머니의 가슴속으로 뛰어들지 않았는지 고코로는 후회했다. 시간이 지난 지금, 그때 당한 것을 말로 표현하자면 '미오리와 그 친구들이 집에 왔다.' 단지 그것뿐이었다. 그 사실을 깨닫고 고코로는 절망했다. 그들은 자신을 괴롭히러 집까지 찾아왔지만, 그래도 그것뿐이지 않았느냐고 어른들은 말하겠지. 그리고 고작 그 한마디로 끝내버릴 것이다.

그 아이들은 집 안의 아무것도 망가뜨리지 않았고 고코로의 몸에 상처를 내지도 않았다.

하지만 그 시간 동안 고코로가 겪어야 했던 고통은 그보다 훨씬 더 처절한 것이었다. 잠긴 문과 커튼이 자신을 지켜줬지만 그게 만약 없었다면 어땠을까. 이 상태에서 무방비로 학교에 간다면 어떻게 될까. 고코로는 과연 자신을 지킬 수 있을까.

그래서 고코로는 학교에 안 간다.

그 애들이 죽이려 할지도 모르니까.

자기 집에서조차 안전하지 않다는 걸 알게 되었고, 그대로 방에 틀어박히게 됐다. 자신의 방에서 자유로이 오갈 수 있는 곳은 오직 성뿐이다. 그리고 고코로는 '성이라면 괜찮아.'라고 생각했다. 이제는 거울 너머의 성만이 고코로를 그 아이들로부터 안전하게 지켜줄 거라고 생각했다.

이야기가 끝날 때까지 아키도, 후카도 고코로에게서 눈

을 떼지 않았다.

고코로는 이야기를 별로 잘하지 못했다. 말을 신중하게 골라서 천천히, 천천히 이야기했다. 말을 하는 동안 두 사람의 얼굴을 제대로 못 봤다. 다시 눈물이 솟는 일은 없었지만 눈이 건조하여 깜박이는 것을 잊었나 싶은 순간이 몇 번쯤 있었다. 말이 끊기거나 막히는 때도 있었다.

하지만 아키와 후카는 재촉하지 않고 끝까지 고코로의 이야기를 들어줬다.

성은 저녁 무렵이 되어도 계속 밝았고 식당에서 보이는 안뜰도 저녁이 가까워졌다고 해서 색깔이 바뀌지 않았다. 설령 비가 내려도 이곳의 하늘은 계속 청명하고 밝다.

"그건 지금도 계속되는 문제니?"

그때까지 잠자코 이야기를 듣던 아키가 물었다.

이야기를 하면서 고코로는 그 이유 때문에 학교에 갈 수 없게 됐다는 말은 하지 않았다. 아키가 학교라는 말을 언급하는 걸 좋아하지 않는다는 것은 이미 알고 있기 때문이었다. 아키가 고코로의 이야기를 어떻게 들었는지는 알 수 없었다. 어쩌면 아키는 이런 일은 그다지 대단한 게 아니라고 생각했을지도 모른다.

아키가 그렇게 생각할까 봐 두려웠지만 고코로는 머리를 끄덕했다. "계속되고 있어요."라고 대답한 순간, 아키가 식당 의자에서 일어나서 오른손으로 고코로의 머리를 엉망으로 뒤섞듯이 쓰다듬었다.

"어? 어?"

당황하면서 머리가 흐트러진 채 얼굴을 들었다.

"훌륭해."라는 목소리가 들렸다. 아키의 눈이 고코로의
눈을 곧바로 보고 있었다. 다정하게 위로하는 듯한 아키의
눈과 눈이 마주쳤다.

"훌륭해. 잘 견뎠어."

그 말을 들은 순간이었다.

콧속이 확 아파왔다. '어라?' 하고 생각하는 사이에 머리
가 핑 돈다. 어금니를 서둘러 꽉 물었지만 이미 늦었다.

"아, 응……."

끄덕이는 것과 동시에 고개 숙인 고코로의 두 눈에서
눈물이 쏟아져나왔다. 잠자코 있던 후카가 옆에서 손수건
을 내밀었다. 그의 눈에도 역시 아키의 눈처럼 다정한 시
선이 있었다. 그 시선들을 봤더니 멈출 수가 없었다. 눈물
이 흘러넘쳐서 고코로는 "미안." 하고 사과했다. 눙치듯이
억지로 웃으려 한 얼굴이 자꾸 무너지면서 뺨 위로 눈물이
흐른다. 후카의 손수건을 받아들고 숨을 죽이고 조용히 심
호흡을 한다.

8월

세상이 여름방학에 들어갔다는 것을 집에 있어도 느낄 수 있었다. 중학교 1학년의 여름방학을 설마 이런 식으로 맞을 줄은 상상도 못했지만 8월은 평등하게 왔다.

하루 종일 집 안에만 틀어박혀 있는 고코로의 방 창문으로 초등학생이나 자신과 비슷한 중학생들이 친구와 이야기하며 자전거로 오가는 소리가 들려왔다. 고코로가 다녔던 초등학교 아이들의 것인 듯한 그림자가 고코로의 방 아래를 가로질렀다.

여름방학에 들어간 8월 초에 저녁밥을 먹다가 아버지가 "잘됐구나."라고 했다. 한순간 자신에게 한 말이 아니라고 생각했다. 학교에 안 가게 되고 나서 아버지에게서 "잘됐구나."란 말을 들을 만한 일을 한 기억이 없었기 때문이다. 하지만 아버지가 아무렇지도 않게 "이제 너, 세상에서 너 혼자만 붕 떠있는 게 아니게 됐잖니." 해서 고코로가 반찬을 집으려던 손을 멈추고 아버지의 얼굴을 봤다. 아버지는 별 생각 없이 그렇게 말한 것 같았다.

"여름방학에 들어갔으니까 이제 하루 종일 어디든 돌아 다녀도 남들이 이상하게 볼 일 없으니 도서관에라도 가면 어떻겠니? 집 안에만 있으면 숨 막히지 않아?"

"잠깐, 여보."

어머니가 옆에서 끼어들었다. 고코로를 의식하면서 "너 는 그게 더 싫은 거지?" 했다.

"낮에 밖에 나갔다가 학교 친구랑 마주치는 거 싫지? 그 렇지?"

어떻게 대답해야 좋을지 몰라서 조용히 있었더니 어머 니의 눈썹 사이에 주름이 잡혔다. 그러더니 "애야." 하고 정 색하며 말했다.

"전에도 말했지만 학교에 가고 싶지 않은 이유가 뭐든 있다면 언제든 말해라."

"응."

고코로는 시선을 아래로 깔고 입에 댄 젓가락을 가볍게 깨물었다.

언제부터인지 어머니는 고코로에게 스쿨에 가라는 말을 하지 않았다. 하지만 그곳 선생님들과 연락을 주고받고는 있는 것 같았다. 고코로 또한 스쿨에 가라는 말을 다시 듣는 것이 싫어서 어머니와 그 일에 대해서는 굳이 이야기하려고 하지 않았다. 하지만 어머니가 고코로를 대하는 분위기가 바뀌었다. 전에는 게으름병에 걸린 것으로 생각하는 것 같더니 요즘 들어서는 "무슨 일이 있었던 게 아니니?" 하고 고코로에게 에둘러 묻는 일이 늘어났다.

여름방학에 들어가기 직전에는 어머니와 아버지가 학원 여름강좌에 다녀보는 게 어떻겠느냐고 권했다. 이곳이 아니라 멀리 떨어진 할머니 집에서, 고코로를 아는 사람이 아무도 없는 학원에서 뒤처진 1학기 공부를 따라잡으면 어떻겠느냐고 말했다. 그런 말을 들은 날 밤에는 뱃속이 무거워져서 좀처럼 잠이 오지 않았다.

중학교 교과서는 책상 서랍에 넣어둔 채로, 펼쳐본 자국조차 거의 없다. 다른 아이들은 교과서 내용을 1학기 동안 배웠을 텐데 이미 늦은 게 아닐까. 이제는 도저히 따라갈 수 없게 된 게 아닐까.

학교에는 두 번 다시 가고 싶지 않지만, 뒤처진 공부를 따라잡을 수 없을까 봐 사실은 걱정이 된다.

고코로는 하기강좌에 다니는 자신을 상상해봤지만 그것도 스쿨과 마찬가지로 잘 와닿지 않았다. "생각해볼게요." 라고 대답하고 나서 아무 대답 없이 여름방학이 시작됐는데도 어머니는 학원에 다녀보라고 재촉하지 않았다.

"무리하지 않아도 돼."

어머니가 말했다.

1학기 초에는 그토록 자주 집에 찾아오던 담임 이다 선생님도 지금은 거의 얼굴을 비치지 않았다. 포기해버렸는지도 모른다.

모에 대신 가끔 프린트를 갖다주러 오던 초등학교 때부터 친한 사쓰키와 다른 친구들도 더 이상 오지 않았다. 찾아와줄 때 만났으면 좋았으려나 싶어서 후회할 때도 있지만 그래도 직접 얼굴을 마주했다가 무슨 일을 당할지 몰라서 걱정하는 것보다는 낫다. 찾아와주지 않고, 보지 않는 게 가장 편하고 기쁘다.

하지만 '앞으로도 쭉 이렇게 보내게 되는 걸까.' 하고 생각하면 몸이 굉장히 무거워진다.

———— ✦ ————

"공부 못 쫓아가는 거, 걱정되는 게 당연해."

다음 날 성의 식당에 같이 있게 된 후카가 조용한 목소리로 그렇게 말했다.

고코로가 자신의 이야기를 한 이후로 어쩌다보니 남자아이들은 게임방, 여자아이들은 식당에서 모이는 것이 암묵의 규칙같이 됐다. 고코로도 성에 도착하면 자신의 방에 짐을 놓고 바로 식당으로 향했다.

성에 와서 아키나 후카를 만나는 것은 지금 고코로에게는 무엇보다 즐거운 일이다. 그토록 끈질기게 따라다니던 우레시노도 식당에서 셋이 뭉쳐있으면 말을 걸기 힘든지 예전만큼 쫓아다니지 않는다.

식당에 아키가 없을 때에는 후카와 이따금 학교에 가지 않는 것에 대해서 이야기하고는 했다.

"언니도 그런 걱정을 해?"

안경을 낀 단발머리의 후카는 겉으로 보기에는 우등생 같고 머리가 좋아 보였다. 고코로가 묻자 후카가 "의외지?" 하고 웃었다.

"내가 공부를 잘하는 아이로 보인다는 건 나도 알아. 하지만 나 성적 나빠. 공부 잘 못해. 어디서부터 해야 좋을지 모르겠어."

"그럼 학원이라든가……."

고코로가 물어보려는데 목소리가 들렸다.

"안녕, 후카. 고코로."

밝은 소리와 함께 아키가 안으로 들어와서 거기서 이야기는 끝났다.

후카하고는 제법 이런 이야기를 할 수 있게 됐지만 아키한테는 여전히 학교에 대한 얘기를 화제로 꺼내면 안 될 것 같았다. 아키가 "아아, 여기 시원해서 살 것 같아." 하고 중얼거리면서 보온병을 꺼내 차 마실 준비를 했다.

고코로와 후카가 각자 가져온 비스킷을 꺼내자 아키는 무늬가 들어간 종이냅킨을 펼친다. 장미 덩굴과 새 그림이 가장자리에 장식된 냅킨을 보고 후카가 "예뻐."라고 평소 안 하던 말을 했다. 손에 들고 "어디서 팔아요?" 하고 물었다. 아키가 "예쁘지?" 하고 웃었다.

"주말에 근처 문구점에 갔더니 팔고 있었어. 다른 것도 무늬가 예뻐서 고르는 데 힘들었어. 후카는 이런 거 좋아하니? 괜찮으면 줄게."

"좋아한달까…… 응, 그렇죠."

"예쁘네!"

고코로도 말하자 후카가 얼굴을 들었다.

"아키 언니."

"응?"

"고코로한테도 한 장 줘도 돼요?"

"돼. 물론."

"괜찮아요?"

고코로가 묻자, 후카가 "자." 하고 손에 들고 있던 냅킨 한 장을 준다. 아키가 보온병에 든 홍차를 컵에 따랐다. 따뜻한 김과 사과향이 확 퍼졌다. 냅킨의 무늬와 홍차의 색깔이 무척 잘 어울렸다.

"고마워요."

고코로가 인사를 하고 후카가 새 냅킨을 펼쳐서 비스킷

을 그 위에 내놓자 기다리고 있었다는 듯이 식당 입구에 우레시노가 나타났다. 늘 점심시간이 지나서 성에 오던 우레시노가 이 시간에 모습을 나타낸 건 드문 일이었다.

우레시노는 머뭇거리면서 서있었다. 자신이 온 것을 알아차려주길 기다리고 있는 것 같았다.

"아, 우레시노."

아키가 말을 걸자 우레시노는 "안녕." 하고 작은 소리로 답하면서 눈으로는 지금 좋아하는 사람인 후카를 보고 있다.

후카는 우레시노에게 흘낏 시선을 줬을 뿐 어색하게 컵을 내려놓고 그대로 가만히 자신의 손을 보고 있었다. 그걸 보고 고코로는 생각한다. 우레시노가 후카를 '예뻐.'라고 한 것은 진심일지 모르지만 그래도 역시 그가 말하는 '좋아해.'는 터무니없이 가볍다. 고코로도 당해봤기 때문에 알지만 '좋아하는 사람'을 일방적으로 정하고 그렇게 믿고 매뉴얼에 따라 행동하는 것 같은 느낌이다.

"무슨 일이야?"

여자들끼리 이곳에 모이게 된 뒤로는 우레시노가 이쪽으로 오는 일이 거의 없기 때문에 고코로가 물었다. 물어보면서 우레시노가 등 뒤에 뭔가 숨기듯이 갖고 있다는 걸 눈치챘다. 우레시노가 손을 앞으로 내밀었을 때 고코로는 "아." 하고 작은 소리를 냈다.

"오늘 생일이지? 후카 짱, 꽃 가져왔어."

분홍색과 하얀색 꽃이다. 줄기가 긴 이름 모를 꽃이 한 송이씩 백화점 포장지에 싸여서 꽃다발같이 돼있었다.

"어, 생일이었어?"

아키와 고코로는 엉겁결에 후카를 봤다. 후카가 어느새 얼굴을 들고 "잘도 기억했구나, 그런 걸." 하고 중얼거렸다. 우레시노가 기쁜 듯이 "들었잖아." 하고 대꾸했다.

"난 그런 거 안 잊어버려."

"그랬구나, 후카. 우리한테도 말해주지."

"글쎄, 특별히 말할 만한 게 아니라서."

아키의 말에 새초롬하게 답하는 후카의 말투는 변함없이 차가웠지만 시선을 아래로 향한 모습은 멋쩍어 보였다.

"그럼, 축하하자. 다시 건배!"

아키가 찻잔을 들어올리고 후카의 찻잔과 쩽하고 부딪쳤다. 주뼛주뼛 꽃다발을 받아든 후카가 "고마워."라고 어색하게 말하자, 우레시노가 기쁜 듯이 "에헤헤." 하고 웃었다. 그대로 여기에 눌러앉을 생각인지 "아키 누나, 내 건?" 하고 묻는 모습이 우레시노답다고 고코로는 생각했다. 꽃 선물을 가져온 것이 신선했다고 생각한 것도 잠깐, 낯 두껍게 "비스킷 먹어도 돼?" 하고 묻는 것을 보고서는 '그럼 그렇지.' 하고 그를 다시 봤던 마음이 물거품이 된다. 아키는 어이가 없는지 "있지, 여자들의 차 모임이니까 배려 좀 해줘."라든가 "이제 그만 돌아가."라고 노골적으로 우레시노

167

를 내보내려 했지만 우레시노는 "엇, 너무 야속합니다." 하고 유들유들하게 대답한다. 그 상황이 우스꽝스러워서 고코로도 웃었다.

"슬슬 점심때 아니야?"

아키의 신호로 일단 점심을 먹으러 집에 돌아가기 위해 해산했다. "와아! 빨리 갔다 오자." 하고 우레시노가 맨 먼저 식당 밖으로 뛰어나갔다.

남겨진 테이블 위의 꽃다발을 보니 포장지에 든 꽃 두 송이는 예뻤지만 어딘가 축 늘어진 게 힘이 없어 보였다.

"마당에서 꺾어온 느낌이네."

아키가 말했다.

"일단 꺾어서 꽃다발같이 만들어봤습니다, 하는 느낌인데 꽃이 불쌍해. 얼른 물에 담가야지. 포장지도 구깃구깃한 걸 보면 분명 다른 데 썼던 걸 거야. 엉성해."

"그래요?"

아키의 말에 뜻밖에도 후카가 고개를 갸우뚱했다. 아키가 깜짝 놀란 듯이 말을 멈췄다. 후카는 조용히 꽃다발을 들고 일어나서 그대로 식당을 나가려고 했다. 그 뒷모습을 향해 아키가 서먹하게 "저기." 하고 소리를 냈다.

"그거, 여기 장식할래? 뭔가 꽃병이 될 만한 거 찾아서."

"됐어요."

후카가 대답했다. 이쪽을 돌아보지 않았다.

"여기 물도 안 나오니까. 집에 가져갈래."

"그래."

그 대화를 들으면서 고코로는 내심 조마조마했다. 초등학교 때부터 이런 일이 가끔 있었다. 여자아이들끼리 분위기가 날카로워져서 서먹해지는 시간은 별안간 찾아온다.

후카가 가버리고 나자 남겨진 아키와 고코로는 말이 없어졌다. 침묵을 견디다 못해 고코로 쪽에서 "그럼, 또 오후에."라고 하자, 아키가 황급히 "아, 응." 하고 대꾸했다. 그 얼굴이 늘 그렇듯 밝아 보이는 것을 보고 고코로는 그대로 방을 나가려고 했다.

그때 목소리가 들렸다. 불쑥, 중얼거리는 목소리.

"……저러니까 분명 친구도 없을 거야."

식당을 떠나려던 고코로의 귀가 그 목소리를 포착했다. 전율이 흘렀다. 잘못 들은 게 아닌가 해서 아키 쪽을 돌아보고 싶은 충동을 꾹 참고 발을 앞으로 내밀어 서둘러 그 자리를 떠났다. 거울 너머에 있는 자신의 방으로.

잘못 들은 게 아니다. 돌아보지 않아도 알 수 있다. 아키가 분명히 말했다. 혼잣말 같지만 아마 고코로에게 들려도 좋다고 생각하면서 말했을 것이다.

집에 돌아가서 어머니가 준비해놓고 간 냉동 그라탱을 렌지로 데워 먹으면서 고코로는 정말 싫다고 생각했다.

그런 어색한 대화가 성 안에서도 일어나다니. 난 후카도 좋고 아키도 좋은데.

오늘 오후에는 어쩌면 아키도, 후카도 더 이상 성에는 안 올지도 모른다고 생각했다. 하지만 의외로 한 시가 지나서 성으로 돌아가니 둘은 이미 식당에 와있었다. 고코로가 오는 것을 기다린 모양이었다. 아키가 "우레시노도 왔지만 쫓아버렸어." 하고 웃었다.

"생일파티 계속하자. 자, 이거 내 선물."

그렇게 말하며 내미는 아키의 손 안에는 클립 세 개가 들어있는 투명한 봉투가 들려있었다. 손잡이 부분에 수박과 레몬, 딸기 모양의 귀여운 점토세공이 붙어있는, 나무로 된 세련된 클립이었다. 투명한 작은 봉지에 넣어서 그 위를 파란 체크 리본으로 묶었다.

"집에 있는 걸로 포장을 해서 조잡해졌어."

아키는 그렇게 말했지만 고코로의 눈에는 전혀 그렇게 보이지 않았다. 가게에서 포장해준 것처럼 예뻤다. 손에 들고 클립을 쳐다보던 후카가 "고마워요."라고 인사했다.

"굉장히 예뻐. 고마워요."

"다행이야."

아키가 웃었다. "생일 축하해, 후카."라고 다시 말했다.

다음 날 아침, 고코로는 두근두근한 마음으로 눈을 떴다.

어머니와 아버지가 아침식사를 마치고 출근한 아무도 없는 집에서 천천히 심호흡을 했다.

대부분 가게는 열 시쯤에 문을 연다. 후카의 생일선물을 사러 가자고 생각했다.

어제 후카의 생일에 우레시노와 아키는 선물을 준비했지만 고코로는 준비하지 못했다. 후카는 괘념치 않는 것 같았고 고코로도 그 자리에서는 아무 말하지 않았지만 생일 선물을 해주고 싶었다.

쥐죽은 듯 조용한 집 안에서 이제부터 고코로가 하고자 하는 것이 무엇인지 아는 사람은 아무도 없다. 아무도 몰래 나가서 아무도 몰래 이곳으로 돌아오기만 하면 된다.

성으로 이어지는 빛나는 거울이 아니라 현관에 있는 전신거울 앞에 서서 심호흡했다. 모자를 쓸까 했지만 초등학생이라면 모를까 중학생이 모자를 쓰면 오히려 눈에 띌 것 같다. 티셔츠에 스커트, 얼굴을 평소보다 한 번 더 씻고 머리도 빗었다. 두근두근하면서 현관문을 밀었다.

어두운 현관에 눈부신 여름빛이 쏟아져 들어와서 눈을 가늘게 떴다. 하늘에 노란 태양이 떠있었다. 새가 날고 있다. 후텁지근한 아스팔트의 열기가 발밑에서 올라온다.

밖이다.

오랜만에 나가보는 밖의 세계다.

들이마시는 공기는 신선하고 조금도 날카롭게 느껴지지 않는다. 그것만으로도 고코로는 안도한다. 매미소리가 울려오는 맞은편에서 개를 산책시키는 사람과 아이의 소리가 들린다. 덥지만 오히려 상쾌하기조차 한 날씨다.

고코로는 살그머니 문 밖으로 나갔다.

후카에게 줄 선물로는 이미 마음에 정해둔 것이 있었다. '카레오'에 가자고 생각했다. 카레오는 걸어서도 갈 수 있는 이 근처의 쇼핑몰이다. 고코로가 초등학교에 들어갔을 때 생긴 곳인데 맥도날드라든가 미스터도넛 등의 여러 가게가 입점해있었다. 그곳의 잡화점에서 어제 아키가 가져온 것 같은 예쁜 종이냅킨을 판다. 고르는 게 고생스러우리만치 많은 종류가 진열된 것을 본 적이 있었다. 용돈은 학교에 안 가게 됐을 때부터 손도 대지 않은 상태였다.

오랜만의 외출은 즐겁고 설레는 예감에 차있었다. 스쿨에 갈 때는 어머니가 같이 있었지만 지금은 혼자다. 혼자라는 것이 이렇게 편안할 줄은 몰랐다.

그렇게 생각하면서 고코로는 큰길로 나왔다.

그와 동시에 자전거가 바로 앞에서 지나쳐갔다. 그것을 보고 다리가 굳었다. 고코로가 다니는, 다녔던 중학교, 유키시나 제5중학교의 운동복을 입은 남자애들이 타고 있었다. 두 대의 자전거가 "이크!" "어이." 같은 말을 하면서 멀어져갔다. 각 학년별로 운동복 색깔이 지정되어 있는데 그들이 입은 운동복은 고코로 학년의 파랑이 아니라 진홍색이었다. 2학년이다.

들떴던 가슴이 무너져내렸다. 무너지는 소리까지 확실히 들리는 것 같았다.

자신도 모르게 얼굴을 숙이고 그들로부터 시선을 돌렸다. 하지만 신경이 쓰여서 견딜 수 없다. 눈이 그쪽을 보고 싶어 한다. '그만둬.' 하고 고코로 안의 뭔가가 그 충동을 막는다. 둘이서 하는 말을 듣고 싶다고 귀가 말한다. '나에 대해서 나쁘게 말하고 있는 건 아닐까.' 하는 마음이 아무런 맥락도 없이 솟아오른다. 그들이 이쪽을 돌아보고 뭔가 소곤소곤 말하지는 않을까 하는 생각에 뜨끔한다.

그럴 리 없다.

유키시나 제5중학교는 큰 중학교라서 다른 학년 여자아이의 얼굴 따위, 더구나 동아리에 들어가지도 않은 자신을 알아볼 리 없다. 상대는 자신과 같은 1학년도 아니고 미오리와 같은 여자도 아니다. 그런데도 불안한 느낌이 새록새록 솟아오른다.

미오리가 아는 사람이면 어떡하지?

그런 생각이 드니 그 자리에 주저앉고 싶어지고 어디로든 숨어버리고 싶어진다.

그리고 여기는 미오리의 친구인 모에의 집 근처이기도 하다. 큰길로 다시 얼굴을 향해보지만 아스팔트의 열기에 별안간 발목을 붙잡힌 것 같았다. 가려고 했던 쇼핑몰의 간판이 길고 긴 길 끝에 뿌옇게 보였다. 부모님의 차로 갈 때는 그렇게 가깝게 느껴졌었는데 거짓말같이 멀다. 저기까지 걸을 생각하니 또다시 다리가 움츠러든다.

입술을 깨물고 심호흡한다.

그래도 모처럼 나왔는데…….

스스로를 타이르며 발을 내딛었다. 오랫동안 멈춰 서있던 곳에 어렴풋이 고코로의 신발 자국이 난 것 같다. 한 걸음, 한 걸음이 쇳덩이처럼 무거웠다.

얼마 걷지 못하고 도중에 속이 울렁거려서 길가의 편의점으로 들어갔다. 현기증이 났다. 들어가니 바로 눈앞에 도시락과 음료를 차게 보관하는 칸이 있었다. 그곳에 켜놓은 빛이 너무 눈부셔서 눈을 뜨고 있을 수가 없었다. 지금까지 몇 번이나 온 곳이라 잘 안다고 생각했는데, 기억하고 있던 것보다 훨씬, 훨씬 밝았다. 물건도 아주 많았다. 죄송하게 생각하지만 언제나 어머니한테 사달라고 부탁해서 먹은 과자나 주스였다. 그런데 그런 것들이 이렇게나 많이, 마치 벽 한 면에 그려진 그림같이 가득 진열되어 있는 것이 낯설었다. 이 중에 아무거나 사도 괜찮다니 눈이 돌 것 같다. 진열되어 있는 상품을 향해 뻗은 손이 스스로도 어색했다. 페트병이 잘 집어지지 않아 바닥에 떨어뜨리고 말았다. "죄송합니다!" 하고 엉겁결에 말하며 주워서 껴안았다. 얼굴이 화악 뜨거워졌다. 지금은 사과할 상황이 아니었을지도 모른다. 목소리가 너무 컸을지도 모른다.

바로 뒤에서 샐러리맨 남자가 잠자코 지나갔다. 어깨랑 등이 닿은 것도 아닌데 움찔했다. 집과 성 안에서만, 가족과 그곳의 아이들하고만 만났기 때문에 모르는 사람이 이렇게 바로 옆에 있다는 것이 믿어지지 않았다. 이런 거리에 함께 있다는 것이 거짓말 같았다.

거짓말 같다. 믿을 수 없다. 속이 울렁거린다. 눈부시다. 말은 무수히 있지만 이것들 전부를 담고 있는 감정이 뭔지 깨달았다.

'무섭다.'

편의점이 무섭다.

가슴에 안은 페트병이 차가웠다. 그 차가움에 기대듯이 페트병을 안고서 고코로는 돌연 깨달았다.

무리다.

쇼핑몰까지는 도저히 못 가겠다.

저녁 가까운 시간이 되어 성에 가니 후카는 없었다.

식당에 갔을 때 아키와 후카, 둘 다 안 보여서 게임방으로 가봤다. 마사무네에게서 "아, 후카, 오전 중에는 왔었는데, 한동안 안 올지도 몰라." 하는 말을 들었다.

고코로는 편의점 선반에 있는 초콜릿 과자를 간신히 잡아채서 사가지고는 편의점을 도망치듯이 나왔었다. 그 초콜릿 과자 꾸러미를 손에 들고 할 말을 잃었다.

"왜?"

"부모님이 정한 하기강좌에 다닌대. 앞으로 일주일 정도. 단기집중. 공부 뒤처진 걸 따라잡자는 건가."

머릿속 깊은 곳을 누군가에게 쾅 하고 맞은 것 같았다.

하기강좌. 뒤처진 공부를 따라잡는다. 그건 고코로가 어머니, 아버지한테서 들었던 말들이다. 고코로는 그 말을 듣고 계속 무거운 짐처럼 생각했었다. 학교에 안 가는 것까지는 좋은데 수업이나 공부는 어떻게 할 생각인지 후카나 다른 아이들한테 늘 물어보고 싶었다. 갑자기 후카가 앞서가버린 것 같아서, 또다시 배가 아파왔다. 마음이 불안해졌다.

"아키 언니는?"

"몰라. 아키 누나는 방에 있지 않을까?"

늘 여럿이 모여있던 게임방에는 마사무네밖에 없었다. 우레시노도 스바루도 오늘은 오지 않았다고 했다.

"우레시노가 안 오는 건 드문 일이 아니고, 스바루 형도 부모님이랑 여행인지 뭔지 간다고 했어. 여름방학이기도 하고."

"……그래."

오늘 편의점에서 속이 울렁거렸던 것이 생각난다. 여행을 갈 수 있는 스바루가 묘하게 어른처럼 생각됐다.

"마사무네 오빠는 공부 어떻게 하고 있어요?"

"응? 이 천재한테 무슨 소리야?"

마사무네가 대답하는 목소리는 가볍다.

"학원 다닌다고 전에 말 안 했나? 이래 보여도 성적 좋아, 나."

"그렇구나……."

대꾸하고 방을 나왔다. 그런 고코로의 뒤에 대고 마사무네가 "아, 있지." 하고 불렀다.

"말해두겠는데 학교 공부 같은 거 해봤자 현실 사회에선 도움이 안 되는 것투성이야."

마사무네가 학원에서 어려움 없이 공부할 수 있는 거라면, 그런 마사무네가 지금은 몹시 부러웠다. 고코로는 힘없이 "네." 하고 대답했다. 더 이야기하고 싶지 않아서 식당으로 향했다.

식당 테이블에 후카에게 줄 선물을 올려놓았다.

편의점에서 간신히 사온 초콜릿 과자를 예전에 어머니가 어디선가 가지고 온 영자신문으로 싸서 테이프로 고정하고 캐릭터 스티커를 붙여서 만든 선물 꾸러미다. 만들 때에는 가능한 한 멋있게 보일 수 있게 여러 가지 것들을 그러모아 열심히 포장했지만 이렇게 보니 참으로 초라했다. 우레시노의 꽃다발이 훨씬 돋보였던 것 같다. 전해주지 못해서 오히려 잘된 건지도 모른다.

그렇게 생각한 순간 길었던 하루가 갑자기 가슴에 밀려와서 괴로워졌다.

자신이 만든 변변치 않은 선물을 보면서, 왜 아키처럼 멋있게 하지 못하는 걸까, 왜 편의점 같은 데서까지 그런 지경이 되어 겨우 도망치듯 돌아온 걸까, 하고 생각한다. 그런 생각을 하니까 마음이 더 불안해진다.

이미 1학기가 끝나고 여름방학이 시작됐지만 학교를 쉰 날은 아주 조금뿐인 것 같았다. 그런데 벌써 밖이 무서워지다니. 소리를 내서 울면 기분이 나아질까, 한순간 그런 생각이 들었지만 황급히 생각을 지웠다.

우는 건 자기 방이나 욕실 같은 데서 하는 거야. 여기서 울면 누가 보고 짜증나는 애라고 생각할지 몰라.

"어라?"

소리가 난 것은 그때였다.

고코로가 놀라서 입구를 살피고는 눈을 깜박였다. 오랜만에 보는 얼굴이 식당을 들여다보고 있었다. 리온이다.

"어라, 오늘은 혼자? 다른 여자애들은?"

"아, 아키 언니는 아마 방에 있을 거야. 후카 언니는 오늘부터 한동안 하기강좌라서."

"하기강좌가 뭐야?"

그렇게 물으면서 리온이 뜻밖에도 식당 안으로 들어왔다.

콧대가 곧고 조금 졸린 듯한 큰 눈. 속눈썹이 길다. 가까이에서 보니 새삼 멋진 얼굴이다. 햇볕에 잘 그을렸다. 그 모습을 보고 '얘는 밖에 나갈 수 있나 보구나.' 하고 생각하자 또 주눅이 든다.

"하기강좌 몰라? 학원 같은 데서 하는, 여름방학 동안에 한 학기 공부를 복습하는 거."

"아아, 그렇구나. 여름방학이니까. 힘들겠네. 공부."

마사무네와 달리 리온이 진지한 어투로 그렇게 말하자 고코로는 저도 모르게 리온의 얼굴을 봤다. 리온이 "왜?" 하고 되묻는다.

"……리온은 안 해? 공부."

"난 공부 안 해. 한다 해도 대충. 공부 좋아하는 사람 있나? 아, 하지만 고코로 넌 공부 제대로 할 것 같아."

"안 해."

정말로 안 한다. 그렇지 않아도 그 일로 지금 숨도 못 쉴 정도로 마음이 불안한데, 리온이 갑자기 자신의 이름을 친근하게 부르며 그렇게 말하니까 심장이 쿵 하고 뛰었다. 그러나 리온은 이내 그런 이야기에는 흥미 없다는 듯이 식

179

당의 테이블 위로 시선을 돌렸다. "그거, 선물?" 하고 물어서 아차, 했다. 숨기면 좋았을 것을.

"응."

"후카?"

"응. 생일이었던 거, 알고 있었니?"

"우레시노가 소란을 떨었으니까. 진짜 재밌어. 우레시노. 바로 최근까지 네가 유력한 대상이었는데."

"그만둬."

저도 모르게 고개를 숙이고 만다. 찌그러진 포장도 창피해서 당장이라도 사라져버리고 싶다.

그때 리온이 말했다.

"아쉽겠네. 모처럼 가져왔는데, 전해주지 못해서."

그건 특별한 말이 아니었다. 그러나 그 말을 들은 순간 고코로의 가슴으로 뭔가 따뜻한 것이 밀려오는 것 같았다.

잘 포장하지 못한 서툰 선물. 내용물은 어디에서나 살 수 있는 편의점 물건. 고코로가 편의점에서 도망치다시피 하며 나올 때 엉겁결에 집어서 사온 초콜릿 과자.

"응." 하고 리온에게 말했다.

"응. ……굉장히 주고 싶었어."

스바루가 가족여행을 가고 후카가 학원의 하기강좌에 간다는 얘기를 듣고 나니, 아이들이 오지 않는 성에 혼자 계속 오는 것이 볼품없이 느껴졌다. 하기강좌는 부모님도 가보라고 했던 건데 고코로가 그 기회를 날려버렸다.

"공부, 뒤처질까……."

중얼거렸다. 1학기가 끝나고 나서 계속 마음 쓰이던 것이 저도 모르게 입 밖으로 나왔다.

"공부?"

리온의 시선이 다시 고코로를 향했다. 고코로는 황급히 표정을 바꾸고 분위기가 어두워질까 봐 일부러 웃으며 "아무것도 아냐."라고 말했지만, 리온은 놓치지 않았다.

"공부가 신경 쓰여? 넌 중1이었지. 나랑 같이."

"응."

"그렇구나."

대화는 그것으로 끝이었다.

리온도 상황은 고코로와 마찬가지일지 모른다. 그렇게 생각하자 리온에게는 미안했지만 기분이 좀 나아졌다.

하기강좌는 찬스를 날려버리기는 했지만 원하면 아직 갈 수 있을지도 모른다. 중간부터라도 다닐 수 있을지 모른다. 생각은 그렇게 해도, 고코로는 여전히 마음이 불안하다. 학원에 가고 싶지 않다고 하는 것 또한 고코로 안에서는 흔들림 없는 진심이었기 때문이다. 공부를 따라갈 수 없게 되는 것도 두렵고, 학원에 다니는 것도 두렵다.

그럼 어떻게 하면 좋을까. 어떻게 하면 자신이 바라는 대로 고코로의 '일상'이 돌아올 수 있을까, 생각하니 딱 하

181

나 방법이 생각났다.

소원 방의 열쇠. 소원 열쇠를 고코로가 찾는 것이다.

미오리만 없으면 고코로는 분명 교실로 돌아갈 수 있다.

—◦⟡◦—

다음 주가 되자 아키도 좀처럼 성에 모습을 나타내지 않았다. 마사무네 정보에 의하면 우레시노도 할머니 집에 가게 되어서 성에 오지 않게 됐다고 한다.

고코로의 집은 원래 부모님 모두 일이 바빠서 휴가를 내기가 쉽지 않았다. 게다가 고코로가 학교에도 스쿨에도 가려고 하지 않는 것을 보고, 고코로의 부모님은 이 여름에 굳이 아이와 함께 어디를 가자는 생각 자체도 포기한 것 같았다. 고코로도 거북해서 굳이 나서서 물어보려고도 하지 않는다.

그런 와중에도 마사무네만큼은 고코로와 마찬가지로 계속 성에 오고 있었다. 고코로는 주말에는 부모님이 집에 있기 때문에 성에 오지 않지만, 어쩌면 마사무네는 세상이 다 쉬는 날에도 성에 오고 있을지 모른다. 마사무네의 부모님은 학교에 관해서 고코로네 집하고는 전혀 다른 생각을 하는 것 같은데, 도대체 어떤 사람들일까.

마사무네는 혼자 있을 때가 많은데 고코로가 게임방에

들어오면 힐끗 곁눈으로 보기만 할 뿐 말로든 눈짓으로든 인사 같은 건 하지 않았다. 다른 남자아이들이 없을 때 마사무네는 텔레비전에 연결해서 하는 게임이 아니라 휴대용 게임기의 화면을 들여다보고 있을 때도 많았다.

"아, 그거……"

고코로가 저도 모르게 소리를 냈더니, 마사무네가 "어?" 하고 얼굴을 들었다. 고코로의 시선이 그 손가락에서 꼼짝하지 않는다. 처음 만난 날 마사무네가 들고 있던 휴대용 게임기다. 아는 사람에게 '베타테스트'를 부탁받았다고 했었다. 굉장히 부러웠었는데 그런 특별한 사정으로 손에 넣은 거라면 그것은 기업비밀일 것이다. 고코로가 봐도 괜찮은 것일지 어떨지 알 수 없었다.

"아아."

고코로가 무엇을 보고 있는지 알아차리고 마사무네도 자기 손 안의 게임기를 본다. 거기에서 음악소리가 작게 들렸다. 마사무네가 "빌려줄까?"라고 말했을 때, 고코로는 놀라서 눈을 크게 떴다.

"괜찮아? 그건……"

"너네 집 게임기 아버지가 숨겼다고 했지? 괜찮아. 난 이것 말고도 집에 최신 것으로 산 거, 왕창 있어."

마사무네가 "알피지RPG 게임 같은 거 좋아해?"라고 몸을 구부리고 자신의 류색에서 게임 소프트웨어를 꺼낸다. 마사무네는 텔레비전으로는 대전형 레이싱 게임이나 액션 게임을 하지만 휴대용 게임기로는 보통 스토리가 있는 알피지를 하는 모양이었다.

"알피지는 별로 해본 적 없어. 왠지 길고 어려워 보여서."

마사무네의 배려에 감사하면서 무심히 그렇게 말한 건데 륙색을 뒤지던 마사무네의 표정이 바뀌며 "뭐라고?" 하며 고코로를 노려보았다. 그러더니 "후웃." 하고 일부러 들으라고 하는 듯이 크게 한숨을 쉬며 말했다.

"여자가 게임을 하는 게 드문 일이라서 좀 대단하다고 생각했는데, 길어서 안 한다니 실망이군."

마사무네가 노골적으로 실망하며 무시하는 표정을 지으며 계속해서 말했다.

"그러니까 스토리가 있는 게임은 거의 한 적이 없단 얘기지? 게임이란 단순하고 깔끔하게 끝나는, 단발적인 것이어야 한다고 생각하는 거야?"

"글쎄, 알피지는 어려워 보여서……."

"어렵다니."

마사무네가 또 얼굴을 찌푸렸다.

"대화가 안 되네. 알피지도 해봐야 비로소 게임의 좋은 점을 알 수 있다고 생각하는데. 난 스토리를 보다가 운 건 게임이 처음인걸."

"뭐? 게임하면서 울어?"

이번에는 고코로가 놀랄 순서였다. 말끄러미 마사무네를 봤다.

"그거 게임 오버가 돼서 분해서 그랬다는 거야?"

"아니야. 감동했단 얘기야. 여튼 더 이상 말하게 하지 마, 그런 거."

마사무네가 답답하다는 듯이 말했다. 고코로는 깜짝 놀랐다. 텔레비전 광고 같은 것을 보면 알피지 게임 중에는 영화같이 감동스러운 작품이 많다고 듣긴 했지만, 설마 남자가 게임을 하다가 울다니. 마사무네에게서 한 번 더 "대화가 안 되네."란 말을 듣고 약이 올랐지만 그 이상 대꾸하지 못했다.

"소설이라든가 만화를 보다가 운 적 있어? 애니메이션이라든가 영화는?"

"그건 있지만⋯⋯."

"그럼 그거랑 알피지 게임이 뭐가 다른데? 상상력이 좀 빈곤한 거 아냐?"

아무래도 자신이 마사무네를 불쾌하게 만든 것 같다는 건 알았지만, 그런 말까지 들을 정도는 아니라고 생각했다.

"그럼 빌려주지 않아도 돼."

저도 모르게 그렇게 말을 했는데, 그 말에 마사무네가 눈을 가늘게 떴다. 게임기를 손에 들고 고코로 쪽으로 내밀다 말고, "아, 그래, 그럼." 하고 손을 거두어버린다.

"게임에 대한 생각이 겨우 그 정도구나." 하는 마사무네의 말에 몹시 기분이 상했지만 더 이상 말하는 것도 귀찮아서 잠자코 있었다. 마사무네는 무신경한 스타일이니 고코로와 이런 말다툼을 한 것도 분명 곧 잊어버릴 것이다.

그렇게 생각했는데, 그날 고코로가 점심식사 후에 돌아온 오후의 성에 그의 모습이 보이지 않았다.

마사무네는 그날은 더 이상 나타나지 않았다. 고코로는 아무도 없는 게임방에서 "으이그, 오타쿠 같으니!" 하면서 훌륭한 소파에 놓인 쿠션을 두드리며 화를 냈다.

퍽, 퍽, 퍽, 하고 세 번 쿠션을 치고 나서 심호흡을 했다. 마사무네가 놔두고 간 텔레비전 앞의 게임기를 봤다. 없는 사이에 부숴버릴까―절대로 그렇게 할 마음은 없지만―하며 그냥 한번 생각해본 것만으로도 조금쯤 냉정해진다.

그리고 문득, 마사무네는 알피지같이 혼자서 몰두할 수 있는 게임 쪽을 더 좋아했지만 여기 와있는 동안은 다 같이 할 수 있는 게임에 맞췄던 것을 깨달았다.

그 다음 날 아침, 성에 가보니 오랜만에 스바루가 와있었다. 마사무네가 오지 않은 게임방 창가에서 스바루는 혼자서 이어폰을 끼고 무언가를 듣고 있었다. 귀에 꽂은 이어폰 끝이 그의 가방 안으로 이어져있다.

"스바루 오빠."

처음 불렀을 때는 음악에 집중하고 있었는지 알아차리지 못하다가 두 번째로 어깨를 가볍게 콩콩 두드리자 스바루가 겨우 "아아." 하며 시선을 들고서 이어폰을 뺐다.

"미안, 몰랐어."

"아니, 나야말로 방해해서 미안. 오늘 마사무네 오빠는……."

"안 온 모양이야. 나도 오랜만에 봤으면 했는데 아쉽네."

이어폰을 정리하려고 몸을 굽힌 스바루의 하얀 얼굴에 주근깨가 흩어져있다.

"있지, 스바루 오빠는 《해리포터》의 론을 닮았다는 말 들은 적 없어? 난 처음 봤을 때부터 인상이 닮았다고 생각했는데."

"《해리포터》?"

"아, 《해리포터》 책."

말하면서 물론 책만이 아니라 영화에서도 같은 인상이라고 생각했다. 스바루는 어깨를 움츠리고 "처음 들었어." 하고 고개를 흔들었다.

"고코로 넌 책을 좋아하는구나."

그렇게 말할 때의 몸짓을 보고 '이렇게 어른스러운 남자애가 자신의 반에도 있었으면 좋았을 텐데.' 하고 생각했다.

"스바루는 별 이름이지? 그래서인가? 그런 점도 판타지스러워서 그런 생각을 했는지도."

"그래? 나도 우리 오야지親父(일본어에서 아버지 또는 나이 많은 남자를 지칭하는 속어로, 최근에는 쓰이는 빈도가 낮다)한 테서 받은 것 중에서는 내 이름이 제일 좋은 것 같아."

스바루라는 이름보다 아무렇지도 않게 '오야지'라는 말을 사용하는 것을 보고 가슴이 뛰었다. 스바루가 얼굴에 웃음을 띠었다. 귀에서 방금 뺀 이어폰을 바라보며 말한다.

"이것도 오야지가 준 거지만. 이번 달에 만났을 때."

"어?"

이번 달에 만났다고 하는 말이 뭔가 이상하다. 자기 아버지인데 '이번 달에 만났다.'라니. 스바루는 평소에 아버지와 함께 살지 않는 건가?

고코로가 물어보려다가 멈췄다고 느꼈는지 스바루가 얼굴을 들고 고코로를 봤다. 고코로는 더 물어보는 게 좋을지 어떨지 몰라서 잠시 고민했다. 하지만 고코로만의 느낌이 아니라면, 이상하게도 스바루 쪽에서 그 점에 대해 물어봐주길 원하는 것 같다는 느낌이 들었다.

"스바루 오빠는……."

그렇게 물어보려다가 고코로는 입구에서 누군가의 시선을 느꼈다. 스바루가 먼저 알아차리고 그쪽으로 시선을 향한다. 후카가 서 있었다. 후카를 보는 것도 오랜만이었다.

"후카 언니."

"고코로, 선물 고마워."

"아……."

후카가 언제 와도 볼 수 있게 고코로는 선물을 후카가 성에 들어올 때 사용하는 거울 앞에 세워서 기대놨었다. '늦었지만 생일 축하해요.'라고 쓴 카드와 함께. 후카가 손에 그 꾸러미를 들고 있었다. 후카가 안으로 들어와서 테이블 위에 그 꾸러미를 펼쳤다. 그러고는 안에서 나온 과자 상자를 가만히 바라봤다.

그 모습을 보고 고코로는 뜨끔했다. 고코로는 나름대로 필사의 힘을 다하여 사가지고 나온 과자였지만 생각해보니 집에 있는 것을 그대로 싸서 가져온 것으로 보일 수도 있겠다 싶었다.

고코로와 후카가 이야기하기 시작한 것을 보고 스바루가 "난 일단 집에 좀 가야겠다." 하고 자리에서 일어섰다. 이어폰을 가방에 넣고 친절한 말투로 "나중에 또."라고 했다. 이야기를 하던 도중이었던 것이 마음에 걸렸지만 고코로도 "아, 네." 하고 보냈다.

스바루가 가버리고 나서도 후카는 아직 과자 선물을 보고 있었다. 뭔가 변명을 해야 할 것 같은 기분이 들었다. 그때 후카가 쓱 얼굴을 들었다.

"이 과자, 좋아해?"

"어?"

"난 이 과자 먹어본 적이 없어. 네가 특별히 좋아하는

189

과자야?"

"……응, 맛있어요."

분명 좋아하는 과자였지만 '특별히 좋아할' 정도로 좋은
지 어떤지 물으면 대답을 망설일 수밖에 없었다. 먹어본
적이 없다니 어쩌면 후카는 편의점 같은 데에는 잘 안 가
는지도 모른다. 후카는 예의 바르고 착실한 아이라서 아버
지나 어머니가 이런 과자를 먹이지 않도록 조심하는 집일
수도 있다. 그런 생각을 하고 있는데 후카가 웃으며 말했다.

"맛있겠다. 어떤 맛일지 먹어볼래."

정말로 들뜬 목소리였다. 고코로를 배려해서 일부러 그
렇게 말하는 게 아닌 것 같아서 안심했다.

신기한 언니다.

감정이 별로 얼굴에 나타나지 않는다. 얼굴을 봐서는 무
엇을 생각하고 있는지 잘 알 수 없다. 그런 만큼 다른 사람
들에게 일부러 좋게 보이려는 계산도 느껴지지 않는다. 그
런 그녀에게서 이런 식으로 솔직한 말을 들으니까 고코로
는 기뻐서 견딜 수 없다.

"지금 같이 먹고 싶기도 하지만, 집에 가지고 가서 혼자
먹어도 돼?"

후카의 입에서 나온 예상외의 질문에 고코로가 깜짝 놀
랐다.

"모처럼 받은 거니까 나만 먹어볼까 하고."

190

"괜찮고말고요."

점심때가 되어 집에 갔다가 돌아온 후카는 그 과자를 먹었는지 고지식하게 "맛있었어."라고 고코로에게 말했다. 그 말에 고코로는 편의점에 가길 잘했다고 생각했다.

방학이 되자 성의 출석률은 떨어졌지만, 그 기간 동안에 더 빈번하게 얼굴을 마주하게 된 사람도 있다.

리온이다.

활발해 보이는, 인기가 많을 것 같은 인상은 변함이 없다. 처음 봤을 때보다 리온은 더 많이 볕에 타고 키도 더 큰 것 같았다. 뺨 같은 데의 피부가 벗겨질 것같이 된 걸 보면서 어쩌면 학교를 빼먹고 노는 아이일지도 모른다고 생각하니 가슴이 철렁한다. 나쁜 친구라든가 불량청소년이랑 엮여서 노는 아이의 분위기가 풍기지는 않지만, 그래도 만약 그렇다면 어쩌나 싶었다.

"어라, 다른 사람은?"

리온이 게임방에 왔다.

"오늘은 나랑 고코로뿐이야. 오전 중에는 스바루 오빠가 있었는데, 여름방학 동안에는 다들 여러 가지 일들이 있는 것 같아."

후카가 대답했다.

시계를 보니 오후 네 시가 지나 있었다. 리온이 다른 남자애들이 없는 게임방을 돌아보고 말했다.

"마사무네 형도 없어? 웬일이지? 게임 좀 해보려고 했는데."

"내가 화나게 했어."

고코로가 말했다. 리온이 고코로를 바라봤다.

"진짜? 왜?"

리온은 학교 안에서도 쉽게 볼 수 없는 아이다. 자신의 멋진 외모나 인기 같은 것에 무심하고, 마사무네나 우레시노같이 다른 아이들하고 잘 어울리지 못하는 아이들한테도 모두 편안하게 말을 걸 수 있는 아이는 학교에서도 많지 않다. 그런 아이가 왜 이 성의 멤버가 된 걸까? 하지만 그런 건 물어봐선 안 될 것 같아서 절대로 묻지 않는다.

고코로는 아직도 잘 이해가 안 된다는 마음으로 말했다.

"게임 중에서도 알피지 게임은 길고 어려울 것 같다고 말했더니 화를 냈어. 무시하는 것처럼 말해서 나도 울컥했는걸."

말하면서 '하지만······.' 하고 생각했다.

"하지만 나한테 게임기를 빌려주려고 했었는데."

마사무네는 고코로의 생각이 마음에 안 들었지만 그래도 게임기를 빌려주려 했었다. 고집을 부리며 거절해버린 건 고코로 쪽이었다.

"아, 난 게임에 대해서는 전혀 몰라. 그래도 그거 사과하는 게 좋겠다. 마사무네 쪽에서도 계속 신경 쓰고 있지 않을까? 고코로한테 심한 말을 했다고."

그가 너무 막힘없이 말해서 고코로는 순순히 "응." 하고 끄덕일 수 있었다.

"다음에 보면 꼭 사과할게."

─◦◦◦◦─

그날 저녁, 식탁에는 아버지가 일 때문에 집에 없어서 고코로와 어머니 둘뿐이었다.

어머니는 고코로가 쌀을 씻어서 안친 밥이 밥솥에서 다 되어갈 시간에 돌아와서 옷을 갈아입고 앞치마를 두른다.

어머니는 지금 일이 바쁘다면서 카레오 안에 입점해있는 반찬가게에서 사온 샐러드와 만두를 꺼내놓고 "미안하구나." 하고 말했지만, 고코로는 이 가게의 음식을 제법 좋아했다. 견과가 곁들여진 샐러드는 어머니가 만드는 것보다 더 공들여 만든 것 같았다.

밥을 차리는 동안 어머니가 "있지, 고코로." 하고 말을 건네왔다. 그 목소리는 온화하지만 어딘가 딱딱하게 들려서 고코로는 "왜요?" 하고 대꾸하면서 어렴풋이 경계하게 된다. 어머니가 이런 목소리를 낼 때는 스쿨 이야기거나 학교 이야기 같은 거북한 화제를 꺼내는 일이 많다.

"……낮에 어디 나가니?"

듣는 순간 가슴이 쿵 하고 크게 뛰었다.

"네?" 하고 잠시 뜸을 들이고 대답을 하자, 어머니가 접시를 놓는 손을 멈추고 컵과 젓가락을 준비하고 있던 고코로의 얼굴을 들여다봤다.

"화내는 거 아니야. 나갈 마음이 들었다면 그건 좋은 일이라고 생각해. 지금은 다행히 여름방학이기도 하고."

'다행히'라는 말에 걸려서 어머니가 한 말이 머리에 잘 받아들여지지 않는다.

다행히.

지금은 다행히 여름방학.

여름방학이 아니면 어머니는 아마 자신의 아이가 학교에 가있어야 할 시간에 어슬렁어슬렁 길을 다니다가 다른 사람 눈에 띄는 것을 절대로 원하지 않겠지.

어머니가 말했다.

"말할 생각은 없었지만 실은 요전번에 점심때 잠깐 집에 왔었어."

보이지 않는 충격을 받은 것처럼 머리 뒤쪽에 감각이 없어졌다.

"그랬더니 네가 없더라."

"……왜 집에 왔는데?"

즉시 묻고 말았다.

가슴에 치미는 것은 분노다. 보통 때는 일하러 가면 퇴근하고서야 집에 왔는데, 그날은 왜 집에 들른 걸까. 부당한 분노라는 것을 잘 안다. 하지만 너무하다고 생각했다. 낮 동안 집에서 보내는 시간은 온전히 혼자만의 것이라고 생각했다. 어머니는 나를 믿지 않는 걸까. 그래서 집에 있는지 어떤지 확인하러 온 건가.

고코로는 자신의 얼굴 근육도, 눈의 움직임도 모두 어색하게 느껴졌다. '아무렇지 않다는 표정을 하고 있어야 하는데.' 하고 고코로는 속으로 생각한다.

"고코로, 엄만 화내는 거 아니야."

어머니는 달래듯이 말했다.

"사실은 말 안 하려고 했어."

"그럼, 왜 말하는데?"

"그럼이라니?"

어머니의 미간에 주름이 잡혔다. 그때까지 얼버무리듯이 온화했던 목소리가 조금 톤이 높아졌다.

"당연히 걱정돼서 그러지. 처음엔 현관에 신발도 그대로 있길래 누가 들어와서 납치해갔나 했을 정도였어."

"신발은……."

어머니가 그런 것까지 확인할 줄은 몰랐다. 방에도 당연히 들어왔겠지만 그때 거울은 빛나고 있지 않았던 모양이다. 자신이 없어진 후 방의 거울이 어떻게 되는지 알 수는 없지만 고코로가 성에 들어가 있을 때는 빛이 사라지게 되어있는 게 분명했다. 어머니가 신발에 대해서 어떻게 해석했는지 알 수 없다. 식구들 신발 중 어느 하나를 신고 나갔을 거라고 생각했겠지.

"고코로."

어머니의 눈에 당혹스러운 빛이 어른거렸다. 그 눈을 보고 알았다. 이 사람은 고코로를 믿지 않는다.

"엄마는 널 나무라는 게 아니라고 했지? 밖에 나갈 수 있으면 그건 무척 좋은 일이라고 생각해. 다만, 어디로……."

"잠깐 밖에 나간 것뿐이야!"

실은 아니다.

거짓말을 하는 자신의 목소리가 목을 조이는 것 같다. 이렇게 말하고 싶지 않았다.

고코로는 실은 밖에 못 나간다. 편의점의 빛조차 눈이 부셔 제대로 못 보고, 길에서 같은 학교 운동복을 입은 남학생의 모습을 본 것만으로도 몸이 움츠러들어 움직이지 못한다. 밖에 나가고 싶어도 나가지 못하는 고통에 대해 어머니도 알아줬으면 했다. 하지만 밖에 나갔었다고 말할 수밖에 없다. 억울했다. 맹렬하게 억울했다. 밖이 무서운데 밖에 나가서 보통 아이들과 똑같이 지내고 있다고 생각하다니. 어머니가 오해하는 게 억울했다.

어머니가 한숨을 쉬었다. '말을 안 하려고 했다.'라고 했으면서, 그래도 참지 못하고 '걱정돼서.'라는 말을 방패 삼아 고코로가 건드리길 원치 않는 부분에 파고드는 어머니는 고코로의 변명을 어떻게 생각했을까. 어차피 이렇게 말할 거면 '말을 안 하려고 했다.'란 말은 처음부터 하지 않았으면 좋을 것을. '화내는 게 아니다, 나무라는 게 아니다.'라고 할 거면 고코로 앞에서 그렇게 큰 한숨을 쉬지 않았으면 좋았을 것을.

"한번 더 스쿨에 가보지 않을래?"

어머니의 한마디에 뱃속이 무거워졌다. 입을 다문 채로 있는 고코로에게 어머니가 다시 말했다.

"전에 스쿨에 갔을 때 만난 기타지마 선생님. 기억하지?"

고코로를 교실로 안내해준 젊은 여선생님이다. '안자이 고코로는 유키시나 제5중학교 학생이지요?'라고 고코로에게 말을 건 선생님. 가슴에 달린 명찰에 누군가 아이가 그린 것 같은 그녀의 얼굴과 '기타지마'라는 이름이 쓰여있었다. '나도야.' 하고 다정하게 웃었는데, 고코로는 그날 그녀가 앞으로 결코 중학교에 다닐 필요 없는 어른이라는 사실이 부러워서 견딜 수 없었다. 짧은 머리가 활발한 사람이라는 느낌을 주었고 자신과는 절대로 같지 않다고 고코로는 생각했었다.

"그 선생님이 한 번 더 너랑 얘기해보고 싶대."

어머니가 고코로를 바라본다. 고코로가 느낀 대로 어머

197

니는 역시 고코로가 거기 가지 않는 동안에도 그곳의 선생님들과 연락을 주고받았던 모양이다. 침묵이 한 박자 있고 나서 어머니가 말했다.

"그 선생님이 고코로가 학교에 못 가는 것은 절대로 고코로의 탓이 아닙니다, 하더라. 뭔가 있었던 게 아니냐고."

고코로는 눈을 크게 떴다.

어머니가 당혹스러운 듯이 말을 계속한다.

"나한테 몇 번이나 '고코로는 나쁘지 않아요. 그러니까 어머니도 절대로 나무라거나 화내거나 하지 마세요.'라고 말하더라. 그래서 엄마는 너한테 듣고 싶은 말이 있어도 참았어."

참았다면 왜 이 타이밍에 그 사실까지 고코로에게 밝히는 걸까. 어머니가 고코로를 정면으로 바라본다.

"네가 낮에 없었던 다음 날도 엄만 일하는 틈을 타서 집에 왔었어. 그랬더니 고코로 네가 또 없는 거야. 엄마가 몇 번씩이나 와봤는데 계속 없었어."

고코로는 입을 다문 채 아무 대꾸도 할 수 없었다. 어머니가 피곤한 모습으로 고코로를 바라봤다.

"밤이 되어서도 네가 돌아오지 않으면 어떡하지? 하고 걱정하면서 일을 마치고 집에 왔더니 넌 아무 일 없던 것 같은 얼굴을 하고 있더라. 엄만 그때마다 '아아, 낮에 어딘가 갔다와서는 엄마 앞에서는 아무 일 없었다는 듯이 태연히 저녁밥을 먹는구나.' 하고 그렇게 생각했더니……."

"……알았어. 이제 안 나가. 하루 종일 집에 처박혀있을 거야."

고코로의 목구멍에서 내던지듯 목소리가 나왔다. 어머니가 숨을 삼키는 기척이 있었다. 눈을 깜박이고 "그런 말을 하는 게 아니잖니." 하고 계속했다.

"네가 밖에 나갈 수 있으면 엄만 좋다고 생각해. 그런데 어딜 가는 거니? 공원? 도서관? 간다고 해도 카레오에는 안 가지? 거기 오락실 같은 데는……."

"그렇게 멀리까지 갈 수 있을 리 없잖아!"

거짓말이 아니었다. 그렇게 멀리까지 도저히 갈 수 없었다. 편의점이 한계였다. 그런데도 어머니에게 그런 오해를 받는 부당함을 견딜 수 없다.

손에 들고 있던 젓가락과 컵을 식탁 위에 쨍하고 큰 소리가 날 정도로 난폭하게 내려놨다. 고코로는 부엌을 뛰쳐나왔다. "고코로!" 하고 부르는 어머니의 목소리가 들렸지만 돌아보지 않았다. 그대로 2층 자기 방으로 가서 침대에 폭 엎드렸다.

성으로 이어지는 거울이 지금은 조금도 빛나지 않는 것이 원망스러웠다. 한순간 몽상했다. 밤에도 성에 갈 수 있다면 지금 거울 안으로 들어가 이 방에서 사라지고 싶다. 아래층에서 "있잖니, 고코로." 하고 계단을 올라오는 발소리가 다가온다. 집 안에서 고코로는 나갈 수 없다.

스쿨의 기타지마 선생님을 생각했다.

선생님이 했다는 말.

'고코로가 학교에 못 가는 것은 절대로 고코로 탓이 아닙니다.'

그 말을 듣자 엷고 가느다란 기대에 마음이 흔들렸었다.

기타지마 선생님은 어쩌면 뭔가 알게 된 게 아닐까. 스쿨의 선생님들이라면 중학교와 연락을 하고 있다 해도 이상하지 않다. 고코로가 어떤 일을 당했는지 거기서 누군가가 일러준 걸까. 그래서 알고 있는 걸까…….

그런 생각을 하다가 그렇게 운 좋은 일이 쉽게 일어날 리 없다며 머리를 흔든다. 미오리는 1학년의 중심인물이고 그 아이 주변의 아이들은 아무도 미오리를 배신하지 않는다. 미오리에게 불리한 이야기를 어른에게 일러줄 아이는 없다. 다른 아이들도 마찬가지다. 고코로에 대해서는 이미 잊어버리고 동아리 활동을 하면서 자신들의 생활에만 열중하고 있을 것이다. 교실에서 흘러가는 시간의 흐름으로부터 고코로는 떨구어져 나온 거다.

어머니가 "있잖니." 하고 말을 하면서 방으로 다가오는 기척이 나서 고코로는 문득 정신 차리고 몸을 일으켰다.

책상 위에 아키에게서 받은 무늬가 새겨진 종이냅킨이 나와있었다. 그것을 보면 이건 어디에서 난 거냐고 분명 소란이 일 것이다. 황급히 책상으로 갔다. 종이냅킨을 손에 움켜쥐고 침대의 이불과 몸 사이에 끼우듯이 숨겼다. 몸으로 예쁜 종이냅킨을 꽉 누르고는 주름투성이가 되지 않을지 생각하니 또 슬퍼졌다.

종이냅킨을 가져와서 홍차를 타준 아키를, 과자 선물을 기뻐해준 후카를 차례로 떠올린다. 소리 지르고 싶을 만큼 억울한 마음이 솟아오른다. 왜 그곳에 조용히 다녀오게 내버려두지 않는 걸까. 고코로가 어떻게 지내든 왜 맡겨두지 않는 걸까.

"고코로, 문 연다." 하는 소리가 나고 어머니가 안으로 들어왔다.

— ❧ —

어머니와 다툰 다음 날 고코로는 성에 가지 않았다.

어머니는 그날 아침 고코로에게 부자연스러울 정도로 다정한 말투로 "어제는 미안했다."며 사과했다.

"네가 낮에 지내는 방식을 놓고 이러니저러니 말할 생각은 없어. 낮에 우연히 집에 온 것도 불시에 체크하려던 건 아니었단다. 미안하구나."

어색함을 견디면서 고코로가 "응." 하고 대꾸하자 어머니가 "이제 낮에 집에 오거나 하지 않을게."라고 했다.

"엄만 너를 시험하는 그런 거, 이제 안 할 거야."

이것도 기타지마 선생님이나 스쿨 사람들에게서 뭔가 조언을 들어서 하는 말일까. 이해심 있는 부모 같은 말투가 있는 그대로 받아들여지지 않았다.

함정일지도 모른다고 생각해서 고코로는 그날 하루는 집에서 지냈다. 말은 그렇게 했어도 감시하러 올지 모른다고 생각했기 때문이다.

여름 햇살이 들어오는 창문을 꼭꼭 닫아놓고 에어컨을 켜고 혼자서 책을 읽거나 텔레비전을 보거나 했다. 밖에서는 여름방학 중인 아이들이 집 뒤 공원에서 노는 소리가 들려왔다. 어머니가 차려놓고 간 점심밥을 먹고 느릿느릿 창밖으로 얼굴을 향한다. 저녁까지 기다려도 어머니가 집에 올 기척은 없었다. 모처럼 집에 있었는데 오늘은 불시에 체크하러 오지 않았다.

그 사실이 무척 아쉽고 무척 약 올랐다. 이럴 줄 알았으면 성에 갈 걸 그랬다.

그런 후회를 한 다음 날도 아직 성에 갈지 어떨지 마음을 정할 수가 없었다. 결국 오후 세 시가 지나서야 어머니가 집에 올 것 같지 않다고 여겨서 성으로 향했다.

잠깐만, 아주 잠깐 동안 성의 친구들을 보고 어머니에게 체크 당하기 전에 돌아오면 돼.

그런 마음으로 빛나는 거울을 통과해 성으로 갔다. 거기서 고코로는 뜻밖의 일을 마주쳤다.

석 달 가까이 오가고 있는 성은 처음엔 뭔가 낯설고 인위적이라는 느낌을 주었지만, 아이들이 가져온 장남감과 과자가 여기저기 흩어져있는 지금은 사람의 숨결이 느껴지는 꽤 친근한 장소가 되었다. 각자의 집으로 이어지는 거울 앞에도 누가 언제 그랬는지 도화지로 이름표를 만들어 붙여놓았고 아이들은 거기에 '고코로' '아키' '마사무네' 하는 식으로 자기 이름을 써놓았다.

오늘은 보기 드물게 모든 아이들의 거울이 무지개색으로 빛나고 있었다. 고코로가 맨 마지막에 온 거였다.

성에 도착하여 게임방에 들어간 고코로는 깜짝 놀랐다.

"고코로, 왔구나."

늘 함께 게임을 하는 마사무네와 스바루가 고코로를 돌아보며 말했다. 다른 아이들도 모두 모여있었다. 후카와 아키는 소파에 앉아있었고 게임기 근처에는 우레시노와 리온이 앉아있었다.

하지만 그중에서 고코로의 시선을 끈 것은 스바루였다. 지난번에 아버지 이야기를 하다가 중단됐던 스바루의 머리카락이 뚜렷한 갈색이다. 리온같이 볕에 타서 그렇게 된 게 아니라 어른들이 염색한 것 같은 인공적인 색깔이다.

"스바루 오빠."

"응?"

"그 머리……."

다들 이미 화제로 삼은 뒤일까. 어쩌면 언급해선 안 되는 일일까. 망설이던 고코로는 주저하면서도 묻고 말았다. 모두들 아무 말도 하지 않지만 고코로의 질문에 대한 반응에 주목하고 있는 게 느껴졌다.

스바루가 선선히 "아, 이거?" 하고 자신의 머리를 귀 옆에서 한 움큼 잡았다. 그러자 그 모습이 더 어른스럽게 느껴져서 고코로는 어쩔 줄 몰랐다. 그리고 더욱 놀라운 것이 있었다. 머리카락을 잡아올리면서 드러난 귓불에 작고 둥근 피어스가 빛나고 있었다. 귀에 구멍까지 뚫다니.

"형한테 당했어." 하고 스바루가 말했다.

"모처럼 여름방학이기도 하니까 뭔가 변화를 주라고 반쯤 강제로."

"염색했어요?"

"아니. 탈색. 염색은 처음에 할 때는 좀처럼 색이 들지 않는데 탈색을 하면 바로 색이 변하니까."

"그렇구나."

가슴이 두근두근했다.

스바루와 함께 게임을 하고 있던 마사무네는 평소처럼 히죽거리지 않고 "형이 있었구나." 하고 한마디 했다. 아무래도 좋다는 듯이 말했지만 긴장감이 또렷이 느껴지는 목소리였다. 마사무네의 반응에 고코로는 조금 놀랐다. 스바루에게 형이 있다는 사실은 고코로도 처음 듣는 이야기였지만 그렇게 사이가 좋은 마사무네도 모르고 있었다니.

마사무네가 한마디 더 묻는다.

"피어스는? 그것도 형이?"

"응. 형이랑 형 여자친구. 처음에는 바로 구멍이 막혀버리니까 잘 때도 하고 자라는 거야. 어제는 돌아눕다가 깊이 찔려서 베개에 피가 묻었어."

"흐응."

마사무네가 태연하게 끄덕였지만 그 눈이 평소 이상으로 내리뜬 상태다. 고코로는 왠지 모르게 지금의 마사무네의 기분을 알 것 같았다. 자신과는 다른 세계에 속해있었구나, 하는 낯섦을 느끼고 있는 거다. 갈색 머리도, 피어스도 마사무네의 세계에는 아마 익숙한 게 아닐 것이다. 하지만 대수로울 거 없다는 척, 열심히 아무렇지 않은 척하고 있다. 그건 고코로도 그렇고 여기 있는 다른 아이들이라고 다르지 않을 것이다.

"흐음." 하는 소리가 나서 돌아보니 아키였다. 다들 스바루를 보며 어딘지 모르게 어색해하는 분위긴데 아키만은 정말로 아무렇지도 않다는 듯이 스바루에게 말을 걸었다.

"하지만 말이야, 야단 안 맞을까? 방학 끝날 때 염색하고 오지 말라며 선생님들이 학기 말만 되면 목에 힘을 주고 주의를 주는데, 주목받지 않겠어?"

"응. 그래도 상관없어."

"좋겠네. 나도 할까, 머리?"

"하지 그래? 어울릴 것 같아, 아키."

"좋지. 후카랑 고코로하고 같이할까 보다. 아, 하지만 후카한테 함부로 이런 거 하게 하면 화낼 사람이 있을지도."

아키가 노골적으로 우레시노 쪽을 봤다. 옆에서 후카가 어색한 얼굴을 하고 아키의 말을 못들은 척했다.

탈색한 머리 아래로 스바루의 뺨이 어렴풋이 비쳐 보이는데, 그 이목구비까지 변해버린 느낌이었다. 분명히 같은 사람인데도 겨우 이런 정도의 변화로 갑자기 주눅 들게 되자 고코로는 놀랐다. 그리고 그런 그와 아무 일 없다는 듯이 태연히 이야기를 주고받는 아키한테서도 지금까지 못 느꼈던 다가가기 어려운 뭔가가 느껴졌다.

스바루는 지금 '형이랑 형 여자친구'라고 했다. 그들은 고코로가 질색하는 그런 부류의 사람들은 아닐까 싶었다. 고코로가 스쿨의 기타지마 선생님이나 어머니에게 오해받고 싶지 않은 '그런 아이들'. 낮에 학교에 가지 않고 오락실이나 쇼핑몰에서 태연히 노는 요란한 아이들.

그때였다.

"저기!" 하고 큰 소리가 났다. 우레시노의 목소리였다.

"여기 있는 모두에게 할 얘기가 있어."

"뭔데?"

아키가 대꾸했다. 얼굴이 새빨개진 우레시노가 아키를, 그리고 다른 모두를 눈에 힘을 주고 둘러보더니 말했다.

"나, 2학기부터 학교에 갈 거야."

그가 그렇게 말한 순간, 이번에는 아키가 눈을 크게 떴다. 다른 사람들도 놀라서 숨을 멈춘다. 우레시노의 얼굴은 심각함 그 자체로, 얼굴이 더욱 빨개졌다. "마음 써서 지금까지 말 안 했는데……." 하고 계속했다.

"여기 있는 사람들은 학교 안 가지? '못 가는' 거지?"

고코로는 새삼스럽다고 생각했다.

'그런 거 알고 있지 않았나?' 그런 생각을 하다가 고코로는 퍼뜩 깨달았다. 마사무네와 스바루가 '학교 같은 건 다닐 가치가 없는 곳이야.' 하는 말을 했을 때나 학교 이야기에 아키가 짜증스러운 표정을 지었던 것도 모두 우레시노가 자리에 없는 오전 중에 있었던 일이었다. 그러고 보니 우레시노와는 그런 얘기를 별로 나누지 않았다. 우레시노가 먹보에 연애지상주의 남자아이인 데다 어딘가 만화 캐릭터 같았던 탓도 있다. 게다가 다 같이 모인 자리에서 학교에 안 다닌다는 것을 서로 확인한 적도 없다.

우레시노는 멈추지 않았다. 침묵하는 아이들을 향해 계속해서 말했다.

"바보 같아. 학교를 못 다니게 됐는데도 여기서 다들 아

207

무 일 없는 얼굴을 하고 있고, 지금도 아키 누나가 스바루 형한테 학교에 가면 주목받을 거라고 했지만 학교도 안 갈 건데 그런 일이 있을 리 없잖아. 그건 환상이잖아."

고코로는 비명이 나오려는 것을 삼켰다. 아키는 잠자코 있었다. 침묵한 채 이번에는 아키가 얼굴이 새빨개져서 우레시노를 쏘아봤다. 뺨이 새빨간데 그 목부터 아래가 유령같이 창백하다.

"하지만 난 갈 거니까."

우레시노가 단언했다. 모두의 얼굴을 둘러보며 말했다.

"2학기부터 나는 학교 갈 거야. 더 이상 여기 안 올 거니까. 다들 계속해서 여기 있으라고."

"너, 그렇게 말하는 거 아냐."

리온이었다. 그때까지 조용히 바닥에 뒹굴고 있던 리온이 일어나서 우레시노 맞은편에 섰다. 리온의 목소리가 커졌다.

"여기서 우리 모두 즐거웠잖아!"

"즐겁지 않아!"

우레시노가 얼굴을 꾸깃꾸깃 일그러뜨리고 외쳤다. 예상치 못한 강한 목소리의 반격에 리온이 일순 물러났다. 그 틈을 노리듯이 우레시노가 단숨에 말했다.

"모두 날 우습게 보잖아. 언제나 그랬어. 언제나 그랬다고. 왜 그런지는 몰라도 다들 나에 대해서는 가볍게 생각해도 좋다고 생각하잖아. 자신들의 연애는 남에게 숨기고 뒤에서 속닥거리면서도 내가 하는 연애는 '우레시노니까.' 라는 이유만으로 드러내서 놀려도 된다고 생각하잖아. 내 얘긴 아무도 곧이듣지 않잖아. 다른 것에 대해서도 그래! 다들 나라면 뭐라고 해도 상관없다고 생각하는 거야."

"그런 적 없어!"

깊이 생각하지 않고 목소리가 나왔다. 고코로는 그렇게 말하면서도 뜨끔했다. 스스로 깨달았기 때문이다.

그런 적, 있다.

우레시노니까 놀려도 된다고, 그래도 된다고 고코로도 분명히 그렇게 생각했다. 고코로도 아키와 후카와 함께 우레시노가 좋아하는 사람을 쉽게 바꾸는 것에 대해 우스갯거리로 삼으면서 얘기하다가 단숨에 사이가 좋아졌었다. 심지어 사이좋아진 것은 우레시도 덕이라고 고마워하기까지 했다. 우레시노를 가볍게 보고 있었다. 깨달았지만 인정할 수도 없어서, 그저 사과할 수밖에 없었다.

"만약 그런 식으로 생각하게 했다면 사과할게. 하지만······."

"아아아아아아, 그만, 시끄러워!"

우레시노의 외침에 고코로는 흠칫 몸을 뺐다.

"너도!"

우레시노가 아키를 봤다. 고개를 돌려 이번에는 스바루

를 봤다.

"너도! 너도! 너도!"

차례로 모두의 얼굴을 보고 마지막으로 앞에 서있는 리온을 봤다.

"그렇게 수수방관하는 얼굴을 하고 있지만, 너도! 다들 실제는 나랑 다르지 않잖아. 학교에서 괴롭힘 당하고 왕따 당하고 친구도 없었잖아."

"······우레시노, 좀 진정하자."

리온이 우레시노의 어깨에 손을 얹었다. 우레시노의 얼굴은 새빨개진 채로다.

다들 제각각 이유가 있다. 이 성에 와있는 시점에서 알고는 있었다. 하지만 지금 그것을 직접 말로 들이미는 건 괴롭다. 어떻게 말해야 좋을지 모르겠다.

우레시노가 리온의 손을 뿌리쳤다.

"그럼, 넌 뭐야."

우레시노가 분이 삭지 않는지 "후우, 후우." 하고 어깨를 크게 들썩이며 리온에게 계속해서 대들듯이 물었다.

"그럼, 넌 왜 학교 못 가게 됐는데? 말해봐! 해봐."

리온이 아무 말 없이 눈을 크게 떴다. 모두의 시선이 리온과 우레시노에게 집중됐다. 말해보라고 밀어붙이는 우레시노는 당장이라도 울 것 같았다. 상대를 공격하는 것일 텐데 왠지 그게 도움을 청하는 것으로 보여서 보고 있을 수가 없다. 그래도 둘에게서 눈을 돌릴 수 없었다.

"난……."

리온은 한순간 주저하는 것 같았다. 조금 지나 그가 입을 꽉 다물었다. 그러고는 정면으로 우레시노를 봤다.

"나는 학교 다녀."

그 자리에 있던 모두가 숨을 삼키는 기척이 났다. 우레시노가 놀란 얼굴을 하고 리온을 쳐다보더니 "거짓말이야!" 하고 소리 질렀다.

"지금 이 자리에서 거짓말을 하다니 최악 아니야? 난 진지하게……."

"거짓말 아니야!"

리온이 말했다. 얼굴을 일그러뜨리고 재차 망설임을 털어내듯이 고개를 흔들고 말했다.

"하지만 일본 학교는 아니야. 하와이에 있는 기숙사 딸린 학교에 다니고 있어."

우레시노가 어안이 벙벙한 얼굴을 했다. 그와 동시에 고코로를 비롯한 나머지에게도 그 놀람이 전염됐다. 충격은 같았다. 고코로도 눈을 크게 떴다.

하와이.

멀리 떨어진 남쪽 섬의 산들바람과 바다, 훌라댄스와 야자나무, 대자연, 머리에 떠오른 이미지가 리온의 볕에 탄 피부색 위에 딱 맞아떨어졌다. 리온의 이야기는 놀라움의

211

연속이었다.

"지금 하와이는 낮이 아니라 밤이야. 여기는 학교가 끝나고 나서 오는 거야. 지금은 가족과 떨어져서 혼자 기숙학교에서 생활하고 있어."

그러고 보면 리온은 늘 손목시계를 차고 있었다. 가까이에서 본 적이 없기 때문에 잘 모르겠지만 시계를 보며 시간을 신경 쓰는 것처럼 굴던 적도 있었다. 지금도 시계를 차고 있다.

그리고 생각났다. 리온에게 시간을 물었을 때 리온은 먼저 자신의 손목시계를 본 후에 홀의 큰 시계 쪽을 가리키며 '저기 시계가 있어.'라고 말했다. 그건 리온의 시계에 표시된 시간이 고코로에게는 도움되지 않는다는 것을 알고 있었기 때문이었다. 리온의 시계가 가리키는 시간은 고코로가 있는 일본과 시차가 있는, 하와이의 시간이니까.

"하와이?"

모두의 놀라움을 대변하듯이 그렇게 물은 것은 마사무네였다. 얼굴에 경련이 일듯이 웃음이 지나갔다.

"하와이라니, 그 하와이? 어, 너, 거기서 여기로 오는 거니? 일부러?"

"기숙사에 있는 내 방 거울이 빛났어."

리온이 얼굴을 찌푸리고 대답한다.

"아마 다들 같을 거야. 그걸 통과해왔을 뿐이야. 거리는 관계없어."

"그러고 보니……."

높고 투명한 목소리가 들려서 돌아보니 후카였다. 리온을 보고 깊이 숨을 토해낸다.

"처음 이곳에 대해 설명을 들었을 때 늑대님이 말했어. 성이 열리는 것은 '일본 시간으로 아침 아홉 시부터 저녁 다섯 시까지'라고."

고코로도 기억이 났다. 그러고 보니 그런 식으로 말을 했던 것 같다. 후카가 말을 이었다.

"왜 일부러 '일본 시간'이라고 하나, 하고 마음 쓰였기 때문에 기억나. 그거 너 때문이었구나."

어색하게 얼굴을 숙이는 리온에게 마사무네가 그만하라고 말리고 싶을 정도로 노골적인 말을 했다.

"너, 그러니까 소위 말하는 '잘나가는 아이'구나?"

리온이 침묵했다. 얼굴을 들고 마사무네를 보기까지의 한순간, 극히 짧은 시간 동안 리온의 눈에 상처 입은 듯이 그늘이 드리워지는 것을 고코로는 놓치지 않았다.

리온이 고개를 흔들었다.

"별로 그런 거 없어. 입학시험도 쉬웠고 수업 진도도 아마 일본 학교에 비하면 뒤처져있을 거야. 자연 속에서 축구하자는 그런 교풍이야."

"그럼 축구를 위한 유학이란 거야?"

무슨 생각을 하고 있는지 알 수 없다고 생각했던 스바루까지 몸을 앞으로 내밀면서 그렇게 묻고는 "굉장한데." 하고 중얼거렸다.

"하와이의 학교라니, 리온네 집 상당한 부자구나. 집안이 연예인? 부모님이 배우야?"

"그게 아니라니까. 그런 좋은 게 아니야."

"그래도……."

고코로는 리온이 무슨 말을 해도 이미 아이들에게 박힌 그의 이미지는 어쩔 수 없을 거라는 생각을 했다.

리온은 학교에 못 가는 아이가 아니었다. 하와이에 있는, 아마도 좋은 학교에 다니는, 아마도 아무런 문제가 없을 남자아이다.

너무 큰 충격에 고코로도 혼란스러웠다. 리온에게는 미안하지만 충격을 받고 만다. 리온은 우리와 같지 않다. '이런 아이가 왜 이곳에 온 걸까.'라고 생각한다. 리온은 돌아갈 곳이 있는 아이다.

"뭐야, 그거……."

우레시노가 얼이 빠진 사람 같은 목소리를 냈다. 비난하는 눈초리로 리온을 바라봤다. 리온이 희미하게 입술을 깨물고 있었다.

우레시노가 물었다.

"왜 숨긴 거야? ……우릴 깔본 거야?"

"깔보다니."

리온이 황급히 고개를 흔들었다. 그래도 그 어색한 표정은 어쩌지 못했다. 깔보지는 않았을지도 모른다. 하지만 뭔가 켕겨하는 것은 분명했다. 숨기고 있었던 건 아닐지도 모르지만 누가 물어볼 때까지는 아무에게도 말하지 않을 작정이었던 것 같았다.

"깔보거나 하지 않았어. 나도 처음엔 잘 몰랐어. 나랑 마찬가지로 유학 가있는 아이들만 모였나 했어. 처음엔 너희들도 하와이의 학교에서 왔나 했다고. 하지만 아무래도 다들 일본의 낮 시간을 기준으로 이야기하고 있는 것 같았고, 성이 열리는 기간도 3월까지라고 하고, 그래서 나 빼고는 모두 일본에서 왔다는 걸 알 수 있었어."

그러고 보니 들은 적이 있다. 미국이나 해외에 있는 학교 대부분은 9월에 시작된다. 일본과는 학년이 올라가는 시기도 다르다.

리온이 계속 말했다.

"내가 와있는 시간이 일본의 낮이란 걸 알고 나서도 그러면 다들 학교를 어떻게 하고 있는 거지, 하는 생각은 하지 못했어. 학교에 안 간다는 걸 누군가에게서 들을 때까지는 그런 건 전혀 의식하지 못했어. 알고 나서도 별다른 생각은 하지 않았고."

"안 가서 미안하군."

마사무네가 말했다. 나쁜 뜻으로 한 말은 아닌 것 같았는데 리온이 그 말을 듣고 흠칫하는 표정을 지었다. 마사무네가 들으란 듯이 한숨을 내쉬며 계속 말했다.

　"하와이의 학교에서 오지 않아서 미안하게 됐군. 아, 하지만 걱정 마. 이거 듣기 싫으라고 하는 말은 맞지만 그렇다고 내가 상처 입은 건 아니니까."

　"……나쁜 뜻은 없었어."

　리온이 말했다.

　"잠자코 있었던 것은 미안하지만 난 여기가 굉장히 좋아. 저 건너에는 일본인 친구가 별로 없으니까."

　모두가 리온을 바라봤다. 고개 숙인 리온이 계속해서 말했다.

　"이제 오지 말라고 하면 안 오겠지만……. 난 영어 준비도 제대로 안 한 채 그쪽으로 갔기 때문에 그곳 아이들에게 내 생각을 제대로 전할 수가 없어서 기가 죽어있을 때가 많았어. 지금은 영어를 조금 하게 됐지만 그래도 백 퍼센트는 아니야. 여기에서 말이 잘 통하는 사람들이랑 얘기할 수 있는 것이 즐거웠어."

　"오지 말라고는 안 했어."

　가위에 눌렸다가 겨우 풀려난 기분으로 고코로가 말했다. 왜일까. 리온의 일은 분명 충격이었다. 하와이에 유학 간 아이라니 솔직히 보통 아이 이상으로 사람을 기죽게 한다. 물론 자신들과 같은 상황이 아니라는 것에 대한 배신감도 있었다.

하지만 그렇다고 해서 리온이 우리를 깔봤다고 생각하지 않았다. 리온을 포함하여 여기 있는 모두가 함께 잘해 나갈 수 있으면 좋겠다고 고코로는 생각한다.

그런데 왜 이렇게 틀어져버리는 걸까. 그런 생각을 함께 나누고 싶었지만 말로 표현하는 게 힘들어서 결국 침묵해 버린 고코로의 앞에서 리온이 "우레시노." 하고 불렀다. 잠자코 있던 우레시노는 얼굴을 들지 않았다. 리온을 보지 않는다. 그때 "가지 그래." 하고 퉁명스러운 목소리가 울렸다. 소리가 난 방향을 봤다. 아키였다.

"가, 학교. 그냥 가면 돼. 이 중 누구도 네가 어떻게 하든 특별히 흥미 없어. 좋을 대로 해."

우레시노는 대답하지 않았다. 입을 다문 채 그대로 리온 옆을 지나서 게임방을 나가버렸다. 아무도 쫓아가지 않았다.

우레시노가 사라지고 갑자기 조용해진 방 안에서 침묵을 깬 것은 후카였다. "있지." 하고 리온을 불렀다. 눈이 그의 손목시계를 보고 있었다.

"리온은 벌써 외국에서 혼자 살고 있는 거니? 혹시 그쪽 학교나 코치에게 스카우트된 거라든가, 그런 거야?"

"아니. 일본팀 감독에게서 추천장 같은 거 받은 정도일 뿐이야. 학교는 부모님이 결정한 거고."

"하와이랑은 시차가 몇 시간?"

"……열아홉 시간."

리온의 얼굴에 피곤해 보이는 웃음이 떠올랐다. 방 안에 걸린 시계는 지금 오후 네 시를 가리키고 있었다.

"지금은 딱 밤 아홉 시. 저녁밥 먹고 슬슬 소등할 시간이야."

"그 밤은 어젯밤? 오늘 밤?"

"어제. 하와이가 하루 정도 늦어."

리온이 조용히 웃음 지었다. 그것을 끝으로 조용해졌다. "나도 돌아갈래." 하고 리온이 말했다.

"……아무 말 안 하고 있었던 거 미안해."

그가 나쁜 게 아닌데도 그렇게 사과했다.

그러고 나서 한동안은 모두 우레시노가 화냈던 일이 없었던 것처럼 지냈다. 하지만 우레시노가 화가 나 뚜껑이 열린 사건은 평온하던 성 안의 시간에 확실하게 균열을 내 버렸다. 발을 들여놓아서는 안 되는 금기. 그건 조용한 성 안에 벌어진 숨 막힐 것 같은 대사건이었다.

일주일이 지나서 스바루의 새 머리색과 피어스에 익숙해졌을 무렵, 또다시 놀라운 일이 벌어졌다.

이번에는 아키가 머리를 염색하고 나타났다.

제2부

알아차림의
2학기

9월

   여름방학이 끝나고 바깥세상에서는 다시 학교생활이 시작됐다. 그 경계를 기다렸던 것도 아닐 텐데 우레시노 사건 이후로 툭하면 성에 오지 않던 아키가 어느 날 머리를 밝은 빨간색으로 물들이고 나타났다. 스바루는 금발에 가까운 갈색, 아키는 빨간색.

   "일냈어."

   고코로의 시선을 받으며 아키가 재밌다는 듯이 웃었다.

   "너도 할래? 좋은 헤어컬러를 알게 됐는데 알려줄까?"

   "됐어요, 괜찮아요."

   고코로는 다가온 아키의 어깨에서 향수 냄새가 나는 것을 느끼고 당황했다. 머리 색깔만이 아니다. 아키는 그때까지 트레이드 마크처럼 하고 다녔던 포니테일 머리도 풀어버리고 손톱에도 핑크색 매니큐어를 발랐다. 바르는 게 익숙하지 않아선지 아키의 손톱 가장자리 여기저기로 매니큐어가 삐져나와 있었다. 봐선 안 될 걸 보고 있는 것 같아서 고코로는 얼른 시선을 돌렸다.

'만약 우리 집이었다면⋯⋯.' 하고 생각한다. 고코로가 만약 머리를 염색했다면 어머니는 분명 기절해버렸을 것이다. 불이 나게 야단치고 강제로 원래 색으로 되돌렸을 것이다. 스바루와 아키는 부모님한테 혼나지 않는 걸까.

그때 일 이후로 우레시노는 성에 오지 않았다. 학교에 간다고 했었고 분명 우레시노를 위해서는 좋은 일이었을 것이다. 어쩌면 원래의 교실로 돌아간 게 아니라 2학기에 맞춰서 어디 다른 학교로 전학을 간 건지도 모른다. 우레시노와 좀 더 깊이 이야기 나누지 않았던 것을 고코로는 후회하고 있었다. 그날 우레시노가 성에서 나가기 전에 왜 한 번 더 불러세우지 않았을까.

사과해야 했다. 고코로와 다른 아이들이 장난삼아서 했던 말들도 그쪽 입장에서 보면 자신을 얕보는 것으로 느끼고도 남는 일이었을 것이다. 충분히 기분 나쁜 일이었을 것이다.

큰 계단이 있는 홀에는 우레시노의 거울이 고코로의 거울 옆에 있다. 그 거울은 더 이상 빛나지 않고 그도 거기서 나타나지 않는다. 우레시노의 거울을 볼 때마다 새삼 쓸쓸하고 미안한 마음이 들었다. 좀 더 많은 이야기를 나누었으면 좋았을 것을. 그렇게 다투듯이 헤어지는 게 아니었다. 학교에 간다는 우레시노를 다 함께 격려하고 보내줬으면 좋았을 것이다.

"우레시노, 안 오네."

어느 날 그런 상념에 잠겨 우레시노의 거울 앞에 서있던 고코로에게 리온이 말을 걸었다. 리온은 어색하게 자신의 신상에 대해 고백을 한 뒤에도 변함없이 성에 오고 있다. 그 사실이 고코로에게는 위안같이 느껴졌다.

"응."

"……아무도 신경 안 쓰는데 말이야. 학교에 가냐 안 가냐 하고는 상관없이 그냥 이곳에 와서 즐겁게 지내면 좋을 텐데."

"나같이 말야."라고 중얼거리는 리온은 어딘가 조금 쓸쓸해 보였다.

고코로를 포함한 모두가 그렇게 생각하던 9월 중순.

우레시노가 다시 성에 돌아왔다.

상처투성이가 되어서, 얼굴에 거즈를 대고 팔에 붕대를 감고 얼굴이 부어서 성에 나타났다.

━━━━⋞⋟⋞⋟⋞⋟━━━━

그날 오후 우레시노는 그런 모습을 하고 게임방에 불쑥

들어왔다.

얼굴엔 거즈, 팔엔 붕대. 다리를 끌거나 손을 삼각붕대로 매달거나 하지는 않은 것을 보면 뼈가 상한 것은 아니겠지만, 그래도 충분히 안쓰러워 보이는 모습이었다. 오른뺨은 거즈로 덮여있어 그 속이 어떤지 알 수 없었지만 반대쪽 왼뺨은 빨갛게 붓고 쓸린 자국 같은 상처가 그대로 드러나있었다. 그러니까 오른쪽의 거즈 아래는 분명 더 부어있을 것이다.

우레시노는 잠자코 안으로 들어왔다.

그날은 마침 모든 아이들이 성에 모여있었다. 게임을 하다가 놀라서 켜놓은 채로 놔둔 게임 화면에서는 분위기에 어울리지 않는 경쾌한 소리가 나오고 있었다.

'나, 2학기부터 학교에 갈 거야.'

우레시노의 말이 귓전에 되살아났다.

2학기가 시작되고 아직 2주도 채 지나지 않았다.

고코로는 말을 잃은 채 멍하니 우레시노를 쳐다봤다. 다른 아이들도 마찬가지였다. 마사무네도, 스바루도, 아키도, 리온도, 후카도 아무 말 없이 그저 우레시노에게 시선을 고정했다. 우레시노도 아이들에게 어떻게 말을 걸어야 좋을지 모르는 모양이었다. 입을 다문 채로 아무하고도 눈을 맞추지 않고 들어와서는 비어있는 소파 쪽으로 걸어갔다. 무슨 일이 있었는지 알 수 없었다.

그때 소리가 났다.

"우레시노."

마사무네였다. 마사무네가 소파에 앉으려던 우레시노에게로 걸어가서 그의 어깨를 가볍게 잡았다. 그 손이 조금 주뼛거리는 것처럼 보여서 어색했다. 하지만 있는 힘껏 자연스럽게 대하기 위해 노력하는 것 같았다. 그리고 퉁명스러운 어조로 말했다.

"……게임 한 판 할래?"

우레시노가 겨우 얼굴을 들었다. 뭔가를 견디듯이 입술을 깨물고 있었다. 모두 침을 삼키며 그 모습을 바라봤다.

"응, 할래." 하고 우레시노가 대답했다.

짧은 대화는 그것으로 끝났다. 여기 있는 우리는 서로 묻지 않아도 알 수 있는 것이 있었다. 다른 친구들이 처한 사정이 어떤 건지 고코로는 정확히 알지 못한다. 하지만 고코로는 확신한다. 누구의 사정이든 각자가 처한 사정으로 뛰어든다는 것은 자신의 몸을 산산조각 낼 것 같은 폭풍우나 폭포 안에 뛰어드는 것과 다름없을 거라고. 고코로가 학교에 가면 미오리에게 죽임을 당할 것이라고 느끼고 있는 것 같은, 그런 걸 거라고.

우레시노 역시 기세 좋게 큰소리치듯이 모두에게 학교에 가겠다는 말을 해놓았으니, 다시 이곳에 돌아오기 위해서는 용기가 필요했을 것이다. 그래도 돌아왔다. 폭풍우에 뛰어들었다가 빠져나온 후에 다시 이곳으로 오고 싶어 했다는 상황을 생각하면 가슴이 아팠다. 그 마음을 고코로도 충분히 이해할 수 있었기 때문이다. 평소 얄미운 소리만 하는 마사무네조차 아무 말하지 않고 이해했다는 게 느껴졌다. 아무렇지도 않은 얼굴을 하고 '한 판 하자.'고 대답한 우레시노의 눈동자 표면이 엷고 투명하게 빛나고 있었다. 한 줄기 눈물이 무게를 못 견딘 듯 뺨을 타고 흘러내렸지만 오기로 그렇게는 안 하겠다고 정한 것인지 눈물을 닦으려고도 하지 않는다. 마사무네가 "자, 얼른." 하고 우레시노를 이끌어서 텔레비전 앞에 함께 앉았다. 성을 떠날 시간이 다 될 때까지 그날은 아무도 우레시노에게 어쩌다 다쳤는지 묻지 않았다.

우레시노가 스스로 그 얘기를 언급한 것은 그로부터 하루가 더 지나서였다.

보통은 오후에 오는 우레시노가 이날은 도시락을 싸가지고 오전부터 성에 나타났다. 오전에는 거의 모습을 보이지 않았던 리온도 와있는 것을 보고 우레시노가 놀라자, '임시 휴일'이라고 말했다. 그렇게 말했지만 어쩌면 우레시노를 걱정하는 마음에서 일찌감치 온 건지도 모른다.

우레시노는 열한 시가 지났을 무렵 벌써 도시락을 펼치고 모두가 보는 앞에서 당당히 먹기 시작했다. 입안을 다쳤는지 먹다 말고 "아야." 하고 혼자 중얼거리거나 얼굴을 찌푸리고는 했지만 식욕은 평소와 다름없이 좋은 것 같았다. 고코로는 안 좋은 일이 있으면 곧 배가 아파오고 식욕이 없어지기 때문에 그것을 보고 조금 마음이 놓였다.

"이 도시락, 어디서 난 거니?"

"……스쿨에 가라면서 엄마가 만들어놓은 걸 가져왔어. 오늘은 스쿨에 가고 싶지 않아서 땡땡이쳤어."

마사무네의 질문에 우물우물 입을 움직이면서 우레시노가 대답했다. '스쿨'이라는 단어를 듣고 고코로는 속으로 '앗!' 했다. 옆에 있던 스바루가 의아한 듯이 "스쿨?" 하고 물었다.

"스쿨이라니, 학교를 말하는 거야? 왜 영어로 말해?"

"프리스쿨을 말하는 거겠지."

마사무네가 말했다.

스바루의 갈색 머리는 자주 보다보니 점점 익숙해졌지만 이번엔 머리카락 뿌리 부분이 검어지기 시작하는 게 영 이상해 보였다. 마사무네와 스바루는 함께 게임을 하고는 있지만 아직도 전보다는 사이가 조금 서먹한 것 같았다.

마사무네가 계속 묻는다.

"형네 집 근처에도 있지 않아? 학교에 안 가는 아이들이 학교 대신 다니는 곳."

"몰라."

그러자 아키가 "그런 데가 있구나." 하고 중얼거리며 끼어들었다.

"고코로, 넌 알고 있었니?"

"응, 우리 집 근처에도 있으니까."

고코로는 이야기가 자신에게 향하자 가슴이 두근두근했다. 물정에 밝은 마사무네가 말했다.

"아이가 학교에 안 가게 됐다는 걸로 혼란스러워진 부모가 맨 먼저 달려가는 곳이지. 민간 지원단체가 운영하는 교육기관이야. 내가 다녔던 학교 근처에도 있는데, 우리 집이야 그런 거 신경 안 쓰니까 '마사무네는 이런 데 분명 안 갈 거야.'라고 한마디 하고는 끝이었어."

"그렇구나. 우리 집 근처에는 없는데. 들어본 적도 없어."

아키가 감탄한 듯이 말했다. 후카가 "흐응." 하고 중얼거렸다.

"찾아보면 우리 학교 근처에도 있을까. 나도 지금까지는 그런 데가 있는지 몰랐어."

"부모님이 데려가려고 하지 않았어?"

"우리 집은 엄마가 바쁘니까."

마사무네의 질문에 후카가 왠지 눈을 내리뜨고 답했다. 그 옆에서 고코로는 자신이 견학 간 스쿨 얘기를 해야 하나 말아야 하나, 하고 잠시 망설였지만 그곳의 이름이 '마음(고코로)의 교실'이었던 것을 떠올리고 입을 다물었다. 단지 이름이 같은 것일 뿐이지만 여기서 누군가가 '어, 이름이 같네.' 하고 지적한다면 창피해서 못 견딜 것 같았다.

그렇다 해도 마사무네는 굉장하다. 스쿨을 쉽게 '프리스쿨'이라 불렀고 그곳이 민간 지원단체라고 설명했다. 고코로는 지금까지 거기가 어떤 사람들이 운영하는 곳인지 생각해 본 적도 없었다.

마사무네가 우레시노를 봤다.

"그래, 넌 땡땡이친 거네. 지금까지는 계속 다녔어?"

"응. 오전 중에만."

먹던 것을 삼키고 우레시노가 말했다. 그리고 얼굴을 들었다. 주저했는지 침묵이 한 박자 있고 나서 "아무도 묻지 않아서 내가 말하겠는데."라고 말하기 시작했다.

"이거, 같은 반 녀석들한테 당한 건데 그렇다고 내가 뭐 특별히 왕따를 당했다거나 그런 건 아니야."

모두 숨을 삼켰다. 설마 우레시노가 스스로 말을 꺼낼 거라고는 생각하지 않았다. 호응이 있을 거라고는 기대하지 않는다는 듯이 그가 계속한다.

"누구한테 맞고 오면 바로 왕따를 떠올리는데, 그런 거 아니라고."

"왜 맞은 건데?"

거리낌 없는 말투로 리온이 물었다. 우레시노가 그의 눈을 보지 않고 대답했다.

"중학교에서 친해진 녀석들이 있는데, 우리 집으로 게임하러 오거나 같은 학원을 다니거나 하면서 잘 어울렸어. 친구라고 생각했는데 그게 좀 이상해지면서……."

아무렇지도 않은 듯이 말하지만 점점 딱딱해지는 목소리에서 우레시노가 괜찮지 않다는 것이 전해져왔다. 하기 힘든 이야기라면 안 해도 된다고 생각했지만 그는 계속하고 싶은 것 같았다. 우레시노의 반 친구라는 게 어떤 아이들인지는 모르지만 고코로의 반 아이들을 생각해보면 막연하게라도 상상할 수는 있었다. 놀림거리가 되거나 놀림의 연장선에서 바보 취급을 당하는 남자아이는 초등학교 시절부터 있었고 때로는 놀리는 정도가 심해지기도 했다. 하지만 우레시노가 말하듯이 고코로 또한 그것을 '왕따'라고 생각한 적은 없었다. 지나치다고 생각한 적은 있어도 뉴스에서 말하는 것 같은 심각한 일이라고 생각한 적은 한 번도 없었다. 우레시노도 그럴지도 모른다. 설령 '조금 이상해져'도 그것을 왕따라고는 생각하지 않았을지 모른다.

"우리 집에 왔을 때 주스나 아이스크림을 내줬어. 밖에서는 맥도날드 값이라든가. 다들 부모님이 돈을 안 주는 녀석들뿐이라서 불쌍해져서 몇 번인가 내가 사줬어. 그랬더니 어느새 그게 당연한 것처럼 됐어. 그래도 그렇게 하면 한 만큼 녀석들이 나를 존경했고 내 비위를 맞추려고 했거든. 그거 물론 싫은 걸 어쩔 수 없어서 한 거 아니거든? 그런데 학원 선생님이 이야기해서 엄마, 아빠한테 들켰어. 그 뒤로 아빠한테 엄청 혼났어."

우레시노는 담담한 말투로 말했지만 그때만 잠시 말을 끊었다가 다시 말을 이어갔다.

"물건으로 친구들을 낚다니 한심하다는 생각이 안 드느냐고 아빠가 말했어."

우레시노의 눈에 상처 입은 모습이 또렷이 드러났다. 젓가락을 쥔 우레시노는 손 모양이 주먹 모양으로 되어있었다. 젓가락질을 잘 못하는 것 같았다. 도시락을 먹느라 움직이던 그 주먹이 멈췄다.

"엄마는 아빠한테 화냈어. 나한테 주스를 사게 하는 상대 쪽이 나쁜 건데 왜 나를 나무라느냐고. 그건 나도 그렇게 생각했지만 아빠랑 엄마가 싸우는 것도 싫었어. 그냥 다 싫어졌어. 아빠랑 엄마가 그 애들 부모님한테 얘기를 하는 바람에 그 녀석들도 집에서 야단을 많이 맞은 모양이었어. 그 후에 그 애들하고도 서먹서먹해지면서 학교 다니는 것도 점점 귀찮아졌고."

"응."

투명하고 청량한 목소리가 들렸다.

우레시노가 얼굴을 든다. 후카였다. 우레시노의 얼굴을 보고 한 번 더 끄덕인다.

"그래서?"

"학교 안 가게 되고 나서는 엄마 따라서 스쿨에 가거나 했었어. 엄마도 일하러 다니는데 일부러 오전 중에 쉬면서 나하고 집에서 지내려고 하고 스쿨까지 같이 가기도 했어. 솔직히 귀찮고 짜증났어. 감시당하는 것 같아서. '염려 마, 나 안 죽어.' 하고 소리를 지르고 싶었어."

"죽어?"

이번에는 스바루가 무슨 말이냐는 듯이 미간에 주름을 지었다. 우레시노가 "웃기지." 하고 힘없이 웃었다.

"엄마, 아빠는 이런저런 책을 읽고는 내가 당한 건 '왕따'고 왕따 당한 아이는 분명 자살을 생각하거나 자신을 탓할 거라고 멋대로 생각하고 걱정하는 거야. 내가 죽고 싶다는 생각을 할 리 없는데 바보 같았어. 울면서 내게 '하루카, 괜찮아.' 하기도 하고."

"하루카?"

무심코 나온 이름을 마사무네가 놓치지 않았다. 그 순간 우레시노의 거즈로 덮인 얼굴의 나머지 반이 아차, 하는 표정을 띠었다.

"하루카가 누구야?"

"……나야."

우레시노가 얼굴을 숙이고 그렇게 말하자, 방 안에 있던 모든 아이들이 놀랐다. 그가 "짜증나네!" 하고 큰 소리로 외쳤다.

"내 이름, 하루카야. 상관없잖아 그건."

"어머, 귀여운 이름이야. 여자 같아."

아키가 말했다. 다른 뜻으로 한 말이 아닌 것 같았는데 우레시노는 그 말을 듣고 화난 듯이 얼굴을 붉히고 "그래, 안 어울리는 이름 맞아." 하고 말했다.

'그래서였구나.' 하고 고코로는 혼자서 속으로 끄덕였다. 처음 자기소개 때 다른 아이들은 모두 이름을 말했는데 우레시노 혼자만 성을 말했다. 자기 이름을 말하고 싶지 않았던 거다. 지금까지 쭉 이름으로 놀림을 당했을지도 모른다. 그 화제를 더 오래 가지고 가지 않겠다는 듯이 우레시노가 재빨리 말을 이었다.

"어쨌든 부모님이 그런 식으로 성가시게 했는데, 아빠는 조금 시간이 지나자 이런 일로 계속 학교를 빠지는 건 한심한 일이라고 하는 거야. 스쿨 선생님은 아직 좀 더 기다려봐도 되지 않느냐고 했지만 아빠가 그건 아이를 너무 응석받이로 키우는 거라고 해서 2학기부터는 다시 학교를 다니게 됐고."

"어머니는? 네 편을 들어주지 않았어?"

후카가 물었다. 우레시노는 후카가 물었을 때만 어김없이 목소리가 들려온 방향을 봤다. 하지만 바로 머리를 떨궜다.

"편들어줘도 결국은 아빠가 하자는 대로 돼. 늘 그래."

하고 우레시노가 중얼거렸다.

"학교에 가도 괜찮을 거라고 생각했어. 아빠랑 엄마가 큰일로 만들어버렸지만 원래 다른 아이들이랑 사이가 나빴던 건 아니니까."

"응."

고코로는 그 뒤에 기다리고 있는 일을 듣는 것이 무서웠지만, 그러면서도 고개를 끄덕이며 다음 말을 기다렸다. 우레시노가 말했다.

"하지만 뭔가 아닌 것 같았어. 담임 선생님은 그 애들이 자기들 탓에 내가 학교에 안 오게 된 게 아닌가 하고 걱정하고 있다고 말했는데 아니었어. 내가 학교에 나가자 그냥 '아, 왔니?' 하는 느낌이고 조금도 미안해하는 것 같지 않았어. 그래서 왠지 약이 올라서 내가 먼저 말을 걸었어. 아빠, 엄마가 여러 가지를 말했을지 모르는데 미안하다고."

"왜 네가 미안하다고 해?"

퉁명스러운 어조로 마사무네가 말했다. 화난 것 같은 말투였다. 그래도 우레시노는 대꾸하지 않았다. 사이가 나빠진 게 아니라고 하면서 자기가 먼저 사과한다거나 상대에게 당한 게 아니라고 하면서도 상대방이 미안해하고 있을 것을 기대했었다는 우레시노의 말은, 그의 혼란스러운 상태를 보여주듯이 모순에 가득 차있었다. 거기에는 허세도 있고 본심을 말하고 싶지 않은 마음도 있었을 것이다.

그래도 분명 거짓말을 하는 것은 아니다. 그 순간에 그가 느낀 감정은 모두 다 그대로일 것이고 옳았을 것이다.

"더 이상 먹을 거 사주지 않을 테니까 앞으로 너한테는 볼일 없다고, 녀석들 중 하나가 말했어. 다른 녀석들도 히죽히죽 웃고 있었어. 화나잖아. 그래서 뚜껑 열려서 한 대 쳤더니 그 애들도 날 쳤어. 그래서 다쳤어."

다들 입을 다물었다. 우레시노가 말했다.

"내가 먼저 손찌검을 해서 자기들도 때렸다는 거야. 지금 난리야. 아빠랑 엄마는 상대를 고소한다고 하는데 어떻게 될지 모르겠어. 스쿨 선생님들도 걱정해주고 있어. 그 사람들뿐이야. 나한테 '우레시노는 지금 어떻게 했으면 좋겠다고 생각하니?'라고 물어봐주는 거."

우레시노의 목소리에 조금 눈물이 섞였다. 갑자기 마사무네 쪽을 봤다.

"그러니까 민간 지원단체니 하면서 위에서 내려다보듯이 깔보는 말투로 말하지 마. 거기 선생님은 내 이야기를 들어줬어."

마사무네가 미안하다는 듯이 시선을 옆으로 돌렸다. 하지만 사과하기도 어색한지 아무 말도 하지 않았다. 대신 후카가 물었다.

"뭐라고 대답했니?"

"어?"

"어떻게 하고 싶으냐는 말에 뭐라고 대답했느냐고."

"아무것도 하고 싶지 않다고 했어."

우레시노가 말했다.

"집에서 혼자 있고 싶다고 했어. 엄마가 옆에 있는 것도 원치 않는다고. 스쿨에는 가끔 가도 좋지만 집에서 한동안 아무것도 하지 않고 있고 싶다고. 어쨌든 다쳤으니까 내가 말하는 대로 됐어."

"그래."

후카가 끄덕였다. 그러고 나서 "하지만 성에는 오고 싶었던 거니?" 하고 물었다. 우레시노의 표정이 굳었다. 그 질문을 한 것이 후카였기 때문인지도 모른다. 다른 누군가가 물었다면 정색을 하고 받아치거나 뚜껑이 열려버렸을지도 모르지만 지금은 불안한 표정이다. "그러면 안 되는 거야?" 하고 물었다.

"안 되지 않아." 하고 마사무네가 후카 대신 답했다. 모두 마사무네의 얼굴을 봤다.

"수고했어."

본 적 없는 진지한 얼굴로 마사무네가 짧게 우레시노에게 말했다.

고코로는 집에 돌아와서도 한동안 우레시노에 대해서 생각했다.

우레시노에 대한 것, 성城에 대한 것, 스쿨에 대한 것, 다른 아이들에 대한 것, 자신에 대한 것.

우레시노의 이야기를 듣고 난 후, 성이 닫힐 시간이 가까워져서 아이들은 큰 시계가 있는 홀의 거울 앞에서 헤어졌다. "그럼, 내일 또 보자." 하고 아키가 말하고 그 말에 다들 "응, 내일 봐." 하고 서로 인사했다. 이제는 그렇게 하는 것이 당연하게 여겨졌다.

─◦◦◦─

모두가 매일 성에 오지는 않았다. 특히 머리 색깔이 바뀐 뒤로는 아키나 스바루는 오는 게 매우 뜸해졌다. 그리고 고코로의 입장에서 보자면 그 둘은 머리 색깔이 바뀐 후로 이야기하는 게 꽤 요란스러워졌다. 특히 아키에게서 "남자친구가 있어."라는 말을 들었을 때는 무척 놀랐다. 그런 이야기를 나누는 것에 서툰 후카와 고코로가 쩔쩔매는 모습을 보는 게 즐거웠는지 아키가 "첫 남자친구가 아니야."라고 말하며 둘을 더욱 깜짝 놀라게 했다. 뭔가를 묻지 않으면 안 될 것 같아서 "어떤 사람이에요?"라고 물어보니 "연상."이라는 한마디가 돌아왔다.

"스물세 살. 이번에 놀러갈 때 오토바이로 나도 데려가줄 거야."

"어디서 알게 됐어요?"

"그거야 뭐 이렇게 저렇게."

얼버무리고 넘어가고 싶어하는 것 같아서 고코로도 더 이상 캐묻지 않았다. 후카는 이미 대꾸도 안 하고 있었다.

아키는 여자아이들뿐만 아니라 남자아이들 앞에서도 그런 화제를 넌지시 입에 올렸다.

"그거 위험하잖아. 중3하고 스물세 살이라니, 그 남자는 뭐야?"

아키가 없을 때 마사무네가 그렇게 말하자 스바루가 대꾸했다.

"놀랄 일도 아냐. 형 친구 미쓰오의 여자친구는 중2일걸. 열아홉 살하고 중2인 거지."

그 말을 듣고 마사무네는 또 울컥했는지 입을 닫았다.

스바루는 아키와 달리 상대를 놀라게 해놓고 즐거워할 작정은 아니었겠지만 고코로는 그의 말을 듣고 또 한 번 주눅 들었다.

머리를 탈색하고 난 후 스바루와 마사무네 사이에 생긴 약간의 거리는 여전히 좁혀지지 않는 것 같았다. 스바루는 전만큼 성에 자주 오지 않았고 와서도 게임방의 소파에 홀로 앉아서 이어폰으로 음악을 듣는 때가 많아졌다. "뭐 들어요?"라고 묻는 고코로에게 "집에서는 라디오 듣는 걸 좋아하는데 여기선 못 들어."라고 동문서답을 했다. 그 말을 듣고 고코로는 여기서는 라디오 전파가 안 잡힌다는 걸 처음 알게 됐다. 그러고 보면 가져온 텔레비전도 게임을 하는 용도 이외에는 사용하지 않는다. 텔레비전도 볼 수 없는 것이다.

"요전번에 이거 고장이 나서 고쳐보려고 아키하바라까지 갔는데 새것을 사는 게 빠르다더라고. 어떻게 해야 할지 고민하다가 혹시 뒷골목에 고쳐주는 가게가 있나 하고 살폈더니 다행히 있어서 거기서 고쳤어."

아버지에게 받았다는 음악 플레이어를 소중하게 여기는 모양이었다. 고코로가 "그렇구나." 하고 끄덕이자 게임을 하던 마사무네가 얼굴을 들고 "아키바(아키하바라의 약자)에 갔었구나." 하고 중얼거린다.

마사무네의 목소리를 듣고 고코로는 흠칫했다. 고코로는 스바루와 마사무네가 어디에 사는지 모른다. 그래도 스바루가 아키하바라에 갔다는 것은 스바루 역시 자신처럼 도쿄에 산다는 이야기일지도 몰랐다. 어른 없이 혼자서 갈 수 있을 만큼 아키하바라에서 가까운 거리에 살고 있는 걸까. 아니면 누구랑 같이 갔을까.

지명에 관한 화제가 나온 것은 리온의 하와이를 제외하면 거의 처음이었다. 이대로 화제가 계속 이어지다가는 각자 사는 동네에 대해 이야기하게 될 지도 모른다고 생각하여 고코로는 내심 마음을 졸였는데 스바루는 그저 "응." 하

고 끄덕였을 뿐이다. 스바루와 마사무네는 눈을 마주 본
채 부자연스러우리만치 입을 꼭 다물고 있었다. 그걸 끝으
로 두 사람 사이의 대화는 끊겼다.

스바루만이 아니라 아키도 역시 성 밖의 이야기를 빈번
하게 하게 됐다. 뿐만 아니라 아키의 복장도 전하고는 달
라졌다. 특히 여름방학 이후에는 하얀색이나 눈이 어지러
울 정도로 번쩍이는 형광색 핫팬츠를 입고 오는 일이 잦아
졌다. 어찌나 짧았는지 아키의 늘씬한 다리가 드러난 것을
보고 같은 여자인 고코로조차 시선을 어디에 둘지 몰라 허
둥거릴 정도였다.

"지난번 토요일에 남자친구랑 둘이 있다가 교외 생활지
도 교사한테 걸릴 뻔해서 엄청 긴장했어. 그때 남자친구가
얘 열일곱이고 중학교 졸업했다고 말해줬어."

고코로나 후카에게 "어때? 열일곱으로 보여? 좀 억지
지?"라고 묻는 얼굴이 쑥스러워 보이면서도 기쁜 것 같았
다. 머리를 염색하고 옷이 화려해진 아키는 확실히 전보다
어른스러워져서 고코로는 주눅이 들고 만다.

"아, 미안. 고코로하고 후카는 진지한 타입이라 이런 이
야기 재미없지?"

"그런 건 아니지만……."

진지하다는 표현이 왠지 자신들을 깔보는 것 같아서 고

코로와 후카도 입을 다물고 만다. 자신들이 모르는 세계를 과시하듯이 행동하면 그게 부럽기 전에 먼저 싫은 마음이 가슴에 퍼지는 것 같았다.

아키는 지금 어디서 알게 된 누구와 어떤 식으로 사귀고 있는 걸까. 부러운 건 결코 아니다. 그래도 아키가 바깥 세계를 갖고 있다는 그것만으로도 고코로의 가슴을 꼼짝도 못하게 압박한다. 초조하게 만든다.

성 안의 아이들은 여러 가지 사정을 안고 있다.

늘 생각해왔던 것이지만 우레시노의 이야기를 듣고 나서는 그것을 더 확실히 알게 됐다.

그리고 하와이에 유학 중이라는, 보통 아이인 리온이 고코로를 포함한 나머지 아이들을 어떻게 생각하는지도 전과 달리 마음 쓰였다.

"리온네 집은 아버지랑 어머니, 어떤 일을 하셔?"

어느 날 마음먹고 물어봤다.

"어?"

"아니, 뭐 하와이에 유학 보내줄 생각이 있으실 정도니까 뭔가 관련된 일을 하시나 해서."

"아아."

리온이 끄덕였다. 숨을 들이마시고 대답한다.

"아빠는 회사원이고 엄마는 일 안 해. 옛날에는 아빠랑

같은 회사에서 일하신 모양인데 내가 태어났을 때 그만
뒀어."

"그렇구나."

"너희 집은?"

"우리 집은 아빠랑 엄마, 둘 다 일해."

"그렇구나."

"형제는? 난 외동인데."

"나는 누나가 하나."

"아, 누나가 있구나? 누나도 하와이에 있어?"

"아니."

리온의 얼굴이 어째선지 조금 난처해 보인다. "일본." 하
고 그가 대답했다.

"일본에 있어."

그러고는 "있지." 하고 리온의 얼굴이 갑자기 진지해졌다.

"너도 학교 안 다녀?"

새삼 그런 질문을 받자 가슴이 욱신거렸다. 지금까지 자
신이 먼저 그 얘기를 한 적은 있어도 다른 누가 그 문제를
진지하게 건드리는 것은 처음이었다. 더구나 상대는 학교
에 다니는 리온이다.

"응."

간신히 고개를 끄덕였다. 리온이 바로 다시 물었다.

"그건 뭔가 우레시노와 같은 일이 있어서?"

"응, 뭐 그렇지."

그 순간 리온에게 전부 이야기해버리고 싶은 충동에 사로잡혔다. 사나다 미오리에 대한 모든 이야기. 자신이 무슨 일을 당했는지 말하고 싶었다.

하지만 리온은 그 이상 묻지 않았다. 그저 "그래." 하고 끄덕였다. "힘들겠구나."라고 그가 말하고 그것으로 그 이야기는 끝났다.

성에서 집으로 돌아온 뒤에 해가 진 것을 확인하고 우편함을 보러 간다.

낮에 성에 가게 되면서 가장 잘됐다고 생각하는 것은 우편함에 편지가 떨어지는 소리를 듣지 않아도 된다는 것이었다. 근처에 사는 모에가 와서 학교의 연락사항을 우편함에 말없이 넣고 갈 때 집에 없어도 된다. 커튼 뒤에서 모에의 모습을 보고 싶어지는 충동에 사로잡히지 않아도 된다. 그렇긴 하지만 어머니가 퇴근해서 고코로보다 먼저 우편함을 확인하는 것도 싫다. 어머니는 우편함에 들어있는 학교 연락사항을 보고 고코로가 학교에 안 가고 있다는 사실을 새삼 떠올리게 될 것이다. 그래서 고코로는 어머니가 돌아오기 전에 먼저 우편함 안을 확인한다.

이날도 바로 우편함으로 갈 참이었다. 그때였다. 평소이 시간에 울리는 일이 없던 벨이 딩동! 하고 울려서 고코로는 흠칫했다. 자신의 2층 방을 나가려다 말고 황급히 아래를 내려다봤다. 절대로 그럴 리 없다고 생각하지만 벨을 울린 게 모에라든가 또 다른 반 친구라면 얼굴 보기가 거북하다. 아니면 미오나 그 패거리들이 또다시 우르르 몰려왔을 수도 있다. '그 일'이 있고 나서 시간이 꽤 흘렀는데도 공포가 아직 몸에 배어있다. 반사적으로 다리가 움츠러들었다. 배가 아파왔다.

밖을 보고 나서 비로소 마음이 놓였다. 아무래도 반 친구는 아닌 것 같았다. 통학할 때 쓰는 자전거가 근처에 없다. 여자가 혼자 서있다.

누굴까. 반 친구가 아니라는 데에서 일단 안심했지만 그래도 긴장이 풀리지는 않았다. 그 사람이 희미하게 고개 각도를 기울여서 옆얼굴이 조금 보였을 때 알아챌 수 있었다. 서둘러 "네." 하고 대답을 하고 계단을 내려갔다.

문을 열자 '마음의 교실'의 기타지마 선생님이 서있었다. 변함없이 다정한 얼굴을 하고 있었다. 오랜만에 보는 고코로에게 당당하게 웃는 얼굴로 "안녕." 하고 말했다.

"……안녕하세요."

성에서 방금 돌아온 터라 잠옷이나 실내복 차림이 아닌데도 괜히 어색하여 눈을 마주치기 힘들었다. 기타지마 선생님이 "다행이야, 만날 수 있어서."라고 해서 고코로는 숨을 죽였다.

기타지마 선생님이 집에 오는 것은 처음이었다. 학교에 안 가게 되면서 1학기에는 담임 선생님이 몇 번쯤 집에 찾아온 적이 있었지만 최근에는 그런 일도 없어졌다.

도대체 무슨 일일까? 요전번에 어머니와 다투고 나서 어머니가 '낮에 어디 가니?'라고 다그치는 일은 없어졌다. 어쩌면 기타지마 선생님으로부터 '아이를 다그치면 좋지 않다.'라든가 뭔가 다른 말을 들은 것일지도 모른다. 어머니는 이 사람과 지금도 연락을 주고받는 것 같다.

고코로가 복잡한 마음이라는 걸 모르는지, 아니면 일부러 모른 척하는 건지, 기타지마 선생님이 편안한 말투로 "오랜만이구나."라고 말했다.

"잘 지냈니? 9월이 됐는데도 아직 몹시 덥네."

"……네."

무슨 용건일까. 또 스쿨에 오라고 권하려는 걸까.

이런 생각을 하고 있다는 것이 얼굴에 드러난 건 아닐 텐데도 기타지마 선생님이 웃으며 말했다.

"특별히 무슨 용건이 있어서 온 건 아니야. 단지 지금 시간이라면 있으려나 하고. 오랜만에 고코로를 만나보고 싶어서."

"……네."

같은 대답만 돌려줄 수밖에 없다. 이 사람이 싫은 건 아니지만 정말로 어떻게 대꾸해야 좋을지 몰라서 그렇게 돼버렸다. 이제 곧 어머니, 아버지가 돌아올 시간이다. 성이 닫히고 이렇게 돌아와있는 시간대에 찾아와서 다행이다. 그렇지 않으면 이 사람은 자신이 집에 없었다는 사실을 어머니에게 일러바쳤을지도 모른다. 이 사람은 고코로가 낮에 어딘가 간다는 것을 어머니한테서 들은 건 아닐까. 어쩌면 오늘도 어머니 부탁으로 고코로의 상태를 살피러 온 건 아닐까. '오랜만에 만나보고 싶어서.'라고 했지만 고코로는 이 사람과 딱 한 번 만났을 뿐이다. 그런데도 우리 집에 오는 건 그게 이 사람에게는 '일'이어서겠지.

경계하는 마음을 풀지 않고 입을 다문 채 그런 생각을 떠올리고 있었지만, 다른 한편으로 마음 한가운데에서 이 사람이 어머니에게 했다는 말이 저릿저릿 따뜻하게 열을 내고 있었다. 고코로에게 희망을 주었던 그 말.

'고코로가 학교에 갈 수 없는 것은 절대로 고코로 탓이 아니에요.'

기타지마 선생님이 고코로의 신상에 일어났던 일을 정확히 조사해서 알고 있다고는 생각하지 않았지만 적어도 이 선생님은 고코로가 단지 나태한 마음 때문에 등교거부를 하는 건 아니라고 생각해주고 있다. 알아주고 있다.

"선생님."

그렇게 생각했더니 비로소 입에서 말이 나왔다. 기타지마 선생님이 "응?" 하고 고코로를 봤다.

"기타지마 선생님, 우리 엄마한테 말해줬다는 거 정말이에요?"

아몬드를 닮은 선생님의 눈 속 정직한 눈동자가 흔들렸다. 문득 그 눈을 똑바로 되받아 바라보고 있다는 게 의식되어 고코로는 시선을 내렸다.

"내가 학교 못 가는 거, 내 탓이 아니라고."

"응."

기타지마 선생님이 끄덕였다. 분명하게 망설임 없이 바로 끄덕여줬다. 그 주저하지 않는 모습을 보고 고코로는 새삼스럽다는 듯이 기타지마 선생님을 바라봤다.

"말했어."

"……왜요?"

자신도 모르게 되물어보는 말이 입 밖으로 나왔다. 하지만 이어서 하고 싶은 말이 입 밖으로 나오지 않았다. 물어보고 싶은 게 많았다.

왜 나를 그런 식으로 편들어줬어요? 어떻게 그런 식으로 생각할 수 있었죠? 내가 무슨 일을 당했는지 알고 있나요? 알고 있는 거예요? 내가 아니라 미오리 쪽이 나쁘다는 걸 알고 있는 거예요? 눈치챈 거예요?

기타지마 선생님을 올려다보며 생각이 홍수같이 넘쳐나고 있다는 걸 느끼며 깨달았다. 이것은 질문이 아니라, 묻고 싶은 게 아니라, 자신의 바람이라는 것을. '알아줬으면 좋겠다.'라는 바람이다.

그런데 말 못한다. 그렇게 알아주길 바란다면 말을 하면 될 텐데도, 그런데도 그 다음 말이 나오지 않았다. 이 선생님이라면 분명 제대로 들어줄 거라는 생각이 드는데도.

어른이기 때문이라고 생각했다. 어른이니까 말 못한다. 이 사람들은 어른이고 그래서 지나치게 옳다. 고코로가 마음 전부를 맡기고 싶어진 기타지마 선생님은 마음이 따뜻한 사람이고, 그리고 그 마음은 누구에게나 평등하게 따뜻할 것이다. 예를 들어 그것이 미오리라고 해도. 미오리가 문제가 있어서 학교에 못 간다고 호소하면 그 아이의 성격과 상관없이 그 따뜻함을 나눠줄 것이 분명하다. 지금 이렇게 학교에 못 가는 나한테 따뜻한 것과 마찬가지로.

머릿속에서 여러 가지 것들을 한꺼번에 생각하느라 할 말을 찾지 못하고 있지만, 기타지마 선생님이 한 번만 더 묻는다면 고코로는 말해버렸을지도 모른다. 고코로는 분명 '학교에서 무슨 일이 있었니? 못 가는 이유가 있는 거 아니니?'라고 기타지만 선생님이 물어봐주기를 마음속에서 기대하고 있었다. 정말로 애타게.

그러나 기타지마 선생님은 기대한 것과는 전혀 다른 말을 해왔다.

"고코로 넌 매일 싸우고 있잖니?"

고코로는 소리 없이 숨을 들이마셨다. 기타지마 선생님

의 얼굴은 특별히 웃음 짓고 있거나 동정심을 보이고 있거나 하는, 고코로가 생각하는 '좋은 어른'의 과장된 느낌이 전혀 보이지 않았다. '싸우고 있다.'라는 말을 기타지마 선생님이 어떤 의미로 사용했는지는 알 수 없었다. 하지만 들은 순간 가슴의 가장 부드러운 부분이 뜨겁게 조여드는 것 같았다. 괴로워서가 아니다. 기뻐서다.

"싸우고 있다고요?"

"응. 지금까지 충분히 싸워온 것처럼 보이고, 지금도 열심히 싸우고 있는 것 같아."

학교에 안 가고, 공부도 안 하고, 하루 종일 자거나 텔레비전을 보는 고코로. 최근에는 낮 시간에 아무도 몰래 밖에 놀러 나가는 것으로도 오해받고 있는 고코로. 실제로 성에 갈 기회가 없었다면 정말로 그렇게 되어있었을지도 모른다. 그런 고코로를 향해 '싸우고 있다.'고 말해주는 것인가.

'지금까지 충분히 싸워왔다.'라는 말을 듣자 그동안 겪었던 일들이 주마등처럼 하나씩 지나갔다. 이케다가 자전거 두는 곳에서 '너 같이 못생긴 애, 아주아주 싫어해.'라고 말한 그날. 미오리가 화장실에 들어간 자신을 옆 칸에서 몰래 엿보려던 그날. 집에 아이들이 몰려와서 거북이처럼 몸을 웅크리고 꼼짝도 못하고 있었던 그날.

싸워온 기억이 선생님의 말과 공진한다. 가슴이 떨린다.

싸우고 있다는 건 일반론일지도 모른다. 지금 중학생들은 모두 하루하루를 열심히 살고 있고 이 사람은 그런 일을 하는 사람이니까 모든 아이들에게 들어맞는 이야기를 한 것에 지나지 않을지도 모른다.

그래도 어떻게 이렇게 고코로 마음의 핵심을 찌르는 말을 할 수 있을까. 고코로가 생각해보니 스스로는 그렇게 생각한 적이 없었지만 분명히 싸워온 셈이었다. 죽임당하지 않기 위해 지금도 학교에 안 가는 방식으로 싸우고 있는 셈이었다.

"또 와도 될까?"

기타지마 선생님은 그렇게 말하고 더 이상 아무 말도 하지 않았다. 그래서 '싸운다.'라는 말을 이 사람이 어떤 뜻으로 사용했는지는 알 수 없었다.

우레시노의 말이 문득 귓속에서 울렸다.

'거기 선생님은 들어줬어. 내 얘기.'

고코로와 마찬가지로 우레시노도 스쿨 선생님들과 이런 이야기를 많이 한 걸까.

"네."

그렇게 대답하는 것이 최선이었다.

기타지마 선생님이 "고마워."라고 말하고 "이거 괜찮으면 줄게." 하고 작은 꾸러미를 내밀었다. 뭘까, 하는 얼굴로 선생님을 바라보자 "홍차 티백." 하고 말해준다. 야생 딸기 그림이 그려진 고운 물색 봉투. 만져보니까 도톰하다.

"내가 좋아하는 홍차야. 한번 마셔봐. 받아줄래?"

"……네."

고개를 끄덕이고 나서 간신히 말한다.

"고맙습니다."

"천만에. 그럼 또 보자."

대화는 맥 빠질 만큼 간결해서 오히려 고코로 쪽에서 선생님을 멈춰세우고 싶을 정도였다.

선생님이 나가는 뒷모습을 바라보며 고코로는 자신이 기타지마 선생님에게 묘한 친근감을 느끼고 있다는 것을 알았다. 누군가와 닮은 느낌이 든다. 기타지마 선생님 정도 연배의 사람 중에 아는 사람은 거의 없는데도. 아니면 이렇게 아이의 마음을 잘 붙잡을 수 있기 때문에 스쿨 선생님을 하고 있는 걸까.

홍차가 든 봉투를 열어봤다. 풀로 봉해지지는 않았다. 안에 봉투와 같은 색깔의 티백이 두 개 들어있었다. 고코로의 집에서는 어른들이 홍차를 마실 때에도 아이인 고코로에게는 마시겠냐고 물어보지 않는다. 홍차 티백을 받게 되자 어른 취급 받은 것 같아서 조금 기뻤다.

10월

10월에 들어선지 얼마 안 되어서였다. 평소대로 성이 닫히는 다섯 시 전에 돌아가려는데 아키가 "내일 올 거니?"라고 말을 걸어왔다. 그런 식으로 확인하듯이 묻는 일은 좀처럼 없었기 때문에 "올 건데, 왜요?"라고 하자, 심각한 어투로 "할 얘기가 있어서."라고 말했다.

"다 같이 있는 자리에서 얘기하고 싶은 게 있어. 누가 없을 때 얘기하는 건 공평하지 않다고 생각해서."

그런 말을 듣자 고코로는 신경이 쓰여서 불안해졌다. 자신에 관한 얘기일까, 내가 혹시 무슨 일을 저질렀나, 하는 생각이 드니까 몸이 아플 것 같았다. 하지만 아키는 잘 됐다는 듯이 "그럼, 내일 봐."라고 말하고는 잽싸게 자신의 거울을 통해 집으로 돌아가버렸다.

다음 날 오후, 게임방에 학교를 마친 리온까지 들어오자 모두가 모이게 되었다. 다들 고코로와 마찬가지로 "할 얘기가 있어."라는 말을 들은 것 같았다. 의외로 마사무네도 아키와 함께 아이들 앞에 서있었다.

의외의 조합인데 무슨 일일까.

먼저 입을 연 것은 마사무네 쪽이었다.

"다들 소원 열쇠 찾기, 조금은 진지하게 하고 있지?"

아이들 사이로 술렁이는 분위기가 지나갔다. 이 성 어딘가에 있다고 하는 소원 방의 열쇠 찾기. 소원을 이룰 수 있는 것은 한 사람뿐이니까 이 문제에 관해서는 아이들이 서로 모두 라이벌이라고 생각해왔다. 그래서인지 열쇠를 찾는 문제를 놓고 일부러 대화를 나눈 적은 거의 없다. 다만 누군가가 열쇠가 발견하고 소원 방도 찾아서 소원을 이루게 되면 이 성은 3월 30일을 기다리지 않고 문이 닫힌다는 사실은 늑대님에게 들어서 알고 있다.

성이 열려있는 이상 아직은 아무도 소원을 이룬 게 아닐 테지만, 모두가 열쇠 찾기를 의식하고 있다는 것을 조금은 고코로도 느끼고 있었다.

"……전에는 열쇠를 찾아다녔는데 최근에는 안 찾았어. 그럴 상황이 아니었고 또 왠지 여기가 즐거웠기도 하고."

대답한 것은 이미 붕대를 푼 우레시노였다. 오른뺨의 거즈도 지금은 큼직한 반창고로 바뀌었고 한때의 안쓰러웠던 모습은 이미 없어졌다. 그런 우레시노를 힐끗 보고 나서 마사무네가 말했다.

"나도 대충 그런 느낌이야. 하지만 모두 조금씩은 찾았었잖아? 이루고 싶은 소원이 뭐든지 간에."

"뭐 그런 셈이지."

스바루가 끄덕였다. 전에 이 이야기를 했을 때는 이루고 싶은 소원 같은 거 없고 마사무네가 열쇠 찾는 것만 도와준다고 했었는데 본인도 찾고 있었나보다.

"늑대님에게 그런 말을 들은 이상 신경이 쓰일 수밖에 없으니까. 어쩌면 내가 찾을지도 모른다는 정도의 생각은 했었어. 하지만 아직 못 찾았어."

스바루가 말하고 아키가 끄덕인다.

"오늘은 그 일과 관련해서 나랑 마사무네가 함께 제안을 할까 해. 누군가가 이미 열쇠를 찾았고 어쩌면 3월 마지막 날까지 숨겨놓을 작정이든가, 아니면 열쇠는 찾았는데 소원 방을 못 찾아서 고전하고 있든가 그럴 가능성도 있겠지만 일단은 들어봐."

"제안?"

마사무네와 아키, 두 사람이 서로의 눈을 마주본다.

"요전번에 우연히 우리 둘만 성에 왔을 때가 있었는데, 솔직하게 털어놓자면 그날 나랑 마사무네는 각자 꽤 진지하게 열쇠를 찾아 돌아다녔어."

"개인 방 이외의 공용공간에 있다고 했으니까 넓다고는

해도 찾을 만한 장소는 한정된 거잖아. 제법 구석구석까지
다 찾아봤어."

"나도야."

마사무네가 그렇게 호응을 하자 옆에서 아키가 한숨을
쉬면서 말을 계속했다.

"하지만 못 찾았어. 솔직히 어디를 더 찾아봐야 할지 짐
작이 안 가는 거야. 그래서 조금 초조해하고 있는데, 나만
큼 필사적으로 열쇠를 찾고 있는 것 같았던 마사무네랑 식
당에서 마주쳤거든."

"필사적이라니 무슨……."

마사무네가 멋쩍다는 듯이 항의한다.

"다 같이 있을 때는 전혀 흥미 없는 것처럼 굴다가 접시
를 하나하나 핥듯이 필사적으로 뒤져보던 사람이 할 소린
아닐 텐데?"

"마사무네 너도 사람들이 있을 때는 하루 종일 게임방에
있을 것 같은 얼굴을 했지만, 실은 아무도 없을 때를 노려
서 바지런히 움직일 수 있는 타이밍을 기다렸던 거지? 그
러니 그 본성이 나보다 더 음침하다고 생각하는데."

마사무네와 아키가 서로를 노려보면서 말한다. 그때 "그
만해, 둘 다." 하며 스바루가 끼어들었다.

"그래서 둘이 할 제안이란 게……."

"협력해서 하지 않겠느냐는 거야."

아키가 대답했다. 마사무네가 보충한다.

"벌써 10월이잖아. 5월 말에 여기 불려왔으니까 제법 시간이 많이 흘렀는데 아직도 못 찾았고, 소원 방도 분명 어딘가에 비밀 입구 같은 게 있을 테지만 못 찾았어. 그런데 남은 시간은 앞으로 반년밖에 없어."

"아무도 소원을 이루지 못한 채 마지막 날이 되어버릴 가능성도 있는 거잖아. 그러니 이제 라이벌이니 뭐니 하고 생각하지 말고 다 같이 협력해서 찾고, 찾은 다음 누가 어떤 소원을 이루고 싶은지를 얘기해봐도 되지 않을까 싶어서. 아니면 뽑기나 가위바위보로 정하든가."

"아무리 찾아도 안 나와." 하고 아키가 한탄하듯이 계속 말했다.

"정말이지 꽤 열심히 찾아봤어. 그런데 이러다가 결국 찾지 못하고 끝나면 아깝잖아. 이제는 서로 아닌 척하고 있을 수 없다 싶어."

"……정말 그러네."

그때까지 조용했던 후카가 고개를 끄덕이며 아키에게 말했다.

"아키 언니한테 절실히 이루고 싶은 소원이 있었어? 마사무네도 그렇게 필사적이라니 몰랐네."

"누구든 이루고 싶은 소원이 하나둘쯤 있지 않겠어?"

마사무네가 조금은 멋쩍다는 듯이 말했다. 아키도 후카

255

가 그렇게 대놓고 찌르듯이 말하는 게 당황스러웠는지 조금 언짢은 표정이 되어 시선을 돌렸다. 그러나 후카는 마사무네의 말에 대해서도 자르듯이 말했다.

"그래? 난 특별히 없는데."

진심으로 하는 말인지 어떤지 알 수 없었다. 후카가 그렇게 말하자 아이들이 모두 긴장했지만 후카는 이어서 아무렇지도 않은 듯이 "좋아. 협력해도."라고 말했다.

"열쇠 찾기, 다 같이 하는 건 찬성이야. 덧붙여서 나는 아직 못 찾았어. 그렇게 열심히 찾거나 하지도 않았고."

후카는 성에 와있는 동안 자기 방에 틀어박혀 있는 때가 이 안의 누구보다도 많았다. 정말로 열쇠 찾기에는 흥미가 없는지도 모른다.

고코로는 어떻게 말해야 좋을지 몰라 입을 다물고 있었다. 고코로에게도 물론 이루고 싶은 소원이 있다. 그러나 아이들 앞에 드러내서 말하기가 어려운 떳떳치 못한 소원이다. 특히 얌전해 보이는 자신이 누굴 없애버리고 싶단 소원을 갖고 있다는 것을 알면 특히나 남자애들은 놀랄 것이다. 게다가 열쇠 찾기에 협력한다는 발상은 좋지만 다같이 힘을 모아 열쇠를 찾았다 한들 누구의 소원을 이루게 할 것인지는 어떻게 결정할 것인가. 가위바위보라면 그래도 괜찮지만 만약 연설을 하듯 한 사람씩 소원을 말하여 누가 더 간절한지를 다투게 된다면 말주변이 없는 고코로에게는 승산이 없을 것이다. 분명 소원 열쇠는 아키나 마사무네에게로 가버릴 것이다.

하지만 현재로서는 아직 열쇠가 발견되지 않았다. 앞으로도 찾아질지 어떨지는 알 수 없는 일이다. 고코로도 시간이 있을 때에 은밀하게 찾아봤지만 아직 찾지 못했다. 아키가 말한 대로 아무도 소원을 이루지 못한 채 끝난다면 그건 너무나도 아쉬운 일이다.

"나도 좋아. 다 같이 찾아도."

리온이 말했다. 그 옆에서 우레시노도 끄덕였다.

"나도."

우레시노가 학교에 가기 위해 성을 떠났다가 상처투성이가 되어 다시 돌아온 뒤로 성 안의 공기가 확실히 변한 것 같았다. 왠지 모르게 서로 진심을 말하는 게 더 쉬워진 것 같은 분위기가 느껴졌다.

아직 대답하지 않은 고코로와 스바루의 눈이 마주쳤다. 먼저 끄덕인 것은 고코로였다. 자신의 소원이 이뤄지는 것이 가장 기쁘겠지만 그 이전에 이 성, 이 장소에서 3월까지 즐겁게 지낼 수 있는 것도 중요하다. 앞으로 기간이 반년 정도 남았다는 이야기를 듣고서야 고코로는 처음으로 그 사실을 깨달았다. 성이 없어져버린 후에도 학교에 가지 못한다면……. 내년 3월이 오려면 아직 멀었다고 생각하지만 그때는 분명히 온다. 중2가 된 자신을 생각하면 핏기가 가시면서 배가 아파온다.

열쇠를 찾아야 한다. 고코로에게도 달리 방법은 없었다.

"좋아. 다 같이 함께 찾자."

고코로가 끄덕이자 스바루가 옆에서 훅 하는 숨소리를 냈다. 아무래도 웃은 모양이다. "오케이."라고 그도 말했다.

"그럼 오늘부터는 더 본격적으로 찾아보기로 할까? 어디 한번 최대한 효율적으로 가보자. 성의 지도라도 그려서 지금까지 살펴본 장소를 하나하나 지워가면 어때?"

"아, 나, 식당은 아마 완벽하게 찾아봤으니까."

아키가 바로 손을 들었다.

"텅 빈 냉장고 속에서부터 커튼 뒤까지 전부 봤어. 일단 너희들도 모두 찾아봤으면 하지만."

"나는 이 방은 거의 대여섯 번 뒤져봤어."

마사무네가 게임방을 빙글 돌아보며 말했다. 사슴 박제와 난로도 가리킨다.

그 옆에서 스바루도 끄덕였다.

"나는 물 관련 시설을 찾아봤다고 해야 할까. 실제로는 쓸 수 없는 부엌이라든가 목욕탕이라든가. 물이 나오지도 않는데 그런 시설이 있다는 게 좀 수상쩍더라고. 그럼 거기가 아닐까 하고 생각해서 수도에 배수구까지 뒤져봤지만 찾지 못했어. 열쇠만이 아니라 소원 방으로 들어가는 입구도 아직 몰라."

"흐음."

스바루의 말에 마사무네가 심술궂은 웃음을 떠올렸다. "뭐야?" 하고 스바루가 묻는다.

"아니, 아무것도. 별로 열심히 찾는 것 같지 않았는데 꽤 열심이었네 싶어서. 형, 보기보다 엉큼하네."

"피차일반 아닌가."

옆에서 듣고 있자면 조마조마한 대화였지만 두사람의 얼굴은 웃고 있었다. 이제야 겨우 솔직하게 말할 수 있게 되어서 후련하다는 표정마저 보였다.

"저기, 하나 부탁이 있는데……."

다음으로 리온이 손을 들었다. 자신에게 시선이 모이기를 기다렸다가 그가 말했다.

"늑대님이 성은 3월까지 열려있지만 열쇠를 찾아서 소원이 이뤄지면 그것도 도중에 끝이라고 했잖아."

"그랬지."

아키가 끄덕였다. 리온이 "그러니까……."라고 계속했다.

"열쇠 찾기, 나도 참가하겠지만 약속하지 않을래? 만약 열쇠를 찾는다 해도 그걸 3월까지 사용하지 않는다. 3월이 꽉 찰 때까지 성을 사용할 수 있는 상태로 놔둔다."

고코로는 숨을 멈추고 리온을 봤다.

그건 고코로도 꼭 바라는 것이었다. 설령 반이 바뀌더라도 내년 4월 이후의 일은 떠올리는 것만으로 도망치고 싶을 만큼 우울했다. 그래서 깊이 생각하지 않기로 했다. 반이 바뀐다 한들 오래 쉬어버린 이상 학교에 돌아갈 수 있을 것 같지 않다. 다른 반이 됐다 하더라도 미오리는 여전히 같은 학년에 있다.

그런 생각을 하면 어김없이 공포가 덮쳐왔다. 이런 상태로 3월까지 이 성 없이 혼자서 견딜 수 있을 거라고는 생각할 수 없다. 성은 그때까지 변함없이 쭉 열려있으면 좋겠다. 리온의 의견에 동감이다.

리온이 계속해서 말했다.

"누구의 소원을 이루기로 정했다 해도 3월까지는 성이 닫히지 않게 하기로 서로 약속하지 않을래? 다른 친구들 따돌리고 선수 치기 없기."

"……그런 거 당연하지."

말한 것은 마사무네였다. 상태를 탐색하듯이 다른 아이들의 얼굴을 바라보며 이어서 말했다.

"여기에 최대한 오래 있고 싶은 건 모두 마찬가지지?"

반론하는 사람은 없었다.

머리를 탈색하고 어른스러운 말을 하는 스바루도, 밖에 연상의 남자친구가 있다는 아키도, 소원이 특별히 없다는 후카도, 상처투성이로 돌아온 우레시노도 모두가 말은 안 했지만 그 점에 대해서만은 자신과 같은 마음이라는 것이 전해져온다.

"다행이야." 하고 리온이 말하면서 밝은 얼굴로 웃었다. 그리고 "그 말 듣고 안심했어."라고 말한다.

"공동전선이군. 방침이 결정된 건 멋진 일이야."

갑자기 목소리가 들려왔다.

자신의 바로 뒤에서 기습처럼 들린 그 목소리에 고코로는 그만 "힉!" 하고 비명을 질렀다. 당황해서 뒷걸음질 치며 뒤를 돌아봤다.

오랜만에 등장한 늑대님이었다.

"늑대님."

허를 찔린 것은 모두 다 마찬가지였다. 다들 눈을 크게 뜨고 그녀를 바라봤다. 오랜만에 본 탓에 늑대가면이 새삼 위협적으로 느껴졌다. 늑대님은 이번에도 본 적 없는 새 드레스를 입고 있었다.

"야아, 오랜만이야. 빨간 모자들." 하고 아이들이 모여있는 중앙까지 걸어나왔다.

"뭐야. 깜짝 놀랐잖아."

마사무네나 리온의 말에 "미안, 미안." 하고 표정이 보이지 않는 얼굴로 대답하며 걸어온다.

"왠지 빨간 모자들이 다 같이 즐거워하는 것 같아서 한 번 나와봤어. 하나, 중요한 걸 깜박하고 말 안 한 게 생각나기도 했고."

"중요한 것?"

아키가 고개를 갸우뚱한다. 그러고 나서 물었다.

"저기, 다 같이 협력해서 열쇠를 찾는 건 특별히 규칙을 위반하는 건 아닌 거지? 문제없는 거지?"

"문제없어."

늑대님이 끄덕였다.

"오히려 매우 훌륭해. 협력, 최고야. 서로 돕는 것은 아름다운 일이니까 잘해보길 바란다."

"다행이다."

"다만 잊은 것이 있어서 오늘은 그걸 전하러 왔어."

늑대님이 소파 앞에 놓인 테이블에 "영차!" 하고 소리를 내며 달랑 걸터앉았다. 그리고 말했다.

"소원을 이루는 것은 좋지만 열쇠 방에서 소원을 이루게 되면 너희들은 이곳에서의 기억을 잃게 돼."

"어……." 하는 소리가 새어나왔다. 누구의 목소리랄 것도 없이 그것은 모두에게서 새어나온, 모두의 일치된 의견 같은 목소리였다.

늑대님이 계속했다.

"소원이 받아들여짐과 동시에 너희 모두는 성에 대한 것도, 이곳에서 지낸 일도, 모든 것을 잊어버릴 거야. 서로에 대해서도 잊을 것이고, 물론 나에 대해서도."

"아쉬울 거야."라고 늑대님이 덧붙였다. 아직 입이 떨어지지 않는 고코로와 다른 모두를 향하여 늑대님이 말했다.

"3월 30일까지 누구의 소원도 이뤄지지 않았을 때에는 기억이 남아. 성은 닫히지만 너희들은 이곳에서의 일을 기억할 수 있어. 그렇게 돼있어."

모두가 놀라움과 충격에 눈이 동그래졌는데 늑대님이 태연하게 어깨를 으쓱했다. 늑대가면 아래의 표정이 어떨지는 전혀 상상이 가지 않았다.

"미안, 미안. 이 말을 해줘야 한다는 걸 잊고 있었어."

아주 가벼운 말투로 늑대님이 말했다.

———— ✦ ————

아이들은 어안이 벙벙해져서 한동안 아무도 입을 열지 않았다. 고코로에게도 생각하고 정리할 시간이 필요했다. 이곳에서의 일을 잊는다는 말이 준 충격은 그만큼 컸다.

드디어 "그거……정말이야?" 하는 목소리가 들렸다. 리온의 목소리였다. 당혹스러운 듯이 그가 말했다.

"아니……. 안 믿는 건 아니지만 진심으로 한 말이야, 그거?"

고코로도 혼란스러워하는 리온의 기분을 알 수 있었다. 말의 의미가 뭔지 머리로는 이해가 되지만 마음이 이해하는 것을 거부한다. 그러니까 그저 확인하고 싶은 거다. 고코로도, 아마 다른 아이들도 모두 그랬을 것이다.

"진짜야."

늑대님이 여전히 가벼운 말투로 태연하게 말한다.

"그밖에 질문은?"

"……그동안의 기억은 어떻게 되는 건데?"

다음으로 물은 건 마사무네였다. 늑대님 쪽을 무표정하게 보고 있는 그 옆얼굴이 어딘가 화난 것처럼 보였다.

"여기 온 5월부터 소원이 이루지기까지의 그 기간 동안의 우리들의 기억은 어떻게 되는 거지? 그 기간 동안 우리는 뭘 한 거라고 생각하게 되는 거야?"

"각자의 기억은 적당하게 메워지게 돼있어."

늑대님이 의연한 목소리로 대답했다.

"여기 올 때까지 지내던 방식을 반복했다는 것으로 채워지겠지. 집에서 자거나 텔레비전 보거나 책이나 만화를 보거나 가끔은 나가서 쇼핑하거나 오락실 가서 놀거나. 아마 그렇게 메워질 거야."

"그렇게 적당히……. 그럼 지금까지 몇 달, 여기서 책을 읽은 기억이나 게임을 한 기억이 뭔가 다른 것으로 보충되는 거야? 새로운 것을 읽은, 그 만화 내용 같은 게 내 안에 안 남는단 거잖아? 그럼 시간을 낭비한 게 되잖아."

"그럴지도. 그래도 그게 그렇게 문젠가?"

늑대님의 인정머리 없는 말이 이어졌다.

"만화 내용이 기억 속에 저장되는 게 그렇게 중요해?"

"나한텐 중요해. 함부로 말하지 마."

마사무네가 불쾌함을 노골적으로 드러내며 입을 삐죽 내밀었다. 그러나 한편, 고코로는 매일매일 옅은 오렌지색 커튼을 친 방 안에서 드라마 재방송을 즐겨 봤지만 하루가 끝날 때에는 뭘 봤는지 기억이 희미해졌었던 것을 떠올렸다. 드라마만이 아니다. 와이드쇼나 버라이어티쇼도 보고 나면 뭘 봤는지 내용이 바로 가물가물해졌다.

그렇게나 많이 봤던 텔레비전 프로그램도 지금은 확실하게 기억해낼 수 있는 게 거의 없다. 하루 종일 봤었고 그래서 순식간에 저녁 시간이 되곤 했었다. 하지만 만화나 영화와 마찬가지로 게임을 할 때도 감동해서 운다는 마사무네에게는 새로 읽어서 얻은 내용이 축적되지 않는 것은 시간의 낭비이고 손해라고 생각할지도 모른다.

늑대님이 고개를 저었다.

"그럼 포기해. 중요할지 모르지만 소원을 이루는 데에는 그만큼의 에너지가 필요하단 얘기야. 그게 불만이라면 설령 열쇠를 발견하더라도 소원을 빌지 않으면 돼."

늑대님이 심술궂은 느낌을 풍기며 모두를 올려다본다. 얼굴을 차례로 바라본다.

"여기 왔던 것만이 기억에서 사라질 뿐이야. 너희들 빨간 모자가 거울 너머의 세계에서 무엇을 했는지에 대해서는 그대로 기억에 남아. 축구를 한 것도, 남자친구가 생긴 것도, 머리를 염색한 것도, 학교에 한 번 돌아갔다가 얻어 맞은 것도."

마지막 말에 우레시노의 몸이 뻣뻣해지는 게 느껴졌다. 경직된 목소리가 "내 얘기?" 하고 묻는다.

"날 놀리는 거야? 늑대님?"

우레시노는 그 일 이후로 많이 안정되었고 아이들에게 목소리를 거칠게 내는 일도 없어졌지만 그 일이 다시 거론 되자 고코로는 속으로 조마조마했다. 그런데 예상 밖으로 늑대님이 차분한 목소리로 "아니." 하고 조용히 말했다.

"다시 돌아온 네 용기에는 감복하고 있어. 예로 든 것뿐 이었는데 만약 기분이 상했다면 사과하지. 미안하다."

늑대님이 그렇게 나오자 우레시노는 맥 빠진 듯이 "어? ……아, 응." 하고 끄덕이고 나서 옆의 후카에게 "감복이라 니, 무슨 말이야?"라고 물었다.

"존경한다, 비슷한 거야." 하자 정말이냐는 듯 눈을 크게 뜨고 입을 다물어버린다.

"그밖에 질문은?"

늑대님이 물었다. 아무 말도 나오지 않았다.

그러나 모두가 침묵을 지킨 것은 그 순간 질문하기보다 자신들의 의견을 말하고 싶었기 때문이었다. 더 구체적으 로 말하자면 불만을 말하고 싶었던 것이다.

기억이 사라진다. 성에 대한 것을 잊어버린다는 것은 여기서 만난 아이들을 잊는다는 것이다. 모든 아이들의 침묵을 늑대님이 어떻게 받아들였는지는 모르겠다.

"달리 질문이 없으면 이만 가겠다."

짧은 말을 남기고 늑대님이 사라졌다.

오랜만에 눈앞에서 사라지는 모습을 보았는데도 아무도 놀라지 않았다. 맨 처음 다 같이 얼굴을 마주했던 날, 늑대님이 사라지자 다 같이 "사라졌어!" 하고 흥분하던 때와는 분위기가 꽤 달라졌다. 떠올리니 그날이 그리워졌다.

"그렇다고 해도 괜찮은 거 아냐? 기억이 사라진다한들."

침묵을 깨듯이 목소리가 들렸다.

아키였다. 모두가 아키를 본다. 아키는 일부러 그러는 건가 싶을 만큼 태연한 눈빛으로 아이들을 마주보았다.

"나는 신경 쓰지 않아. 어차피 이 성도 3월까지고 그 후에는 여기 오는 일도, 우리가 만나는 일도 없어질 거잖아. 그런데 기억이 사라지는 게 아쉬워서 어떤 소원이든 이뤄지는 열쇠를 찾고 나서 안 쓴다면 아깝지."

아키가 동의를 구하듯이 아이들의 얼굴을 돌아봤다.

"원래 성에는 안 왔었다. 우리가 만나는 일도 없었다. 그냥 그런 생활로 돌아갈 뿐이니까 그것으로 됐잖아."

"난 싫어."

단호한 말투에 다들 깜짝 놀라 목소리가 들린 곳을 돌아봤다. 우레시노였다. 쉽게 감정을 드러내는 그로서는 보

267

기 드물게 조용한 목소리로 그렇게 말했다.

아키가 의외라는 듯이 입을 다물자 우레시노가 말했다.

"싫어. 다들 내 얘기 들어줬는데 그걸 잊어버리다니. 지금 늘대님한테서 존경한다는 말까지 들었는데 그것도 잊어버리다니."

"존경이 아니라 감복."

마사무네가 고지식한 어조로 수정해줬다. 우레시노가 "그랬나?" 하고 고개를 갸우뚱하면서도 아키를 향해 하던 말을 계속했다.

"그런 걸 잊어야 한다면 차라리 난 소원 이루는 것을 포기할래."

신기하게도 우레시노의 눈에서는 불쾌함도, 악의도 느껴지지 않았다. 오로지 솔직했다. 아키를 향해 동의를 구하는 안타까운 눈빛을 하고 고개를 갸웃했다.

"아키 누나는 안 그래? 소원 쪽이 소중해?"

고코로는 그렇게 묻는 우레시노를 놀라서 바라보았다. 소원 열쇠를 찾던 우레시노는 자신의 소원보다 이곳에서의 기억이 소중하다고 단언하고 있다. 그 기억 속에는 자신도 있다. 서로 고함치거나 싸우거나 했던 마사무네도, 아키도, 모두가 있다. 그가 망설이지 않고 단호하게 말하는 것을 듣고만 있던 고코로의 가슴속 깊은 곳에서부터 뭔가가 뜨겁게 스며나오는 것이 느껴졌다. 그것이 '기쁨'이라는 것을 깨달았다.

아키도 고코로와 같은 마음을 느꼈는지 모른다. 여기서의 기억 같은 거 별것 아니라고 호기롭게 말했던 아키도 "난, 뭐 별로⋯⋯." 하고 목소리가 작아진다. 아키는 허세를 부렸는지도 모른다. 소원만 이루면 기억은 아무래도 좋다니, 그렇게까지는 생각하지 않았지만 어쩌다가 말이 그렇게 나와버린 것뿐일지도 모른다. 혹은 자신의 의견에 마사무네는 동의해줄 거라고 생각했는지도 모른다.

우레시노가 계속해서 말했다.

"열쇠 찾기를 협력한다고 방금 말했지만 이 중의 누군가가 기억이 없어져도 상관없으니까 소원을 이루겠다고 한다면 나는 말릴지도 몰라. 열쇠 찾기에 협력하지도 않을 거고, 오히려 그 열쇠를 부숴버리거나 숨기거나 하기 위해서 찾을지도 몰라. 아키 누나가 열쇠를 찾지 못하게 방해할지도 몰라."

마지막 발언은 아키의 표정을 엿보면서 작은 목소리로 중얼거리듯이 말했다. 아키의 얼굴이 새빨개졌다. 새빨개져서 우레시노를 노려봤다.

"미안."

우레시노가 눈을 내리깔았다. 다시 침묵이 찾아왔다. 누군가가 큰 소리로 고함치거나 한 것도 아닌데 그럴 때보다도 훨씬 더 갑갑한 침묵이 방 안을 메웠다. 드디어 아키가 조용한 공기를 깨고 힘없이 말했다.

"좋을 대로 해."

그러고는 잠자코 방을 나가버렸다. 하지만 아무도 말리지 않았다. 말릴 수 없었다.

고집을 꺾지 않는 아키의 뒷모습이 완전히 보이지 않게 되고 나서 남겨진 아이들은 서로를 향해 슬금슬금 탐색의 시선을 보냈다.

"아키는 무슨 소원이 있는 걸까."

툭 한마디 한 것은 그때까지 조용히 있던 스바루였다. 누군가의 의견을 구하려고 말한 게 아니라 그냥 문득 생각이 나서 혼자 말한 것 같았다. "뭐, 어쨌든 다들 소원이란 게 있구나."라고 한마디 더 중얼거리고는 웃었다.

"그렇다 쳐도 늑대님은 너무하네. 왜 이제 와서 그런 말을 하는 거지? 혹시라도 이렇게 될 것을 기다리고 있었던 걸까."

"기다렸다고?"

고코로가 묻자 스바루가 "응." 하고 끄덕였다. 남의 일을 말하는 듯한 그의 가벼운 말투를 들으며 고코로는 여전히 신기한 사람이라고 생각한다.

"우리가 '이제 와서 왜?'라고 생각하게 될 정도로 우리들이 사이좋아질 때까지 기다렸는지도 모르지. 우레시노가 지금 말한 것처럼 '소원이 이뤄지지 않아도 좋아.'라고 생각하게 될 때까지 기다렸던 거 아닌가 싶어. 결국 누구의 소원도 이루게 할 마음이 없다는 거지. 애초에 소원을 이룰 수 있는 열쇠 같은 건 없는지도 몰라."

"그럴 듯해."

마사무네가 멀거니 중얼거린다. "그치?"라며 스바루가 호응하는데 거기에 리온이 "아니." 하고 끼어들었다.

"늑대님은 분명히 소원을 이루어줄 마음은 있다고 생각해. 그 사람이 이러는 것도 심술궂은 마음으로 하는 게 아닐 거야. 다만 우리를 시험하고 있는 것 아닐까? 우리가 서로의 기억을 잊는다 해도 소원을 이루고자 할지 어떨지. 뭐가 맞고 뭐가 틀리다가 아니라 우리가 어떤 선택을 하는지 보고 그냥 넘어갈 거라는 느낌이야. 처음부터 말해뒀어야 하는데 잊었다고 하는 것도 거짓말이 아닐지도 몰라. 단지 감이지만."

고코로는 그렇게 이야기를 주고받는 것을 보며 '그 아이'가 이 대화를 듣고 있을 수도 있겠다고 생각하니 조금 신기했다. 고코로가 '그 아이'라고 생각하는 늑대님을 리온이 '그 사람'이라고 부르는 것도 왠지 신선하다.

"후카 누나 생각은 어때?"

"나?"

리온의 질문을 받은 후카가 고개를 돌려 아이들을 봤다. 그리고 골똘히 생각하는 표정을 지으며 말했다.

"나는 3월이 끝나고 보통 세계로 돌아가고 나서도 여기 있는 모두와 연락을 주고받을 거라고 생각했는데."

"어?"

"4월이 되어 성이 닫히고 나서도 우리가 그 전에 서로 어디 사는 누군지 가르쳐준다면 현실세계에 돌아가서도 다시 만날 수 있겠지 하고, 오늘까지는 그렇게 쉽게 생각 했어. 그러니까 외롭지 않다고."

"아아!"

후카가 무슨 말을 하고 싶은지 알았다. 고코로도 어렴풋 이 그런 생각을 했기 때문이다. 지금은 어디에서 왔는지를 아이들은 밝히지 않고 있다. 이곳에서는 서로 이름만 알고 지내도 하나도 불편한 게 없다. 하지만 이곳을 완전히 떠 나기 전에 다들 어디에 살고 있는지는 알고 싶다. 두 번 다 시 만날 수 없다는 건 상상도 할 수 없었다.

후카가 사용한 현실세계라는 말의 무게가 확 더해졌다. 성의 시간도 틀림없이 현실이지만 우리의 현실은 확실히 밖에 있고 그것은 가능하면 돌아가고 싶지 않은 현실이다.

"잊어버린다면 그것도 어렵겠네. 주소를 교환해도 교환 했다는 사실조차 잊어버릴 테니."

"그래도 소원이 이뤄지지 않는 걸 대비해서 밖의 연락처 를 서로 알아두는 것도 좋을지 몰라."

마사무네가 말했다.

"주소랑 전화번호 같은 거?"

스바루가 묻고 마사무네가 "어어." 하고 끄덕였다.

처음에 같이 게임을 했을 때에는 인상이 어딘가 닮아 보였던 둘은 여름방학을 지나 스바루가 머리를 탈색하고 나서부터는 같이 있으면 짝짝이로 보였다. 화려하게 변신한 스바루와 그렇지 않은 마사무네가 성 밖, 예를 들어 교실 같은 데에서 함께 있는 모습이 잘 상상되지 않았다.

밖의 연락처라는 말이 또 가슴에 스며들었다.

현실세계, 밖의 연락처.

새삼 성 안에서는 여러 가지 것이 예외라고 분명하게 깨닫게 되었다. 자신들은 서로에 대해 아무것도 모른다. 리온이 하와이에서 왔다는 얘기는 들었지만, 지금까지는 물어서는 안 될 것 같아서 다른 아이들은 어디서 왔는지 묻지 못했다. 상대에 대해 알고 싶은 마음은 분명히 있지만 자신에 대해 말하는 것은 어딘지 모르게 꺼려진다. 어째서일까 생각해보니 바로 알 수 있을 것 같았다.

잊고 싶기 때문이다.

이곳에 와있는 동안에는 자신이 유키시나 제5중학교의 학생이라는 것을, 미오리가 있는 교실이나 모에의 두 집 건넛집에 산다는 기억으로부터 자유롭고 싶기 때문이다. 다들 같은 마음이었을지도 모른다. 그래서 그런가, 서로의 연락처를 교환한다고 하는 후카의 말에 아이들 사이에는

273

동조하는 분위기가 어렴풋이 퍼졌지만 오늘만큼은 실제로
그렇게 할 생각이 아무도 없는 것 같았다.

───≪≫───

기억이 사라진다한들 아무래도 상관없다.

그렇게 공언한 아키는 그 뒤 한동안 성에 오지 않았다.
오기를 부리는 건지도 몰랐다. 정말은 그렇게 생각하지 않
는데도 다른 아이들 앞에서 폼 잡듯이 말해버린 것일 뿐인
지도 모른다. 다른 아이들도 자신과 마찬가지로 강한 척할
거라고 생각했는데 우레시노도 그렇지 않았고 마사무네조
차 그렇지 않았다. 잊고 싶지 않다고 말하는 걸 듣고 아키
자신도 정말은 같은 마음이었지만 이미 해놓은 말이 있어
서 물러서려야 물러설 수 없게 된 것일지도 모른다.

성에 와있는 아이들은 모두 아키의 부재를 의식하고 있
었다. 마사무네가 "쉬는 동안 누군가가 열쇠를 찾으면 어떻
게 하려고 그러지?" 하고 장난스럽게 말했다.

하지만 3월까지는 아직 시간이 남아있다는 생각 때문에
모두 여유가 있어 보였다.

아직 10월. 열쇠를 찾고 소원을 이루고 기억을 잃는다
고 해도 아직 10월. 내년 3월까지 시간은 아직 많이 있다
고 생각했다.

아키가 성에 돌아온 것은 11월 초였다.

오랫동안 얼굴을 비치지 않던 아키가 다시 나타난 그날, 맨 처음 아키를 발견한 것은 고코로였다. 점심때가 지나서 아무도 없는 게임방의 소파에 아키가 홀로 앉아 무릎을 안고 웅크리고 있었다.

고코로는 숨을 삼켰다.

"아키 언니."

주저주저하면서 말을 걸자 아키가 무릎에 묻고 있던 얼굴을 들었다.

당장이라도 울 것 같은 눈빛이었다. 밝은 방에서 아키 주위만 어두웠다. 주위의 빛을 아키가 전부 흡수해버린 것 같이 무척 어두웠다. 아키의 얼굴은 창백했고 얼굴을 오래 숙이고 있던 탓에 뺨에 스커트의 주름 자국이 남아있었다.

"고코로."

아키가 고코로를 불렀다. 그 목소리가 지난번 만났을 때와 달리 가늘고 힘이 없었다. 목구멍에 엉긴 목소리는 말라비틀어진 듯이 갈라져서 듣기가 안쓰러웠다.

그런 생각을 하다가 고코로는 다시 숨을 삼켰다. 아까보다 크게.

아키가 교복을 입고 있었다. 생각해보면 지금까지는 아무도 성 안에 교복을 입고 온 적이 없었다. 그래서 다들 어떤 교복을 입는지 몰랐다.

청록색의 세일러복 칼라. 진홍색 스카프.

몸을 일으킨 아키의 오른쪽 가슴 주머니 부분에 학교의 휘장이 붙어있고 그 옆에 학교 이름이 자수로 새겨져있다.

'유키시나 제5'

고코로는 눈을 의심했다. 아키의 교복을 새삼 바라봤다.

아는 교복이었다. 고코로의 방에 있는 것과 틀림없이 같은 거였다.

"아키 언니……."

이름을 부르는 목소리가 굳어간다. 마음먹고 묻는다.

"아키 언니, 유키시나 제5중학교 학생이야?"

아키가 느릿느릿 고코로의 시선을 더듬어 자신의 교복을 내려다봤다. 그러고 나서 "어어." 하고 끄덕였다. 마치 자신이 교복을 입고 있다는 것을 잊어버리고 있다가 알아차린 것 같은 완만한 몸짓이었다.

"맞아."

아키가 끄덕이며 왜 그러냐는 눈으로 고코로를 본다.

"유키시나 제5중학교."

고코로와 같은 중학교 이름을 그녀가 분명하게 말했다.

11월

고코로가 놀란 표정을 하고 서있자 아키가 "왜?" 하고 일어섰다. 표정은 아직 어두웠지만 홀로 있던 방에 고코로가 나타나자 아키의 눈에 조금 생기가 돌았다. 스커트에 기대어져있던 아키의 뺨에 아직도 빨갛게 주름 자국이 남아있는 것을 보고 혼자 울고 있었다는 것을 고코로는 알아차렸다. 눈물 탓에 머리가 몇 가닥 뺨에 달라붙어 있었다.

그때 더욱 놀랄 일이 일어났다.

"아." 하고 등 뒤에서 소리가 나서 돌아보니 언제 왔는지 스바루와 마사무네가 서있었다. 거울 있는 곳에서 같은 타이밍에 나왔는지도 모른다. 둘 다 눈을 크게 뜨고 못 믿을 것을 본 사람의 표정을 하고 아키를 보고 있었다. 아키가 오래간만에 돌아온 것도 그렇지만 아무도 입고 오지 않았던 교복을 입고 온 것에도 놀랐을 것이다. 고코로가 어떻게 말해야 좋을지 몰라 하는 사이에 둘의 시선은 아키의 얼굴을 그대로 지나쳐서 가슴께의 학교 휘장으로 모였다.

"왜?"라고 물은 것은 마사무네였다.

"교복? 때문이라고 해야 하나······."

곤혹스러운 듯이 계속 말한다.

"그거, 누나네 학교 교복이야?"

"무슨 뜻이야?"

아키가 눈을 가늘게 뜨고 마사무네를 노려봤다. 고코로는 지난번 어색하게 헤어졌을 때와는 비교가 안 될 만큼 큰 뭔가가 일어났다는 것을 알아차렸다.

설마, 설마······.

생각하고 있자니 마사무네가 대답했다.

"같으니까."

아키가 눈을 동그랗게 떴다.

"내가 다녔던 중학교의 여자 교복이랑 같으니까."

마사무네가 그렇게 말한 순간이었다. 옆에 있던 스바루가 흠칫 놀란 표정을 지으며 마사무네를 보고 말했다.

"너도?"

고코로는 입술을 꽉 다물고 가만히 있었다. 의아해하던 아키가 마침내 무슨 말인지 알았다는 듯이 "어? 어? 어떻게 된 거야?" 하고 고코로를 쳐다보다가 이어서 놀란 얼굴을 하고 있는 남자애들에게 차례로 시선을 보낸다.

"유키시나 제5중학교."

띄엄띄엄 목소리를 잇듯이 중얼거리는 아키의 반쯤 열린 입술 사이로 "말도 안 돼." 하는 소리가 나왔다.

"교복이 비슷한 정도가 아니라? 마사무네하고 스바루도 유키시나 제5중학교야? 미나미도쿄시의……."

"나도 그래."

고코로도 말했다. 겨우 말할 수 있었다. 이번에는 세 아이 모두가 깜짝 놀란 눈으로 고코로를 봤다.

늑대님의 늑대가면을 떠올린다.

어떻게 된 일이지?

혼란 속에서 마음속으로 그 아이를 불렀다. 늑대님이 무슨 속셈으로 이런 일을 하고 있는 건지 알 수 없다. 모두들 같은 중학교에 다니는 아이인 것이다. 더 정확히 말하면 다닐 예정이었던 아이들이었다.

지금까지 학교 이야기를 피해왔기 때문에 모르고 있었다. 어디에 사는지 어느 학교에 다니는지에 대해서도 아이들은 서로에게 일체 말하지 않았다. 설마 이렇게 가까운 사이였다니 생각지도 못한 일이었다.

"앗……!"

뒤이어 게임방에 들어온 후카의 입에서도 작게 비명 같은 소리가 나왔다. 아키의 교복을 보고 그런 것이었다.

이제 아이들은 더 이상 놀라지 않았다.

저녁, 마지막으로 리온이 오기를 기다렸다.

후카도, 우레시노도 아키의 교복을 보고는 눈을 동그랗게 뜨고서 어김없이 "어째서?"라고 말했다. 그리고 아키의 가슴에 있는 유키시나 제5중학교의 자수 앞에 얼어붙은 듯이 시선이 고정되었고 갈라진 목소리로 "같아." 하고 중얼거렸다. 하와이의 학교에 다닌다는 리온만이 예외였지만, 그 수수께끼도 리온이 오자 얼음 녹듯 풀렸다.

성에 모인 모두가 학교를 다니고 있었다면 같은 중학교에 다니고 있었을 거라는 말을 듣자, 리온도 놀란 표정을 짓더니 "그거 그러니까……." 하고 중얼거리더니 "미나미도쿄 시에 있는 거잖아." 하고 말했다.

"맞아!"

거의 동시에 아이들이 그렇게 반응하자 리온이 크게 숨을 들이마셨다. 그리고 말했다.

"내가 다니기로 되어있었던 곳이야."

모두들 숨을 죽인 채 리온을 바라봤다. 그가 말한다.

"유학가지 않았으면 나도 거기 갈 거였어."

"즉, 그럼 이런 거?"

교복 차림의 아키가 팔짱을 끼고 읊조리듯이 말했다.

"우리는 모두 유키시나 제5중학교에 다닐 예정이었지만

다니고 있지 않은 아이. 그런 공통항으로 지금 여기 모여 있다는 거야?"

"그런 거 같은데. 하지만……."

후카가 아이들을 둘러봤다. 신기하다는 듯이 고개를 갸웃하고 누구에게랄 것 없이 "많지 않아?"라고 물었다.

"학교에 안 가는 아이가 한 학교에 이렇게나 많나? 나뿐인가 했어."

후카가 툭 한마디 했고 그 말에 고코로의 가슴이 꽉 조여들었다. 고코로도 그 순간 같은 생각을 했기 때문이다. '나만이 아니었구나.' 하고.

고코로와 리온, 우레시노가 중학교 1학년.

후카와 마사무네가 중학교 2학년.

스바루와 아키가 중학교 3학년.

몰랐지만 같은 학교의 같은 학년에 있었다. 리온은 사정이 다르지만 적어도 우레시노가 겪은 일은 자신과 아주 가까운 교실에서 일어난 일이었다.

언젠가 '마음의 교실'에서 어머니가 그곳 책임자인 것 같은 선생님과 이야기했었다.

'초등학교까지 가족적인 분위기에서 학교를 다니다가 중학교에 들어가면서 갑자기 환경이 바뀌어 적응하지 못하는 경우가 종종 있습니다. 특히 제5중학교는 학교재편 과정에서 합병으로 규모가 커진 학교니까요. 이 주변 학교

중에서도 특히 학생 수가 많고요.'

그 말을 들었을 때는 반발심밖에 느껴지지 않았었다. 나를 그런 식으로 '적응하지 못하는 아이'로 쉽게 분류하지 말아달라고 생각했다. 하지만 한 학년의 학급 수가 많은 유키시나 제5중학교라면 그런 일이 있을 수도 있다.

"유키시나 제5중학교는 인원수가 많기 때문 아닐까? 그러니까 서로에 대해서 알기 힘들었을지도."

그러자 후카가 "그럴까?" 하고 고개를 갸우뚱했다.

"글쎄, 한 학년이 4학급 정도잖아? 그렇게 많다고는 할 수 없어."

"어? 2학년은 그랬나?"

"응."

후카가 끄덕이자 스바루가 "3학년은 8반까지 있는데?"라고 했다. 후카가 놀란 듯이 "그렇게나?"라고 묻는다. 마사무네가 "2학년은 6학급일걸." 하고 정정한다.

"후카, 너 언제부터 학교 안 다닌 거니? 잘못 안 거 아냐?"

"그럴 리 없을 텐데."

후카가 인정할 수 없다는 표정을 지었다. 고코로도 후카가 하는 말이 이상하다고 생각했다. 2학년도 자신들의 학년과 인원수가 비슷했다. 마사무네의 지적대로 후카는 어쩌면 입학하고 나서 거의 학교에 안 갔는지도 모른다. 아니, 등교조차 한 번도 한 일이 없을지도 모른다.

"다들 초등학교는 어디니?"

유키시나 제5중학교는 인근에 있는 여섯 개의 초등학교로부터 학생들이 온다. 중학교와 달리 초등학교는 비교적 작은 곳뿐이니까 거기서 함께였다면 서로 알았을지도 모른다.

"2초."

마사무네가 무뚝뚝한 표정으로 말했다.

2초는 유시키나 제2초등학교의 약자다.

"난 1초."

후카가 그렇게 대답하자 고코로가 "앗!" 하고 놀랐다. 후카가 고코로를 봤다.

"혹시 같은 학교?"

"같아……."

유키시나 제1초등학교는 한 학년이 2학급이다. 그러나 학년이 달라서 그랬는지 후카에 대해서는 전혀 본 기억이 없었다. 같은 학년이라면 모를까 고코로는 다른 학년 아이들과 접점이 거의 없었다. 초등학교는 본격적인 동아리 활동도 없고 위원회(초중고에서 스스로 책임을 가지고 참가, 활동하는 모임. 초중고에서 선출된 위원이 생활, 도서, 환경, 급식, 방송, 스포츠 등의 위원회에서 활동한다)라도 같으면 모를까, 그렇지 않으면 다른 학년과 친해질 일이 없었다. 그리고 후카는 눈에 띄는 타입이 아니다. 학급위원을 하거나 육상이

나 수영 대회의 대표선수가 된다든가 하는 것하고는 무관한 아이였을 것이다. 물론 그건 고코로도 마찬가지였으니까 후카가 자신을 본 기억이 없는 것도 특별히 이상한 일은 아니다. 다만 그저 신기하다는 감회가 있을 뿐이다.

후카도 자신과 마찬가지로 그 학교에 다녔구나, 하는 마음이었다.

"둘 다 서로 본 기억이 있다든가 하지 않아?"

스바루의 질문에 고개를 흔들었다. "기억이 없어."라고 대답하자 스바루가 어깨를 살짝 움츠리고 "나는 다녔던 초등학교 이름을 말해도 잘 모를 거야."라고 했다.

아이들의 시선이 스바루에게 모였다. 스바루가 말했다.

"난 나구라 초등학교. 이바라키에 있는 학교인데, 중3 올라갈 타이밍에 이사 왔어. 도쿄의 할아버지, 할머니 집에 형이랑 둘이서 왔어."

"둘이?"

마사무네가 묻는다. 스바루가 "응." 하고 끄덕였다.

"부모님은?"

스바루와 사이가 좋아 보였어도 그가 머리색을 바꾼 여름방학 무렵까지 그에게 형이 있다는 말을 듣지 못했던 마사무네가 반사적으로 묻는다. 특별히 숨길 생각으로 말을 안 한 건 아니었을 것이다. 스바루가 무심한 말투로 대답했다.

"없어. 이바라키에 있을 때 어머니는 우리를 놔두고 집을 나가버렸고 아버지도 재혼 상대랑 살고 있어. 우리 형제는 그래서 할머니 집에 살아."

마사무네의 얼굴이 굳었다. 다른 아이들도 모두 숨을 삼켰다. "형도, 나도." 스바루가 계속 말했다.

"처음부터 학교에 별로 가고 싶지 않았어. 이쪽에 아는 사람이 아무도 없었고 그 속에 섞이려면 뭐 첫 4월이 승부처였겠지만 그걸 빼먹어버렸더니 학교 가는 게 계속 더 힘들어졌어. 특별히 따돌림 당하거나 심각하게 학교에서 뭐가 있었던 건 아니니까 너희들에 비하면 그냥 게을러서 안 간 거 같아서 미안할 정도네."

그런 말을 들은 고코로는 거꾸로 자신이 미안한 기분이 들었다.

스바루는 그의 말대로 학교에서는 심각한 일이 없었을지도 모른다. 하지만 학교 이전에 가족문제로 아픔을 겪었다. 스바루는 자신이 부모님이 아닌 할머니 집에서 살고 있는 이유를 어떻게 웃는 얼굴로 태연하게 말할 수 있을까. 처음부터 그럴 수 있었던 걸까.

여름방학. 부모님이랑 여행을 갔었고, 아버지에게서 받았다는 음악 플레이어 등 스바루에게서 들었던 이야기들이 전혀 다른 무게감으로 다가왔다. 마사무네는 표정이 굳었고 다른 아이들도 모두 할 말을 잊고 조용히 있었다. 스바루도 누군가에게 무슨 말을 들을 거라고는 기대하지 않는 것 같았다.

"아오쿠사 초등학교."

다들 입을 다물고 있던 터라 리온의 목소리가 더 잘 울려 퍼졌다.

아오쿠사 초등학교는 중학교를 가운데 두고 고코로가 다녔던 유키시나 제1초등학교와는 반대쪽에 있는 초등학교다. 리온이 초등학교는 해외가 아니라 자신이 사는 동네에서 그렇게 가까운 곳으로 다녔다고 생각하니 새삼 신기한 기분이 들었다.

리온의 말에 우레시노가 어깨를 크게 움찔하더니 "거짓말!" 하고 외쳤다.

"뭐가?"

리온이 묻자 우레시노가 "나도 아오쿠사 초등학교야."라고 말하며 여우에 홀린 듯 어리둥절한 얼굴을 했다. 리온도 역시 놀란 듯이 우레시노를 봤다.

"어, 리온은 지금 중1이지? 그럼 나랑 초등학교를 같이 다닌 거네? 말이 돼? 너 없었지? 난 초등학교는 별일 없이 잘 다녔는데 리온, 너 거기 다녔어? 정말로?"

"나도 별일 없이 잘 다녔는데……."

리온도 당혹스러워했다. 스바루가 "리온은?" 하고 물었다.

"리온도 우레시노를 몰랐니?"

"기억이 안 나. 있었을지도 모르지만 같이 놀거나 한 기억은 없어."

"반이 몇 개였는데? 아사쿠사 초등학교는 컸어?"

"세 반."

둘이 주고받는 대화를 들으며 고코로는 가슴속에 희미한 아픔을 느꼈다.

후카와 고코로는 학년이라도 달랐지만, 별로 크지도 않은 초등학교에서 같은 학년이었는데도 교류가 없었고 서로에 대해서도 잘 기억하지 못한다는 것은 둘이 사는 세계가 처음부터 달랐던 탓이라고 생각했기 때문이다.

그래서 둘에게는 함께 논 기억 같은 게 없는 거겠지.

"난 시미즈다이 초등학교."

마지막으로 아키가 말했다. 일곱 명 중에서는 고코로가 사는 곳과 가장 멀리 있는 학교다. 하지만 그래도 걸어서 갈 수 있는 거리였다. 모두 가까운 곳에 살고 있었다.

유키시나 제5중학교를 중심으로 가까이 살면서 각자 자기 집의 방에 있는 거울을 통해 이곳에 왔다.

"카레오가 있는 곳 근처지?"

카레오, 그리고 역 앞 번화가 근처. 그곳에 가려고 시도는 했지만 못 갔던 카레오. 그 일대에서는 가장 번화한 곳이니까 갈색머리에 화려한 차림을 하고 다니는 아키가 그곳 근방에 있는 시미즈다이 초등학교에 다녔다는 것이 묘하게 수긍이 갔다. 아키는 카레오 안에 있는 오락실에도 가봤을까.

아키가 고개를 갸웃했기 때문에 고코로가 물었다.

"혹시 후카 언니 생일에 준 냅킨, 거기 가게에서 산 거야?"

자신도 실은 거기서 비슷한 것을 찾으려 했었다고 말하려는데 아키가 고개를 흔들었다.

"그 냅킨은 상점가에 있는 마루미도 거야. 같이 준 클립도 거기 거고."

마루미도는 고코로가 들어본 기억이 없는 가게 이름이었다. 그러나 옆에서 듣고 있던 스바루가 기쁜 듯이 "마루미도!" 하고 소리 질렀다.

"우와, 나도 잘 아는 데야. 이런 데서 말이 통하다니 정말 가까이 사는구나. 신기하지만 기쁜걸. 그 밖에 아키는 평소에 어디서 놀아? 역 앞 맥도날드는?"

"거기도 종종 가."

근처라고 해도 고코로는 역 앞에는 안 간 지 오래였다. 둘이 대화하는 것을 듣고 그렇구나, 역 앞에도 맥도날드가 생겼구나, 하고 생각했다. 같은 생각을 했는지 후카가 "지금은 맥도날드가 있구나……."라고 중얼거리는 걸 듣고 무척 안심했다. 몰랐던 건 자신만이 아니었다.

머리색을 바꾼 스바루가 말하는 '논다.'라는 말은 듣는 사람으로 하여금 꺼림칙한 상상을 하게 했다. 우레시노나 리온이 초등학교 때 놀았다고 하는 것하고는 다른, 흔히 말하는 '노는 아이'의 논다.

"어떡하지?"

마사무네가 끼어들었다. 게임방에 걸린 벽시계를 바라 봤다.

"벌써 네 시 반이야. 다섯 시가 다 되어가네. 늑대님을 오늘 중으로 부를 거면 지금 부르는 게 좋겠어. 부를까?"

"불러."

묻고 싶은 게 산처럼 많았다. 마사무네가 허공을 향해 소리쳐 부른다.

"늑대님!"

"불렀나?"

늘 그렇듯이 소녀가 초연히 나타났다.

늑대님은 오늘도 또 다른 원피스를 입고 있었다. 도대체 옷을 몇 벌이나 갖고 있는 걸까. 스타일은 평소와 같다. 앤 티크 인형이 입고 있는 것 같은 소매가 부푼 드레스로, 마 치 피아노 발표회라도 가는 차림이다.

"왜 가르쳐주지 않았어?"

후카가 다짜고짜로 물었다. 교복을 입고 있던 아키가 그

냥 있기 거북하다는 듯이 팔짱을 끼었다. "뭘?" 하고 늑대
님이 되묻는다. 조급한 목소리로 "그러니까⋯⋯." 하고 마
사무네가 뒤를 이었다.

"우리가 모두 같은 중학교 학생이었다는 거. 왜 말 안
해준 거야?"

"특별히 물어보질 않았잖아."

늑대님은 표정을 알 수 없는 얼굴을 하고 얄미울 정도
로 태연하게 대답했다. 마사무네가 침묵한다. 늑대님이 계
속 말했다.

"내가 뭔가 말하지 않았다고 해서 모르고 있었다면 그
게 더 문제 있는 거 아냐? 빨간 모자들이 한마디라도 서로
에 대해 이야기를 나눴다면 모두 같은 학교에 다녔다는 걸
바로 알 수 있었잖아. 너희들은 시간이 너무 많이 걸려."

늑대님이 "후우." 하고 길게 숨을 내뱉었다.

"자의식 과잉 아냐, 너희?"

"함부로 말하지 마!"

마사무네가 얼굴을 찡그리고 일어서려는 것을 "참아!"
하고 우레시노가 말렸다.

"상대는 작은 여자아이야. 참아."

"뭐? 어디가 그렇단 거야. 키는 작지만 이 녀석 완전 '강
해서 뉴 게임(컴퓨터게임, 주로 알피지의 시스템의 하나. 해외판
은 NewGame+로 표기. 이 시스템을 사용할 경우 플레이어 캐릭

터는 초반부터 무적이라 할 만큼 강한 상태로 플레이를 시작한다)' 캐릭터잖아. 한 번 죽고 되살아나서 리부팅된 상태라 지금이 내세來世지? 괴물이라고."

"그만해!"

강한 목소리가 제지하자 마사무네가 움찔했다. 말한 것은 리온이었다. 평소 온화하고 차분했던 리온의 얼굴이 보기 드물게 조금 붉어져 있었다. 화난 것처럼 보였다. 그 목소리에 모두가 입을 다물자 리온이 물었다. 침착하고 조용한 목소리였다.

"질문이 있는데."

"뭔데?"

"그 전에도 우리 같은 '빨간 모자'를 불러서 여기서 소원을 이룰 수 있게 해왔다고 했지? 그 다른 '빨간 모자'도 유키시나 제5중학교의 학생들이었어? 몇 년에 한 번 이렇게 모으는 거였어?"

"몇 년에 한 번이라는 방식보다는 좀 더 평등한 방식으로 모았다고 생각하는데 뭐, 그렇게 해석해도 상관없고."

거만한 말투로 늑대님이 대답했다. 리온이 계속한다.

"그 아이들도 이 구역에서 학교에 가지 않는 아이들이었어? 일부러 그런 공통점을 가진 아이를 고르는 건가?"

"아니면." 하고 리온이 짧게 숨을 들이마시고 말했다.

"대상으로 삼은 것은 제5중학교의 모든 학생이야? 모든 학생의 집에 있는 거울을 전부 빛나게 해서 이곳으로 오는 입구를 열었다. 하지만 거의 대부분의 학생들이 학교에 가고 없었기 때문에 알지 못했다. 집에 있던 아이들만이 알아차리고 이곳으로 왔다."

그런 질문에 고코로는 흠칫했다. 그럴 듯한 일이라고 생각했기 때문이다.

자신들만이 특별하게 선택된 게 아니었구나. 학교에 갈 수 있는 그 아이들에게도 이곳에 올 찬스는 평등하게 있었구나.

가슴이 고통스러워진다. 질식할 것 같은 마음으로 늑대님을 보니, 늑대님은 이번에도 역시 태연하게 고개를 흔들었다.

"아냐. 문을 열어준 건 너희들뿐이야. 처음부터 이 멤버를 골랐어."

"그럼 나는 왜?"

리온이 천천히 눈을 가늘게 떴다.

"난 제5중학교 학생이 아닌데 왔어. 그런 나까지 부른 건 왜 그런 건데?"

곧은 시선으로 늑대님을 응시했다. 늑대님이 모르겠다든가, 곧 알게 될 거라든가, 얼버무리는 대답을 할 거라고 생각했다.

그러나 그렇지 않았다. 늑대님이 대답했다.

"넌 가고 싶어 했잖아. 일본의 네가 사는 곳에 있는 공립중학교에."

그 말에 리온의 얼굴이 번개 맞은 것처럼 딱딱하게 굳었다. 등을 곧게 펴고 가슴을 관통당한 것처럼 그 자리에서 우뚝 섰다.

늑대님이 그런 리온을 무시하듯이 아이들이 있는 쪽으로 쓱 하고 한 발 다가섰다.

"그밖에 뭐? 질문하고 싶은 게 있으면 해. 대답할 수 있는 건 다 대답해줄게."

"여기는 어디지?"

아키가 물었다. 교복을 입은 그녀의 모습이 아직 눈에 익숙하지 않다. 자신이 아는 교복. 고코로가 없는 학교에서 동급생이나 다른 학년 선배들이 입고 있을 그 교복. 그러고 보니, 4월에 학교에서 스쳐 지나갔던 수많은 선배들 중에 아키가 있었던 것도 같다는 생각이 들었다.

"거울의 성."

늑대님이 대답했다. 변함없이 담담한 목소리였다.

"3월까지 열려있는 너희들의 성이야. 너희들 마음대로 사용해."

"우리가 뭘 하기를 바라는 건데?"

아키의 목소리가 울음소리처럼 됐다. 지친 거라고 느꼈다. 그동안 강한 척해왔던 아키였지만 그런 그녀가 약해졌다. 아키의 간청하는 듯한 목소리에도 늑대님의 대답은 쌀쌀맞기만 했다. "특별히 아무것도."라고 늑대님은 대답했다.

"너희에게는 아무것도 바라지 않아. 단지 성이라는 장소와 소원이 이뤄지는 열쇠 찾기의 권리를 주었을 뿐이야. 처음에 말해준 대로야."

"이만 실례하겠다."라는 짧은 목소리가 허공에 흐트러지나 했더니 늑대님이 사라졌다. 그와 동시에 "아우우!" 하는 짐승의 먼 울음소리가 들려왔다.

다섯 시 십오 분 전. 돌아가라고 경고하는 울음소리.

성에 남아있으면 잡아먹힌다는 말이 오랜만에 떠올랐다. 설마 진심은 아닐 테지만 그 말을 떠올리니 등골이 조금 오싹했다.

늑대님이 사라지고 시간을 알리는 경고의 울음소리가 들려도 아이들은 아직 서로에게 하고 싶은 이야기가 많이 남아있었다. 모두 이렇게 가까이에 살고 있었다. 그리고 같은 학교를, 그 건물과 교정을, 체육관과 자전거 두는 곳을 안다. 혼자만 아는 것이 아니라 서로서로 안다. 모두가 '못 가는' 학교는 고코로가 '못 가는' 바로 그 학교다. 그렇게 생각하니 서로의 존재가 갑자기 더 가깝게 느껴졌다. 아마도 같은 편의점을 사용했을 것이고 같은 슈퍼에도 갔을 것이고 카레오에도 간 적이 있을 것이다. 생활하는 범위가 같은 동료인 거다.

성이 닫히는 다섯 시가 다가왔다. 서로에게 하고 싶은 말이 많이 남아있다는 것을 느끼면서, 계단 앞 거울이 늘어선 장소까지 돌아왔다. 그제야 고코로는 한 가지 마음에 걸리던 것을 물었다. 거울 건너로 돌아가려는 우레시노에게 "있지." 하고 물었다.

"우레시노한테 이야기를 해줬던 스쿨 선생님은 혹시 기타지마 선생님이야?"

우레시노가 깜빡깜빡 소리가 들릴 것 같을 정도로 과장되게 눈을 깜박였다. 고코로는 계속 말했다.

"스쿨. 나랑 같은 곳에 갔던 게 아닌가 하고 생각했거든."

"……응, 맞아. 기타지마 선생님."

우레시노가 놀란 표정을 조금 거두고 그렇다고 말하자 고코로는 '역시.' 하고 생각한다. 고코로의 표정이 무엇을 말하는지 우레시노에게도 전달된 모양이었다. 고코로와 우레시노 사이의 공기가 조금 부드러워진 것 같았다. 그 선생님은 우레시노하고도 같은 방식으로 이야기했을 거다. 둘이서 하는 이야기를 듣고 있었는지, 후카가 "같은 선생님이야?" 하고 물어온다.

"굉장해. 정말로 굉장히 가까운 곳에 있는 거네……."

"응. 예쁘지, 기타지마 선생님?"

고코로가 무심코 그렇게 말하자 우레시노가 "예뻐?" 하고 고개를 갸우뚱했다. 쉽게 반하는 우레시노라서 선생님도 이성으로 의식한 적이 있지 않을까, 그런 식으로 막연히 생각했었는데 그렇게 되물어오는 것이 고코로로서는 조금 의외였다.

티백을 준 선생님의 손은 새하얗고 손가락은 길고 손톱도 단정했다. 가까이에 있으면 좋은 냄새가 났다. 기타지마 선생님이나 '마음의 교실'을 아는 사람이 이 중에 또 있을까? 마사무네는 스쿨을 '민간 지원단체'라고 거리를 둔 것처럼 말했으니 아마도 모를 것이다. 아키랑 스바루는 어떨까. 그런 식으로 생각하면서 스바루 쪽을 보니 마침 그때 스바루가 아키 쪽으로 시선을 돌리면서 말했다.

"아키, 물어봐도 돼?"

"뭘?"

영락없이 스쿨에 대한 얘긴가 했는데 아니었다.

"오늘 왜 교복을 입고 온 거니? 무슨 일 있었니?"

그 말을 들은 아키의 몸이 얼어붙은 것처럼 굳었다. 고코로도 흠칫했다. 자신의 학교와 같은 교복이라는 것에 정신이 팔려서 아키가 왜 교복을 입고 왔는지에 대해서는 깨끗이 잊고 있었다.

"장례식이 있었어."

아키의 대답에 모두가 숨을 삼켰다. 대답하는 아키의 뺨에 경련이 인 것처럼 보였다.

"같이 살던 할머니가 돌아가셨어. 장례식에서 아이들은

모두 교복 입으라는 말을 들어서……."

"오후에 친척들 모인 곳으로 다시 안 돌아가도 되어서 좋았어?"

후카가 물었다.

"나도 작년에 증조할머니가 돌아가셨기 때문에 아는데……. 장례식은 점심때쯤부터잖아? 그리고 식이 끝나고 나서도 여러 가지를 하잖아. 친척이랑 밥을 먹는다든가. 그런데 거기보다는 우리랑 같이 있고 싶었어?"

"그런……."

아키의 목소리가 순간 거칠어졌다. 평소처럼 허세를 부리듯 '너희들하고는 관계없어.'라든가 '아무래도 상관없잖아?'라든가, 그런 말을 하려고 한 것일까. 하지만 아키도 후카의 말이 자신을 배려하는 말이라는 것을 알아차린 것이리라. 작은 소리로 "맞아."라고 대답한다.

"여기서 너희랑 함께 있는 편이 좋았으니까."

교복을 입은 모습에 너무 놀라서 아키의 마음을 먼저 헤아리지 못한 게 미안했다. 오늘 고코로가 성에 왔을 때 아키는 웅크리고 있었다. 성 안에는 자신의 방이 있고 거기 틀어박히는 것도 얼마든지 가능했는데도 아이들이 모두 모이는 게임방에서 혼자 무릎에 얼굴을 묻고 있었다. 그때의 표정과 눈빛을 떠올리니 가슴이 아파서 어떻게 위로의 말을 걸어야 좋을지 몰랐다. 그건 다른 아이들도 마찬가지인 것 같았다.

"그렇구나."

스바루가 침묵을 깨고 말했다.

"할머니를 좋아했어?"

스바루가 담담한 목소리로 물었다. 스바루는 지금 할머니 집에서 살고 있다고 했었다. 어머니도 아버지도 없이 할아버지, 할머니와 형이랑 살고 있다. 그런 그가 아니면 도저히 그렇게 물을 수 없었을 것이다. 아키의 눈에 흠칫하는 표정이 떠올랐다. 입을 꼭 다물고 한동안 대답은 없었다. 조금 지나서 "응." 하고 갈라진 작은 소리가 났다.

"잔소리가 좀 많기는 했지만, 그리고 좋다든가 싫다든가 생각한 적은 없었지만, 지금 생각해보니 좋아했어."

"아키가 교복 입고 와줘서 좋았어."

스바루가 말했다. 웃음을 머금고 계속 말한다.

"그 덕분에 우리가 모두 같은 학교란 걸 알게 됐잖아. 오늘 일이 없었으면 아무도 그 사실을 모른 채 금방 3월이 됐을지도 몰라."

스바루가 담담한 목소리로 그렇게 말하자 아키의 눈동자가 물을 채운 것처럼 희미하게 흐려졌다. 고코로도 서둘러 말했다.

"고마워, 아키 언니."

"······뭐 그런 소리를. 어쩌다 그렇게 된 건데 뭐."

아키가 말하고 시선을 딴 데로 돌렸다.

그때였다.

우워어어어어어어어어어엉.

우워어어어어어어어어어엉.

갑자기 성 안 전체에 소리가 울려 퍼졌다. 아까 들려온 먼 울음소리와 비슷한 소리였지만 그것보다 더 크다.

"왓!"

모두가 놀라 소리를 질렀다. 그 울음소리와 함께 공기가 찌르릉 하고 진동하면서 바닥이 흔들렸다. 서있을 수가 없을 정도였다. 무슨 일인지 확인하지 않아도 알 수 있었다. 다섯 시가 된 거다.

"돌아가자!"

리온의 목소리였다. 다들 바로 서있을 수가 없어서 거울 가장자리를 꽉 붙잡았다. 고코로도 거울을 붙잡았다. 거울을 잡으려는 다른 아이들의 모습이 곁눈으로 간신히 보였다. 엄청난 진동 때문에 눈을 뜨고 있을 수가 없었다. 흔들려서 얼굴 근육조차 움직일 수 없게 되다니 믿을 수 없다. 거울 가장자리를 꽉 잡고 어떻게든 안으로 들어가려고 힘을 쓴다. 거울 건너의 빛이 무지개색으로 일그러진다.

기다려. 사라지면 안 돼.

있는 힘껏 거울 속으로 몸을 미끄러뜨려 넣는다.

흔들림이 사라졌다 했는데 그때 고코로는 이미 자신의 방 안으로 돌아와있었다. 침대, 책상, 커튼. 모든 것들이 아무 일 없었다는 듯이 그대로 거기에 있었다. 지난여름의 거리 공기와는 사뭇 달라진 11월의 겨울 공기가 커튼 너머로도 느껴졌다.

가슴이 아직 두근두근거렸다. 등도 이마도 땀에 흠뻑 젖었다. 간신히 시간에 맞출 수 있었다고 깨달았다. 살아있다. 잡아먹히지 않고 넘어왔다.

거울을 바라보니 아무 일도 없었던 것처럼 빛나지 않는다. 그래도 마지막으로 쩌렁쩌렁 울리던 짐승 울음소리를 떠올리자 아직도 무릎이 덜덜 떨렸다. 흔들림이 아직 몸 안쪽에 남아있는 것 같았다.

다른 아이들도 무사했을까.

커튼을 살짝 열어봤다. 어두워진 하늘에 아름다운 초승달이 걸려있었다. 굉장히 오랜만에 열어본 창문이다. 창문 풍경을 되도록 멀리 바라봤다. 고코로의 집과 같은 단독주택과 고층 아파트도 보이고, 멀리에는 연립주택이 성냥갑같이 보이고 그 끝에는 슈퍼마켓의 불빛도 보인다.

이 어딘가에 그 아이들이 있다.

같은 동네에 우리 모두가 있다.

12월

거리가 크리스마스로 반짝이고 있었다.

집 안에 있어도 느껴졌다. 고코로네 집은 크리스마스 장식을 하지 않지만 옆집은 매년 크리스마스가 다가오면 반짝이 등을 달면서 장식을 했다. 밖에 나가 그 집을 볼 수는 없어도 번쩍번쩍하는 빛이 고코로네 집의 벽이나 창에 반사되어 점멸하는 것을 느낄 수 있었다.

───◦◦◦───

"크리스마스가 가까워오는데, 우리는 뭐 안 해?"

그렇게 말을 꺼낸 건 리온이었다.

그 목소리에 소파에서 책을 읽던 후카도, 게임을 하던 마사무네도 모두 얼굴을 들고 리온을 쳐다봤다.

"이런 멋진 장소가 있으니, 다 같이 케이크라도 나눠먹는 게 어떨까?"

"하와이에도 크리스마스는 있지?"

후카가 물었다. 크리스마스라고 하면 겨울에 두툼하게 빨간 옷을 입은 산타클로스가 눈 내리는 하늘에서 썰매를 타고 달려오는 이미지가 떠오르는데, 항상 여름인 하와이에서는 그런 장면이 상상되지 않았다. 후카의 질문에 리온이 웃었다.

"있어. 당연히 있지. 일본이랑 달라서 눈 내리는 화이트 크리스마스 같은 건 없지만 대신 산타가 서핑 하는 포스터 같은 게 여기저기 엄청나게 붙어있어."

"서핑!"

고코로가 저도 모르게 소리를 지르자 리온이 더 환하게 웃었다.

"하와이가 속한 미국이 크리스마스에 대해서는 더 본고장이거든. 그래서 하와이의 크리스마스가 여기보다 더 뜨거워. 메리 크리스마스라기보다 베리 크리스마스란 느낌이야. 배가 잔뜩 부를 정도로 온통 크리스마스 분위기야."

"그렇구나……."

"응. 그러니까 괜찮다면 이브에 뭔가 하면 어때? 선물 교환까지는 안 하더라도 과자라도 가져와서 말이야. 케이크는 내가 준비할게."

"늑대님도 부르자." 하고 리온이 덧붙였다.

"벌써 12월이고, 3월이면 여기도 끝나니까 이런 거 한 번쯤 하는 것도 좋지 않을까?"

소원 열쇠는 아직 어디에서도 나오지 않았다. 적어도 누군가가 발견한 것 같지는 않다. 이곳에서의 기억이 3월 이후에도 남아있을지는 모르겠지만 남는다 한들 리온은 하와이에서 산다. 이 멤버 중에서 쉽게 만날 수 없으리라는 것을 가장 많이 의식하고 있을지도 모른다.

"……좋아."

아키가 찬성하자 다들 끄덕였다. 그때, "하지만 말이야." 하고 마사무네가 말했다.

"언제 해? 12월 24일. 이브에 괜찮나? 다들 예정 없어?"

"우리 집은 뭐 괜찮아. 시차가 있으니까 기숙사에 남은 멤버랑 파티할 시간과 겹칠 염려는 없고."

"난 이브라면 괜찮은데 그 전날인 23일에는 못 와."

반들반들한 후카의 목소리가 사이에 들어왔다. "피아노 발표회가 있거든." 하고 말하는 것을 듣고 '그렇구나.' 하고 생각한다.

"피아노를 배우는구나?"

고코로가 묻자 후카가 "응." 하고 끄덕였다.

"학교는 안 가지만 개인 레슨이기도 해서 피아노만큼은 계속하고 있어."

성에 처음 온 날, 어느 방에선가 피아노 소리가 들렸던 기억이 난다.

그게 후카였구나. 후카의 방에는 피아노가 있구나.

고코로는 초등학교 때까지는 피아노를 배웠지만 지금은 그만뒀기 때문에 학교 밖에서도 계속해서 피아노를 치는 후카가 조금은 부럽고 눈부시다고 생각했다. "전에 방에서 피아노 소리가 들렸어." 하자, 후카가 숨을 삼켰다. "시끄러웠니?" 하고 묻는 목소리에 아니라고 고개를 흔들자 "그래, 다행이구나." 하며 후카가 고코로에게 물었다.

"네 방에는 없니? 피아노 있는 거, 내 방뿐이야?"

"응. 후카 언니가 피아노 칠 줄 아니까 늑대님이 그 방을 후카 언니의 방으로 준비해준 걸지도 몰라."

"네 방에는 뭐가 있는데?"

"책꽂이. 하긴 읽을 수 있는 책은 거의 없고 영어라든가 아마도 덴마크어 같은 외국 책뿐이지만."

"덴마크어! 굉장해. 어떻게 덴마크어인 줄 알지?"

"……안데르센이 덴마크 작가고, 안데르센 책이 많이 있으니까."

모에가 가르쳐줬다는 걸 기억해낸다. 모에의 집에서 본 것과 비슷한 책이 그 방에 많이 있었다.

"좋겠다. 고코로 방은 책이 많이 있구나. 전혀 몰랐어."

후카의 목소리에 고코로는 엷게 웃었지만 마음이 개운

하지만은 않았다. 모에네 집에서 본 곳과 닮은 그 방은 확실히 매력적인 공간이었다. 하지만 고코로가 그 아이, 모에에 대해서 계속 신경 쓰고 있었다는 사실을 방을 제공한 누군가에게 간파당한 기분이 들었다.

다른 아이들의 방은 어떨까? 피아노를 칠 줄 아는 후카의 방에 피아노가 있는 거라면 분명 다른 아이들도 각자에게 맞는 것이 방 안에 준비되어 있었을 텐데.

"그럼, 후카가 피아노 레슨 있다니까 23일은 안 되고……. 24일은?"

"아, 나 안 돼. 남자친구랑 만날지도 모르니까."

아키가 그렇게 말하자 잠시 침묵이 흘렀다. 아키는 아직 얘기를 더 들어줬으면 하는 기색이었지만 리온이 "알았어."라고 중얼거렸다. 이브 당일에는 아키 이외에도 아마 다들 가족과 크리스마스 예정이 있을지도 몰랐다. 크리스마스 파티는 결국 25일에 하는 것으로 정해졌다.

모두 같은 '유키시나 제5중학교'의 학생이었다는 것을 알고 나서 성 안의 분위기가 또 좀 변한 것 같았다. 그게 뭐라고 꼭 집어 말할 수는 없었지만 어쨌든 서로에 대해 긴장이 조금 풀린 것만큼은 분명했다. 예를 들어 마사무네가 고코로와 우레시노에게 "우리 집에도 왔어, 프리스쿨 선생님."이라고 말했다. 무슨 말인가 해서 고개를 갸우뚱하는 고코로와 우레시노에게 마사무네가 "너희들 말하지 않았어? '마음의 교실'의……." 하고 말했다. 우레시노와 고코로는 그제야 "아앗!" 하고 끄덕였다.

"기타지마 선생님?"

"아마도. 여자 선생님이었는데."

"오빠도 만났구나!"

마사무네는 왠지 조금 어색한 표정을 하고 있는 것 같았다. 그건 그 선생님을 만난 사실을 밝히는 게 어색해서가 아니라 이런 이야기를 나누고 있다는 사실 자체가 익숙하지 않은, 멋쩍은 일이라고 생각하기 때문인 것 같았다. 지금까지 성 밖에서 지낸 얘기를 이런 식으로 입에 올린 적은 없었다.

"그럼 '마음(고코로)의 교실'에 갔었어?"

그곳의 이름이 자신의 이름과 발음이 같다는 사실에 대해서 아직 조금은 신경이 쓰였지만, 학교 아이들과 달리 이곳 아이들은 그걸 가지고 자신을 놀리거나 하는 일은 절대로 없을 것이다. 고코로는 그렇게 확신하고 있었다. 아니나 다를까 마사무네는 그 점에 대해서는 개의치 않고 담담히 고개를 좌우로 저었다.

"안 갔어. 우리 집에서는 그런 곳이 있다는 걸 알았던 것 같긴 하지만 그런 건 학교에 복귀시키고 싶은 아이를 보내는 곳이라고 생각해서 나를 거기에 보낼 생각을 아예 안 한 것 같아."

"마사무네 오빠네 부모님은 변함없이 학교에 가고 싶지 않으면 안 가도 된다고 생각하시는 거구나."

자신의 집하고는 너무나도 달라서 고코로가 저도 모르게 그렇게 말하자, 마사무네가 어깨를 으쓱했다.

"글쎄, 최근 학교에 심각한 문제가 있다는 건 부모님도 아는 사실인걸. 음습한 왕따도 만연해있고. 그래서 자살했다든가 하는 뉴스도 정기적으로 나오고 있잖아? 학교에 억지로 다니다가 죽을 필요 없다고 아버지도 말했어."

아버지의 말투를 그대로 흉내 내면서 마사무네가 말했다. 고코로의 집같이 학교에 가라고 하는 게 아니라 도리어 학교에 다니다가 죽을 필요 없다고 말하는 부모도 있구나, 하고 놀랄 뿐이다. "다만." 하고 마사무네의 시선이 조금 먼 곳을 향했다.

"그런 만큼 아버지는 안심하고 아이를 맡길 수 있는 학교 찾기 같은 것에 몰두하고 있는 것 같아. 하지만 프리스쿨은 민간의 NPO(non profit organization, 비영리조직) 활동일 뿐이라면서 애당초 신경도 안 썼던 모양이야. 그런데 집에 기타지마 선생님이 온 거야. 얘기해보고 싶다고."

마사무네가 작게 숨을 들이마셨다.

"엄마는 청하지도 않았는데 왜 오셨나요? 혹시 학교에서 뭔가 말을 듣고 온 건가요? 하고 현관 앞에서 선생님과 옥신각신했는데 학교에서 부탁받은 게 아니라 단지 내 친구한테서 내 얘기를 우연히 듣고 얘기해보고 싶어서 왔다고 했어."

학교에서 뭔가 말을 듣고 온 건가요, 하고 마사무네의 어머니가 얼굴을 찌푸리는 장면이 눈앞에 떠올랐다. 마사무네의 부모는 학교에 대한 불신감이 매우 강한 모양이었다. 전에도 마사무네가 학교 선생님들을 '교사도 어차피 인간'이라고 하고는 '실제로는 머리가 우리들보다 나쁜 사람도 많아.'라고 말했던 게 기억났다.

마사무네의 입에서 나온 '친구'라는 말의 울림도 신선했다. 아마도 마사무네가 학교에 다녔던 동안 중학교에서 사이좋게 지낸 친구일 것이다.

고코로가 무슨 생각을 하는지 눈치라도 챈 것처럼 마사무네가 작은 목소리로 보충했다.

"내가 학교 안 가게 된 바로 그즈음에 우리 부모님이 담임이랑 여러 가지로 갈등이 있었거든. 역시 공립교사는 안 된다면서 그 뒤로 학교에 가라는 말을 전혀 안 해."

"그렇구나."

"하지만 프리스쿨 선생님이 바로 너희들이 말한 그 사람이라는 걸 알았어. 그래서 만났어."

고코로와 우레시노는 반사적으로 얼굴을 마주봤다. 가슴에 따뜻한 무언가가 퍼졌다. 마사무네는 기타지마 선생님이 고코로와 우레시노가 이야기했던 그 사람이라는 한 가지 사실만으로 선생님과 만날 마음이 들었다고 말한 거다. 그 사실이 무척 기뻤다. 과장일지 모르지만 자신들이 신뢰받고 있다는 느낌이 들었다. 마사무네의 얼굴에서 여전히 익숙하지 않은 듯 멋쩍음과 어색함이 그대로 드러났다. 말이 빨라졌다.

"특별히 무슨 말을 한 건 아닌데, 또 온다고 했어."

"……좋은 사람이야."

고코로가 말했다. 마사무네가 "어어." 하고 끄덕였다.

"그 느낌은 알겠어."

모호한 말투였지만 그렇게 인정했다.

"우리 집에도 곧 오려나."

옆에서 얘기를 듣고 있던 아키가 중얼거렸다.

"우리 집 부근에는 그런 프리스쿨 같은 거 없다고 생각했는데. 하지만 같은 중학교를 대상으로 하는 스쿨 같아."

"그럴지도."

만약 기타지마 선생님이 아키네 집을 방문하면 마사무네처럼 아키도 선생님을 만나봤으면 좋겠다고 고코로는 생각했다.

서로 가까운 곳에 살고 있다는 것을 알게 되었지만 그렇다고 해서 성 밖에서 만나자는 얘기는 아무도 하지 않았다. 어차피 성에서 만날 수 있는 데다가 성 밖에서 만나려

해도 마땅한 장소가 없다. 아이들이 평일에 만난다면 학교에 가지 않는다고 어른들이 못마땅한 시선을 보낼 것이고, 휴일에 만난다면 같은 나이대의 아이들에게 들킬 수도 있을 것이다. 새삼 자신들과 같은 등교거부 중학생이 있을 곳은 '학교'와 '집' 이외에는 없다는 것을 절실하게 깨닫게 된다. 그런 환경 속에서 밖의 세계에 기타지마 선생님같이 자신들이 공통으로 아는 사람이 있다는 사실은 신선한 기쁨으로 다가왔다. 그것은 곧 밖의 세계에서도 연결점을 갖고 있다는 것을 의미했기 때문이다.

평소에 밉살스러운 소리만 하던 마사무네나 그토록 고집스럽게 학교 얘기를 회피하던 아키조차 밖의 세계를 얘기하는 것에 대한 저항감이 줄어든 것 같았다. 아키는 그 이후 교복을 입고 오는 일은 없었지만 전보다 더 자주 성에 왔다. 누군가가 결석하는 날도 물론 있지만 한 사람도 빠지지 않고 성에 오는 날도 많아졌다.

올해 크리스마스에 설마 같은 또래의 누군가와 파티 같은 것을 할 수 있으리라고는 생각하지 못했던 고코로는 무척 기뻤다. 작년 초등학교 6학년 때에는 반 친구였던 사쓰키네 집에서 반 여자아이 몇 명이 모여서 선물도 교환하고 게임도 했었다.

그런 기억을 떠올리다가 문득 사쓰키는 지금 어떻게 지

내고 있을까, 하고 생각한다. 생각하니 순간 가슴이 꽉 조여들며 아파왔다. 같은 유키시나 제5중학교에 입학해서 다른 반이 되었고 분명 소프트볼부에 들어간다고 했었다. 쉽지 않아 보이고 연습도 힘들겠지만 열심히 하겠다고 했다. 그리고 실제로 사쓰키라면 지금도 열심히 하고 있겠지.

벌써 꽤 오랫동안 만나지 못했다. '오랫동안 친구로 지내왔는데, 지금은 사쓰키의 눈에 자신은 학교에 안 오는 특별한 아이같이 보일 뿐이겠지.' 하고 생각하니 익숙해진 줄 알았던 가슴이 다시 아파왔다.

2학기도 이제 끝나간다. 겨울방학이 온다.

해가 바뀐다.

어느 날 밤, 크리스마스가 가까이 다가왔을 때였다. 고코로의 어머니가 "고코로, 잠깐 괜찮니?" 하고 물어왔다. 어머니의 목소리 표면에 희미한 긴장감이 느껴져서 고코로는 반사적으로 움츠러들었다. 어머니가 이런 목소리를 낼 때는 좋지 않을 때다. 말을 하고 나면 더욱 가슴이 답답해져서 뱃속 깊은 곳이 무거워지는 것 같은, 그런 뭔가가 기다리고 있을 때다. 어머니의 이어지는 말이 무엇일지 긴장됐다. 어머니가 "내일 낮에 이다 선생님이 우리 집에 오고 싶다고 하는데, 괜찮니?" 하고 물었다. 이다 선생님은 고코로의 담임 선생님이다. 입학해서 첫 4월에만 교실에서 함께 지낸 젊은 남자 선생님. 학교에 가지 않게 된 5월과 6월에는 집에 가끔 찾아왔는데, 그때 고코로는 만나기도 하고 안 만나기도 했다. 어머니는 그 뒤로도 선생님과 만났을지 모른다. '마음의 교실'의 기타지마 선생님과 그랬던 것처럼.

하지만 기타지마 선생님과 이다 선생님에게는 결정적으로 다른 점이 있었다.

이다 선생님이 올 때 고코로는 끔찍하게 긴장했다. 너무 긴장해서 불쾌한 땀이 멈추지 않았다. 그 사람은 고코로가 도망쳐온 그 교실에 방금 전까지 있던 사람이다. 그렇게 생각하자 이다 선생님이 오는 것만으로 가슴이 갑갑해졌다. 오지 않았으면 좋겠다는 생각이 절로 들었다.

2학기가 끝나기 때문에 오는 거라고 순간적으로 생각했다. 한 단락 매듭이 지어질 때마다 학교에 오지 않는 학생들에 대해서도 신경을 써야만 하는 거겠지. 그게 선생님의 일이니까. 그런 생각을 하고 있는데 어머니가 다시 "고코로." 하고 말했다. 그 목소리를 듣는 게 여전히 긴장된다.

"선생님이 이번에는 같은 반 여자아이 일로 할 말이 있대."

태연한 표정을 지을 수 있었는지 어떤지, 자신이 없었다. 엄마의 말이 가슴 한가운데에 꽂힌다.

"같은 반 여자아이?"

"미오리라는 여자아이. 학급회장인."

귓속이 와앙 하고 울리고 소리가 일시적으로 사라졌다.

어머니의 얼굴이 날카로워진다. 숨이 가빠졌다.

"역시 뭔가 있는 거니? 짚이는 게 있니?"

"선생님이 뭐라고 했어? 엄마한테 뭐라고 말했어?"

"그 아이랑 네가 싸운 게 아니냐고."

등골이 서늘해지면서 소름이 돋았다.

싸움.

이 얼마나 가벼운 울림인가. 맹렬한 거부감으로 분노가
치솟아 머리가 끓어오르는 것 같았다. 정신이 아득해질 것
같이 됐다. 그건 싸움이라고 할 수 있는 게 아니다. 싸움은
말이 통하는 사람들끼리 하는 거다. 좀 더 대등한 거다. 고
코로가 당한 일은 단연코 싸움 같은 게 아니다.

입술을 앙다문 채 말이 없는 고코로를 보고 어머니는
뭔가를 느낀 것 같았다. "만나자."라고 고코로에게 말했다.

"엄마랑 같이 선생님을 만나자. 고코로."

그러고는 "무슨 일이 있었니?" 하고 어머니가 한 번 더
물었다. 고코로는 입술을 깨물었다. 잠시 후 작게 말했다.

"그 애들, 우리 집에 왔었어."

겨우 그렇게 말했다. 어머니의 눈이 아주 조금 커졌다.
고코로는 천천히 얼굴을 들었다.

"나……."

다른 사람을 싫다고 해서는 안 된다. 어머니는 늘 고코
로에게 그렇게 말하는 사람이었다. 아무리 거슬리고 화가

나는 친구가 있어도 다른 사람을 욕하는 행동은 절대로 해
서는 안 된다. 그래서 말하고 나면 야단맞을 거라고 생각
했다. 그래서 말하지 못했다. 하지만……

"엄마, 나…… 미오리가 싫어."

어머니의 눈동자 표면이 크게 흔들렸다. "싸움이라니,
그건 싸움이 아니었어."라고 고코로는 계속 말했다.

"나랑 걔는 싸움 같은 거 안 했어."

다음 날, 이다 선생님이 오전 중에 왔다.

화요일, 아직 수업이 끝나지 않았을 시간이었지만 수업
과 수업 사이에 틈을 낸 모양이었다. 어머니도 오늘은 일
을 쉬었다. 이다 선생님은 전에 만났을 때보다도 머리가
조금 자랐다. 아끼며 신어서 길이 잘 들어보이는 스니커즈
를 현관에서 벗고 고코로를 향해 "안녕. 고코로, 잘 지냈
니?"라고 물었다.

이다 선생님은 처음부터 고코로를 이름만으로 불렀다.
고작 한 달 동안 교실에서 지냈을 뿐인데도 선생님과 가까
운 다른 아이들을 부르는 것과 마찬가지로 그렇게 불렀다.
그렇게 불러주니까 자신이 반의 다른 아이들과 다름없는

보통 아이가 된 것 같아 기쁘긴 했다. 하지만 잠시였을 뿐, '선생님은 내 마음을 기쁘게 하기 위해서 일부러 그렇게 한 거로구나.' 하는 생각이 들었다.

일이니까. 고코로에게 특별히 마음을 써주는 게 아니라, 마음 써주어야만 하는 게 그 사람의 일이니까.

이렇게 예민하게 신경을 곤두세우는 자신이 유치하고 바보 같다고 생각했지만 멈출 수 없었다. 선생님은 미오리 나 그 주위의 아이들의 것이라고 생각했기 때문이다.

4월의 교실을 고코로는 기억하고 있었다. 잊으려 해도 잊을 수 없었다.

'이다 선생님은 여자친구 있어요?'

'있어도 안 가르쳐줘!'

'뭐야, 이다 샘. 깍쟁이!'

'어이, 나 깍쟁이 아니야. 그렇게 부르지 마.'

입으로는 그렇게 말하면서도 선생님은 어쩔 수 없네, 하는 표정으로 웃었고 그 아이들을 뭐라고 야단치지 않았다. 그러니까 4월부터 많은 시간이 흐른 지금도 선생님은 미오리에게 그렇게 불리고 있을 거다.

이 사람은 미오리와 그 아이들의 '이다 샘'.

선생님이 우리 집에 와서 고코로에게 "무리하지 않아도 돼."라고 말할 때마다 생각했다.

"무리할 거 없어. 고코로가 교실에 와주면 그야 모두 기쁘겠지만."

다정한 목소리로 이다 선생님은 말했지만 실은 고코로가 학교에 오든 안 오든 상관없어, 하고 생각하고 있을 것이다.

"왜 학교 가기가 싫은 거지? 무슨 일이 있었니?"

학교에 안 가게 된 5월 초에 선생님이 그런 식으로 물었을 때 고코로는 아무 대답을 하지 않았다. 그렇기에 선생님은 그때나 지금이나 자신에 대해서 '게으름병'이라 여길 거라고 고코로는 생각했다. 그리고 그걸로 됐다고 생각했다. 아니, 그렇게 생각하는 게 당연하다.

초등학교 때부터 그랬다.

학교 선생님들은 대개 미오리 같은 반의 중심인물들 편이다. 교실 안에서 큰 소리로 얘기하고 쉬는 시간에도 밖에서 친구랑 잘 놀며 발랄한, 그런 제대로 된 아이의 편이다. 그런 아이가 실제로는 자신에게 어떤 짓을 했는지를 밝혀서 선생님을 아연실색하게 만들어보고 싶은 마음도 들었지만, 선생님은 분명 그때에도 그 아이의 편을 들 거라는 생각이 들었다. 분명 그럴 것이다. 선생님은 분명 미오리에게 가서 "정말이니?"라고 정면으로 묻는 행동을 할 것이다. 인정할 리 없는데도. 그 아이는 그 아이의 입장에서 옳은 말만 할 게 분명한데도.

'왜 안 나오는 거야. 지독해.'

친구들을 끌고 와 집을 둘러싸고 자신을 위협했고 고코로가 집 안에서 그토록 공포에 떨고 있었는데도 미오리는 밖에서 훌쩍거릴 수 있는 아이였다. 그것을 보고 그 아이의 친구가 "미오리, 울지 마."라고 위로했었다. 그 세계에서 나쁜 사람은 고코로다. 믿을 수 없지만 그렇다.

거실에서 선생님과 고코로의 어머니가 마주했다.

전에 선생님이 왔을 때보다 어머니의 분위기가 딱딱하다. 4월에 미오리와 무슨 일이 있었는지를, 고코로는 어젯밤 어머니에게 말했다. 지금까지 쭉 입을 다물고 있었다. 하지만 그 일에 대해 어머니가 선생님의 입에서 나오는 말만 들으면 안 되겠다는 생각이 들었다. 그것을 '싸움'이었다고 하는 말. 그렇게 생각하니 자꾸자꾸 목소리가 나왔다. 고코로는 어머니가 자신의 입에서 나오는 말을 들어주길 바랐다. 어머니는 선생님이 오면 고코로는 일단 2층 방에 가있으라고 했다. "우선은 엄마랑 선생님이 이야기할 테니까."라고 했다. 실은 선생님이 어떤 식으로 생각하고 있는지 알고 싶어서 같이 만나고 싶었다. 하지만 그렇게 말하는 어머니의 얼굴에는 단호함이 있었다.

어젯밤 고코로의 이야기를 들은 어머니는 화내거나 흥분하거나 하지 않았다. 벌써 몇 달이나 지난 후였기 때문에 고코로도 설명하면서 울거나 하지 않았다. 울면서 괴로웠다고 호소할 수 있으면 좋겠는데, 라고 생각했지만 눈물이 나오지 않았다. 연애 문제가 얽힌 이야기는 말하기가 쉽지 않았지만 그래도 열심히 이야기했다. 이야기를 다 들은 어머니가 감정적이 되어 화를 내주기를 바랐기 때문이었다. '어떻게 돼먹은 애들이니!' 하고 화를 내면서 고코로를 감싸주기를 바랐다.

어머니가 일단은 화를 낼 것이라고 생각했는데, 아니었다. 이야기 도중에 어머니의 눈에 눈물이 고였다. 그 눈물을 보고 고코로가 오히려 마음이 조여들어 더욱더 눈물이 나오지 않게 됐다. "미안하구나." 하고 어머니는 말했다.

"엄마가 아무것도 알지 못했어. 미안해."

고코로를 당겨 안으며 손을 잡았다. 고코로의 손등에 어머니의 눈물이 뚝뚝 떨어졌다. "싸우자." 하고 어머니가 말했다. 그 목소리가 떨리고 있었다.

"긴 싸움이 될지도 모르지만 싸우자. 힘내자, 고코로."

방으로 들어가자 오늘도 거울이 빛나고 있었다. 원래대로라면 오늘도 거울 너머에 모두가 모여있을 것이다.

보고 싶었다.

하지만 고코로는 살그머니 방을 나와 계단 아래로 귀를 쫑긋 세웠다. 작은 집이라서 이야기하는 것이 들린다. 거실문을 닫았어도 희미하게 들린다.

"여자애들 사이에서 사소한 싸움이 있었던 모양입니다."

선생님의 목소리가 들린다. "고코로는 싸움 같은 건 아니라고 말하던걸요." 하고 어머니의 목소리가 그 말을 받아쳤다. 고코로의 심장이 아파온다. 목소리는 밀려왔다 밀려가는 파도처럼 커졌다 작아졌다 한다. "기타지마 선생님은 오늘은 안 오신 겁니까?"라는 어머니의 목소리가 들리고 거기에 선생님이 "아아, 아니, 오늘은 우선 제가 왔습니다. 이건 어디까지나 학교 문제니까요."라고 대답했다. 그 말을 듣고 기타지마 선생님의 얼굴을 떠올린다. 건네주던 홍차 티백을 떠올린다.

성의 크리스마스 파티에서는 그 티백으로 다 같이 홍차를 마시자고 생각했다. 기타지마 선생님이 이다 선생님에게 뭔가 말했을지도 모른다. 4월에 도대체 무슨 일이 있었는지 조사하여 학교에 알리려고 했을지도 모른다.

'고코로 넌 매일 싸우고 있잖니?'

그렇게 말해준 목소리를 떠올리자 기타지마 선생님이 보고 싶어졌다. 눈을 감는다. 계단 아래에서 "미오리에게도……." "미오리의……." "밝고 책임감 강한 아이입니다."라고 변명하는 듯한 선생님의 목소리가 들렸다. 밝고 책임감 강한 건 고코로가 당한 일하고는 전혀 관계없는데. 어머니의 목소리가 강해졌다. "뭐라고요?"라는 감정이 실린 목소리가 처음으로 들려서 고코로는 귀를 막고 싶어졌다. 방에 살그머니 돌아오자 거울이 빛나고 있었다. 성의 입구를 여는 무지개색의 그 빛이 부드러워서 고코로는 손가락만 살짝 거울 표면에 댔다. 그리고 '도와줘.'라고 생각했다.

도와줘. 다들 도와줘.

고코로가 다시 불려간 것은 꽤 시간이 지나고 나서였다. 아까보다 훨씬 표정이 굳어진 어머니와 선생님이 고코로를 앞에 두고 더욱 긴장한다. 방 안의 공기까지 색깔을 바꿔버린 듯이 무거웠다.

"고코로."

선생님이 말했다.

"미오리랑 만나서 이야기해보지 않겠니?"

그 말에 과장이 아니라 정말 숨이 멈춰버릴 것 같았다. 가슴이 쿵 하고 크게 고동쳤다. 고코로는 말없이 선생님을 봤다. 믿을 수 없었다. 그 아이를 만난다니 정말 싫다.

"오해받기 쉬운 면도 있는 아이니까 고코로 너한테는 괴로웠던 점도 많이 있었을 거야. 하지만 이야기해봤는데 미오리도 걱정하고 있어. 반성하고……."

"반성 같은 거 안 할 거예요."

목소리가 나왔다. 뜨거운 목소리의 끝이 가늘게 떨고 있었다. 고코로가 그런 식으로 말할 거라고는 생각 못했을지도 모른다. 선생님이 놀란 표정으로 고코로를 봤다. 고코로가 고개를 흔들었다.

"반성하고 있다면 선생님한테 야단맞았다고 생각했기 때문일 거예요. 나에 대해서 걱정하는 게 아니에요. 자신이 한 일이 선생님들한테 나쁘게 비춰지는 것이 두렵기 때문일 거예요."

숨도 쉬지 않고 단숨에 말했다. 자신이 이렇게 말할 수 있으리라고는 생각하지 못했다. 이다 선생님의 동요가 전해져왔다.

"고코로, 그래도 말이지……."

"선생님."

어머니가 고코로와 선생님 사이를 가로막았다. 선생님을 응시하고 조용한 목소리로 말했다.

"우선은 고코로의 입에서 무슨 일이 있었는지를 듣는 게 먼저 아닌가요? 그 미오리라는 아이의 입에서 사정을 들었던 것과 똑같이."

선생님이 반사적으로 얼굴을 들고 어머니를 봤다. 무슨 말인가를 꺼내려는 것처럼 보였지만 어머니는 선생님의 그 다음 말을 허락하지 않았다. "이제 됐습니다."라고 어머니는 말했다.

"오늘은 이제 됐습니다. 다음은 학생주임 선생님이나 교장 선생님 중 한 분이랑 함께 와주시겠어요?"

선생님이 침묵한 채 입술을 꽉 다물었다. 그러고는 고코로의 눈도 어머니의 눈도 보지 않고 슥 시선을 내렸다.

"다시 오겠습니다."

그렇게 말하고 일어섰다.

현관에서 선생님을 배웅하고 문이 닫히고 나서 어머니가 "고코로." 하고 불렀다. 어머니를 응시하는 고코로는 어떤 얼굴을 하고 있었던 걸까. 어머니가 뭔가 물어보려다가 입술을 닫았다. 그러고 나서 표정을 바꿨다. 지친 것 같은 표정 위로 온화함이 번졌다.

"……같이 쇼핑하러 가지 않을래?"

그렇게 말했다.

"쇼핑이 아니라도 돼. 가고 싶은 곳이 있으면 가자."

───⚓───

평일 낮이니까 중학생들하고는 얼굴을 마주칠 일이 없다. 어머니와 함께 카레오의 푸드코트에 앉아 소프트아이스크림을 먹었다. 카레오 안에는 고코로가 좋아하는 맥도날드도 미스터도넛도 있지만 거기는 피했다. 학교 아이들이 많이 가는 장소이기 때문이다. 평일이라고 해도 역시 거기는 가고 싶지 않았다. 밖에 나오는 것은 정말로 오랜만이었다. 어머니와 함께 있기 때문에 병원이나 어디 갔다 돌아가는 길이라고 생각해줄 거라 생각하니 어른들의 시선도 두렵지 않았다. 그러면서 고코로는 자신의 눈이 누군가의 모습을 찾고 있다는 걸 깨달았다.

갈색 머리의 사람을 보면 스바루나 아키였으면 하고 시선을 모았다. 자신처럼 부모와 함께 나온 우레시노나 후카가 통로 저편에 나타나주지 않을까 하고 기대했다. 마사무네가 새로 산 신작 게임을 쇼핑백에 담고 흔들며 눈앞을 가로질러 갔으면 좋겠다. 하와이에 있을 터인 리온의 모습도 혹시 여기서 볼 수 있지는 않을까 하고 바라고 만다. 그들이 고코로의 모습을 발견하고, 혹은 고코로가 그들을 불러 세워서 깜짝 놀라는 어머니에게 "친구야."라고 말할 수 있으면 얼마나 좋을까.

하지만 현실에서는 아무도 나타나지 않았다. 평일의 푸드코트에는 거의 사람이 없었다. 친구들은 지금쯤은 다들 성에 있을 것이다.

"고코로가 어렸을 때 말이지."

고코로의 맞은편에 앉은 어머니도 역시 고코로와 마찬가지로 통로 쪽을 보고 있었다. 하와이만큼은 아니겠지만 일본의 카레오도 충분히 베리 크리스마스다. 빨강, 초록, 하양 배색의 장식물들이 푸드코트를 꾸몄고 머리 위에서는 징글벨 곡이 흘러나왔다. 어머니가 계속했다.

"네가 어렸을 때 상점가에 있는 레스토랑에 크리스마스 식사를 하러 갔던 거 기억나니? 프랑스요리 가게였는데.

네가 초등학교에 들어갔을까 말까 했을 무렵."

"······그랬던 거 같아."

어머니, 아버지와 평소와는 조금 분위기가 다른 세련된 식당에 갔었던 기억이 있었다. 크리스마스 분위기로 술렁이던 연말, 어느 상점가에 있는 식당이었다. 고코로에게는 한 접시에 올려놓은 요리가 나왔었는데, 오므라이스가 패밀리레스토랑의 어린이런치하고는 수준이 달라서 어린 마음에도 '본격적인 요리네.' 하고 생각했던 것이 기억났다.

"엄마랑 아빠한테 요리가 조금씩 순서대로 나오는 게 신기했던 거 기억나. 먹어도 먹어도 다음 요리가 나와서 이렇게 안 끝나나 했었어."

"맞아. 보통 때는 코스요리 같은 거 안 먹었으니까. 엄마도 기억나. 네가 '아직 집에 안 가? 언제까지 먹는 거야?'라고 말한 거."

어머니의 얼굴이 웃었다.

"올해 또 어디 좋은 데로 먹으러 갈까? 그 레스토랑은 지금은 없어졌지만, 아빠랑 어디든 찾아서."

지금 어머니가 왜 그런 말을 하는지, 고코로는 아주 조금은 알 것 같았다. 고코로도 어머니와 얼굴을 마주하고 선생님이나 미오리에 대한 이야기를 꺼내는 게 쉽지 않았으니까. 하지만 이 순간 꼭 하고 싶은 말이 있었다. 먼 곳을 보는 눈을 하고 있던 어머니를 향해서 말한다.

"엄마."

"응?"

"……고마워요."

어머니가 멍한 표정을 하고 입술을 열었다. 고코로를 응시했다. 고코로는 계속 말했다.

"선생님한테 그런 식으로 말해줘서. 내가 어떻게 말했는지 전해줘서."

실은 어머니의 말만으로 내 마음이 전달될지 어떨지 걱정돼서 어머니가 선생님한테 마지막으로 했던 말은 자신의 입으로 하고 싶었다. 지금쯤 선생님의 심중에서 고코로에 대한 평가는 아마도 흉측함 그 자체일 것이다. 미오리는 자신을 만나겠다고 하는데 그것을 거부하는 고코로는 분명 선생님이 생각하는 고분고분함이나 건전함이 결여된 문제 학생이다. 그래도…….

"엄마는 내 말을 믿어줬으니까……."

"당연하지."

어머니가 말했다. 말끝이 희미하게 갈라지면서 어머니는 고개를 숙였다. 반복해서 "당연해."라고 하는 목소리는 떨리고 있었다. 어머니가 눈시울을 가볍게 닦았다. 얼굴을 들었는데 눈이 빨갰다. 고코로를 다시 응시했다.

"무서웠지? 이야기를 들으면서 엄마도 무서웠어."

고코로가 놀라서 눈을 깜박였다. 어른이 '무섭다.'라는 말을 할 줄은 몰랐다. 어머니가 다시 눈을 내리떴다.

"내가 네 입장이라도 무서웠을 거야. 좀 더 빨리 이야기해줬으면 좋았겠지만. 아까 선생님한테 말할 때 고코로 네 기분을 조금 알 것 같은 기분이었어."

고코로가 침묵한 채 어머니를 보자 어머니가 희미하게 웃었다. 지친 듯 힘없는 웃음이었다.

"선생님한테 고코로는 나쁘지 않다고 말할 때, 솔직한 마음 그대로라고 생각하는데도 믿어줄지 어떨지 몰라서 무서웠어. 너의 무서웠던 마음이 온전하고 정확하게 전달되지 않으면 어쩌지, 이해받지 못하면 어쩌지, 하는 생각에 말하는 데에 용기가 필요했어."

어머니가 손을 뻗어 테이블 위에 있던 고코로의 손을 양손으로 꽉 쥐었다. 그리고 물었다.

"학교, 바꾸고 싶니?"

'바꾸고 싶다.'라고 하는 말의 의미가 처음에는 바로 이해되지 않았다. 자신의 손을 쥐고 있는 어머니의 조금 차가운 손의 감촉을 느끼면서, 전학 가고 싶은지 어떤지 묻는 말이라는 걸 깨달았다.

고코로는 눈을 크게 떴다. 물론 전학을 가면 어떨까 하고 생각한 적이 있었다. 그건 무척 매력적인 방법 같기도 했고 반대로 도망치는 거나 다름없는, 너무 소극적인 방식 같기도 했다. 초등학교 때부터 친한 아이들도 같이 진학해서 올라온 유키시나 제5중학교다. 미오리 따위 때문에 자신이 그 학교를 떠나야 한다는 것이 분했다. 그 아이들이 반성은커녕 도리어 자랑스럽게 '우리가 쫓아냈어.'라고 말하며 서로 웃고 있는 모습이 직접 본 것처럼 머리에 떠올라서 분노와 창피함으로 토할 것같이 됐던 적도 있었다.

전학을 간다는 것은 지금까지는 현실감이 전혀 없는 선택지라고 생각했었다. 원해도 어머니가 허락하지 않을 거라고 생각했었다. 그러나 지금 어머니가 계속해서 말한다.

"만약 네가 전학 가고 싶다면 엄마가 알아볼게. 조금 멀어지겠지만 옆 학구의 중학교나 사립중학교에 다닐 만한 데가 있는지 같이 찾아보자."

하지만 새 학교에 간다고 한들 자신이 제대로 다닐 수 있을지, 하는 불안한 마음이 고개를 쳐든다. 지금 학교에서와 같은 일이 또다시 일어나리라고는 생각하지 않지만, 새로 들어온 학생은 어찌한들 눈에 띌 것이다. 고코로가 예전에 다니던 중학교에서 도망쳐왔다는 사실이 새 반 친구들한테 금방 탄로 날지도 모른다. 물론 전학을 가면 평범한 아이로 학교를 다닐 수 있는 가능성도 있다. 아무 일 없었다는 듯이 다니는 게 정말로 가능할지도 모른다. 그건 생각만 해도 무척 달콤한 가능성이었다. 하지만 지금 고코로의 마음 안쪽이 부드럽고 따뜻해지는 것은 다른 무엇보다도 자신이 어머니한테 인정받은 것 같은 기분 때문이었

다. 이 아이는 어디에도 다닐 수 없는 구제불능의 아이가
아니라고 이해받은 것 같은 기분 때문이었다.

카레오에서 징글벨이 울려 퍼졌다. 밝은 목소리가 방송
으로 크리스마스 세일 안내를 하고 있었다.

"……좀 생각해봐도 돼?"

고코로가 물었다. 성의 다른 아이들이 신경 쓰였기 때문
이다. 전학은 무척 매력적인 방안이지만 그건 동시에 '유키
시나 제5중학교의 학생'이라는 신분을 잃는 일이기도 하
다. 성에 갈 수 있는 자격을 잃어버릴지도 모른다. 다른 아
이들을 더 이상 못 만나게 될지도 모른다. 그것만은 싫었
다. "좋아."라고 어머니가 대답했다.

"같이 생각해보자."

어머니와 함께 식료품을 사러갔다. 여러 가지 초콜릿이
채워진 버라이어티팩을 팔고 있는 것을 보고 고코로가 "저
것 좀 사주세요."라고 부탁했다. 크리스마스 파티에 가져가
고 싶었다. 혼자서 다 먹을 수 있는 양이 아니라서 어머니
가 이상하게 볼지 모른다고 생각했지만, 어머니는 흔쾌히
"좋아."라면서 장바구니에 담았다. 쇼핑을 마치고 주차장에
돌아가기 전에 멈춰 서서 수많은 가게가 줄지어 선 카레오
안을 둘러본다.

"왜 그러니?"

"밖에 나온 거 오래간만이구나 싶어서요."

수많은 조명이 눈부셔서 머리가 어질어질해지는 것은 전에 나왔을 때와 같았다. 그래도 전보다는 짧은 시간 안에 익숙해졌다.

　"엄마, 데려와줘서 고마워요."

　그렇게 말하자 어머니의 얼굴에서 한순간 표정이 사라졌다. 보이지 않는 충격을 받은 듯이 침묵한 후에 고코로의 오른손을 끌어당겨 "엄마도."라고 말했다.

　"엄마도 너랑 올 수 있어서 좋았어."

　손을 잡은 것은 초등학교 저학년 이후로 처음이었던 것 같다. 손을 맞잡고 함께 차 있는 데까지 돌아왔다.

———✦———

　성의 크리스마스 파티에 리온은 커다란 케이크를 가지고 나타났다. 그것을 보고 아이들이 이구동성으로 "우와!" 하면서 좋아했다. "맛있겠다!" 하고 고코로도 말했다.

　한가운데 구멍이 뚫린 시폰케이크였는데, 크림을 바른 게 조금 들쭉날쭉하다. 가게에서 파는 것하고는 달랐다. 과일도 삐뚤빼뚤 놓여있었지만 그렇기 때문에 더 특별한 느낌이었다.

　"수제야?"

　마사무네가 물었다. 이어서 옆에서 아키가 "여자?"라고 물었다. 순간 고코로의 가슴이 펄떡하고 튀어올랐다. 모두의 눈이 리온을 향했다. 일본의 학교에서도 축구를 잘하는 남자애는 인기가 있다. 리온도 그런 아이 중의 하나라서 외국까지 유학 간 건지도 모른다. 지금까지 그런 이야기를 한 적은 없지만 여자친구가 있어도 이상하지 않다.

그런 생각을 하고 있자니까 리온이 고개를 흔들었다.

"아니야. 엄마야."

리온이 재미없다는 듯이 입을 비쭉 내밀었다.

"매년 만들어. 올해도 크리스마스에 맞춰서 우리 기숙사에 와있으면서 케이크를 구웠어. 하나 가져온 거야."

"부모님이 기숙사에 묵을 수 있나 보구나."

"응. 방문하면 며칠 동안 머물 수 있어. 부엌 딸린 방이 있거든."

"그럼 어머니가 아직 하와이에 계신 거 아냐? 여기에 와도 돼?"

고코로가 벽시계를 봤다. 리온에게서 하와이와의 시차 얘기를 듣고부터는 고코로도 막연히 시간을 의식하게 됐다. 여기는 일본의 낮 시간. 하와이는 분명 전날 저녁일 것이다. 일본에서는 오늘이 크리스마스지만 리온에게는 아직 이브날 밤일 터였다. 해외의 크리스마스는 일본 이상으로 가족이 함께 보내는 날이라고 알고 있다. 고코로의 집에서도 어제는 함께 식사하러 나갔었고, 오늘은 부모님이 같이 외출했기 때문에 여기 올 수 있었다.

학교도 휴일일 텐데…….

거기까지 생각하고 흠칫한다.

"리온, 혹시 너 겨울방학이 되면 일본에 돌아오는 거야?"

그렇다고 해서 성 밖에서 만나고 싶다든가 그런 건 아니었지만, 하와이에 있을 때에는 만나는 것이 절대로 불가능했던 리온이 가까워질 거라는 생각에 조금 기뻤다. 하지만 리온이 깨끗이 고개를 흔들며 "집에는 가지 않아."라고 말했다.

"어머니도 이틀 동안만 머물면서 케이크 만들고 돌아갔어. 바쁘대."

"그렇구나……."

"응. 먹자."

리온이 말했다. 나이프를 꺼내는 리온을 보면서 고코로는 문득 깨달았다.

방금 만든 케이크를 리온의 어머니는 아들과 함께 먹지 않고 돌아가버렸구나.

혹은 리온이 친구와 함께 먹을 것을 기대하고 만든 건지도 모른다. 하지만 크리스마스에는 기숙사에 있는 아이들도 모두 자신의 집으로 돌아갈 것이다. '집에는 가지 않아.'라고 리온이 말한 것은 아마도 그런 의미에서겠지. '성에서 크리스마스 파티를 하자.'라고 말을 꺼낸 것이 리온이었다는 것을 고코로는 떠올렸다. 그날 케이크를 준비하겠다던 리온은 어떤 마음으로 그런 제안을 한 걸까.

기억나는 목소리가 있었다. 리온을 향해 늑대님이 한 말이다. 외국이라고는 하지만 학교에 다니고 있는 자신이 왜 이곳에 불려왔나 하는 질문에 대해 늑대님이 말했다.

'넌 가고 싶어 했잖아. 일본의 자신이 사는 지역에 있는 공립중학교에.'

그건 도대체 무슨 뜻이었을까. 리온이 하와이로 유학 가 있는 중이라는 걸 알고 아이들이 그를 '잘나가는 아이'라고 불렀을 때도 리온은 복잡한 반응을 보였다. '그런 좋은 게 아니야.'라고.

"아, 늑대님도 부르자."

케이크를 잘라 나누기 전에 리온이 말했다. 들었던 나이프를 내려놓으며 "난 케이크를 똑같은 크기로 나누는 거 못하겠어. 여자애가 해."라고 말했다. 우레시노가 기다렸다는 듯이 "고코로가 하는 게 좋아."라고 했다.

"전에 사과도 깎아줬으니까 분명 잘할 거야."

"어엇! 할 수 있을지 모르겠는데."

사과를 깎은 정도의 일로 우레시노의 마음에 들어서 애를 먹었던 일을 떠올리면서 쓴웃음을 지었다. 그래도 부탁을 받았다는 것이 마음속으로는 기뻤다.

"불렀나?"

가벼운 목소리와 함께 늑대님이 나타났다. "케이크." 하고 리온이 말했다.

"그 가면 쓴 채로 먹을 거야? 애초에 늑대님은 뭘 먹긴 하나?"

리온의 목소리에 늑대님이 얼굴을 천천히 옆으로 돌리고는 늑대가면 너머로 케이크를 바라봤다. 수제 생크림이 스펀지 위에 파도치듯이 올라와있는 케이크를 늑대님은 한동안 잠자코 응시했다. 그 광경이 마치 한 컷의 초현실적인 장면처럼 다가왔다. 현실감이 없는 이 아이의 드레스, 늑대가면과 귀여운 케이크가 무척 잘 어울리는 소품처럼 느껴졌다. 드디어 소녀가 말했다.

"여기서는 안 먹어."

그러면서 천천히 리온을 올려다봤다.

"나눠줄 수 있다면 가져가도록 할게."

그 목소리에 모두가 눈을 크게 떴다. 언제나 비현실적인 존재 같던 늑대님 입에서 설마 보통의 여자아이 같은 말이 나오리라고는 생각하지 못했다. 하지만 리온은 그런 소녀에 대해서 아무 말도 하지 않았다. 단지 "알았어."라고 했다. "그리고 이거."라고 뒤를 돌아 자신의 가방에 손을 넣어 작은 꾸러미를 꺼내더니 늑대님에게 건넸다.

"집에 있던 거야. 괜찮다면 가져."

선물 교환은 하지 않기로 했는데 뭔가를 가져온 모양이

었다. 늑대님은 손에 든 꾸러미를 잠시 바라봤다. 그리고 이번에도 거절하지 않았다.

"알았어."라고만 하고 꾸러미를 등 뒤로 치웠다.

그 자리에서 열어볼 건가 싶어서 기대했는데 그러지 않았다. 리온도 아무 말하지 않았다. 그저 "케이크 먹자."라고 그가 말했다.

선물 교환은 하지 말자고 했던 크리스마스 파티였는데 아키도 예쁜 무늬가 들어간 종이냅킨을 가져와서 모두에게 한 장씩 나눠줬다. 전에 후카의 생일에 줬던 것과 같은 시리즈였는데 무늬가 달랐다.

"아, 나도 뭔가 가져올걸!"

우레시노가 소리 질렀다. "아키 누나는 이런 데서 배려할 줄 안다니까. 훌륭해!" 하고 감탄했다. 더 놀라운 일은 마사무네가 선물이라면서 소년만화의 아이템 상품을 산처럼 가져와서는 "뭐든지 마음에 드는 거 가져도 돼."라고 말한 것이었다. 대부분이 잡지 부록인 것 같았는데 그중엔 카드 같은 것도 들어있었다.

"굉장해. 《원피스》 카드가 있어……."

《원피스》는 고코로도 좋아하는 소년만화였다. 카드를 뒤집으니까 500엔이 그대로 남아있다. 수많은 게임을 갖고 있는 마사무네는 물질적으로 풍부하기 때문에 물건이

나 돈에 그다지 개의치 않는 건지 모른다.

"남자가 읽는 만화뿐이잖아. 난 이런 거 잘 몰라. 필요한 거 하나도 없어."

아키가 그렇게 말하며 얼굴을 찌푸리는데, 옆에서 스바루가 "어! 이거 사용 안 한 거야? 그럼 나 가질래." 하고 카드에 손을 뻗었다. 아키가 그 말에 "어, 어느 거?" 하고 눈을 반짝이자 마사무네가 노골적으로 싫은 얼굴을 했다.

"아이템에 제대로 경의를 표하지 않을 거면 가져가지 마."

"그래도 의외야."

아키가 거리낌 없이 큰 소리로 말했다.

"선물 받아서 기쁜지 어떤지는 둘째 치고 어쨌든 마사무네가 선물을 가져오자는 생각을 한 것 자체가 놀라워."

"말이 많네. 그러니까 불평할 거면 돌려줘. 집에 있는 거 긁어모아서 가져온 거야."

"아니, 받을 거야. 그냥 놀라워서."

그렇게 말하면서 서로 웃었다.

고코로는 순순히 "고마워."라고 말했다. "뭐 별로." 하고 대꾸하는 마사무네는 실은 흐뭇한지 딴 데를 보고 뺨을 조금 부풀렸다. 리온의 어머니가 만든 케이크는 부드럽고 달걀 맛이 나는 게 무척 맛있었다. 고코로가 가져간 초콜릿 버라이어티 팩은 리온이 아주 좋아했다. "일본에 있을 때 자주 먹었어. 먹고 싶었어."라고 말해줬다. 기타지마 선생님

에게서 받은 티백을 우린 홍차를 모두에게 따라주었다. 찻
잔은 성에 있는 것을 빌렸다. 딸기향과 맛이 나는 차가 맛
있다며 아키와 후카가 감동했다. "맛있어."라는 말을 듣고
기뻐진다.

"또 마시고 싶어."

후카의 말에 고코로가 기타지마 선생님에게서 받았다는
얘기를 하자, 후카가 "나도 가볼까?" 했다.

"네가 가봤다는 프리스쿨. 기타지마 선생님이 어떤 사람
인지 만나보고 싶어."

"응."

후카가 고코로를 부를 때 붙였던 '짱'이 어느새 없어졌
다. 이 성 안에서는 학년을 넘어서 서로를 친근하게 부르
는 것이 아무렇지도 않게 되었다.

"실은 의논할 게 있는데……."

마사무네가 말을 꺼낸 것은 성이 닫히기 직전, 네 시가
지났을 때쯤이었다. 케이크와 과자를 먹고 각자 뒹굴대거
나 소파에서 이야기 삼매경에 빠져있던 아이들 모두를 향
해 한 말이었다. 늑대님는 늑대님 몫으로 나눈 케이크 접
시와 리온에게서 받은 선물과 함께 이미 어디론가 사라지

고 없었다. 그렇게 말하는 마사무네는 목소리가 여느 때와 다르게 조심스러웠다. 평소 퉁퉁대는 목소리로 얄미운 말을 많이 하는 마사무네가 지금은 목소리를 어떻게 내야 할지 망설이는 것 같았다.

"뭔데?"

아키가 물었다.

마사무네는 아이들 한가운데에 서있었다. 다들 앉거나 뒹굴고 있는 속에서 혼자만 서있었다. 왼손으로 오른손 팔꿈치를 꽉 잡고 있었다. 그 손에 들어간 힘의 강도를 보고 긴장하고 있다는 걸 알 수 있었다.

마사무네가 우리들 앞에서 긴장을 하다니 안 어울린다.

"의논?"

의아하게 생각하는 아이들의 앞에서 마사무네가 입을 열었다.

"저, 너희들 하루만이라도 좋으니까 3학기(일본은 3학기제로 3~7월이 1학기, 9~12월이 2학기, 1~3월이 3학기이다) 시작하는 날에……."

"학교……." 하고 마사무네가 계속한다. 그 목소리가 잠겨서 갈라진다. 시선을 마주치지 않는다. 아래를 향한다. "학교에."라고 다시 말하다가 목소리가 또 끊긴다. 마사무네가 얼굴을 들었다.

"학교에 와주지 않을래? 하루. 정말로 딱 하루면 되니까."

모두 다 숨을 삼켰다. 숨을 삼키는 소리가 옆 사람에게
조차 또렷이 들리는 것 같았다. 마사무네가 잡고 있는 자
신의 팔에 더 힘을 줬다. 목소리를 이어간다.

"부모님한테 3학기부터 다른 학교에 가는 거 생각해보
란 말을 들었어."

그 말을 들은 순간, 고코로의 가슴속 깊은 곳이 욱신하
고 아려왔다. 카레오의 푸드코트에서 고코로도 어머니한테
서 그 말을 들었다. '학교, 바꾸고 싶니?'라고.

2학기가 끝나기 때문이라고 생각했다. 고코로의 경우는
조금 사정이 다르다. 하지만 마사무네의 집에서는 전부터
전학가는 문제에 대해 이야기가 있었는지도 모른다. '공립
학교 선생님은 안 돼.'라고 마사무네의 부모님은 일찍부터
말했다고 했으니까.

"그동안에는 이리저리 피해왔지만 이제는 그게 좀 구체
적으로 되기 시작했어. 3학기부터 아버지 아는 사람의 아
이가 다니는 사립중학교로 전학해서 다닐 수 있도록 이번
겨울방학 중에 절차를 밟는다고 아버지가……"

"3학기부터 다른 학교에 다닌다는 거야?"

후카가 물었다. 마사무네가 말없이 고개를 끄덕였다.

"하지만 그건 나름대로 좋은 일 아냐?"

우레시노가 조심스러운 말투로 계속해서 말했다.

"나도 전학 가는 거 생각해본 적 있어. 다른 데로 전학

가서 지금 이 반의 인간관계를 리셋할 수 있으면 편리할 텐데, 하고 말이야. 아마 우리 엄마, 아빠도 내년부터 어떻게 할지 생각하고 있겠지…….”

“나도 전학 가는 거 생각했었어. 하지만 전학할 거라면 내년에 학년이 바뀔 때가 좋은 거 아냐? 3학기부터 새 학교를 다니라니, 그렇게 빨리 전학 가야 한다는 생각은 해본 적이 없었어.”

평소 남을 얕보는 것 같은 말투로 일관하던 마사무네의 입에서 가냘프고 자신 없는 목소리가 나오는 게 믿기지 않았다. 틀림없이 자신의 본마음을 얘기하고 있는 거라고, 얘기하지 않을 수 없는 데까지 내몰린 거라고 생각했다.

고코로도 그 마음을 잘 이해할 수 있었다. 어머니에게서 학교를 바꿔보지 않겠냐는 말을 듣고 매력적으로 생각할 수 있었던 것은 그게 당장의 일이 아니기 때문이었다. 아직 먼 얘기이고 구체적이지 않기 때문에 매력적이라고 생각할 수 있었다.

하지만 학년 중간에 새 학교에 가서 전학생이 되는 것은 확실히 그것과는 다른 얘기다.

“게다가……. 싫잖아.”

마사무네가 멋쩍어하는 목소리로 말한다. 아이들을 향한 시선에 곤혹스러움이 실려있었다.

“다른 학교로 옮기면 여기 올 수 없게 될지도 모르잖아.”

마사무네가 중얼거리듯이 내뱉는 목소리에 아이들이 모두 입술을 깨물었다. 하고 싶은 말이 무엇인지 알았기 때문이다. 성에 올 수 있는 것은 어차피 3월 말까지다. 하지만 1월에 시작되는 3학기에 전학을 가서 그 소중한 3월까지의 기간이 없어져버린다면…….

"그래서 아버지한테 말했어. 아직 학교 바꾸고 싶지 않다고. 3학기에는 지금의 유키시나 제5중학교를 제대로 다녀볼 거라고……".

고코로는 다시 눈을 크게 떴다. 마사무네가 변명이라도 하듯이 말이 빨라졌다.

"맨 첫날 하루만. 하루만 가면 돼. 그렇게 하면 부모님은 일단 이번 겨울방학 동안에 전학 절차를 밟지 않겠지? 그러고 나서 하루 학교에 나가봤는데 역시 못 다니겠다고 하는 거야. 그러면 어쨌든 다음 4월까지 전학 타이밍을 늦출 수 있어."

"우리한테 학교에 와달라는 건……."

아키가 말했다. 마사무네의 뺨이 긴장된다. 눈동자의 표면이 흔들린다.

"내가 학교에 가는 그날에 맞춰서 하루만이라도 좋으니까 학교에 와줄 수 없겠냐 하는 이야기는……."

거기까지 말하고 마사무네가 고개를 숙였다. 평소의 그답지 않았다.

"……뭐 굳이 자기 교실에 가지 않아도 돼. 보건실이나 도서실도 괜찮아. 어느 담임이라도 억지로 자기 교실로 가라고 하지는 않을 거야. 안 나오던 아이가 도서실이나 보건실에 왔다면 그것만으로도 잘된 일이라고 생각해주지 않을까?"

"보건실 등교란 말이 있을 정도니까."

스바루가 말했다. 마사무네가 얼굴을 들었다.

"전부터 생각했어. 왜 우리가 모두 유키시나 제5중학교에서 불려왔는지, 거기에는 뭔가 의미가 있는 게 아닐까 하고. 늑대님이 의도했는지 어떤지는 모르지만 적어도 우리가 서로를 도와줄 수 있기 때문에 그런 게 아닌가 싶어."

'서로를 도와줄 수 있기 때문에 그런 게 아닌가.'

그 말이 가슴을 관통했다. 그렇게 말한 마사무네는 당장이라도 울 것 같은 절실한 눈을 하고 있었다. 그 얼굴을 보니 '서로 돕는다.'라는 말의 무게감이 더 크게 다가왔다. 그리고 생각났다. 어머니와 함께 갔던 카레오의 푸드코트에서 통로를 바라보며 성에서 만난 친구들의 모습이 나타나지 않을까 찾고 있었던 것을. 당장이라도 성의 친구 중 누군가가 모퉁이를 돌아서 나타나지 않을까, 그렇게 되면 좋겠다, 하고 꿈꿨던 것을. 고코로도 친구들이 자신을 도와주길 바랐다.

"그럼 의논한다는 게 결국 부탁한다는 거잖아."

스바루가 말했다. 그 말에 고코로는 흠칫하고 그를 본다. 스바루가 과장된 몸짓으로 어깨를 으쓱이고 마사무네에게서 받은 카드를 팔랑팔랑 흔들었다.

"그럼 이 크리스마스 선물도 뇌물? 우리 모두를 설득하기 위한 거야?"

마사무네가 굳어진 표정으로 스바루를 봤다. 무뚝뚝한 말투로 말했다.

"뻔뻔한 부탁이란 건 알고 있어. 하지만……."

"좋아. 갈게. 그날 교실에서 기다릴게."

마사무네가 눈을 크게 떴다. 스바루가 계속 말했다.

"우리 반은 3학년 3반이야. 마사무네 너, 너네 교실까지 갔다가 아무래도 무리라고 생각이 들면 우리 교실로 도망쳐 와. 쭉 학교 안 오던 내가 교실에 나타난 날 느닷없이 후배가 나 좋다고 쫓아온다면, 그럼 나 좀 멋있어 보일지도."

"나는 교실은 무리려나."

아키가 말했다. 평소대로의 뾰족한 말투로도 들렸지만 화난 것처럼은 들리지 않았다. "보건실이라면 괜찮아." 하고 아키가 말했다.

"보건실에 있어도 좋아. 선생님들도 그 정도는 용인해주겠지."

"나도!"

고코로도 말했다. 저도 모르게 목소리가 나왔다. 학교에 간다고 하면 어머니도, 아버지도 기뻐할 거다. 무리할 건 없어, 라고 하면서도 필시 마음을 놓을 거다. 미오리의 일도 있으니까 교실이 아니라 보건실 쪽으로 가는 게 도리어 어머니, 아버지를 안심시킬 것 같다는 생각도 들었다. 무엇보다 이곳 친구들과 밖에서 만날 수 있다고 생각하니 마음이 들떴다. 마사무네의 마음을 이해할 수 있다. 친구가 없다며 '톨이인 사람은 불쌍해.'라는 말을 미오리한테서 들은 기억은 아직도 고코로의 가슴속 깊은 곳에 맺혀있었다. '톨이'가 아니라는 것을 그들에게 똑똑히 보여주고 싶다. 나는 타 학년에도 친구가 있다. 그 아이들 모두와 사이좋게 지내고 있다는 것을 보여주고 싶다. 마사무네도 그렇게 생각한 거다. 교실에 친구가 없더라도 교실 밖에 친구가 있다면 학교에 갈 수 있다고, 그렇게 생각했을 것이다.

"그럼 나도 보건실에 갈게."

고코로의 말끝을 잇듯이 후카가 말했다. 그러면서 "3학기가 시작하는 날이 며칠이더라?" 했다.

"언제 가면 돼?"

"1월 10일."

그 날짜를 두려워하면서도 쭉 기다리고 있었는지 마사무네가 곧바로 대답했다. 그의 눈이 아까보다 더 울 것 같아 보였다.

"알았어."

후카가 말했다.

"난 지금부터 겨울방학 동안 또 할머니 집에서 학원 다닐 거니까 성에는 한동안 못 오게 되겠지만, 일단 알았어. 10일, 약속할게."

"나는…… 좀 더 생각해봐도 돼?"

우레시노가 두리번거렸다. 그러고 나서 당황한 듯이 말을 이었다.

"아, 아냐. 우리가 서로 돕는 게 싫다든가 그런 게 아니라 나, 2학기 첫날 그야말로 학기를 새로 시작하는 날에 학교 가서 안 좋은 일을 겪었기 때문에……."

2학기 초, 우레시노가 붕대를 감은 모습으로 나타났던 날의 일이 떠올랐다.

"그러니까 어쩌면 엄마가 반대할지도 몰라. 미안."

중얼거리듯이 말하고 나서 마사무네를 봤다.

"그래도 갈 수 있으면 갈게. 그래도 돼?"

"어어."

마사무네가 끄덕였다. 어디를 봐야 좋을지 모르는 것처럼 눈빛이 흔들리더니 시선을 아래로 향했다. 그리고 말했다.

"모두 땡큐."

목소리 끝이 짧고 가볍게 끊겼다. 그러고 나서 이번에는 어렴풋이 머리를 숙였다.

"정말로 고마워."

"나는 못 가지만, 부럽구나."

리온이 조용히 한숨을 내쉬는 소리가 들렸다. 조금 외로워 보이는 눈을 하고 있다.

"성 밖에서 만날 수 있다니 부러워."

그 말에 고코로의 마음이 날개라도 달린 것처럼 두둥실 가벼워졌다. 학교에 간다고 하는 것에 대한 공포는 변함없이 고코로의 가슴을 얽어맸지만 보건실과 거기서 기다릴 교복 모습의 친구들을 상상하니 가슴이 뛰었다.

괜찮다고 생각한다.

우리는 서로 도울 수 있다.

함께 싸울 수 있다.

제 3 부

이별의
3학기

1월

고코로는 1학년 4반.

우레시노는 1학년 1반.

후카는 2학년 3반.

마사무네는 2학년 6반.

스바루는 3학년 3반.

아키는 3학년 5반.

해외에 있는 리온만 빼고 서로서로 자기 반을 주고받았다. 무슨 일이 있으면 보건실로 도망쳐 들어갈 것. 보건실이 아니다 싶으면 도서실. 도서실이 아니다 싶으면 음악실. 만약 전부 아니다 싶으면 일단 도망칠 것. 학교에서 도망쳐서 집에 있는 거울을 통해 성으로 돌아올 것.

1월 10일을 앞두고 그렇게 결정했다. 참가할 수 없는 리온이 "좀 부러운데? 잘해봐. 어땠는지 얘기해줘."라고 말했다. 그 말 덕분인지 다들 만나는 것에 대해 더 큰 기대감을 갖게 됐다.

10일 전날은 공휴일인 성인의 날이었다. 아버지와 어머니가 집에 있는 날이었지만 부모님이 방에 오지 않는 시간을 노려서 고코로는 거울을 통과하여 성으로 갔다. 학교에 가기로 한 약속을 확인하고 싶었기 때문이다.

다들 고코로와 같은 생각을 했는지 쉬는 날이라서 부모의 눈을 피해 빠져나오기가 쉽지 않았을 텐데도 이미 많은 아이들이 성에 와있었다.

고코로는 집에 돌아가는 길에 큰 홀의 거울 앞에서 마사무네와 같이 있게 되었다. 다섯 시가 되기 전, 늑대의 경고 울음소리가 들려오기 전에 고코로는 "내일이네." 하고 마사무네에게 말을 건넸다.

요전번에 성에서 다섯 시가 돼버렸을 때 격렬한 흔들림이 덮쳐와서 혼이 난 경험이 있었기 때문에 다들 다섯 시 십오 분 전에 울리는 경고의 소리가 들려오기 전에는 되도록 집으로 돌아가고 있었다.

고코로의 말에 마사무네가 "어." 하고 끄덕였다. 자신이 그런 부탁을 한 게 아직도 조금은 어색한지 그렇게 무뚝뚝하게 대꾸했다.

마사무네의 옆얼굴이 창백했다. 그에게 어떤 사정이 있

어서 학교를 안 가게 됐는지 자세한 사정은 모른다. 아버지나 어머니가 꽤 열린 생각을 갖고 있어서 학교에 안 가는 아들의 의사를 존중하는 사람인 것 같다는 것까지는 알고 있지만, 어쨌든 학교를 안 가기로 한 데에는 뭔가 이유가 분명 있었을 것이다. 고코로가 그랬던 것처럼.

고코로의 입에서 "있잖아."라는 말이 나왔다.

"난 반에 안 맞는 애가 있어서."

안 맞는다는 말은 편리한 말이다. 싫다든가, 싸웠다든가, 왕따를 당한다든가, 그런 뉘앙스를 전부 얼버무릴 수 있는 말이다. 고코로가 당한 것은 싸움도 아니었고 왕따도 아니었다. 그것은 싸움도 왕따도 아닌, 이름을 붙일 수 없는 '뭔가'였다. 어른이나 다른 사람에게 왕따를 당한 거라는 말을 들으면 분한 마음에 그 자리에서 울어버릴 것 같은…… 그런 뭔가다.

"그 애가 있기 때문에 절대로 학교 안 갔었는데, 마사무네하고 다른 모두가 학교에 올 거라니까 나도 안심이야."

마사무네가 소리를 낸 건지 아닌지 헷갈릴 정도로 작은 소리로 "어……." 하고 반응하며 고코로를 봤다.

"무슨 소리야. 그런데도 나를 위해서 필사적으로 학교에 간다고 어필하는 거야? 나한테 은혜를 베풀기 위한 거라고?"

"아니야."

마사무네가 평소의 얄미운 말투로 돌아온 것을 보고 안심했다. 얼마 전이라면 듣고 짜증이 났을 수도 있는 이 아이의 그런 말투도 지금은 그것이 그의 진짜 마음이 아니라는 것을 알기 때문에 괜찮다. 매일 같이 있었기 때문에 안다. 마사무네는 고코로가 그런 상태인데도 자신 때문에 학교에 와줘서 고맙다는 감사를 표하고 있는 것이다. 다만 그것을 솔직하게 표현하는 데에 서툴러서 이런 삐딱한 말투가 돼버린 것이다.

"그런 상태지만 마사무네 오빠와 다른 모두가 함께 학교에 온다니까 안심이 된다는 거야. 그런 점에서 나도 오빠와 같다고 말하는 거야. 불안하고 가고 싶지 않은 기분으로 내일 학교 가는 거, 마사무네 오빠만이 아니야. 오빠가 우리들이 온다면 괜찮다고 생각하는 것처럼 우리도 오빠를 기다리고 있을 거야."

마사무네는 고코로의 말을 듣고 거울에 댄 손에 꽉 힘을 주었다. 손가락을 구부려 거울 가장자리를 세게 잡았다.

"……응."

마사무네가 끄덕였다.

"그럼 내일 또 봐." 하고 고코로가 평소의 '내일 또 봐.'보다도 힘을 줘서 말했다. 마사무네도 말했다.

"어어. 내일 보자. ……학교에서."

"엄마, 나 내일 학교 갈 거야."

학교에 가겠다고 하자 어머니는 시간이 멈춘 것처럼 한순간 무표정이 되었다. 하지만 그것은 정말로 아주 한순간이었고 바로 아무렇지도 않다는 얼굴로 돌아와 "아아, 그래." 하고 말했다. 당황했다는 것을 들키지 않기 위해 노력하고 있다는 것을 고코로는 알 수 있었다.

학교에 가기 전날인 9일 밤이 되기까지 고코로는 어머니에게 학교에 간다는 말을 하지 않았다. 미리 말했다가 어머니한테서 걱정하는 말을 듣는 것이 싫었고, 그리고 무엇보다도 일단 말을 해버리면 되돌릴 수 없을 것이기 때문이기도 했다. 당일에 아무래도 못 가겠다는 생각이 들면 어떻게 하나, 하는 생각이 들어 이때까지 입을 다물고 있었다. 어머니와 저녁식사를 마친 후 설거지를 하면서 그렇게 말을 꺼낸 고코로에게 어머니가 "괜찮겠니?" 하고 걱정하며 물어왔다. 접시를 씻으면서 어디를 봐야 좋을지 모르겠다는 듯이 고코로의 시선을 피했다. 그래서 고코로도 어머니의 얼굴을 안 보고 접시를 닦는 손만을 보며 대답했다.

"괜찮아. 3학기 하루만이라도 가보고 싶어."

학교에는 모두가 등교한 여덟 시 반 수업 시작 후에 갈 것. 교실에는 가지 않고 보건실에만 갈 것. 힘들어지면 바로 돌아올 것. 그런 내용을 어머니에게 전했다. 그러니까 걱정하지 말라고 안심시켰다. "같이 갈까?" 하는 어머니에게 고코로는 정말은 같이 가쳤으면 좋겠다고 생각하면서도 "괜찮아." 하고 거절했다. 스스로도 가슴이 두근두근거렸다. 실제로 오랫동안 안 갔던 학교의 복도나 출입구의 모습을 떠올리기만 해도 다리가 움츠러들었다.

그래도 다들 혼자서 올 것이다. 학교에 부정적인 생각을 갖고 있는 마사무네의 부모님은 아마도 따라오지 않을 것이다. 스바루도 원래 어머니나 아버지하고는 함께 살지 않는다. 우레시노나 후카, 아키는 어쩌면 어머니와 함께 올지도 모르지만, 혼자서 오는 아이가 있다면 고코로도 그렇게 하고 싶다고 생각했다. 어머니는 고코로가 내일 학교에 가기로 했다는 사실을 미리 학교에, 이다 선생님에게 연락해 주겠다고 한다.

"이렇게 갑자기 갈 게 아니라 조금 뒤로 미루는 건 어떠니? 다음 주라든가."

"그래도 시업식 날 가보려고."

그렇게 말하자 어머니가 "어?" 하며 고코로를 봤다. 접시 씻는 것을 멈추고 앞치마에 손을 닦는다.

"시업식은 지난주 금요일이었지. 1월 6일."

"정말?"

어머니가 거실 편지함에 들어있던 종이를 가지고 돌아

왔다. 모에가 집에 가져다준 알림장이다. 고코로는 늘 편지를 뜯어보지 않은 채 그대로 어머니에게 건넸었다. 행사 예정표 부분에 분명히 1월 6일이 시업식이라고 쓰여있다.

"……정말이네."

시업식은 내일이 아니라 지난주 금요일이었다. 시업식에 뒤이어 성인의 날(일본의 성인의 날은 1월의 두 번째 월요일)인 오늘을 포함한 사흘간의 연휴 다음 날인 내일이 수업을 하는 첫날이다. 마사무네도 착각을 한 걸까. 그 자리에서 확인하고 싶었지만 성으로 연결해주는 거울은 밤에는 빛나지 않는다. '전화번호라도 교환해뒀으면 좋았을 걸.' 하고 후회했다.

그러다가 한 가지 생각이 미쳤다. 3학기부터 학교에 간다고 마사무네에게 듣고 '며칠에 가면 되니?'라고 후카가 물으면서 '며칠이었더라, 시업식.' 하고 혼잣말을 했었다. 그렇다, 시업식이란 말을 한 건 후카였다. 그 말을 듣고 고코로도 마사무네가 시업식날 학교에 가는 거라고 굳게 믿었던 것인데, 정작 마사무네가 '시업식에 갈 거야.'라고 말한 적은 없다. 시업식은 일찍 끝나는 날이지만 아이들이 체육관으로 이동한다든가 하느라고 부산하게 움직인다. 보건실에 출입하는 사람도 보통 때보다 많을 거다. 보건실에서 모이는 거라면 분명히 시업식 날보다는 수업이 시작된 후가 더 좋을지도 모른다.

'내일 보자. ……학교에서.'

마사무네와 고코로는 방금 전에 약속했다. 결전의 날은 내일이 틀림없다.

"괜찮아."

고코로는 한 번 더 말했다. '학교에서 친구가 기다리고 있을 거니까 괜찮아.'라고 사실을 알려줄 수 없는 것이 안타까웠다. 그걸 알려주면 어머니도 안심할 수 있을 텐데.

문득, 어머니를 봤다. 지난주 금요일이 시업식이라고 알고 있었는데도 어머니는 그날 아침 아무 말도 하지 않고 있어주었다는 것을 처음으로 알았다.

"걱정해줘서 고마워요. 하지만 나 한번 가볼게요."

다음 날 아침 어머니는 평소대로 일하러 갔다. 그렇게 했으면 좋겠다고 고코로가 말했기 때문이다. 그래도 어머니는 현관에 선 채 고코로에게 몇 번이고 괜찮겠냐고 확인하면서 출근시간이 다 되었는데도 좀처럼 나가려고 하지 않았다.

"무리하지 마라. 힘들 것 같으면 중간에 돌아오는 거야. 저녁때 전화할 테니까."

"엄마, 나 잘 다녀올게요."라고 말하며 현관을 나서는 어머니를 배웅했다. 밖에 나갈 때 어머니가 다시 "자전거!"라며 돌아봤다.

"아빠가 어젯밤에 안장 부분을 닦아놨어. 먼지를 좀 뒤집어쓴 상태라서."

"아아……."

"아빠도 오늘은 일찍 집에 오신대. 너, 무리하지 말라고 하셨어."

"응."

어젯밤 고코로도 직접 아버지에게서 들은 말이었다. 아버지는 걱정스러워 보이는 한편 조금 안심한 것처럼 보였다. "고코로, 대단하구나."라고 했다.

"다시 가겠다고 스스로 결정하다니 아빠는 훌륭하다고 생각한다."

가는 건 하루뿐이고 다시 또 쉴 작정이라는 것을 생각하면 조금 가슴이 아팠지만 아버지에게 그런 말을 들으니 역시 기뻤다. 게다가……. 어쩌면 오늘 다른 아이들과 만날 수 있다면 내일부터는 학교 가는 게 무섭지 않게 될지도 모른다. 다 같이 함께 다닐 수 있게 될지도 모른다.

그런 꿈같은 일을 머릿속에 그렸다.

다른 학생들과 등교시간이 맞지 않게 아홉 시가 지났을 무렵 밖으로 나왔다. 학교로 가는 길을 자전거를 타고 달렸다. 오랜만에 걸터앉은 안장의 감촉이 차갑다. 코로 찬 공기를 들이마시자 뺨이 조금 얼얼하다.

심장이 두근두근 뛰었다. 그러나 그것은 기분 나쁜 두근

거림이 아니었다. 사나다 미오리를 생각할 때의 두근거림
이 아니라 약간의 긴장과 기대감에 들뜬 두근거림이었다.
페달에 발을 올리고 밟기 시작할 때 깨달았다.

나는 오늘 학교의 그 교실에 가는 게 아니다. 학교에 가
는 게 아니다.

나는 오늘 친구를 만나러 가는 거다.

그 장소가 어쩌다보니 학교일 뿐인 거다.

───◦✤◦───

학교 건물 출입구는 쥐 죽은 듯이 조용했다.

고코로는 건물 뒤편에 자전거를 세울 때 자신의 반 지
정 장소에 세워놓는 것이 망설여져서 2학년 쪽에 세웠다.
작년 봄, 자전거 두는 곳에서 미오리와 그의 남자친구에게
당한 일을 떠올리니 지금도 가슴이 꽉 쥐듯 아프다.

하지만 지금은 아무도 없다. 계절도 다르다. 복도 쪽에
서 수업을 하는 소리가 들렸다. 몇몇 교실에서 선생님이
아이들 앞에서 이야기하는 목소리가 들려왔다. 학생들의
목소리는 거의 들리지 않았다. 그 소리를 들으면서 출입구
의 신발장 앞에서 신발을 벗었다. 작년 4월에는 매일 오던
곳이다. 자신의 신발장 위치를 보니 또 가슴이 보이지 않
는 힘으로 꾹 쥐어짜이는 것 같다. 신발장에 손을 뻗었다.

그때였다.

문득 옆에서 느껴지는 시선에 무심코 얼굴을 든 고코로의 눈이 커졌다. 놀라움에 얼굴이 굳은 고코로 앞에서 상대도 마찬가지로 눈을 크게 뜨고 있었다.

같은 반의 도조 모에. 고코로네 두 집 옆집에 사는 그 아이가 거기 서 있었다. 둘 다 아무 말 못한 채 서로를 봤다.

모에는 운동복 차림으로 학교에서 지정한 가방을 걸치고 있었다. 모에도 지금 막 온 모양이었다. 콧대가 곧고 동그란 눈은 갈색빛이 돌아 조금 외국인 같은, 변함없이 무척 예쁜 아이다. 4월, 친구가 되고 싶다고 생각한 때의 모습 그대로다.

모에와 눈이 마주친 것을 없었던 것으로 할 수는 없었다. 더 많은 사람이 있었다면 시선을 피할 수도 있었겠지만 여기는 둘밖에 없다. 어깨에, 등에, 온몸에 싫은 느낌이 단숨에 퍼졌다.

생각난다. 아픔을 쭉 기억하고 있다고 생각했었는데 의외로 잊어가고 있었다는 것을 통감한다. 지난해 봄까지는 매일 이런 식이었다. 배가 확 무거워지며 아파온다. 그 느낌을 잊고 있었다.

'싫어.' 하고 마음이 외쳤다. 그대로 오른쪽으로 돌아서 당장이라도 도망치고 싶다고 생각한 그때 모에가 움직였다. 뭔가 말을 해야 한다고 생각하는 고코로를 놔둔 채 모에는 조금 앞에 있는 자신의 신발장에서 실내화를 꺼내 신었다. 그러고는 고코로에게서 시선을 돌리고 말없이 복도에서 멀어져갔다. 교실이 있는 계단 쪽으로 걸어갔다.

뭔가 말을 걸어주지 않을까 하고 온몸으로 방어 자세를 취하고 있던 고코로를 모에가 깨끗이 무시하고 갔다. 모에의 등이 작아지면서 복도 모퉁이를 돌아 사라져갔다. 눈은 분명히 고코로를 보고 있었다. 인형같이 귀엽고 예쁜, 고코로가 1학기에 마음을 빼앗겼던 그 눈이 고코로를 무시하고 아무 말하지 않고 사라져갔다.

'왔구나.'라든가 다소 아니꼬운 말투로라도 말은 걸어줄 거라고 생각했었다. 그것이 비록 짧은 말일지라도.

눈앞이 기우뚱하고 흔들렸다. 호흡이 얕아졌다. 마치 물속에서 허우적대는 것 같다. 늘 집에 편지를 가져다주고 있으면서도 지금, 눈앞에 자신이 있는데도 말을 걸어오지 않았다. 숨이 짧고 얕아진다.

어째서?

목소리는 입안에서 작은 혼잣소리가 되었다.

어째서, 어째서, 어째서? 등교시간을 비껴서 왔는데. 그런데 어째서? 왜 이런 시간에 출입구에 나타난 거야? 나한테는 이 시간밖에 없는데. 너는 아무 시간에나 얼마든지 학교에 당당하게 있을 수 있는데.

조금 전까지 성의 친구들을 만날 수 있다는 기대감에

마음이 들떠있었건만 그 기분이 지금 모에의 무시 하나로 꺼져버렸다. 누군가 도와줬으면 하는 마음으로 신발장에 손을 뻗었다. 그러다가 고코로는 거기서 또 굳었다.

1학기부터 쭉 내버려둔 채로 있는 실내화. 고코로는 자신의 신발이나 신발을 두는 자리가 낙서투성이로 되어있을 거라고 상상했었다. 텔레비전에서 흔히 보는 '왕따'가 그런 것이니까. 학교에 안 오는 아이의 의자나 책상에는 '죽어라.' 같은 욕이 여기저기 쓰여있는 법이니까.

미오리와 자신 사이에 있었던 일은 왕따가 아니라고 아무리 생각해도 실제로는 무서웠다. 그런 생각을 하며 실내화를 봤는데, 실내화에는 낙서가 되어있거나 안에 압정이 들어있거나 하지 않았다. 그러기는커녕 그런 생각을 비웃기나 하는 듯이 대신 편지가 한 장 놓여있었다.

토끼 캐릭터의 스티커가 붙은 봉투. 떨리는 손으로 집어든다. 봉투에는 이름이 쓰여있었다.

사나다 미오리로부터, 라고.

세계가 무너지는 것 같은, 유리를 긁는 것 같은 큰 소리가 바로 귓가에서 울려댔다.

고코로의 호흡이 가빠졌다. 난폭한 손동작으로 봉투를 뜯었다. 안에 무슨 말이 쓰여있을지 두려워하는 마음보다 내용을 얼른 알고 싶은 마음이 앞선다. 생각할 새도 없이 손이 움직이고 있다. 그 아이가 나에게 뭔가를 썼다. 그 내용을 모르는 상태로는 1초라도 있고 싶지 않다.

　안자이 고코로에게

　이다 선생님에게 내일 네가 학교에 온다고 들었어. 선생님이 편지를 써보라고 조언해주셔서 이렇게 편지를 써.

　네가 나를 싫어하는 건 알고 있어. 이다 선생님에게 들었겠지만 그래도 나는 너랑 만나서 얘기하고 싶어.

　나를 싫어하는 너에게 이런 이야기를 하다니 나도 놀라워. 나, 정말 싫지? 너에게 난 정말로 보기 싫은 아이일 거야. 네가 I에 관한 일로 마음이 상한 건 알지만(선생님한테는 I에 대해서는 아무 말도 하지 않았으니까 안심해) 실은 난 여름에 그 애랑 헤어졌어. 네가 I를 좋아한다면 응원하고 싶어.

　내용은 아직 계속되고 있다.

　하지만 편지를 든 고코로의 손이 도중에 크게 떨리기 시작했다. 종이가 구겨지면서 비틀렸다.

　"뭐야, 뭐하자는 소리야."

　몸의 어딘가 깊은 곳이 파도치듯이 크게 흔들렸다.

　'이다 선생님은 여자친구 있어요?' '있어도 안 가르쳐줘!' 하며 웃는 장면이 되살아나고, 모에가 방금 전에 차가운 눈으로 자신을 무시하고 가버린 장면이 떠오르고, 이어서 관자놀이 옆에서 피가 들끓는 소리가 들렸다. 있는 대

로 힘을 줘서 꽉 구겨 쥔 편지를 손에 들고 고코로는 실내
화를 신었다. 발뒤꿈치를 접어 누른 채 발끝을 집어넣고
보건실을 향해 갔다.

보건실까지 가면 숨을 쉴 수 있다. 호흡을 멈춘 채 서두
른다. 눈을 감고 숨을 들이마시는데 아무리 들이마셔도 가
슴이 갑갑해서 점점 더 물속에 빠진 것 같다.

보건실까지 가면 마사무네가 와있다.

친구가 있다.

모두가 있다.

마사무네에게 이 편지 내용을 전부 얘기하고 '바보 같
아.'라는 말을 듣고 싶다. '자기 세계에 빠져서 이게 뭐야.
미오리라는 애, 구제불능일 정도로 바보구나.'라고. 그게 바
로 내가 생각하는 것이었으니까. 미오리는 구제불능의 바
보다. 그것이 고코로가 쭉 생각은 하면서도 말하지 못하고
있는 것이었으니까. 반 아이들도 담임 선생님도 그 아이에
대해서 아무도 말해주지 않는 것이 바로 그것이었으니까.

모에에게 모습을 보였으니 고코로가 학교에 온 것, 지금
여기 있다는 것을 미오리도 이제 곧 알게 될 게 분명하다.
지금은 수업 중이지만 다음 벨이 울리고 쉬는 시간이 되었
을 때 모에가 미오리의 자리로 다가가는 장면을 고코로는
상상할 수 있었다.

'있지, 걔 왔어.'

정신이 아득해질 것 같았다. 그 아이들이 보건실까지 쳐들어오면 어떡하지?

'싫어하는 건 알고 있어. 하지만 나는 너랑 만나서 얘기하고 싶어.'

편지의 글자를 떠올리자 과장이 아니라 정말 몸이 떨렸다. 오래 가라앉아있던 물의 밑바닥에서 겨우 얼굴을 내미는 심정으로 보건실 문을 열었다. 마사무네가, 아키가, 후카가, 우레시노가 와있을 것이라고 믿고. 모두 다 와있지 않아도 된다. 누군가 한 명만 얼굴을 보인다면 그것만으로도 고코로는 안도하며 울어버릴지 모른다.

문을 연 맞은편에는 양호 선생님이 앉아있었다.

홀로.

전기난로에서 빨갛게 빛이 발산되고 있었다. 그 앞에 선생님이 앉아있었다. 얼굴은 알고 있지만 한 번도 이야기를 나눈 적이 없던 양호 선생님은 고코로가 오늘 오는 것에 대해서 이미 알고 있었다는 표정이다. 이다 선생님이 연락한 모양이었다.

"안자이 고코로니?"

그렇게 묻는 얼굴이 놀란 표정을 하고 있었다. 선생님의 그 표정을 보고 고코로는 자신이 지금 매우 험악한 얼굴을 하고 있다는 것을 알아차린다.

"마사무네는……."

숨이 차올랐다. 목소리가 가늘게 떨리고 있었다. 침대에 누군가 누워있지 않나 하고 둘러봤지만 아무도 보이지 않는다. "어?" 하고 선생님이 고개를 갸우뚱했다. "마사……누구?"라며 고코로를 봤다.

"마사무네……요. 2학년인데 안 왔나요?"

2학년 몇 반이라고 했더라?

제대로 들었을 텐데 머리가 혼란스러워서 기억해낼 수가 없다. 후카가 3반이라고 한 건 확실히 기억난다. 그렇다면 하고 고코로의 어조가 빨라졌다.

"2학년 3반의 후카 언니도 안 왔나요? 3학년의 스바루 오빠랑, 아키 언니도……."

말하면서 성까지 말하지 않으면 누군지 알 수 없을 거라고 깨달았다. 중학교는 상당히 친한 사이가 아니면 이름만으로 부르지 않는다. 보통은 성으로 부른다. 선생님 앞에서 마사무네를 이름으로 부른 것이 갑자기 창피해졌다. 여기에 아무도 와있지 않다면 스바루의 교실로 가볼까. 스바루는 교실에서 기다리고 있을 거라고 했다. 지금까지 빠지다가 느닷없이 교실에 가다니 고코로라면 할 수 없겠지만 스바루라면 정말로 그렇게 할 것이다. 그 초연한 분위기로, 시치미 뗀 얼굴로, 사색이 되어 뛰어들어온 고코로에게 '여어, 무슨 일이야?'라든가 그런 식으로 말이다.

"안자이 고코로? 무슨 일이니? 좀 진정해라."

"그럼 1학년의 우레시노는요?"

퍼뜩 깨달았다. 우레시노만큼은 고코로도 풀 네임으로 알고 있다. 2학기 초에 친구에게 맞았으니까 선생님도 그 사건은 기억하고 있겠지. 양호 선생님도 당연히 알고 있을 것이다.

"우레시노 하루카. 오늘 안 왔나요?"

그때 문득 이상하다는 느낌이 스쳐지나갔다.

마사무네, 아키, 스바루, 고코로…….

지금까지 학교에 안 나오던 학생들이 갑자기 모두 학교에 왔다면 선생님들은 놀라야 한다. 고코로의 어머니가 그랬던 것처럼 다른 아이들도 부모가 학교에 연락을 했을 것이다. 시업식 다음 등교일에 타이밍을 맞춰 모두가 집단으로 그렇게 등교를 한다면 뭔가 이유가 있지 않을까 하고 궁금하게 생각하는 게 당연할 것이다. 그래서 학생들 하나하나의 이름도 좀 더 의식해서 기억하고 있었을 것이다. 하지만 양호 선생님은 고코로의 질문에 당황스럽다는 시선을 보낼 뿐이었다.

"우레시노라고?"

중얼거리더니 믿기지 않는 말을 했다.

"1학년에 그런 학생은 없는데……."

바람을 정면으로 맞은 것 같은 충격이었다. 선생님의 곤혹스러워하는 표정은 연기가 아니었다.

우레시노 하루카.

꽹장히 드문 성과 이름이다. 모를 리 없다. 기억에 남지 않을 리 없다. 혹시 우레시노가 거짓말을 한 게 아닐까 하는 생각이 문득 들었다. 사실은 유키시나 제5중학교가 아니었는데도 모두에게 맞춰서 거짓말한 것은 아닐까.

아연실색해하는 고코로에게 선생님이 의아하다는 듯이 미간에 주름을 잡고 계속해서 말했다.

"마사무네도…… 2학년에 그런 이름의 아이는 없었다고 아는데. 아키 그리고 후카라고 했나? 개네들 성은 뭐지?"

"성은……."

모른다. 서로 가르쳐주지 않았다. 하지만 그게 문제가 아니었다.

직감적으로 알았다. 알아버렸다. 논리가 필요한 게 아니다. 알아버렸다. 기적은 일어나지 않았다고.

만날 수 없는 거다.

절망적으로 깨달았다. 왜 그런지는 모른다. 하지만 마사무네나 다른 아이들과 학교에서, 성 밖의 세계에서 만나는 것은 불가능한 일이었다. 마사무네…… 하고 목소리가 나오려 한다. 어떡하지? 어떡하지? 눈물이 날 것만 같았다.

'무슨 소리야. 그런데도 나를 위해서 필사적으로 학교에 간다고 어필하는 거야? 나한테 은혜를 베풀기 위한 거라고?'

마사무네의 그 삐딱한 말씨를 떠올렸더니 더욱더 목이 메었다. 마사무네는 어떻게 됐을까. 어떻게 될까. 오늘 하루는 분명히 학교에 가겠다고 부모님과 약속한 마사무네. 마사무네는 우리가 학교에 올 거니까 만날 수 있다고 믿고, 그러니까 가기로 한 건데.

'배신을 하다니.'

마사무네가 혼자 보건실에 와서 고코로나 다른 아이들을 배신자라고 생각하며 상처 입는 모습이 머릿속에 선하게 떠올랐다.

아니야. 왔어. 왔지만 만날 수 없었어. 어떡하지, 마사무네가 혼자가 돼버리면 안 돼……. 누군가, 누군가…….

도움을 구하고 싶은 마음에 달려나가고 싶어진다. 다음 순간이었다.

"고코로."

부드러운 목소리가 들려서 돌아보니 보건실 문앞에 스쿨의 기타지마 선생님이 서있었다.

기타지마 선생님은 학교 선생님이 아닌데 어떻게 여기에 있는 걸까.

그렇게 생각했지만 기타지마 선생님의 따뜻한 손이 고코로 쪽으로 뻗어와서 어깨에 닿은 순간 긴장의 끈이 풀어져버렸다.

"기타지마 선생님……."

목구멍 속에서 공기가 빠져나가는 것 같은 가느다란 소리가 나면서 고코로는 보건실 바닥에 무너져내렸다. 전깃불이 튀듯이 눈앞이 순식간에 캄캄해지면서 기절했다.

━━━━ৡৢৣ━━━━

다시 눈을 떴을 때 기타지마 선생님은 아직 고코로 옆에 앉아있었다. 보건실 침대의 빳빳하게 풀 먹인 이불 커버의 감촉이 몸 바로 위에서 느껴졌다. 난로의 열기는 조금 멀리서 전해졌다. 눈을 뜬 고코로는 바로 옆을 돌아봤다. 누군가 자신 이외에도 누워있는 아이들이 있지 않을까, 하고 생각하며 옆을 보지만 파티션으로 가려진 옆 침대에는 인기척이 없었다.

"괜찮니?"

기타지마 선생님이 고코로의 얼굴을 들여다봤다.

"……괜찮아요."

정말로 괜찮은지 어떤지가 아니라 무방비로 위를 향하여 누워있는 얼굴을 기타지마 선생님이 들여다보는 것이 창피해서 그만 그렇게 대답하고 말았다. 기절하는 건 처음이었다. 자신이 얼마나 이곳에 누워있었는지 알 수 없었다. 목구멍 속이 건조해져서 목소리가 갈라졌다.

"선생님."

"응?"

"왜 학교에 계세요?"

걱정스럽게 고코로를 쳐다보고 있던 선생님의 눈이 가늘어졌다.

"어머니한테 네가 오늘 학교 간다고 들어서 와봤어."

"그래요?"

걱정해서 와준 거다. 양호 선생님은 없고, 지금 보건실에는 고코로와 기타지마 선생님, 둘만 있는 것 같았다. 기타지마 선생님은 역시 전부터 학교 선생님들하고도 연락을 주고받거나 '협력'을 해온 거겠지. 선생님으로서는 학교에 못 가는 아이들을 보살피는 게 '일'이니까.

"선생님."

마사무네와 아이들을 만날 수 없다. 왜 그런지 모르겠지만 고코로는 포기하고 받아들였다. 마지막 희망을 거는 마음으로 한 번만 더 물어보기로 했다.

"선생님이 오늘 학교에 온다고 연락을 받은 등교거부 학생은 저뿐인가요?"

우레시노도, 마사무네도 기타지마 선생님을 만난 적이 있다고 말했었다. 아키나 스바루는 스쿨의 존재조차 몰랐던 것 같지만 적어도 기타지마 선생님을 통해서 자신들은 연결되어 있었을 것이다. 특히 우레시노의 부모님이 기타지마 선생님에게 말해두지 않았을 리가 없다고 생각했다.

2학기를 시작하는 날에도 그런 일이 있었으니까, 그리고 고코로의 집에서도 선생님에게 알렸으니까.

기타지마 선생님이 "응?" 하고 다정하게 코에서 빠져나오는 것같이 작게 숨을 내뱉고 고코로의 눈을 가리던 앞머리를 치워줬다. "그래." 하고 선생님이 대답했다. 거짓말을 하는 얼굴로는 보이지 않았다. 무엇보다 기타지마 선생님은 단지 물어본 말에 간단히 대답을 했을 뿐이지 고코로의 질문에 어떤 중요한 의미가 있다고는 전혀 생각하지 않는 것 같았다.

"우레시노나 마사무네 오빠의 집에서는 아무 말도 안 들었어요?"

"응?"

기타지마 선생님이 짧은 목소리로 되물었다. 그 반응을 보고 고코로는 꽉 눈을 감았다. '그런 학생은 없어.'라고 한 양호 선생님의 말 그대로인 거다. 믿을 수 없었지만 그렇다. "아무것도 아니에요."라고 고코로는 분명한 목소리로 말했다. 뭔가를 더 물어서 기타지마 선생님한테 이상한 소릴 지껄이는 아이라고 여겨지고 싶지 않았다. 기타지마 선생님은 물에 빠진 사람처럼 숨을 제대로 쉴 수 없었던 이 학교 안에서 유일하게 만날 수 있었던 내 편이다. 그 선생님에게조차 미심쩍게 여겨지는 건 견딜 수 없다.

온몸에서 힘이 빠졌다. 이게 어찌된 일인가 하여 혼란스럽다.

성에서 오늘까지 지내온 날들은 뭐였지?

거울의 성 같은 건 실제로는 없었던 걸까.

여우에 홀린 기분이었다. 그곳에서 친구들을 만났다는 사실부터가 애초에 고코로의 망상이었던 건가. 생각해보면 그건 지나치게 멋진, 기적 같은 이야기였다. 내 방에서 거울을 통해 다른 세계로 이어진다니. 거기서 만난 아이들이 고코로를 친구같이 생각해주다니, 고코로의 바람 그 자체가 아닌가. 그런 생각을 하게 되자 혹시 자신이 이상해져 버린 게 아닌가 하는 불안감이 덮쳐왔다.

마사무네와 우레시노, 아키, 후카와 스바루, 리온…….

그 아이들은 모두 고코로가 머릿속에서 만들어낸 아이들이었단 말인가. 그 아이들과 함께 지내는 것이 실은 망상 속에서 꾸며낸 일일 뿐이었는데 고코로는 그것을 알아차리지 못하고 5월부터 쭉 혼자서 살아왔다는 건가.

생각하니 오싹해졌다. 자신이 이상해졌다는 생각 그 자체도 오싹했고 더 무서웠던 건 그럼 내일부터는 더 이상 성에 못 가는 건가, 라는 생각이었다. 그 모든 게 망상이라는 것을, 고코로의 바람이 만들어낸 환영이라는 것을 오늘 알아버렸기 때문에 내일부터는 어디에도 갈 수 없게 되는 건가. 그렇다면 차라리 그것이 환상이었다고 하더라도 그 속에 있는 편이 더 나았다.

현실은 어찌해볼 수 없는, 고코로의 바람도 생각도 통하지 않는 장소니까.

"고코로, 미안. 조금 전에 네가 쓰러졌을 때 가지고 있던 편지가 바닥에 떨어져있어서 내용을 봤단다."

기타지마 선생님의 말을 듣고 고코로는 천천히 입술을 꼭 깨물었다.

정신을 잃기 전에 본 편지의 내용이 되살아났다. 편지지의 동글동글한 글씨. 미오리가 스스로를 '지긋지긋한 아이'라고 썼다. I라고 얼버무려서 써놓은 것은 이케다 추타일 것이다. 그 아이가 미오리의 남자친구였다든가, 헤어졌다든가 하는 거 고코로에게는 아무 상관없는 일인데…….

말이 통하지 않았다고 절망적으로 통감한다. 고코로가 봄부터 열심히 지키고 있는 자신의 현실. 고코로가 당한 것과 미오리가 보고 있는 것이 어쩌면 이렇게 다른지, 도저히 같은 세계 안에서 살고 있다는 생각이 들지 않았다. 자신이 봐온 것이야말로 현실인데도, 단지 미오리가 학교에 잘 다니고 있다는 것만으로 선생님들은 미오리 쪽이 진실이라고 생각하는 걸까. 죽임당할 거라는 두려움 속에서 필사적으로 버텨왔는데, 전혀 관계없는 이케다를 '좋아한다면 응원하고 싶어.' 같은 가벼운 말로 넘어가는 것이 말로 표현할 수 없을 정도로 분했다. 너무 굴욕적이라서 몸 안쪽이 불타듯이 뜨거워진다. 죽이고 싶다고 생각한다.

눈을 감자 분한 마음에 눈물이 배어나왔다. 우는 것을 기타지마 선생님에게 보이고 싶지 않아서, 그렇다고 편지에서 느낀 그 어처구니없음을 어른에게 이해할 수 있게 말로 설명할 수 있을 것 같지도 않아서 입을 다문 채 팔로 눈을 가리자 기타지마 선생님이 말했다.

"이다 선생님하고 이야기하고 왔어. 그건 아니지."

기타지마 선생님이 그렇게 단언했다. 선생님의 목소리는 분명히 화난 목소리였다. 고코로는 기뻤지만 여전히 팔로 눈을 덮고 있었다. 소매에 닿는 눈물이 뜨거웠다. 말없이 한 번 크게 고개를 끄덕이자 기타지마 선생님이 "미안하구나."라고 사과했다.

"내가 이다 선생님과 처음부터 좀 더 잘 이야기해뒀으면 좋았을걸. 불쾌한 일을 당하게 해서 정말로 미안해."

기타지마 선생님의 목소리가 분하다는 듯이 흔들렸다. 아무리 눈물을 참으려 해도 흐느끼는 숨이 계속 커져만 가는 고코로의 이마에 선생님의 손이 부드럽게 와닿았다. 어른인 '선생님'이 이런 식으로 아이에게 사과를 해줄 거라고는 생각지도 못했다. 선생님 같은 어른들은 언제든지 아이들보다 잘나서 사과하거나 잘못을 인정하거나 하지 않는 법이라고 생각했었다.

"선생님, 아까, 도조 모에를 봤는데……."

고코로는 말했다. 흐느끼는 탓에 띄엄띄엄 중단되는 목

소리가 스스로도 답답했다.

"출입구에서 나를 봤으면서도 무시했어요. 아무 말 안 했어요. 학교 왔구나, 라든가 그런 말도, 다른 아무 말도 하지 않았어요. 매일같이 학교 소식 같은 걸 집에 가져왔으면서, 실제로 만나서는, 아무 말도 안 하고."

자신이 무슨 말을 하고 싶은 건지 알 수 없었다. 그래도 슬펐다. 터무니없이 모든 것이 슬프고 분해서 가슴이 메어 터질 것 같았다.

선생님, 어떡해요…….

고코로의 입에서 부르짖는 것 같은 목소리가 나왔다.

"선생님, 그 편지도 모에가 신발장에 가져다놓은 거라면 어떡해요. 사나다 미오리한테서 부탁받고 한 거라면."

이야기하면서 '나는 그게 정말로 싫었던 거였구나.' 하고 깨달았다.

4월, 자신에게 웃음을 보여주기도 했던 그 아이가 고코로의 집을 둘러싼 무리 속에 있었는지 어떤지를 고코로는 직접 확인하지 못했다. 다만 있었겠지, 하고 생각했다. 하지만 그런 생각이 드는 것만으로도 마음이 아파서 그 자리에 없었을 가능성에 매달리고 싶어졌다.

왜 그런지 알 수 없다. 모에는 처음부터 친구가 될 수 있다면 좋겠다고 생각한 아이였지만 그렇다고 해서 가장 사이좋은 친구는 아니었다. 그런데도 모에를 상대로 이런 마음이 되는 이유는 뭘까.

적이 됐다고 생각하고 싶지 않았던 거다. 모에가 자신을 싫어한다고 생각하고 싶지 않았던 거다. 오늘까지는.

오늘 아침 무시당해버렸기 때문에 그 바람도 사라졌다.

"고코로……!"

기타지마 선생님이 고코로의 팔을 잡았다. 순간 고코로의 입에서 우우, 하는 울음소리가 새어나왔다. 얼굴이 엉망진창이 되어 고코로는 울었다. 얼굴을 가렸던 팔을 내리니 기타지마 선생님의 얼굴이 바로 앞에 있었다.

"괜찮아." 하고 선생님이 말한다. 고코로의 팔을 만지는 선생님의 손에서 힘이 느껴졌다. 마음이 든든했다.

"괜찮아. 그 편지는 미오리가 이다 선생님이 시키는 대로 신발장에 가져다넣은 것뿐이고, 모에가 그런 거 아니야. 고코로에게 무슨 일이 있었는지 가르쳐준 게 모에인걸."

믿어!

선생님이 말했다. 그 목소리가 필사적으로 들렸다.

믿어. 고코로, 선생님 말을 믿어.

고코로는 아무 말도 할 수 없었다. 기타지마 선생님이 계속 말했다.

"미오리하고 있었던 일을 가르쳐준 건 모에야."

미오리 주변의 아이들이 사실을 말할 리 없다고 고코로는 생각했었다. 그 패거리들이 그럴 리 없다고. 하지만 모에라면…….

"갑자기 만나서, 놀라서, 바로 목소리가 나오지 않았을
지도 모르잖니. 하지만 믿어. 모에는 널 걱정하고 있어. 정
말로 걱정하고 있어."

어째서, 라는 생각은 아직 있다.

걱정하고 있다면서 어째서 그런 식으로 무시한 걸까. 그
런 생각을 하면서도 마음의 일부가 그 이유를 이미 알고
있는 것도 같았다.

마음에 가책을 느꼈기 때문일 것이다. 고코로가 당하고
있는 일을 알고 있으면서도 돕지 않았다. 집을 둘러싼 아
이들 속에 모에도 있었을 것이다. 있으면서도 그만두자고
말하지 않았다. 하지만 모에는 모두가 고코로를 몰아세우
는 가운데 혼자만은 마음이 안 좋았을지도 모른다. 그 가
능성이 고코로의 숨 막힐 것 같은 기분을 조금 풀어줬다.

"고코로."

기타지마 선생님이 말했다. 울음을 그친 고코로에게 무
척 다정하게 말했다. "싸우지 않아도 돼."라고.

싸 · 우 · 지 · 않 · 아 · 도 · 돼, 라는 말이 처음 듣는 외
국어처럼 들렸다.

전에 기타지마 선생님에게서 '싸우고 있다.'는 말을 들었
을 때도 기뻤다. 하지만 지금 이 말은 그때 이상으로, 상상
도 해보지 않은 만큼 부드러운 울림을 가지고 고코로의 마

음속으로 들어왔다. 선생님을 말없이 응시한다. 선생님이
말했다.

"고코로가 애쓰고 있는 거, 어머니도 알고 나도 알아. 이
제 싸우지 말고 자신이 하고 싶은 것만 생각해봐. 더 이상
싸우지 않아도 돼."

그 목소리를 들은 순간 고코로는 눈을 감았다. 눈을 감
은 채 어떻게 대답하면 좋을지 몰라서 그저 딱 한 번 끄덕
였다. 자신이 하고 싶은 것만, 이라는 말을 들었지만 고코
로는 자신이 무엇을 하고 싶은지 알 수 없었다.

하지만 싸우지 않아도 돼, 같은 생각이 있다는 것 그 자
체만으로도 온몸이 폭 안기는 듯한 안도감이 들었다.

그때 양호 선생님이 보건실로 돌아왔다. "저⋯⋯" 하고
조심스럽게 말하는 목소리가 입구 쪽에서 침대에 누워있
는 고코로에게도 들렸다.

"이다 선생님이 안자이 고코로를 보러온다고 하는
데⋯⋯"

고코로는 눈을 감았다. 세게 꼭 감았다가 다시 눈을 떴
더니 마음이 조금 강해진 기분이었다. 고코로를 응시하는
기타지마 선생님의 얼굴을 똑바로 마주봤다.

"⋯⋯집에 가고 싶어요."

고코로의 말에 기타지마 선생님이 끄덕였다. "그럼 그
렇게 할까?" 하고 고코로의 눈을 보며 끄덕였다.

어머니가 직장에서 하던 일을 멈추고 학교까지 고코로를 데리러왔다. 고코로가 기절했을 때 양호 선생님이 연락한 모양이었다.

학교에 가겠다고 말해놓고는 오전 중에 벌써 집으로 돌아가게 된 것에 대해 죄송하다고 말하고 싶었지만 어머니는 아무 말도 하지 않았다. 학교에서 돌아오자 고코로는 그냥 천천히 거실 소파에 누웠다. 어머니는 그날은 더 이상 일하러 가지 않고 고코로 옆에서 잠자코 앉아있었다.

집에 돌아오고 삼십 분 정도 지나서 기타지마 선생님이 집으로 왔다. 선생님은 고코로가 타고 간 자전거를 학교에서 집까지 끌고 왔다. 자전거 안장을 보고 고코로는 '아버지가 애써 닦아줬는데.' 하고 또 미안한 마음이 들었다.

기타지마 선생님은 집으로 들어와서 고코로에게 한 가지 이야기를 해주었다. 아침에 모에가 출입구에 있었던 것은 감기 기운이 있어서 병원을 들러서 왔기 때문이라는 것이었다. 그것뿐, 다른 이야기는 더 이상 하지 않았다.

그때 문득 이다 선생님은 미오리와 고코로를 만나게 하고 싶어 하지만, 기타지마 선생님은 어쩌면 모에와 고코로를 만나게 하고 싶었을지도 모른다고 생각했다. 미오리의 편지 일은 어머니도 이미 기타지마 선생님의 연락을 통해 알고 있는 것 같았다. 고코로에게 2층에 가라고 하고 한동안 선생님과 어머니 단둘이서 이야기를 했다.

등 뒤로 전해지는 그 기척과 목소리를 느끼면서 고코로는 심호흡을 했다. 자신의 방으로 이어지는 계단을 올려다봤다. 집에 돌아와서는 무서워서 바로 자신의 방으로 올라갈 수 없었다.

거울이 있기 때문이다.

'그런 학생은 없는데.'

거짓말하는 얼굴이 아니었다.

우레시노 하루카란 학생은 없다. 2학년에 마사무네란 아이도 없었다. 기타지마 선생님에게 오늘 학교에 온다는 연락을 한 등교거부 학생은 고코로뿐이라고 들었다. 양호 선생님도, 기타지마 선생님도 그런 문제를 놓고 거짓말을 할 이유가 애초에 없다. 그렇다면 지금까지 성 안에서 보낸 나날은 고코로의 머릿속에서 만들어낸 망상인가. 망상이 풀리면 거울은 더 이상 빛나지 않게 되는 건가.

성에 갈 수 있는 것은 아홉 시부터 다섯 시. 오늘도 원래대로라면 빛나고 있어야 한다. 고코로는 계단을 올라가 깊이 심호흡을 하고 방문을 열었다. 거울을 봤다. 그리고 말없이 숨을 삼켰다.

거울이 빛나고 있었다. 거울은 고코로를 맞이할 만반의 준비가 되어있었다. 망상도 바람도 아닌 현실감을 동반하고 분명하게 거기에 서서 무지개색으로 빛나고 있었다. 오늘을 앞두고 다 같이 약속했던 내용을 기억해냈다. 학교에서 무슨 일이 있으면 보건실로 도망쳐 들어간다. 보건실이 안 되면 도서실. 도서실이 안 되면 음악실. 만약 그 전부가 안 되면 어쨌든 도망칠 것. 그리고 학교에서 도망쳐서 집의 거울을 통해 성으로 돌아오기로 서로 약속했었다. 그 약속대로 거울이 고코로를 부르고 있었다.

───◦◦◦◦───

1층에서는 어머니와 기타지마 선생님이 이야기하고 있다. 두 사람이 이야기를 얼마나 계속할지 알 수 없었다. 이야기 도중에 언제 '고코로도 와라.' 하고 불려갈지 알 수 없었다. 고코로가 대답이 없는 것을 이상하게 여겨 어머니와 선생님이 방으로 올라올 가능성도 있었다. 하지만 그래도 거울 건너편으로 가고 싶었다. 꿈이나 환상이 아니었다는 것을 확인하고 싶었다.

거울 위에 손을 올리자 오늘도 평소처럼 손바닥이 거울에 달라붙어 수면에 빨려 들어가듯이 빛 속으로 잠긴다. '다들 있을 거야.' 하고 혼자서 속으로 말해본다.

거울 너머는 쥐 죽은 듯 조용했다. 고코로가 나온 거울을 빼놓고는 빛나는 거울이 하나도 없다.

아무도 안 왔구나.

다들 아직 학교일까. 아니면 오늘은 학교에 안 간 채 집에 있는 걸까. 조용히 홀 계단을 비추고 있는 마사무네의 거울을 보니 마음이 견딜 수 없게 아프다.

'와줘.' 하고 속으로 말한다.

와. 부탁이니까 와. 나는 학교에 갔어. 정말로 마사무네를 만나러 갔어. 마사무네를 배신한 게 아니야.

성은 망상이 아니라 존재한다는 확신이 들었다. 벽을 살짝 만져본다. 푹신푹신한 융단에 가라앉는 발끝의 감촉도 분명하다. 환상이라고는 생각할 수 없다.

여기는 도대체 뭐란 말인가.

고코로는 혼란스러운 상태에서 다시 방 안을 둘러봤다. 불이 타고 있지 않은 난로. 그밖에도 사용하지 않는 부엌이나 욕실. 설비는 전부 있는데 불을 피울 수 없고 물도 안 나오는 것은 어렸을 때 갖고 놀던 장난감과 같다. 여기는 아이들만 모이는 장난감 성이다. 어슬렁어슬렁 걸어서 식당으로 갔다. 중앙에 있는 벽돌로 만든 난로에 손을 뻗어본다. 싸늘한 그 감촉은 꼭 진짜인 것 같다.

그러다가 문득 소원 열쇠가 생각났다. 난로 안. 성에 와서 얼마 안 되었을 때 벽난로에서 엑스 표시를 발견했던 것이 기억났다. 그 표시에 뭔가 의미가 있는 게 아닐까. 그런 생각을 하면서 난로 안쪽을 들여다봤다. 손바닥 정도의 사이즈로 그려진 엑스 표시는 아직 거기 있었다.

"고코로."

갑자기 등 뒤에서 소리가 들려 고코로의 어깨가 움찔했다. 돌아보니 리온이 서있었다.

"리온……."

"깜짝 놀랐어. 네 거울이 빛나고 있는데 게임방에 모습이 안 보여서……. 어땠어? 마사무네 형이랑 다른 친구들 다 잘 만났어?"

리온의 말투는 밝았다. 고코로는 그 얼굴을 가만히 바라보았다. 그리고 이건 환상이 아니라고 생각했다.

리온은 분명히 내 앞에 있다. 내가 만들어낸 망상 따위가 아니다. 눈앞에서 살아서 움직이고 말하고 있다.

"……못 만났어."

오히려 대답하는 자신의 목소리가 유령 같다고 느꼈다. 리온의 얼굴에 "어?" 하고 놀라는 표정이 떠올랐다. 고코로도 어떻게 설명해야 좋을지 알 수 없었다.

"잘 모르겠지만 못 만났어. 마사무네 오빠도 그렇고 다른 친구들도 다 오지 않았어. 하지만 그냥 안 온 게 아니야. 선생님들한테 학교에 마사무네랑 우레시노 같은 학생은 없다는 말을 들었어."

"……뭐?"

리온이 얼굴을 일그러뜨린다. "무슨 소리야?" 하는 그의 목소리가 가벼워서 조금 마음이 놓였다.

"어떻게 된 거야? 그 녀석들이 거짓말을 했다는 거야? 같은 중학교라고?"

"아냐."

고코로도 그런 거 아닌가, 하고 생각했다. 하지만 그래서는 설명이 되지 않는 게 많다. 무엇보다 그들이 그런 거짓말을 할 이유가 없다.

"모르겠어."

숨을 폭 내쉬며 고코로가 말했다. 슬슬 돌아가야 한다. 어머니와 기타지마 선생님이 언제 이야기를 끝내고 고코로를 부르러 올라올지 알 수 없다.

고코로가 초조해하는 것이 전달됐는지 리온이 더는 묻지 않고 입을 다물었다. 고코로는 아쉬웠지만 "이제 가야 해."라고 말했다.

"오늘은 엄마가 집에 있어. 돌아가지 않으면 이상하게 생각할 거야."

리온을 다시 바라봤다.

"만날 수 있어서 다행이야. 나, 지금까지 내가 봐온 게 전부 내 망상이었나 하고 생각할 뻔했어. 리온이 내 앞에 분명히 있다는 걸 알아서 다행이야."

"그게 무슨 소리야."

리온이 당황스러워했다. 고코로가 하는 말의 의미는 고코로의 짧은 설명만으로는 온전히 전달될 수 없을 터였다.

혼란스럽게 할 소리만 해버려서 미안했다.

"……이곳은 뭘까? 늑대님은 누굴까?"

빨리 돌아가지 않으면 안 되는데도 미련이 남아 목소리가 나왔다. 정말은 지금 당장 늑대님을 불러내서 캐묻고 싶다. 설명을 들었으면 좋겠다.

그렇게 생각하는 고코로에게 중얼거리는 것 같은 작은 목소리로 리온이 말했다.

"……속임수라는 생각도 들어."

"속임수?"

"늑대님이 우리를 빨간 모자, 라고 부르잖아."

무슨 뜻인지 알 수 없었다. 그때 리온이 얼굴을 들고 "나도 가야 해."라고 했다.

"나도 축구하다가 쉬는 시간에 빠져나왔어. 오늘이 결전의 날이었잖아. 그래서 다들 밖에서 만나서 어땠는지 조금만 들어보고 싶어서 온 것뿐이니까."

"……하와이는 지금 몇 시야?"

"오후 다섯 시 반 정도."

리온에게는 리온의 생활이 있는데도 일본에 있는 우리들의 일을 신경 써준다는 생각에 마음이 따뜻해졌다.

이제, 돌아가야만 한다.

그런 생각을 하면서도 문득 물어보고 싶어졌다. 리온과 둘이서만 이야기할 수 있는 기회는 아주 드물다. 다 같이 만나기로 했지만 허탕을 치고 만 거울 너머의 세계로 이제 돌아가야 한다고 생각했더니 더 물어보고 싶어졌다.

"있지, 만약 리온이라면 어떻게 할래?"

"뭘?"

"만약 소원 열쇠를 찾으면……."

깊이 생각해서 물어본 건 아니었다. 정말로 막연히 마음의 구김이 없어 보이는 이 아이에게는 이루고 싶은 절실한 바람 같은 건 분명 없을 거라고, 그것이 부러워서 물어본 것일 뿐이었다.

그러나 그때 리온의 눈동자가 맑아지면서 시선이 먼 곳을 향했다.

"내 소원은……."

소원의 내용을 묻고 싶은 게 아니었다. 열쇠로 소원을 이루면 이곳에서의 기억을 모두가 잃는다. 그러니까 리온은 기억을 잃어야 한다면 열쇠는 없어도 좋다고, 그렇게 대답할 거라고 멋대로 생각하고 물어본 거였다.

하지만 리온은 말했다.

"누나를 집에 돌아오게 해주세요."

"……어어."

리온은 그렇게 말할 작정은 아니었을지도 모른다. 둘의 눈이 마주쳤다. 말해버리고 나서 스스로도 놀란 듯 리온이 입을 꽉 다물었다. 고코로는 무슨 말을 해야 좋을지 알 수 없었다. 리온은 이미 뱉은 말이니 어쩔 수 없이 설명해줘야겠다는 듯 엷은 웃음을 지으며 말했다.

"내가 초등학교에 들어간 해에 누나가 죽었어. 병으로."

고코로는 여전히 입이 떨어지지 않았다. 그러고 보니 훨씬 전에 리온이 누나가 있다고 말했던 기억이 났다. 가족 구성을 물었더니 누나가 하나, 라고 대답했던 것도 떠올렸다. '누나도 하와이?'라고 묻는 고코로에게 리온이 '일본'이라고 했었다. '일본에 있다.'고.

말없이 리온을 응시하는 고코로에게 리온이 말했다.

"미안. 이런 얘기 들으면 난처하지? 특별히 무슨 말을 해줬으면 하는 거 아니었을 텐데."

"……아니야."

고코로는 고개를 흔든다. 정신없이 흔들었다. 리온이 사과할 일이 아니다. 말이 나오지 않는 자신 쪽이 한심해서 그저 고개를 흔든다. 무슨 말을 해야 좋을지도 알 수 없었고, 말을 하는 게 좋은 건지 아닌지도 판단이 서지 않는다. 죽은 누나에 대해 언급하는 것을 리온이 바라는지 안 바라는지도 알 수 없었다. 그 마음이 전달된 것도 아닐 텐데 리온이 조금 웃었다. 그리고 계속했다.

"만약 소원 열쇠가 있고 누나가 정말로 우리 집에 돌아오는 거라면 사용할지도. 어떤 소원이라도 이뤄지는 거라면."

"······그랬구나."

"이런 이야기, 나도 오랜만에 했어. 별로 할 얘기도 아니니까 저쪽 학교 녀석들한테도 얘기한 적 없어."

얘기해버린 후에 조금 어색해하는 것 같은 리온 앞에서 고코로는 옴짝달싹 못했다.

가슴이 메었다. 그리고 생각했다. 나는 어쩌면 이토록 보잘 것 없을까, 하고.

리온의 소원 앞에서 사나다 미오리의 일은 희미해진다. 나는 어쩌면 이토록 작은 것을 가지고 소원이라고 바라고 있었던 걸까. 심장이 꽉 오므라드는 것 같았다.

소원이 이뤄지는 거라면 내 소원은 포기하는 게 좋다고 진심으로 생각했다. 리온의 집에 누나가 돌아올 수 있다면 부디 그쪽이 이뤄졌으면 좋겠다.

"내일 올 거니?"

리온이 물었다.

"올 거야."

고코로가 대답했다.

내일 여기 와서 한 사람, 한 사람 모두 만나고 싶다는 것밖에 지금은 생각할 수 없었다.

모두가 확실히 존재하고 있다는 것, 고코로와 이야기할 수 있다는 것을 확인하고 싶어서 참을 수 없었다.

하룻밤을 내내 참았다. 내일이면 반드시 다 모일 것이다. 그렇게 믿고 다음 날을 기다렸다.

다음 날 거울을 통과하여 성에 갔다. 성 안에는 모두가 모여있었다. 단, 마사무네와 리온은 없었다. 리온은 원래 생활시간이 다르기 때문에 성에 모습을 안 보이는 게 이상한 일이 아니다. 하지만 마사무네가 모습을 안 보이는 것은 간단히 넘어갈 수 없는 일이었다. 2학기 이후 마사무네는 개근상이라도 탈 기세로 늘 성에 왔었다.

"고코로……."

게임방에 들어온 고코로에게 맨 처음 말을 걸어온 것은 아키였다. 그 눈이 어렴풋이 화나있는 것처럼 보였다. 우레시노도, 후카도, 스바루도 이미 뭔가 이야기가 오가고 난 뒤인지, 입을 꼭 다물고 이제 막 들어온 고코로를 바라봤다. 아키가 고코로를 봤다. 노려봤다. 그리고 물었다.

"왜 오지 않은 거니?"

고코로는 순간적으로 눈을 감아버릴 것 같았다. 역시 그랬구나, 하고 생각한다. 이런 질문을 받을 거라는 짐작은 하고 있었다. 그러나 실제로 그런 말을 듣자 충격은 상상보다 컸다.

"아냐!"

고코로는 외쳤다. 아키의 눈을 보고 똑바로 대답했다.

"아냐! 갔었어. 난 분명히 학교에 갔어."

그때 문득 어떤 가능성이 머릿속을 스쳐갔다. 그것은…… 어쩌면 나를 빼고는 모두 만났을지도 모른다는 가능성이었다. 고코로 이외의 다른 사람들은 모두 보건실에서 무사히 만났고 고코로만 못 만났다, 그런 얘기일지도 모른다. 그렇다면 그들 모두에게 고코로는 배신자다. 그런 불길한 생각이 가슴을 차갑게 했다.

아키의 눈이 가늘어졌다. 가늘어져서 이번에는 후카 쪽을 봤다. 아키가 말했다.

"같은 말을 하네."

"어?"

"후카랑 스바루도 그리고……."

고코로는 숨을 삼켰다. 말없이 후카, 우레시노를 바라보니 모두가 고개를 끄덕였다. 우레시노의 얼굴이 새빨갛다.

"나도 갔었어."

우레시노도 왔었구나. 2학기 초에도 반 아이들과 그런 일이 있었는데. 그래도 우레시노는 학교에 왔다. 그건 굉장한 용기가 필요한 일이었을 것이다.

"나도."

"나도."

후카와 스바루의 목소리도 이어졌다.

"하지만 못 만났어."

후카가 말했고 고코로는 눈을 감아버리고 싶어졌다.

그랬구나. 모두 그랬구나.

"……1학년에 고코로란 아이는 없다는 말을 들었어."

우레시노의 말을 듣고 고코로는 그랬을 거라고 어렴풋이 짐작은 하고 있었지만 흠칫할 수밖에 없었다. 우레시노가 못 믿을 것을 보는 것 같은 눈으로 고코로를 봤다.

"같은 1학년이니까. ……고코로, 드문 이름이기도 해서 지나가던 선생님한테 물었어. 하지만 그런 학생은 없다고 그랬어."

"나도 물었어. 1학년에 우레시노 하루카는 없다는 말을 들었어."

우레시노가 얼굴을 찌푸렸다. 엉뚱하게도 "하루카라는 이름을 기억하고 있었어?" 하고 언짢은 듯이 중얼거렸다. 고코로에게는 지금 그런 게 문제가 아니었다. 우레시노를 모른다는 말을 들었을 때도 충격이었지만 우레시노도 고코로가 없다는 말을 들었다니……. 도저히 믿을 수 없는 말이지만 고코로도 어제 체험한 일이었다.

"내가 없다니, 무슨 말이야. 나 분명 그 학교 1학년이야."

"나도야. 나 분명 유키시나 제5중학교 1학년이야."

우레시노에게 대답하자 그동안 팔짱을 끼고 있던 스바루가 "나도 2학년 교실까지 가봤어."라고 했다.

"아무리 시간이 흘러도 마사무네가 우리 교실에 오지 않아서……. 걱정이 돼서 마사무네의 2학년 6반에 가봤어. 그런데 없었어."

스바루의 말을 듣고 모두 조용해졌다.

"어떻게 된 거야?"

누구에게랄 거 없이 아키가 말했다. 갈피를 못 잡겠다는 듯이 머리카락을 엉망으로 그러모아 올리면서. 그 머리 색깔이 달라져있는 것을 고코로는 그때서야 알았다. 아키의 붉은빛 도는 머리가 검게 돌아와있다. 되돌린 거다. 학교에 가기 위해서, 아마도 그저께 성에서 돌아간 날 밤에.

아키는 거짓말을 하고 있는 게 아니다. 고코로와 마찬가지로 상당한 각오를 하고 어제 학교에 갔다.

"배구부 아이들은 만나고 싶지 않았는데……."

분한 듯이 얼굴을 일그러뜨린 아키의 입에서 저도 모르게 중얼거리는 소리가 새어나왔다. 들으면 가슴이 아파지는 가냘픈 중얼거림이었다. 아키가 배구부라니 처음 들었다. 반년이 넘도록 한 번도 들은 적이 없는 이야기였다.

배구부. 사나다 미오리의 배구부.

그 아이가 들어갔을 무렵 아키는 학교에 다니고 있었을까. 지금 이렇게 자신에게 가까운 아키가 그 아이의 '선배'였을까.

"늑대님한테 물어볼까?"

후카가 말했다. 조심스러운 말투였다. 모두의 시선이 후카를 향했다. 후카가 "믿을 수 없지만……" 하고 계속했다.

"우리는 같은 중학교인데도 못 만났어. 어떻게 된 일인지 그 아이라면 설명해줄 수 있을지도. 심술쟁이니까 가르쳐 주지 않을지도 모르지만."

"늑대님도 그렇지만 우선은 마사무네의 이야기를 들어 봐야 하는 거 아니야?"

스바루가 말했다. 정말로 맞는 말이었다. 이번에는 말을 맞춘 것도 아닌데 모두 마사무네가 놓고 간 게임기를 봤다.

"마사무네가 오늘 안 왔어. ……아마 마사무네도 어제 우리를 못 만났겠지?"

'실은 의논할 게 있는데. 저, ……너희들 하루만이라도 좋으니까 3학기 시작하는 날에 학교에 와주지 않을래? 하루. 정말로 딱 하루면 되니까.'

12월의 크리스마스 파티에서 마사무네가 주저주저하는 말투로 그렇게 말했었다. 자존심이 센 마사무네가 크리스마스 선물까지 준비해와서 아이들 앞에서 그렇게 말할 때는 심정이 어땠을지 생각만 해도 새삼 가슴이 아팠다. 필사적인 마음으로 부탁했는데 아이들이 오지 않았다.

그 사실을 마사무네는 어떤 마음으로 받아냈을까.

"……오해했을까?"

후카가 말했다. 그렇게 말하는 눈이 슬퍼 보였다.

"자신을 위해서 온 사람이 아무도 없었다고."

"그럴 거야. 그래서 오늘 안 온 거라면 어떡하지?"

"하지만 우연히 못 온 것뿐일지도. 오후가 되면 올지도 몰라."

스바루의 목소리에 우레시노가 고개를 흔들었다.

"마사무네도 학교 가서 발로 차였다든가 맞았다거나 한 것은 아닐까? 이거, 내 경우이지만."

자신이 입었던 상처를 그런 식으로 말하면서도 듣는 사람에게 불쾌감을 주지 않는다는 점에서 우레시노는 굉장하다고 고코로는 생각했다. 우레시노의 그 밝은 기운에 그 자리의 공기가 조금쯤 가벼워지는 것을 느꼈지만 다들 아무래도 입구 쪽에 신경을 쓰고 만다. 이제 막 거울을 빠져나온 마사무네가 커다란 계단이 있는 홀에서 모습을 나타내지 않을까. 그렇게 기대하고 만다. 하지만 마사무네가 올 기색은 없었다. 그것이 그의 분노를 표현하는 것 같아서 왠지 괴로웠다. 왔으면 좋겠다고 말로 표현하지는 않지만 모두가 그렇게 바랐다.

오후가 되어 가끔 점심을 먹거나 화장실에 가려고 집에 다녀오기도 했지만 다들 성이 닫히는 다섯 시 가까운 시간까지 성에 남았다.

성에 남아서 마사무네를 기다렸다. 그러다가 누군가 사람이 오는 기척이 나서 흠칫 얼굴을 들었지만 복도 건너에서 얼굴을 내민 것은 리온이었다.

"마사무네는?"

당연히 보여야 할 얼굴이 왜 안 보이냐고 묻는 말에 가슴이 미어졌다. "안 왔어." 하고 스바루가 대답했다. 어제 있었던 일을 이번에는 고코로만이 아니라 모두가 리온에게 설명했다.

"이제 안 오면 어떡하지?"

그날의 끝자락에 고코로가 진심으로 걱정하며 말하자 "괜찮겠지." 하고 스바루가 말했다.

"그 녀석 게임광이니까 적어도 게임기 가지러는 돌아올 거야."

게임방 한가운데 놓인 게임기를 바라보며 그렇게 말했다. 그 말에 고코로도 "그래. 그럴 거야." 하고 희망을 섞어 대꾸했다.

하지만 마사무네는 오지 않았다.

그날만이 아니라 다음 날도. 그 다음 날도. 그 또 다음 날도. 계속.

2월

1월 내내 오지 않던 마사무네가 2월이 되자 바로 모습을 나타냈다.

──◦◦◦◦◦──

이제 성에는 두 번 다시 오지 않을 모양이라고 생각했던 마사무네는 머리를 말쑥하게 자르고 나타났다. 인상이 변하여 고코로는 잠시 새로운 멤버가 왔나, 하고 생각했다. 마사무네는 누구보다도 일찍 와서 게임방 한가운데에 앉아 특별한 일 없었다는 듯이 게임을 하고 있었다.

"……마사무네!"

그 모습을 보고 우뚝 멈춘 고코로를 향해 "여어." 하고 인사한다. 시선은 다시 텔레비전의 카레이스 게임을 향하고 "앗, 위험해!"라든가 "우왓!"이라든가 하며 혼자 중얼거린다. 고코로는 어떻게 말을 시작해야 좋을지 몰라 게임방 입구에 가만히 서있었다. 그렇게 하고 있는 사이에 한 사람, 또 한 사람 멤버가 늘어나면서 모두가 모이게 되었다. 마사무네의 모습을 보고 스바루, 후카, 아키, 우레시노, 리온 모두가 그 자리에 우뚝 선다.

"마사무네 오빠, 우리가 얼마나 기다렸는데……."

오해야, 라고 말하고 싶었다. 우레시노도 말한다.

"마사무네 형. 우리 약속 깬 거 아니야!"

"그래, 그동안 왜 안 온 거니? 우리는 정말로 갔었거든."

아키가 상기된 목소리로 말했다. 그때서야 마사무네가 비로소 게임 컨트롤러를 손에서 내려놨다. 마사무네가 운전하던 자동차가 게임화면 속에서 요란하게 충돌한다. 게임 오버를 알리는 BGM이 흘렀다.

"알고 있어."

마사무네가 말했다. 그러면서 비로소 이쪽을 바라봤다. 머리를 짧게 자른 탓인지 전보다 시선이 더 날카로워진 것 같았다. 마사무네가 아이들을 바라보고 말했다.

"알아. 다들 그날 학교에 갔었다는 거. 내가 와달라고 부탁한 1월 10일에."

모두가 그 목소리에 숨을 삼켰다. 마사무네가 계속한다.

"여기 친구들이 안 왔다니 그런 생각 안 해. 안 올 리 없으니까."

마사무네의 말을 듣고 모두가 눈을 동그랗게 뜨고 마사무네의 다음 말을 기다렸다. 고코로의 가슴에도 그의 말이 깊게 꽂혔다. 그리고 눈물이 날 만큼 기뻤다. 마사무네는 자신들을 믿어줬다. 오해라고 굳이 말할 필요도 없었다. 그날의 고코로도 그랬었다. 고코로는 그날 보건실에서 친구들이 약속을 어기고 안 왔을 거라고는 눈곱만큼도 생각하지 않았다. 뭔가가 이상하긴 했지만, 그래서 성의 존재 자체가 망상이었던 게 아닐까 하고 의심하기도 했지만, 아이들에 대해서는 의심하지 않았다.

"그럼 왜 성에 오지 않은 건데?"

후카가 물었다. 마사무네가 텔레비전의 스위치를 끄고 아이들의 얼굴을 봤다.

"나 나름대로 그동안 생각 좀 하느라고. 여기 친구들이 나를 배신할 리 없는데 우리는 만나지 못 했어. 왜 그런 일이 일어난 걸까. 생각하고 또 생각해봤어. 그리고……."

마사무네가 짧게 숨을 들이마셨다. 그리고 말했다.

"결론이 나왔어. 우리는 아마도 각자의 패럴렐 월드에서 온 게 아닐까 싶어."

"패럴렐 월드?"

"그래."

고코로가 눈을 크게 떴다. 귀에 익지 않은 단어다. 무슨 말인지 의미를 알 수 없었다. 다른 사람들은 알고 있는 걸까. 옆을 보니 다들 멍한 얼굴로 마사무네를 바라보고 있다.

마사무네가 말했다.

"우리들은 모두 각각 다른 유키시나 제5중학교에 다니고 있다는 얘기야. 내가 살고 있는 세계에는 여기 친구들이 없고 각자가 살고 있는 세계에는 내가 없어. 여기 있는 우리 일곱 명이 사는 세계가 서로 다른 거야."

───◆───

세계가 서로 다르다.

단어는 들리는데 그 의미가 바로 와닿지 않았다. 아이들이 의미를 모르겠다는 얼굴로 서로를 마주 보자 마사무네가 조금 초조하다는 듯이 "애니메이션이라든가 SF소설이라든가, 너희들은 거의 안 보겠지?"라고 말했다.

"공부가 너무 부족한 거 아냐? 이건 요즘 SF 세계에서 가장 상식에 가까운 사고방식이야. 패럴렐 월드."

"잘 모르겠지만 즉, SF와 같은 현실과 동떨어진 일이 일어났다는 얘기야?"

"현실과 동떨어졌다고 한다면 이 성 자체가 이미 충분히 현실과 동떨어져 있는 거 아니야? 우리들은 이미 초자연현상이라든가 판타지가 아니면 설명할 수 없는 상황에 있다는 것을 받아들여야 한다고."

고코로의 소박한 의문에 마사무네가 답답하다는 듯이 대답하고는 "알겠어?"라고 다시 모두를 향해 설명했다.

"우리가 사는 세계, 일곱 개의 거울 너머에 있는 세계는 같으면서도 다른 세계야. 일본 도쿄의 미나미도쿄 시에 유키시나 제5중학교가 있는 것은 같은데, 그 세계의 등장인물이라든가 구성요소가 조금씩 어긋나있는 거야. 무엇보다 그 각각의 세계에는 우리 일곱 명이 각각 한 사람씩만 존재해."

"그러니까……."

팔짱 낀 아키가 고개를 갸웃하면서 말한다.

"무슨 뜻이야? 한 사람씩만 존재하고 있다니……."

"게임으로 상상하면 알기 쉬울지 모르겠네."

마사무네가 자신이 던져둔 게임 컨트롤러를 바라봤다.

"우리는 각자 '미나미도쿄 시의 유키시나 제5중학교'라는 제목의 게임소프트웨어 안에 있고, 각자가 그 게임 속에서 주인공이야. 그 소프트웨어가 일곱 종류가 있는 거지. 그래서 누군가가 플레이하고 있는 소프트웨어의 데이터는 그 사람 거야. 각자의 게임 소프트웨어에 저장되는 데이터는 서로 달라. 소프트웨어마다 주인공은 하나여서 내 데이터는 내 것. 스바루 형의 데이터는 스바루 형 것, 아키 누나의 데이터는 아키 누나 것이지."

마사무네가 아이들의 얼굴을 하나하나 둘러봤다.

"내가 플레이어인 세계에서 주인공은 당연히 나니까 다른 녀석들은 없고, 아키 누나나 스바루 형이 주인공인 소프트웨어에 나는 나오지 않아. 다른 사람들의 경우도 그래. 하나의 데이터에 주역은 한 사람뿐이야. 스타트 화면에서 우리들 일곱 명 중에서 플레이어를 한 사람만 골라서 게임을 하는 것 같은 상태지."

마사무네가 팔짱을 꼈다.

"같은 소프트웨어니까 비슷한 세계로 보이지만 주인공이 다르기 때문에 일어나는 사건이나 자잘한 요소는 서로 다른 주인공에 맞춰서 미세하게 조정되는 거야. 우리에게 주어진 게임 소프트웨어는 동일하지만 그 안의 스토리는 각자에게 맞춰 별도의 루트로 진행되는 거라고 생각하면 앞뒤가 맞아."

"……아직은 잘 모르겠지만."

후카가 반신반의하는 모습으로 고개를 느리게 흔든다.

"그래도…… 패럴렐 월드란 말은 들어본 적 있어. '평행 우주'라고 하지?"

평행우주.

그 말을 고코로는 입안에서 반복해보았다. 한자로 '平行(평행)'이라고 쓰는 거라면 그 이미지가 어떤 건지 알 수 있을 것 같았다. 성의 큰 홀 계단 앞에 늘어선 일곱 개의 거울, 각각의 거울 뒤에 평행으로 빛이 뻗어나가는 모습이 떠올랐다. 거울 저편에 펼쳐지는 각각 세계의 빛은 그저 평행으로 뻗어갈 뿐 아무리 가도 교차되지 않았다.

후카가 계속했다.

"전에 읽은 만화책에 나왔었어. 그 책은 한 사람의 주인공에게 그때 만약 이렇게 했다면 하는 선택지만큼 서로 다른 평행우주의 현실이 만들어져. 그래서 서로 다른 세계에 살고 있는 자신들이 모여서 동창회를 해. 그때 만약 애인이랑 결혼했다면, 꿈을 포기하지 않고 계속했더라면, 청춘 시절의 마음을 계속 간직했더라면 등등 그런 인생의 선택지의 수만큼 서로 다른 세계의 자신이 있는 거야."

"그래, 맞아! 선택에 따라 세계가 분기되는 거야"

마사무네가 격하게 고개를 끄덕였다. 후카의 비유를 듣고 나니 고코로도 어느 정도는 이해할 수 있을 것 같았다. 그때 이랬다면 조금은 다른 현실이 되지 않았을까, 하는 것은 고코로도 자주 생각하는 것이었다. 만약 자신이 학교를 쉬지 않았다면, 사나다 미오리와 반이 달랐었다면, 애당초 유키시나 제5중학교의 학생이 아니었다면…….

가상의 현실은 진짜 현실보다 지내기가 좋아 보였기 때문에 정말로 그랬다면 좋을 텐데 하고 생각하다보면 그쪽 세계가 현실로 존재하고 있는 것 같기도 했다.

"그래서 우리들의 패럴렐 월드의 분기점은 우리들의 존

재 자체라고 생각해. A를 선택했지만 그때 B를 선택했다면 다른 세계가 있었던 게 아닐까 하고 생각하는 전의 상황을 예로 보자. 우리의 세계는 각각 후카가 있던 경우, 우레시노가 있던 경우, 고코로가 있던 경우 하는 식으로 일곱 명분의 세계가 지금 각자에게 주어진 거야. 몇 번이나 생각해봤지만 그렇지 않을까 하고 생각해. 우리들은 비슷하지만 조금씩 다른 세계를 살고 있어."

"하지만 그럼 예를 들어 기타지마 선생님은?"

이번에는 고코로가 물었다.

"아키 언니는 만난 적 없다고 했지만 마사무네 오빠도, 나도 각각 스쿨의 기타지마 선생님하고 만났잖아? 기타지마 선생님은 적어도 각각의 세계에 있다는 얘기 아냐?"

말하면서 고코로는 생각이 났다.

기타지마 선생님이 그날 학교에 온다고 하는 연락을 받은 학생은 고코로뿐이었다. 선생님이 마사무네나 우레시노의 존재를 알고 기다렸던 것 같지는 않았다.

"……같은 등장인물도 있다고 봐."

등장인물, 이라는 말에 고코로는 입술을 꾹 깨물었다. 게임에 비유해서 얘기를 하는 중이었기 때문에 마사무네가 굳이 그런 단어를 사용한 것이겠지만 자신이 살고 있는 현실이 그 순간 모형 정원 같은 모조품처럼 느껴졌다.

"예를 들어 아키 누나나 스바루 형은 프리스쿨이 있다는 사실 자체를 모르잖아? 기타지마 선생님하고도 당연히 만나지 않았고."

"……응."

"어어."

두 사람이 끄덕이는 것을 기다리고는 마사무네가 단언한다.

"그러니까 두 사람의 세계에는 아마도 프리스쿨은 없을 거야. 기타지마 선생님이란 인물 자체도 두 사람의 세계에 존재하지 않을 가능성이 있고, 혹은 있을지 모르지만 전혀 다른 장소에서 다른 일을 하고 있다든가 그런 게 아닐까?"

1월 내내 성에 안 오는 동안, 마사무네는 이런저런 생각을 하며 혼자서 알아본 모양이었다. 패럴렐 월드에 대해 책 같은 데서 자세히 찾아봤을지도 모른다.

"전부터 좀 느끼고 있었어. 우리들이 얘기하는 유키시나 제5중학교의 지리적인 부분이 왠지 조금씩 다르다는 생각이 들어서. 예를 들어 고코로 말이야. 넌 집 주위에서 가장 큰 쇼핑 장소가 어디지?"

"카레오……인데."

모두 같을 거라고 생각했는데 다른 사람들의 반응을 보고 고코로는 놀랐다. 후카가 눈을 크게 뜨고 있다.

"후카 언니는 카레오 아니야? 달라?"

"……우리집에서는 아르코라는 쇼핑몰에 가. 영화관 같

403

은 게 들어와있는 곳이야."

"어?"

처음 듣는 이름이었다. 카레오는 큰 쇼핑센터지만 영화관은 없다. 후카의 목소리를 받아 마사무네도 끄덕였다.

"우리 집도 아르코. 그래서 전에 고코로가 카레오라고 했을 때 아르코를 착각했구나 하고 생각했어. 그런데 그게 아니었던 거지?"

"응……."

고코로가 멍한 표정을 하고 끄덕였다. 카레오에 대한 이야기를 자신이 언제 했는지 바로 생각이 나질 않아 끙끙거리고 있는데 아키가 얼굴을 찌푸렸다.

"나는 아르코도 카레오도 몰라. 그러고 보니 전에 각자 어디 초등학곤지 얘기했을 때, 고코로가 나한테 물었잖아. 카레오 근처 아니냐고. 그때 실은 무슨 소릴 하는 거야, 하고 생각했었어."

"그랬었어?"

"그리고 맥도날드도."

후카가 작은 소리로 말했다.

"나는 아르코 안에 있는 맥도날드를 자주 갔었는데, 그게 역 앞에 있어? 전에 아키 언니랑 스바루 오빠가 그렇게 말하지 않았나?"

"응, 역 앞. 거기 생긴 지 얼마 안 됐다고 알고 있는데."

아키와 스바루가 곤혹스러운 듯이 얼굴을 마주봤다.

"두 사람이 그렇게 말하는 거 듣고 내가 모르는 사이에 생겼구나 하고 가봤는데, 역시 없어서 좀 이상하다고 생각했었어. 고코로는 아니?"

"나도 카레오 안이라면 알지만……."

같은 학교 아이들이 있을 가능성이 높기 때문에 가급적 가까이 가려고 하지 않았던 장소다. 고코로는 당황하면서 "그럼……." 하고 묻는다.

"근처에 이동 슈퍼는 와? 미카와청과의 트럭. 근처 공원으로 일주일에 몇 번쯤 오거든. 내가 어렸을 때부터."

머릿속에서 〈작은 세상〉의 멜로디가 맴돈다.

고코로가 좋아하는 디즈니랜드의 어트랙션 '이츠 어 스몰 월드It's A Small World'의 곡을 커다란 스피커로 울려대면서 오는 이동판매차. 그 곡을 낮에 홀로 들으며 우울해하던 것이 먼 옛날 일처럼 느껴진다. 성에 오게 되고 나서는 그 곡은 듣지 않았다.

"모르겠어. 우리 집 쪽으로는 안 오는지도."

"하지만 후카 언니는 나랑 초등학교가 같았잖아? 1초등학교. 그러니까 그 주변을 차가 돌 거라고 생각했는데……."

후카랑은 집이 이웃일 거라고 생각했다. 실제로 만나지는 않았지만 든든하게 생각했다.

"……우리 집 쪽으로는 와. 〈작은 세상〉이지?"

아키가 그렇게 말하자 고코로가 숨을 삼켰다. "맞아!" 하고 목소리가 크게 나왔다.

"〈작은 세상〉 음악을 울리면서 트럭이 와."

"할머니가 자주 장보러 갔어. 와주니까 편하다면서."

"우리 집에도 오는 거 같은데. 하지만 우리 집 쪽에 오는 차는 음악소리가 안 나. 차도 트럭이 아닌데? 왜건 같은 거고 거기에 채소 같은 거 팔러 오는 그거 말하는 거지?"

우레시노가 말한다.

"슈퍼나 그런 데까지 못 가는 노인이 늘었기 때문이라면서 자주 우리 집 쪽으로도 와. 몇 시라고 정해져서 엄마가 시간에 맞춰서 장보러 자주 나가. 우리 엄마도 차 운전 못해서 마트에 가는 거 힘들어하니까."

아무래도 고코로나 아키가 아는 이동판매차와 우레시노가 말하는 차는 다른 것 같았다.

"그 다음은 날짜 말인데."

마시무네가 날짜 이야기를 꺼내자 다들 무슨 말인가 하고 고개를 갸웃하는데 이번에도 우레시노가 "아!" 하고 소리를 지르며 끼어들었다.

"있지, 마사무네 형. 형 말을 듣고 학교에 간 1월 10일. 그날은 시업식이 아니었어."

그렇다. 시업식은 그 전주, 1월 6일에 이미 끝났었다. 학교에서 온 알림장으로 확인했으니까 틀림없다. 실제로 그날 시업식은 없었다.

그런 생각을 하고 있자니, 우레시노가 놀랄 만한 얘기를 이어갔다.

"그날, 일요일이었잖아?"

목소리가 목구멍 중간에서 멈췄다. 고코로가 놀라는 표정으로 우레시노를 쳐다보자 우레시노도 어리둥절해하며 "왜?" 하고 다른 아이들을 둘러보았다.

"학교를 쉬다보니 요일 감각이 거의 없어져서 나도 깜박했었는데……. 학교 간다고 엄마한테 말했더니 내일은 일요일이라면서 웃었어. ……다들 착각했나보다고 생각했지만 그래도 일단 갔어. 못 들어갔지만 문 앞에서 반나절을 기다렸어."

"거짓말 아니야?"

고코로는 저도 모르게 큰 소리로 말했다. 하지만 우레시노는 "정말이야."라며 어리둥절할 뿐이다. 그 얼굴을 보고 고코로도 '정말이었나보다.' 하고 생각했다.

2학기 초, 학교에 갔다가 참담한 일을 당한 우레시노가 같은 일을 3학기에도 반복했다고 한다면 그건 굉장한 용기라고 생각했다. 그래도 만약 일요일이라면 상황은 조금 다르다. 그런 생각을 하다가 흠칫했다. 교문 앞이라도 동아리 활동 같은 것 때문에 학생들의 출입은 있었을 테니까 거기까지 가려면 당연히 용기가 필요했을 것이다. 그런데도 그런 식으로 생각하다니, 부끄러운 일이다. 마음속으로 우레시노에게 사과한다.

"마사무네 형이 하루를 착각했나 했어. 그럼 월요일에 다시 가봐야 할까 하고 생각했었는데, 그랬더니 엄마가 내일도 성인의 날이라서 휴일이라고 했어. 연휴라고. 그래서 점점 더 헷갈렸어."

"성인의 날은 15일이잖아? 연휴가 아니었을 텐데……"

이번에는 스바루가 말했다. 그러자 마사무네가 중얼거렸다.

"……요일이 미묘하게 달라. 우리."

모두 눈을 깜박거렸다. 마사무네가 계속했다.

"언제가 일요일인지 평일인지. 게다가 언제가 시업식인지 성인의 날인지도 아마 서로 다 다르겠지. 내 세계에서는 1월 10일이 시업식이었지만, 아닌 사람도 있지?"

"시업식은 그렇다 치고 성인의 날은 같아야 하는 거 아닌가?"

아키가 말하고 "그치?" 하고 동의를 구하듯이 모두의 얼굴을 봤다. 스바루가 턱을 당기며 끄덕이고는 말했다.

"……내 세계에서는 1월 10일은 시업식이었어. 마사무네와 마찬가지로."

마사무네와 스바루의 눈이 마주쳤다.

"오랜만에 학교에 갔더니 다들 놀랐어. 말을 걸어오는

애들은 아무도 없었지만."

"갑자기 나타난 데다 머리 색깔도 그랬으니, 다들 무서워하지 않았겠어?"

"마사무네의 2학년 6반에도 가봤는데 마사무네란 이름의 학생은 없다고 반 아이들이 말했어."

스바루의 말에 마사무네가 흠칫하고 숨을 삼켰다. 잠시 후, 마사무네가 작은 목소리로 "땡큐."라고 중얼거렸다.

"왔었네, 우리 반에."

"응."

"……고마워."

"천만에."

"저……그 일 말인데……."

후카가 조심스럽게 손을 들고는 마사무네에게 물었다.

"마사무네, 2학년 6반이라고 했지? 난 3반이고, 전에 2학년 4반까지밖에 없다고 해서 마사무네한테 한마디 들었잖아. 그래서 이번에 확인해봤더니 역시 2학년은 4반까지야. 마사무네가 있다는 6반은 애당초 없었어."

"학급 수까지 다르구나."

고코로는 어리둥절한 마음으로 중얼거렸다. 세계가 다르다고 하는 마사무네의 말이 신빙성 있게 다가왔다. 그렇게라도 생각하지 않으면 설명할 수 없으니까.

"저기……."

여기가 다르다, 저기가 다르다, 하는 이야기로 신이 난 아이들의 한가운데에서 유달리 울리는 목소리가 들려왔다. 지금까지 잠자코 있던 리온의 목소리였다. 일본의, 미나미 도쿄 시의, 각각의 현실의 지도가 어떻든 리온의 세계는 하와이의 호놀룰루에 있다. 리온의 세계는 처음부터 다른 아이들과 달랐다. 문득 리온과 우레시노가 같은 초등학교에서 같은 학년이었는데도 서로를 기억하고 있지 않았던 것이 기억났다. 사실은 그것도 이상하다고 여겼을 법도 한데, 고코로는 리온과 우레시노라면 그런 일도 있을 수 있을지 모른다고 깨끗이 흘려보냈었다. 리온과 우레시노는 속해있는 세계가 다르니까, 라고 대충 넘어갔었다. 돌이켜 생각하니 새삼 자신이 실망스럽다. 그런 사고방식을 갖고 있으니 다른 아이들과 잘 어울리지 못하는 건지도 모른다.

리온이 말했다.

"난 생각이 단순해서 그 패럴렐 월드 같은 어려운 이야기를 완전히는 이해할 수는 없지만, 그건 다시 말하면 우리는 밖의 세계에서는 절대로 만날 수 없다는 얘기야?"

리온의 말에 모두가 흠칫했다. 침묵한 얼굴들이 굳어진다. 충격이 퍼져간다.

"……응."

조금 있다가 마사무네가 끄덕였다. 1월 내내 계속 우리가 서로 다른 패럴렐 월드에서 온 걸지 모른다고 생각하다가 결국 그렇다고 결론을 낸 마사무네의 마음은 어땠을까.

'우리가 서로 도울 수 있지 않을까 해서.'

당장이라도 울 것 같은 절실한 눈을 하고 아이들에게 학교에 와줬으면 좋겠다며 마사무네가 그렇게 말했던 것이 또렷이 기억났다.

"서로 도울 수 없단 얘기야?"

리온이 물었다. 마사무네는 한동안 잠자코 있었다. 모두의 시선을 받고 있던 마사무네가 잠시 후, "어어." 하고 대답했다.

"우리는 서로 도울 수 없어."

───✦───

한동안 아이들은 아무 말도 할 수 없었다. 우레시노는 고양이가 놀랐을 때처럼 눈을 동그랗게 뜨고 있다. 아키는 입술을 삐죽 내밀고 눈을 내리깔고 있다.

"그럼 우리는 왜 여기로 모이게 된 거지?"

침묵을 비집고 들어오는 것처럼 후카가 물었다. 모두 입을 다문 채 후카를 봤다. 후카는 허공을 바라보고 있었다. 누군가에게 말을 건 거라기보다 말하면서 자신의 생각을 정리하고 있는 것 같았다.

"각각 다른 패럴렐 월드의 유키시나 제5중학교 아이들

중에서 학교에 가지 않는 아이들이 거울 속의 이 성에서만 만날 수 있다. 지금은 그런 상황이라는 거지?"

"······그런 거지."

마사무네가 끄덕였다. 후카가 계속했다.

"거기까지는 나도 간신히 이해했어. 믿을 수 없지만 마사무네가 말하는 대로 애당초 이 성에 오게 됐을 때부터 평범하지 않은 일은 이미 일어나버린 거니까."

"그렇게 생각하면 다른 일들도 이해가 돼."

고코로도 아이들을 바라보며 말했다.

"모두가 유키시나 제5중학교의 학생이라는 걸 알았을 때, 하나의 학교에 나같이 학교에 가지 않는 아이가 이렇게나 많나? 하고 의문이 들었어. 아무리 유키시나 제5중학교가 큰 학교라고 해도 너무 많은 거 아닌가, 하고. 하지만 그것도 세계가 다르다고 한다면 수긍이 가. 하나의 학교에 한 명씩이라면."

"한 명씩인지 어떤지는 모르는 일이지만."

마사무네가 승복할 수 없다는 듯이 숨을 내쉬며 고코로를 쏘아보듯이 바라보면서 말했다.

"학교, 재미 하나도 없잖아. 여러 명이 안 간다고 해도 난 별로 놀랍지 않은데? 학교 가기 싫다고 생각하는 녀석이 몇 명씩 있는 거 얼마든지 있을 수 있는 일이잖아? 학교를 안 가는 아이가 한 명도 없는 학년도 있다면 어쩌다

한 반에 두 명씩 있다든가 그런 일도 있겠지?"

마사무네의 눈이 가늘어졌다. 이런 말을 굳이 다시 해야 하나 하면서 짜증이 난다는 표정이었다.

"그렇게 결석이 많다든가 하면 어른들은 바로 그 학년이나 반에 뭔가 문제가 있다는 식으로 생각하겠지만. 그거 그냥 쉬고 싶은 개인이 둘 있었을 뿐인, 개인적인 문제라고 생각하면 안 되나? 난 그런 어른들 세대의 생각이 싫어. 학교에 안 가는 것을 등교거부라든가 따돌림이라는 식의 사회적 현상으로만 분석하려 드는 경향."

"뭐, 마사무네와 내가 같은 반에 있다고 가정한다면 분명 저마다 다른 이유로 학교 안 가는 아이가 한 반에 둘이 있는 게 되겠지. 반이나 뭔가에 문제가 있는 게 아니라, 지금의 나나 마사무네가 학교에 안 가는 것과 같은 이유로 안 가는 것일 테고."

스바루가 경쾌한 목소리로 말했다. 마사무네를 화나게 해버렸나 싶어서 어깨를 움츠리고 있던 고코로에게도 싱긋 웃음을 던졌다.

"뭐, 하지만 괜찮잖아. 하나의 학교에 한 명씩인 우리들. 유키시나 제5중학교의 학교에 안 가는 아이들의 대표."

"그런 우리들이 유일하게 모일 수 있는 곳이 이 성인 거지. 우리 일곱 명이 있는 일곱 개의 세계의 한가운데에 이 성이 있다는 느낌이야."

아키가 그렇게 말하는 것을 듣고 고코로 안에서도 그 이미지가 그려진다. 아키가 이어서 말했다.

"그렇다면 왜 여기서만 만날 수 있는 거지?"

그러자 마사무네가 진지한 표정을 하고 "그 문제 말인데……." 하고 말한다.

"패럴렐 월드를 다루는 SF소설이라든가 애니메이션을 보면 대부분 갈라져 나온 세계의 어딘가가 소멸한다는 설정으로 되어있어."

"소멸?"

"거대한 나무로 상상하면 알기 쉬울지도 모르겠네. 실제로 만화를 보면 그런 그림으로 표현된 경우도 많고. 누구 쓸 거 가지고 있어?"

마사무네의 목소리에 후카가 자신의 가방에서 노트와 연필을 꺼냈다. 마사무네가 "땡큐." 하고 짧게 말하고 받아든 백지에 그림을 그렸다.

"원래 세계는 커다란 한 그루 나무였다고 하고……."

마사무네가 커다란 나무의 기둥 부분을 그리고 거기에 '세계'라고 써넣었다.

"거기서부터 우리의 세계가 지금 갈라져 나오고 있어. 그러니까 거기는 가지가 갈라져 나온 세계. 가지의 부분."

마사무네가 줄기에서 뻗은 가지를 좌우로 그렸다. 다 해서 일곱 개.

"이 가지 하나하나가 미나미도쿄 시에 우리 각자가 한 명씩만 있을 경우의 세계, 그러니까 내가 있을 경우의 세계, 리온이 있을 경우의 세계, 우레시노가 있을 경우의 세계란 식으로 되어있는 거야. 그리고 이렇게 너무 많아진 세계는 사라지는 편이 좋을 수도 있는 거야."

"왜?"

우레시노와 고코로의 목소리가 함께 울렸다. '사라진다.' 라든가 '소멸'이라든가 하는 말이 무시무시하다.

"사라지면 그 세계에 있는 사람들은 어떻게 되는데? 죽어버리는 거야?"

"죽는다……하고는 좀 다를지도 모르지만, 뭐 그냥 사라지는 거야. 처음부터 없었던 것이 되는 거니까."

"사라지는 편이 좋은지 아닌지는 누가 결정하는데? 누구의 판단?"

"그건 소설이나 만화마다 설정이 다 다른데 가장 많은 건 세계의 의사意思 같은 것이려나. 신의 뜻이랄까."

마사무네가 그림 안의 나무의 굵은 기둥을 가리켰다.

"이 기둥 부분이 가지가 너무 많으니까 좀 줄이자고 판단하는 거야. '도태'란 말로 표현하는 경우도 많아. 자연계의 생물 중에 환경에 적응하거나 필요한 것만 남고 그 밖의 것은 망한다고 하는 의미인데……."

마사무네가 얼굴을 들었다.

"하여튼 그런 식으로 세계가 도태돼서 선별되는 일이 픽션의 패럴렐 월드에서는 자주 일어나. '게월'의 설정에서도 그렇지?"

"게월?"

"응? 알고 있지? '게이트 월드'. 지금 최고로 잘나가는 나가히사의 게임. 설마 모르는 거야?"

"나가히사……?"

스바루가 무슨 말이냐며 되묻자 마사무네가 답답하다는 듯이 말했다.

"나가히사 로크렌, 몰라? 게임회사 유니즌의 천재 디렉터."

말하면서 포기한 듯이 "거기서부터 설명을 해야 한다는 거야?" 하고 한숨을 쉬었다.

"그런 유명한 패럴렐 월드 게임도 모른다는 거지? 기초 지식이 없어도 너무 없네."

"나 알아. 영화로도 만들어진 게임이지?"

"……안 만들어졌어. 됐어, 모르면 가만있어."

우레시노가 한 말을 깨끗이 무시하고 마사무네는 얘기가 안 통한다는 듯이 고개를 흔들었다.

"게월의 경우는 몇 개인가의 패럴렐 월드의 대표가 나와서 서로 싸워. 진 쪽 세계가 사라지고, 어느 세계가 남을지를 결정하는 스토리야. 우승한 세계가 이 세계의 유일한

'줄기'로 남아. 그러니까 모두 자신의 세계에 대한 존속을 걸고 죽자 사자 하고 싸워. 그런 게임이야."

"그럼 우리들의 경우도 그렇단 거야?"

스바루가 물었다. 마사무네가 어깨를 으쓱했다.

"그럴 가능성이 있다고 생각했어. 우리가 이곳에 소집된 것은 꽤 특별한 일이지? 일곱 명이 각자의 세계를 대표한 다면 여기는 세계의 끝과 같은 거잖아. 대표끼리 뭔가를 하게 하고 싶었을 거야. 그래서 생각해낸 것이 열쇠 찾기고."

마사무네의 말에 모두 흠칫했다. 마사무네가 계속했다.

"소원이 이뤄지는 열쇠란 게 좀 암시적이라는 생각이 들었어. 그렇다면 여기는 '그 열쇠를 찾아낸 녀석의 세계만 남고 나머지의 세계는 소멸된다.'는 게임의 장이었지 않았나 하고."

"그 한 사람의 세계 이외는 다 사라져버려?"

사라진다는 건 별로 현실감이 없어서 아직 반신반의다. 거울 저편으로 돌아가면 기다리고 있을 고코로의 집. 어머니, 아버지. 좋아하진 않지만 학교. 미오리나 모에가 있는 현실의 교실. 그곳이 모두 사라지다니.

싫다고 생각한다. 하지만 그와 동시에 가슴에 다른 감각이 솟아오른다. 고코로 스스로도 의문인 감각이 느껴진다. 그게 나을지도 몰라, 라는 감각. 차라리 사라져버리는 게 좋을지도 모른다. 고코로는 학교에 돌아가고 싶다는 생각

417

이 안 든다. 다른 학교에 다니는 것도 잘 상상이 안 된다.

그렇다면 모든 게 끝이라도 좋지 않을까.

1월에 학교에 나가봤던 그날까지는 성에서 만난 아이들과 밖의 세계에서도 만날 수도 있다는 사실 때문에 마음이 따뜻했었다. 그 작은 등불 같은 가능성이 고코로를 따뜻하게 비춰줬었다고 고코로는 믿었다.

그런데 밖의 세계에서는 만날 수 없다는 것을 알게 된 지금, '서로 도울 수 없다.'라는 사실이 들이밀어진 지금, 고코로의 현실은 더 이상 어느 쪽을 향해야 좋을지 알 수가 없었다. 어딘가에 여기 모두의 존재가 있다는 믿음은 캄캄한 바다 위를 떠도는 것 같은 고코로의 마음에 등대처럼 빛을 비춰줬었는데……

자신의 세계가 사라진다는 이야기를 모두가 어떻게 들었는지는 알 수 없다. 다만 당황하고 있다는 것만큼은 다들 마찬가지인 것 같았다. 찾아도 발견되지 않는 소원 열쇠를 고코로는 오랜만에 떠올렸다. 그러자 마사무네의 이야기가 진실성을 더해서 다가온다.

열쇠를 찾은 한 사람의 세계만 남고 다른 세계는 사라진다.

"늑대님은 소원 열쇠로 소원을 이루면 우리 모두의 기억이 사라진다고 했었지? 하지만 열쇠를 못 찾아서 소원을 이루지 못하게 되면 기억은 그대로야. 우리는 성의 입구가 닫혀도 이곳에서의 일을 잊지 않고 지내게 될 거야."

"응."

"그것도 그런 게 아닐까? 소원 열쇠를 찾아내면 그 녀석의 세계 이외의 세계는 소멸되어 없어지지만 열쇠가 발견되지 않으면 일곱 개의 세계가 그대로 남아. 일곱 명이 속한 각각의 세계가 없어지지 않고 남아있게 돼. 그게 아니면 여기 모두의 세계가 사라지게 되는 걸 수도 있고. 늑대님은 여기서 그런 일을 반복해온 거야. 우리 말고도 다른 녀석들의 세계를 도태시켜 온 거야."

"……일리 있어."

스바루가 끄덕였다.

고코로도 같은 생각이 들었다. 늑대님의 말과 마사무네의 말의 의미가 딱 들어맞는 것처럼 들렸다.

"……그렇다면 소원 열쇠는 역시 못 찾는 채로가 좋다는 얘기지?"

후카가 말했다.

"발견하거나 소원을 이루어서 나머지 사람의 세계가 모두 사라지는 거라면 찾지 않는 편이 좋아. 게다가……."

후카의 눈이 어렴풋이 슬픈 빛을 띠었다.

"밖에서 만날 수 없는 거라면 더욱 그러는 편이 좋아. 이곳이 아니면 이제 두 번 다시 만날 수 없다는 거지?"

후카가 마음속의 말을 꺼내자 모두가 흠칫했다. 후카가

눈을 내리깔며 "벌써 2월이야."라고 말했다.

"이곳에 올 수 있는 건 다음 달 말까지야. 이제 두 달도 안 남았어. 우리에게 남는 거라곤 우리가 여기서 만났던 것을 기억하는 것밖에 없지 않아? 그렇다면 기억하고 싶어."

후카의 목소리가 아이들이 둥그렇게 모여있는 조용한 원의 한가운데로 내려왔다.

얼마 전에 기억이 사라진다 한들 "별로 상관없어."라고 했던 아키도 오늘은 아무 말하지 않았다. 후카의 말에 고코로도 울음을 터뜨릴 것 같은 기분이 된다.

우리에게 남는 것은 여기서의 기억뿐이다.

서로 도울 수 없다.

"하지만 말이야. 열쇠를 못 찾았을 때 세계가 사라지지 않는 거라면 좋겠지만 좀 전에 마사무네가 말한 것같이 모두의 세계가 사라지는 거라면 어떡해?"

스바루가 하는 말을 듣고 고코로는 흠칫했다. 후카도 다른 아이들도 다 숨을 삼켰다.

"아무도 열쇠를 못 찾은 경우에 우리 모두의 세계가 소멸된다면 우리는 도망칠 장소가 없어. 그렇다면 열쇠를 찾아서 적어도 한 사람 분의 세계는 남겨두는 편이 좋지 않을까?"

"그런 얘기도 이제는 다 직접 들어야 하지 않겠어?"

리온이 말했다. 아이들이 "어?" 하고 리온을 향해 얼굴을 들자, 리온이 "듣고 있지?" 하고 천장을 향해서 소리쳤다. 그러고는 이번엔 아무도 없는 방 맞은편 복도를 향해 목소리를 던진다.

"지금 이야기도 전부 듣고 있었지? 늑대님, 나와."

"……시끄럽구나."

뭔가 보이지 않는 힘이 공기를 뒤섞기라도 하는 듯이 작은 소용돌이 같은 바람이 뺨에 와닿았다. 부드럽게 부푼 것처럼 느껴지는 허공의 비틀린 틈새를 뚫고 늑대가면의 소녀가 나타났다.

오늘도 풍성한 프릴이 달린 드레스 차림이었다.

가면의 표정이 변할 리 없는데도 가면을 쓴 늑대소녀의 표정이 오늘은 어쩐지 으스스하게 느껴진다. 빨간 에나멜 구두는 새것같이 반짝반짝하다.

"듣고 있었지? 지금 마사무네가 한 얘기."

"……뭐, 안 듣지는 않았지."

늘 그렇듯 얼버무리는 말투로 늑대님이 말한다. 마사무네가 "내 말이 맞지?" 하고 거친 목소리로 말했다.

"그렇지? 패럴렐 월드에서 우리를 소집해서 세계를 도태시킨다. 너는 그러기 위해서 있는 문지기 같은 거지?"

마사무네의 목소리에 늑대님의 얼굴이 그쪽을 향했다. 가면 탓에 어떤 표정을 하고 있는지는 알 수 없었지만 그 눈이 마사무네를 응시했다. 마사무네가 늑대님을 제대로 몰아댄 것 같아 보였다. 내몰린 늑대님이 어떻게 진실을 얘기할지 모두가 침을 삼키며 바라봤다. 그러나 늑대님의 입에서는 예상외의 말이 나왔다.

"전혀 아니야."

늑대님이 고개를 흔들었다. 마사무네의 얼굴에 내달리던 긴장이 허탕을 친 것처럼 쑥 빠져버렸다. 마사무네는 "뭐?" 하고 중얼거렸다.

늑대님이 따분하다는 듯 머리카락을 그러모아 올렸다.

"그런 거창한 설정을 참 잘도 생각해내서 막힘없이 말하는구나, 하고 생각하면서 듣고 있었어. 수고는 했는데 아쉽게도 그건 네 상상에 지나지 않아. 내가 처음부터 말했지. 이곳은 거울의 성. 너희들의 소원이 이루어지는 열쇠 찾기의 장소. 단지 그뿐. 세계를 남기느니 도태시키느니, 하는 일은 결코 없어."

"거짓말쟁이. 그렇다면 왜 우리가 바깥에서는 만날 수 없는 거냐고! 왜 여기서만 만날 수 있는 거냐고!"

마사무네의 얼굴이 험악해졌다.

"뭐 어쨌든 세계가 도태된다고 하는 내 이야기는 틀린 것으로 하자고. 네가 인정하지 않겠다니까."

마사무네는 내뱉듯이 말하고 늑대님을 노려봤다.

"하지만 우리가 각자 다른 패럴렐 월드에 산다고 하는 것은 아무리 생각해도 부정할 수 없을 것 같은데? 그렇다면 각각의 현실이 달라서 '밖'의 세계에서 못 만나는 우리를 왜 한자리에 소집한 거야? 세계를 도태시키는 게 목적이 아니라면 다른 무슨 이유가 있는 거냐고?"

"밖에서 못 만난다고? 나는 그런 말을 한 기억이 없는데."

늑대님이 하품이라도 할 것 같은 분위기로 가볍게 응수했다. 그 목소리를 듣고 이번에는 고코로를 비롯해 모두의 마음속에 충격이 내달렸다.

"만날 수 있는 거야?"

우레시노가 물었다. 늑대님이 아무래도 좋다는 듯이 무성의한 태도로 반응하기는 했지만 끄덕였다.

"응. 못 만날 것도 없어."

"거짓말하지 마!"

마사무네가 고함쳤다. 화난 얼굴이다.

"못 만났어!"

말하면서 뺨과 귀가 한순간에 새빨개졌다.

"못 만났다고! 내가 부탁했는데, 모두 왔는데, 그래도 못 만났어. 그거 어떻게 설명할 거냐고."

마사무네의 얼굴이 당장이라도 울음을 터뜨릴 것처럼 일그러졌다. 그것을 보고 고코로는 눈을 감아버리고 싶어졌다. 남자아이의 우는 얼굴을 봐버리다니 견딜 수 없어서 저도 모르게 "마사무네 오빠!" 하고 불렀다. "이제 됐어, 마사무네 오빠."하고.

"늑대님, 마사무네 오빠 말대로 우리는 만나지 못했어."

"못 만난다고도, 서로 도울 수 없다고도 나는 말하지 않았어. 적당히, 스스로 알아내봐. 스스로 생각해서 알아내보라고. 나한테 뭐든 물어보면 다 가르쳐줄 거라고 생각하지 마. 나는 처음부터 계속해서 힌트를 내놓았어. 열쇠 찾기의 힌트도 지나칠 정도로 매번 주고 있어."

늑대님의 말에 모두가 입을 꼭 다물었다. 마사무네의 숨결은 늑대님의 말을 받아들일 수 없다는 듯 아직 거칠었고, 고코로는 고코로대로 늑대님의 말을 아직 잘 이해할 수 없어서 그저 늑대님을 바라보고만 있었다.

"……힌트라니, 무슨 말이야?"

아키가 물었다. 늑대님의 얼굴이 아키 쪽을 봤다. 세계를 도태시킨다는 마사무네의 말을 들어버린 후라서 그런지 늑대님이 얼굴을 움직여서 누군가를 볼 때마다 전보다 훨씬 더 위협적으로 느껴졌다.

아키가 계속했다.

"힌트를 줬다니 무슨 뜻이지?"

"말한 대로야. 나는 너희들에게 쭉 힌트를 줬어. 열쇠 찾기에 대한 힌트."

늑대님은 어이없어하지도 초조해하지도 않았다. 그 목소리는 평상시처럼 담담할 뿐이었다.

"알아듣게 말해봐. 그렇게 얼버무리는 식으로만 말하지 말고. 네가 가장 알 수 없는 존재야. 우리들에 대해서 길 잃은 빨간 모자라고 부르는 건 뭐고, 그런 가면 쓰고 있는 건 또 뭐야. 우리를 바보 취급하는 거야?"

"흠, 너희들을 빨간 모자라고 부르기는 한다만 때때로 너희들이야말로 늑대가 아닌가 생각하고는 해. 이렇게까지 못 찾나 하고."

가면 아래에서 소리 없이 웃는 것 같은 기색을 보였던 늑대님이 마사무네의 말에 그렇게 대꾸했다. 마사무네의 얼굴이 더욱 굳어졌다.

"그런 식으로 말하는 건 좀 아니지 않나?"

"몇 번이라도 말할게. 여기는 소원이 이루어지는 열쇠를 찾기 위한 거울의 성이다."

"그럼 질문이 있는데."

리온이 얼굴 바로 옆으로 살짝 손을 들었다. 늑대님이 자신을 돌아보자 말했다.

"열쇠 찾기는 나 나름대로 쭉 해왔는데. ……그러다가 내 방 침대 아래에 엑스 표시가 돼있는 걸 봤어. 그건 뭔가 의미가 있나?"

"어……." 하고 모두가 놀란 얼굴을 하고 리온을 봤다.

리온이 계속했다.

"처음에 뭐 지저분한 게 묻었나 했는데, 분명히 그거 엑스 표시로 보이거든. 개인 방에는 열쇠를 숨기지 않는다고 했었는데, 그거 뭐지?"

"……리온의 방에도 있어?"

후카가 말했다. 이번에는 모두가 후카를 봤다. 후카가 눈을 크게 뜨고 끄덕이며 말했다.

"내 방 책상 아래에도 있는 거 같아. 그거, 나는 내가 그렇게 봐서 그런 건가 했어. 엑스로 보이는 것일 뿐 정말은 다른 건가 하고……."

"욕실에도 있잖아."

스바루가 말했다.

"식당 옆 공용공간의 욕실. 물이 안 나오는데 물을 사용하는 욕실이 있다니 이상하네 하고 살펴보다가 발견했어. 욕조에 대야가 있어서 그걸 옆으로 움직였더니 엑스로 보이는 표시 같은 것이 있었어. 단순한 흠집이라고 생각했었는데."

고코로도 거들었다.

"그거라면 난로 안에도……."

고코로도 식당 난로 안에서 엑스 표시를 발견했다. 성에 와서 얼마 되지 않아 발견했고 그 후에도 확인했다.

스바루와 같다. 불을 쓸 수 없는 이 성에 왜 난로가 있는지 궁금해져서 안을 들여다봤었다.

"식당? 그거라면……." 하고 굳은 목소리가 계속된다. 마사무네였다.

"그거라면 나도 여름쯤부터 알고 있었어. 부엌에 있는 선반 안쪽에."

"그래?"

"응."

마사무네가 아직은 딱딱한 얼굴로 끄덕였다.

"어쩌면 열쇠가 안에 파묻혀있다든가 싶어서 두드려보거나 긁어보거나 해봤지만 아무것도 안 나왔어. 그래서 나도 어쩌다 난 흠집인가보다 하고 생각했었어."

다 같이 얼굴을 마주본다. 이어서 입을 다물고 있는 늑대님의 얼굴을 응시한다.

"그것도 힌트?"

묻는 아키의 목소리에 늑대님이 시치미 떼듯이 "판단은 알아서 해."라고 대답했다.

"말한 대로야. 나는 이미 힌트를 줬어. 그 다음은 너희들에게 달린 거야. 소원을 이룰 수 있을지 어떨지도 포함해서. ……하나만 약속하지."

늑대님이 숨을 들이마시고 조용히 말했다.

"누군가 한 사람이 소원을 이뤘다고 해서 세계가 소멸되거나 하는 일은 없어. 전에도 말한 대로 소원을 이룬 시점에서 이 성은 너희들의 기억에서 사라져. 하지만 그냥 그 상태에서 너희들은 각자 자신들의 현실로 돌아갈 뿐. 너희들의 세계가 사라지는 일 따위는 없어."

늑대님이 부언한다.

"좋은 의미에서든 나쁜 의미에서든."

"하나 더 물어봐도 돼?"

리온이 물었다. 늑대님이 입을 다물고 리온 쪽으로 늑대 가면의 코끝을 향했다. 마주 보는 것을 기다려서 리온이 정면으로 물었다.

"늑대님이 가장 좋아하는 동화는?"

느닷없는 질문이었다. 당사자인 늑대님도 설마 그런 질문이 나올 줄은 몰랐던 모양이다. 평소와 달리 어리둥절한 것 같은 침묵을 한 박자 지나보내고 나서 "물어볼 것도 없잖아."라고 말했다.

"내 얼굴을 보면 알 수 있지?《빨간 모자》야."

"알았어."

리온이 왜 그런 질문을 했는지 도대체 알 수 없었다. 다만 늑대님의 의표를 찔러보고 싶었을까.

"다른 질문은 없나?"

늑대님이 모두에게 물었다. 물어봐야 할 것이 산처럼 많았다. 하지만 무엇을 어떻게 물으면 좋을지 몰랐다.

"잠깐 기다려."

마사무네가 말했지만, 마사무네조차 무엇을 물으면 좋을지 모르는 것처럼 보였다. 자신의 가설을 가지고 부딪쳐 봤지만 부정당해버린 이상 의지할 곳은 없었다.

"묻고 싶은 것이 쌓이면 또 불러."

늑대님이 내치듯이 말했다. 그리고 사라졌다. 남겨진 아이들은 모두 서로의 얼굴을 바라봤다.

"너희들은 각자 자신들의 현실로 돌아갈 뿐, 이라고 했지. 지금 그 애."

"어?"

스바루가 말하자 모두가 스바루를 봤다. 어른스럽고 초연한 그가 늑대님을 '그 애'라고 부르는 것은 스바루이기에 자연스럽게 들렸다.

스바루가 마사무네를 봤다.

"세계는 사라지지 않고 도태되지 않아. 패럴렐 월드 그 자체는 얼버무렸지만 적어도 늑대님은 우리에 대해서 '각자 자신들의 현실'이란 말을 썼어. ……거기에 뭔가 의미가 있는 거라고 봐. 만날 수 있을 것처럼 말했지만, 실제로는 살아가는 세계가 서로 다른 것 같고."

거리의 모습도 가게의 이름도 다르다. 언제가 시업식인지도 다르고 학급 수도 다르다. 스바루가 말하는 대로다. 자신들은 살아가는 세계가 각자 다르다.

"각자의 거울 너머에 있는 다른 세계로는 들어갈 수 없는 거겠지. 전에 우레시노가 고코로 집에 가려다 실패했잖아."

"그 해묵은 얘기는 왜 꺼내고 그래. 그게 언제적 얘긴데! 웃겨, 진짜."

우레시노가 화를 내며 말했지만 고코로는 우레시노야말로 웃기다고 생각한다. 남의 사적인 공간을 함부로 넘보았다니. 그러나 지금 냉정해져서 생각해보면 새삼 이해가 된다. 그때는 서로의 프라이버시를 존중해서 다른 사람의 거울 너머로는 갈 수 없게 늑대님이 방벽 같은 것을 친 거라는 정도로 생각했었는데, 실은 그건 다른 세계로 넘어가는 일이 생기지 않도록 쳐놓은 예방선이었을지도 모른다. 그렇게 생각하니 앞뒤가 맞는다.

"아아, 그렇다면 내가 다른 세계로 도망쳐 들어가거나 하는 건 안 된다는 얘기네."

아키가 혼잣말같이 말했다. 그 말을 들으면서 고코로도 조금 아쉽다는 생각이 들었다.

고코로가 사는 세계에 그들이 있어준다면 얼마나 좋을까, 하고 또 생각한다. 거울을 통해서 누군가를 자신의 학교에 데려간다. 그런 일이 가능하다면……하고.

이런 꿈을 꿈꿀 때가 있다.

전학생이 와서 모두 그 아이와 친구가 되고 싶어 한다.

하지만 그 아이는 많은 반 친구들 중에 내가 있는 걸 알아차리고 그 얼굴에 해님같이 눈부시고 따사로운 웃음을 두둥실 떠올리며 나에게 다가와 "고코로, 오랜만이야!" 하고 인사한다.

주위에 있던 아이들이 숨을 삼키는 가운데, "이렇게 다시 만나네. 그치?" 하고 나를 마주 보고 눈을 깜박인다.

아무도 모르는 곳에서 우리는 벌써 친구.

나에게는 특별한 구석이 하나도 없는데……. 운동도 잘 못하고, 공부도 잘 못하고, 남들이 부러워할 만한 장점이 하나도 없는데…….

어쩌다 다른 아이들보다 먼저 그 아이와 알고 지냈다는 인연 하나만으로, 나는 반에서 그 아이의 가장 친한 친구로 선택받는다.

그래서 화장실에 갈 때도, 교실에서 교실로 이동할 때도, 쉬는 시간에도, 이제 나는 혼자가 아니다. 미오리와 그 친구들이 그 아이와 아무리 사이좋게 지내고 싶어 해도 그 아이는 "나는 고코로랑 있을 거야."라고 나를 선택해준다.

그런 기적이 일어나면 좋겠다고 고코로는 생각한다.

그런 기적이 일어나지 않으리란 건 알고 있다.

이번에도 일어나지 않았다.

"그걸 바라면 되잖아?"

후카의 목소리를 듣고 흠칫한다. 아키와 고코로의 "어?" 하는 목소리가 모인다. 후카가 계속 말했다.

"그러니까 소원 열쇠로 모두의 세계가 하나가 되게 해주세요, 라고."

"아……."

모두가 멍한 표정을 지었다. 서서히 그 생각이 마음에 스며들어간다. 그렇구나, 하고 생각이 미친다.

만나지 못할 것도 없어, 라고 말한 늑대님의 목소리를 떠올린다.

"그래……. 소원 열쇠라면 모두가 함께 있는 세계로 만들어달라는 것이 아마 가능할 거야……."

"응. 그러면 밖의 세계에서도 우린 모두 만날 수 있어. 늑대님이 '못 만날 것도 없다.'라고 말한 것은 그런 의미가 아닐까?"

"하지만 그럴 경우는 소원을 이룬 거니까 우리는 모두 기억을 잃은 상태겠지? 서로에 대해서 모른다면 같은 세계가 돼도 의미가 없잖아?"

"으음, 그러니까 그 부분은 '기억을 잃지 않은 채 같은 세계로 만들어주세요.'라고 부탁한다든가……. 그런 식으로 소원을 빌어도 오케이인지 어떤지는 모르겠지만 다음에 만났을 때 물어보자고."

늑대님이 '못 만날 것도 없다.'라고 하는 에두른 표현을 한 것은 기억을 잃어버린 상태라는 숨은 뜻이 들어있기 때문인지도 모른다. 한 번 거기에 생각이 미치니까 자꾸자꾸 그런 생각이 들기 시작한다.

"그것도 열쇠를 찾을 수 있을 때에나 가능한 얘기지."

후카가 그렇게 말하는 마사무네를 바라봤다. 아까까지 기세 좋게 여러 가지를 설명하던 마사무네는 늑대님에게 자신의 설을 부정당한 이후 갑자기 작아져버린 것처럼 보였다.

"마사무네 형."

우레시노가 마사무네를 불렀다. 마사무네가 느릿느릿 얼굴을 든다. "뭐?"라고 하는 그의 목소리는 혼자 하는 중얼거림처럼 작아져있었다.

"마사무네 형이 다시 와줘서 다행이야."

우레시노가 말했다. 그 목소리에 마사무네가 눈을 깜박였다. 꿀벌이 날개를 서로 비비는 것 같은 깜박거림이었다.

우레시노가 밝은 웃음을 지으며 말했다.

"이젠 계속 안 올 건가 했어. 이대로 헤어지는 건 싫었는데 와줘서 다행이야."

"에헤헤." 하고 우레시노가 웃으면서 계속했다.

"나, 2학기 초에 말이야. 좀 쪽팔리네, 하고 생각하면서 성에 왔을 때 마사무네 형이 '수고했어.'라고 말해준 적이 있었어. 그래서 마사무네 형이 다음에 오면 나도 말하려고 했었어. 마사무네 형, 수고했어."

마사무네의 얼굴이 굳었다. 뺨과 귀가 새빨개진 채 뭔가를 참아내듯이 눈에 힘을 주고 있었다. 마치 거기서 다시 눈을 깜박이면 뭔가가 넘쳐서 떨어질까 봐 참아내고 있는 것 같았다.

"……어땠어? 괜찮았니?"

스바루가 물었다.

"학교, 전학 가야 할 것 같아?"

"……우선 3학기 동안은 괜찮아. 시업식에 갔으니까."

마사무네가 아직 굳어있는 목소리로 대답했다. 무뚝뚝하게 눈을 내리떴다.

"너희들하고는 못 만났고, 만나고 싶지 않은 반 아이들하고는 만날 뻔하기도 했지만. 그래도…… 괜찮았어."

"그래."

다시 긴 침묵이 이어졌다.

마사무네가 얼굴을 들었다. 짧게 자른 앞머리 아래 눈동자를 아직 아래로 향한 채로 말했다.

"허풍마사……라고 불러. 애들이 나를."

"어?"

"허풍마사. 허풍 떠는……거짓말을 하는, 마사무네니까."

왜 갑자기 마사무네가 그런 이야기를 시작하는지 알 수 없었다. 그렇지만 마사무네가 진지하게 떨리는 목소리로 눈을 내리깔고 말을 시작하자 그에게서 눈을 돌릴 수 없었다. 마사무네가 어색해하면서도 허둥지둥하며 고백했다. 말이 자꾸만 빨라졌다.

"……너희들한테 이 게임 만든 거, 내 친구라고 했던 적 있었지? 그거, 거짓말이었어. 미안."

마사무네의 눈이 바닥에 흩어져있는 게임들을 봤다. 그의 눈이 어느 것을 보고 있는지 고코로는 몰랐다. 그때 그가 한 말을 그다지 깊이 마음에 담아두지 않았었고, 그건 다른 아이들도 마찬가지였을 것이다. 하지만 마사무네가 지금 그 말을 해야만 했던 마음은 왠지 모르게 이해할 수 있을 것 같았다. 고코로나 다른 아이들에게는 아무래도 좋을 일이지만, 마사무네에게는 그렇지 않다. '마사무네의 현실' 속에서 그 거짓말은 대사건이었던 거다.

학교에 안 가게 된 최초의 원인도 그 거짓말과 관계가 있는지 모른다.

"알았어."

아키가 말했다.

평소에 서로 티격태격하던 아키가 그렇게 시원스레 답하자 그것이 모두의 마음을 대표하는 말이라는 것이 마사무네에게도 전달된 모양이었다. 긴장해있던 마사무네의 눈에서 긴장이 풀렸다.

"미안."

한 번 더 마사무네가 사과했다.

"정말로 미안."

———— ❦ ————

자신들이 서로 넘어갈 수 없는 다른 세계에 살고 있다는 것을 받아들이고 나니, 아쉬운 것은 있지만 그래도 함께 지내는 시간이 편안해진 부분도 있었다. 모두들 무엇인가를 포기했기 때문이다. 3월이 오면 그 달의 끝에는 '정말로' 헤어진다. 함께한 시간의 무게가 더 늘어났으므로 고코로도 성에서 남은 나날을 더 소중하게 보내자고 생각하게되었다.

열쇠 찾기를 하자던 열기는 급속하게 식어갔다. 후카가말한 대로 '모두의 세계를 하나로 해주세요.'라고 바라는것도 좋을지 모르지만, 그러면 이곳에서의 기억을 잃어버려야 한다는 게 걸린다.

열쇠가 발견될 기색도 없었다. 그래도 '이 성의 어딘가에 있다.'라는 말을 들은 이상은 신경이 쓰인다.

2월의 마지막 날, 다 같이 게임 방에 있는데 자신의 방에서 돌아온 아키가 "아, 그러고 보니……." 하고 말했다.

"전에 말했던 엑스 표시, 나도 내 방에서 찾았어. 벽장안에 있었어."

"아! 정말?"

고코로가 놀랐다는 듯이 반응하며 물었다.

"아키 언니 방에는 벽장이 있구나."

"어? 고코로 방에는 없니?"

"응. 책상이랑 침대랑 그리고 책꽂이뿐."

"그래? 책꽂이가 있어?"

"응. 영어나 독일어 책뿐이고 일본어 책은 한 권도 없지만."

"독일어! 고코로는 독일어도 읽을 줄 아니?"

"못 읽어. 하지만 그림형제의 동화는 독일 책이니까."

전에 이런 설명을 후카에게도 했던 것 같다. 그때는 안데르센에 대해서였다. 후카의 방에는 피아노가 있을 것이고, 그렇게 방의 모습이 각자의 개성에 맞춰 꾸며져있는 거구나, 하고 생각한다.

"벽장이 있는 거, 멋쟁이 아키 언니다워." 하자, 아키는 뜻밖에도 "그래?" 하는 시큰둥한 반응만 보였다. 별로 기뻐하는 표정이 아니었다.

"그 표시는 엑스 자인 거겠지. 뭔가 의미가 있는 걸까? 열쇠 찾기가 불공평하게 되지 않도록 개인의 방 안에는 열쇠가 없다고 했었는데……. 다른 아이 방에도 그 엑스 표시, 아직 있으려나……."

"찾으면 더 나오지 않을까? 지금 몇 개였더라. 난로 안

437

이랑, 리온의 침대 밑이랑, 아키 언니의 벽장 안이랑……."

분명 부엌과 욕실에도 있다고 했었다. 엑스 자가 나왔던 장소를 외우고 있는 고코로 앞에서 아키가 "있지." 하고 말을 꺼냈다.

"소원 말이야. 이뤄도 되는 거겠지? 열쇠를 찾으면."

"어?"

"기억이 사라지는 거 싫다는 등 여러 가지 얘기를 했지만 만약 열쇠를 찾으면 그때는 소원을 이뤄도 되는 거지?"

"열쇠를 찾았단 얘기야?"

당황한 기색으로 고코로가 물었다. 아키가 벌써 찾은 걸까. 그래서 어디에서도 열쇠가 안 나오는 게 아닐까. 그런 생각을 하는 고코로에게 아키가 "아하하." 하고 웃으며 고개를 흔들었다.

"아냐, 아냐. 만약 찾는다면 어떨까 해서. 하지만 괜찮겠지? 여기의 기억은 사라질지 모르지만 열쇠 찾기는 우리들 각자의 권리인걸. 그러니까 소원을 이룬다고 해도 다른 친구들을 따돌리고 선수 쳤다고 생각하지는 않겠지?"

그 즉시 대답을 하지 못하는 고코로와 아이들을 향해, 아키가 "내 말은 말이야." 하고 과장스럽게 한숨을 쉬며 이야기를 계속했다.

"밖의 세계에서 못 만난다면 3월이 끝나고 나서도 우리에게 남는 거란 어차피 기억뿐이잖아? 허무하지 않아? 기억 따위 아무 도움도 안 될 거니까. 그렇다면 한 사람만이라도 소원을 이루는 편이 좋은 거 아냐?"

"……나는 싫은데. 이곳의 일이 기억에서 사라지는 거."

후카가 말했다. 그 순간 아키가 얼굴에서 씻은 듯이 웃음을 지우고 말했다.

"만약의 얘기를 한 것뿐이야. 그냥 넘어가자."

아키가 왜 갑자기 그런 말을 꺼냈는지 고코로는 알 수 없었다. 아키는 "혹시 그밖에도 엑스 표시 나오면 가르쳐 줘."라고 말하고 그대로 자신의 방으로 가버렸다. 아이들은 모두 멍하니 그 뒷모습을 바라봤다.

"아키는 문제아란 느낌이야……. 마지막까지."

아키의 모습이 완전히 보이지 않게 되고 나서 스바루가 말했다. 그 서늘한 목소리를 듣고 고코로의 팔에 찌릿하고 소름이 돋았다. 그 느낌이 싫었다.

"그 말투는 좀 듣기 그래요."

저도 모르게 그렇게 말한다. 스바루가 어리둥절한 얼굴을 하고 고코로를 봤다.

"문제아라는 말은 하지 말아요. 왠지 싫어요."

싫은 느낌의 원인은 '문제아'라는 단어 때문만이 아니었다. '마지막까지.'라는 말도 귀에 거슬렸다.

자신들이 여기서 볼 수 있는 시간의 끝이 다가오고 있었다. 그 사실을 다짜고짜 들이미는 것이 괴로웠다. 고코로도 어떤 얼굴을 해야 좋을지 몰라 잠자코 자신의 방으로 향했다. 성에 올 때는 방에 들어가기보다 게임방에서 함께 어울리는 일이 더 많았다. 성 안의 자신의 방에 들어가는 것은 오랜만이었다. 침대 위에 누워서 천장을 올려다봤다. 그러면서 자신은 어떠한지 생각했다. 아키가 말했던 것처럼 소원 열쇠를 찾는다면 고코로는 무슨 소원을 이루고 싶은 걸까. 사나다 미오리를 지워버리고 싶다고 쭉 생각했는데 그렇게 한다고 해서 고코로가 현실로 돌아갈 수 있을까. 그 아이에게 무엇인가를 당하기 전의 시간으로.

똑똑, 하고 방문을 두드리는 소리가 났다.

"아……. 네?"

"난데."

스바루의 목소리였다. 고코로는 방금 전에 그에게 심한 말을 했던 것이 떠올라서 심장이 쿵쾅쿵쾅 뛰었다. "네?" 하고 상기된 목소리로 황급히 문을 열고 복도로 나갔다.

스바루는 혼자였다. 호리호리하고 키가 큰 그의 머리카락 뿌리 부분이 상당히 검어졌다. 원래 아는 사이가 아니었다면 불량스러운 겉모습을 한 스바루에게는 도저히 가까이 다가가지 못했을 것이다.

"좀 전에는 미안. 문제아라니 좋지 않은 말이었지. 나 자신도 옛날에 그렇게 불려서 싫었던 거 잊고 있었어."

"아."

솔직한 말을 듣고 고코로는 맥이 풀렸다. 스바루가 다시 사과했다.

"미안. 네가 말해줘서 다행이야. 지금 아키한테도 사과하고 왔어."

"그 말을 아키 언니 앞에서 한 것은 아니니까, 아키 언니는 듣지 못했으니까 괜찮지 않나……."

"응. 하지만 말한 건 사실이니까."

그렇게 말하는 것도 스바루다운 고집이다. 성실하지만 지나치게 일관됐다고 할까.

"아키 언니가 그 말 듣고 뭐라고 했어요?"

"어이없어했어. 지금의 너랑 같은 말을 하더라고. 못 들었으니까 잠자코 있으면 될 것을, 손해 보는 성격이라고 했어. 안 해도 될 말을 했대."

"……뭔가 스바루 오빠다워."

아키도 일부러 찾아와서 사과를 해야 할 일이라고는 생각하지 않았을 것이다. 고코로는 스바루에게 안 좋은 말이라고 한마디 했지만, 아키에게 '문제아'의 일면이 있는 것은 사실이다. 본인도 그것은 알고 있을 것이다.

"고마워. 고코로. 이제 오늘로 2월이 끝나기도 하고, 찝찝한 기분을 남겨두고 다음 달로 넘어가는 것은 나도 싫었으니까."

스바루가 한 번 더 싱글싱글하면서 말했다.

지나치게 일관되어서 분명 손해 보는 성격일지도 모르지만, 이 사람의 이런 점은 역시 좋은 점이라고 생각했다.

남은 한 달.

이별의 달이 시작된다.

3월

3월 1일.

성에 가니 아키와 후카가 먼저 와있었다. 둘이 마사무네의 게임기로 게임을 하고 있었다.

"잠깐, 후카. 너무 잘하는 거 아냐? 좀 적당히 해."

"그렇지만 이건 승부니까."

어제 '소원을 이룬다, 이루지 못 한다.'라든가 '남는 것이 기억뿐이라니 허망하다, 허망하지 않다.'라는 말다툼으로 어색해졌을 두 사람이 오늘은 묘하게 호흡이 맞는다. "후카, 어제 말이야."라고 말하는 아키의 말투가 조금 들떠있다는 생각이 들어 고코로는 왠지 모르게 둘 사이의 대화에 끼어들기 어렵다는 느낌을 받았다. 어제 두 사람에게 화해를 할 만큼 충분한 시간은 없었을 텐데. 스바루가 아키에게 가서 사과를 한 것이 아키의 기분을 좋게 만든 건가?

이별의 달은 그런 식으로 시작됐다.

학교는 슬슬 3학기도 끝나고 봄방학에 들어갈 때다. 학년이 바뀌기 때문에 고코로가 학교에 놔두고 왔던 실내화나 방석을 이다 선생님이 집으로 가져다주었다. 그때, 고코로는 이다 선생님과 잠깐 얼굴을 마주했다. 마침 성에서 돌아온 직후였다. 어머니는 직장에서 아직 돌아오지 않았다. 선생님과 마주하게 된 것은 싫었지만 성에 가있을 때를 피해서 선생님이 온 것은 그나마 다행이라고 생각했다. 이다 선생님이 고코로가 성에 가고 없을 때 왔다면 이상하게 여겨서 나중에 이것저것 캐물었을 것이다. 무엇 하나같이 이야기하고 싶지 않은 이 사람에게 뭔가 변명을 해야 할 뻔 했다는 사실이 생각만 해도 끔찍했다.

미오리의 편지 문제도 그랬다. 자신이 그 편지 때문에 화가 나있다는 것을 기타지마 선생님이 이다 선생님에게 전했을 터였다. 그래서 이다 선생님이 나타났을 때 혹시 자신에게 사과를 하는 게 아닐까, 하고 생각했지만 이다 선생님은 현관 앞으로 나간 고코로를 보고 "아, 있었구나." 하고 말할 뿐이었다. 그러고는 곧 평소의 '좋은 선생님' 같은 얼굴이 되어 "고코로, 잘 지내니?"라고 물었다. 고코로는 화가 난다거나 슬퍼진다거나 하기보다 어이가 없는 기분이었다. 고코로는 선생님에게 가볍게 고개만 까딱했다. 이다 선생님이 조금 당황한 것처럼 보인 것은 고코로의 기분

탓만은 아닐 것이다.

"우리 모두 4월에도 학교에서 널 기다리고 있을게."

실내화와 방석을 내려놓고 그렇게 말했다.

이다 선생님이 정말로 그렇게 생각하고 있으리라고는 믿지 않는다. 선생님은 단지 '등교거부 아이의 집에 다녀왔다.'는 사실을 서류에 남기기 위해 온 것뿐으로, 실제로 고코로가 어떻게 할지에 대해서는 아무 관심도 없을 것이다. 다시 돌아오면 돌아오는 대로 학급 문제가 줄어서 기뻐할지도 모르지만, 안 오면 안 오는 대로 상관없을 것이다. 그런 식으로 생각하고 있는 건 아닐까. 어차피 반도 이제 바뀐다. 원하면 유급할 수도 있지만 고코로는 유급하는 것만은 싫었다. 그러다가 자칫 주위로부터 붕 떠버릴까 두렵기 때문이다. 지금까지 동급생이었던 아이들, 그리고 한 살 어린아이들. 그 양쪽 모두에게 자신이 어떻게 비추어 보일지 상상만 해도 끔찍했다. 결국 고코로는 내년에 미오리나 모에와 같은 학년으로 학교를 다니게 될 것이다.

"그럼 이만, 고코로."

"네."

끄덕이는 고코로 앞에서 선생님이 뭔가 말하고 싶은 게 있다는 듯이 고코로를 봤다. 고코로도 뭔가 말해야만 할 것 같았지만 무슨 말을 해야 좋을지 몰랐다. 고코로가 선생님의 마음이나 생각을 도무지 알 수 없듯이 선생님도 고

코로의 마음이나 생각을 전혀 모를 것이다. 그런 생각을
하고 있을 때였다.

선생님이 말했다.

"마음이 내킨다면 혹시 답장을 써보지 않을래?"

"네?"

"미오리한테서 받은 편지에 대한……."

그 말을 듣는 순간 정신이 아득해지는 것 같았다. 실망
을 넘어서 태어나서 처음으로 누군가에게 환멸을 느꼈다.
고코로는 솟구치는 충동을 필사적으로 참았다. 울음을 터
뜨리고 날뛰며 선생님에게 달려들고 싶어졌지만 배에 손
을 대고 가만히 참아냈다. 너무나 화가 나서, 실망해서, 입
을 열면 지금의 기분이 그대로 말로 쏟아져나올 것 같아서
침묵하고 있자, 선생님이 한숨을 쉬었다. 들으라는 듯한 큰
한숨이었다.

"무시당한 기분이 든다고, 미오리가 말했어."

짧게 숨을 들이마시다가 그대로 멈췄다. 믿을 수 없는
것을 보는 마음으로 선생님의 얼굴을 봤다.

"미오리 나름으로 열심히 쓴 모양이니까. 생각해주렴."

선생님이 현관을 나갔다. 문이 닫히는 소리를 들으면서
고코로는 밖에서 들어오는 빛이 차단된 현관 안에 우뚝 선
채 꼼짝하지 않고 있었다. 말이 통하지 않는 것은 아이냐
어른이냐 하는 것하고는 관계없다. 그 편지를 읽고 고코로

는 상대방하고는 말이 통하지 않는다는 것을 통감했다. 하지만 말이 안 통하는 것은 그 아이만이 아니었다. 기타지마 선생님은 '그건 아니지.'라고 말해줬다. 그리고 아마 이다 선생님에게도 그런 생각을 전했을 것이다. 그런데도 이다 선생님에게는 그런 생각이 와닿지 않는 거다. 자신이 한 것을 옳다고 믿고 의심하지 않는 거다.

그들의 세계에서 나쁜 것은 고코로다. 아무리 고코로가 약한 입장에 있어도 아니, 약하기에 더욱더 강한 사람들은 떳떳하지 못할 게 없다며 당당하게 고코로를 나무란다. 그들이 보기에 학교에도 안 오고 선생님에게도 아무 말하지 않는 쪽은 고코로다. 그런 아이는 무엇을 생각하는지 알수 없는, 이해하지 않아도 좋을 존재일 뿐이다.

'무시당한 기분이 든다.'라고 미오리가 했다는 그 말이, 고코로의 머리를 흔든다.

당연하지 않나. 자신의 연애만으로 머리가 가득 찬 아이를 바보 같다고 생각하는 거 당연하지 않나. 수준 낮다고 생각하는 거 당연하지 않나.

울음을 터뜨려버리고 싶은데, 그렇게 할 수 있으면 속이 후련해질 것도 같은데, 그들의 아둔한 논리에 휘둘리는 것이 분해서 눈물도 나오지 않았다. 분해서 벽을 몇 번이나 친다. 굳게 쥔 주먹이 욱신욱신 아팠다.

'나는 그 아이에게 시간을 빼앗긴 거야.'라고 고코로는 생각했다.

학교에 다닐 수 있었던 그 시간, 동아리에 들어가고 수업을 들을 수 있었던 시간을 빼앗긴 거야.

짧은 숨이 나와 이를 악물었다. 그런 사람들이 오히려 자기가 세계의 주인공인 것 같은 얼굴을 하고 학교의 중심에 서있다고 생각하니 머리를 쥐어뜯고 싶어졌다.

얼마나 그렇게 하고 있었을까.

돌연 현관 너머에서 달가당하는 소리가 들렸다. 그 소리에 고코로는 움찔했다. 선생님은 이미 가버렸을 테니 선생님은 아니다. 우편배달 오토바이 소리도 나지 않았다. 아마 모에일 거다. 그녀가 3학기 마지막 알림장을 가져다주러 온 건지도 모른다. 소리를 듣고도 몇 분은 그대로 기다렸다. 나가서 모에를 보게 되면 어색할 것 같기 때문이었다. 선생님이 어차피 올 거였으면 오늘 알림장은 모에에게 부탁할 것이 아니라 직접 가져올 수도 있었을 텐데…….

잠시 후 밖으로 나오자 주위에는 아무도 없었다. 그 사실에 안심하면서 고코로는 우편함을 열었다. 그러자 반으로 접힌 학교 소식이나 알림 프린트 사이에 낯선 것이 섞여있었다. 편지 같았다.

받는 이는 '안자이 고코로 님'이라고 쓰여있었다. 하얀 봉투를 본 순간, 고코로는 조심스러워졌다. 사나다 미오리의 편지와 조금 비슷한 분위기가 느껴졌기 때문이다.

하지만 아니었다. 뒷면에 '도조 모에'라고 쓰여있었다.

편지를 손에 들고 고코로는 저도 모르게 얼굴을 들었다. 두 집 건너의 모에네 집 방향을 바라보니 집은 조용히 서 있을 뿐 안에 사람이 있는지 어떤지도 알 수 없었다.

집 안으로 돌아와 현관문을 닫고 봉투를 열었다. 무슨 내용인지 빨리 읽고 싶어서 편지를 꺼내드는 시간조차 너무 길게 느껴질 정도였다.

편지 안에는 단 한마디가 쓰여있었다.

고코로에게

미안해.

모에로부터

단지 그것뿐이었다.

고코로의 눈이 반복하고 반복해서 그 내용을 뒤쫓았다. '미안해.'라고 쓰여있는 글자도 그렇지만 첫 번째는 호칭 부분에 계속 눈이 갔다.

'고코로에게'

4월, 사이가 좋아진 지 얼마 안 됐을 무렵에 모에가 자신을 불러주던 목소리가 귀에서 되살아났다. '고코로'라는 그리운 울림이었다. 모에가 무엇을 사과하고 있는지 어떤 생각으로 이 편지를 썼는지 모른다. 하지만 누군가에게 부탁받은 게 아니고 스스로 쓴 것만은 분명했다.

편지를 봉투에 넣었다. 입술을 깨물며 고코로는 눈을 감았다.

─⚬⚬⚬─

"저기 말이야."

다음 날 성에서 마사무네가 갑자기 말을 꺼냈다. 모두가 그를 쳐다봤다. 그러자 마사무네가 어색한 표정을 지으며 "나, 학교 바꿀 거야."라고 말했다. 모두 잠자코 마사무네를 봤다. "견학하러 갔다 왔어."라고 그가 계속한다.

"통학하는 데 한 시간 정도 걸리는데, 아버지 아는 사람 집 아이도 다니는 사립중학교야. 편입시험이란 걸 봐서 어제 결과 나왔는데 합격이래."

"그랬구나."

아무렇지 않은 말투로 모두 말하지만 어딘지 모르게 긴장감이 떠돈다. 4월이라고 하지만 벌써 다음 달의 일이다.

마사무네가 새로운 환경에서 학교에 돌아가려고 결정한 거라면 그건 좋은 일이라고 생각한다. 그러나 누군가가 새로운 일을 시작하려고 한다니, 어쩔 수 없이 초조해진다. 마사무네가 나쁜 게 아니지만 괴로워지고 만다.

"마사무네, 넌 좋은 거니?"

스바루가 물었다. 마사무네가 조금 멋쩍어하는 표정을 하고 천천히 스바루를 봤다. 스바루가 계속했다.

"전에는 전학 가는 거 싫다고 했었지. 이젠 마음을 바꾼 거야?"

"⋯⋯어어. 견학하러 가서 시험도 보고, 그쪽 선생님들하고 여러 가지 이야기도 하고. ⋯⋯새로운 곳, 그렇게 나쁜 느낌이 아니었어. 3학기부터가 아니라 4월부터인 것도 마음이 편하고."

"그래."

"실은 나도 학교가 바뀔지 몰라."

우레시노가 말했다. 모두의 눈이 이번에는 우레시노를 향했다. "엄마랑 얘기해서."라고 그가 덧붙였다.

"아빠는 회사를 다녀야 하기 때문에 일본에 남고 나랑 엄마만 같이 해외로 유학 가는 것도 좋을지 모르겠다고. ⋯⋯당장은 아니지만 엄마가 알아본대."

우레시노의 눈이 주뼛주뼛 리온을 향했다.

"나랑 같은 나이의 아이가 그렇게 하고 있다고 얘기했더니, 리온같이 혼자 보내는 것은 마음이 안 놓이고 같이 가는 거라면 해외로 나가는 것도 생각해볼 수 있겠다고 엄마가 그랬어⋯⋯."

우레시노의 집은 그렇게 결단 내릴 수 있을 정도로 부자인 모양이었다. 고코로 입장에서는 놀라운 발상이지만 외국으로 나가면 환경은 확실히 극적으로 달라질 것이다.

"내가 그렇게 할지도 모른다고 생각하니, 같은 나이에 혼자서 기숙사에 들어가있는 리온은 굉장하구나, 하고 새삼 생각했어. 엄마도 그 아이 부모는 대단한 결단을 했다고 말했어. 엄마라면 도저히 그렇게 못 한다고."

"우리 부모님, 그런 굉장한 결의니 뭐니 하면서 한 거 아니라고 생각하는데……."

리온이 쓴웃음을 지었다.

"그래도 기쁜걸. 하와이로 오는 거야? 아니면 다른 나라? 유럽이라든가. 하와이라면 기쁘겠지만 뭐 와도 같이 노는 건 안 되는 건가?"

"응. 나도 한순간 하와이에 가면 리온을 만날 수 있겠구나 하는 생각이 들었어. 실은 볼 수 없는데 말이야."

"그렇지. 그래도 나도 하와이는……."

리온이 뭔가 말하려 했다. 우레시노가 "뭐?" 하고 물었다. 리온은 조금 생각하듯이 숨을 들이마시고 나서 천천히 고개를 흔들었다.

"아무것도 아니야. 그런데 우레시노, 만약 해외에 갈 거라면 영어나 현지 언어만은 제대로 해두는 게 좋아."

리온이 쓴웃음 지었다.

"난 준비를 제대로 안 해서 꽤 힘들었어."

"알았어. 만약 리온이랑 같이 지낼 수 있는 거라면 같은

452

학교로 가고 싶은데 말이야. 난 축구는 못할지도 모르지만……. 참, 외국의 학교는 거의 대부분이 9월 시작이잖아. 세계의 표준이 그런데, 일본은 그런 데에서도 세계에서 뒤처진 거 아냐?"

우레시노가 불만스럽게 말하는 것이 어딘가 마사무네 같다고 생각했다. 바로 그때 그 마사무네가 "그럴지도 모르지만 어쩔 수 없잖아." 하고 대꾸를 해준다.

"세계의 표준이 어떻든 우리가 있어야 하는 곳은 일본의 현실이니까."

"뭐 그렇지."

남자아이들이 대화를 주고받는 모습을 바라보고 있는데 갑자기 뒤에서 누가 덜컥하고 어깨를 움켜쥐었다.

"흐응. 부모가 자식을 위해 여러 가지로 생각해주는 집은 굉장하네. 우리 부모님들이랑은 다르지, 고코로."

갑자기 아키가 그렇게 말해서 고코로는 허를 찔린다.

고코로가 4월부터 어떻게 할지에 대해 부모님과 아직 얘기를 나누지 않은 건 사실이었다. 그러나 아키에게 그런 식으로 동의를 요구받자 마음속이 모래를 씹은 것처럼 서걱거렸다.

고코로의 집에 대해 이야기하자면, 고코로의 어머니가 아무것도 생각하지 않는 건 아니었다. 기타지마 선생님과 이야기해서 고코로에게 전학 가고 싶은지 어떤지도 물어봐줬다. 지금 당장 그 이야기를 하지 않는 것은 고코로의 마음을 존중해주기 때문일 것이다.

하지만 아키의 집이 어떤 상황인지 알 수 없어서 그런 말을 하는 것이 꺼려졌다.

아키와 스바루는 중학교 3학년이다. 고등학교 입학시험을 보지 않았을까. 그 일에 대해서도 고코로는 두 사람에게 묻지 못하고 있었다.

고코로에게서 대꾸가 돌아오지 않자 아키가 언짢은 듯이 "고코로?" 하고 얼굴을 들여다봤다. 고코로가 그래도 아무 말 못하고 있자 "후우." 하고 한숨을 흘리고 "우리, 다음 달부터 유급이잖아." 하고 이번에는 스바루에게 말을 걸었다. 그 말에 고코로는 깜짝 놀랐다.

"유급을 해요?"

"응. 난 졸업해도 괜찮은데 할머니하고 아는 사람이었던 이상한 아줌마가 있어서 말이야. 이 아이는 공부를 안 해서 학교를 일 년 더 다녀야 해, 하면서 일방적으로 학교랑 얘기를 해버렸어. 난 아무래도 괜찮지만, 뭐. 고등학교에 대해서도 아무 생각이 없었던 터라 이런들 저런들 어떠리 하고 현상유지하게 됐어."

"그거, 같은 학교 안에서 유급하는 건가요? 이웃 학교로 옮기는 게 아니라?"

고코로에게는 학교를 바꾸고 싶은지 어떤지 어머니가

물어봐줬다. 같은 학교 안에서 유급하는 거라면 아키의 사정을 다른 아이들이 다 알고 있을 텐데 괜찮을까. 고코로라면 그런 어색함 속에서 학교를 다닌다는 건 생각조차 해보지 못했을 것이다. 일 년 더 같은 학년에 남아봤자 결국 같은 일의 반복이 아닌가.

"이웃 학교에 들어가다니 4중학교를 말하는 거야? 그건 어려울 거 같은데? 학교는 지금 학교 그대로야."

그런 선택도 있구나, 하고 고코로가 속으로 생각하는데 "아니, 난 고등학교 가."라는 목소리가 들렸다.

스바루의 목소리였다. 아키도, 고코로도, 다른 모두도 놀라서 스바루를 봤다. 다들 눈을 동그랗게 떴다. 스바루는 별일 아니라는 듯이 평소의 말투로 말했다. "말 안 했나?" 하고 그가 말했다.

"지난달에 입학시험을 봤어. 미나미도쿄 공업고등학교의 야간반에 붙었어."

시내에 있는 공립 공업고등학교의 이름이다. 야간반이란 말은 들은 적이 있다. 낮이 아니라 밤 시간에 다니는 학교. 일하면서 고등학교에 다니는 사람들이라든가 이런저런 사정이 있는 사람들을 위해서 몇몇 고등학교에서는 주간부와 야간부를 나눠서 운영하고 있다. 하지만 가까이에 있는 미나미도쿄의 공업고등학교에도 그런 시스템이 있는 줄은 몰랐다.

고코로는 놀랄 수 밖에 없었다. 스바루가 입시 공부를 하고 있을 거라고는 생각해보지도 않았다.

"그런 얘기…… 했었어?"

"안 했었나?"

"그동안 공부 했었어?"

"했어. 시험 보기 전에 나름대로. 전에 아키하바라에서 전자제품 수리점 아저씨를 봤는데, 그 아저씨한테서 들었어. 이런 일에 흥미가 있다면 공업고등학교에 가라고. 거기서는 그런 수업만 한다고."

스바루가 아키를 봤다. 아키의 얼굴이 금세 새빨개졌다.

아키의 마음을 고코로는 아플 만큼 잘 알 수 있었다. 스바루가 나쁜 게 아니다. 그래도 어쩔 수 없다. 앞으로 자신이 어떻게 될지, 자신은 언제까지 이대로일지 모르는데 앞으로 나아가는 사람을 보면 단지 그것만으로도 가슴이 조여든다. 갑자기 초조해지고 두려워진다. 옆에서 보고 있던 고코로조차 스바루가 하는 말이 배신으로 느껴졌다. 공부를 하고 있었다면 어째서 아키에게 말하지 않았나. 둘 다 중3이었으니 진로에 대해 가장 고민이 많은 시기를 함께 보내고 있는 것 아니었던가. 성 안에서는 공부하는 시늉조차 보이지 않았는데, 그럼 집에서 했나. 그건 아키를 따돌린 거나 다름없지 않은가.

아키가 격하게 쏘아붙이는 상황이 상상됐다. 그러나…….

"그랬구나."

아키가 말했다. 의외로 조용하고 감정이 섞이지 않은 목소리였다.

"마지막 날은 다 같이 볼 수 있을까?"

후카가 물었다.

"3월 30일. 31일이 아니라 30일이지? 31일은 이 세계의 유지, 보수의 날. 늑대님이 분명히 그렇게 말했었지?"

"어어."

열쇠를 못 찾은 채, 소원이 이루어질 기미조차 없는 채 그날이 다가오고 있었다.

그래도 고코로는 누구의 소원도 이루어지지 못한다면 그것도 좋은 거라고 생각하고 있었다.

지난해 5월부터 학교에 안 가고 집에만 처박혀있던 나날, 그 기간 동안 이 성이 없었다면 도저히 견딜 수 없었을 것이다. 여기서 아이들과 만날 수 있어서 다행이었다.

'남는 것은 고작 기억뿐.'이라고 말할 수는 없다.

지난 일 년 가까운 시간 동안 여기서 보낸 날들, 여기서 사귄 친구들에 대한 기억은 앞으로도 고코로를 지탱해주는 힘이 될 거다. 나는 친구가 없는 게 아니다. 앞으로 평생 아무하고도 친구가 될 수 없다 해도 나에게는 친구가 있었던 적이 있다고, 그렇게 생각하며 살아갈 수 있다.

그 기억이 고코로의 마음에 얼마나 큰 자신감을 가져다

주는지 다른 사람들은 절대로 모를 것이다.

"마지막 날, 파티하자."

후카가 말했다.

"크리스마스 때처럼 하는 거 어때? 그리고 글을 쓰자. 다 같이 노트를 가져와서 서로에게 메시지를 써주자. 원래 세계로 돌아간다고 해도 서로에게 메시지를 남기는 것 정도는 분명 용납될 거야."

"찬성."

고코로도 말했다.

모두가 함께 있었던 증표가 어딘가에 남아있으면 분명 헤쳐나갈 수 있다. 그러니 그 정도는 허락해줄 거다.

———✦———

이대로 있으면 고코로는 자동으로 중학교 1학년에서 2학년이 된다. 그게 싫은 건 아니었다. 어차피 1학년에 남겨져도, 다른 아이들보다 혼자 한 살이 많으면 붕 떠서 두드러진 존재가 되고 만다. 그러느니 자동으로 진급해버리는 편이 나았다.

"고코로, 잠깐 할 얘기가 있어."

3월 하순에 들어섰을 때 어머니가 고코로를 불렀다. 고코로는 '드디어 올 것이 왔구나.' 하고 생각했다. 언제부턴

가 각오하고 있었다. 아키가 '우리 부모님들이랑은 다르지.'
라고 했을 때 고코로가 동의하지 않았던 것은 고코로의 어
머니라면 4월을 하나의 매듭으로 생각하고 뭔가를 준비하
고 있을 거라고 생각했기 때문이었다. 역시 그랬다.

　아래층으로 내려가보니 어머니는 기타지마 선생님과 함
께 고코로를 기다리고 있었다.

　"실은 이다 선생님도 함께 이야기하고 싶다고 하셨지만,
네가 만나고 싶다고 생각했을 때 만나도 되는 거니까."

　기타지마 선생님은 그렇게 말하고 나서 고코로가 선택
할 수 있는 진로에 대해 차근차근 이야기를 해줬다.

　옆 학구의 유시키나 제1중학교나 제3중학교 중 어느 한
쪽을 선택해서 4월부터 다니는 것도 가능하다. 시청 사람
들과 의논해서 특별히 그렇게 할 수 있게 됐다. 물론 유키
시나 제5중학교에 남아도 된다. 그럴 경우에는 고코로와
미오리를 꼭 다른 반으로 배정하기로 학교 측하고 몇 번이
나 이야기해서 결정해뒀다.

　그 이야기를 듣고 고코로는 놀랐다. 기타지마 선생님은
진지한 얼굴을 하고 "약속은 꼭 지키도록 할게."라고 했다.

　"미오리와 고코로를 다른 반으로 배정하는 것은 최우선
사항이야. 학교 선생님들은 가능한 한 노력하겠다고 하는
데, 꼭 그렇게 하게 할 거야."

　기타지마 선생님의 목소리는 강하고 박력이 있었다. 믿

459

음직스러웠다. 욕심이 나서 그만 한마디를 더하고 만다. 교실에 앉아있으면 늘 자신을 압박해오던 가슴속의 불안이 이번에도 자욱하게 온몸으로 퍼져간다.

"미오리의 다른 친구들하고도 다른 반이 될 수 있는 건가요?"

"그것도 가능한 한 학교에 배려해달라고 이야기하는 중이야. 같은 반의 도요사카랑 마에다 그리고 나카야마 말이지? 그리고 또 미오리랑 같이 배구부에서 활동하는 오카야마랑 요시모토."

자신이 가르쳐준 것도 아닌데 기타지마 선생님의 입에서 고코로가 생각한 그 이름들이 나오자 고코로는 눈물이 날 것 같았다. 이렇게 자신을 신경 써주다니.

고코로는 말없이 끄덕였다. 그러고 나서 물었다. 싫은 건 아니지만 마음이 쓰였기 때문이었다.

"도조 모에는 어떤가요?"

모에가 싫은 건지 어떤지, 믿을 수 있는 건지 어떤지 고코로는 알 수 없었다. 같은 반이 되는 것이 싫은 건 아니다. 이름이 열거된 다른 아이들에 비하면 모에는 훨씬 안 불편하다. 만약 기타지마 선생님이 말하듯이 고코로와 미오리 사이에 있었던 일을 전한 것이 모에라고 한다면 더더욱 그렇다. 머리 한구석에 요전번의 편지가 어른거렸다. '미안해.'라는 딱 한마디만 쓰인 그 편지. 그러자 선생님이 대답했다. "모에는……." 하고 계속되는 목소리가 생각 탓인지 딱딱하게 들렸다.

"모에는 또 전학 가. 이번에는 나고야."

"그래요?"

"모에의 아버지가 대학교 교수님인 건 알고 있니?"

고코로는 끄덕이는 것도, 눈을 깜빡이는 것도 할 수 없었다. 실은 알고 있었다. 지난해 4월, 아직 등하교를 함께 했던 무렵 몇 번쯤 놀러간 모에네 집에는 그림책이 많이 있었다. 외국에서 가져온 진기해 보이는 책도 많이 있었다. 모에가 그것들을 보여줬었고 언젠가 빌려준다고도 했다.

"아버지가 4월부터 나고야의 대학으로 가시게 됐대. 그래서 모에도 2학년부터 나고야에 있는 학교에 다닐 거야."

"여기 와서 아직 일 년밖에 안 됐는데요?"

"응. 모에는 옛날부터 전학을 자주 다녔던 것 같아."

고코로는 잠시 마음을 어디에 두어야 할지 몰랐다. 쭉 마음에 두었던 모에가 다음 달에는 이 거리에 없다. 두 집 옆의 집에서 없어진다. 고코로에게 학교 소식이나 프린트를 가져오는 일도 없다.

다시 '미안해.'란 글자가 되살아났다. 그걸 고코로의 집 우편함에 넣었을 때 모에는 이미 전학 가는 것이 결정돼 있었을지도 모른다. 그렇다면 모에는 어떤 마음으로 그 편지를 쓴 걸까.

"제1중학교나 제3중학교에 견학 가고 싶으면 언제든 말해. 3월 한 달 내내 천천히 생각해도 돼. 흥미가 있으면 봄방학 동안에 견학을 가볼까?"

고코로의 마음속 동요를 아랑곳하지 않고 기타지마 선생님이 말했다. 그리고 어느 순간 선생님의 얼굴이 조금 더 진지해졌다.

"그리고 말이지, 하나 기억해뒀으면 하는 게 있어."

"뭔데요?"

"나도, 어머니도 네가 무슨 일이 있어도 학교로 되돌아가야 한다고는 생각하지 않는다는 것."

고코로는 눈을 크게 떴다. 기타지마 선생님이 말했다.

"학교는 반드시 돌아가야 하는 곳이 아니야. 지금의 제5중학교든 옆의 다른 중학교든 네가 가고 싶지 않다고 하면 우리는 네가 달리 어떻게 하면 좋을지, 어떻게 하고 싶은지, 얼마든지 함께 고민할 거야. '마음의 교실'에 와도 좋고 재택학습이란 형태로 공부할 수 있을지도 알아볼 거야. 너에게는 선택지가 많이 있어."

기타지마 선생님 옆에 말없이 앉아있는 어머니를 봤다. 어머니는 기타지마 선생님과 이미 그 일에 대해서도 이야기를 나눈 모양이었다. 고코로와 눈이 마주치자 말없이 끄덕여줬다. 그 얼굴을 본 순간 숨이 막혔다. 가슴이 벅차서 입술을 깨물었다.

어머니는 늘 고코로가 학교에 안 가는 것 때문에 애를 태울 거라고 생각했었다. 그 어머니가 고코로의 손을 잡았다. 꼭 쥐면서 말했다.

"엄마도 같이 고민해볼게."

"……고마워요."

눈물이 날 것 같은 것을 참으며 감사 인사를 했다. 그러나 기쁜 마음 한편으로 가슴이 갑갑해졌다. 이렇게 기타지마 선생님이나 어머니가 자신의 다음 일을 생각해주는 만큼 아키나 후카에게 더 미안한 마음이 들었기 때문이다.

"선생님."

"응?"

"만약 제가 유키시나 제5중학교에 그냥 있을 경우, 담임을 이다 선생님 이외의 선생님으로 해달라고 부탁할 수도 있는 건가요?"

선생님을 싫어하거나 미워하면 안 된다. 선생님은 옳은 사람이니까. 학교와 프리스쿨이라는 입장의 차이가 있어도 기타지마 선생님은 고코로의 이런 제의에는 미간을 찌푸릴지도 모른다. 그래도…….

"이다 선생님이 그랬어요. 미오리한테 답장을 쓰면 어떻겠냐고요. 미오리가 나한테 무시당한 기분이 들어서 기분이 안 좋다고 한다고요. 하지만 난 그런 거 아무래도 좋아요. 그건 내 탓이 아니에요."

목소리가 멈추지 않고 나왔다. 자신이 화난 건지 슬퍼하는 건지 알 수 없지만 목소리가 떨려서 자신이 생각하기에도 꼴불견이다. 기타지마 선생님이 고코로를 보며 말했다.

"미오리는 미오리의 생각과 괴로움이 있을 거라고 생각해. 고코로가 자신을 무시한다는 생각이 든 것도 정말일지 모르지."

"그래도……."

"그래도 그건 네가 지금 이해해주지 않아도 되는 일이야. 미오리의 괴로움은 미오리가 주위 사람들과 함께 해결해야 하고, 네가 그 아이에게 뭔가 해줘야만 하는 건 절대 아니야."

기타지마 선생님이 고코로의 어머니와 눈을 맞췄다. 그러고 나서 다시 고코로를 보고 끄덕였다.

"이다 선생님 일도 부탁해놨어."

그렇게 말했다.

"내년부터는 한 반이 되지 않도록 벌써 부탁해놨어."

그 목소리에 언젠가 선생님이 '싸우지 않아도 돼.'라고 한 말이 여운처럼 겹쳐서 들렸다.

그렇게 느낀 순간 온몸에 전기가 내달리는 것 같았다. 고코로는 저도 모르게 눈앞의 기타지마 선생님에게 마음속으로 외치고 있었다.

'선생님, 부디 다른 세계에서도 내 친구를 도와주세요.

아키 언니랑 후카 언니랑 우레시노, 그들 모두의 세계에서도 저에게 하듯이 마음 든든한 같은 편이 되어주세요.'

이 세계의 기타지마 선생님에게 이런 부탁을 한들 소용없는 일이라는 걸 안다. 그래도 다른 아이들에 대해서도 이렇게 해달라고 조르고 싶었다. '미오리가 주위 사람들과 해결해야 해.'라고 말한 선생님의 말이 가슴에 사무친다. 기타지마 선생님은 분명 미오리가 도움을 요청해오면, 미오리가 고코로에게 그런 일을 한 사람이었다 하더라도 '미오리의 주위 사람'이 되어줄 것이다. 고코로로서는 전혀 상상도 할 수 없지만 '미오리의 괴로움'을 해결하기 위해 도와줄 것이다. 그런 상상을 하니 부당한 것 같고 분한 마음조차 들었지만 기타지마 선생님은 그런 사람이고, 그렇기 때문에야말로 신뢰할 수 있다는 생각이 들었다.

성 안의 다른 친구들 또한 주위에 신뢰할 수 있는 사람이 있기를, 그 사람이 그 아이들의 힘이 돼주기를, 하고 바란다. 고코로는 유키시나 제5중학교에서 다른 학교로 옮기는 것도 가능했지만 아키는 자신은 힘들 거라고 했었다. 고코로처럼 제1중학교나 제3중학교의 가능성을 생각해주는 사람이 주위에 없었다는 얘기다.

아키는 어떻게 될까. 다른 모든 아이들은 어떻게 될까.

3월이 끝나 성이 닫히고 각자의 세계로 돌아가고 나서 모두의 세계가 어떻게 될지, 그 이후의 일을 아는 것은 이제 불가능하다. 아무리 걱정해도 알 수 없다.

가슴이 아팠다. 부디 모두 잘 지내기를, 하고 바란다.

행복해지기를, 하고 기도한다.

———❦———

이별 파티 전날인 3월 29일.

그날까지 고코로는 두 중학교를 견학하러 다녀왔다.

유키시나 제1, 제3중학교 모두 고코로가 적을 두고 있는 제5중학교에 비하면 작은 학교로, 안내해준 선생님들은 줄곧 '가족적인'이라든가 '소규모로'라는 말을 되풀이했다. 고코로는 그 말을 들으면서 이 선생님도 고코로가 큰 학교였기 때문에 적응하지 못했다고 생각한다는 느낌이 들어 마음이 조금 복잡해진다.

난방이 들어오지 않는 3월의 복도로 봄방학 중에도 동아리 활동을 하는 밴드부의 연주 소리나 운동장을 달리는 육상부의 구호소리 같은 게 들려왔다. 그런 소리 사이로 자신과 같은 또래 아이들의 즐거운 이야기 소리나 웃음소리가 들려왔는데, 그때 고코로는 자신도 모르게 어깨가 움찔하는 것을 느꼈다. 그럴 리 없는데도 저절로 자신을 보고 웃은 게 아닐까 하는 생각이 드는 것이었다.

오랜만에 신은 실내화 안의 발끝이 차가웠다. 자신이 이

학교를 다니는 상황이 아직 전혀 상상이 되지 않았다.

마음은 여전히 흔들리고 있었다. 유키시나 제5중학교를 떠나는 것도 아직은 개운치 않다. 그런 일 때문에, 하는 분함도 있고 새로운 학교에서 자신이 붕 떠버리지 않을까, 제5중학교에서 있었던 일이 이곳 아이들에게 알려지는 것은 아닐까, 하는 불안감도 크다. 3월 내내 고민해봐도 된다고 기타지마 선생님이 말해준 것만이 위안으로 느껴졌다.

마지막으로 성의 친구들과 만나는 30일, 그날까지는 어떻게 할지 보고할 수 있으면 좋겠다고 생각한다.

오늘은 카레오에 가자. 내일 파티에서 먹을 과자를 사서 가져가자. 전에 아키가 그랬던 것처럼 예쁜 종이냅킨을 사가지고 가도 좋을 것 같다.

지금은 봄방학이다. 고코로가 밖에서 돌아다녀도 어른들이 이상한 눈으로 보고 학생이 이 시간에 왜, 하고 다그칠 걱정은 없다. 카레오까지는 못 가더라도 근처 편의점까지라면 충분히 갈 수 있다.

오늘도 가능하면 성에 가고 싶으니까 카레오에서 돌아오면 곧바로 성으로 가서 친구들을 만나자.

다른 아이들도 가능한 한 시간을 내서 성에 와있을 거라는 생각이 들었다. 앞으로 성에 갈 수 없다는 게 믿어지지 않았다. 그렇게 생각하고 고코로는 쓴웃음을 짓는다. 처음 성에 갔을 때에는 그런 성이 있다는 사실 자체가 믿어지지 않았는데 지금은 성을 떠나야 하는 걸 이렇게 아쉬워하게 되다니.

마지막 날을 앞두고 생각했다. 자신은 미오리와 그 패거리들에게 학교에서 생활할 시간을 빼앗겼을지 모르지만 그 대신 성에 초대받을 수 있었다고, 어쩌면 세상의 학교에 가지 않는 모든 아이는 자신들처럼 그 성에 초대받았었는지도 모른다고 생각했다.

중학생인 고코로보다 더 어린 초등학생이라도 학교에 가지 않는 아이는 그곳에서 늑대님과 시간을 보낼 것이다. 그런 사실을 사람들이 모르는 것은 성을 다녀온 아이들이 모두 그곳에서 소원 열쇠와 소원 방을 발견하여 소원을 이루었고, 기억이 사라졌기 때문이라고 생각했다. 기억이 사라져서 알려지지 않고 있을 뿐 학교에 가지 않는 아이들을 위해 거울 속 성이 주어졌던 거다.

그렇다면 성을 떠나는 게 아쉬워도 다음 아이들에게 그 장소를 양보하는 것이 마땅한 일인지도 모른다. 열쇠를 찾지 못한 우리들은 늑대님이 봤을 때 지금까지 성에 온 아이들 중에서도 낙오자 그룹이었을지 모르지만 대신 그 성에 대한 기억을 간직할 수 있을 것이다. 열쇠를 찾지 못한 낙오자가 되었기에 성이라는 장소가 있었다는 것을 다른 아이들과 언젠가 확인할 수 있게 될지도 모른다.

고코로는 아침부터 들떠있었지만 일찍 카레오에 다녀오
자는 계획은 무산됐다. 하필이면 오늘 어머니가 고코로에
게 택배 오는 것을 받아달라고 부탁했기 때문이다.

"오늘 오전에 새 관엽식물이 올 거니까 받아줘주렴."

그 말을 듣고 고코로는 내심 당황한다. 오전 내내 집에
매여있어야 한다는 것은 성에도 못 간다는 말이다.

남은 날이 앞으로 이틀밖에 없는데. 카레오에도 가고 싶
은데.

"오전 이른 시간에 올 거야."

"알았어요."

어머니가 이상하게 생각할까 봐 일단은 끄덕였다.

그러나 관엽식물은 이른 시간에 오지 않았다. 택배원은
열두 시 삼 분 전, 오전이 다 끝나기 삼 분 전에서야 "늦어
서 죄송합니다."라며 겨우 도착했다. 기다리다 지쳐서 짜증
이 나있었던 고코로는 택배원이 내민 영수증 수취인 칸에
아무 말없이 휙 사인을 했다. 택배원한테 화내봤자 아무
소용없지만 말이다.

배달 온 물건을 받아놓고 용돈을 한 손에 쥔 채 집을 나
와 자전거를 타고 카레오로 서둘러 갔다. 돌아와서 성에 갈
수 있을지 어떨지 모르겠다. 오늘은 그야말로 빠듯하다. 도
중에 중학생 정도의 아이를 볼 때마다 몸이 움츠러들지만
그때마다 핸들을 쥔 손에 꾹 힘을 줬다.

장갑을 끼고 왔으면 좋았을걸. 3월 공기가 아직 이렇게 차다니, 그동안 잊고 있었다.

카레오에 도착해서도 혼자서 쇼핑하려니 쉽지 않았다. 필요한 과자와 냅킨 등이 놓여있는 장소를 알 수 없어서 헤매느라 쇼핑을 다 마치고 카레오를 나올 무렵에는 벌써 세 시가 다 되어있었다.

카레오 입구 아래 '입학 준비' '신학기 준비'라고 쓰인 간판이 있었지만 일부러 시선을 다른 곳으로 돌렸다. 전에 여기 왔을 때는 여기서 아키나 마사무네나 다른 성의 친구들을 만날 수 있지 않을까 하고 기대했었다. 그러나 그들을 만날 수 있기는커녕 내일이 지나 신학기가 시작되는 4월이 되면 평생 만날 수 없게 된다.

신학기니, 4월이니 하는 글자를 보고 들을 때마다 눈을 감고 귀를 막는 일이 늘어났다. 아침에 매일 먹는 요구르트조차 그 유통기한이 눈에 들어오면 가슴이 저려왔다. 그 유통기한이 지났을 때에는 성도 이미 없어졌을 거라는 생각이 들었기 때문이다. 그래서 일부러 외면한다.

돌아오는 동안 정신없이 자전거 페달을 밟아서 간신히 집 앞까지 도착했다. 자전거에서 내려 집 안으로 들어가려던 그때였다.

"아."

작은 소리가 귀에 들린 것 같아서 고코로는 무심코, 정말로 무심코 얼굴을 들었다. 그리고 고코로도 역시 "아." 라고 소리를 냈다.

모에였다.

집 앞 도로의 조금 떨어진 장소에서 모에가 이쪽을 보고 있었다. 오늘은 둘 다 교복 차림도, 운동복 차림도 아니다. 주위에서 둘을 지켜보는 반 아이들도 없다. 무엇보다 여기는 둘 다 자기 집 근처다.

더플코트에 체크 머플러를 두른 모에는 교복을 입었을 때보다 훨씬 세련되고 예뻐 보였다. 손에는 작은 편의점 봉지를 늘어뜨리고 있다. 모에도 뭘 사러 갔다 오는 모양이었다.

"모에……."

엉겁결에 이름을 부르고 만다. 불러버리고 나서 '또 무시당하겠구나.' 하고 후회하고 만다. 그러나 모에가 말했다.

"고코로……."

고코로의 이름을 그렇게 불렀다.

순간 고코로의 가슴이 꽉 조였다. 모에의 목소리를 듣는 것조차 오래간만이었다. 그러면서도 '아니야, 이건 모에가 잠시 변덕을 부리는 거야. 언제 다시 차갑게 무시할 지 몰라.'라고 되뇌인다. 그것이 두려워 고코로는 최대한 빠르게 말했다.

"요전번엔 편지, 고마워."

혹시라도 그 편지를 자기가 잘못 받은 것이 아니기를, 하고 기도하는 마음으로 계속 말한다.

"모에 너, 전학 간다는 거 정말이니?"

"응."

모에가 끄덕이면서 고코로의 눈을 봤다. 모에의 얼굴이 문득 웃는 얼굴이 됐다.

"있지, 우리 집에 안 올래?"

거짓말 같았다. 눈을 크게 뜨는 고코로를 향해서 모에가 들고 있던 비닐봉지를 조금 위로 들어올렸다.

"아이스크림 샀는데 녹으면 아까우니까 우리 집에 가서 같이 먹자."

모에네 집에 들어가는 것은 거의 일 년만이었다.

예전에 들어갔을 때처럼 고코로네 집하고 방 배치가 거의 같다는 인상도 그대로였다. 벽이나 기둥의 소재나 천장의 높이까지 다 같았다. 다만 현관의 선반에 놓여있는 물건들이나 벽에 걸린 그림 그리고 전등의 종류와 카펫의 색깔까지도 고코로네 집과는 전혀 달랐다. 같은 구조의 집인만큼 그 차이가 더욱 두드러지게 느껴진다.

세련됐다고 생각했던 작년 그때의 인상은 이번에도 다름없었지만 하나 크게 다른 것은 골판지상자 여러 개가 바닥에 놓여있다는 점이었다. '이삿짐센터'라고 쓰인 흰 골판지상자를 보고 '정말로 가버리는구나.' 하고 실감한다.

현관에 들어서자마자 모에 아버지가 취미로 수집해놓은 여러 가지 동화의 그림이 걸려있는 게 보였다. 아직 치우지 않았다.

아버지가 유럽에서 사왔다는 옛날 그림책의 오래된 원화. 《빨간 모자》나 《잠자는 숲속의 미녀》 《인어공주》나 《늑대와 일곱 마리 어린양》 《헨젤과 그레텔》의 한 장면을 그렸다는 갖가지 그림들.

전에 왔을 때는 막연히 봤을 뿐이었는데 이번에는 고코로의 눈이 《빨간 모자》에 빨려 들어갔다. 빨간 모자와 할머니를 삼켜서 배가 불룩해진 늑대가 잠자고 있을 때 사냥꾼이 오는 장면이었다. 그림을 보면서 생각난 것은 물론 거울의 성에 사는 늑대님이었다.

"아아, 그 그림."

고코로가 보고 있는 것을 알아챘는지 모에가 말했다.

"《빨간 모자》 그림인데 빨간 모자가 없지. 주인공이 없는 그림을 벽에 장식하는 게 이상하다고 나도 말한 적 있는데, 아빠는 살 수 있었던 게 이 장면을 그린 그림뿐이었기 때문에 어쩔 수 없었다고 하더라고. 빨간 모자가 등장하는 그림은 가격도 훨씬 비싸고 좀처럼 살 수도 없었대."

"그렇구나. 이것만 봐서는 이게 《빨간 모자》의 그림인지 어떤지 알 수 없겠어. 나는 네가 전에 가르쳐줬으니까 알았지만."

빨간 모자의 자취를 느끼게 해주는 것은 늑대의 부풀어 오른 배와 바닥에 구르는 포도주를 담은 바구니 정도였다.

이야기를 하다보니 그만 모에에게 스스럼없이 '너'라고 부른 것을 깨닫고 자신이 너무 넉살 좋았나 하고 생각했지만 모에는 그것에 대해 신경 쓰는 것 같지는 않았다. 그저 "그렇지?" 하고 동의하며 웃어준 것이 무척 기뻤다.

"이쪽으로 와."

모에가 거실로 안내했다. 편의점 봉지에서 컵 아이스크림 두 개를 꺼내 "어느 거라도 괜찮아." 하고 고코로에게 먼저 고르라고 했다. 고코로가 딸기맛을, 모에가 마카다미아맛을 앞에 놓고 둘이서 마주 보고 먹었다.

먹는 도중에 모에가 지나가듯이 말했다.

"미안해."

모에가 아무렇지 않은 듯한 투로 그렇게 말한 것은 가능한 한 가볍게 들어주길 바랐기 때문이었을 것이다. 아이스크림 스푼을 든 모에가 아까부터 몇 번이나 같은 장소를 쿡쿡 찌르고 있는 것을 보고 고코로는 모에가 말할 타이밍을 찾고 있다는 것을 알았다. 고코로는 고코로대로 침묵한 채 입술을 깨물고 있었다. 실은 가슴이 답답할 만큼 벅찼지만 모에에게 맞춰서 아무렇지 않은 말투로 "괜찮아."라고 말했다. 모에가 무엇을 사과하고 있는지는 알고 있었다. 아

이스크림을 쿡쿡 스푼으로 찌르면서 모에가 시선을 다른
데로 돌린 채 말한다.

"3학기 첫날, 신발장 있는 데서 봤을 때, 말을 걸고 싶었
는데 못했어. 미안해. 그때는 아직 좀 미묘했었거든."

"미묘하다니⋯⋯."

고코로를 아직 미묘하게 싫어했다든가 그런 의미일까.
고코로가 마음에 방어선을 치고 상처 입을 각오를 하고 있
는데 모에가 고코로를 봤다.

"미오리 걔네들이랑 내가."

'어⋯⋯.' 하는 목소리가 목구멍 중간에서 굳었다.

그 한마디만으로 상상이 됐다. 아연해하는 고코로를 향
해서 모에가 쓴웃음 지었다.

"걔네들이 그 무렵 본격적으로 나를 왕따시키기 시작했
었어. 그래서 네가 나랑 얘기를 했다는 게 알려지면 모처
럼 학교에 나온 네가 미오리네 애들한테 뭔가 당할지도 모
른다는 생각이 들어서."

"아니, 왜?"

도대체 왜 그렇게 되어버린 걸까. 1학기 첫날, 전학생
모에는 반 아이들 모두가 친해지고 싶어 하는 밝고 인기
있는 아이였다. 그러다가 고코로는 문득 떠오른 생각에 창
백해졌다.

"⋯⋯나 때문에?"

얼굴에서 핏기가 가시는 것을 스스로 알 수 있었다.

"네가 나랑 미오리 사이에 무슨 일이 있었는지 기타지마 선생님한테 얘기해줬다고 선생님한테서 들었어. 그것 때문이었어?"

어째서 생각해보지 않았던 걸까. 이다 선생님도 미오리가 무슨 짓을 했는지 알고 있었다. 그게 어떤 짓인지 정말로 이해한 건지 어떤지는 차치하고라도. 이다 선생님이 어떻게 그 사실을 알게 됐는지 미오리는 알고 싶었을 거다. 자신을 배신한 상대가 누군지 확인한 그 다음에 그 애가 어떤 짓을 할지는 조금만 생각해보면 알 수 있는 일이다.

"아냐."

모에가 대답하고 또 아이스크림을 쿡쿡 찌른다. 고코로가 미안해하면 안 된다고 생각해서 그렇게 말해주는 건지도 모른다. 모에가 얼굴을 들고 희미하게 웃었다. 고개를 흔들었다.

"그 탓도 조금은 있었을지 모르지만 근본은 좀 더 다른데 있었을 거라고 생각해. 있지, 내가 잘난 척하면서 그 애들을 무시하는 것 같은 게 맘에 들지 않는다는 거야."

"무시한다니."

바로 최근에 고코로도 들은 말이었다. 무시당하고 있다, 무시한다.

"그 그룹에 있는 나카야마의 남자친구를 내가 유혹했다

476

나 뭐라나 하면서 얼마 전부터는 나를 '남자 홀리는 년'이라고 부르더라고. 하지만 그때는 이미 뭐가 어떻게 돼도 상관없다는 마음이었어. 4월부터 아빠가 다시 대학을 옮길지도 모른다는 말을 들었고, 어차피 멀리 떨어질 건데 뭐, 상관없지 하고 나도 화내거나 변명하거나 하는 거 관뒀어."

'관뒀어.'라는 말이 가볍지만 쓸쓸하게 울렸다. 모에가 아이스크림을 스푼으로 떠서 입으로 날랐다. 그에 맞춰서 고코로도 한 입 입으로 나른다. 입안에서 달콤함이 천천히 녹아간다.

"내가 그 애들을 무시했다는 건 아마 정말일 거고."

"응."

그 기분이 어떤 건지는 고코로도 잘 알 수 있었다. 고코로도 미오리를 경멸했다. 그게 뭐 어때서. 충분히 그럴만하다고 생각한다. 용서하지 않겠다고 지금도 생각하고 있다. 고코로가 끄덕이자 모에가 또 웃었다.

"그래도 그런 건, 선생님들이 볼 때 더 나쁜 일인 거야. 이다 샘한테 불려가서 말을 들었어. 모에는 어른스러우니까 분명 다른 아이들이 우습게 보일 수도 있겠지만 모두 모에랑 사이좋게 지내려고 노력하는데 어쩌고저쩌고……."

"어쩌고저쩌고, 라니."

고코로가 모에가 선생님에 대해 그런 말을 쓰는 것을 듣고 놀라자 모에의 눈이 장난꾸러기같이 빛나더니, "글쎄,

흥미 없는 이야기였으니까."라고 중얼거렸다.

"걔네들을 우습다고 생각하는 게 뭐가 어때서? 그 애들, 연애 같은 눈앞의 일밖에 안 보는걸. 반에서는 중심일지 모르지만 성적도 나쁘고 분명 인생도 제대로 못 살 거야. 십 년 후 어느 쪽이 더 위에 있을 거라고 생각하니? 라고 말하고 싶은 기분이었어."

모에의 말투는 격렬하고 신랄했다. 고코로는 눈을 크게 떴다. 이 아이가 자신만큼이나 미오리를 싫어하고 경멸했다니 몰랐다.

"굉장해……."

"뭐가?"

"네가 그런 식으로 말하는 거 처음 들었거든."

"글쎄, 그게 사실이니까."

모에가 한숨을 쉬었다. 소파에 몸을 기대고 "내가 그렇게 말해서 실망했어?" 하고 불안한 눈빛으로 고코로를 봤다. 고코로는 고개를 흔들었다.

"아니, 전혀. 나도 같은 생각을 했었어. 나도 그 애들이랑 잘 얘기할 수 없었으니까."

"더 말하자면 이다 샘이 '어른스러우니까.' 하고 분석하는 것같이 말하는 걸 들을 때도 대빵 역겨웠어. 아니, 이쪽이 어른이냐 어떠냐가 아니라 걔네들 쪽이 지나치게 애들인 게 문제 아냐? 어차피 그런 거 이제 상관없어. 어쨌든

478

만약 고코로가 학교에 왔다면 미오리 개네들은 너랑 사이
좋게 지내려고 했을 거야."

"아니, 어째서? 1학기엔 나를 그렇게……."

"걔들한테는 관계없어. 지금 가장 따돌리고 싶은 건 나
니까."

모에가 딱 잘라 말했다.

"나를 모처럼 따돌렸는데 네가 오면 너랑 내가 사이좋아
질지도 모르잖아. 그게 싫어서 너랑 사이좋게 지내려고 했
을 거라고."

"그런……."

고코로는 말이 안 나왔다.

그러나 생각나는 것은 그날 신발장에 들어있던 편지였
다. 미오리가 보낸 그 편지는 어딘가 고코로에게 아첨하는
것 같은 내용이 아니었던가. 그건 모에와 고코로가 다시
가까워지는 걸 막고자 하는 의도에서였던 건가.

1학기에 죽을지도 모른다고 생각할 만큼 괴로웠는데 그
아이들은 그런 이유로 나를 용서해버리나.

그렇게 생각하고 흠칫한다.

'용서하다.'란 뭘까.

내가 나쁜 짓을 한 건 아무것도 없는데, 그 애들이야말
로 용서할 수 없다고 줄곧 생각하고 있는데, 그럼에도 무
의식 속에서 그 아이들에게 '용서받기'를 기대하고 있었나

하고 아연실색한다.

"그렇게 된 거야. 바보 같지."

모에가 고코로를 보면서 말했다.

"기껏해야 학굔데 말이지."

"기껏해야 학교?"

"응."

고코로는 놀라운 그 말을 온몸으로 받아냈다. 그런 식으로 생각한 적은 한 번도 없었다. 학교는 자신의 전부였기 때문에 가는 것도 안 가는 것도 굉장히 괴로운 일이었다. 도저히 '기껏해야 학교'라고는 생각할 수 없었다.

모에는 자신을 어른스럽다고 한 이다 선생님의 말에 화를 냈지만 모에는 역시 보통 아이하고는 조금 다르다는 생각이 들었다. 지금까지 전학을 많이 다녔기 때문일지도 모른다. 자신의 자리를 딱 하나라고 생각하지 않은 거다.

"본심을 말하면 3학기 뒤로 너는 안 오려나, 하고 생각했어. 온 건 그날뿐이었지."

"어?"

"이제 전학 갈 거고, 미오리랑 그 주변 애들이 뭐라 하든 무시해버리자 하고 생각했지만, 그래도 교실을 이동할 때도 혼자 해야 하고 노골적인 험담도 받아내야 하다보니까 누군가 함께 있어줬으면 좋겠다고 바랐었어."

모에가 고코로를 봤다. 그리고 "미안해."라고 또 말했다.

편지에 쓴 그대로.

"1학기 때, 나는 널 도와주지 않았는데 내 멋대로지. 미안해."

"아니. 그렇지 않아."

고코로는 사나다 미오리와 그 주변 아이들을 견뎌내지 못하고 학교를 쉬었다. 그래서 모에가 아이들에게 시달리면서도 학교에 계속 나간 건 굉장한 일이라고 생각했다. 게다가 고코로는 안다. 낯선 전학생이 등장하여 자신을 아껴주는 친구가 되어줄 것을 꿈꾸었기에 모에가 친구를 아쉬워하는 마음이 어떤 건지 잘 안다. 모에가 그때 고코로가 와줬으면, 하고 생각했던 거라면 솔직히 기뻤다. 편지를 준 것도 물론 기뻤다.

"모에, 정말로 전학 가는구나."

"응."

"전학 가는 기분은 어때? 괜찮아? 불안하지 않아?"

"불안함이 없지 않아 있지만 여기서 이런 일을 겪었으니 해방감과 기대감 쪽이 더 크려나? 인간관계를 리셋할 수 있다는 것 역시 기쁘고 말이야."

"그렇구나……."

고코로는 자신이 옆 학구의 중학교로 전학 가는 것을 고려하고 있다는 말은 할 수 없었다. 하지만 모에 쪽에서도 미루어 생각하는 바가 있었는지 모른다. 모에가 말했다.

"만약 앞으로 네가 어딘가로 전학을 가게 되었는데 전학
간 첫날 아무도 말을 걸어주지 않으면 울면 돼."

"울어?"

"응. 모두가 보는 앞에서. 그러면 몇 명쯤 '괜찮아?'라든
가 '울지 마.'라며 말을 걸어줄 거니까. 그 아이들하고 사이
좋게 지내. 울면 쉽게 눈에 띌 수 있고, 마음 써줄 테니까."

"에이, 설마. 그건 너니까 효과가 있는 방법인 거 같은
데? 예쁜 아이가 아니면 용납되지 않는 방법일 것 같아."

"그래?"

모에는 오늘은 정말로 시원시원했다. 자신에 대해서 누
가 '예쁘다.'라고 말해도 부정하지 않는다. 무엇보다 계산해
서 울다니 그런 음흉한 방법을 가르쳐줄 거라고는 생각지
도 못했다.

"그래도 우리 중학교에 전학 왔을 때 너 울지 않았잖아?"

"응. 다들 친절하기도 해서 울지 않고 끝났어."

"울면 어린애 같잖아? 너, 그거 초등학교 때 했던 경험
을 말한 거지? 중학교에선 우는 건 주목받을 수 있는 방법
이긴 해도 좋은 방법이라고는 할 수 없는 거 아닌가?"

고코로가 저도 모르게 말해버리자 모에가 얼굴을 찌푸
렸다. "그런가!" 하고 소리를 낸 뒤에 "그럴지도……." 하고
생각에 잠긴 표정이 된다.

"초등학교 때 처음으로 전학 갔을 때 잘 풀렸기 때문에

계속 그렇게 했었는데, 그럼 다음 중학교에선 그렇게 하지 말아야지."

"응. 너라면 이제 그런 거 안 해도 분명 사이좋게 지내고 싶어 하는 아이가 있을 거야."

"그럴까⋯⋯."

총명해 보이는 이 아이가 불안하다는 듯이 중얼거리는 모습이 왠지 귀여웠다. 이 아이의 이런 본심은 미오리나 그 주변 아이들은 분명 들은 적이 없었을 거라고 생각하니, 마음속에서 흐뭇한 기쁨이 뭉게뭉게 피어올랐다.

그러고 나서 고코로와 모에는 다시 아이스크림을 먹었다. 미오리 패거리에 대한 험담도 거리낌없이 서로 주고받았다. 그러다가 좋아하는 드라마나 연예인에 대한 화제로 넘어가고, 거기서부터 다시 수다가 시작된다.

"나, 그것도 좋아. '슈지와 아키라'가 발표한 〈청춘아미고〉란 노래의 가사, 완전 좋아해."

"아, 나도 그 드라마 봤어."

그런 얘기를 하면서 아이스크림을 다 먹어갈 무렵, 문득 모에의 표정이 진지해졌다.

"지지 마."

그렇게 말했다. 목소리가 조금 엄숙했다.

"특별히 무리해서 그 애들이랑 싸우거나 할 필요는 없지만 그런 아이들한테 또 무슨 일 당하는 아이가 있으면 도

와주고 싶어. 그런 애들은 어디에나 있을 거고, 없어지지 않을 테니까."

모에의 목소리는 중간부터 고코로에게라기보다 자기 자신에게 말하는 것 같았다. 그 목소리에서 후회하는 마음이 읽혔다. 이곳, 유키시나 제5중학교를 떠나기에 앞서, 한마디로는 표현할 수 없는 모에의 마음이 그 목소리 너머로 어렴풋이 들여다보였다.

그런 애들은 어디에나 있다고 하는 그 말은 모에가 지금까지 실제로 겪고 느낀 것에서 나온 말이라는 생각이 들었다. 없어지지 않는다. 미오리만 있는 게 아니다. 분명, 어디에든 그런 아이들은 있다.

"응."

고코로도 끄덕였다.

4월부터 자신이 어떻게 하고 싶은지는 아직 모른다.

벌써 3월 29일. 성도 내일이면 닫힌다. 앞으로의 일 같은 것은 알 수 없지만 모에한테 만큼은 약속하고 싶었다. "지고 싶지 않아."라고, 그렇게 대답했다.

───◈───

모에네 집에서 나올 때, 모에는 "이렇게 얘기할 수 있어서 좋았어."라고 했다.

"저…… 기타지마 선생님이란 분이 그랬어. 고코로랑은 이웃이고 앞으로 봄방학이기도 하니까 만나서 얘기할 수 있으면 좋겠구나, 하고. 그래서 직접 찾아갈 용기는 없었지만 다음에 보게 되면 말을 걸자고 생각하고 있었어."

모에의 얼굴이 얘기하기 전보다 더 밝아졌다. 고코로는 자신의 얼굴 역시 그렇게 돼있으리라는 것을 안다. "응." 하고 끄덕였다.

"나도 같이 얘기할 수 있어서 좋았어."

모에가 이사할 때까지 이제 얼마 안 남았지만 다음번에는 내가 아이스크림을 사서 모에에게 우리 집에 가서 같이 먹자고 하자. 고코로는 마음속으로 그렇게 생각하고 "또 보자." 하고 모에와 헤어졌다.

집에 돌아가는 도중에, 이변이 일어났다.

고코로는 두 집 건너에 있는 자신의 집, 2층 방 창문을 무심코 올려다봤다. 오늘은 늦어서 결국 성에 못 갔다.

다섯 시를 넘기고 말았다. 하지만 내일은 이별 파티니까 모두 올 것이라고 생각하며 발을 내딛다가 "앗!" 하고 크게 숨을 삼켰다.

방 창문이 빛나고 있었다.

평소의 무지개색으로 빛나던 것하고는 조금 달랐다. 폭력적이라고 할 정도로 하얗고 불덩이 같은 커다란 빛이 창문 안쪽에서 점점 부풀어오르는 것처럼 커져갔다. 마치 질량이 있는 덩어리 같았다. 눈이 너무 부셔서 창문에 쳐진 커튼조차 보이지 않았다.

도대체 무엇이 저렇게 빛나지, 하고 우뚝 선 그때 고코로의 귀에 무시무시한 소리가 울렸다.

펑! 하고 뭔가가 터지는 것 같은 소리였다. 드라마 같은 데서 화재가 난 빌딩의 창이 깨지면서 열에 달궈진 유리가 흩날리며 떨어지는 장면을 본 적이 있다. 그것과 비슷하게 유리가 날리는 소리다.

그렇게 생각한 순간, 고코로는 달리기 시작했다. 그 소리를 신호로 삼은 듯이 그토록 눈부셨던 빛의 덩어리가 눈앞에서 훅 하고 흔적도 없이 사라졌다. 다섯 시가 지나 해질녘 어둠이 다가오는 주택가의 길을 고코로는 질주했다. 마치 한순간의 꿈같은 현실감 없는 광경이었지만 눈 속에서는 아직 빛의 잔상이 꼬리를 길게 남기고 있었다.

열쇠를 돌리는 손조차 답답하게 느껴질 정도로 마음이 급해졌던 고코로는 문을 열자마자 집 안으로 뛰어들었다. 자신의 방을 향해서 계단을 뛰어올랐다. 숨을 거칠게 몰아쉬며 방으로 뛰어든 고코로는 숨을 삼켰다. 누군가 들어주길 바란 것도 아닌 비명이 입안에서 튀어나왔다. 스스로도 믿을 수 없을 정도로 큰 소리였다.

거울이 깨져있었다.

성으로 이어지는 전신거울 한가운데에 큰 균열이 가있고 그 주변의 유리가 깨져 산산조각이 나있었다. 그토록 시원하게 고코로의 모습과 방 안의 물건들을 비춰주던 거울이 조각조각 난 유리가 되어버리자 갑자기 굉장히 얇고 빈약한 싸구려 알루미늄 포일처럼 보였다.

"어째서!"

고코로는 외쳤다. 외치면서 거울을 잡았다. 다친다는 생각은 하지 않았다. 이러면 건너편으로 갈 수 없다. 내일 마지막 날, 성의 친구들을 만날 수 없다. 눈물이 터져나왔다.

함께 있을 수 없다면 적어도 이별만은 제대로 하자고 생각했었는데…….

"왜! 왜! 늑대님, 대답해! 늑대님!"

거울을 난폭하게 흔들자 균열된 거울의 조각 하나하나에 고코로의 얼굴이 비쳤다. 그 모든 파편에서 고코로가 필사적으로 우는 얼굴을 하고 있었다.

고코로는 "늑대님!" 하고 정신없이 외쳤다.

그때 붙잡고 있던 거울 속에 탁한 빛이 남아있는 것이 보였다. 성으로 이어지는 평소의 무지개색도, 좀 전에 본 여름 낮 같은 밝기도 아니다. 탁한 빛. 커다란 뱀 무늬 같은 빛이다. 먹빛이 도는 회색과 검은색이 섞여 만들어진 얼룩무늬가 뱀 비늘 같은 빛을 내면서 꿈틀거리고 있었다. 물웅덩이에 기름이 떨어져서 퍼졌을 때처럼, 그 탁해진 빛이 마치 생물처럼 거울 표면을 뒤섞듯이 움직이고 있다.

'고코로.'

목소리가 들렸다.

아주 희미한 목소리가 거울 저편에서 들려왔다. 저녁이 되어 어두운 자신의 방 안에서 고코로는 그 목소리에 귀를 기울였다. 거울 저편의 빛 속을 뚫어져라 봤다. 늑대님의 모습을 찾았다.

그러자 얼굴이 보였다.

작은 파편 속에서 리온의 얼굴이 보였다.

"리온!"

'고코로.'

왜 리온의 얼굴이 보이는 걸까. 혼란스러운 고코로의 눈에 거울의 또 다른 조각 저편에서도 뭔가가 움직이는 것이 보였다. 마사무네와 후카의 얼굴이다.

'고코로.'

"어떻게 된 거야?"

두 사람의 목소리가 들렸다. 고코로를 부르고 있었다. 다른 조각 안에서는 스바루와 우레시노의 얼굴이 보였다. 모두 다 있다. 자욱하게 깔린 탁한 안개를 좌우로 헤친 것처럼 모두의 얼굴이 갑자기 일그러졌다. 고코로는 패닉에 빠졌다. 다른 아이들은 오늘은 성에 갈 수 있었던 걸까. 다른 아이들의 집도 거울이 이렇게 된 걸까.

그때 목소리가 들렸다.

'구해줘, 고코로.'

목소리는 조금 전보다 훨씬 똑똑히 들렸다. 마치 모든 아이들이 이 거울 안에 있어서 직접 말을 걸어오는 것처럼 분명히 들렸다.

"무슨 일이야? 도대체 뭐가……."

'아키 누나가 규칙을 깼어.'

리온의 목소리였다.

고코로는 놀라서 숨이 멎을 지경이었다. 리온의 목소리가 계속 들렸다.

'다섯 시가 지나서도 성에서 집으로 돌아가지 않았어. 늑대한테 잡아먹혔어.'

고코로는 오른손으로 거울의 테두리를 움켜쥔 채 왼손으로 입을 가린다. 크게 뜬 눈이 굳어버린 듯이 깜박거릴 수조차 없게 됐다. 그러고 보니 깨진 거울 속에 비치는 얼굴들 중에 아키의 모습이 없었다.

'우리도 지금부터 아마 잡아먹힐 거야.'

스바루의 목소리가 말했다. 왜, 하고 고코로가 묻기도 전에 마사무네의 목소리가 대답했다.

'연대 책임.'

거울 속의 얼굴들이 다시 일그러졌다.

'그날, 성에 있던 사람은 모두 함께 벌을 받는다.'

'우리는 집에 돌아가있었는데 다시 거울 속으로 끌려 들어왔어. 아키 언니는 성 안에서 시간이 지났는데도 숨어있었던 모양이고……'

후카가 울고 있다. 거울 저편에서 고코로를 보고 있다.

'지금은 도망치고 있지만, 늑대 울음소리가……'

우레시노의 다급한 목소리가 중간에 끊겼다.

그때였다.

아오오오오우우우우우우우우우우웅.

아오오오오우우우우우우우우우우웅.

굉장한 충격이 거울을 사이에 둔 고코로에게도 도달했다. 거울 안에서 불어오는 강한 바람을 맞은 듯 고코로의 심장이 단번에 움츠러들었다. '왔어!'라며 후카가 외치는 소리가 들렸다. 모두 손으로 귀를 막고 눈을 감았다. 어두운 성 안에 있던 아이들이 갈팡질팡하다가 간신히 늑대로부터 도망쳐 큰 홀의 계단에서 고코로의 집으로 이어지는 거울을 들여다보고 있는 모양이었다.

'고코로, 부탁해!'

친구들의 목소리가 멀어졌다. 이제 누구 목소리가 그렇게 말했는지 알 수 없었다. 공포와 충격으로 어느샌가 고코로의 눈에서 눈물이 흘렀다. "가지 마!" 하고 소리쳤다.

'소원 열쇠를……'

아이들의 목소리가 뒤섞여서 들려왔다.

'찾아서, 소원을……'

'아키를……'

마지막으로 리온의 목소리가 들렸다.

'빨간 모자가 아니야. 늑대님은……'

"기다려!"

고코로는 외쳤다. 정신없이 외치면서 거울을 흔들었다.

"거기 있어! 부탁이야! 대답해!"

　아오오오오우우우우우우우우우웅.

　아오오오오우우우우우우우우우웅.

돌아온 것은 먼 울음소리였다.

거울 건너 모두의 얼굴이 사라지고 있었다. 붙잡고 있던 거울 앞을 뭔가가 가로질렀다. 커다란 꼬리 같은 것이. 고코로는 거울의 가장자리를 붙잡은 채 놀라서 "히익!" 하고 외치며 몸을 떨어뜨렸다. 다시 거울 저편을 봤을 때 거기에는 아무것도 보이지 않았다. 친구들의 얼굴도 보이지 않았고, 짐승의 꼬리 같은 것도, 아무것도 보이지 않았다.

다만 탁해진 어둠만이 거울 저편에 남아있었고 그것만이 거울과 성을 잇는 증거같이 표면에서 꿈틀대고 있었다.

망설이고 있을 시간이 없었다.

몸이 떨리고 있었다. 손끝이 너무 떨려서 감각이 없었다. 거울을 놓자 허리의 힘이 빠져나가면서 고코로는 바닥에 주저앉았다. 문득 통증을 느끼고 오른손을 보니 손바닥이 베여서 피가 번져있었다. 그 붉은 색깔에 다시 몸이 움츠러들었다. 그런데도 머릿속은 깜짝 놀랄 만큼 민첩하게 돌아간다.

'움직여야 해.'라고 망설일 틈도 없이 결의를 다진다.

깨진 거울 중에서도 가장 넓은 면이 남아있는 곳으로 손을 넣어봤다. 탁해진 어둠이 흔들리듯이 고코로의 손을 피해 흩어지고, 손이 거울 저편으로 빨려 들어갔다.

여기는 아직 성으로 이어져있다. 방 시계를 본다. 다섯 시 이십 분. 고코로의 집에서 어머니가 귀가하는 시간은 늘 여섯 시 반부터 일곱 시 사이. 그때까지 어떻게든 해야 한다. 어머니가 집에 돌아오면 아마 깨진 거울을 치워버릴 것이다. 성에 갈 수 있는 기회는 이제 오늘밖에 없다. 모두 구해내서 집에 돌려보내야 한다.

생각해, 생각해, 생각해.

머리 안쪽에서 목소리가 들린다. 그 목소리와 병행해서 머리가 다른 것을 생각한다.

'아키가 잡아먹혔어.'

'문제라는 느낌이야. 아키는, 끝까지.'

언젠가 스바루가 했던 말이 되살아나 귓속을 맴돌았다.

아키는 왜 성 안에 남았을까. 그건 자살 행위나 마찬가지인데 왜…….

생각해보면, 아니 생각할 것도 없는 일이다. 눈물이 날 것만 같았다. 집에 돌아가고 싶지 않았기 때문이다. 성 밖의 자신의 현실로 돌아가느니 차라리 성 안에 남고 싶었기 때문이다. 그것이 자살행위였다 하더라도, 모두를 위험에 처하게 만들더라도. 정말 문제라고 생각한다. 그래도 이해해주고 만다. 나도 그랬으니까.

'부모가 여러 가지로 생각해주는 집은 굉장하네. 우리 부모들이랑은 다르지, 고코로.'

강한 체하며 그렇게 말했을 때, 아키는 마음속에서 혼자 어떤 생각을 하고 있었을까. 늑대에게 잡아먹히고 모든 것이 끝이라도 좋다고 생각할 정도였다면, 그런 생각을 하게 만든 아키의 현실은 어떤 것이었을까.

안타까운 마음과 함께 맹렬한 분노가 솟아올랐다.

얘기해주면 좋았을 것을. 혼자서 결정해서 모든 걸 끝나게 만들다니, 아키는 바보다. 스바루가 고등학교에 진학하기로 한 것, 마사무네가 전학을 가기로 한 것, 그런 것들이 서운했다면 그렇다고 말했으면 좋았을 것을. 친구들과 헤어지는 것이 싫었으면 그렇다고 분명하게 말했으면 좋았을 것을.

'고코로, 부탁해!'

'소원 열쇠를……'

'찾아서 소원을……'

'아키를……'

모두가 고코로에게 의지하고 있다. 그 중압감에 짓눌려 버릴 것 같다. 자신이 그런 걸 해낼 수 있을까. 이제부터 거울의 성에 들어가서 소원 열쇠를 찾는 거다. 일 년 가까이 함께 찾았지만 발견하지 못했던 그 열쇠를 고코로가 오로지 혼자서 한 시간 내에 찾아낸다. 그리고 소원을 비는 것이다.

아키 언니를, 모두를 구해주세요, 라고.

아키 언니의 규칙 위반을 없었던 것으로 해주세요. 아키 언니를 우리에게 돌려주세요.

그것밖에 이제 방법이 없다.

결심을 굳혔을 때 딩동, 하고 어울리지 않게 평화로운 벨소리가 들렸다.

고코로는 흠칫하고 2층 창을 통해 문 쪽을 본다. 순간,

어머니가 돌아온 게 아닐까 하고 절망했다.

대문 앞에는 조금 전에 헤어진 모에가 서있었다. 걱정스럽게 고코로의 방 창문을 올려다보고 있었다. 커튼 틈새 너머로 시선이 마주칠까봐, 고코로는 황급히 몸을 돌린다.

급한 상황이었지만 고코로는 1층으로 내려갔다. 현관문을 열고 대문 앞에 선 모에를 맞았다.

"아, 다행이야. 고코로."

"무슨 일이니? 무슨 볼일……."

"뭔가 굉장한 소리가 나서 깜짝 놀랐어. 너희 집 쪽이 아닌가 했거든."

"아, 별일 없어……."

능치듯이 대답을 하는 그때, 모에의 손에 뭔가가 들려있는 것이 보였다. 휴대전화다.

"아, 이거……."

고코로의 시선을 깨달은 모에가 어색한 듯이 그것을 뒤로 숨겼다.

"엄마 건데 보통 때는 집에 놔두고 나가. 만약 미오리 패거리가 또 온 거라면 학교에 전화해서 선생님에게 와달라고 하려고 들고 나왔던 거야."

그 말을 듣고 가슴이 벅차올랐다. 고코로를 걱정해서 와준 거였다. 그런 생각을 하니 이런 급박한 상황인데도 가슴이 메었다. "고마워." 하는 목소리가 갈라졌다.

"정말로 고마워. 아무 일 아니었어. 그냥 집 거울이 넘어져서 깨진 것뿐이야."

"엇! 정말? 괜찮아?"

모에의 시선이 고코로의 다친 오른손에 가닿았다. "손, 다쳤어!" 하고 모에가 작게 외쳤다.

"응, 하지만 괜찮아."

실은 괜찮지 않았다. 손이 아직도 욱신욱신 쑤신다. 대답하면서도 가슴은 아직 두근두근거리고 있었다. 이제부터 혼자서 성으로 간다. 늑대님이 말한 벌칙은 어디까지 유효한 걸까. 모두가 이제 잡아먹힐 거라고 했는데 오늘 성에 없었던 고코로는 '연대 책임'의 대상 밖일까, 안일까. 잡아먹히지 않고 넘어갈까. 그런 긴장감 속에서 소원 열쇠를 찾으러 성으로 들어가야 한다는 것을 생각하자 정신이 아득해질 것 같다.

그때, 불현듯 거울 저쪽에서 리온이 마지막으로 외친 한마디가 떠올랐다.

'빨간 모자가 아니야. 늑대님은……'

갑자기 눈이 확 떠졌다.

고코로는 얼른 얼굴을 들고 모에를 바라보며 말했다.

"모에, 부탁이 있는데."

"뭔데?"

"너의 집에 있는 그림을 좀 볼 수 있을까? 복도에 걸려

있는 그림."

"아, 그《빨간 모자》원화?"

"으으응, 아냐."

고코로는 고개를 흔들었다. '왜 지금까지 몰랐던 걸까.' 하고 생각한다.

'나는 너희들에게 쭉 힌트를 줬어. 열쇠 찾기에 대한 힌트.'

'너희들을 빨간 모자라고 부르기는 한다만 때때로 너희들이야말로 늑대가 아닌가 생각해. 이렇게까지 못 찾나 싶어서 말이지.'

'단, 동화에서처럼 어머니를 불러와서 배를 가르고 대신 돌을 채운다든가 하는 짓은 하지 마'.

'속임수란 생각도 들어.'

'늑대님은 우리를 빨간 모자, 라고 불러.'

리온은 눈치챘던 거다. 그래서 늑대님이 좋아하는 동화가 뭔지 물었다.

우리는 일곱 명. 일곱 명의 세계, 일곱 명의 패럴렐 월드라고 얘기했었다. 늑대가 나오는 동화는 군이《빨간 모자》만 있는 게 아니다. 늑대님은 확실히 힌트를 줬었다.

고코로가 모에에게 말했다.

"보고 싶은 건《늑대와 일곱 마리 어린양》의 원화야. 그거 보여줄 수 있어?"

고코로가 갑작스럽게 그런 부탁을 하자 모에는 순간적으로 당혹스럽다는 얼굴을 했다. 그럴 만도 하다고 고코로는 생각한다. 조금 전까지 멀쩡하게 이야기를 나눴던 아이가 손을 다친 채로 나타나서 갑자기 그런 말을 꺼낸다면 고코로라도 당연히 당황했을 것이다. 분명 질문 공세를 퍼부을 것이다.

그러나 모에는 입술을 반쯤 벌렸다가 바로 다물고는 끄덕이며 "좋아."라고 대답했다. 아무것도 묻지 않고 고코로를 집으로 데려갔다.

그림을 본 고코로의 온몸에서 숨이 새어나오는 듯했다. 그런 고코로를 향해서 모에가 "그림책도 있어."라며 책 한 권을 가져왔다.

"아빠 거지만."

그렇게 건네받은 책 표지를 보고 고코로는 다시 숨을 삼켰다. 성 안에 마련된 고코로의 방. 그 책꽂이에도 있던 독일어 그림책 《늑대와 일곱 마리 어린양 *Der Wolf und die sieben jungen Geißlein*》이다.

늑대님은 이런 데에도 힌트를 남겼다. 그랬는데도 그걸 펼쳐보지도 않았다니.

"고마워."

"빌려줄게. 언제든 편할 때 돌려주면 돼. 같은 그림도 나와."

"응."

아무것도 묻지 않는 모에가 고코로는 진심으로 존경스러웠다. 좀 더 일찍 친구가 되었으면 얼마나 좋았을까. 이 아이가 좋다고 진심으로 생각했다.

"그거랑, 이것도."

모에가 반창고를 가지고 와서 고코로의 손에 건네준다.

"어머니가 돌아오시면 제대로 치료받는 게 좋겠지만 우선 응급 처치로 붙여둬."

"응."

받아들면서 불현듯 가슴이 벅차올랐다. 저 건너 성 안의 비일상과 어머니랑 모에가 있는 일상, 자신에게 그 둘이 모두 있다는 것에 대해 감사했다. 이곳으로 돌아오고 싶다고 생각한다.

"……언제 이사 가니?"

"4월 1일."

"금방이네."

"어쩔 수 없어. 부모님은 3월 중에 이사 가고 싶었던 것 같은데, 올해는 4월 첫날이 토요일이라 쉬는 날이거든."

"모에, 고마워."

빌린 그림책을 가슴에 안고 고코로가 꾸벅 머리를 숙였다. 더 이야기하고 싶었지만 시간이 없다.

"나, 너랑 친구가 될 수 있어서 정말로 좋았어."

"뭘, 그런 말을. 부끄럽게."

모에가 웃었다.

인간관계를 리셋한다, 라고 이 애가 말했던 것을 떠올렸다. 새로운 학교에 가서 지금까지의 관계를 리셋할 수 있는 것은 기대되는 일이기도 하다고.

고코로는 하고 싶은 말이 있었다. 하지만 부끄러워서 차마 입에 올리지 못하고 가슴에 담아뒀다.

나만은 리셋하지 마.

고코로는 하고 싶었던 그 말을 마음속에서 다시 중얼거리다가 바로 취소했다.

뭐 괜찮아, 잊어버려도 돼. 내가 네 몫까지 기억하고 있을게. 너와 오늘 친구였던 것을.

━━━✥❀✥━━━

결심이 선 고코로는 거울 속으로 손을 넣었다.

탁해진 물을 휘젓듯이, 천천히.

깨진 거울의 아래쪽은 비교적 균열이 없이 온전히 남은 부분이 넓어서 몸을 굽히면 간신히 통과할 수 있을 정도는 되었다. 파편에 몸과 옷이 상하지 않도록 조심하면서 거울 속으로 들어갔다. 거울을 통과하는 것은 이것이 마지막일지도 모른다.

거울이 이렇게 만신창이가 되어버렸으니 어머니가 보면 내일이라도 당장 버려버릴 것이다. 자신이 저편의 성에 가 있는 동안 거울에 생긴 균열이 더 심해지지 않기를, 무사히 돌아올 수 있기를, 하고 모에에게서 빌린 책을 가슴에 부적처럼 꽉 끌어당겨 안으면서 기도한다.

거울 너머에 도착한 고코로는 놀랐다.

성은 평소와 달리 무척 어두웠다. 그래서인지 벽도 바닥도 원래 알던 성과는 전혀 다르게 보였다. 고코로가 거울 밖에서 봤던 그 탁해진 빛이 놀랍게도 거울 안의 세계를 침식하고 있었다. 성이 윤곽을 잃고 흐물흐물 비틀려있는 것처럼 보였다.

고코로가 성으로 들어오자 거기에 있는 거울도 깨져있었다. 고코로의 방에 있는 거울과 완전히 같은 모양이었다. 늘 그랬듯이 거울을 통과하면 계단이 있는 큰 홀로 나올 거라고 생각했는데 그렇지 않았다. 도대체 무슨 일이 있었는지 거울이 여기저기 옆으로 넘어져서 흩어져있다. 걸려 있던 그림도, 장식품도, 항아리도 뒤죽박죽이다. 마치 격렬한 폭풍우가 지나간 것 같았다.

식당으로 나왔다는 사실을 알아차릴 때까지는 시간이 걸렸다. 성의 품격을 느끼게 해주던 식당은 어둡고 황폐한, 차마 볼 수 없는 상태가 되어있었다. 고코로는 긴장하여 숨소리를 죽였다. 아직 가까이에 있을지 모르는 늑대로부터 몸을 숨겨야 한다. 책을 가슴에 꼭 끌어안는다.

아우우! 하는 울음소리가 귓속에서 환청처럼 울렸다. 고코로는 몸을 구부리고 쓰러진 테이블 그늘에 몸을 숨기고는 조심스럽게 이동했다. 부엌 쪽으로 나오자마자 찬장을 찾았다. 가까이에 부엌 찬장이 있었다. 문이 열린 채로다. 마사무네가 이 안에서 엑스 표시를 발견했다고 했었다. 확인해보니 엑스 마크는 아직 거기에 있었다.

'네 마리째 아기양은 부엌 찬장 속에.'

엑스 마크에 손을 댔다. 순간 이마 정중앙에 엄청난 충격이 왔다.

"허풍마사!"

목소리가 묵직한 둔기처럼 고코로의 머리에 타격을 가했다. 의식이 멀어진다.

어느새 고코로는 학교 책상 앞에 앉아있다. 학교 책상 앞에 앉아서 거기 쓰인 글자를 물끄러미 보고 있다.

허풍마사는 거짓말쟁이입니다.

특기 : '내 친구가, 내가 아는 사람이'로 시작하는 자랑질.

나가 죽어라.

글자가 일그러진다. 그러면서 시야에 들어오는 광경이

바뀐다. 모르는 남자아이의 얼굴이 보인다.

"나, 싫었어."

나무라는 말투는데 왠지 나무라는 쪽이 울 것 같고 그것을 보고 있는 고코로의 가슴이 아파왔다. 그리고 깨닫는다.

아아, 이건 마사무네의 기억이야. 마사무네가 마음을 앓던 기억이야.

"넌 별생각 없이 한 거짓말일지 몰라도 나는 정말 어이없이 배신당한 기분이었어. 난 너를 존경했고 부러워했는데……."

'그게 아니야.' 하고 가슴이 또 아파온다. 말 못하고 있는 마사무네의 마음속 외침이 가슴속으로 흘러들어온다.

하지만 아닌 게 아니다. 거짓말을 했다는 것은 이미 누구보다 자신이 안다. 그래서 어떻게 말해야 좋을지 모른다. '아니야, 상처 입힐 생각이 아니었어.'라고 말하고 싶은 마음인데 그 마음을 스스로도 알지 못한다.

"안 가도 되잖니. 원래 공립학교는 아니라고 생각했었는데 말이다."

침실에서 넥타이를 매면서 말하는 아버지의 목소리가 들려온다. 마사무네는 계단에 앉아서 그 말을 듣고 있다.

"아빠가 아빠 회사 사람들한테 물어보니까 대체로 공립학교 교사는 수준이 바닥이라고들 하더라."

'하지만.'

아버지의 말에 가슴이 욱신댄다.

'좋은 선생님도 있어. 학교에서 잘 풀리지 않는 이유를 만든 건 나 자신일지도 몰라.'

하지만 마사무네는 그 말을 좀처럼 입 밖으로 꺼내지 못한다. 그 대신 가슴속에서 무언가를 중얼거린다.

'맞아, 아빠. 나쁜 건 그 녀석들이야. 그 녀석들, 모두.'

지친 마음으로 방에 돌아온다. 마사무네의 방은 넓고 장난감과 책으로 가득하다. 게임도 엄청 많다. 방 안에 거울이 있다. 거울이 빛나고 있다. 마사무네가 홀린 것처럼 그 무지개색 빛 앞에 선다. 손을 거울 면에 댄다. 빛이 몸을 삼킨다.

"여어!"

거울 속으로 들어가니 늑대님이 서있다.

"와악!"

놀라는 마사무네에게 늑대님이 말한다.

"축하합니다! 마사무네 아스 군. 당신은 경사스럽게도 이 성에 초대받았습니다!"

다음으로 보인 것은 어느 겨울날의 보건실이다. 고코로도 알고 있는 유키시나 제5중학교. 난로에서 뿜어나오는 열감도 느껴진다.

"안 올 리 없어."

마사무네가 보건실에 앉아있다. 누군가가 마사무네의 등을 쓰다듬고 있다. 마사무네는 벌써 성대하게 울고 난 뒤인 듯 어깨를 크게 떨고 있고, 너무 울고 너무 흐느껴서 숨도 제대로 쉴 수 없어 보인다. 그 마사무네의 등을 누군가의 손이 토닥여주고 있다.

"그 녀석들이 안 올 리 없어……."

누군가에게 말을 거는 거라기보다 자기 자신에게 들려주는 것 같은 목소리다. 울음소리가 목소리에 섞인다.

"그럼. 그렇고말고."

마사무네 곁에 있는 사람이 그렇게 말하며 마사무네의 등을 토닥인다.

"마사무네의 친구들한테는 분명히 뭔가 사정이 있을 거야."

마사무네의 옆에 선 사람의 얼굴이 보인다.

기타지마 선생님이다.

이마에 또 쾅! 하는 충격이 왔다.

눈앞이 캄캄해지는 아픔을 참고 얼굴을 드니, 고코로는 아직 어두운 부엌 찬장 앞에 있었다. 엑스 표시에 손을 댄 채였다.

정신을 차리고 발밑을 보니 안경이 떨어져있다. 고코로는 떨리는 손으로 그것을 집어들었다. 안경. 오른쪽 렌즈 아래 금이 가고 테가 비틀려 구부러져있었다. 마사무네의 것이다. 고코로는 오싹했다. 도대체 무슨 일이 일어난 걸까. 생각하는 것조차 무서웠다.

'잡아먹힌다는 건 정말 문자 그대로의 뜻인 건가?'

'그야 뭐, 머리부터 통째로 삼키는 거지.'

'거대한 늑대가 나오기로 돼있어. 큰 힘이 너희들에게 벌을 내릴 거야. 그것이 한 번 시작되면 누구도 막을 수 없어. 나도.'

모두가 처음으로 다 모인 날, 늑대님이 그렇게 규칙을 설명했다. 그때는 그 말을 마음에 새겨듣지 않았다.

고코로의 호흡이 거칠어졌다. 무서움을 털어버리듯이 고개를 흔들고 안경을 제자리에 돌려놨다. 그냥 두면 쓰러질 것 같은 의식을 북돋아 다시 정신을 차렸다.

찬장 안의 엑스 표시를 다시 바라봤다. 이 표식은 아마도 마사무네의 기억일 것이다. 마사무네가 실제로 본 일이다. 마사무네는 분명 늑대에게서 도망쳐서 여기 숨었다. 의도적인지 어떤지는 모르지만 잡아먹힌 사람은 모두 '그런 장소'에 숨었을 게 틀림없다.

모에에게서 빌린 그림책을 펼치고 장소를 똑똑히 확인했다.

'똑 똑 똑. 문 열어라. 엄마다.'

엄마인 줄 알고 문을 열어줬다가 늑대가 들어오자 어린

양들은 도망쳐서 숨는다. 늑대님이 성의 아이들을 '빨간 모자'라고 불렀던 것은 리온이 말했던 것처럼 속임수이다.

첫 번째 어린양은 책상 아래.

'내 방 책상 아래에도 있는 거 같아.'

두 번째 어린양은 침대 밑.

'내 방 침대 밑에 엑스 표시가 있었는데, 그건 뭔가 의미가 있는 건가?'

세 번째 어린양은 불이 지펴지지 않은 난로 안. 고코로가 찾아냈던 바로 그 엑스표.

네 번째 어린양은 부엌 찬장 안.

'그거라면 나도 여름쯤부터 알아차렸어. 부엌에 있지? 찬장 안.'

다섯 번째 어린양은 벽장 안.

'엑스 표시, 나도 내 방에서 발견했어. 벽장 안.'

여섯 번째 어린양은 빨래대야 안.

'목욕탕에도 있지. 욕조에 대야가 있고 그것을 옆으로 밀치면 엑스로 보이는 표시가 있어.'

그 엑스 표시는 모두 잡아먹혀버린 어린양이 숨은 장소를 표시한 거였다. 그림책의 어린양들은 늑대가 나타나자 급히 그 장소로 가서 숨었다. 교묘하게 눈가림을 당했다는 느낌이 들었다. 우리 스스로가 '절대로 못 찾는다.'라고 암시를 걸어놓았던 게 아닐까, 하고 생각한다.

늑대님의 목소리가 다시 기억났다.

'너희들을 빨간 모자라고 부르기는 한다만 때때로 너희들이야말로 늑대가 아닌가 생각해. 이렇게까지 못 찾나 싶어서 말이지.'

《늑대와 일곱 마리 어린양》 동화 속에서 늑대는 절대로 그곳만큼은 확인하지 않았다. 그래서 발견되는 일이 없었다. 일곱 번째 막내 어린양은 그곳에 숨어있었기에 마지막까지 잡아먹히지 않고 살아날 수 있었다.

이 동화 속에서 '절대로 발견되지 않는 장소'는 하나밖에 없었다.

일곱 번째 어린양은 커다란 시계 속에 숨었다.

그렇다. 소원 열쇠가 있는 곳은 큰 홀의 큰 시계 안이다. 거울을 빠져나왔을 때 맨 처음 눈에 보이는 장소. 그런데도 암시에 걸린 것처럼 아무도 그곳만은 확인하지 않았다.

아오오오오우우우우우우우우우우우웅.

우렁찬 늑대 울음소리가 들렸다. 그 소리에 맞춰서 털구멍까지 전부 열린 듯이 피부 속으로 공기와 바닥이 찌르르 떨리는 느낌이 전해져왔다. 그 충격에 고코로는 바닥에 달라붙었다. 카펫에 얼굴을 찰싹 갖다댄 고코로의 입 틈새로 두려움에 가득 찬 소리가 새어나왔다. 바닥에는 깨진 컵과 접시의 파편이 흩어져있어서 파편을 피해서 몸을 웅크렸다. 큰 홀은 고코로가 있는 이 식당에서 가장 먼 곳에 있다. 큰 홀까지 도착할 수 있을지 어떨지 알 수 없다.

괴물이 날뛰었던 것 같은 식당의 처참한 상태를 보니 오싹한다. 다만 안뜰로 이어지는 유리창만은 부자연스러우리만치 깨끗했다. 아무런 흠 하나 없이 온전히 남아있었다.

심장이 이상하리만치 격하게 고동쳐서 아플 정도였다.

무섭다, 무섭다, 무섭다.

하지만 눈을 꾹 감고 굳게 마음먹고 일어섰다.

아오오오오우우우우우우우우우우웅.

또 무시무시한 울음소리.

고코로의 목구멍에서 "히익!" 하고 비명이 나왔다. 소리의 진동에 기겁하여 엉덩방아를 찧은 고코로는 몸을 숨길 장소를 찾다가 순간 식당 난로를 발견했다.

저 속. 저기라면…….

난로 안에 엑스 표시가 보였다. 고코로가 전에 발견한 장소라고 생각한 것과 동시에 고코로의 손이 엑스 표시에 닿았다. 이마에 또 충격을 받았다. 머리가 뜨거워졌다.

우레시노의 기억이 흘러들어온다.

1월 어느 날, 바람 맞은 기억이 맨 먼저 이마 정중앙을 친다. 마사무네 그리고 성에서 만난 모든 친구들을 기다리 며 내내 서있는 우레시노. 중간에 배가 고파서 어머니가 들려서 보낸 주먹밥을 알루미늄 포일에서 꺼내어 우적우 적 먹는다.

"어이, 저 녀석."

"왜 온 거지? 웃기네."

"뭘 먹고 있어. 정말 웃겨!"

험담이 들린다. 동아리 활동을 하러 온 아이들이 다른 날도 아닌 일요일에 학교 앞에 와있는 우레시노를 기이한 물건이라도 보는 것처럼 대한다. 그들이 자신에 대해 험담 을 한다는 걸 우레시노는 알고 있다. 고코로의 귀에도 그 험담하는 소리가 들린다. 하지만 우레시노는 주먹밥에만 시선을 고정하고 우적우적 먹는다.

맑은 하늘 위로 커다란 새가 날고 있다.

"철새가. 친구들이 있는 데로 갈 수 있을까나." 하고 우 레시노가 중얼거린다. 누군가에게 들려주는 것도 아닌 완 전한 혼잣말이다. 그 목소리가 우레시노에게 마치 혼자가 아닌 것처럼 용기를 북돋아준다.

"늦는구나."

교문 쪽을 힐끗 보고 중얼거린다.

그때, 가슴속에 따뜻한 것이 퍼진다. 그 따스함과 강함은 한없이 맑아서 아무런 망설임도 없다. 우레시노는 자신이 지금 무척 행복하다고 생각한다.

성의 친구들이 와도, 오지 않아도 주먹밥이 맛있고 겨울 하늘이 아름답고 새를 볼 수 있어서 무척 행복한 날이라고 생각한다. 오늘 자신이 친구들에게 바람을 맞는다고 해도 내일 성에 가서 이 일을 모두에게 이야기하자, 하고 우레시노가 생각한다.

그때 "하루카." 하고 목소리가 들린다.

"엄마."

우레시노가 얼굴을 든다.

그 얼굴이 고코로에게도 보인다. 우레시노의 어머니는 둥근 얼굴에 다정해 보이는 아주머니로, 앞치마 차림이다. 고코로가 지금까지 막연히 상상했던 사람하고는 다르다. 우레시노의 어머니는 화장기가 전혀 없고 입고 있는 코트에도 털이 뭉쳐 잔뜩 덩어리져 있다. 마음 약해 보이지만 웃는 얼굴이 무척 여유 있어 보이는 사람이다. 이 사람이 같이 유학 가도 좋다고 우레시노에게 말한 거다.

우레시노의 어머니는 혼자가 아니다. 같이 있는 사람의 얼굴을 보고 우레시노가 기쁜 듯이 웃는다.

"아, 기타지마 선생님도 오셨네."

우레시노가 기쁜 목소리로 말한다.

기타지마 선생님…… 이라니.

고코로가 그날 보건실에서 만난 것처럼, 마사무네의 등을 토닥이며 위로한 것처럼 이날 우레시노가 있는 곳에도 기타지마 선생님이 왔구나.

"새가 있어서, 저거 철샌가 했어요."

하늘을 가리키며 우레시노가 말한다.

장면이 바뀐다.

"아키 누나!"

우레시노가 외친다.

"아키 누나. 어디야? 이제 집에 가야 해. 시간이 됐어. 아까 울음소리가……."

"됐어, 우레시노. 어쩔 수 없어."

후카가 말한다. 후카의 얼굴이 창백하다. 아이들이 다 같이 큰 홀 안에 늘어선 일곱 개의 거울 앞에 서있다. 고코로의 거울에서만 빛이 나지 않는다. 아키의 거울은 빛나고 있는데 아키만 이곳에 없다. 다들 초조함이 더해간다.

"우리라도 돌아가자. 그렇게 하지 않으면 시간이……."

늑대님의 우렁찬 울음소리가 한층 높아진다.

"가자!"

후카가 억지로 우레시노의 어깨를 잡는다.

"그래도 아키 누나가……."

우레시노의 몸이 거울 너머로 빠져나가고 그러다가 도중에 다시 끌려온다.

"꺄아아아아아아아아아아아아!"

비명이 들린다. 정신 차리니 우레시노는 큰 홀로 돌아와 있다. 다른 아이들도 마찬가지다. 비명은 아키의 목소리다.

남겨진 다섯 명이 얼굴을 마주 본다. 그 순간, 강렬한 빛이 확 하고 그 자리를 비춘다. 불덩어리 같은 하얀 빛이 부풀어오르고 거울이 펑 하고 터지는 소리가 그 자리에 울려퍼진다.

그 강렬한 빛에 눈이 어질어질해지면서 고코로의 의식이 돌아왔다.

캄캄한 성 안은 지금은 쥐죽은 듯 조용했다. 고코로의 눈에서 눈물이 흐르고 있었다. 무슨 눈물인지 알 수 없었다. 고코로는 모두 무사하길 기원하면서 그 눈물을 닦았다. 그러면서 지금까지 본 것에 대해서 생각해보았다.

생각하고, 생각해보았다.

확인하고 싶은 것이, 반드시 확인해야 할 것이 있었다.

난로에서 손을 댄 엑스 표시로부터 흘러들어온 것이 우레시노의 기억이라면, 조금 전에 부엌 찬장 안에서 본 것이 마사무네의 기억이라면, 잡아먹혀버린 그들의 기억을 더듬어갈 수 있다면.

엿보고 싶은 건 아니지만 고코로는 확인하고 싶었다. 천천히 일어나서 앞으로 향했다. 조금 전에 모에와 나눈 이야기가 생각났다. 이 성 반대편에 확실하게 존재하고 있는 나의 현실 속의 모에. 4월이면 이사를 갈 예정인 모에는 이렇게 말했다. '이제 금방이네.' 하며 아쉬워하는 고코로를 향해서 '어쩔 수 없어. 부모님은 3월 중에 이사 가고 싶었던 것 같은데, 올해는 4월 첫날이 토요일이라 쉬는 날이거든.'이라며 '올해는'이라고 말했다.

가슴의 그림책을 양손으로 꼬옥 안았다.

돌아가겠다고 생각한다. 모에에게 다시 돌아간다. 이 책을 돌려주고 작별 인사를 하기 위해서. 반드시.

조금 전 우렁찬 늑대 울음소리가 들려온 곳은 큰 시계가 있는 홀 쪽이었다. 그렇다면 지금은 아직 그쪽으로는 갈 수 없다. 재빨리 반대 방향의 목욕탕을 향해서 달려갔다. 늑대님은 우리에게 제대로 힌트를 줬다. 고코로의 가슴이 조금 전 두려움 때문에 두근거리던 것과는 다른 두근거림으로 부풀어터질 것 같다.

'못 만난다고도, 서로 도울 수 없다고도 나는 말하지 않았어. 적당히, 스스로들 알아내봐. 스스로 생각해서 알아내보라고. 나한테 물어보면 뭐든 다 가르쳐줄 거라고 생각하지 마. 나는 처음부터 계속해서 힌트를 줬어.'

욕조에는 오늘도 대야가 놓여있었다. 언제 봐도 늘 대야가 놓여있었던 것은 엑스 표가 그려져있는 곳이 욕조가 아니라 '대야 아래'라는 것을 강조하고 싶었기 때문인 게 분명하다.

대야를 옆으로 밀고 엑스 표시에 손을 가져다댔다.

머리에 헤어드라이어의 열풍을 느낀다. 보이는 것은 목욕탕. 목욕탕 거울 안에 비치는 사람은 밝은 색깔의 머리를 한 스바루다.

곁에 '옥시돌'이라고 쓰인 약병이 놓여있다. 그것으로 스바루가 머리를 탈색하고 있다. '애들한테는 형한테 당했다고 하자.' 하고 스바루가 생각한다. 형은 실제로는 며칠이나 집에 안 들어오고, 나에 대해서도 시시한 놈이라고 관심을 전혀 주지 않지만, 성에 가서는 형이 이렇게 했다고 말하자.

"스바루, 언제까지 목욕할 거니? 밥 먹자."

"스바루, 빨리 해라. 아침부터 목욕을 하는 바보가 어딨냐?"

"알았어!"

느릿느릿한 할머니의 목소리와 날카로운 할아버지 목소리에 고개를 끄덕이며 헤어드라이어를 멈춘다.

오래된 목조 집이라 목욕탕 유리가 덜컹거린다. 건축회사의 이름이 들어간 얇은 수건을 손에 드니 어렴풋이 얼룩이 져있다.

"피 같아."

스바루가 짧게 중얼거린다.

형 애인의 친구가 '처음 섹스할 때 여자는 피가 나와.'라고 말했던 것을 떠올리고 조금 웃는다. 그 애한테서 피가 안 나온 것은 처음이 아니었기 때문이겠지.

"뭐냐, 그 머리색은."

목욕탕에서 나온 스바루를 보고 러닝셔츠에 속바지 차림인 할아버지가 얼굴을 찌푸린다. 그렇게까지 강하게 나무라지 않는 것은 분명 형이 꽤 오래 전부터 노란색으로 물을 들이고 다녔기 때문일 것이다. 형이 선배한테 빌렸다면서 타고 다니는 오토바이에 대해서 할아버지는 "소리가 시끄러워."라고 화를 내는 게 고작이었지만 스바루는 그게 누군가의 것을 빼앗은 장물이 아닐까 해서 마음에 걸린다. 교복에 놓은 자수도 꽤 비쌀 것 같은데, 형은 그 돈을 어떻게 마련한 걸까.

"학교에도 안 가, 일도 안 해. 너희들은 정말로 너희 애비를 닮아서 어쩔 수가 없구나."

"미안, 미안. 할아버지."

"지금은 고등학교 정도는 나와야 살면서 고생하지 않는다고. 도대체가."

"네에, 네. 영감, 밥 먹는 중이니까 스바루가 밥 좀 먹게 해줘요."

스바루네 아침은 이르다. 할아버지가 기원에 가거나 밭 일하러 나가기 전까지 스바루는 아침부터 할아버지의 싫은 소리를 견딘다. 애매하게 실실 웃으며 할머니가 지은 밥을 묵묵히 먹고 같은 방에서 그대로 교과서를 펼친다. 아버지에게서 받은 플레이어로 좋아하는 곡을 들으면서 성이 열리는 시간이 될 때까지 공부한다.

'성적이 좋고 공부를 잘하니까 학교에 안 가도 된다.'라는 스바루의 거짓말을 할머니는 믿고 있었지만, 할아버지는 "그래도 학교는 다녀야 해."라면서 물러서지 않는다. 할아버지는 말은 그렇게 하지만 학교 선생님들과 스바루의 진로를 놓고 상담을 하는 일은 없다. 그냥 스바루에게 잔소리를 할 뿐이다.

학교 선생님들은 스바루가 학교에 안 나온다든가 하는 이야기를 멀리 사는 아버지에게만 알리는 것 같다. 아버지도, 어머니도 스바루와 형을 '문제아' 취급하여 포기한 상태다. '각자에게는 각자의 인생이 있는 거니까 너도 네 인생에 대해 스스로 책임을 져라.' '똑바로 해라.'라고 야단치는 것으로 끝. 즉 아무도 나를 위해 필사적으로 애써주지 않는다고 스바루는 생각한다. 그런 게 편하긴 하지만 한편으로는 재미없다고 생각한다.

듣고 있던 워크맨이 찰칵하고 소리를 내며 멈춘다. 60

분인 A면이 끝난 거다. 스바루는 연필을 놓고 카세트테이프를 B면으로 돌려 넣는다. 평상시는 라디오가 좋지만, 역시 라디오를 들으면서는 공부에 집중할 수 없다.

아버지가 준 것 중에서 가장 좋아하는 것은 스바루라는 이 이름이다. 고코로는 스바루가 별의 이름이라서 내 이름이 판타지 같다고 말해줬지만, 주위에서는 노래 이름 같다는 말을 자주 듣는다. 하긴 그 노래 제목(일본 가수 다니무라 신지의 〈스바루〉)도 원래는 별 이름 스바루(일본어 '스바루'는 우리말로는 '묘성'이라는 플레이아데스성단에 속하는 별 이름이다)에서 딴 걸 테니까 같다고도 할 수 있겠네. 스바루. 플레이아데스성단星團.

아버지가 준 것 중에서 두 번째로 좋아하는 것은 이 워크맨이다. 올해 최신 것이 발매되어 아버지가 안 쓰게 된 것을 물려줬다. 중학생인 주제에 음악을 들으며 돌아다니는 게 좀 멋지다고 생각해서 성에 오는 아이들 앞에서도 자주 이어폰을 귀에 꽂고 듣는다. 성의 아이들은 워크맨을 보고도 놀라거나 부러워하는 기색이 없지만, 거리의 어른들은 이것을 보면 '엇?' 하는 눈으로 스바루를 다시 본다.

스바루는 학교 공부보다 이런 새 기계의 구조를 생각하는 쪽을 좋아한다. 아버지가 돈을 내준다고 하니까 고등학교 입시만은 치르려고 생각하지만 이왕 학교를 다닐 거라면 현실 생활에서 흥미가 있는 것을 공부할 수 있으면 좋겠다고 생각한다.

성의 다른 아이들은 어떻게 생각할까.

그런 것에 대해 같이 얘기하고 싶지만 거기서 그런 얘기를 하는 건 좀 아닌 것 같은 분위기라고 생각한다.

"그럼, 할머니는 오늘도 부인회 일하러 갔다 오마."

"네에."

할머니가 나간 뒤에 거울이 빛난다. '다른 아이들은 자신만의 방에 거울이 있는 모양이지만, 나에게는 할머니의 거울뿐이구나.' 하고 보라색 천으로 덮어놓은 구식 거울에 손을 얹는다.

성에 간다. 모두가 와있다.

그 속에서 스바루는 웃는다. 스바루의 일상에는 프리스쿨도, 기타지마 선생님도 없다. 모두 개인의 방이 있거나 부모가 있거나 즐거워 보인다고 생각한다. 자신을 위해 필사적으로 되어주는 사람이 있는 인생이 아닌가. 그것을 싫다든가 질투한다든가 무시한다든가 할 생각은 없다. 다만 다른 아이들은 모두 사치를 누리는구나, 하고 생각할 뿐이다. 나는 나 자신이 어떻게 돼도 상관없다고 생각하는데.

오늘은 여건이 닿아서 성에 왔지만 내일은 모르겠다. 형 친구랑 같이 지내지 않으면 역시 안 좋으려나. 어느 쪽이든 상관없긴 하지만, 하고 스바루는 생각한다. 형 친구는 친구들 사이에서 빌린 만화책을 돌려주지 않는 녀석이 있다며 친구들을 우습게 보는 것 같으니까 따끔한 맛을 보여 줄 건데 나에게도 오라고 한다.

괜찮겠지, 뭐. 어차피 앞으로 십 년쯤 지나면 세계가 끝 날지도 모르는데.

아버지한테 전화하려고 마사무네가 크리스마스 선물로 준 전화카드를 꽂았지만 되지 않는다. 미사용이라서 오십 번 몽땅 남아있는 것 같았는데 넣으니까 바로 튕겨져 나와 서 다시 살펴보니 카드 위에 'QUO'(주식회사 쿠오카드가 발 행하는 범용형 프리페이드 카드)라고 쓰여있다. '뭐야, 이게.' 하고 카드를 살펴보는데 전화 부스의 유리를 통해 들어온 빛이 카드 표면을 어루만진다. 그 빛 사이로 처음 보는 만 화 캐릭터들이 카드 안에 그려져있는 걸 보고 마사무네가 장난감 카드를 준 건가, 하고 생각한다.

한마디 해주자고 생각하고 잊고 있었다는 걸 깨닫는다. 다음에 만나면 말하자. 3월의 마지막 이별이 오기 전에.

늑대의 우렁찬 울음소리가 들렸다.

"아키 누나. 어디야? 이제 집에 가야 해. 시간 됐어. 아 까, 울음소리가……."

"됐어. 우레시노. 어쩔 수 없어."

"우리라도 돌아가자. 그렇게 하지 않으면 시간이……."

거울을 빠져나가서 집으로 돌아가는 도중에 스바루는 아키를 생각한다.

'열쇠를 찾고 싶었구나.' 하고 생각한다. 이루고 싶은 소원이 있었지만 실제로는 열쇠도 찾지 못했고, 소원도 이루어지지 않았으니까 현실로 돌아가지 않는 편을 선택한 아키의 용기를 진심으로 굉장하다고 생각한다. 자신은 그렇게 할 수 없다.

거울을 통해 서둘러 집으로 돌아왔지만 바로 성으로 되돌려진다.

아키의 비명과 늑대의 우렁찬 울음소리가 들린다.

"스바루 형, 이쪽이야. 고코로를 부르자고!"

리온이 외친다. 스바루도 끄덕인다.

"고코로만은 오늘 안 왔어. 강제로 끌려 들어오지도 않았고. 그러니 잡아먹히지 않고 넘어갈 거야. 고코로한테 도움을……."

도망치는 아이들의 등을 보면서 처음으로 스바루는 어떤 바람이 솟아오르는 걸 느낀다.

죽고 싶지 않아. 아직 죽고 싶지 않아.

아무래도 상관없다고 생각하며 살아왔는데 아직 아무것도 하지 않았다는 생각이 든다. 자신도 뭔가를 하고 싶다고 깨닫는다.

또다시 들려오는 늑대의 우렁찬 울음소리.

"꺄아아!"

후카가 눈을 감고 외친다. "후카!" 하고 외치면서 스바루
는 깨닫는다. 자신이 아직 죽고 싶지 않다는 걸, 다른 아이
들도 죽지 않았으면 좋겠다고 바라고 있다는 걸.

———— ✿ ————

이마에서 충격이 빠져나갔다.

고코로는 또 울고 있었다. 눈물을 닦았다. 구하겠다고
생각한다. 내가 모두를 구한다.

성 안은 다시 조용해졌다. 고코로는 어디로 가야 안전할
지 생각해봤다. 큰 홀은 아이들의 방이 있는 긴 복도를 빠
져나간 그 끝에 있다. 평상시는 아무렇지도 않게 오갔던
복도였는데, 오늘은 끝이 없는 긴 통로처럼 보였다.

하지만 가야 한다. 호흡을 가다듬고 앞으로 나아갔다.
할 수 있는 것은 나밖에 없다. 자신의 발소리가 늑대에게
들리면 어떡하지 싶어서 울 것 같은 마음으로 우선 게임방
을 목표로 달려갔다. 게임방에 도착한 고코로의 시야 속으
로 처참한 광경이 들어왔다.

게임방은 어지럽혀질 대로 어질러져 있었다. 소파도, 테
이블도, 장식품도, 꽃병도 전부 뒤죽박죽이어서 마사무네
의 게임기도 어디로 갔는지 보이지 않았다. 그 광경을 외

면하듯이 시선을 돌려 각자의 방이 있는 방향을 바라보고 다시 나아가는데, 무시무시한 늑대소리가 또 들려왔다.

아오오오오우우우우우우우우우우웅.

제발 그만해!

그 울음소리가 너무 커서 어느 쪽에서 들려오는지조차 알 수가 없었다. 고코로는 소리의 충격에 날아가버릴 것 같아서 순간적으로 통로 가장 앞쪽에 있는 방문 손잡이를 잡았다. 소리의 충격이 강한 바람처럼 뺨을 쳤다.

방으로 뛰어들자 겨우 충격이 가라앉았다.

어두운 방을 둘러보았다. 공용공간과 마찬가지로 개인의 방 안도 엉망이 되어있었다. 피아노는 뚜껑이 열린 채였다. 여기저기 망가지고 이가 빠진 건반이 무참했다. 피아노를 보고 후카의 방이라고 알았다. 후카의 방에 들어온건 처음이었다. 고코로의 방보다 좁다. 피아노는 있지만 고코로의 방에 있는 침대와 책꽂이는 없다. 바로 가까이에 망가진 책상이 보였다. 책상 위에 후카의 것으로 보이는 교과서나 참고서 등 공부 도구가 놓여있다.

'내 방 책상 아래에도 있는 것 같아. 엑스 표시가.'

그 엑스 표시로 손을 뻗으려다가 이래도 되나 하는 생각이 들어 잠시 망설여졌지만 다시 마음을 다잡고 과감히 엑스 표시 위에 손을 얹었다.

알아야 했다. 가능하다면 모두의 기억을 통해서 무슨 일이 일어났는지 알아야 했다.

후카가 자신의 집 피아노 방에서 피아노를 치고 있다.

후카는 혼자서 조용히 지내는 것을 좋아한다. 방에는 달력이 걸려있다. 12월 23일 공휴일(일왕의 탄생일로 일본에서는 이날이 공휴일이다)에 빨갛게 동그라미가 쳐있고, '콩쿠르'라고 쓰여있다. 다음 콩쿠르까지 앞으로 얼마 안 남았다.

"어머니, 후카는 천재예요."

피아노교실 선생님이 말한다. 후카는 아직 초등학교 입학 전이다. 일에 바쁜 어머니가 이웃의 미마네 어머니의 권유를 받고 찾아가본 피아노교실 무료체험 레슨에서 무료 레슨이 끝나는 세 번째 날, 그런 말을 듣는다. "재능이 있습니다."라는 말. 어머니가 놀라서 눈을 크게 뜬다. 어머니의 얼굴이 빛난다. "정말이에요?" 하고 어머니가 묻는다.

"우리 후카가……."

"흡수력이 다른 아이하고는 전혀 달라요. 피아노교실을 오래 해왔지만 놀랐습니다. 해외 유학도 염두에 두고 앞으로 어떻게 할지 생각해보시는 게 좋을 것 같습니다."

후카는 어머니 옆에서 그 말을 듣고 있다. 자신에 대해 이야기하고 있는 모양이다, 라며 듣고 있다.

"무료체험이 끝나니까. 계속하게 하려는 생각에 말씀하시는 거, 아닌 거죠?"

어머니가 경계하는 태도로 묻는다. 일하러 갈 때 들고 다니는, 손잡이 부분이 갈색으로 변한 가방에서 어머니를 호출하는 휴대전화 진동이 지잉지잉 전해져온다. 어머니가 그에 응하지 않는 것은 보기 드문 일이다.

"천만에요. 저도 놀라고 있어요. 아무 아이한테나 이런 말을 하지는 않습니다."

선생님이 말한 대로였다. 선생님은 같이 간 미마에게도, 미마의 어머니에게도 그런 식으로는 말하지 않았다.

재능이 있다, 재능이 있다, 재능이 있다. 나는 다른 아이와 다르다.

후카는 학교 체육을 견학하고 있다. 다리를 세워 끌어안고 벽 구석에 달라붙어서 배구 코트 안을 바라보고 있자니 미마가 반 여자아이들과 다가온다.

"안 해?"

"아……. 응."

후카는 늘 체육을 하지 않았다. 배구라니, 손가락이라도 삐면 큰일이다. 아직 1학년일 무렵 뜀틀 착지에 실패해서 발을 삐끗했을 때조차 후카의 어머니가 학교에 찾아와서 대소동이 났었다. '이 아이는 콩쿠르를 앞두고 있어요. 중요한 때입니다! 이번에는 발이었지만 이게 손이었다면 어떻게 하실 작정이세요?'라며 어머니는 화를 냈었다.

조용히 대답한 후카를 앞에 두고 미마와 아이들이 얼굴을 마주 본다. 미마가 말한다.

"그것 봐. 후카는 피아노 때문에 안 된다고 했잖아."

"아아······."

아이들이 후카 앞에서 가버린다. 떠날 때 쿡쿡 웃음을 참는 소리가 새어나온다.

"손가락이 중요한데 다치면 어떡해."

"난 피아노가 있는데."

목소리가 크다. 후카가 들으라는 듯이.

피아노, 피아노, 피아노.

초등학교 시절 후카의 나날은 학교와 피아노의 두 층으로 또렷이 나뉘어있다. 학교 공부보다는 피아노를 치는 시간이 점점 늘어나고, 후카도 그것이 싫지 않다. 학교를 쉬고 교토에 사는 유명한 선생님에게 레슨을 다니라는 말을 듣고 후카는 교토의 할머니 집에서 지낸다. 연습하라는 말은 들어도 공부하라는 말을 들은 적은 한 번도 없다.

"출석일수라고 선생님은 말씀하시지만 후카의 콩쿠르 성적을 봐주시겠어요? 학업에 필적하는 거라고 생각해주실 수 없나요?"

어머니가 학교에서 선생님에게 말한다.

초등학교 때부터 피아노 연습 때문에 학교를 빠지는 날이 비일비재하다. 그래도 괜찮다고 생각했다. 초등학교 마지막 콩쿠르에서 우승을 목표로 연습했지만 그 결과가 19등으로 끝날 때까지는.

평소대로 잘 쳤던 것 같고 큰 실수를 했다고 짐작되는 데도 없었다.

그런데도 19등.

"전국 콩쿠르니까 그래도 굉장해."라고 할머니는 말해줬지만, 어머니는 큰 충격을 받은 얼굴이다. 나중에 점수를 보니 한 자릿수 등수의 아이들하고는 굉장한 차가 있었다.

"큰일이야." 하고 할아버지가 할머니에게 말하는 소리가 들린다.

"그래, 후카는 언제까지 할 거냐?"

후카의 집에는 아버지가 없다. "엄마 혼자니까 그렇게 무리할 필요 없지 않냐." 하고 할아버지도, 할머니도 어머니한테 말한다. 그에 대해 어머니가 대들듯이 대답한다.

"무리하는 게 아니에요. 무리해서 하는 거 아니라고요."

해외유학은 어느 나라의 어느 학교로 간다든가 어느 선생님 밑으로 간다든가, 그런 것이 아직 결정되지 않았다는 말을 듣는다. 후카는 실은 집에 돈이 없기 때문에 유학은 조심스러운 게 아닐까 생각하고 있다. 어머니는 매일 일에 치여서 늦게까지 일을 했기 때문에 후카가 피아노교실에

527

서 돌아와도 집에 있는 적이 없다. 어둠이 깔린 방에 찬 주먹밥이 남겨져있어서 렌지에 데우려고 하는데 전기가 끊겨있었던 적도 있다.

초등학교 때 가정방문을 온 선생님이 놀랐었다. 작은 연립주택에 어울리지 않게 훌륭한 피아노와 방음설비만이 있는 방. 하지만 냉장고 속에는 어머니가 시간제로 일하는 곳에서 받아온 도시락이나 빵이나 패스트푸드밖에 들어있지 않다. 어머니가 집에서 요리나 청소를 하는 모습을 본 적은 거의 없다. 밖에서 일하느라 무척 바쁘니까.

결국 가스가 끊긴다. 가스, 전기, 수도 순서로 생명에 소중한 것이 마지막에 남도록 끊긴다는 것을 깨닫고 묘하게 감탄한다. 어머니가 "혼자서 레슨 받으러 다닐 때 위험하면 안되니까." 라며 준 휴대전화도 요전번에 전화를 걸려고 했더니 연결이 안 되어있었다.

피아노를 배우면서 점점 깨닫는다. 나는 내 분수에 맞지 않는 것을 하고 있는 게 아닐까. 돈에 관해서만이 아니라 재능도 그렇다. 유학 갈 수 없었던 것은 돈 때문만은 아니지 않을까. 사실은 후카 정도 실력은 받아줄 곳이 없었던 게 아닐까. 콩쿠르에서 좋은 결과를 남기지 못하면 유학 같은 것은 꿈속의 꿈이었던 게 아닐까.

"언제까지 할 거냐?"

할아버지의 말을 듣고 깨닫는다. 자신이 중학교 공부를

전혀 따라갈 수 없는 것을. 지금처럼 피아노만 하다가는 공부를 아예 못하게 될지도 모른다는 것을.

할아버지가 그렇게 말하는 것을 듣고 어머니가 "믿을 수 없어!" 하고 대성통곡을 한다. "아버지, 왜 그런 말을 하는 거예요? 이 집에는 후카를 더 이상 데리고 오지 않을 거예요. 후카를 못 만나게 할 거예요!"라며 울부짖는 어머니를 할머니가 안절부절 못 하면서 위로한다.

교토의 할머니 집에서 같이 살자는 제안을 어머니는 벌써 몇 번이나 거절했다.

지금 직장에서는 정사원으로 일하고 있고 여기서 그만두면 다음에는 더 이상 정사원이 될 수 없다. 그러면 나랑 후카는 살아갈 수 없다. 피아노도 그만둬야 한다.

중학교에 들어가자 어머니는 한층 더 후카의 피아노에 대한 재능을 응원한다.

후카는 어머니가 좋다. 다섯 살 때 교통사고로 죽은 아버지 몫까지 더하여 후카를 소중하게 키워준 어머니. 낮에는 택배회사 사무 일을 하고 밤에는 도시락 만드는 시간제 근무를 하면서 후카를 키워왔다.

"엄마한테는 특별한 재능 같은 거 아무것도 없었거든. 후카가 만약 특별한 재능을 갖고 있는 거라면 엄마는 할 수 있는 건 뭐든 해주고 싶어."

하지만 어머니의 얼굴이 지쳐간다. 정말은 피아노 치지

말고 어머니를 돕는 편이 좋지 않았을까, 하고 몇 번이나 생각한다. 레슨이 아니라 그 시간에 어머니에게 따뜻한 된장국이라든가 밥이라든가 만들어주고 싶다. 가끔은 시간제로 일하는 데서 만든 도시락이 아닌 새로 지은 밥을 먹게 해주고 싶다. 아직 아르바이트는 할 수 없는 아이라는 게 괴롭다. 그래서 피아노로 결과를 못 내는 것이 더 슬프다. 그래서 생각한다. 여기서 그만두면 아깝다. 지금까지 피아노에 쏟은 시간과 돈이 헛수고가 된다.

중학교에 들어오고 나서 학교에는 점점 더 안 가게 된다. 학교에 가도 이야기가 통하는 아이는 없다. 체육시간에 나가지 않는, 동아리 활동도 하지 않는 후카는 모두로부터 붕 떠있는 아이다.

그래도 된다고 생각했었다. 친구가 없어도 된다고.

그러던 어느 날, 피아노를 치고 있는데 현관에 있는 거울이 빛나고 이 성에 와서 모두를 만난다. 거울 속 성에 있는 자신의 방에 가보니 거기에도 피아노가 있다. 시험 삼아 소리를 내보다가 다음 순간 건반을 양 손으로 난폭하게 쾅앙 하고 내려친다.

이런 데까지 와서 피아노라니. 필요 없어, 하고 생각한다.

"리온은 벌써 외국에서 혼자 살고 있는 거니? 혹시 그쪽 학교나 코치에게 스카우트된 거라든가, 그런 거야?"

"아니. 일본 팀 감독에게서 추천장 같은 거 받은 정도일 뿐이야. 학교는 부모님이 결정한 거고."

같은 중학생 중에 이미 유학하고 있는 아이가 있다고 생각하니 가슴이 굉장히 쓰리다. 나는 남하고 다르고 특별하다고 생각했었지만 아닐지도 모른다.

"내일부터 하기 강습이니까 한동안 성에는 못 와."

교토의 선생님이 계신 데로 레슨을 받으러 다닐 거다. 여름 콩쿠르를 목표로.

자신보다 하나 앞 순서에서 레슨을 받고 있는 아이의 연주가 자신의 연주보다 나은 것 같아서 귀를 막고 싶어진다. 자신이 잘하는지 그렇지 않은지, 이미 너무 많이 쳐서 잘 모르겠다.

여름의 콩쿠르에서 후카는 권외 판정을 받는다. 30등 이하의 아이는 일률적으로 '권외'라는 결과가 나온다. 초등학교에서의 마지막 콩쿠르보다 훨씬 규모가 작은 콩쿠르란 말을 들었는데 그랬다. 결과지가 붙은 복도에서 후카는 발이 움츠러드는 것을 느낀다. 피아노와 함께 자신의 몸이 찬 바닷속으로 가라앉고 있는 것 같은 느낌이 든다.

여름 콩쿠르가 끝나고 도쿄의 집으로 돌아와 성에 간 날, 고코로가 과자를 준다. 생일 선물이었다. 상자에 든 과자를 통째로 혼자서 다 먹는 것은 후카의 집에서는 좀처럼 없는 일이다. 하나하나 정말로 맛있다고 생각하며 먹는다.

콩쿠르 전에도 아키가 생일 선물을 줬다. 우레시노가 "좋아해."라고 말해줬다. 모든 여자를 차례로 좋아하다니 '웨엑!'이라고 생각했었지만, 아키나 고코로 같은 여자아이를 좋아했던 아이가 나까지 좋아한다고 말하다니 말로 표현할 수 없을 정도로 놀랍고 기쁘다.

마사무네가 게임을 하게 해준다. 남자는 예쁜 여자에게만 자신이 재미있어 하는 것을 만지게 허락할 거라고 생각했는데. 스바루가 "후카."라고 불러준다. 스바루 오빠는 신사 같아서 좋다. 리온 같은 눈에 띄는 타입의 남자애까지 "후카 누나."라고 나를 친근하게 불러준다.

그때마다 나는 나 자신이 '후카'라는 사실이 좋아진다. 재능이 있는지 없는지 관계없이 모두가 나와 이야기해준다는 것을 아니까.

"어머? 안녕. 처음 보는 건가?"

"……안녕하세요."

인사하면서 후카는 이 사람이 기타지마 선생님인가? 하고 생각한다. 드디어 만나게 되었다. 다른 아이들은 프리스쿨에 올 때 어머니와 함께 오는 모양이지만 후카는 어머니에게 비밀로 하고 혼자서 프리스쿨 '마음의 교실'을 방문한다. 모두가 의지하고 있는 기타지마 선생님. 고코로나 우레시노의 입에서 몇 번이나 그 이름이 나오는 것을 듣고 후카도 만나보고 싶었다.

선생님은 유키시나 제5중학교에도 자주 드나들고 있었기 때문에 2학년에서 결석이 많은 후카에 대해서도 벌써 알고 있다. "와줘서 기뻐."라고 말해준다. 조금씩, 조금씩 끝도 없는 수다를 떤다.

콩쿠르의 권외 결과를 받고 어머니는 마음이 조금 꺾여버린 것 같다. 전처럼 필사적으로 "연습해라."라고 후카에게 말하지 않는다. '레슨이나 학교, 어느 쪽으로 가도 돼.'라고 하는 것 같은 분위기가 되었다. 후카는 학교에는 가는 시늉만 하고 '마음의 교실'이나 성에 다닌다.

학교에는 이미 돌아갈 수 없는데 어머니는 후카가 어떻게 되길 바라는 걸까.

'언제까지 할 거니?'라고 했던 할아버지의 말이 몸속 깊은 곳에서부터 저주의 소리처럼 들려온다.

기타지마 선생님과 이야기하는 사이에 안개 낀 듯 답답했던 마음의 불안이 사실은 굉장히 컸었다는 것을 스스로도 깨닫는다. 후카는 얘기한다. 여기까지 왔는데 지금 와서 못 돌아간다. 공부도 따라갈 수가 없다. 피아노를 계속해도 좋을지 모르겠다.

"그럼 공부할까?"

기타지마 선생님이 말한다. 밝은 목소리로 "도와줄게."라고 말한다.

"후카는 리스크가 큰 일만 해온 거야."

"리스크가 큰 일?"

"쭉 한 가지에만 매달려왔는데, 그것으로 승부를 못 보면 어떻게 하나, 피아니스트가 못 되면 어떡하나 하고 생각하고 있는 거 아니니? 그게 리스크가 큰 일이라는 거야. 그렇게 보자면 공부는 가장 리스크가 작은 일이라고도 할 수 있어. 하면 하는 만큼 결과는 나올 거고, 앞으로 무엇을 하더라도 절대로 헛수고가 되지는 않을 테니까."

그러니 양쪽을 같이하면 된다고 선생님이 웃으며 말한다.

"피아노도 후카에게 소중한 것이란 걸 잘 알겠어. 하지만 피아노로 고통스러워하지 않기 위해서라도, 지금은 공부도 같이하는 게 좋을 거 같은데?"

"가르쳐주시는 거예요?"

그렇게 묻는 후카에게 기타지마 선생님이 "응?" 하고 고개를 갸웃한다. 그 눈이 기쁜 빛을 띤다.

"당연하지. 여기는 '스쿨'인걸. 공부도 가르쳐줘."

기타지마 선생님이 내주신 중학교 1학년 공부의 숙제를 하기 위해서 성에 있는 방에 틀어박혀 교과서를 펼친다. 이제 곧 중학교 2학년 진도도 따라갈 수 있을 것 같다. 어머니도, 그 누구도 없는 환경에서 조용히 집중해서 공부할 수 있다. 겨울의 12월에도 콩쿠르는 있었지만 여름 때만큼은 마음이 흐트러지지 않았다. 성에 있는 방에서 피아노를 치는 일은 한 번도 없었다. 2월의 그 마지막 날까지는.

　2월의 마지막 날.

　와보니 아무도 없다. 빛나는 거울은 자신의 것 하나뿐이라서 후카는 순간, 오늘이 성이 닫히는 날이었나? 하고 생각한다. 3월이 아니라 2월의 마지막 날이었는데 내가 잘못 알고 있었나? 라고.

　"늑대님!"

　불안한 마음에서 불러봤지만 늑대님도 나오지 않는다. 이런 일은 처음이다.

　방에 들어갔는데 갑자기 피아노를 쳐보고 싶어진다. 건반 뚜껑을 열고 손가락을 올려놓는다. 띵 하고 소리가 나고, 조율도 완벽하다는 걸 안다.

　드뷔시의 〈아라베스크〉와 베토벤의 〈월광〉. 한 번 손가락을 움직이자 정신없이 빠져든다. 집중할 수 있었다. 조용한 공기가 상쾌하다. 아아, 즐거워, 라고 생각한다. 그래서 다 칠 때까지 거기 사람이 서서 듣고 있다는 것을 몰랐다.

　다 치고 피아노에서 얼굴을 든다. 복도 문이 열려있고 아키가 서있다.

　"……깜짝 놀랐어."

　아키가 눈을 크게 뜨고 있다.

　"멋대로 문 열어서 미안. 하지만 후카 굉장해……. 뭐야,

이거. 후카, 피아노 칠 줄 알았어? 아니, 칠 줄 아는 정도가 아닌데, 이거."

"아, 응, 뭐……."

"천재 아냐?"

"천재…… 아니야."

아픔을 동반하는 말일 텐데도, 아키에게서 들으니 자연히 쓴웃음을 지으며 그렇게 대답할 수 있다. "우왓!" 하고 아키가 외친다.

"그리고 뭐야, 이거? 교과서? 너 방에 틀어박혀 지내는 날이 많다고 생각했는데 여기 와서까지 공부했었니?"

"아아……."

후카는 책상 위의 교재들을 본다.

"공부는 가장 리스크가 작은 일이니까."

"응?"

"재능이 있는지 어떤지 재는 데에 승부를 걸기보다 다른 데로 눈을 돌려서 공부를 하는 게 느리지만 가장 확실한 방법일 수도 있다고 생각해."

불쾌하게 듣지 않았으면 좋겠는데, 라고 생각하면서 아키에게 말한다.

"일단 해두면 그 시간이 절대로 헛수고가 되지 않는다고 가르쳐준 사람이 있어서……."

지금까지 남의 말에 곧잘 예민하게 반응해서 대화하기

어려웠던 아키에게 이런 말을 할 수 있다는 게 신기하다. 하지만 오늘은 성에 둘 밖에 없다는 사실이 후카의 기분과 말투를 가볍게 만든다.

콩쿠르에 대한 것, 학교에 대한 것, 공부에 대한 것, 어머니에 대한 것, 기타지마 선생님에 대한 것을 차례로 이야기한다. 그래서 공부하기로 했다는 것도.

"나도 할까나, 공부……."

후카의 이야기를 다 들은 아키가 그렇게 말하자 후카가 "응." 하고 끄덕인다. "그렇게 해. 같이하자." 하고.

여기서의 일을 잊고 싶지 않다.

모두와 함께 지냈던 것.

스스로 결정해서 조금은 덜 불안하게 된 것.

고코로와 아키 언니, 스바루 오빠, 우레시노, 마사무네와 리온과 만날 수 있어서 좋았다고 생각하는 것.

"아키 언니!"

빛나고 있는 거울을 앞에 두고 후카는 외친다. 외치며 아키를 부른다.

"집에 가자! 아키 언니!"

돌아오지 않는 아키. 거울을 통과해 집으로 갔다가 다시 성으로 끌려온 후카는 고코로의 집으로 이어지는 거울 앞에서 부탁한다. 여기서의 일을 잊고 싶지 않아. 하지만 소원을 이루면 모두 잊어버리겠지.

아키가 제멋대로 군 것에 대해 말로 표현할 수 없으리 만치 화가 난다. 하지만…….

"소원을, 고코로……."

함께 지내온 아키가 사라지게 놔둘 순 없어. 함께 공부하자고 약속했는데 그냥 둘 순 없어. 소원을 이뤄줘. 열쇠를 찾아서.

진심으로 그렇게 바란다.

고코로의 이마에서 또 충격이 빠져나갔다. 고코로는 말없이 눈물을 닦으며 후카의 방 피아노 건반을 만져보았다.

기다려줘, 하고 책상 쪽을 보고 속으로 말했다.

반드시 구해낼 거야. 그리고 말할 거야. 나도 후카 언니랑 만날 수 있어서 정말로 좋았다고.

후카의 방 옆은 리온의 방이었다.

고코로는 이번에는 좀 주저했다. 주저하면서도 방문을 열었다. 리온의 방은 어딘지 모르게 남자아이 방다웠다. 언제 가져다놨는지 마대나 축구공이 굴러다니고 있었다. 방 안은 다른 방과 마찬가지로 늑대에게 침범당한 뒤인 것 같았지만, 그래도 리온의 방답다고 생각한다.

리온이 말한 대로 침대 아래에 엑스 표시가 있었다. 그 표시를 향하여 손을 뻗었다. 그리고 주뼛주뼛 손을 가져다 댔다. 리온은 늑대님이 《빨간 모자》의 늑대님이 아니라 《늑대와 일곱 마리 어린양》의 늑대님이란 것 눈치챘었다.

어떻게 눈치챈 걸까. 그리고 왜 다른 아이들에게 그 사실을 알리지 않은 걸까.

그때, 귀여운 목소리가 들려왔다.

"똑똑똑, 엄마다. ……거짓말이다! 늑대다!"

초등학생일까. 여자아이가 그림책을 읽고 있다.

리온의 누나 미오다. 입원용 가운 차림에 모자를 쓰고 있다. 머리카락이 없다.

리온은 아직 일곱 살. 누나의 병원에 오는 것을 무척 좋아한다. 누나는 머리카락은 없지만 눈이 크고 피부가 새하얘서 무척 예쁘다. "어른이 되면 누구와 결혼하고 싶니?" 하고 유치원에서 질문을 받을 때마다 리온은 "누나!"라고 대답한다. 누나가 읽어주는 그림책이 재미있어서 깔깔 웃는다. 누나는 그림책을 무척 잘 읽는다. 풍부한 표정으로 "엄마다."와 "거짓말이다! 늑대다!" 하고 주거니 받거니 하는 말을 아까부터 몇 번이나 반복해서 들려주고 있다.

리온에게 "어느 쪽일까? 엄말까, 늑댈까?" 하고 물어보면 리온은 신나서 "늑대다!" 하며 이야기에 끼어든다.

"글쎄……, 그럼 어떨까나?"

다정한 누나가 거드름 피우며 페이지를 넘긴다. 누나가 몇 번이나 읽어준 책이지만 리온은 매번 읽어달라고 조르고 만다.

오늘은 그림책이었지만 리온의 누나는 그림책 없이 직접 이야기를 지어서 들려주는 것도 무척 잘한다. 미오가 들려주는 이야기가 재미있어서 리온은 누나가 그림책을 그리는 사람이 되면 좋을 텐데, 하고 생각한다. 미래의 로봇 이야기나 저택에 갇힌 스파이가 범인을 찾는 이야기같이 책방에서 파는 책보다 더 재미있는 이야기를 누나가 직접 지어서 차례차례 들려준다.

"자아, 리온. 집에 가야지. 다음 얘기는 내일 또 듣자."

"네에."

"네에."

어머니의 목소리가 끼어들어와 리온과 누나가 마지못해 끄덕인다.

소독 냄새가 어렴풋이 나는 병원 방에서 리온이 부모님의 손을 잡고 돌아간다. 누나가 "또 보자, 리온."이라며 리온에게 손을 흔든다.

"내일 또 오마. 미오."

리온의 아버지가 말한다.

집으로 가는 길, 빨갛게 물든 가을의 나뭇잎이 흩날리는 가로수 길에서 리온의 어머니가 갑자기 리온에게 말한다.

"리온. 그 이야기책 말이야. 누나한테 너무 많이 읽어달라고 하는 거, 안 좋을 거 같아."

"왜?"

누나는 즐거워하며 읽어주는데 왜 그럴까. 리온의 손을 잡은 어머니의 손이 떨린다. 답답하다는 듯이 대답한다.

"《늑대와 일곱 마리 어린양》은 미오가 유치원에서 다른 친구들과 함께 발표할 연극이었는데 못 하게 됐어. 누나가 그 책을 읽다보면 분명 그 일이 생각날 거야."

"그만해."

리온의 아버지가 말한다.

"그건 옛날 일이야. 미오도 기억하고 있지 않을 거야. 그 그림책을 좋아하는 것 같고, 둘 다 즐거워 보이잖아."

"당신은 잠자코 있어요!"

리온의 어머니가 소리친다. 소리치고, 갑자기 그 자리에 무너져내린다.

"왜냐고……."

작은 중얼거림이 그 입 사이에서 새어나온다.

"왜, 미오냐고. 왜 미오가 아니면 안 되냐고."

리온은 별안간 내쳐진 자신의 손을 깜짝 놀란 듯이 본다. 리온의 아버지가 어머니의 등을 쓸어주며 일으킨다.

리온은 안절부절못하며 그런 부모님을 쳐다본다.

"……잘못했어요."

자신이 야단맞는 건가 싶어서 리온이 사과한다. 하지만 어머니는 대답하지 않는다. 침묵한 채 입술을 깨물고 있다. 어머니 대신 아버지가 "괜찮아."라고 리온의 머리를 쓰다듬는다.

"있지, 리온."

다른 날, 병실에 간 리온에게 누나가 말한다.

"리온은 앞으로도 엄마, 아빠 곁에 건강하게 있어야 돼."

"어, 응."

의미는 잘 모르지만 리온은 끄덕인다. 미오가 웃는다.

오늘은 병실에 새 장난감이 들어왔다. 크리스마스 리스 같은 것이 창가에 놓여있는 것을 보니 크리스마스다. 침대 위에는 멋진 인형의 집이 놓여있다. 인형의 집에서 코드가 뻗어나와 있고 안에 있는 꼬마전구에 불이 환하게 들어와 있다. 무척 큰 외국제 인형의 집이다. 영어 설명서가 함께 들어있다.

"만약 내가 없어지면……."

미오가 말한다.

"나, 하느님한테 부탁해서 리온의 소원을 하나 이루게 해줄 거야. 언제나 참게 해서 미안해. 여행도 못 갔고, 리온의 율동 발표회에도 엄마가 못 갔었지?"

누나가 왜 그런 말을 하는지 알 수 없어서 리온은 어리둥절한다. 누나가 없어질 리 없고, 우리 집이 여행 안 가는 것도, 리온의 행사에 어머니가 안 오는 것도 당연한 일인데 왜 이런 말을 하는 걸까, 이상해, 하고 생각한다.

"하느님한테 부탁할게."

누나는 거듭해서 말한다.

"그럼 나, 누나랑 학교 다니고 싶어."

이제 곧 리온은 초등학교에 들어간다. 누나랑 함께 학교에 다니고 싶다. 학교에서 함께 공부하고 놀고 싶다. 그렇게 말하자 누나는 침묵한다. 갑자기 조용해진 누나를 보고 리온은 무슨 일인가, 하고 생각한다.

조금 지나서 누나가 얼굴을 들고 고개를 흔든다.

"리온은 내년에 초등학생이 되겠지만 나는 중학생이야. 학교에는 함께 다닐 수 없어."

그래도 고마워, 하고 누나가 말한다.

"나도 갈 수 있다면 리온이랑 함께 학교 가고 싶어. 함께 놀고 싶어."

벽에는 누나의 중학교 교복이 걸려있다.

없어질 리 없다고 생각했던 누나가 없어졌다.

동생 쪽으로 손을 뻗은 누나가 헛소리처럼 말한다.

"리온. 무섭게 해서 미안. 하지만 즐거웠어."

그것이 누나가 한 마지막 말이었다. 누나가 없어지기 몇 시간 전이었다. 자신이 죽는 그 순간까지 다른 사람을 걱정하다니 얼마나 다정한가. 그렇게 생각했던 순간이 아직도 리온의 기억에 남아있다. 고통스러워하는 누나의 모습은 누나가 말한 대로 무섭다. 무서워서, 헤어지고 싶지 않아서, 리온은 언제까지나 울고 있다.

4월 초의 봄비가 내리는 장례식에서 리온은 아버지 옆에 앉아있다. 어머니는 혼이 빠져버린 듯이 새하얀 얼굴이 되어 다가오는 누구의 말에도 공허한 눈빛으로 머리를 숙이기만 할 뿐이다.

'앞으로도 엄마, 아빠 곁에 건강하게 있어야 돼.'

누나가 한 말은 이런 의미였던 거다. 리온은 그 자리에서 겨우 이해한다. 누나의 병실에 걸려있던 중학교 교복은 일 년을 기다렸지만, 언젠가 학교에 갈 수 있을 거라 믿고 걸려있었지만, 누나는 결국 한 번도 입어보지 못했다.

"너는 정말 건강해서 좋구나."

어머니에게 맨 처음 이 말을 들은 것은 리온이 초등학교 1학년 때, 누나 미오가 병에 걸린 것과 비슷한 나이가 됐을 때의 일이다. 마침 근처 축구팀에서 축구를 배우기 시작해서 재미를 붙이기 시작한 때다. 공을 손에 들고 그날도 축구하러 나가려던 리온에게 어머니가 말한다.

"너의 그 지나치게 건강한 기운의 반이라도 그 애에게

있으면 좋았을 텐데."

리온은 어쩔 줄 모른다. 어떻게 반응해야 좋을지 알 수 없어서 그냥 "아, 응." 하고 대답하고 만다. 어머니는 "응, 이라니……." 하고 기가 막히다는 듯이 눈을 내리깐다. 누나의 병을 안 것은 어머니가 리온을 임신하고 있을 때다. 어머니는 이후 몇 년간 누나의 병치레와 아기 리온을 돌보는 일을 겹쳐서 하느라 굉장히 힘들어했다. 어머니가 그때 리온에게 그렇게 말한 이유였다. 어머니가 그때 한 말을 후회하고 있다는 것은 리온도 이미 알고 있다.

병에 걸렸다는 걸 안 것은 누나가 초등학교에 들어가기 조금 전. 결국 누나는 한 번도 학교에는 못 갔다.

거실 안쪽에 누나의 사진이 걸려있다. 아직 입원하기 전 피아노 발표회 때의 사진과 가족이 모두 함께 찍은 사진, 죽기 조금 전에 병실에서 어머니와 찍은 사진. 창가에는 엄마, 아빠가 누나에게 선물했던 인형의 집이 놓여있다.

언제부턴가 리온은 자신이 건강하게 곁에 있어도 부모님에게 위로가 되지 않는다는 것을 깨닫는다. 운동신경이 남보다 좋았다. 그것조차 어머니에게는 "왜?"의 이유가 된다. "왜 남매인데 동생만 이렇게 튼튼한 걸까." "그 건강과 수명을 조금이라도 미오에게 나눠주었다면 좋았을 것." 하고 생각한다.

"리온, 굉장하네요. 이번에 그 클럽 팀에서 스카우트 제안이 왔다고 들었어요."

같은 학년 아이의 어머니가 리온의 어머니에게 말한다. 하지만 리온의 어머니는 "무슨 그런 과찬의 말씀을요."이라며 고개를 흔든다.

"그 애가 좋아서 하는 건데요, 우리가 거기까지 바라는 건 전혀 아니니까요."

앞으로 같은 팀에서 친구들과 축구를 계속하고, 중학교도 그 녀석들이랑 같이 간다고 생각했다. 그런데 6학년이 됐을 때, 어머니가 "이것 좀 볼래." 하며 팸플릿을 내민다.

하와이에 있는 중학교다. '기숙사생활'이라고 되어있는 것을 보고 리온의 가슴이 얼어붙는다. 두렵다는 생각이 먼저 든다. 싫다는 생각이 먼저 든다. 매일 당연히 돌아올 수 있던 지금의 이 집으로 돌아올 수 없게 된다. 모르는 장소, 말조차 통하지 않을지도 모르는 곳에서 몇 년이나 지내야 한다. 아는 친구도, 선생님도, 부모도 없다.

지금의 학교 친구들과 함께 졸업해서 같은 중학교에 갈 거라고만 생각했었는데 6학년 가을에는 하와이 쪽 학교에 들어가라고 한다. 졸업식조차 친구들이랑 같이할 수 없다.

"네 가능성을 펼 수 있을 거라고 생각해서 보내는 거야."

어머니가 말한다. 어머니가 진지한 얼굴로 바라보자 똑똑히 깨닫는다. 어머니는 리온이 멀리 가주길 바라는 거다,

라고.

"굉장해. 하와이의 학교라고?"

"프로선수도 몇 명인가 나온 학교지?"

"리온은 굉장해."

친구들에게서도 그런 말을 듣자 자꾸자꾸 달아날 곳이 없어진다. 리온 자신도 그렇게 하는 것이 좋을지 모르겠다고 생각하기 시작한다.

"좋은 학교라고 생각은 하지만, 리온은 뭐라고 하는데?"

"가고 싶대요."

어느 날 밤, 어머니와 아버지가 얘기하는 소리가 들린다. 일에서 돌아온 리온의 아버지가 "정말로?"라고 묻는다.

"걘 아직 초등학생이야. 당신이 그러라고 하니까 그런다고 하는 거 아냐? 정말로 그 애가 그렇게 말했어?"

"그렇게 말했어요. 가보고 싶다고."

아버지의 말을 들으면서 리온은 마음속으로 말한다. 아니야, 아빠. 꼭 그렇지도 않아, 라고.

초등학생 아이에게도 자기 생각은 있다. 여기 계속 있으면 괴롭다는 것 정도는 나도 안다. 거리를 두고 싶은 건 나도 마찬가지다.

어떡하지? 미안해. 건강해도 난 도움이 안 됐어, 누나.

하와이에서 지내는 두 번째 연말. 크리스마스에 리온을 만나러 온 리온의 어머니는 케이크를 굽고 돌아간다. 연말연시, 같이 집에 가보자는 말을 하지 않는다.

빛나지 않는 거울을 응시하며 리온은 거울이 빛나지 않으려나, 하고 기다리고 있다. 오후의 자신의 방에서 "빛나줘."라고 거울을 쓰다듬는다. 드디어 무지개색으로 빛나기 시작하자, 리온은 웃는 얼굴이 된다. 손목시계를 차고 거울 속으로 천천히 손을 집어넣는다.

　　아오오오오우우우우우우우우우웅.

"아키 누나. 어디야? 집에 돌아가야 할 시간이야. 좀 전에 울음소리가……."

"됐어, 우레시노. 어쩔 수 없어."

"우리라도 돌아가자. 일단 그렇게 하지 않으면 시간이……."

돌아가려다 다시 끌려와서 어찌해볼 도리가 없는 일이 일어났구나, 하고 생각한 순간 외친다.

"스바루 형, 여기야. 고코로를 부르자!"

고코로의 방으로 통하는 거울을 향해서 외친다.

"고코로, 부탁해! 소원 열쇠를 찾아줘!"

사실은 눈치채고 있었다. 늑대님이 짐짓 '빨간 모자'를 강조하는 것은 페이크가 아닌가 하고 느꼈다. 우리들은 모두 일곱 명이다.

"빨간 모자가 아니야. 늑대님은 아마《늑대와 일곱 마리 어린양》의 그 늑대일 거야!"

열쇠는 분명 큰 시계 안에 있다. 소원을 이루려고 리온이 남몰래 가슴에 쭉 담아뒀던 장소다.

이마가 아프다.

콰앙, 하고 커다란 충격이 고코로의 얼굴을 덮었다. 어렸을 때 실수로 철봉에 얼굴을 정면으로 부딪쳤을 때의 느낌이었다.

그때 갑자기 리온의 모습이 끊기고 목소리가 들렸다.

'너의 소원은……'

누구의 목소린지 알 수 없었다. 목소리가 정말로 들리고 있는 건지 아니면 귓속이 떨린 것뿐인지 알 수 없었다. 거기에 다른 목소리가 대답한다. 여자아이의 목소리다.

'나는……! 나는 괜찮아. 그러니까 부디 그 아이와 함께……'

"보여?"

누군가 고코로가 보고 있던 리온의 기억 속으로 비집고 들어와 말하고 있는 것처럼 목소리가 들렸다. 그 목소리에 고코로가 흠칫하고 눈을 크게 뜨고 침대 아래에서 손을 빼서 돌아보다가 "아앗!" 하고 비명을 질렀다.

"늑대님⋯⋯."

늑대님이 늘 보던 모습 그대로 방문을 열고 복도에 서 있었다. 프릴이 달린 에이프런 드레스에 늑대가면.

하지만 성 안이 이상한 기운에 덮여있는 데다가 어둡기도 한 탓인지 평상시와는 인상이 많이 달라 보였다. 고코로는 엉겁결에 도망치려 했지만 좁은 방 안에서는 도망칠 곳이 없었다. 늑대님은 문 앞을 막아서듯이 서있었다.

그래도 몸을 일으켜 도망치려 하는 고코로에게 "기다려."라고 늑대님의 목소리가 덮쳐왔다. 늑대님이 "후우." 하고 한숨을 내쉬었다.

"네가 도망치려는 건 두 번째군. 처음 왔던 날이 생각나."

"그렇지만⋯⋯."

친구들을 모두 잡아먹었다는 큰 늑대. 고코로는 그 큰 늑대가 눈앞의 이 늑대님으로 변신해있는 거라고 생각했다.

그런데 설마 이렇게 말을 걸어올 줄은 몰랐다. 아까까지 그렇게 무서운 울음소리를 내고서 이렇게 태연히 말을 걸어오다니. 이 모든 것이 착각이었던 게 아닐까 하고 생각하지만, 늑대님의 드레스 자락을 보고 생각을 고쳐먹었다. 드레스 자락이 성 안의 다른 광경과 마찬가지로 너덜너덜했다. 프릴이 찢기고 풀려 있었다. 옷도 늑대가면도 전부 더럽혀져 있었다.

"나도 어떻게 할 수 없어. 한 번 규칙 위반이 일어나버리면 멈출 수 없어."

늑대님이 말했다.

"여기를 만들 때 그게 조건이었어. 어떤 일에도 대가는 있는 법이야."

늑대님이 가면 코끝을 고코로 쪽으로 향했다.

"넌 안 잡아먹혀. 벌칙 대상이 아니야. 목숨을 건졌네."

"다른 아이들은……."

"매장됐어. 봤겠지, 그 표시 아래야."

고코로는 눈을 감았다.

그럼 이 엑스 표시는 무덤의 표시 같은 거다.

"눈치챘어?"

늑대님이 물었다.

무엇에 대해 묻는 걸까, 하고 고코로는 잠시 생각했지만 그게 무슨 질문인지 실은 이미 알고 있다는 생각이 들었다. 고코로는 고개를 끄덕이며 대답한다.

"응."

"그렇군."

"늑대님, 하나 가르쳐줘."

"뭘?"

"우리, '만날 수 있는' 거지?"

고코로의 질문을 받은 늑대님이 잠시 침묵했다. 가면 탓에 표정이 보이지 않지만 이 아이에게는 원래 얼굴 같은 게 없는 건지도 모른다. 거울의 성에 있는 파수꾼. 처음부터 이 늑대 얼굴이 원래 이 아이의 얼굴일지도 모른다. 적인지 아군인지도 알 수 없다.

고코로가 한 번 더 다짐하듯이 물었다.

"지금 당장은 아닐지 모르지만 언젠가 만날 수 있는 거지. 그런 거지?"

"그건, 오늘 무사히 돌아갈 수 있을 때의 이야기다."

늑대님이 말했다.

그 말을 고코로는 긍정이라고 받아들인다. 역시, 그런 거였다고 생각하며 마음에 그 말을 새긴다.

"너희들이 잡아먹히는 건 내 본의가 아니야."

늑대님이 언짢은 듯이 가면의 코끝을 천장으로 향했다. 그리고 고코로를 봤다.

"이제부터는 네가 어떻게 하느냐에 달렸어. 아키는 소원 방에 있어."

늑대님은 그렇게 말하고, 그리고 사라졌다.

"목숨을 건졌네."

한 번 더 늑대님의 목소리가 귀 뒤에서 들렸다.

계단이 있는 큰 홀에 가장 가까운, 긴 복도의 마지막에 있는 방은 아키의 방이었다.

고코로는 크게 심호흡을 했다. 이제 망설이지 않겠다고 마음을 먹었다. 아키 언니를 구한다. 제멋대로인 언니를 데려온다. 성 안에 남다니 자살행위다. 그래도 남았다. 언제나 밉살스러운 말만 해오던 아키였다.

'그럼 내가 다른 세계로 도망쳐 들어가는 건 안 되는 거구나.'

'소원이란 거 말이야, 이뤄도 되는 거지? 만약 열쇠를 찾으면.'

'밖의 세계에서 서로 도울 수 없는 거라면 3월이 끝나고 나서도 남는 건 어차피 기억뿐이잖아? 허무하지 않아?'

'부모가 여러 가지 생각해주는 집은 굉장하네. 우리 부모들이랑은 다르지, 고코로.'

아키의 방문을 열었다. 커다란 옷장은 문이 열린 채로 있었다. 벽장 안의 엑스 표시는 바로 찾을 수 있었다. 고코로가 그 표시에 손을 얹었다.

아키의 기억이 흘러들어온다.

향냄새가 난다.

할머니의 영정 앞에 아키가 앉아있다. 어머니와 사촌과 함께 교복을 입고 나란히 앉아있다. 어머니 옆에 앉아있는 아버지는 아키하고 피가 섞이지 않았다. 어머니의 재혼 상대인 의붓아버지다. 어렸을 때 헤어진 아버지에 대해 아키의 어머니는 '제멋대로인 사람'이라고 말하곤 했다.

"네가 안 생겼으면 결혼은 아마 안 했을 거야. 그때 헤어졌다면 이렇게 힘들지 않았어."

그런 말을 들으면서 자랐다. 그런 주제에 어머니는 친아버지가 치바에서 운영하는 스포츠 숍이 고시엔(고시엔 야구장은 고교야구 전국대회로 유명하다)에 간 이 지역 고등학교 선수들에게 납품을 하고 있다는 이야기를 친척들 모임에서 반복하고 반복해서 자랑하곤 했다.

할머니…… 영정의 할머니 얼굴은 죽기 전의 할머니보다 훨씬 젊다. 제대로 사진을 찍은 것이 꽤 오래전이었기 때문에 옛날 사진밖에 없었다고 삼촌들이 투덜거린다.

아키가 머리를 염색한 것을 보고 할머니는 "꺅!" 하고 비명을 질렀었다. 야단맞나 했더니 "꺅! 색깔 좋구나." 해서 맥이 빠졌지만 기쁘다.

할머니는 재미있고 익살스럽다. 딸인 어머니하고는 전혀 다르다. 이 사람에게서 어떻게 저런 딸이 태어났을까 하고 의문이 들 정도다. 할머니는 종종 "엄마한테 들키지 않게 해라."라며 용돈을 건네주곤 한다. "들키면 엄마가 써버리니까. 아키코랑 할머니만의 비밀."이라며 서툴게 윙크하며 용돈을 준다.

아키가 테레크라(텔레폰 클럽의 약자. 남성이 전화를 통해 여성과 대화할 수 있도록 알선하는 가게)에서 알게 된 대학생 아쓰시를 소개하자 할머니는 "어머어머." 하면서 전병이니 녹차니 장아찌 같은 걸 내준다. 이게 무슨 노인 같은 대접이야, 창피해, 라고 생각했지만 아쓰시는 기뻐하며 먹는다. 아쓰시가 "갑자기 가족한테 소개할 줄 몰랐어."라고 해서 "미안, 불편했어?" 하고 물으니 "좋았어."라고 한다.

스물세 살인 아쓰시는 애인 없이 이십삼 년을 산 순진한 청년으로, 내가 첫 여자친구니까 소중히 대하고 싶다고 말한다. 돈은 별로 없지만 결혼하고 싶다고도 했다.

할머니의 장례식에 아쓰시는 오지 않는다. 그렇지 않아도 최근에 연락이 잘 안 된다. 무선호출기에 메시지를 남겨도 좀처럼 대답이 없다. 할머니 장례식에 내가 와줬으면 하고 바란 것은 아쓰시뿐이었는데…….

"너, 꼴이 그게 뭐니."

할머니의 친구라는 아줌마가 와서 아키를 보고 말한다. 아키의 어머니에게 "당신이 애를 팽개쳐뒀으니까 이렇지." 하고 얼굴을 찌푸리며 말하는 것을 보고, 아키는 쓸데없는 참견이라고 생각한다.

그래봤자 나는 어차피 어머니의 집에서 살아야 하니 어쩔 수 없다고 생각한다.

"마이코, 마이코, 어디야."

장례식에서 돌아와서 방에 혼자 있자니 그놈 목소리가 들린다. 어머니를 찾고 있다. 어머니는 오늘은 이것저것 할 게 많아 늦는다고 했는데 말이다. 단념하고 빨리 나가줬으면 했는데, "마이코! 마이코!" 하고 그놈 목소리가 점점 가까이 온다.

"어이, 마이코!"

"없어요!"

방문이 갑자기 열리자 아키는 넌더리를 치며 큰 소리로 말한다.

"아직 안 돌아왔어요. 없어요."

"아아, 아키코, 있었구나."

다다미 방 미닫이문을 난폭하게 열어젖힌 아키의 계부가 아키를 본다. 느슨하고 단정하지 못하게 맨 넥타이 아래에 셔츠 단추가 빠져있다. 얼굴이 빨갛다. 술 냄새가 난다. 그 냄새에 아키의 몸이 움츠러든다. 아차, 하고 생각한다. 이놈이 있는 동안은 언제나 어머니 옷장에 숨어서 숨을 죽이고 있었는데, 깜빡하고 대답해버렸다.

'지난번'이랑 같다는 것을 깨닫고, 아키가 순간적으로 도망치려 한다.

"어이, 기다려."

쫓아오는 그놈의 목소리가 갑자기 깜짝 놀랄 정도로 달

콤하게 변한다. 아키의 팔을 끈적끈적한 손이 붙잡자, 온몸에 오싹 소름이 돋는다. 교복 스커트 아래 다리가 떨리면서 "싫어!" 하는 목소리가 저절로 나온다. 그 목소리에 상대가 말없이 팔을 강하게 당긴다. 아키의 팔을 꽉 눌러 움직이지 못하게 한다.

아쓰시, 아쓰시, 아쓰시.

아키가 비명을 지른다. 교복 안으로 상대의 팔이 들어온다. 비명을 지르는 아키의 입을 상대의 손이 막는다.

살려줘!

덮친 손 밑에서 아키가 외친다. 도와준다고, 지켜주겠다고 말해놓고! 아키는 아쓰시가 야속하다.

"으윽!"

아키가 무턱 대고 번쩍 쳐든 발이 상대의 사타구니를 차올린다. 아키는 달린다. 거실로 도망쳐서 빗자루를 미닫이문에 끼워 안 열리게 한다.

아쓰시, 아쓰시, 아쓰시, 아쓰시!

마음같이 움직여주지 않는 손으로 방구석에 있는 전화기를 들어올린다. 그러는 통에 그 손이 전화기 옆에 놓인 메모장이니 달력, 연필꽂이를 쳐서 떨어뜨린다. 아키는 생각한다. 삐삐로 보낼 긴급 메시지용 숫자를 생각해내려고 하는데(삐삐라는 통신기기는 숫자밖에 표시하지 못한다) 잘 생각이 나지 않아서 답답하다.

뭐라고 치면 되지? 뭐라고 하면 되지?

그러다가 주문같이 숫자가 머리에 떠오른다.

505(SOS),

구해줘.

8255(빨리 와요)라고 계속해서 치려고 하는데, "아키코! 아키코!" 하고 밖에서 그놈이 문을 흔든다. 흔드는 힘이 거세서 문이 부서지려고 한다.

수화기를 난폭하게 내던지고 도망치려 한 그때다.

거울이 빛나기 시작한다. 보통은 자신의 방에 있는 거울이 빛났는데 오늘은 어머니의 작은 손거울이 빛난다. 늑대님은 분명 제삼자가 있을 때엔 거울을 빛나게 하지 않는다고 했는데.

"아키코!"

등 뒤에서 맹수 같은 목소리가 더욱 위협적으로 커진다. 망설일 시간이 없다. 빛나는 손거울에 손을 얹는다. 거울 너머로 몸을 미끄러뜨려 넣는다. 작은 거울인데 아키의 몸은 신기하게도 그 안을 매끈하게 통과한다.

정신을 차리니 아키는 성의 큰 홀에 있다.

심장이 아직도 벌렁벌렁 뛰고 있어서 가슴이 당장이라도 터질 것 같다. 팔과 다리에 아직 소름이 돋아있다. 입고 있던 교복 스카프가 돌아갔고 단추는 몇 개쯤 열려서 흐트러져있다. 그 모습을 보니 울음이 터져나올 것같다.

바로 가까이에 늑대님이 있다. 늑대님의 손에 지금 아키가 빠져나온 크기의 작은 손거울이 들려있다. 그 손거울이 무지개색으로 빛나고 있다.

"늑대님……."

자신의 숨소리가 아직 거칠다. 왜 어머니의 거울을 빛나게 해준 걸까. 왜 어른이 있는 앞에서도 이곳에 올 수 있게 해준 걸까.

궁금해하는 아키에게 늑대님이 말한다.

"……위기였으니까."

그 한마디로 늑대님이 전부 보고 있었다는 걸 안다. 늑대님이 고개를 갸우뚱한다. 평소의 거만한 말투가 아니라 작은 여자아이 같은 말투로 말한다.

"도와줘서 유감이야?"

"아니!"

아키는 고개를 흔든다. 정신없이 흔든다.

"그럴 리가. ……고마워." 하고 말했더니 눈물이 나온다. 그리고 조금 전의 일이 생각나서 몸이 떨린다. 늑대님의 손을 잡자 늑대님도 아키의 손을 거절하지 않는다.

늑대님은 아무것도 묻지 않는다. 따뜻하고 매끈매끈한 늑대님의 손은 곱다. 만지고 있자니 자신까지 고와질 수 있을 것 같다.

"나, 여기 살면 안 될까?"

아키가 말한다. 눈물이 방울방울 나온다. 할머니의 얼굴이 희미해진다. 돌아가고 싶지 않다. 어디에도 돌아갈 수 있는 곳이 없다는 생각이 든다.

"무리야."

늑대님의 말투가 원래대로 돌아온다. 그렇게 말할 거라고 알고 있었다. 하지만 아키는 이를 악문다.

"돌아가고 싶지 않아아아아아!"

매일매일 그놈이랑 둘만 있게 되지 않도록 주의하고 신경 쓰고 피해야 하는 일도, 학교도, 친구도, 전부 싫다.

배구부에서는 내가 가장 운동신경이 좋았고 다른 아이가 하지 못하는 것을 보면 조바심이 났다. 그래서 "멍청하긴!" 같은 심한 말을 꽤 했을지도 모른다. 제대로 못하는 후배를 한 명씩 호출해서 선배들이 둘러싸고 "뭐를 제대로 못했는지 말해봐."라고 하는 반성회를 갖기도 했다.

그런 건 어느 동아리에서도 있는 일이었고 나 혼자 했던 게 아닌데도 정신을 차리고 보니 그 아이들과 다른 모두로부터 "용서할 수 없어."라는 말을 듣게 되었다. 내 존재가 배구부를 못 쓰게 만들고 있다, 왕따를 한다며 배구부에서 나 하나만이 용서할 수 없는 존재가 되어있었다. 그래서 동아리를 그만뒀다.

"무리야."

늑대님이 말한다. 그렇게 말은 하지만 안타까워하는 마음이 아키에게 전해져오는 것 같다. 늑대님이 아키의 손을 내치치 않고 계속 잡고 있어준다. 그 사실이 아키는 무척 기쁘다.

집에 돌아갈 마음이 들지 않아 교복차림인 채로 게임방에서 혼자 웅크리고 있다.

그때 게임방으로 고코로가 온다. 믿을 수 없는 것을 보듯이 아키를 본다. 아키가 입고 있는 교복을.

"아키 언니, 유키시나 제5중학교 학생이야?"

아키가 느릿느릿 고코로의 시선을 더듬어 자신의 교복을 내려다본다.

"그래."

아키는 끄덕인다.

"유키시나 제5중학교."

고코로가 눈을 크게 뜨고 있다. 그 뒤로 마사무네와 스바루가 와서 역시 놀란다.

"내가 다녔던 중학교의 여자 교복이랑 같아."

우리는 모두 같은 학교. 그러니까…….

"서로 도울 수 있지 않을까 하고."

마사무네가 한 말의 의미를 아키는 잘 안다. 아키야말로 친구들의 도움이 필요했으니까.

그날 메시지를 남긴 아쓰시에게서는 연락이 없다.

아키가 필사적으로 보낸 '구해줘.'라는 호소는 답을 받지 못한다. 아키는 그렇게 되고서야 그의 삐삐 번호는 알고 있지만 그가 자신의 전화번호는 가르쳐주지 않았다는 사실을 비로소 깨닫는다. 아쓰시에게는 그놈에 대한 얘기도 전부 해줬었는데. 두 번 다시 그런 일 안 당하게 할 거라고, 지켜줄 거라고 말했는데…….

그렇지만 이 친구들이라면 나를 도와줄지 모른다. 나와 함께 맞서줄지도 모른다.

그렇지만 1월의 그날.

마사무네를 돕고 싶어서, 의심할 구석이 전혀 없는 순수한 마음으로 돕고 싶어서 찾아간 보건실에는 아무도 오지 않는다. 그날은 무척 추웠다. 보건실 창 너머의 하늘 색깔이 옅어지는 것을 바라보면서 아키는 배신당했다고 생각한다.

"선생님, 아키가 오늘 학교 온 거 정말이에요?"

보건실 맞은편에서 배구부 미스즈의 목소리가 들린다. 그 소리를 듣고는 도망치고 싶어진다.

"춥구나."

그렇게 말하며 난로에 손을 쪼이는 양호 선생님에게 울며 매달린다.

"없다고 해주세요. 애들이 보건실에 와도 꼭!"

보건실 침대로 기어든다. 이불을 뒤집어쓰고 혼자 떤다.

실은 알고 있다. 자신이 무척 꼴불견이란 거, 보통은 어른을 놀리려고 아이들이 함께 모여서 장난으로 거는 테레크라를, 혼자서 전화기를 붙잡고 상대와 정말로 대화를 나누고 싶어 한 아이는 자신 말고는 아무도 없다는 거, 나는 배구부의 미스즈나 다른 아이들과는 이미 달라져버렸다는 것도.

성의 친구들에게 배신당한 게 아니란 걸 알았지만 그렇다고 해서 상황이 좋아질 일은 아무것도 없다.

우리는 못 만난다.

"난 단순해서 그 어려운 패럴렐 월드 이야기를 완전히 이해할 수는 없지만 그거, 우리는 밖의 세계에서는 절대로 만날 수 없다는 그런 얘기야?"

"응."

리온이 말하고, 마사무네가 끄덕인다.

"서로 도울 수 없다는 말?"

"어어. 우리는 서로 도울 수 없어."

3월은 끝난다.

나의 일상을 조금 더 낫게 바꿔주세요.

어머니가 건실해지게 해주세요.

그놈을 죽여주세요.

배구부 아이들에게 미움 받지 않던 때의 나로 돌아가게
해주세요.

그 소원이 이루어지지 않는다면 나는 쭉 여기 있을 거
다. 마지막 날 전에 그렇게 결심한다. 자신의 방 벽장 안에
숨어서 다섯 시가 지나는 것을 기다린다.

"아키 누나! 아키 누나! 어디야?"

필사적으로 아키를 찾는 우레시노의 목소리가 들린다.

미안, 우레시노. 다들 미안. 나 혼자서는 살 수 없어. 너
희들을 힘들게 할지 모르겠지만 돌아가고 싶지 않아.

살아있고 싶지 않아. 살 수 없어.

아오오오오우우우우우우우우우우우웅.

아오오오오우우우우우우우우우우우웅.

우렁찬 늑대 울음소리가 들린다. 굉장한 빛이 성 안에
퍼진다.

벽장문이 열린다.

늑대의 얼굴과 커다란 입이, 거기에······.

"도망치지 마!"

"이쪽으로 와!"

"손을 뻗어!"

"부탁이야! 아키 언니!"

"아키 언니, 살아!"
"아키 언니, 괜찮아!"
"아키 언니!"
"아키 언니!"
"아키 언니!"
"아키 언니!
"아키 언니!"

정신을 차리니 내가 있는 곳의 문이 닫혀있다. 그 맞은
편을 누군가가 열심히 두드리고 있다. 몇 번이나, 몇 번이
나 나를 부르고 있다.
고코로의 목소리다.

"괜찮아, 아키 언니! 우리는 서로 도울 수 있어!"

"만날 수 있어!"

"만날 수 있어! 그러니까 살아야 해! 힘내서 어른이 되어줘!"

"아키 언니, 부탁이야. 나, 미래에 있어. 아키 언니가 살아서 어른이 된, 그 앞에 있어!"

소리가 자꾸만 가까워진다. 안개가 낀 듯한 의식 속에서 아키는 '어라.' 하고 생각한다. 고코로의 목소리가 울고 있다. 울면서 문을 두드리고 있다.
"우리는 시간이, 살고 있는 연도가 어긋나있는 거야!"
고코로가 말한다.
"패럴렐 월드 같은 게 아니야. 우리는 각자 다른 연도의 유키시나 제5중학교 학생들이야! 같은 세계에 살고 있는 거라고!"

계기가 된 것은 모에의 말이었다.
"……언제 이사 가니?"
"4월 1일."
"금방이네."
"어쩔 수 없어. 엄마, 아빠는 3월 중에 이사 가고 싶었던 것 같은데, 올해는 4월 첫날이 토요일이라 쉬는 날이거든."

올해는.

'올해는'이라는 말을 들었을 때, 뭔가 마음에 걸리는 것이 있었다. '그러고 보니 그렇네.' 하고 생각했다.

성에서 만난 친구들은 모두 살고 있는 요일이 다르다. 살고 있는 세계의 요일이 어긋나있다. 시업식 날도, 공휴일인 성인의 날도 다르다.

좀 더 단순하게 생각하면 알 수 있었던 게 아닐까.

요일이 다른 것. 날씨가 다른 것. 쇼핑하는 장소가 다른 것. 선생님이 다른 것. 학급 수가 다른 것. 거리의 모습이 다른 것.

이런 것들이 달라지기 위해서 '세계 전부'가 달라질 필요는 없다. 지금이 몇 년인가 하는 연도가, 각자의 '올해'가 만약 다르다면 그것으로 충분했다.

그것을 눈치챈 계기는 우레시노의 기억이었다. 바람맞는 것으로 끝난 1월의 그날. 우레시노는 주먹밥을 먹으면서 모두를 기다리고 있다. '행복하구나.' 하고 생각하면서 하늘을 바라보고 있을 때, 그곳에 우레시노의 어머니와 누군가가 다가온다.

머리에 아주 조금 흰머리가 섞인, 다정해 보이는 여자. 웃으면 눈가에 주름이 잡힌다. 그 사람을 우레시노가 '기타지마 선생님'이라고 부른다.

고코로가 아는 기타지마 선생님하고는 다르다. 하지만 옛 모습이 남아있다. 이 사람은 분명히 기타지마 선생님이다. 다만 고코로가 아는 선생님보다 훨씬 나이를 먹었다. 고코로의 '현실' 속에서 기타지마 선생님은 젊은 여자 선생님이고 흰머리도, 주름도 없다. 분명히 기타지마 선생님이 맞을 텐데 도대체 어떻게 된 걸까.

　그러다가 생각이 났다. 전에 성에서 우레시노와 기타지마 선생님 이야기를 했을 때의 일이다.

　"예쁘지, 기타지마 선생님."

　"예뻐?"

　아무 여자에게나 쉽게 반하는 우레시노라면 충분히 사정권내에 있을 법했던 기타지마 선생님에 대해서 우레시노가 그 한순간 보여준 어이없어하던 표정이 쭉 마음에 걸렸었다. 그건 '우레시노의 현실' 속에서는 기타지마 선생님이 고코로가 아는 젊은 선생님이 아니었기 때문이다.

　그렇게 생각해보니 마사무네의 기억을 들여다봤을 때에도 희미하게 걸리는 게 있었다.

　"그 녀석들이 안 올 리 없어……."

　보건실에서 울고 있는 마사무네의 등을 기타지마 선생님이 토닥여주고 있다.

　"그래. 마사무네의 친구들에게는 분명 뭔가 사정이 있을 거야."

그렇게 말하는 기타지마 선생님은 고코로가 알고 있는 선생님보다 머리가 길다. 고코로가 아는 선생님하고는 역시 분위기가 달랐다. 기분 탓인가 했지만, 우레시노의 기억을 본 뒤에 마음이 바뀌었다. 그곳에도 역시 기타지마 선생님이 있었지만 고코로가 알던 기타지마 선생님보다 훨씬 나이 든 기타지마 선생님이 있었다.

그래서 모든 친구들의 기억을 들여다봐야겠다는 생각을 하게 되었다.

예를 들어 스바루의 워크맨. 성에서 고코로가 본 것은 가방에서 나와있던 이어폰 줄이었을 뿐 가방 속에 있던 플레이어를 본 적은 없었다. 그런데 스바루의 기억 속에 들어가보니 스바루는 카세트테이프를 듣고 있었다. 고코로가 거리에서 보는 것보다 훨씬 두텁고 투박한 모양에 무거워 보이는 카세트 플레이어였던 거다.

확증을 얻었다고 생각한 것은 후카의 기억을 봤을 때다. 피아노를 칠 때 옆에 있던, 콩쿠르 날짜에 빨간 동그라미를 친 달력. 거기에는 '2019년'이라고 되어있었다. 고코로가 살던 작년의 '2005년'이 아니었다.

아키의 기억에 들어가서 더욱 분명히 알 수 있었다.

지금은 학생들도 모두 휴대전화를 갖고 있는데, 아키는 무선호출기로 연락을 주고받았다. 무선호출기는 고코로가 어렸을 때 어머니가 직장 동료나 아버지와 연락을 주고받는 데에 사용했었기 때문에 모양은 대충 알고 있었다. 통화를 하는 게 아니라 그냥 일방적으로 메시지를 보내는 기계. 어머니가 옛날에 삐삐라고 불렀던 그 기계였다.

삐삐에 메시지를 치려고 허둥지둥하다가 아키가 쳐서 떨어뜨린 탁상달력은 '1991년'이었다. 다른 아이들의 현실도 서로 비교해보면 분명히 알 수 있을 것이다.

고코로는 아키보다 미래를, 후카보다 과거를 살고 있다.

'못 만난다고도, 서로 도울 수 없다고도 말하지 않았어. 스스로 알아내봐. 스스로 생각해서 알아내보라고.'

늑대님의 말대로다.

우리들은, 만날 수 있다.

어른이 됨으로써, 앞으로의 나날을 살아냄으로써 다른 아이의 시대를, 다른 아이의 '현실'을 따라잡을 수 있다. 지금의 겉모습이나 나이가 아닐지는 모르지만, 절대로 못 만난다고 할 것은 아니다.

"아키 언니!"

고코로는 큰 시계를 열고 외쳤다.

시계추 뒤에 숨어있듯이 열쇠가 달라붙어 있었다. 그 열쇠를 손에 들자 시계추 안쪽으로 작은 열쇠구멍이 보였다.

'아아, 여기였구나.' 하고 고코로는 생각한다.

소원 방. 다 같이 그렇게 열심히 찾았지만 그 누구의 눈에도 와닿지 않았던 안전한 은신처.

고코로는 열쇠구멍에 열쇠를 꽂았다. 끼익하는 소리가 나더니 시계 안쪽이 열렸다. 고코로가 소원을 빌었다.

아키 언니를…….

"부디!"

외쳤다.

"부디 아키 언니를 살려주세요. 아키 언니의 규칙 위반을 없었던 것으로 해주세요."

빛이 넘쳐흘렀다. 탁해진 빛도, 흉포한 눈부심도 아니다. 우윳빛의 다정하고 부드러운 빛이 고코로를 감쌌다.

"아키 언니!"

빛 속을 향해 고코로는 온 힘을 다해 호소했다.

힘내서 어른이 되어줘, 라고.

"우리는 만날 수 있어!"

고코로는 《늑대와 일곱 마리 어린양》에서 엄마 양이 막내가 숨어있는 큰 시계의 뚜껑을 여는 장면을 떠올렸다.

"아키 언니, 나와줘."

부탁하면서 고코로는 문 맞은편으로 손을 뻗었다.

"도망치지 마! 이쪽으로 와! 손을 뻗어! 부탁이야! 아키 언니!"

있는 힘껏 외쳤다.

"아키 언니, 살아야 해! 아키 언니, 괜찮아! 괜찮아, 아키 언니! 우리는 서로 도울 수 있어! 만날 수 있다고! 만날 수 있어! 그러니까 살아야 해! 힘내서 어른이 되어줘! 아키 언니, 부탁이야. 나 미래에 있어. 아키 언니가 살아서 어른이 된, 그 앞에 있어!"

손끝에 부드럽고 따뜻한 것이 와서 닿았다.

누군가가 고코로의 손을 마주 잡았다.

그 감촉이 전달된 순간, 고코로는 눈을 꼭 감았다. 단단히 그 손을 쥐었다. 절대로 놓치지 않을 거라고 생각했다.

'고코로.'

"그래, 나 고코로야!"

눈물로 얼굴이 엉망진창이 된 고코로. 아키의 손을 절대로 놓지 않을 거라고 다짐하는 고코로.

"구해주려고 왔어."

'고코로, 미안해. ……나…….'

"됐어, 괜찮아!"

뱃속 저 바닥에서부터 목소리가 나왔다. 외쳤다.

"그런 거 다 괜찮으니까! 돌아오라니까!"

목소리가 갈라졌다. 붙잡은 손을 있는 힘껏 당겼다.

그때 "고코로!" 하는 목소리가 들렸다. 아키의 것이 아니라 등 뒤에서 들려왔다. 생각할 틈도 없이 누군가가 고코로를 등 뒤에서 꽉 붙잡았다. 돌아보고 고코로가 깜짝 놀랐다.

"너희들……!"

후카가 있었다. 후카가, 스바루가, 마사무네가, 우레시노가, 리온이. 모두 돌아와있었다. 소원이 이뤄졌다.

"아키 누나야?"

마사무네가 물었다. 고코로가 끄덕였다.

"응!"

짧은 그 대화만으로 모든 것이 전해진 모양이었다. 큰 시계 너머로 손을 뻗는 고코로의 등 뒤에 마치 줄다리기 시합을 하는 것처럼 모두가 달라붙었다. 그대로 힘을 모아 잡아당긴다.

스바루가 "영차!" 하고 소리쳤다.

"절대로 놓지 마!"

모두의 목소리가 하나로 모였다. 주룩하고 뭔가가 움직이는 기색이 있었다. 다 같이 눈을 감고 아키의 팔을 당겼다. 이 장면은 《늑대와 일곱 마리 어린양》이 아니라 오히려 《커다란 무》(러시아의 명작동화, 사람들이 모여 커다란 무를 뽑는 이야기) 같다. 그렇게 생각했더니 불현듯 가슴이 가벼워졌다. 할 수 있다는 생각이 들었다.

"아키 언니, 돌아와!"

"당긴다, 아키!"

"여어어엉차!" 하는 구령과 함께 아키가 끌려 나왔다. 그 바람에 잡아당기던 모두가 계단에서 굴러 떨어졌다.

여기저기 부딪쳤지만 그 아픔을 견디면서 얼굴을 들었다. 계단 위 큰 시계 앞에 아키가 쓰러져있었다.

"아키 언니!"

고코로가 외쳤다. 외치며 달려서 다가갔다.

"아키 누나, 이 바보!"

마사무네와 리온의 목소리가 겹쳤다. "아 진짜, 때려주고 싶어!" 하고 스바루까지 한마디 거들었다.

시계 속에서 빠져나온 아키는 물속에서 올라온 것 같았다. 처음에는 왜 그런지 알 수 없었는데 조금 지나서야 알았다. 울고 있었기 때문이다. 깜짝 놀랄 정도로 아이 같은 얼굴을 하고, 아키가 쓰러져 울고 있었다.

"미안해……."

힘없는 소리로 흐느끼며 아키가 말했다. 새빨간 눈으로 모두를 차례로 돌아본다.

"미안해, 나……."

"이 바보!"

후카가 마사무네같이 말했다. 후카의 얼굴도 아키와 막상막하로 새빨갛다. "어떡할 거야!" 하고 후카가 외쳤다.

"소원을 써버렸잖아. 언니를 구하기 위해서!"

"미안해, 나……."

"다행이야."

후카가 그렇게 말하면서 아키의 목에 매달렸다. 아키를 꼭 끌어안고 거듭 말했다.

"무사해서 다행이야."

아키의 눈이 믿을 수 없다는 듯이 크게 열렸다. 자신에게 달라붙는 후카의 팔을 당혹스러운 듯이 받아내면서 아키가 또 한 번 모두를 바라봤다.

아무도 화내고 있지 않다는 것이 제대로 전달된 걸까. 아키가 제멋대로 군 것에 대해 화를 내는 마음은 누구에게나 있었을 것이다. 하지만 그보다는 아키의 무사함을 기뻐하고 안도하는 마음이 압도적으로 강할 뿐이었다.

아키의 입에서 긴 한숨이 새어나온다.

"미안해."

한 번 더 그렇게 말하고 아키가 또 울며 무너졌다.

그때였다.

짝짝짝짝.

가볍게 손뼉을 치는 소리가 들렸다. 그것이 누구의 손뼉인지 소리 나는 쪽을 보지 않아도 알 수 있었다. 동시에 때가 다가왔구나 하고 모두가 깨달았다. 각오했다. 소원을 이룬 이상 아이들은 여기에서의 기억을 모두 잃는다.

이별의 때가 드디어 왔다.

"늑대님……."

모두가 일제히 늑대님에게로 얼굴을 돌렸다.

"훌륭했어."

우아하게 손뼉을 치면서 큰 홀의 계단 앞에 늑대님이
나타났다.

폐성 閉城

스바루는 1985년.

아키는 1992년.

고코로와 리온이 2006년.

마사무네가 2013년.

후카가 2020년.

우레시노는 ?년.

지금 자신이 살고 있는 해가 서기 몇 년인지, 어디에서 왔는지를 서로 확인한다. 어질러질 대로 어질러진 게임방 한가운데에서 종이를 펼치고 써넣고 있다. "몇 년인지 생각이 잘 안 나네."라고 우레시노가 말했고, 다른 아이들도 충분히 이해했다. 일상생활에서 의식하는 건 지금이 몇 월 며칠인가 하는 것 정도지 서기 몇 년인지까지 생각해야 할 일은 거의 없다.(일본에서는 평소 서기 연도를 잘 안 쓰고 일왕의 연호를 붙인 연도를 사용한다) 우레시노만이 아니라 다른 아이들 또한 처음에는 자신이 살고 있는 서기 연도를 쉽게 말하지 못했는데, 자신과 압도적으로 차이 나는 연도를 듣게 되면, "어?" 하고 큰 소리를 내며 놀랐다.

스바루가 자신은 '1985년'이라고 말하자 순간 아이들이 모두 술렁거렸다.

"쇼와(1926~1989까지의 일왕의 연호)잖아!"

마사무네가 그렇게 말하자 스바루가 "어? 그야 그렇지. 그런데 그게 왜?" 하고 묻는다.

"그러고 보니까……."

스바루가 잠시 생각을 하다가 놀랍다는 표정을 하고 모두를 바라봤다.

"1999년에 세계 종말이 안 온 거야? 노스트라다무스의 대 예언 말이야. 세계는 계속된 거야?"

"종말이라니. 언제적 얘기를 하는 거야."

마사무네가 "우와!" 하고 소리를 질렀다.

"형, 내 최첨단 게임을 하면서 지금까지 화면이 너무 깨끗하게 보인다든가, 이상하다고 생각 안 했어? 스바루 형 때는 혹시 게임기가 패미컴(패밀리컴퓨터의 준말. 주로 텔레비전용 게임의 값싼 퍼스널 컴퓨터) 아니었어?"

"게임은 별로 한 적이 없었기 때문에 게임기는 다 그런 건가 했어. 또 마사무네가 아는 사람이 만들었다고 하길래, 그렇다면 이거 아직 시판되지 않는 특별한 거라고 생각했지."

"나도……."

고코로도 놀라며 말했다.

"실은 마사무네의 닌텐도DS, 내가 아는 거랑 좀 달라 보여서 조금 이상하다고 생각했어. 모니터링용으로 뭔가 특별한 걸 받았나 하고 생각했었는데……."

좀 더 일찍 알아차렸어야 했을지도 몰랐다.

마사무네의 '게임을 만든 친구'가 거짓말이었다면 그가 그것을 갖고 있는 것도 이상하다고 생각했어야 했다. 하지만 고코로는 패럴렐 월드라면 그런 일이 있을 수도, 하고 멋대로 해석하고 넘어가버렸다.

"뭐? 그러니까, 고코로가 말하는 건 1세대 DS인 거지? 내가 갖고 있던 건 3DS니까."

"어? 무슨 소리야?"

"네가 아는 것보다 훨씬 고성능이라고!"

마사무네가 숨을 삼켰다.

"와, 이럴 수가. 고코로는 내 덕에 최첨단기술을 경험한 거라고. 나한테 무지 고마워해야 해."

마사무네는 그렇게 방자한 소리를 하고 나더니 다시 스바루를 새삼스럽다는듯이 바라봤다.

"믿을 수 없네. 나랑 스바루 형은…… 그럼 스물아홉 살이나 차이가 난다는 거야?"

종이에는 아까부터 연도를 계산한 흔적이 가득했다.

"고코로는 그런 걸 어떻게 알아차렸지? 나이가 다르다
든가 하는 건 생각도 못 해봤어."

"나도 어쩌다 알게 된 것 것뿐이야……."

마사무네로부터 이런 식으로 솔직하게 칭찬하는 말을
듣자 부끄러워 어떻게 반응해야 좋을지 몰랐다.

"믿어지지 않지만 그래도 마사무네가 말했던 패럴렐 월
드보다는 확실히 있을 법해."

리온이 말하자 마사무네가 "네, 네." 하고 자존심이 상한
다는 듯 얼굴을 찌푸렸다.

"이야기를 복잡하게 만든 건 납니다. 죄송했습니다!"

"있지, 이거 전부 칠 년 차 아냐?"

써놓은 연도를 보면서 후카가 말했다. "봐, 여기." 하고
가리킨다.

"스바루 오빠랑 아키 언니 사이하고, 고코로, 리온과 마
사무네 사이, 그다음 나, 전부 칠 년 차야. 7이란 여기서는
뭔가 하나의 의미가 있는 숫자일지도 몰라. 우리도 일곱
명이고, 열쇠를 숨긴 장소라든가 하는 것도 전부 《늑대와
일곱 마리 어린양》에서 따온 거였고."

"정말이네."

자신들이 살고 있는 현실이 칠 년씩 어긋나있다.

그렇게 알고 보니 여러 가지 것들이 명쾌해졌다. 예를 들어 고코로가 잘 가는 카레오 부근은 옛날에 상점가였다. 역 앞에도 옛날에는 맥도날드가 있었는데 카레오가 생기고 나서 그쪽으로 옮긴 거라고 들은 적이 있다. 아키와 스바루는 '과거'의 미나미도쿄 시에서 온 거다. 그리고 아마 앞으로 카레오는 더 큰, 마사무네와 후카가 말한 대로 '영화관까지 들어가는' 커다란 쇼핑몰이 될 것이다.

"그러니까 분명 우레시노는 아키하고 고코로, 리온의 사이일 거야. 그 사이만 칠 년이 아니라 십사 년이 비어있잖아. 우레시노는 '1999년'에서 온 거 아냐?"

"엇……. 그런가?"

우레시노가 표를 보고 생각에 잠기더니 고개를 흔들었다.

"하지만 아닐 거야. 내가 태어난 해가 2013년인걸."

"뭐라고!"

모두의 입에서 놀라움의 목소리가 터져나왔다. "그건 즉……." 하고 후카가 공중을 보고 암산하는 듯하다.

"우레시노가 살고 있는 '지금'은 '2027년'이야. 그런 건 빨리 말했어야지."

"2027년! 얼마나 미래인인 거야?"

스바루가 어이없다는 표정을 지었다. 당사자인 우레시노는 "그래?" 하고 고개를 갸우뚱할 뿐이다. 고코로는 그런 대화를 들으면서 "굉장해……"라고 중얼거렸다. 고코로가 살고 있는 '2006년'에는 우레시노가 아직 태어나지도 않았다는 얘기다. 믿을 수 없었다.

"나랑 고코로, 리온의 사이만 다른 애들이랑 다르게 십사 년이 비었어……."

표를 보며 아키가 중얼거렸다.

"왜 그런 걸까?"

'소원 방'에서 돌아와서 쭉 흐느껴 울던 아키는 아직 얼굴은 창백했지만 조금은 안정을 찾았는지 고코로에게 그렇게 말을 걸어왔다. 마음이 놓인 고코로는 "몰라." 하고 고개를 흔들었다.

"사이에 누군가 한 명이 있으면 딱인데……. 이상해."

"하지만 납득할 수 있는 일도 있어."

후카가 그렇게 말하자 모두가 그녀를 본다. 후카가 아키를 봤다.

"2월의 마지막 날. 성에 아무도 오지 않은 날이 있었어. 기억해? 저녁에 집에 돌아갈 때까지 우리 둘뿐이었고 늑대 님조차 불러도 나오지 않던 날."

"응."

고코로도 생각한다. 3월 첫날, 전날까지 서먹했던 둘의 호흡이 묘하게 맞는 것 같아서 언제 화해할 시간이 있었나 하고 신기하게 생각했던 것이 기억났다.

"그거, 윤년이었기 때문이야. 분명."

"아, 생각해보니 그렇구나."

"그날은 사 년에 한 번 있는 2월 29일이었어. 나랑 아키 언니의 '1992년'과 '2020년'에는 2월 29일이 있지만 다른 사람들은 없어. 그날은 우리 둘에게만 주어졌던 거야."

"그렇네……."

"우리만 하루 득을 봤어."

후카의 '득'이란 말이 재미있었다. 그렇게 이야기하면서 고코로도 깨닫는 것이 있었다.

"그거랑 공휴일도 그래."

"공휴일?"

"시업식에 대해 얘기했을 때, 성인의 날 얘기가 나왔던 거 기억해? 스바루 오빠가 15일이라고 하고, 패럴렐 월드에서는 성인의 날도 모두 다르다는 이야기를 했던 거."

그때 아키와 스바루가 말했었다.

'어, 성인의 날은 15일이지? 연휴가 아니었을 텐데…….'

'시업식은 그렇다 치고, 성인의 날은 같을 텐데.'

"그거, 스바루 오빠나 아키 언니 시절은 아직 공휴일을 토, 일에 붙이기로 하지 않았기 때문 아닐까? 전에는 그랬다고 들은 적이 있어."

"뭐? 무슨 소리야. 쉬는 날이 조금씩 달라져?"

"응. 분명 해피먼데이제도(공휴일과 주말이 겹칠 때, 공휴일을 월요일로 이동시켜서 연휴로 쉬게 만든 제도)라는……."

"해피먼데이!"

아키가 큰 소리를 지른다. 그러고 나서 웃음을 터뜨렸다.

"뭐야, 그 웃기는 이름. 정말 정식 명칭이 그거야? 진지한 어른들이 그런 이름을 붙였단 말이야? 고코로, 장난치는 거 아냐?"

"장난치는 거 아냐! 내가 생각한 게 아니라 정말로 그런 이름의 제도가 생긴 거라고!"

놀림 받는 것에 익숙하지 않아서 고코로가 정색을 하고 말했다. 말하면서 그래도 다행이라고 생각했다. 아까까지 기운이 없던 아키가 원래대로 돌아오고 있었다.

"그럼 아키 언니랑 스바루 오빠 시절에는 아직 토요일에도 학교 갔었겠네."

후카가 말했다.

"옛날에는 토요일도 반나절은 학교에 갔다고 들은 적이 있어. 나, 그 얘기 듣고 지금 태어나서 잘됐다고 생각한 적 있었거든."

그 말을 듣고 고코로도 문득 생각이 났다.

주5일제. 고코로는 초등학교 3학년 무렵까지 2주에 한 번, 토요일 수업이 없어서 격주마다 오는 토요일 휴일이 늘 기다려졌었다. 토요일 휴일에 대해서는 전에 아키가 토요일에 남자친구랑 있다가 교외 생활지도 교사한테 걸릴 뻔했다고 말했던 것도 생각났다. 그 이야기를 들었을 때에

는 단순히 겉모습이 요란하고 소행이 나빠 보였기 때문인가 하고 생각했었는데 그게 아니었다. 아키의 시절에는 아직 토요일도 학교에서 수업을 했던 것이다.

이것에 관해서 아키와 스바루의 반응이 갈렸다. 스바루는 "어, 토요일도 쉬는 날이 된다고?"라고 물었고, 아키는 "그렇게 한다고 했던 것 같긴 한데."라고 대답했다.

"한 달에 한 번 그렇게 된다고 들은 적 있어. 나는 쭉 학교에 안 갔기 때문에 별로 의식하지 않았지만. 고코로 때에는 토요일에 학교 수업을 하지 않는구나. 우리는 정말로 다른 시간을 살고 있는 거네."

"응."

끄덕이면서 고코로도 깨달았다.

"그럼 아키 언니나 스바루 오빠 땐 아직 미나미도쿄 시에 제2중학교나 제4중학교가 있어?"

"있는데?"

"지금은 제2중학교하고 제4중학교는 없거든. 유키시나 제5중학교의 이웃 학교는 제1중학교랑 제3중학교뿐이야. 옛날에는 제2중학교도 있고 제4중학교도 있었지만 아이들의 수가 점점 적어져서 없어져버렸대."

고코로가 프리스쿨에 갔을 때 책임자로 보이는 선생님도 말했었다. '초등학교까지 가족적인 분위기에서 학교를 다니다가 중학교에 들어가면서 갑자기 환경이 바뀌어 적응하지 못하는 경우가 종종 있습니다. 특히 제5중학교는 학교재편 과정에서 합병으로 규모가 커진 학교니까요.'라고 들은 기억이 있다.

전에 아키가 유급한다는 얘기가 나왔을 때 "이웃 학교로 옮길 거야?"라고 물은 고코로에게 아키가 "이웃 학교에 들어가다니 제4중학교 얘기야?"라고 물었었다. 그때, '제4중학교는 지금 없는데.' 하고 조금은 이상하다는 생각이 들었었다.

"엇, 그렇구나."

뜻밖에도 우레시노가 반응을 보였다. 눈을 동그랗게 뜨고 이쪽을 봤다.

"내가 사는 곳에도 제4중학교는 없는데 갑자기 무슨 말이지? 에이, 제5중학교 얘기겠지, 하고 생각했었어. 그런데 옛날에는 1에서 5까지 전부 있었다는 거네. 전혀 몰랐어. 지금 있는 거는 전부 홀수라서 짝수 학교명은 뭔가 재수가 없거나 불길한 건가, 하고 생각했었어."

"불길하다니……. 다른 곳에 있는 짝수 중학교에 실례 아냐?"

"응. 그러니까 내 생각이 틀려서 잘된 거야. 불길한 게 아니라면 거기 다니는 아이들도 안심이지."

우레시노의 엉뚱한 말에 아키가 "말은 잘하네." 하고 기막히다는 듯이 한숨을 쉬더니 이어서 "왠지 신기해."라고 말했다.

"이러고 있으니까 나와 비슷한 또래의 아이로밖에 안 보이는데 고코로도, 우레시노도 모두 미래인이구나."

"나한테는 아키 언니랑 스바루 오빠가 과거의 사람이란 것도 마찬가지로 신기해. 전혀 실감이 안 나."

"그러고 보니 고코로랑 리온은 같은 나이네."

스바루가 그렇게 말하자 이번에는 고코로와 리온이 흠칫하며 눈을 마주쳤다.

'그렇구나.'

여기서는 다 같이 같은 시간을 공유하고 있지만 확인해 보니 같은 해에 살고 있는 건 리온과 고코로 둘뿐이었다.

유키시나 제5중학교에 다니고 있어야 하지만 학교에 안 가는 아이. 그 공통항으로 칠 년씩 차이가 나는 해에서 소집된 고코로와 아이들. 그렇게 서로 다른 해에서 소집되어 왔다고 한다면, 고코로가 '하나의 학교치고는 등교거부 학생이 너무 많아.'라고 생각했던 것도 설명이 됐다. 그리고 '2006년'에 한해서 고코로만이 아니라 유학 간 리온까지 두 명이 소집된 거다.

"……내가 유키시나 제5중학교에 가고 싶어 했기 때문일 거야."

리온이 한마디 던지듯이 중얼거렸다. 늑대님이 그렇게 말했었다.

"일본의 학교에서 친구를 만들고 싶어 했기 때문에 불러준 걸지도. 고코로를 만나게 하기 위해서."

"우리 정말 만날 뻔한 거네."

고코로가 말했다. 리온이 "응?" 하고 얼굴을 들었다.

"1월 3학기 첫날의 보건실. 리온이 일본에서 학교를 다녔다면 어쩌면 거기서 만날 수 있었을지도 모르잖아."

이 아이와 시간이 같다는 사실이 고코로의 가슴을 따뜻하게 했다. 하와이와 일본. 그렇게 멀리 떨어져있지만 않았다면 리온하고만큼은 그날 보건실에서 만날 수 있었을지도 모른다. 하긴 리온은 유학을 가지 않았다면 별 탈 없이 유키시나 제5중학교를 다니는 아이였을 테니까 이 성에 초대받는 일도 없었을 것이다. 무슨 일이 어떻게 운명으로 변해가는지 알 수 없는 일이라고 생각했다.

"어차피 잊어버릴 거니까, 앞으로 못 만나겠지만."

설령 같은 시간을 산다고 해도 잊어버리면 더 이상 만나는 일은 없을 것이다. 하와이에서 리온이 귀국하여 거리에서 스쳐 지나간다 해도 서로 이곳에서 만났던 일은 잊어버린 상태. 고코로가 리온을 '성에서 함께 지냈던 친구'라고 생각할 일은 없다. 리온도 그것은 마찬가지다.

상상하니 가슴이 아팠다. 기억을 놓고 싶지 않았다.

"늑대님."

후카가 돌아봤다. 늑대님은 아까부터 침묵한 채 난로 앞에 앉아있었다.

"앞으로 시간은 얼마나 남았어?"

"한 시간 정도."

시큰둥한 말투로 늑대님이 말했다. 그러고는 모든 아이들의 시선 속에서 드레스 자락을 나부끼며 일어섰다.

"그러니까 어서 돌아갈 준비해."

— ☙ —

짝짝짝, 하고 박수를 치며 나타난 늑대님은 평소의 모습 그대로였다.

고코로와 아이들이 아키를 구출해낸 그 큰 홀에 태연히 서있었다. 너덜너덜해졌던 드레스가 원래대로 새것처럼 깨끗하게 바뀌어있었다. 그토록 어두웠던 성 안은 어느샌가 밝아졌다.

"훌륭했다."

곧바로 대꾸를 할 수 있는 사람은 아무도 없었다.

"늑대님."

잠시 후 고코로만이 소녀의 이름을 불렀다. 그러나 다른 아이들은 아직 아무도 움직이지 않았다. 겁에 질린 얼굴로 늑대님을 보고만 있다. 그제야 고코로는 아이들이 늑대에게 잡아먹힌 적이 있기 때문이라고 깨닫는다. 고코로는 '커

590

다란 늑대'의 모습을 똑바로 보지 않았기 때문에 무슨 일이 있었는지 알 수 없지만 아마 아이들은 모두 엑스 표시 아래 '매장'되기까지 정말로 무서운 경험을 했을 것이다. 그 우렁찬 울음소리만 듣더라도 심상치 않은 일이 일어났었다는 것은 분명했다.

"뭐야, 그 눈은."

아이들이 긴장을 풀지 못하는 것을 보고 늑대님이 재미없다는 듯이 말했다.

"이제 그런 일은 일어나지 않아. 애초에 그렇게 하고 싶었던 것도 아니야. 누군가가 규칙만 어기지 않았으면 일어나지 않았을 일이었어."

늑대님이 흘낏하고 방금 구출된 아키를 봤다.

"반성해."

"……미안해요."

아키의 얼굴이 창백해지면서 다시 떨기 시작했다. 진심으로 사과하는 목소리를 듣고 늑대님이 끄덕였다.

"이제 괜찮아. 안심해."

"와, 심하다. 조금 전까지만 해도 우리를 죽을 만큼 무섭게 만들어놓고서는."

리온이 말했다. 늑대님이 그 말을 무시하고 늑대가면의 코끝을 고코로에게로 향했다. 그 얼굴이 어쩐지 기뻐하는 것 같다.

"잘 알아냈어. 이곳이 시간을 초월한 성이라는 것을."

"응."

고코로는 갑작스러운 칭찬에 어쩔 줄 몰라 하면서 끄덕였다. 늑대가면과 눈을 마주쳤다.

"늑대님의 말이 힌트가 됐어. '우리가 절대로 못 만나는 건 아니다.'라는 말을 듣고 우리는 시간이 다른 유키시나 제5중학교에서 와있는 거라고 생각했어. 다른 건 연도인 거지."

전에 리온이 물었던 것을 생각해냈다.

아키가 교복을 입고 온 것을 계기로 모두가 같은 중학교에 다닌다는 것을 알았을 때의 일이다.

'그 전에도 우리 같은 '빨간 모자'를 불러서 여기서 소원을 이룰 수 있게 해왔다고 했지? 그 다른 '빨간 모자'도 유키시나 제5중의 학생들이었어? 몇 년에 한 번 이렇게 모으는 거였어?'

그때 늑대님이 이렇게 대답했었다.

'몇 년에 한 번이라는 방식보다는 좀 더 평등한 방식으로 모았다고 생각하는데……'

그건 말 그대로의 뜻이었다. 특정 연도의 아이들만 모은 게 아니라, 여러 연도에서 골고루 아이들을 모았다는 얘기였다. 못 만날 것도 아니다. 서로 돕지 못할 것도 아니다. 다만, 그 점을 눈치챘을 때의 얘기다.

"성은 이제 닫힌다. 아쉽지만 내일을 앞두고 오늘로 끝이다."

늑대님이 말했다.

모두 각오는 되어있었다. 그래도 묻지 않을 수 없었다.

"기억은 사라지는 건가?"

후카가 물었다.

"여기서 있었던 일은 전부 잊어버리는 거야?"

"응."

늑대님이 끄덕였다. 무정한 한마디였다.

"열쇠를 써서 소원을 이뤘으니 전에 얘기했던 대로 여기서의 일은 모두 잊게 된다. 단……."

늑대님이 모두를 본다. 그리고 말했다.

"시간을 주지."

"시간?"

"여기는 시간을 초월한 '거울의 성'이야. 너희들이 각자 거울 너머로 돌아가기 전에 조금쯤 시간을 주겠다. 잊고 가는 물건이 없도록 준비해."

마치 학교의 종업식 날 같다는 생각이 들었다. 학교에서 사물함이나 책상 속의 것을 가지고 돌아가라고 선생님이 말하는 것처럼 늑대님이 계속해서 말했다.

"집에서 가져온 것들은 전부 원래의 집으로 가져가라. 내일부터는 여기 못 들어와. 지금 밖의 세계에서는 시간이 멈춰있어. 너희들이 돌아가는 건너편 세계는 일본 시간으로 저녁 일곱 시다. 그 정도 시간이라면 집에 가서도 가볍게 혼나고 넘어가겠지."

어질러질 대로 어질러진 성 안에서 늑대님에게 걱정의 말을 듣는다는 것이 조금 우습기는 했지만 그래도 묘하게 마음에 와닿았다. 실제로 고코로는 그 말을 듣고 무척 안심이 되었다.

"여기 치우지 않아도 돼?"

우레시노가 물었다. 기둥에 금이 가고 벽이 더러워지고 가구나 식기가 흐트러진, 폭풍이 지나간 뒤 같은 저택을 그대로 두고 가자니 확실히 뒤가 켕긴다. 우레시노가 늑대님에게 주저주저하면서 묻는다.

"우리가 각자 자기 것만 갖고 돌아가버려도 괜찮아? 늑대님이 혼자 남아서 치우는 거 큰일 아냐?"

"……걱정할 거 없어. 신경 쓰지 마."

늑대님이 평소의 거만한 말투로 말했다. 그러면서 문득 우레시노를 바라보고 한마디 덧붙였다.

"좋은 놈이구나, 너."

"그게 그러니까……."

둘이 그렇게 말을 주고받는 것을 보면서 모두 놀랐다. 늑대님의 입에서 그렇게 인간세계의 냄새가 나는 말이 나올 줄은 몰랐기 때문이다.

"한 가지 제안할 게 있어. 모두들 돌아갈 준비를 하기 전에 잠깐 게임방에서 얘기를 나누자. 난 아직 뭐가 어떻게 된 일인지 모르겠어서 혼란스러우니까 고코로가 설명 좀 해줘."

"알았어."

스바루의 말에 고코로가 끄덕였다.

완전히 아수라장이 되어있는 게임방으로 돌아가 쓰러진 책상 위에 종잇조각을 펼쳤다.

그리고 설명한다. 확인해간다.

자신들이 모두 다른 시간을 사는 사람들이라는 것을.

"아아앗, 이거 어떡해!"

모두가 자신의 방에 잊은 물건이 없나 확인하러 갔지만 마사무네만은 게임방에 남아서 자신의 게임기를 찾고 있었다.

놔두고 다녔던 게임기 중 몇 개가 쓰러진 테이블 밑에 깔려서 찌부러져 있었다. 좋아하는 소프트웨어는 더 이상 재기불능이었다. 한숨을 쉬면서 륙색에 하나하나 넣었다. 제조회사에 수리를 맡기면 고칠 수 있을까.

"가져오지 말걸 그랬어. 이럴 줄 알았으면."

"마사무네."

혼자서 투덜투덜하고 있는 마사무네를 누군가 불렀다. 돌아보니 입구에 스바루가 서있었다. "뭐야?"라며 마사무네가 물었다.

"형, 방 정리 안 해?"

"아, 난 괜찮아. 워낙 집에서 가져온 게 거의 없고 방도 받긴 했지만 별로 쓰지 않았으니까. 마사무네 너랑 여기서 쭉 게임만 했었고."

"도와줄게." 하며 스바루가 카펫에 몸을 구부리고 함께 게임기를 찾았다. 그 모습을 보면서 마사무네는 새삼 신기하다고 생각한다.

스바루와는 일 년 동안 대부분 여기서 게임을 하며 지냈다. 중3과 중2, 의기투합하여 신이 나서 떠들며 시간을 보낸 이 녀석이 1985년 그 옛날의 중학생이라니. 나하고는 나이가 스물아홉 살이나 차이난다.

대파된 플레이스테이션 투를 잔해의 산에서 찾아냈다. 아깝다고 생각하지만 어쩔 수 없다. 집에는 아직 플레이스테이션 쓰리도 있고 포도 머지않아 발매 예정이라서 아버지한테 조르면 사줄 것 같은 분위기다.

고장 난 텔레비전을 갖고 가는 건 포기하자. 아버지도 그것이 있다는 것을 잊고 있었을 것이다. 창고에서 발견한 오래된 브라운관 텔레비전은 액정 텔레비전과 비교하면 믿을 수 없을 정도로 두껍고 무겁다. 골동품의 영역이다.

"있지, 마사무네. 전에 집에 최신 게임기가 더 있다고 했었지? 하지만 텔레비전이랑 단자가 맞지 않았다고. 그거, 무슨 뜻이야?"

"아아, 이거 플레이스테이션 투인데……."

마사무네는 '애당초 거기서부터 설명해야 했었구나.' 하고 생각하면서 천천히 말해준다.

"집에는 이것의 진화형인 플레이스테이션 쓰리도 있어서 정말은 그쪽을 가져오고 싶었지만 그건 요즈음의 진화한 텔레비전이 아니면 코드가 연결되지 않게 돼있어. 이런 복고풍 텔레비전으론 연결이 안 된다는 거지. 애당초 이 플레이스테이션 투도 아버지가 하던 시대의 것이기도 하고 말야."

"흐응."

말해도 모를 거라고 생각했는데, 의외로 스바루의 표정이 즐거워 보였다. "무슨 말인지 알겠어?" 하고 묻자 "완전히는 안다고 할 수 없지만 미래는 그렇게 되는구나 하면서 들으니까 재미있네." 하고 웃었다.

"마사무네의 아버지도 게임을 좋아하시는구나. 마사무네가 게임 좋아하는 건 그 탓이야?"

"……그것도 뭐, 조금 관계가 있을지도 모르지만."

최근에는 함께 게임을 하는 일이 별로 없지만, 마사무네는 태어났을 때부터 아버지가 수집한 게임기나 게임소프트웨어 속에서 자랐다. 지금 아버지에게 최신식 게임기를 사달라고 조르면 사주는 것도 애초에 아버지가 그런 것에 관심을 갖고 있었던 탓이리라. 비록 정이 안 가는 아버지이지만 그 점에는 감사하고 있었다.

"저기 있지."

흩어진 게임기와 소프트웨어를 찾다가 스바루가 문득 말했다. "뭐?" 하고 마사무네가 대꾸했다. 스바루가 말했다.

"나, 되어볼까?"

"뭐가?"

"'게임 만드는 사람.'"

마사무네의 손이 멈췄다.

바닥에 엎드려 웅크린 채로 마사무네는 허를 찔린 듯 스바루를 바라봤다. 스바루도 손을 멈추고 정면으로 마사무네를 바라봤다. 스바루가 몸을 일으키고 말했다.

"아까부터 생각했어. 마사무네가 있는 2013년이면 나는 마흔넷……, 마흔다섯 살? 믿을 수 없지만 꽤 많은 나이구나 하고. 마사무네가 보면 아저씨지. 즉, 어른이야."

스바루가 웃었다. 웃으며 "그러니까……." 하고 말했다.

"목표로 삼아볼게. 지금부터 '게임 만드는 사람'이 될 수 있도록. 마사무네가 '이 게임 만든 거, 내 친구야'라고 떳떳하게 말할 수 있게."

마사무네는 입이 떨어지지 않았다. 보이지 않는 힘에 가슴이 눌려 숨까지 멈출 것 같았다. 콧속이 저릿하고 이어서 뜨거워지는 눈을 얼른 내리떴다.

"……뭐야, 그거."

겨우 낸 목소리가 갈라졌다.

"그런 약속 따위는 나도, 형도 잊을 거니까 의미 없잖아. 내가 거짓말쟁이인 건 달라지지 않아."

"그럴까? 그래도 말이야, 내가 그렇게 된다면 뭔가는 변할 것이고, 그러니 의미가 있는 거라고 생각할 수 있지 않을까? 나, 오늘까지는 정말로 하고 싶은 일이 아무것도 없었거든."

스바루가 평소의 차분한 말투로 말했다. 그래서 마사무네의 가슴은 더욱 먹먹해졌다.

"그러니까 해보고 싶은 목표가 생긴다면 굉장히 기쁠 거야. 그러니까 오기로라도 그 정도는 기억한 채 거울 너머로 돌아갈게. 약속할게. 그러니까 비록 나와 네가 서로를 잊는다 해도 너는 거짓말쟁이가 아닌 거야. 게임을 만들고 있는 친구가 마사무네한테는 있는 거니까."

입술을 깨물었다. 힘껏 깨물었다.

"마사무네?"

"……땡큐."

스바루가 얼굴을 들여다볼 것 같아서 마사무네는 얼른

그렇게 말했다. 마사무네가 대답하자 스바루는 안심한 것 같았다. "그래." 하고 끄덕였다. 망가진 게임기를 응시하면서 "잘됐다."라고 스바루가 중얼거렸다.

⤙❧⤚

피아노 건반 뚜껑을 닫는다. '오늘까지 고마웠어.'라는 마음을 담아서 방 안을 둘러본다.

가져온 손수건으로 피아노 뚜껑을 닦았다. 정리를 하고 있는 후카의 방문을 누군가가 두드렸다.

"……나 우레시노."

잠시 후면 큰 홀에서 다 같이 만날 건데 무슨 일일까. 의아해하며 후카가 문을 열었다.

복도에 우레시노가 혼자 서있었다.

"어? 무슨 일이니, 우레시노?"

"응……. 잠깐 할 얘기가 있어서."

우레시노의 얼굴이 발갛게 상기돼있다. 도대체 뭐지, 하고 생각하는데 우레시노가 갑자기 "저기!" 하고 후카를 향해 머리를 숙였다.

"후카 누나! 나와 사귀어주세요!"

복도에, 성 안에 울려 퍼지지 않을까 싶을 정도로 크게 우레시노가 외쳤다. 후카는 눈을 크게 뜨고 어이없어했다.

얼굴을 든 우레시노의 표정은 매우 진지했다.

"지금 여기서가 아니라 거울 너머로 돌아간 후에 사귀는 거로 정해도 좋으니까, 나와 사귀어주세요. 기, 기, 기, 기억하지 못 하더라도, 뭔가 드라마 같은 것처럼 인파 속에서 운명의 상대가 서로를 발견하듯이 나한테서 확 느껴지는 것이 있다면······!"

"······하지만."

우레시노와 후카의 시간은 떨어져있다.

둘 사이에는 칠 년의 시간 차가 있다. 중학교 1학년인 우레시노의 세계에서 후카는 이미 고등학교를 졸업한 사람일 것이다.

"나, 꽤 연상이야. 게다가 잊어버릴 거고."

"그, 그래도, 좋아하니까."

우레시노가 말했다. 긴장하여 목소리가 갈라져 나오지만 어조는 진지했다.

"좋아했던 건 정말이니까."

동그랗게 주먹을 꼭 쥔 우레시노의 손이 새하얬다. 그 정도로 힘주어 주먹을 쥐고 있었다.

그것을 보고 있었더니, 후카의 입에서 불현듯 웃음이 새어나왔다. 솔직히 무척 기쁘다고 생각했다.

"알았어."

대답했다.

"만약 우레시노를 어딘가에서 보고 운명적인 만남이다, 하고 확 느껴지면 내가 먼저 말을 걸게. 그때쯤 우레시노는 연하의 다른 예쁜 여자아이한테 열중하고 있을지도 모르지만."

"그럴 일 없어! 좋아해. 후카 누나가 좋아."

문 맞은편 복도에 우뚝 버티고 선 우레시노가 그렇게 말한 때였다.

"으, 그저 좋아, 좋아……. 시끄러워!"

자신의 방에서 방금 나왔는지 아키가 우레시노의 머리를 툭하고 때렸다. 우레시노가 "아얏!" 하고 자기 머리를 감싼다. 아키의 뒤에는 리온과 고코로도 있었다. 고코로가 얼굴이 빨개져서 후카 쪽을 향해서 사과하듯이 손을 모았다. '방해해서 미안.' 하고 입 모양으로만 말을 전했다.

"뭐야, 아키 누난 우리 입장에서 보면 '아줌마'인 주제에. 이젠 전혀 관심 없어."

"뭐라고?"

아키의 표정이 변하면서 우레시노의 귀를 잡아당겼다. 그걸 보고는 또 웃어버렸다.

"우레시노."

후카가 아키와 옥신각신하고 있는 우레시노를 불렀다.

"나, 우레시노를 봐도 기억 못 할 텐데 그래도 괜찮아? 만약 우레시노가 먼저 나를 기억해내면 나한테 똑바로 설명해서 사귀자고 설득해줘. 물론 난 고집스러운 데가 있어서 좀처럼 그런 말을 믿지 않겠지만."

그 목소리를 들은 우레시노가 한순간 어리둥절한 표정을 지었다. 그러고 나서 "어엇?" 하고 과장될 정도로 큰 소리를 지르며 "지금 그거, 허락한 거? 허락한 거지?" 하고 눈을 두리번거렸다.

"있지, 리온도, 고코로도 들었어? 지금 이거, 허락한 거 맞지!"

"아, 정말 시끄러워 죽겠네."

아키가 넌더리난다는 듯이 말했다. 하지만 그런 대화를 할 수 있는 것이 후카는 정말로 기뻤다.

―――✣―――

큰 홀에는 곳곳에 균열이 생겨 갈라져있었다. 금이 가서 엉망인 거울 일곱 개가 다시 원래대로 세워져있었다. 늑대님이 아이들이 돌아갈 수 있게 준비해준 모양이었다.

"즐거웠어."

모두를 대표하듯이 말한 것은 후카였다. 평소에 별로 나서서 의견을 말하는 일이 없던 후카가 그렇게 말한 것이 조금 의외라고 생각했지만 고코로도 같은 마음이었다.

"응."

"난 여기 와있는 동안만은 보통 아이같이 될 수 있어서 정말로 기뻤거든."

후카가 모두를 둘러봤다. 안경 안쪽 눈이 따뜻하게, 하지만 조금 쓸쓸하게도 보였다.

"나는 다른 아이들과 같아질 수 없다고 생각했었어. 언제, 왜 그렇게 됐는지 모르겠지만 실패한 아이라는 생각이 들었으니까. 그런데 여기서는 모두 나를 보통 아이 대하듯이 친구가 되어줘서 굉장히 기뻤어."

그 목소리에 고코로가 숨을 삼켰다. 이 자리의 모두가 서로에게 친구라는 것을 확인시켜주는 말이었다.

'보통 아이가 될 수 없다.'라는 것은 고코로가 품었던 절망이기도 했다. 다들 잘 다니는 학교를 자신은 제대로 다니지 못한다는 것, 보통의 아이처럼 될 수 없다는 것을 깨닫고, 그래서 절망했고 괴로웠다. 하지만 여기서는 모두 친구가 되어줘서 얼마나 기뻤던가.

그때였다.

"어? 그 말, 난 동의할 수 없어."

우레시노의 목소리였다. 모두가 놀라서 우레시노를 봤다. 우레시노는 화난 것 같은 진지한 얼굴을 하고 있었다.

"후카 누나는 보통 아이가 아니야."라고 했다. 우레시노는 단언하듯이 말했다.

"다정하고 야무지기까지 한 걸. 절대 보통 아이가 아니야."

"아, 그런 의미가 아니야. 우레시노가 그렇게 말해주는 것은 기쁘지만……."

"좋은 거 아냐? 우레시노가 말한 대로야."

리온이 우레시노의 목소리를 응원해주듯이 말했다.

"보통이냐, 그렇지 않냐 하고 나누는 게 애당초 이상한 거야. 그런 거 나는 아무래도 상관없어. 후카 누나와 사이좋게 지낼 수 있었던 것은 후카 누나가 좋은 사람이었기 때문이야. 싫은 사람이었다면 절대 사이좋게 지내지 않았을 거야. 그건 모두 그렇지?"

리온의 말에 이번에는 후카가 숨을 삼켰다. "아니야?" 하는 리온에게 후카가 "아니." 하고 고개를 저었다. 작은 목소리로 말한다.

"고마워."

"그러고 보니 말이야."

스바루가 마사무네를 보고 물었다.

"마사무네가 가끔 리온을 '얼짱'이라든가 그렇게 불렀지 않나? 그거 무슨 뜻이야? 뒤에서 부르는 걸 보면 욕이었나? 마지막이니까 가르쳐줘."

"어?"

마사무네가 당황한 얼굴로 스바루를, 이어서 리온을 봤다. 리온이 쑥스러운 표정을 지었다.

"뭐야, 그거. 뒤에서 한 말이라니 대빵 느낌 나쁜데."

605

"아, 역시 욕이었어? 그리고 다들 무슨 말을 할 때 '대 빵'이라는 말을 자주 쓰더라. 그거 뭔가 과장할 때 쓰는 말이구나, 하고 혼자서 생각했는데, 맞아?"

"욕 아냐. 하지만 본인이랑 얼굴 마주 보고 할 말도 아니랄까……."

스바루가 있는 1985년에는 아직 '얼짱'이나 '대빵'이라는 표현은 사용되지 않았나보다. 그러고 보니 그런 말들은 고코로나 리온이 봤을 때도 젊은 사람들이나 사용하는 말이라고 생각한다. 예를 들어 부모님이 그런 말을 쓴다면 조금 이상할 것 같다. '거기서부터 어긋났었구나!' 하고 놀라는 고코로에게 스바루가 "너도 그렇게 말했었지?" 하고 물어왔다.

"리온이 얼짱이라고."

고코로는 "엇!" 하고 외쳤다. 부끄럽게 그런 말을 하다니 귀가 빨개졌다.

"그, 그런 말 안 했어!"

정말로 기억이 없어서 아니라고 말했지만 묘하게 당황스럽고 식은땀이 났다. 당사자인 리온은 "우왓, 느낌이 안 좋아." 하면서도 얼굴은 웃고 있었다.

"서로 이름을 가르쳐주고 헤어지자."라고 스바루가 마지막으로 말했다. 이 안에서는 실은 가장 연장자였던 스바루가 "각자의 세계에서 풀 네임을 보면 생각날 수 있을지도 모르니까."라고 말했다.

"난 나가히사 스바루. 길게長 오래간만ス이라는 한자에, 별 이름을 써서 스바루."

"난 이노우에 아키코. 이노우에는 흔히 쓰는 이노우에井上(일본의 성씨 중 하나)고, 한자는 수정水晶의 정晶 자에 아이 자子 자를 더해서 아키코晶子라고 불러."

아키코가 그렇게 말하고 모두를 향해서 머리를 숙였다.

"실은 처음에는 성을 말하고 싶지 않았어. 엄마가 재혼해서 성이 바뀐 지 얼마 안 됐을 때라서, 새 성은 말하고 싶지 않았거든."

"난 미즈모리 리온이야. '물을 지키다.'라는 뜻의 미즈모리水守가 성이고, 이과의 리理에 소리의 온音을 써."

"난 하세가와 후카. '바람의 노래'라고 써서, 후카風歌라고 해."

"나는 안자이 고코로. 히라가나로 고코로こころ."

고코로도 자신의 이름을 말했다. 자신의 풀 네임을 가르쳐주고 나니 이게 마지막이라 해도 어쩐지 기분이 좋았다.

"내 이름은 알고 있지? 우레시노 하루카. '기쁘다'의 우레시이嬉しい에 들판의 노野, 그리고 '저 멀리'의 하루카遥."

우레시노가 말했다. 마지막 순서가 될 때까지 가만히 있었던 마사무네가 조금 찌푸린 얼굴을 하고 천천히 말한다.

"마사무네 아스."

"엇!"

모두 마사무네를 바라보고 알아듣지 못했다는 듯이 귀를 기울였다.

마사무네의 얼굴이 새빨개졌다.

"그러니까, 마사무네 아스라고. '파랗다靑'의 '아'에 '물이 맑다澄'의 '스'를 써."

"아스라니 그게 이름이야? 정말이야?"

"정말이야. 2013년엔 의외로 흔히 있는 이름이야. 입 다물어, 과거인 놈들."

"아스란 지구란 말 아냐?(영어로 지구를 뜻하는 earth의 일본어 표기는 'アース'이고 그 발음은 '아ー스') 뭐야, 그게."

아키코가 그렇게 말하자 마사무네가 심사가 틀어졌다는 듯이 옆을 봤다. 평소에 사이가 좋던 스바루조차 처음 듣는 모양이었다. 고코로도 놀랐다. 생각해보니 마사무네의 기억이 고코로의 머리로 흘러 들어왔을 때, 늑대님이 마사무네를 풀 네임으로 불렀었다. 그것을 듣고 '마사무네'는 성이라는 것을 깨달았지만 이름은 잘 알아듣지 못했었다.

"마사무네는 성이었구나. 이름이 아니라."

"어, 그래서 말하고 싶지 않았어. 반드시 한마디씩 할 거라고 생각했으니까."

"우와, 내 이름보다 훨씬 튀네. 반짝반짝네임(키라키라네임. 보기 드문 이름에 대한 일본식 표현. '키라키라'는 '반짝반짝'이라는 뜻)이야."

우레시노가 그렇게 말하자 마사무네가 부아가 치민다는 듯이 "반짝반짝 같은 소리 하지 마!"라고 소리 질렀다.

모두가 자신의 거울 앞에 섰다.

균열이 생긴 거울은 이제 이게 정말로 마지막이라는 것을 예감하게 했다. 늑대님의 이야기로는 성 밖의 현실에서도 거울은 마찬가지로 벌써 깨져있을 거라고 했다.

"……아키 언니."

고코로가 옆에 선 아키코를 불렀다.

"왜? 고코로."

아키코가 고코로를 본다.

"손 좀 줘봐."

아키코가 의아해하며 손을 내밀었다. 그 손을 고코로가 꼭 쥐었다. 부디 내가 하는 말을 기억해줘, 하고 속으로 바라면서. 고코로는 아키의 기억 속에서 봐버린 것을 생각하고 있었다. 거울 너머로 돌아가도 기다리고 있을 아키의 현실. 어머니도, 의붓아버지도 그대로 있다. 어떻게 해도 움직이지 않는 아키코의 현실. 움직이지 않는 현실. 이 손을 놓고 아키코는 그곳으로 돌아가야 한다. 고코로가 할 수 있는 것은 이제 아무것도 없다.

"언니의 미래에서 기다리고 있을 거야."

그렇게 말하는 게 고작이었다. 아키코가 눈을 크게 떴다.

"2006년, 아키 언니의 십사 년 후 미래에서 언니를 기다리고 있을게. 나를 만나러 와줘."

부디 내 진심이 전달되기를, 하고 간절히 바란다.

진심을 있는 그대로 전할 수 없다는 것이 갑갑했다. 아키에게는 수수께끼같이 들릴 소리밖에는 못 하는 것이 갑갑했다. 아키코는 잠시 어안이 벙벙한 표정을 하고 고코로의 손을 쥐고 있다가 "응." 하고 끄덕였다. 끄덕여줬다.

"알았어."

만나러 가겠다고, 그렇게 약속해줬다.

"늑대한테 잡아먹히는 것은 죽을 만큼 무서웠으니까. 이제 바보짓은 안 할 거야."

그렇게 말하고 밝게 웃었다.

"모두, 건강히!"

"응!"

"또 봐."

"그럼 또."

"잘 가."

"건강히!"

"어디서든 만날 수 있으면 좋겠다."

아키코의,

고코로의,

후카의,

마사무네의,

우레시노의,

리온의,

스바루의,

모두의 목소리가 겹쳐져서 날아오른다. 마지막 거울 여행으로 모두의 모습이 녹아든다. 각자의 현실과 시간으로 모두가 돌아간다.

무지개색 빛이 넘쳐나고, 사라진다.

불이 꺼진 큰 홀. 혼자 남은 늑대가면의 소녀. 늑대님은 모두의 등을 보며 배웅했다. 빛이 사라지고 거울이 원래대로 조용해진 것을 확인하고, 천천히 돌아섰다. 그리고 조용히 심호흡을 했다.

끝났다, 하고 혼자서 조용히 숨을 쉰다.

그때였다.

"누나."

목소리가 들리고, 늑대가면의 소녀가 튕기듯이 얼굴을

들었다. 소리가 들린 방향 쪽으로, 빛이 막 사라졌어야 할 거울을 돌아봤다.

미즈모리 리온이 거기에 서있었다.

돌아가던 도중에 되돌아온 것이다. 늑대님은 말없이 다시 고개를 돌렸다. 못 들은 척했다. 그러나 리온은 포기하지 않았다.

"누나지? 대답해."

"……돌아가."

늑대님이 말했다. 돌아보지 않고 말했다.

"나는 돌아가라고 경고했다. 그러다가 못 돌아가게 될 거야."

돌아보면 뭔가가 망가져버릴 것같아서 이를 악물고 큰 시계 쪽만 봤다. 그러나 리온은 돌아가지 않았다. 돌아가지 않은 채 계속 말했다.

"첫날부터 어쩌면…… 하고 생각했었어."

3월 30일.

리온이 계속 말한다.

"성이 닫힐 예정이었던 내일은 누나의 기일이야."

'리온.'

누나인 미오가 말했었다.

'만약 내가 없어지면 나, 하느님한테 부탁해서 리온의

소원을 하나 이뤄달라고 할 거야. 늘 참게만 해서 미안해.'

그 다정한 목소리를 기억하고 있다.

'너랑 같이 지내서 좋았어. 너랑 같이 놀고 싶어.'

"원래는 내일 내가 열쇠를 찾아서 소원을 빌려고 했었어. 아키가 그렇게 되지 않았다면 모두를 설득해서 우리 집으로 누나를 돌려달라고 그렇게 소원을 빌 작정이었어."

늑대가면으로 얼굴을 가린 소녀는 혹시 자신의 누나 미오가 아닐까. 이 성은 죽은 미오가 리온을 위해 자신에게 남은 마지막 모든 힘을 쏟아부어 만든 장소가 아닐까.

아키를 구하고 나서 리온은 한순간 그런 생각이 들었다. 한 번 그런 생각이 들자 그 생각이 머릿속을 가득 채웠다.

가고 싶었던 일본의 중학교. 원했던 친구. 이루지 못한 소원.

"생각해보니 똑같았어."

리온은 계속 말한다.

"이 성은 누나가 갖고 있던 그 인형의 집하고 똑같았어."

부모님이 선물한 외국제 호화로운 인형의 집은 누나의 병실 창가에 늘 놓여있었다. 인형의 집이니까 물은 안 나온다. 목욕탕도 쓸 수 없다. 불도 땔 수 없다. 하지만 누나의 인형의 집에는 꼬마전구의 불을 켜기 위해서 전기만은 들어왔었다. 이 성 안도 수도나 가스 같은 것은 모두 끊겨있었는데, 게임만큼은 할 수 있었다. 스위치를 켜면 등불이 켜졌다. 오직 전기만은 들어왔다. 누나가 인형의 집에서 갖고 놀았던 인형들, 그 인형들은 지금 늑대님이 입고 있는 것과 아주 비슷한 드레스를 입고 있었다.

누나가 좋아했던 인형의 집.

초대받은 일곱 명.

누나가 잘 읽어줬던 그림책을 본뜬 《늑대와 일곱 마리 어린양》의 열쇠 찾기.

그리고 성이 닫힌다고 했던 3월 30일.

31일이 아니라 30일.

그날이 누나의 기일이라는 것에 뭔가 의미가 있다는 생각이 들었다. 이곳은 리온을 위해 준비된 성이 아닐까. 늑대님은 지금까지 이번 말고도 몇 번이나 아이들을 초대해왔다고 했는데, 그건 거짓말이 아니었을까. 이곳에 초대된 그룹은 이번 한 번뿐, 자신들만이 아닐까. 이곳은 늑대님이 오직 이 한 번을 위하여 준비한 장소가 아닐까.

"누나."

늑대님은 대답하지 않지만 리온은 계속해서 말한다.

"1999년만 빠져있었어. 칠 년 간격으로 초대했는데 그 연도만 아무도 없었어. 아키 누나랑 우리 사이만 칠 년의 두 배인 십사 년으로 벌어져있었어."

이쪽을 돌아보지 않는 늑대님에게 소리를 부딪치듯이 호소한다.

"나랑 누나는 일곱 살 차이잖아."

리온이 일곱 살 때 열네 살인 누나는 죽었다. 중학교에 입학하고도 일 년 후, 병실 벽에 걸린 유키시나 제5중학교의 교복을 누나는 한 번도 입어보지 못했다.

그 생각이 나자 가슴이 쥐어뜯기듯이 아팠다.

"그러니까 1999년은 누나지? 유키시나 제5중학교에 가고 싶었지만 못 간 아이. 1999년은 누나의 해야."

늑대님은 이쪽을 돌아보지 않았다. 단지 그 등이 조금 흔들린 것 같았다. 장난감같이 반짝이는 구두가 바닥을 꾹 힘주어 밟고 있었다.

누나는 언제 여기에 왔던 걸까, 하고 생각한다.

마지막 일 년, 누나는 잠자는 것처럼 눈을 감고 있는 때가 많았다. 아파서 고통스럽다면 잠이라도 편히 자주기를, 하고 어린 리온조차 기도했었다.

그때 여기에 와있었던 걸까.

그래, 눈을 감고 잠자고 있을 때 누나는 매일 여기 와있었던 거다.

'만약 내가 없어지면 나, 하느님한테 부탁해서 리온의 소원 하나를 이뤄줄게.'

'하느님한테 부탁할게.'

누나의 소원이 이뤄진 건지도 몰랐다.

누나는 소원 열쇠로 이룰 수 있는 '소원 하나'를 받을 수 있었던 건지도 몰랐다. 그 소원 열쇠로 이 성을 만들어 달라고 부탁한 게 아닐까.

'그럼 나, 누나랑 학교에 가고 싶어.'

천진하게 자신의 소원을 말한 리온.

'나도 갈 수 있다면 리온이랑 같이 학교 가고 싶어. 같이 놀고 싶어.'

누나는 그렇게 대답했었다. 누나의 소원은 그러니까 분명 이런 것이었을 거다.

'리온과 같이 놀고 싶어요. 저 아이가 만약 원하던 대로 일본의 학교에 남았다면 만날 수 있었던 친구를 만들어주고 싶어요.'

이 성도, 열쇠 찾기도, 이야기 만들기를 무척 좋아했던 누나라면 생각해냈을 법한 일이다.

리온이 하는 말을 들으면서도 늑대님은 돌아보지 않았다. 절대로 이쪽을 보지 않고 대답도 하지 않겠다는 단호한 뒷모습이었다.

리온이 아는 미오의 강함은…… 그런 강함이었다.

"처음엔 죽은 누나가 나를 만나러 돌아와준 건가 하고 생각했어. 하지만 연도가 어긋나있다는 사실을 알고 겨우 눈치챘어. 누나는 분명 1999년의 그 병실에서 이곳으로 온 거야. 지금도 누나의 현실은 일곱 살 때의 나와 함께 있는 병실 안인 거지?"

말을 하면서 눈물이 날 것 같았다. 리온이 말했다.

"눈을 감고 있을 때 이곳에 와있었지, 누나?"

성 안을 돌아봤다.

"이 인형의 집 안에서, 마지막 일 년을 우리랑 함께 지낸 거지? 누나."

누나가 마지막으로 한 말의 의미가 이제 겨우 이해됐다.

'리온. 무섭게 해서 미안. 하지만 즐거웠어.'

리온이 일곱 살이었던 그때에는 누나가 자신이 죽는 것을 가리켜 그렇게 말한 거라고 생각했었다.

하지만 아니었다. 그것은 지금 자신을 외면하고 서있는 바로 저 늑대님이 했을 말이었다.

'지금의 리온'을 향해서 누나가 그렇게 말한 것이다. 즐거웠다고.

그리고 성은 내일 닫힌다.

3월 30일.

내일이 누나의 기일이니까.

누나가 이제 가버린다. 없어지려고 하고 있다.

"나를 만나러 와준 거지……?"

말하면서도 숨이 막혀서 말이 제대로 맺어지지 않았다.

누나와 리온의 나이 차는 일곱 살.

그렇기에 같이 학교에 다닐 수 없었다. 초등학교에서도, 중학교에서도, 누나가 설령 병에 걸리지 않았다고 하더라도 리온이 입학했을 때면 누나는 이미 졸업했을 때다.

리온은 지금, 열네 살이 됐다. 중학교 1학년인 누나가 죽은 것과 같은 나이. 이 사실에 의미가 없을 수 없다. 자신과 같은 나이가 된 동생을 만나기 위해 누나가 이곳을 만든 거다. 리온만이 아니라 칠 년의 나이 차이를 두고, 자신과 마찬가지로 학교에 안 가는 아이들을 모았다. 누나는 이야기를 잘 만들었다. 설정한 대로 규칙을 정하고 초대한 아이들과 함께 그 규칙 안에서 논 것이다.

이 성 안에서 늑대님은 자유롭고 생기가 넘쳤다. 체중을 못 느낄 만큼 가볍게 나타나고, 사라지고, 자신들을 가지고 놀면서 무척 즐거워했다.

드레스를 입은 누나의 뒷모습을 봤다. 보고 있자니 눈물이 나올 것 같았다. 누나가 일곱 살이나 여덟 살 정도의 겉모습을 선택한 것은, 그게 누나가 병에 걸리기 전의 마지막 모습이었기 때문일 것이다. 아직 머리가 길고 손의 피부는 하얗고 포동포동 탄력이 있었던 모습. 리온이 알고 있던 병상에 누운 누나의 그 마른 손이 아니다.

누나는 아직 건강했을 때의 모습을 선택해서 리온을 만나러 와준 거였다.

"만날 수 있어서 좋았어."

그 말만은 꼭 누나에게 하고 싶었다.

그래도 늑대님은 돌아보지 않았다. 리온은 눈을 가늘게

떴다. 그리고 말했다.

"만나러 와줘서 기뻤어. 나, 어떻게든 해볼게. 앞으로는 내가 하고 싶은 건 분명히 하고 싶다고 말하고 싫은 것은 싫다고 제대로 말할 거야. 그렇게 해볼게. 지금의 학교도 싫지는 않지만 내 마음을 제대로 말하지 않은 채로 하와이로 온 건 지금도 후회하고 있어."

어머니가 리온을 유학 보낸 것은 자신을 멀리하고 싶다는 마음만으로 그렇게 한 건 아니었을 거라고, 이 일 년 반 동안 생각하게 됐다. 어머니는 많은 선물을 가지고 와주거나 기숙사에 와서 케이크를 구워줬다. 그때마다 아들을 혼자 유학 보내놓은 것이 못내 걱정스러운 것 같았다.

"돌아가고 싶다는 생각은 안 하니?"라고 물어보곤 했다. 리온의 재능을 키우고 싶다고 한 말은 거짓말이 아니었을지도 모른다. 그것이 리온을 위한 거라고 생각했던 것은 정말일지도 몰랐다. 어머니가 그렇게 물어볼 때마다 괜찮다고 답하다가 어느 날 처음으로 "사실은 일본에 돌아가고 싶어."라며 말하자 리온을 끌어안고 어머니가 "알았다."라고 했다. 하와이의 학교로 보낸다고 했을 때에도 자신이 원하는 건 일본에서 학교를 다니는 거라고 분명히 얘기했으면 받아들여줬을지도 모르는데 말하기 전부터 포기해서 말을 삼켰던 건 리온 쪽이었다.

"누나." 하고 불렀다. 늑대님은 대답하지 않았다.

누나는 이제 돌아오지 못한다. 리온에게 많은 추억과 따스함을 나눠준 누나는 이제 돌아오지 않는다. 그래도 만나서 정말로 다행이다.

"······정말로 마지막이니까 부탁 하나만 더 들어주지 않을래?"

뻔뻔하다는 생각이 들긴 했지만 그래도 누나는 늘 리온에게 너그러웠다. 그렇게 기억한다. 답이 없는 등을 향해서 말한다. "기억하고 싶어."라고.

"난 기억하고 싶어. 모두에 대해서, 누나에 대해서. 누나는 안 된다고 말할지 모르지만 그래도······."

늑대님은 대답하지 않았다. 한참을 기다려도 대답이 없었다. 난처하게 만들 작정은 아니었다. 리온은 더 이상 조르지 않고 거울 쪽으로 돌아섰다. 마음속으로, 누나에게 '안녕.'이라고 말하면서.

거울 속으로 손을 뻗었다.

그때였다.

"선처한다."

목소리가 들렸다. 분명하게.

리온은 흠칫해서 뒤를 돌아봤다. 그러나 이미 거울을 통과하고 있는 리온의 눈앞에서 큰 홀의 윤곽이 눈부신 빛 속으로 융해되어 사라져가고 있었다. 늑대님의 모습이 희미해져갔다.

사라지는 늑대님이 마지막으로 자신의 늑대가면을 천천히 벗고 리온을 향해 웃음을 지어준 것처럼 보였다.

2006년 4월 7일.

등교시간에 맞춰 집을 나온 고코로를 어머니가 "괜찮겠니?" 하고 딱 한 번 불러세웠다.

"엄마가 같이 가줄까?"

"괜찮아. 혼자서 갈 거야."

어젯밤, 몇 번이나 얘기했는데도 걱정한다. 걱정하는 게 당연하다고 생각하지만 고코로는 이미 결정했다.

유키시나 제5중학교의 2학년 1학기가 오늘부터 시작된다. 가슴을 펴고 학교로 향할 수 있는 이유는 이곳만이 고코로가 갈 수 있는 전부가 아니라는 것을 알았기 때문이다.

전학 가버린 도조 모에는 이제 없지만, 그 애가 한 말이 마음속에 또렷이 남아있다.

'그래봤자 학교.'라는 말.

자신에게는 이곳 말고도 갈 수 있는 곳이 있다는 생각을 이제는 할 수 있다. 만약 이곳이 싫어지면 봄방학 동안 견학을 해봤던 제1중학교도 있고 제3중학교도 있다. 괜찮다. 잘할 수 있다. 어디든 갈 수 있다. 게다가 어디를 간다

한들 좋은 일만 기다리고 있을 리 없다. 싫은 사람도 반드시 있을 것이다. 그런 일은 없어지지 않는다.

그래도.

싸우는 것이 싫다면 싸우지 않아도 된다고 말해준 사람도 있었다. 그러니까 돌아가보자고 생각했다.

학교로.

벚꽃이 피어있었다.

교문 앞, 활짝 핀 벚꽃이 꽃잎을 흩날리고 있었다.

바람이 세게 불었다.

걸어가던 고코로는 그 바람에 날리지 않도록 머리를 눌렀다. 불안한 마음이 없다고 한다면 거짓말이지만, 당당하자고, 그렇게 생각하며 교문을 들어섰다.

그때였다.

"여어."

앞에서 목소리가 들렸다.

강한 바람에 눈을 가늘게 뜨고 있던 고코로가 천천히 얼굴을 들었다. 바람에 흩날리던 꽃잎이 끊기면서 눈앞이 맑게 갰다.

자전거에 발을 걸치고 남자아이 한 명이 이쪽을 보고 있었다. 유키시나 제5중학교의 스탠딩 칼라 남자교복을 입고, 학교의 휘장을 가슴에 달고, 자수 명찰에는 '미즈모리'

라고 새겨져있었다.

그 아이의 이름을, 고코로는 이미 알고 있다는 생각이
들었다. 눈을 크게 떴다.

예를 들어…….

예를 들어 꿈을 꿀 때가 있다.

전학생이 다가온다.

그 아이는 많은 반 아이들 중에 내가 있는 쪽으로 시선
을 향하고 그 얼굴에 해님같이 눈부시고 다정한 웃음을 떠
올린다. 그리고 이렇게 말한다.

"안녕."

그가 고코로를 향해 그렇게 말하며 웃었다.

그 아이가 방에 들어왔을 때 드디어 그때가 왔다고 생각했다. 왠지는 알 수 없었다. 하지만 자신의 마음 안쪽이 떨리듯이 속삭였다.

늘 이 순간을 기다리고 있었다고.

팔에 강하게 잡아당겨지는 것 같은, 평소의 그 통증이 되살아났다.

기타지마 아키코는 NPO '마음의 교실'의 멤버다. 몇 갠가의 학교에서 카운슬러를 하며 초창기부터 이 프리스쿨의 활동에 참가해왔다. 아키코는 이곳에 오는 대부분의 학생들과 마찬가지로 이 동네의 유키시나 제5중학교를 다녔었다.

중학교 시절, 아키코에게는 학교에 나가지 않던 시기가

있었다. 이대로는 고등학교에 갈 수 없지만 상관없다고 생각했던 중학교 3학년의 가을, 그해에 돌아가신 할머니의 장례식에서 사메지마 선생님을 만났다.

사메지마 선생님.

사메지마 유리코 선생님.

어렸을 때 할머니 집 근처에 살면서 아키코의 할머니에게 무척 큰 신세를 졌다는 그 사람은 여하튼 대단한 아줌마였는데, 장례식에서도 친척들보다도 더 큰 소리로 엉엉 울었다. 할머니에게서 그런 친구가 있다는 이야기를 듣지 못했던 아키코는 다른 친척들과 함께 그 사람을 보고 경악을 했는데 그 아줌마가 "네가 아키코니?"라고 물어왔을 때에는 더 놀랐다.

아키코는 할머니에게서 사메지마 선생님에 대한 이야기를 들은 적이 한 번도 없었지만, 사메지마 선생님은 할머니한테 가끔 아키코에 대해 이야기를 들은 모양이었다.

가차 없는 시선으로 아키코를 응시하더니 "학교, 안 나간다면서?"라고 물었다. "너, 꼴이 그게 뭐니." 울 것 같은 눈으로 그렇게 말하고, 아키코의 손을 꼭 쥐었다.

초대면인 아키코의 어머니에게는 다짜고짜 "당신이 아이를 팽개쳐놨으니까."라고 항의했다. 아키코의 어머니가 굉장히 험악한 얼굴이 되어 사메지마 선생님을 노려보고 말했다. 당신이 누군데, 무슨 권리로 그런 말을 하는 건데……. 하지만 사메지마 선생님은 조금도 밀리지 않고 응수했다. 아키코와 아키코의 어머니를 번갈아 바라보며 말했다.

"나는 이 아이 할머니의 친구다. 아키코, 네 할머니는 늘 너를 걱정하셨단다. 무슨 일이 있으면 돌봐달라고 내게 부탁하셨어. 그렇게 유언을 남기셨으니 나에게는 간섭할 자격이 있지."

사메지마 선생님은 공부를 못하거나 그 탓에 학교에 가는 것이 귀찮아진 아이들을 대상으로 하여 월사금이 싼 학원을 운영하고 있었다. 아키코에게도 그리로 오라고 했고, 그때마다 아키코는 쓸데없는 간섭이라며 딱 잘라 거절하곤 했다.

그래도 사메지마 선생님의 파워는 굉장했다. 고등학교 따위 아무래도 좋다고 생각하는 아키코를 끌고 학교로 가서, 어찌됐건 올해 졸업시키자고 하는 선생님들을 막무가내로 설득했다.

"이 아이는 일 년 더 제대로 공부하고 나서 자신의 의사로 고등학교에 갈지, 앞으로 어떻게 할지 결정하게 하는 편이 좋겠어요. 제가 돌볼 테니까 유급시켜서 중학교 생활을 일 년 더 제대로 하게 해주세요."

그렇게 말하여 유급을 결정하고 왔다.

아키코는 그것도 역시 쓸데없는 참견이라고 생각했다.

유급을 한다고 해도 지금까지와 같은 일이 반복될 뿐 고등학교에 갈 수 있게 될 거라는 생각은 하지 않았다.

유급한 해의 4월 무렵까지는 그렇게 생각했었다.

그러던 아키코가 유급하여 다시 중학교 3학년을 시작하게 될 무렵에 돌연 사메지마 선생님의 말을 얌전히 따르자는 생각을 하게 되었다.

앞이 캄캄하다. 뭘 공부해야 할지 모르겠다. 공부해도 뭐가 뭔지 모르겠다. 그럴 때에 망설이지 말고 도움을 요청하자고 순순히 생각하게 됐다. 공부를 하고 싶다는 생각이 들기 시작한 것이다. 지금까지는 아무도 도와주지 않는다고 생각했었는데, 공부를 하고 싶다는 생각이 들고 나서는 자신의 곁에 도움의 손을 내밀어주는 사메지마 선생님이 있었다는 사실을 갑자기 깨달았다.

팔에 강한 통증을 느끼게 된 것도 그 무렵부터다. 통증이 느껴질 때마다 왠지 모르겠지만 누군가가 팔을 끌어당기고 있다는 생각이 들었다.

사메지마 선생님으로부터 "NPO를 만들 거야."라는 연락을 받은 것은 아키코가 중학교를 일 년 늦게 졸업하여 고등학교에 진학하고 거기서 더 나아가 드디어 대학의 교육학부에 들어가게 된 해의 일이었다.

더 넓은 건물을 빌려서 지금까지 해왔던 학원을 전환하여 학교에 못 가는, 혹은 가지 않는 아이들이 다니는 프리스쿨로 만든다는 계획이었다.

프리스쿨의 이름은 '마음의 교실'.

"괜찮으면 활동을 도와주지 않겠니?" 하고 사메지마 선생님이 부탁을 해왔다. 기쁜 마음으로 하겠습니다, 라고 아키코는 대답했다. 사메지마 선생님이 필요로 하는 사람이 되는 것이 기뻤고 앞으로 학교 선생님이 되는 것을 목표로 한다 해도 '마음의 교실'에서의 경험은 큰 도움이 될 거라고 생각했기 때문이었다.

아키코가 기타지마 선생님과 만난 것은 '마음의 교실'을 도우면서 몇 년이 지난 1998년의 일이었다. 아키코는 그때 대학 3학년이었다. 기타시마 선생님은 근처에 있는 종합병원의 케이스워커였는데, '마음의 교실'이라는 곳이 있다는 것을 알고 연락을 해왔다. 자신의 병원에 입원해있으면서 공부가 뒤처지기 쉬운, 학교를 못 다니는 아이들을 '마음의 교실'에 데려오고 싶다고, '마음의 교실'의 선생님들이 병원에 와서 가르쳐주셔도 무척 기쁠 거라고 말하며 부드럽게 웃었다.

아키코가 그 사람의 온화하게 웃는 얼굴과 다정한 인품에 끌리기 시작했을 때, 어떤 예감이 들었다.

'나는 이 사람과 결혼할지도 모른다.'

기타지마, 라는 그의 성을 입에 담을 때마다 어딘가 마음이 든든해진다는 느낌이 들었기 때문이다.

"기타지마 선생님."

어느 날 그 남자를 그렇게 부르는 여자아이와 병원에서 만났다. 기타지마 선생님이 그 여자아이를 아키코가 기다리고 있던 병원 안뜰로 데려왔다.

가녀린 손발의 아름다운 여자아이였다. 중학교 1학년이라고 했다. 몸집은 도저히 중학교 1학년이라고 할 수 없을 정도로 작았지만 시선은 무척 어른스러웠다. 약의 부작용으로 머리카락이 빠져서 모자를 쓰고 있었다. 입학한 유키시나 제5중학교에는 한 번도 가보지 못했다고 했다.

미즈모리 미오.

그건 아키코에게 평생 잊지 못할 만남이었다. 아키코와 미오는 그때부터 일주일에 한 번 수업을 시작했다.

"아키코 선생님, 부디 잘 부탁드립니다."

의욕 덩어리. 호기심 덩어리. 미오의 커다란 눈동자를 들여다볼 때마다 아키코는 등이 쫙 펴졌다. 이 아이가 "아키코 선생님."이라고 불러주는 한, 이 아이의 선생님으로서 아이 앞에 서자, 이 아이에게 부끄럽지 않은 선생님이 되자고 생각했다.

미오를 보며 이런 아이가 있구나, 하고 생각했다. 미오는 학교를 다니고 싶어도 다닐 수 없었다. 하지만 결코 비관에 빠지지 않고 지금 배울 수 있는 것을 가능한 부분부터 최대한 흡수하려고 노력했다. 그 강한 의지를 보면서 아키코 쪽이 오히려 힘을 얻고, 구원받는 느낌이 들었던 게 한두 번이 아니었다.

그리고 깊은 충격을 받았다. 자신은 학교를 못 다니는, 학교에 적응하지 못 하는, 학교에서 밀려나온 아이들의 마음을 잘 이해한다고 지금까지 생각해왔다. 학교 선생님을 목표로 하든, '마음의 교실'을 돕든, 그들을 이해한다고 마음 어딘가에서 그렇게 생각해왔는데, 그게 아니었다는 것을 깨달았다. 아키코가 중학교 시절에 안고 있던 사정과 지금 눈앞에 있는 아이들이 안고 있는 사정은 달랐다. 어느 한 사람도 사정이 같은 경우는 없었다.

아키코가 대학 4학년이 되는 해, 미오가 죽었다.

봄비가 내리는 장례식장에서 아키코는 망연자실하여 우는 그녀의 어린 남동생을 봤다. 그 모습을 보고 있자니 숨이 제대로 쉬어지지 않았다. 그 아이를 보면서 '아키코 선생님.' 하고 불러준 미오의 목소리가 생생히 떠올랐다. 미오의 '선생님'일 수 있었던 시간의 소중함이 다시 떠올랐다.

그러자 자신이 되고 싶은 것은 학교 선생님하고는 조금 다른 것일지도 모른다는 생각이 들었다.

'마음의 교실'의 활동에 가능하면 계속해서 관여하고 싶다. 한 명 한 명 서로 다른 사정을 안고 있는 아이들의, 서로 다른 사정에 바싹 다가가는 존재가 되고 싶다. 그런 생각이 들었다.

대학원을 졸업하고 결혼하면서 성이 기타지마로 바뀌었고(일본은 결혼하면 남편의 성을 따른다), '마음의 교실' 일을 하면서 언제부턴가 마음에 묘한 생각이 싹텄다.

이번에는 내 차례다, 라는 생각.

왜 그런 생각이 드는지는 알 수 없었다.

하지만 옛날부터 가슴속에 각인된 어떤 광경이 있었다. 그리고 마치 그 광경을 증명이라도 하는 듯이 팔에 강한 통증이 남아있었다.

그것은 누군가가 자신의 팔을 강하게 잡아당기는 기억이다.

나는 구조됐다. 무서워 떨면서도 목숨을 걸고 내 팔을 잡아당겨서 이 세계로 되돌려놔 준 아이들이 어딘가에 있다.

괜찮아, 아키 언니.

어른이 되어줘.

미래에서 기다리고 있을게, 라고.

그렇게 외치며 나를 이 세상에 붙잡아 어른으로 만들어 준 아이들이 있다. 분명하게는 보이지 않는 아이들의 얼굴 중에 왠지 죽은 미오의 모습도 겹쳐졌다.

왜 그런지 알 수 없다. 하지만 팔의 통증이 되살아날 때마다 아키코는 생각한다.

이번에는 내가 그 아이들의 팔을 당겨주는 쪽이 되고 싶다.

안자이 고코로가 방 안으로 들어온다.

입술이 파래지고 불안한 듯이 눈동자를 주저주저 움직이며 천천히 방 안으로 들어온다. 그 모습을 보는 순간, 그때가 왔다는 생각이 들었다. 왜 그런 생각이 들었는지 알 수 없었다. 하지만 쭉 이때를 기다리고 있었다는 생각이 들었다. 팔을 강하게 잡아당기는 것 같은 평소의 그 통증이 되살아났다. 이 아이가 어떤 폭력에 노출되어 싸워왔는지 모른다. 모르면서도 가슴이 벅차왔다.

괜찮아, 하고 마음을 담아 생각했다.

"안자이 고코로는 유키시나 제5중학교의 학생이지요?"

"네."

"나도야."

아키가 말했다.

"나도 유키시나 제5중학교 학생이었어."

괜찮아, 하고 가슴속에서 외쳤다.

기다렸어, 하고 아키의 가슴속에서 목소리가 퍼진다.

괜찮아.

괜찮으니까 어른이 되어줘.

방 안의 벽에는 작은 직사각형 거울이 아키와 고코로를 비추고 있었다. 그 거울이 햇살을 받아 무지개색으로 조금

632

빛났다. "어?" 하면서 아키가 돌아본다. 그 거울 안에 옛날 중학교 시절의 자신이 이 아이와 함께 앉아있는 모습이 비친 것 같았다.

거울 표면을 부드럽게 쓰다듬고 지나가는 상쾌한 바람에 무지개색깔의 빛이 녹아든다. 마주앉은 고코로와 아키를 그 빛이 조용히, 부드럽게 감쌌다.

함께 나누는 기쁨과 슬픔

학교에서 있을 곳을 잃고 집 밖으로 나가는 것조차 두려워 방에 틀어박혀 있는 고코로. 그런 고코로의 방 커튼 너머로 노래가 들려온다.

하지만 고코로에게는 지금 그 노래는 아무 의미가 없다. 학교에서 자신을 따돌린 미오리 일행들이 집까지 찾아와서 협박을 하고 돌아간 이후, 두려움 때문에 자신의 방 창문 커튼도 열어놓지 못하는 고코로에게는 '함께'할 사람이 아무도 없기 때문이다.

그런 고코로 앞에서 5월 어느 날, 방 안의 거울이 빛나기 시작했다.

빛나는 거울을 통과해 도달한 곳에는 신기한 성이 있었고, 비슷한 처지의 아이들이 모여있었다. 그때부터 약 열 달 동안, 고코로와 아이들은 현실세계와 거울 속의 성을 오가며 보낸다. 성에는 각자의 방과 물이 나오지 않는 주방, 휴게실이 있을 뿐이었지만 아이들은 그곳을 사랑했다. 그곳은 따돌림이 없는 곳이었다.

물론 일곱 명의 아이들 사이에서도 문제는 있었다. 때로는 의견이 충돌하고 다투거나 삐지기도 했지만 그럴 때에도 상대를 이해하기 위해 노력하고 난관이 닥치면 함께 극복해갔다. 거울 속의 성은 고코로가 아이들과 기쁨과 슬픔을 '함께' 나누고 희망과 공포를 '함께' 느낄 수 있는 작은 세상이 되어주었던 것이다.

고코로는 그 아이들과 함께 지내면서 차츰 내면의 상처를 치유하고 타인의 아픔을 향해 손을 내미는 성숙함을 키워간다. 열 달이 지나 성문이 닫히고 아이들과도 헤어졌지만, 고코로는 이제 방 속에 갇혀서 웅크리고 떨지 않는다. 고코로는 그 내면에서 더 이상 오갈 데 없는 외톨이가 아니기 때문이다.

츠지무라 미즈키는 이렇게 현실과 판타지를 오가는 여정 속에서 고코로가 겪은 절망과 아픔, 그리고 분노와 성장을 그 어떠한 설명도 없이, 오직 중학교 1학년 아이의 언어와 중학교 1학년 아이의 시선으로 담담하고 섬세하게 그려냈다.

이 소설은 세상을 비참하게 만드는 비열하고 은밀한 폭력의 그 시작점이라고 할 수 있는 집단따돌림 문제를 다루었다. 무엇보다 주목해야 할 점은 어설픈 제삼자, 의심스러운 어른이 아니라, 오직 피해당한 아이의 떨리는 감수성과 시선, 언어로 재구성했다는 부분이다. 그럼으로써 이 책은 가해자, 피해자, 제삼자 가릴 것 없이 읽는 이의 정신을 번쩍 들게 만들어서 우리 사회의 핵심을 찌르는 사회학과 정치학이 된다.

저자는 말한다.

"어딘가에서 고개 숙이고 있는 누군가에게 그 얼굴을 들어줘, 그런 마음을 담아서 이 책을 썼습니다."

— 2018년 서점대상 수상소감에서

저자는 피해자의 이야기를 온전히 들어줌으로써, 그리고 그것을 그대로 독자들에게 전달해줌으로써 고개 숙인이들에게 손을 내밀었다.

괴롭힘이 없는 평화로운 사회, 따뜻한 인간을 갈구하는 모든 이들에게 이 책이 당신만의 거울 속 성이 되어주리라고 믿으며 후기를 마친다.

서혜영

거울 속 외딴 성

1판 1쇄 발행 2023년 4월 3일
1판 3쇄 발행 2023년 5월 29일

지은이 츠지무라 미즈키
옮긴이 서혜영

발행인 양원석 **편집장** 김건희
영업마케팅 조아라, 이지원, 정다은, 백승원
디자인 [★]규

펴낸 곳 ㈜알에이치코리아
주소 서울시 금천구 가산디지털2로 53, 20층 (가산동, 한라시그마밸리)
편집문의 02-6443-8902   **도서문의** 02-6443-8800
홈페이지 http://rhk.co.kr   **등록** 2004년 1월 15일 제2-3726호

ISBN 978-89-255-7670-1 (03830)